高等数学复习课精讲

——基于数学文化、精神、思想和方法的问题解决

严亚强　编著

扫码加入学习圈
轻松解决重难点

南京大学出版社

图书在版编目(CIP)数据

高等数学复习课精讲：基于数学文化、精神、思想和方法的问题解决 / 严亚强编著. —南京：南京大学出版社，2023.9

ISBN 978-7-305-27119-9

Ⅰ. ①高… Ⅱ. ①严… Ⅲ. ①高等数学—高等学校—教学参考资料 Ⅳ. ①O13

中国国家版本馆 CIP 数据核字(2023)第 122376 号

出版发行 南京大学出版社
社　　址 南京市汉口路 22 号　　邮　　编 210093
出 版 人 王文军

书　　名 **高等数学复习课精讲**——基于数学文化、精神、思想和方法的问题解决
GAODENG SHUXUE FUXIKE JINGJIANG——JIYU SHUXUE WENHUA、JINGSHEN、SIXIANG HE FANGFA DE WENTI JIEJUE
编　　著 严亚强
责任编辑 吴　华　　编辑热线 025-83596997

照　　排 南京开卷文化传媒有限公司
印　　刷 南京人民印刷厂有限责任公司
开　　本 787 mm×1092 mm 1/16 印张 19.5 字数 475 千
版　　次 2023 年 9 月第 1 版 2023 年 9 月第 1 次印刷
ISBN 978-7-305-27119-9
定　　价 49.80 元

网　　址：http://www.njupco.com
官方微博：http://weibo.com/njupco
微信服务号：njuyuexue
销售咨询热线：025-83594756

扫码教师可免费申请
本书参考教学资源

目　录

绪论 从数学文化到问题解决

在我们的现实世界，存在许多变量，变量之间的关系是初等数学所无法解决的，而微积分提供了研究变量的有效方法．学会了研究变量，就等于学到了一个解决科学问题的工具，如果想在科学的道路上有所作为，微积分就必不可少．但如何进入深入灵魂的学习状态，是一个非常值得深思的问题．下面根据作者的教学经验提出一些数学的观念和数学学习的观点，供读者讨论．

一、数学的文化、精神思想和方法

数学真正的用处远不止于其工具性，因为它不是一门技术类学科，而是一门成熟的科学、是一种思维品格、是一种思想体系、是一种精神文化、是一种审美标准！

学习数学，表面上是积累知识和能力，实际上是提升智慧，是修身养性，是文化陶冶．齐民友先生说："一种没有相当发达的数学的文化是注定要衰落的，一个不掌握数学作为一种文化的民族也是注定要衰落的．"从这个角度看，学习数学是民族所赋予年轻一代的历史重任，事关个人本领，也关乎道德修养和政治素养．

日本哲学家米山国藏在他的名著《数学的精神、思想和方法》中说了这样一段话："有人就科技工作者的必修学科向某个有名的大物理学家请教时，据说，后者的回答是：第一是数学，第二是数学，第三还是数学．从而，我们可以想见，数学是任何一门科学技术的基础中都必不可少的重要因素．但这位物理学家所说的数学，与其说是指一般人所谓的数学知识，还不如说是指潜流于数学的根基中之我所谓的精神、思想、方法（数学中锤炼出来的精神，由研究数学而迸发出来的思想，由数学的技巧而想出的方法）．无论在数学研究、科学研究还是在技术研究中，各研究工作者所需的数学知识本身，出人意料地少，只不过占所学的一百个定理中的三四个而已．与此相反，在那些学者、科技工作者的研究工作中，经常活跃着的、最感需要的，实际上是数学之科学的精神、思想和方法．唯有这些精神、思想、方法的启发、锻炼、体验，才是不仅在数学，而且在一切科学技术中，不！在人生的各方面筹划各种事业飞跃发展所绝对必需的，这一点已为许多事例所证实，应是很清楚了．"在他看来，数学的精神，就是数学文化领域中的人文精神、科学素养和思想品德，也就是数学本身应有的德育功能．这一点正好与张奠宙、宋乃庆的观点不谋而合①："按数学本身，逐步和数学以外领域的联系紧密程度排列，数学的德育价值有以下六个层次：

第一个层次：数学本身的文化内涵，以优秀的数学文化去感染；

① 张奠宙，宋乃庆．数学教育概论［M］．第3版．北京：高等教育出版社，2016．

第二个层次:数学内容的美学价值,以特有的数学美去陶冶;

第三个层次:数学课题的历史背景,以丰富的数学发展史去激励;

第四个层次:数学体系的辩证因素,以科学的数学观去指导;

第五个层次:数学周围的社会现实,以昂扬的斗志去鼓舞;

第六个层次:数学学习的共同体环境,以优良的互助文化去塑造."

这六个层次可以归结为三个字:真、善、美.我们把思想和方法的内涵留到最后一讲总回顾时细说,单独来谈谈什么是真善美,因为本书将在每一讲中均出现"对真善美的启示".

二、真善美的价值观

"真善美"这个词,属于价值哲学的范畴①.因为我们需要一把尺子,来判断我们的思想和行为究竟对自己、对社会有没有价值.这把尺子就是"真善美".

一般来说,价值内涵可以表现在三个层次:第一个层次是事实追求的层次;第二个层次是个人的修为、行为和模式的层次;第三个层次是一种境界的层次.

在第一个层次里面我们称之为"真",或者我们称之为一种"科学的精神",也就是说我们在追求事实的过程里面,要有一种什么样的态度、什么样的方法来帮助我们追求事实.而在第二种层次中,表现在行为上,怎么样使自己的行为正确,或者使自己的行为有更高层次的表达,这种对于行为或者行为方法的要求,一般来说称之为"善",也就是一种"伦理".第三种境界就是如何将人生修为的一种能量提到更高,能够更具体地加以表达出来.这样的精神我们称之为"艺术精神",也称之为"美"的精神.②

人类心理活动有三种基本形式:认知、意志、情感,简称知情意,它们"分管"着真、善、美的价值判断.

人具有认识世界的要求和能力,当人们运用理性以思维的方式来把握世界就产生了哲学和科学.哲学和科学的目的就是认识世界和把握客观世界的规律,就在追求真理,而被肯定为客观规律的就称为"真".因此,以理性思维的方式来把握世界的价值形态就是"真".

当体现着社会整体利益的道德价值从功利价值中分化出来,并相对于个人直接与功利价值相冲突以后,人们运用意志以实践的方式来把握世界就产生了道德,而被肯定为人生意义的那部分就称为"善".因此,以意志实践的方式来把握世界的价值形态就是"善".

人还具有显示和领悟自身的生存状况的要求和能力,这就是"情感".当人们运用情感以直观的方式来把握世界就产生了艺术和审美.艺术、审美的目的在于领悟和赞美人生,而能肯定为美好人生的就被称为"美".因此,以情感直观的方式来把握世界的价值就是"美".

从认知到意志再到情感的活动,一种比一种复杂.这还可以从这三种心理活动的关键分支和关键词看出:

求真:认识论、逻辑学、科学方法论;知识、真理、评价标准.

明善:后果论与功利主义、道义论、美德伦理学;善、正当、美德.

审美:"存在"的超越特征、感性与理性的平衡发展、劳动创造了美;完备、明亮、清晰、对称、壮观、优美、新奇、圆满、和谐、典范、崇高……

---

① 张天飞,童世骏.哲学概论[M].上海:华东师范大学出版社,2008.

② 邬昆如.哲学概论[M].北京:中国人民大学出版社,2005.

“真善美”已经成为一个很完美的词汇，因为它完整地表述了人的追求中的心理活动和行为，也完美地对应到了人类的重要文化领域、价值形态和哲学学科，这可以从下表看出：

价值形态	心理活动	活动方式	文化领域(活动产品)	哲学学科
真	智性	认识	科学	认识论
善	意志	行为	道德	伦理学
美	情感	直观	艺术	美学

微积分的历史文化成分到处留下了人文精神、科学素养、道德品质的启迪，留下真善美的熏陶，这正是微积分的一个重要功能！在微积分的精粹阅读中，应该感悟到这些价值的存在性，让它们指引我们克服功利、热爱实践、合作共享、追求完美，进而立德树人.

三、微积分的深度学习和问题解决

理解了微积分相关的数学文化和德育价值，就自然不甘心于简单地理解、做题和刷分.

当以考试为目的的学习极端化时，就在自觉或不自觉地培养功利主义，这对于本人将会形成不正确的世界观和价值观，对于社会将会形成物欲横流的不良风气.事实上，对数学教学和评价的偏差或多或少会导致对数学核心意义的曲解，甚至可能是以摧毁对数学的好奇心为代价获取优良的数学成绩.

数学如何可以学得透彻呢？首先容易想到做难题.那么，会做难题就算学得好吗？学得好一定会做难题吗？答案是：两者是互不包含的，但又是部分重叠的.因为数学是一套理论，而做题是(部分的)对理论掌握的检验.更为全面的检验其实是(目前条件下)全世界都没有办法做得很好的——纸笔测试办不到的——表现性任务.就像学开汽车那样，你在纸上把题目答得再好也许并不会在真实情境中去开汽车，路考才是最好的评价方法.但数学的路考还没有发明出来.数学的基本能力被分为四个层次：发现问题、提出问题、分析问题和解决问题.做题就是解决别人发现和整理好的问题，比起发现问题和提出问题，这是一种下位的思维.

十年前笔者遇到一个芬兰读书的高中学生，他说老师布置了一个暑假作业是“制造一个肥皂盒”，这个作业的内涵是很高级的.其前半部分是“制”，就是要设计一个模具，这是数学思维和艺术思维的综合运用，其中会涉及大量数学计算和调查研究.把模具做好后就是比较容易的“造”的部分了，就是往模具里浇铸某种可以成形的材料.这个浇铸的过程就像在做别人出好的题目.数学的每个课题都有“制”和“造”的两大方面，关心后者的可以取得好成绩，因为“造”是出结果的那个环节；但关心前者的可以更有创造力，因为“制”是思维、致善和审美的环节.

如果大学生再不学会发现问题和提出问题，就会丧失培养思维能力的机会了！无论是小学生、中学生还是大学生，都在期待从数学中学到真正有用的东西——智慧.没有智慧的数学，就只能沦落为一种得分的工具.数学教学和数学学习方式需要“革命性”的创新——用表现性任务回归数学的本质——问题是数学的心脏，探究是数学的灵魂.

目前对大学数学教学改革的、可以落地于学习资料的研究很少.学生很少见到“批量”的开放题、阅读理解题等新题型，也很少接触到大学数学教学中的表现性任务和评价.这是与时代发展的要求不相适应的.因为,中国的高等教育课程改革的顶层设计者要求各高校淘汰“水课”、打造“金课”,所谓“金课”可以归结为课程的“两性一度”:高阶性、创新性和挑战度.在微积分学习中,就该挖掘具有高阶性、创新性和挑战度的内容和方法,揭示这些内容在做人做事中的价值观念.

我们应对照深度学习的目标来落实微积分学习策略.因为深度学习具有两大特征:联系的观点和思维的深刻性、变化的观点和思维的灵活性.深度学习正好是指在掌握和理解数学概念、原理内含的基础上,能够应用所学知识去分析问题、综合问题、评价问题,能够批判性地学习新的知识和数学思想方法,将它们融入原有的认知结构中,有效迁移到新的情景中,使思维从低级向高阶发展,不断做出决策和解决新的问题.数学深度学习的核心是数学理性,其表现形式是精彩纷呈的,应该包括深度的内容理解、深度思维方式、深度学习策略三个维度.其内涵突出以下四个特征:① 以自主学习为载体;② 以高阶思维为核心;③ 以多元化学习策略为支撑;④ 以有效迁移应用为目的.其中,多元学习策略是指从“知识技能”到“理性思维”再到“文化视野”价值层面的学习;而“有效迁移”则是通过对知识的深刻理解变得“触类旁通”“灵活应用”.

“问题解决”的原意是“个体对问题情境的适当的反应过程”.心理学的解释是:由一定的情景引起的,按照一定的目标,应用各种认知活动、技能等,经过一系列的思维操作,使问题得以解决的过程.而在波利亚那儿则是提出问题和解决问题的策略.在微积分的学习中,我们应从历史锤炼的情境和自主学习的内容中发现问题和提出问题,再通过习题的研究和解题策略的学习,达到深度掌握有关章节的目的.

在本书的十五讲中,第1讲可以在新生第一课前后做参考,介绍微积分的学科特点和学习方法;第2—6讲为一元微积分中各章的一个专题,配合各章复习课;第7讲用于一元微积分总复习阶段;第8—13讲为多元函数微积分的各章中的专题选讲,配合各章复习课;第14、15讲分别用于多元函数微积分总复习和全部微积分总回顾.每讲都有三个环节:精粹导读、阅读启示(对思想方法和对真善美的启示)、问题解决(对章节中的问题的探究、对习题性质和解题策略的研究),各讲最后在附录中提供两套模拟练习卷(“一题一类复习卷”和“一题一型复习卷”).希望这些内容,可以增进学习方法和学习资源多样化的可能性.

本书的性质,曾被误解为是“科普书”“数学文化读物”,也有说它是“考研辅导资料”和“竞赛辅导资料”的,更有夸张地说是“解题千万本,复习第一本”的,反倒是没听说这是“有思想的数学书”的.本书的书名,原来根据作者对编写意图的准确概括,拟定为《基于数学文化、精神、思想和方法的问题解决》,为了让学生可以更快更易地发现此书,在与编辑老师的十多次切磋下,最终定为《高等数学复习课精讲》,虽然呈现了本书的性质,但仍不大满意,如同看到爱因斯坦的脖子挂了一条金项链一样的感觉.尽管钻研了整整三年,还是倍感仓促,希望广大同学和老师多提意见,联系邮箱为:yyq_szdx@163.com.

本书的编写得到教育部高等学校大学数学课程指导委员会课题“微积分课程思政元素的开发和应用”(CMC20200414)和江苏省高等教育教改研究课题“基于自主学习网络平台的高等数学金课建设实践研究”(2019JSJG335)的资助,也得到苏州大学数学科学学院行政和党委的特别支持,在此一并致谢.

第1讲 从历史文化背景中启程微积分的深度学习

从今天起，我们以新的方法和新的视角学习一门新的课程——微积分. 它不是一门简单的工具性课程，而是一门蕴含着改造思维、陶冶修为、培育自信和审美的功能的、具有浓厚的人文精神色彩的文化课程.

这一讲，我们将通过微积分的发展简史来介绍这门课的主要内容、学科特点和学习方法. 在以后的各讲，我们将通过微积分历史文化所溢出的精神和力量、思想和方法、哲理与启迪，对微积分的深度学习做出指导.

一、精粹导读：微积分群英榜

图1 恩格斯

伟大导师恩格斯说："在一切理论成就中，未必再有像17世纪下半叶微积分发现那样被看作人类精神的最高胜利了，如果在某个地方，我们看到人类精神的纯粹和唯一的功绩，那就正是在这里."微积分的发展史，可以帮助我们很好地了解微积分的学科特点，也能了解世界文明之发展规律[①].

微积分从萌芽、探索和发明，再到完善和传播，大致经历了五个重要阶段. 从古希腊阿基米德开始算起，足足经历了两千多年.

（一）黑暗中探索的先驱

我们现在的数学体系，是由古希腊哲学家、数学家泰勒斯（约前624年—前546年）开创的，他将埃及的测量几何带入了希腊，开始证明几何命题，例如"直径所对的圆周角是直角"就称为泰勒斯定理[②]；泰勒斯的学生毕达哥拉斯（约前572年—前497年）发现了很多数学命题，最美数学公式（勾股定理）就是由他率先证明的；紧接着，德谟克利特（约前460年—前370年）、希波克拉底（约前460—前377年）、欧多克索斯（前400年—前347年）等人在间接证明、体积、面积计算等方面发明了很多重要方法；亚里士多德（前384年—前322年）创造了演绎逻辑，对于"定义""定理""公设"等名词，他都给出了明确的解释. 在此基础上，欧几里得（前330—前275年）总结前300多年数学成果，编著《几何原本》，确立了几何学的逻辑体系，成为世界上最早的公理化数学著作.

图2 阿基米德

① 谢惠民. 数学史赏析[M]. 北京：高等教育出版社，2014.
② 林寿. 文明之路[M]. 第2版. 北京：科学出版社，2012.

阿基米德(前 287 年—前 212 年)利用穷竭法求出了球的表面积和体积公式,研究了抛物线的弓形面积,给出了 π 的范围,他的几何著作《论球和圆柱》《圆的度量》《抛物线求积法》等是希腊数学的顶峰. 他用无穷分割的方法证明抛物线弓形面积是里面的最大三角形面积的 $\frac{4}{3}$(如图 3). **阿基米德的工作被称为积分学的萌芽.**

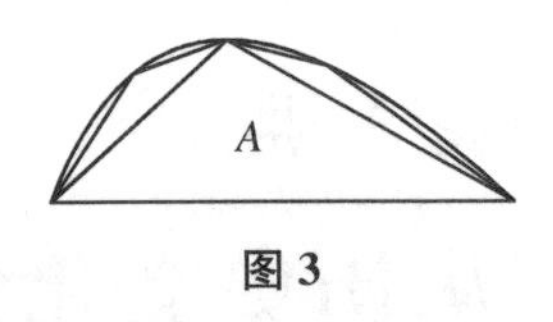

图 3

公元前 146 年,罗马共和国征服古希腊,西方数学的发展渐渐停止,而中国出现了几次数学发展的高峰. 公元 263 年,刘徽(约 225 年—约 295 年)为《九章算术》作注时提出"割圆术":用正多边形逼近圆周. 他说"割之弥细,所失弥少,割之又割,以至于不可割,则与圆周合体而无所失矣",**这是极限论思想的成功运用.** 祖冲之(429—500)所著《缀术》言:"缘幂势既同,则积不容异",**符合现代微元法的思想,并成功用于计算球体积.**

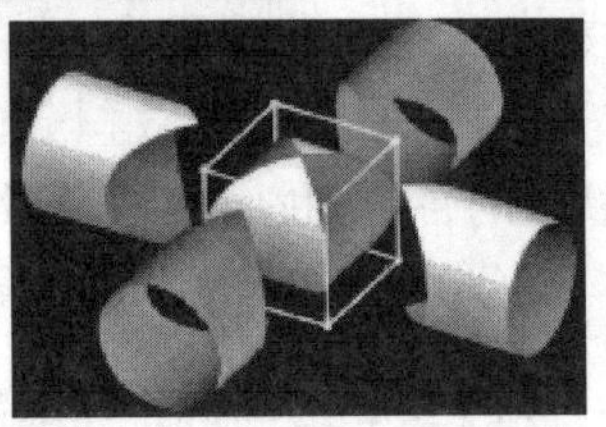
图 4　刘徽、祖冲之和牟盒方盖

为了清晰地了解这两位中国数学家的卓越才能,这里介绍一下**牟盒方盖.**

我们知道,圆与它的外接正方形的面积之比为 $\pi:4$. 为了计算球的体积,刘徽要构作一个立体图形,它的每一个横截面皆是正方形,而且会外接于球体在同一高度的横切面的圆形. 刘徽发现,当一正立方体用圆规从纵横两侧面作内切圆柱体时,两个垂直相交的圆柱体的公共部分就满足此条件(如图 4). 这个图形就像"对等地合在一起的两个圆顶方口盖子",故称**牟盒方盖**. 可惜刘徽没能算出牟盒方盖的体积,他把难题留给了后面的贤能,200 年后,祖冲之父子解决了这个难题. 他们的做法是(如图 5):对于大圆半径为 r 的八分之一个牟盒方盖及其外接正方体和一个辅助的倒立四棱锥. 在高度 h 的截面上,八分之一牟盒方盖的截面积为 r^2-h^2,故外接正方体中方盖外部的截面积为 $r^2-(r^2-h^2)=h^2$,这正好与倒立的四棱锥在同一高度上的截面积相同. 因此在"截面积相同则体积相同"的观念下,八分之一个牟盒方盖的体积为正方体的体积减去倒立的四棱锥体积,即 $V_{盖}=r^3-\frac{1}{3}r^3=\frac{2}{3}r^3$,从而球的体积为

$$V_{球}=\frac{\pi}{4}\cdot 8\cdot\frac{2}{3}r^3=\frac{4\pi}{3}r^3.$$

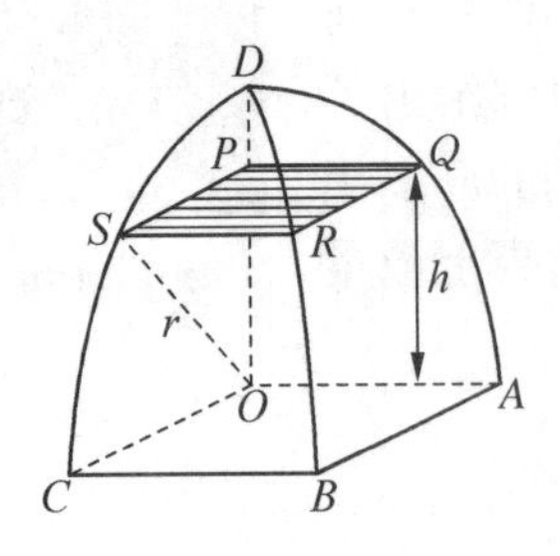

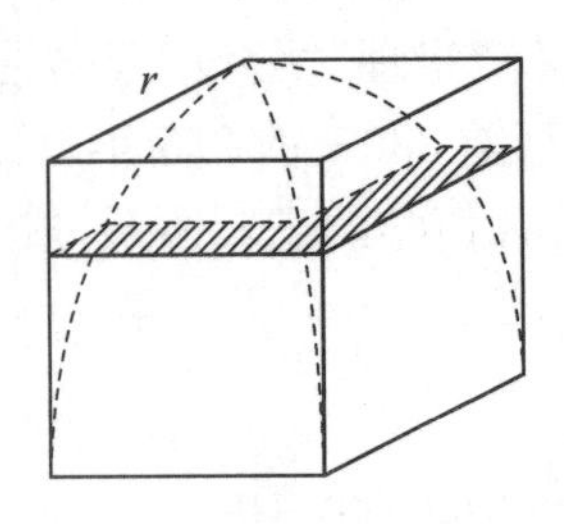

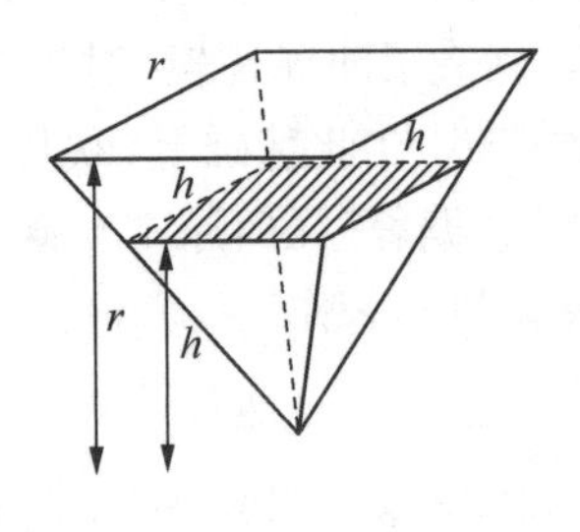

图 5

刘徽和祖冲之在计算 π 时的"逼近"方法和在计算体积时的"切片"方法，正好体现了极限和积分的萌芽已经发育良好——虽然思想尚未成熟，但已经被成功应用.

值得注意的是，刘徽生活在1 700多年前兵荒马乱的时代，那个时期根本没有阿拉伯数字，没有运算符号(连加减号都没有)，甚至没有算盘，他只能靠几根算筹来计算，他所付出的努力、耐心和毅力可想而知！祖冲之也处于一个动乱年代，却能坚持"亲量圭尺，躬察仪漏，目尽毫厘，心穷筹策"的严谨学风.

(二) 黎明前的勇士

在欧洲，11世纪出现了大翻译时期. 亚里士多德哲学著作与阿拉伯哲学传入西欧，欧洲创建了很多大学，数学从12世纪到13世纪开始出现转机.

1579年，韦达(1540—1603)发表了专著《应用于三角表的数学定律》，从此诞生了16世纪最伟大的发明——符号代数，这相当于给数学研究插上了翅膀. **微积分正式进入了酝酿阶段.** 这时陆续出版了阿基米德的一些著作. 研究行星运动的开普勒(1571—1630)发展了阿基米德求面积和体积的方法，他在1615年出版《新空间几何》，给出了92个阿基米德未讨论过的体积问题，并研究了酒桶的最佳比例. 开普勒在天文学研究中已得到公式：$\int_0^{\theta}\sin\theta\,d\theta=1-\cos\theta$.

图6　开普勒，卡瓦列里

图7　笛卡儿，费马

1635年卡瓦列里(1598—1647)出版了《不可分量几何学》，影响巨大，这位卡瓦列里是伽利略的学生，他计算面积和体积的原理实际上与中国的刘徽、祖冲之的原理相同，不过他已发现公式 $\int_0^a x^n\,dx=\frac{a^{n+1}}{n+1}$.

笛卡儿(1596—1650)在他的《几何学》(《方法论》的第一个附录)中系统地考察作曲线的切线问题，提出了所谓《圆法》，深含导数的思想. 费马(1601—1665)研究了极大极小值问题，其原理与今天的微积分学基本一致.

坐标系的出现，吹响了向现代科学进军的号角！

巴罗(1630—1677)是牛顿在剑桥大学的老师，在微分学和积分学两个方向上取得了许多结果. 他求切线的方法与今天教科书中从割线到切线的极限

图8　巴罗，沃利斯

过程基本一致.还应当提到,巴罗是剑桥大学的第一任卢卡斯教授,他在1669年主动辞去此席位,推荐当时年仅27岁的牛顿担任,这为牛顿的科研工作创造了极好的条件①.

另外,沃利斯(Wallis,1616—1703)在微积分方面的先驱工作也对牛顿和莱布尼茨有直接的影响.

(三) 战火中的两位旗手

牛顿(1642—1727)和莱布尼茨(1646—1716)在17世纪下半叶终于创立了微积分学.

图9 牛顿

牛顿是那个时代的科学巨人,在他之前,已有了许多科学积累:哥伦布发现新大陆(1492),哥白尼创立日心说(1543),伽利略出版《力学对话》(1638),开普勒发现行星运动定律(1619),笛卡儿创设解析几何(1637).航海的需要、矿山的开发、火药枪炮的制作都提出了一系列的力学和数学问题,微积分在这样的条件下诞生,乃是必然的事.

牛顿家境贫困,1661年以减费生的身份进入剑桥大学三一学院读书,1664年取得学士学位.1665年伦敦流行鼠疫,牛顿回到乡下.他平生三大发明:流数术(微积分)、万有引力和光的分析,都发端于1665—1666年间,时年23岁.

1665年5月20日,在牛顿手写的一页文件中开始有"流数术"的记载.**微积分的诞生,不妨以这一天为标志.**牛顿完整地提出微分和积分是一对逆运算,并且指出了换算的公式,这个公式现在称为牛顿-莱布尼茨公式或微积分学基本定理.

图10 莱布尼茨

莱布尼茨年轻时在莱比锡大学学习法律,后来投身外交界,在巴黎、伦敦结识了法国和英国的数学家.他的数学研究完全是业余进行的.他和牛顿曾就微积分进行多次通信,但莱布尼茨是完全独立地创立微积分理论的.牛顿从力学导出流数术,而莱布尼茨则用代数法得出微分法.

莱布尼茨和牛顿一样,掌握了微分法和积分法,并洞悉二者之间的联系,因而他们两人被并列为微积分的创始人,尽管牛顿的研究比莱布尼茨早10年,但论文的发表要晚3年.由于莱布尼茨的记号 $\mathrm{d}x$ 和 $\int$ 较为便利,所以现今的微积分似乎更接近莱布尼茨当年的形式.

(四) 再创辉煌的英雄

图11 麦克劳林,泰勒

微积分诞生以后,曾就它的基础是否稳固爆发过一场大的争论,史称"第二次数学危机".因为当时微积分中"无穷小"不是一个严格的数学词语,人们需要寻求解决这个问题的办法——极限理论的探索开始了.

麦克劳林(1698—1746)试图从瞬时速度的理解

---

① 李晓奇,任嵘嵘.先驱者的足迹——高等数学的形成[M].北京:科学普及出版社,2017.

上加以解释，但成效不大. 泰勒(1685—1731)曾用差分去解释流数，却被说成“把车子放到了马的前面”，路子比较对的是达朗贝尔(1717—1783)，他将微积分的基础归结为极限，并认为极限是“一个变量趋近于一个固定量，趋近的程度小于任何给定的量”，不过他并未沿这条路走到底.

图12　达朗贝尔，欧拉

图13　拉格朗日，拉普拉斯，傅里叶

与此同时，许多数学家在不严密的基础上在微积分方面取得了许多辉煌的成就. 欧拉(1707—1783)以微积分为工具解决了大量的天文、物理、力学等问题，开创了微分方程、无穷级数、变分学等诸多新学科. 1748年他的《无穷小分析引论》是世界上第一本完整有系统的分析学. 拉格朗日(1736—1833)、拉普拉斯(1749—1827)、傅里叶(1768—1830)等许多大家在分析学方面都有重大贡献，但在微积分学基础上却没有找到合适的解决办法.

进入19世纪以后，严密的分析从波尔查诺(1781—1848)、阿贝尔(1802—1829)和柯西(1789—1857)等人开始，这和非欧几何的创立、群论的发现差不多处于同一时期. 1821年，法国理工科大学教授柯西(1789—1857)写了《分析教程》一书，并由此出发建立起一个微积分体系. **柯西的功绩是将分析学奠定在极限概念之上，把纷乱的概念理出了一个头绪.** 但是他的叙述仍然使用“无限趋向”“要多小有多小”之类的语言，仍然是不严谨的.

图14　波尔查诺，阿贝尔，柯西

图15　魏尔斯特拉斯

德国数学家魏尔斯特拉斯(1815—1897)在当中学数学教师时，将分析做到“算术化”. 他反对“变量无限趋向于”之类的说法，认为变量无非是一个字母，用来表示某区间内的数. 在他手里，终于得到了现今广泛采用的$\varepsilon-\delta$定义，完全摆脱了几

图16　海涅，康托尔，戴德金

何直观所带来的含糊观念.

最后一块难啃的骨头是实数理论,这实际上是"为什么实数与数轴上的点一一对应"的问题. 海涅(1821—1881)、康托尔(1845—1918)用现在称为柯西收敛准则的想法将无理数看成有理数的柯西列,戴德金(1831—1916)则不依赖极限,而用有理数的划分定义所有实数,它最终使无理数摆脱了"不可公度线段"之类的几何直观.

(五) 传播文化的功臣

牛顿和莱布尼茨大约与清朝的康熙处于同一时期,康熙虽然喜欢西方数学,向传教士学过欧氏几何、三角测量等,但从未接触过微积分.

第一部微积分著作的中译本迟至1859年才出现,这就是李善兰(1811—1882)和伟烈亚力(1815—1887)合译的《代微积拾级》,译名中的"代"指代数. 序中有"微分、积分"之词,均由李善兰首译,十分恰当. 这些译法传至日本,以至中日的微积分名词多数相同. 李善兰是京师同文馆的首任算学总教习,是晚清我国最杰出的数学家.

图17　李善兰

李善兰对微积分如此评价:"此书为算学中上乘功夫,此书一出,非特中法几可尽废,即西法之古者亦无所用之矣."

华蘅芳(1833—1902)也是中国近代科学事业的先行者,他"官至四品,终生布衣素食,不屑涉足宦途,淡泊名利,致力科学". 他与傅兰雅翻译的《微积溯源》是我国第二部微积分译著,对我国微积分的发展起到了承前启后的作用. 华蘅芳作为翻译者,对微积分有诸多独创性的理解,并第一次用几何模型解释微积分,他对微积分的理解被后人接受、采纳、收录在诸多微积分著作中. 因此,华蘅芳对微积分的认识,推动了微积分在我国早期的传播与发展.

图18　华蘅芳

我国普及西算,约在辛亥革命前后. 五四运动之后,全国各地学校纷纷创办数学系,微积分才作为大学课程普遍开设. 不过,中国现代数学的研究虽然起步很晚,但是研究水平提高很快. 我国第一个数学博士胡明复(1891—1927),1917年以《线性微积分方程》的论文,在哈佛大学通过博士论文答辩. 陈建功、熊庆来也在这个时期取得了国际先进水平的数学研究成就.

二、阅读启示

(一) 对思想方法的启示

从微积分的发展过程可以得到以下结论:

1. 打好极限论基础,培养理性思维

这场建立微积分大厦的战役从阿基米德算起足足耗时两千多年. 什么是面积? 什么是曲线的长度? 什么是连续? 这些问题也许小学生都略知一二,但仔细想想,常规的了解都只是感性层面上的,非常肤浅,真正要刻画到位,还需要具备极限思想. 极限论是微积分体系的基础,但它是难以把握的. 因此,极限论的学习需要准备投入大量精力.

2. 吃透三大概念，学会探究问题

微积分是一个严密的数学体系，每个环节都会与后续内容发生重大关联. 因此，在学习过程中，不要放过疑点，因为要想绕过或者隐匿任何一个疑点都有可能导致一系列困难(俗称“掉链子”). 对于极限、导数、积分三大基本概念，一定要做熟想透. 微积分的那些定义、定理的发明和发现不是通过解题解出来的，而是通过对规律性问题的耐心探究得来的，我们要不断地综合性地思考各类问题，优化知识结构. 如果仅仅满足于技术层面的知识积累，而不关心它的(不考的)思想内涵，就不会成为一个丰富的人. 俗话说：“练拳不练功，到头一场空”，就是一样的道理.

3. 思数学家所思，培育智慧灵气

如果我们只关注于那些知识点，即使考了满分，也可能没有变聪明；只有研究数学中那些探究问题的方法，学会感悟数学家的所思所想，我们才会被数学家的灵魂所感化，浸染到他们智慧的灵气. 因此，学数学，千万不要忘记学习数学家.

数学家为什么要研究数学呢？因为他们发现这是一种探索自然的有趣的、崇高的事业，大多数数学家都把自己的一生交给数学上的几个问题，这些问题的解决不会给他们带来物质财富的增长，但数学家正是那些“过得了清贫、耐得了寂寞”的“怪人”.

(二) 对真善美的启示

微积分的建立过程还给予另一些启示：

1. 勤奋踏实、开拓创新

微积分建立的过程让我们用更深刻、更理性和客观的思维看世界；用探索、创新的方法去发现问题和解决问题. 学好微积分的人很快就会多一份自信和刚毅，多一份人生宝贵的理性思维和文化修养. 微积分是人生重要的精神财富. 如果没有勤奋务实的工作态度，微积分是永远创建不起来的. 微积分问题的解决过程充满猜测，需要直觉和灵感，而每一分灵感的背后是“九十九分汗水”，所以在电子辅助工具迅猛发展的今天，效果最佳的学习方法仍然是一个字——勤！唯有勤奋才能有足够的时间，耐心地从那些奇思妙想中感悟微积分的思想真谛.

2. 前赴后继，争做巨人的肩膀

人类历史上始终有着一群为了人类文明和自由贡献生命的、具有忘我精神的数学家，从刘徽、祖冲之、李善兰等令人自豪的前辈可以看到，我们国家的科学家一定是能够突破各种瓶颈，为人类文明作出卓越的贡献！牛顿的老师巴罗能主动为牛顿让出卢卡斯教授的席位，体现了数学界的英雄们高贵的道德品质，牛顿和莱布尼茨正是站在这些“巨人的肩膀”上才能够发明微积分，他们自己也成了别人创立极限论的“肩膀”. 我们在工作和学习中也要吸纳这种道德修为，不怕清贫，不计名利，团结协作，努力成为对社会有用的“肩膀”.

3. 坚持正确信念，理想终将实现

微积分大厦为何可以在两千多年的坚持下成功建立？因为它的建设者们把微积分的建立当作一种远大理想，从不放弃，最终在一定的生产力条件下实现了一次次质的飞跃. 在我们身边也有这样一座“微积分大厦”——中华民族的伟大复兴. 我们应当相信，只要齐心协力，不畏艰险，一定能够建成一个强大的国家. 对于我们个人而言，也有这样一座“微积分大厦”要去建立——成才之路. 我们正处于学习知识的黄金时期，我们也要树立远大的理想，树立科学的态度和方法，为社会多做贡献.

三、问题解决

微积分是一个完整的、宏大的数学体系. 微积分是微分学和积分学的总和,但只有当介入极限论以后,微分学和积分学才能真正站稳脚跟. 所以,微积分的内容主要可分为三大类:极限论、微分学和积分学. 微积分作为伟大发明的标志就是极限、导数、积分的算法.

如何学好微积分呢? 除了前面所述的良好态度以外,还应具备科学的方法.

今后,我们学的任何章节,都应该包含内容深化、问题探究和习题研究三个部分,内容深化就是从内容中获得思想方法和做人做事的启示;问题研究是指尝试着发现问题,提出问题和解决问题;习题研究分为习题本质研究和解题的方法与策略两部分.

(一) 问题探究的基本方法

心理学家布卢姆把学习目标划分为六个层次:认识、理解、应用、分析、综合、评价. 这里,"评价"是指对学习对象的评估、优化和刷新,曾被后人修改为"创新". 前三个层次的学习属于低阶思维水平,后三个层次属于高阶思维. 数学家能够在牛顿和莱布尼茨的重大发明中认识到这种成果的不足之处,就需要很强的质疑和挑战精神;李善兰和华蘅芳在翻译中充分理解微积分的思想并能创造词语、创造解释,这些都是第六层次思维的表现,是我们应该追求和模仿的. 反之,如果只限于记忆、理解和解题,就是停留在低水平上学习的方式.

所以,问题探究的基本方法是从阅读中思考,在思考中发现问题和提出问题.

例如,我们是否问过这样一个问题:**为什么微积分被称为"高等数学"**? 这个问题又会联系到另外两个问题:"什么是初等数学?""高等数学与初等数学的区别在哪里?" 在读完了以上内容并了解微积分基本历史后,我们应该尝试回答这些问题了. 因为直角坐标系的发明,导致了变量与函数成为数学新的研究对象,导致牛顿时代的诞生. 牛顿时代以前的数学,其研究对象(代数或几何中的元素)是静态的,与微积分中的那些运动的、变化的量有显著不同,由此划分高等数学与初等数学就十分合理.

(二) 习题研究的基本方法

习题是一类特殊的(已经提出了的、有明确答案的)问题. 数学习题除了用于练习,更可以用作问题探究,因而是工具、是过程,而不是终点. 在今天的这一讲里,我们看到了这么多数学家的辛勤工作,今后也应自觉地把习题的研究当作一项数学研究的任务来效仿一番. 习题研究中应做好以下四个环节的工作.

1. 对问题分类

这是指如果我们学完某一章,就该对该章的习题按照问题的性质(而不是知识点)进行分类,从中找出代表性的习题,这样,就会对"这个池里的水有多深"心中有数了,这也是对概念学习的一大跃迁. 做这项研究的办法就是找几本习题密度较高的教材或教学辅导书,进行归纳整理.

2. 对思维盘点

通过对习题的归纳整理,反思一下:本章学习带来了哪些新的思维,哪些新的联系,哪些新的方法? 大多数情况下,这些感受是"只可意味不可言传"的,但如果非要回想本章学习前与学习后所产生的区别,一定是有明显的可以表达的部分,学习者都应该在交流中分享这种新思维的体验.

3. 挑战性编题

习题即别人提出的问题,通过一定数量的解题学习,编题是必不可少的一项复习工作,因为以下几种情境可以成为编题的动机:

① 遇到易错的习题时,改编一下拷问别人;

② 遇到艰深的习题时,改编成新的面貌使其更有趣或更简单;

③ 遇到问法不妥的习题时,改编得更好些;

④ 感悟到某个概念特别重要时,编一个简答题;

⑤ 感悟到某个数学命题的功能特别强大时,编一个习题使其得到应用;

⑥ 读到有趣的素材时,将它编成一个数学阅读问题或应用问题;

⑦ 希望使问题的回答体现创意时,编一个开放性问题(条件不唯一或结论不唯一的问题称为半开放性问题,条件和结论都不唯一的问题称为全开放性问题)……

多学点编题,就多几份自信.编出好的习题,使其在文明的长河中传播,也是值得骄傲的一件事.

4. 对题解核对

我们在解完一批习题时,不应只看答案对不对,更要注重思路是否最合理、最有智慧.例如在证明函数的有界性时,有些同学用初等的方法求函数的值域,再通过值域是有限区间来说明函数的有界性,这就是一种不该提倡的、“丑陋”的解法,因为一个函数的“界”(如果存在)是不唯一的,故函数的“界”是比“值域”宽得多的概念,解值域的“成本”一般是很高的.所以不要做这种事倍功半的事.核对题解也是对学习效果的一种检验,应在核对中找到差距或进一步的疑问.

(三) 习题求解的基本策略

对于习题求解,我们提出深度学习的策略.因为这种学习方式是在浅层学习的基础上,由接受式学习向探究式学习转化,由低阶思维能力向高阶思维能力发展,由简单知识结构向拓展抽象型知识结构延伸,实现在原有知识、经验基础上的主动建构,逐渐完善个人数学知识体系的过程.

以往的应试教育,往往把解题技术放在第一位,把智慧提升放到第二位,而把文化视野放在第三位.深度学习,希望通过独立地分析、探索、实践、质疑、创造等方式来实现学习目标,为此,要把文化视野当作修身养性、立德树人的直接内容,并以此祛除功利思想.所以要阅读一些文化精粹,从中启迪一些精神、智慧、思想和方法,进而学会用联系的观点看问题的方式和方法.越是到了最具技术性的工作(解题实践)阶段,越要培养对习题的感悟、评价、比较、归类、改编等工作的能力,做到“触类旁通”“灵活应用”,让自己变得深刻、变得有智慧.

在这里,我们举一个 $e\approx 2.718\cdots$ 的例子.按照普通的思维,这是一个数,是一个有点奇怪的数,称为“自然对数的底”.为什么要搞这么个奇怪的数出来呢?或者说:

数 e 离我们的生活现实有多远呢?

这个问题就十分深刻.相信这是每位同学心中已经存有的疑惑.解决的办法只有找(纸质的或电子的)资料,也许 ChatGPT 可以给出部分答案,但一定不会比起下面两种有创造力的策略回答得更好,它们也是数学问题解决的基本策略.

1. 模型法

这个模型可以简化为一个十分易懂的生活问题：

过去有个商人向财主借钱，财主起初开出的条件是每借1元，一年后的利息是1元，即连本带利还2元，年利率100%. 财主接着想，半年的利率为50%，本利和是1.5元，那一年后就有 $(1+0.5)+(1+0.5)\times 0.5=\left(1+\frac{1}{2}\right)^2=2.25$ 元. 因此要是半年结一次账，利息比原来要多. 财主又想，如果一年结3次，4次，……，365次，……，岂不发财了？请问财主能不能通过这个方式发大财呢？

回答是，不能！因为如果按天计息，一年后的本息之和为 $(1+1/365)^{365}$，约为2.714 6，数列 $\left\{\left(1+\frac{1}{n}\right)^n\right\}$ 递增，但以 $\mathrm{e}\approx 2.718\cdots$ 为极限，这就是生活中出现e的一个经典例子，称为"利率模型". 类似的还有"洗衣机模型"等.

2. 分析法

这里的"分析"，是指一种超脱代数和几何两个初等领域的用极限思维解决问题的方法.

我们在研究指数函数与对数函数时，要找一个最方便的函数，这个"方便"要从 $x=0$ 的性质来比较，目的是求导数时方便，因为求函数的导数或者原函数是早期微积分的核心.

从图19可知，函数 $y=2^x$ 和 $y=3^x$ 在原点处的斜率约为0.7和1.1，在区间[2, 3]内一定有一个数(欧拉定义这个特殊的数为e)，$y=\mathrm{e}^x$ 在原点处的导数是1. 欧拉的时代还没有出现极限论，所以不可能是欧拉证明了 $\lim\limits_{n\to\infty}\left(1+\frac{1}{n}\right)^n=\mathrm{e}$. 这个极限是谁证明的其实并不重要，重要的是，e是使切线斜率 $\lim\limits_{x\to 0}\frac{\mathrm{e}^x-1}{x}=1$ 的那个数，这个极限太重要了！利用对数就可以把上述等式写成 $\lim\limits_{t\to 0}\frac{t}{\ln(1+t)}=1$，即 $\lim\limits_{t\to 0}\ln(1+t)^{\frac{1}{t}}=1$，问题就归结为证明 $\lim\limits_{t\to 0}(1+t)^{\frac{1}{t}}=\mathrm{e}$，这与数列极限 $\lim\limits_{n\to\infty}\left(1+\frac{1}{n}\right)^n=\mathrm{e}$ 是等价的.

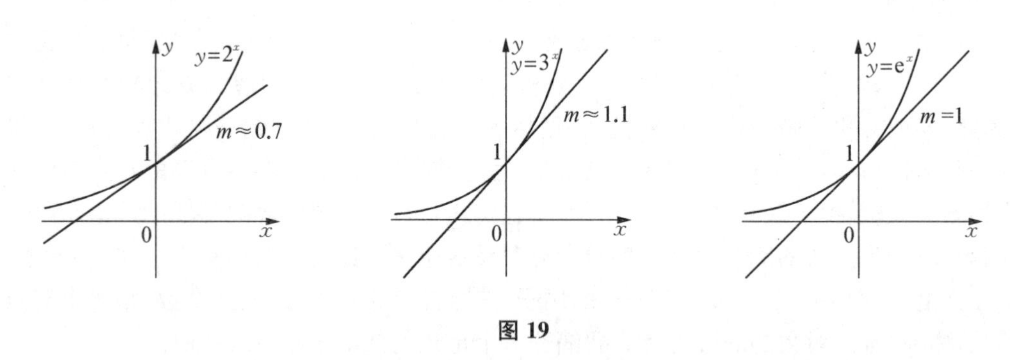

图19

所以数学中的每个新的数、符号和公式，都是有它的故事的，我们要去思考那些发明者的初衷，就不会停留在浅层的目标上了.

在数学学习中，不要满足于记忆、理解和简单的应用，而是不断完善个人的数学知识体系，在实践中不断提升自己的创造力.

在以后各讲末尾的附录里，我们设计了两份复习卷，其中一份题型很多，但仍希望读者发现或发明更新的题型；另一组尽量做到题类覆盖、题量限制、题型典型等方面的统一.

希望读者在微积分问题的挑战中不断提高.

一题一类复习卷(复习卷1.1)

习题1　证明函数 $y=\arctan\dfrac{1}{x}$ 与 $y=\operatorname{arccot}x$ 当 $x\neq 0$ 时是同一个函数.

习题2　求函数的定义域

(1) $y=\dfrac{1}{x}-\sqrt{1-x^2}$；　　(2) $y=\arcsin\sqrt{\ln(3-x)}$；

(3) $y=\sqrt{1-2x}+\sqrt{\mathrm{e}-\mathrm{e}^{\left(\frac{3x-1}{2}\right)^2}}$；　　(4) $y=f(\sin x)$，其中 f 的定义域为 $\left[0,\dfrac{1}{2}\right]$.

习题3　图20中曲线哪些是某个函数的图形，如果是，写出其定义域和值域.

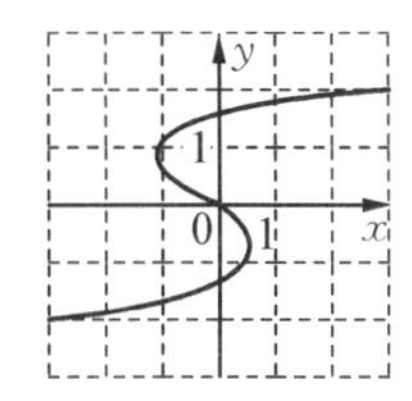
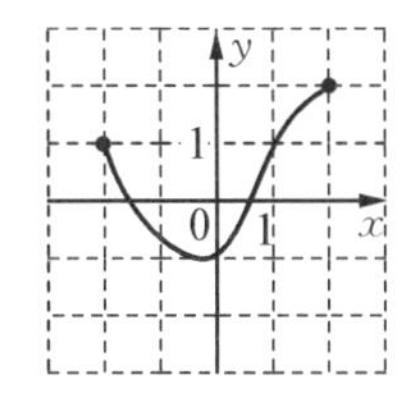
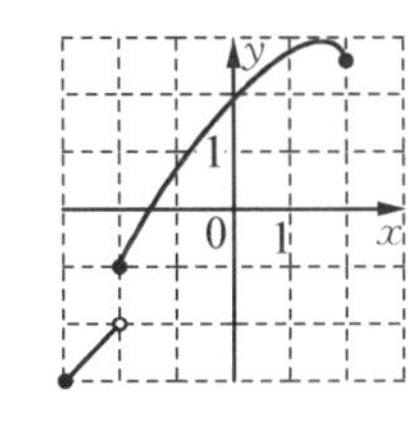
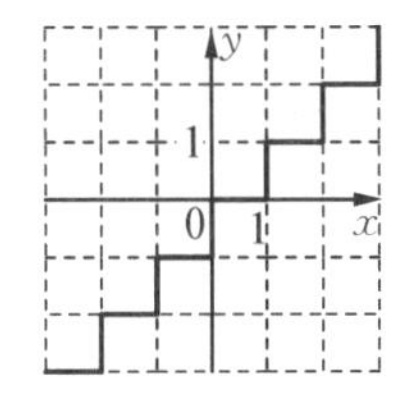

图20

习题4　试画出函数 $y=\dfrac{\mathrm{e}^x+\mathrm{e}^{-x}}{2}\ (x\geqslant 0)$ 的草图.

习题5　试将定义于$(0,+\infty)$内的函数 $f(x)=|x^2-2x|$ 补充定义到$(-\infty,+\infty)$上，使其成为(1) 奇函数；(2) 偶函数.

习题6　已知 $y=f(x)$存在一个对称中心和一个对称轴，证明 $f(x)$必是一个周期函数.

习题7　证明伯努利不等式 $(1+x)^n\geqslant 1+nx\ (x>-1,\ n\in\mathbf{N}_+)$.

习题8　通过分析所得的有限信息，将下列6个参数方程与图21中的6个图形进行配对.

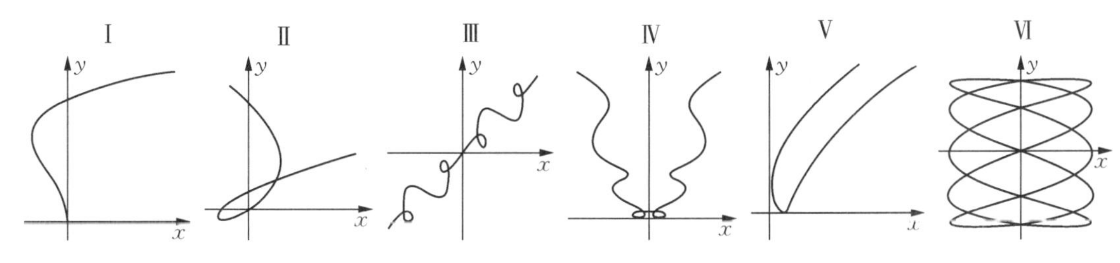

图21

(a) $x=t^4-t+1,\ y=t^2$；　　(b) $x=t^2-2t,\ y=\sqrt{t}$；

(c) $x=t^3-2t,\ y=t^2-t$；　　(d) $x=\cos 5t,\ y=\sin 2t$；

(e) $x=t+\sin 4t,\ y=t^2+\cos 3t$；　　(f) $x=t+\sin 2t,\ y=t+\sin 3t$.

习题 9 通过分析所得的有限信息,将下列 4 个极坐标方程与图 22 中的 4 个图形进行配对,并指出阴影部分对应的自变量的变化范围.

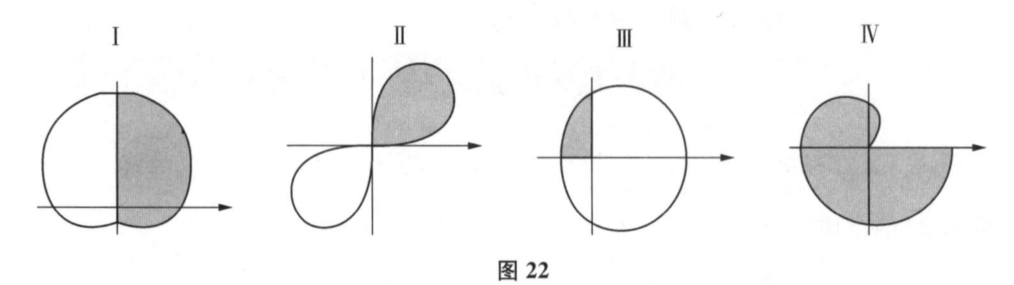

图 22

(a) $\rho^2 = \sin 2\theta$　　(b) $\rho = 2 + \cos\theta$　　(c) $\rho = \sqrt{\ln\theta}$　　(d) $\rho = 4 + 3\sin\theta$

习题 10 图 23 是美国最近一百多年来为男性婴儿出生时的预测寿命的平均值,请使用散点图选择合适的函数模型,然后预测 2030 年出生的男性的平均寿命.

出生年份	预测寿命	出生年份	预测寿命
1900	48.3	1960	66.6
1910	51.1	1970	67.1
1920	55.2	1980	70.0
1930	57.4	1990	71.8
1940	62.5	2000	73.0
1950	65.6	2010	76.2

图 23

一题一型复习卷(复习卷 1.2)

本卷为初等函数论衔接知识复习卷

1. (判断)区间$[a, b]$上不单调的函数不存在反函数.(　　)

2. (单选) $f(x) = (\cos 3x)^2$ 在其定义域$(-\infty, +\infty)$上的最小正周期是(　　).

A. 3π　　B. $\frac{\pi}{3}$　　C. $\frac{2\pi}{3}$　　D. 非周期函数

3. (多选) 函数 $f(x) = \ln\frac{a-x}{a+x}$ $(a > 0)$ 是(　　).

A. 奇函数　　B. 有零点的函数　　C. 单调递增的函数　　D. 无界的函数

4. (填空)函数 $y = 2\arcsin(\operatorname{sgn} x)$ 的定义域是____________.

5. (改错)**原题:**证明 $f(x) = \frac{2x+1}{1+x^2}$ 在定义域$(-\infty, +\infty)$上是有界函数. **证法如下:**

① $\frac{2x+1}{1+x^2} = \frac{2x}{1+x^2} + \frac{1}{1+x^2}$　② $\leqslant \frac{1+x^2}{1+x^2} + \frac{1}{1+x^2}$　③ $\leqslant 1+1=2$　④ 上述不等式对任何 $x \in (-\infty, +\infty)$ 成立,根据有界性的定义,$f(x)$有界

错点、错因:____________________.

6. （简答）你认为除了常值函数，是否存在没有最小正周期的函数了？

7. （简算）写出函数 $y=\pi+\arctan\dfrac{x}{2}$ 的反函数.

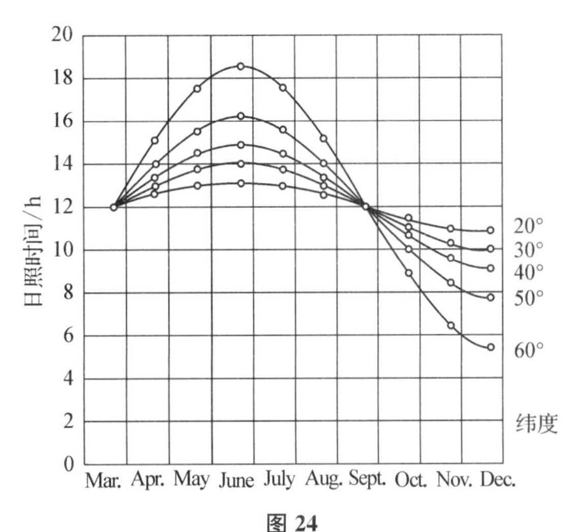

图 24

8. （综算）设 $f\left(\dfrac{x+1}{x-1}\right)=3f(x)-2x$，求 $f(x)$.

9. （证明）设 a，$b\in\mathbf{R}$，若对任何正数 ε，有 $|a-b|<\varepsilon$，试证明 $a=b$.

10. （应用）图 24 显示了几个纬度的日照时数作为一年中时间的函数的图表. 假设北京位于大约 40°纬度，请找到一个模拟北京在一年中白天长度的函数.

11. （阅读）化简 $\cos(\arctan x)$ 有两种方法：

第一种是常规的方法，即令 $\arctan x=y$，则 $\tan y=x$，$-\dfrac{\pi}{2}<y<\dfrac{\pi}{2}$，因为 $\sec^2 y=1+\tan^2 y=1+x^2$，所以 $\sec y=\sqrt{1+x^2}$，从而 $\cos y=\dfrac{1}{\sec y}=\dfrac{1}{\sqrt{1+x^2}}$，即 $\cos(\arctan x)=\dfrac{1}{\sqrt{1+x^2}}$.

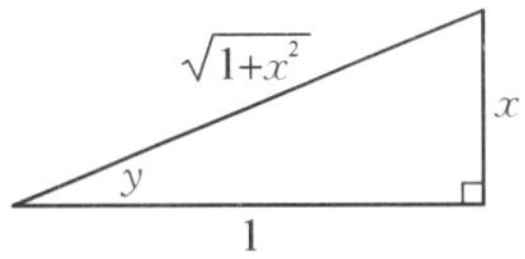

第二种是“图像法”，若 $\arctan x=y$，则由图 25（只限于 $y>0$ 的情形）知 $\tan y=x$，$\cos y=\dfrac{1}{\sqrt{1+x^2}}$，得证.

图 25

请用相似的方法化简 $\tan(\arcsin x)$ 和 $\sin(\arctan x)$.

12. （半开放）设 $y=[x]$ 为取整函数（不超 x 的最大整数），试讨论函数 $y=x-[x]$ 的特性.

13. （全开放）三个赛跑运动员参加 100 米赛跑. 图 26 描述了每个跑步者的距离与时间的函数. 请用文字描述一下这个图表告诉你的关于这场比赛的情况. 特别需要描述谁赢了比赛，每个赛跑者都跑完了吗？

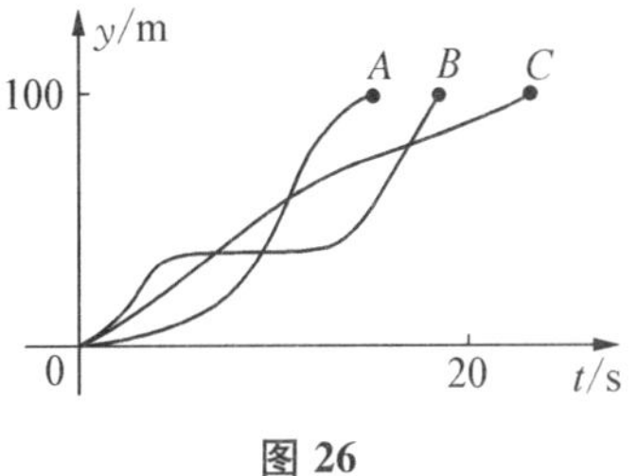

图 26

扫码可见本讲参考答案

第 2 讲

扫码可见本讲微课

极限之光

函数这个东西，有时要我们用望远镜去看，有时却要用显微镜去看，这两个“镜”，就是极限思想. 当我们抓住了微弱的光线下的某种信息时，也就捕捉到一个极限的踪迹. 我们所理解的以计算为目的的极限，只是技术层面的对象；对于极限中那些科学的思想，我们就从数学的眼光、语言和思维的角度进行讨论. “无穷大”和“无穷小”这两个概念，就是极限思想的基本对象.

一、精粹导读：无穷小与无穷大

早在极限概念成熟的两千多年前，极限的方法就已经出现，极限的理论就开始酝酿. 但“极限是难的”，古希腊人在用穷竭法时必须避免“无穷小量”，牛顿和莱布尼茨发明了导数与积分的方法后，因为没有及时解决其中的极限问题，引发了第二次数学危机. 归根结底，是我们没有正确认识“无穷”，更确切地说，是没有彻底地发现无穷与有限的对立统一，而这是数学的思维转变的最重要的一步，是初等到高等的一次飞跃.

（一）极限的眼光

极限的眼光可以说是自古有之. 先来看一些实例[①].

1. 圆面积证明

如何让小学生知道圆面积？课本上是这样做的（如图 1）：

把圆想象成一个比萨，然后把比萨切分成无穷多块，最后，神奇地将比萨块排布成一个矩形. 这样一来，**圆的面积就是这个矩形的面积：**

$$A=半径\times\frac{周长}{2}=\pi r^2.$$

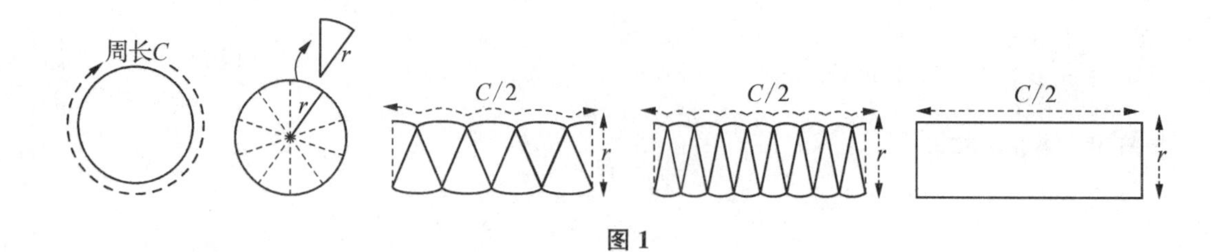

图 1

① 史蒂夫·斯托加茨著. 微积分的力量[M]. 任烨译. 北京：中信出版社，2021.

2. 阿基米德穷竭法

阿基米德在《抛物线求积法》中求抛物线弓形的面积的方法是：逐次作出与该弓形同底等高的三角形（如图2），然后将这些三角形面积加起来，阿基米德给出，第 n 步时，这些三角形面积之和为

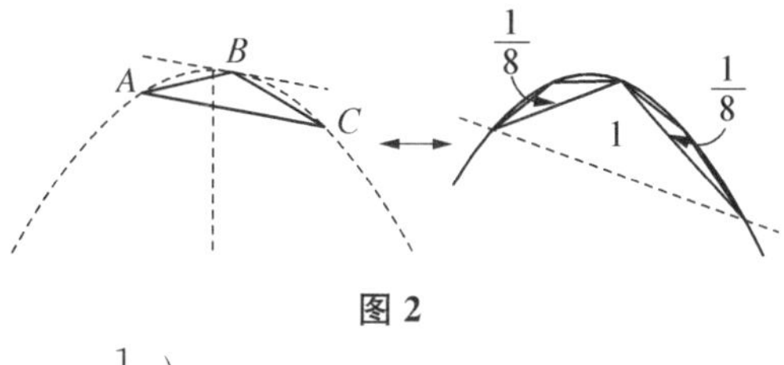

图2

$$A\left(1+\frac{1}{4}+\frac{1}{4^2}+\cdots+\frac{1}{4^{n-1}}\right)$$

（A 为第一个三角形的面积）. 他指出，只要 n 足够大，上面的数就可以无限接近于 $\frac{4}{3}A$. 他勇敢地说："任何想要测量曲线形状（边界长度、面积或者体积）的人，都必须尽力应对无穷小部分的极限问题."

3. 二分法

庄子云："一尺之捶，日取其半，万世不竭."意思是说，一尺长的棍棒，每日截取它的一半，千秋万代也截不完. 这话讲的哲理是有限与无限的辩证统一（有限中也有无限）. 用数学模型解释，就是

$$1=\frac{1}{2}+\frac{1}{4}+\frac{1}{8}+\cdots.$$

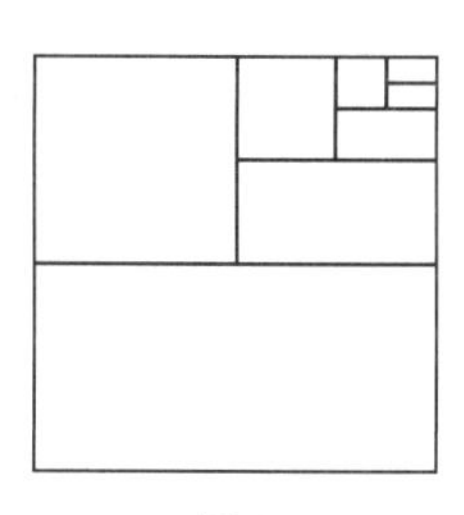
图3

小学里常常见到与学生玩一个数学游戏：如图3，从一个空的正方形开始，填上一半，留下一半是空的；空的一半再分成两个四分之一，把其中一个填上；然后空的四分之一再分成两个八分之一，把其中之一填上，……，如此下去，这个过程能够永远进行下去.

像这样的直观概念上的无穷还是比较容易理解的.

但如果把问题改为英国哲学家詹姆斯·汤姆森于1970年想出来的开灯问题，就没这么好理解了：设想有一部能开灯和关灯的完美的机器. 首先，让一盏灯开一分钟，接着关半分钟，然后打开四分之一分钟，接着关八分之一分钟，这个过程继续下去，……，试问，两分钟后这盏灯是开着还是关着？

图4

4. 刘徽的割圆术

刘徽是我国魏晋时期的数学家，他发明的割圆术，就是用圆内接正多边形的周长去无限逼近圆周长，并以此求取圆周率的方法.

他从圆内接六边形开始，将边数逐次加倍，当圆内接正多边形的边长无限增加时，它的周长逼近圆周长，它的面积逼近圆面积.

我们知道，对于单位圆来说，面积就是 π. 那么，如何求单位圆的面积呢？

设单位圆内积正 n 边形的面积为 S_n，边长为 x_n，刘微并没有逐个计算数列 $\{S_n\}$ 中的值，他相信一个数列如果收敛于一个常数 A，那么任何无限子数列也一定收敛于 A（极限论中的子列定理），他取的是子列 $\{S_{3\times 2^n}\}$，这可以大大减轻计算量. 因为面积通过（如图5）

$$S_{2n}=2n\cdot S_{\triangle AOC}=2n\cdot\frac{1}{2}OC\cdot AD=2n\cdot\frac{1}{2}\cdot\frac{x_n}{2}=\frac{n\cdot x_n}{2}$$

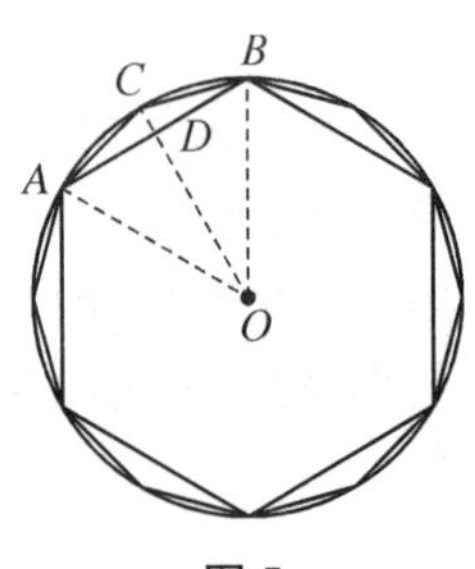

图 5

计算时，从 12 边形到 3 072 边形只需对边长迭代 8 次.

好在当时已经有了勾股定理，刘徽改进了开平方根的方法，然后构造了一个迭代公式. 设单位圆内接正 n 边形的弦心距为 h_n，则

$$h_n=\sqrt{1-\left(\frac{x_n}{2}\right)^2},$$

于是内接正 $2n$ 边形边长为

$$x_{2n}=\sqrt{\left(\frac{x_n}{2}\right)^2+(1-h_n)^2}=\sqrt{2-\sqrt{4-x_n^2}},$$

有了这个迭代公式，注意 $x_6=1$，就可以算出

$$x_{12}=\sqrt{2-\sqrt{3}},\ x_{24}=\sqrt{2-\sqrt{2+\sqrt{3}}},\ x_{48}=\sqrt{2-\sqrt{2+\sqrt{2+\sqrt{3}}}},\ \cdots\cdots$$

于是，

$$S_{12}=\frac{6\times 1}{2}=3,\ S_{24}=\frac{12\times\sqrt{2-\sqrt{3}}}{2},\ \cdots\cdots,$$

再迭代 6 次，就得到史称“徽率”的圆周率近似值：

$$S_{3\,072}=\frac{3\cdot 2^9\cdot x_{3\times 2^9}}{2}\approx\frac{3\,927}{1\,250}\approx 3.141\,6.$$

刘徽思维敏捷，方法灵活，既提倡推理又主张直观. 他是中国最早明确主张用逻辑推理的方式来论证数学命题的人. 刘徽的一生是为数学刻苦探求的一生. 他给世界留下了宝贵的精神财富，被誉为“中国的欧几里得”.

5. 圆周率之道

圆周率的定义是很清晰的，即我们能看见的两个长度(圆的周长和直径)之比，但从根本上说，它是微积分的产物，它被定义为无尽过程的难以达到的极限. 它是圆与直线之间的一扇门，是一个无限复杂的数，也是秩序与混沌之间的平衡. 看一下莱布尼茨的这个式子：

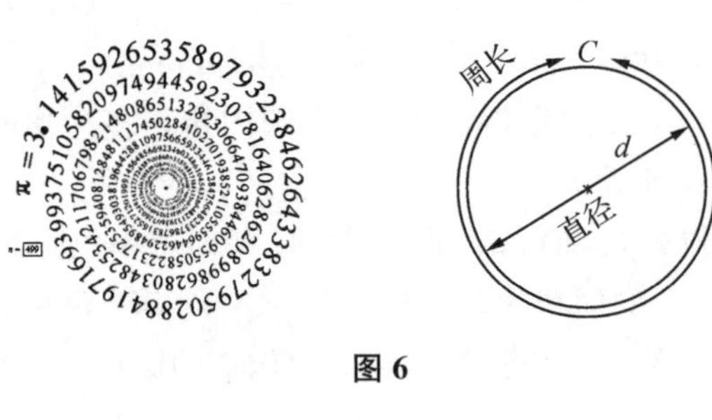

图 6

$$\frac{\pi}{4}=1-\frac{1}{3}+\frac{1}{5}-\frac{1}{7}+\frac{1}{9}-\frac{1}{11}+\cdots,$$

你怎么能把这么规整的一串数与这么无序的结果联系在一起!

可以看到，古代数学家已经掌握了极限的特征——无限趋于一个定数，甚至运用了极限的方法——了列定理、单调有界定理、夹逼准则等. 中小学生也是可以利用极限的眼光看问题的，当然，这里所指的问题都是与“无穷”有关的问题.

（二）极限的思维

1. 0.333…等于1/3吗?

下面这个问题是会难倒很多(初学者)大学生的:请在“(A) $0.333\cdots=\frac{1}{3}$、(B) $0.333\cdots<\frac{1}{3}$、(C) 0.333…无限趋于$\frac{1}{3}$”中做出选择. 选择(A)的人并不很多，而多数人会选择(C).

对于包含“无穷”的问题，我们特别应分清这是有关过程还是结果的问题? 显然，这是一个结果的问题，问两个数 a，b 是否相等，就应看看有没有差距? 即:

是否存在一个正数 r，使得 $|a-b|=r$?

当你发现 0.333…与$\frac{1}{3}$之间找不到正数 r 时，你就应该下结论“$0.333\cdots=\frac{1}{3}$”.

因此，当无穷的对象伴随在问题之中时，需要极限的思维与之相适应. 下面的两个例子或许可以刷新对无穷的认知.

2. 客满的旅馆再住客

一个有无限房间的旅馆(称为希尔伯特旅馆)，客满以后，老板如何安排新来的客人?[①]

现在需要理性地思考:**无限个房间的“客满”如何定义**?

对于有限个房间的旅馆，你可以定义“客满就是再也住不下人了”，也可以定义“每个房间都住进了人”. 显然，前面的定义已经把话说死了，无法推广到无限个房间了，后面的定义还没有说死，也许对于有无穷个房间的那个世界，“每个房间都住进了人”并不意味着“再也住不下人了”，当然，我们不要“想歪了”，应该不妨设一个房间只能住一个客人，不要出现几个人挤在一个房间的情况.

假设在有无限房间的客满的旅馆里，老板需要再安排一个人入住. 方法是:老板先让所有旅客都从房间里走出来(如图7). 然后，

让1号房间的客人搬到2号房间住，

2号房间的客人搬到3号房间住，

3号房间的客人搬到4号房间住，

……

k 号房间的客人搬到 $k+1$ 号房间住，

……

图7

这样，原来的客人就都有房间住了! 而新来的客人就可以住进一号房间了. 因此，有限个房间的旅馆办不到的事，在有无限个房间的旅馆办到了!

那么，**所有的房间都住着一个客人，如果再来一个含无穷多个客人的旅游团，老板怎么安排?** 聪明的老板会让原来的那些客人先出来，安排到偶数号房间里，再让奇数号房间住新

① 顾沛. 数学文化[M]. 第2版. 北京:高等教育出版社，2017.

来的客人,这样问题就解决了.

造成这种新奇感的关键因素在于,有一个情况可能以前没有搞清楚:客观世界的旅馆拥有的房间数一定是有限的,只有数学世界的旅馆才可以有无限个房间.

3. 可数无穷与不可数无穷

让现实世界与数学世界产生联系的一个重要武器是映射.

试问,“牛身上的毛数得清吗?”如果问一些没有数学素养的人,多半会觉得数不清,他们甚至会反问“你数一个试试?”但懂一点数学的人,可能会这样想:每平方厘米上的牛毛至多多少根,一头牛的表面积也就是有限多个平方厘米吧,所以牛毛是一定数得清的,这种想法,是建立在对“数得清”就是“有限数”这个朴素定义之上的. 但如果问“天上的星星数得清吗”这个问题,即使学得好的人也不大敢作肯定回答了,因为童年时就听大人们说“天上的星星数不清”.

数学的思维,是可以改变这个窘境的:

首先要对“数(shǔ)”下一个定义:让集合中的元素对应一个自然数;“数得清”就是集合与自然数集存在一个单射,“数不清”就是不存在一个单射. 按照这个定义,天上的星星是数得清的,因为如果我们以地球为中心,以一光年、二光年……不断向外画球面,每次画的球面包含的星球个数是有限的,所以天上的星球是可以用自然数依次编号的,这个集合也就一定数得清了!

更明晰的定义就是:**可与自然数集一一对应的集合称为可数集,否则称为不可数集.** 用这个定义可以证明:区间$(0, 1)$上的有理数集合是可数集,无理数集合为不可数集.

事实上,对这个区间上的有理数按分母为 $2, 3, 4, \cdots$依次排列(去掉约简后的重复数),就“数得清”了:

$$\frac{1}{2}, \frac{1}{3}, \frac{2}{3}, \frac{1}{4}, \frac{3}{4}, \frac{1}{5}, \frac{2}{5}, \frac{3}{5}, \frac{4}{5}, \frac{1}{6}, \cdots$$

对于这个区间内的实数,先把所有的小数都看作一个无穷小数,0.5 被看作 $0.4999\cdots$. 大数学家康托尔假设这些实数也能编成一个数列,设为

$$x_1=0.a_1a_2a_3\cdots,\ x_2=0.b_1b_2b_3\cdots,\ x_3=0.c_1c_2c_3\cdots,$$

现在区间$(0, 1)$内作一个数 $r=0.r_1r_2r_3\cdots$,使得 $r_1\neq a_1$, $r_2\neq b_2$, $r_3\neq c_3$, ……,因而这个数 $r=0.r_1r_2r_3\cdots$ 与数列 $x_1, x_2, x_3, \cdots$ 中的任何一个数不相等,这就产生了矛盾. 这说明$(0, 1)$内的实数集是不可数的. 从而$(0, 1)$区间上的无理数是不可数的,因为假若可数,就可像希尔伯特旅馆里安排客人那样,把有理数和无理数分别作为一个数列的偶数列和奇数列,实数集就可数了.

(三) 极限的语言

1. 无穷多、无穷大、无穷小

接下来就涉及数学史上那个煎熬两百年的事情了:如何从无穷多过渡到无穷大?

对于有限数集 $\{1, 2, \cdots, n\}$, n 既代表“有限多”,又代表“有限大”. 但当说“n 趋于无穷”时,就要设法摆脱“多”的“束缚”了(但又不能完全摆脱“无穷多”,否则“极限”无从说起).

不妨把问题从 $n \to \infty$ 拓展到 $x \to \infty$ 来考虑. 唯有不等式的思想可以解决这个问题，我们用“邻域”来描述∞，因为这样做可以将有限数与这个虚拟的对象一视同仁.

邻域是一种特殊的数集，它表示“在某处的近旁”（如图8）. 数轴上点 a 的 δ 邻域 $U(a;\delta)=\{x \mid |x-a|<\delta\}$ 就像二维空间中的一个圆盘，表示数轴上与点 a 的距离小于 δ 的点的全体. 对于点 a 的 δ 邻域，δ 越小，邻域中的点与点 a 越靠近. 数轴的两端有两个虚拟的点，分别称为 $+\infty$ 和 $-\infty$，它们在“无穷远处”合为一点，称为“无穷大”，记为“∞”. 但∞不是数轴上的一个点，这个虚拟点的邻域，可用一个充分大的正数 X 来刻画：数集 $U(\infty)=\{x \mid |x|>X\}$ 就是∞的一个邻域，X 越大，邻域中的点与∞“越靠近”. 同样地，$+\infty$邻域为集合 $U(+\infty)=\{x \mid x>X\}$，$-\infty$ 邻域为集合 $U(-\infty)=\{x \mid x<-X\}$. 如果把实轴想象成一个两端汇聚于 ∞ 的一个“半径超大的圆”，就不难理解了.

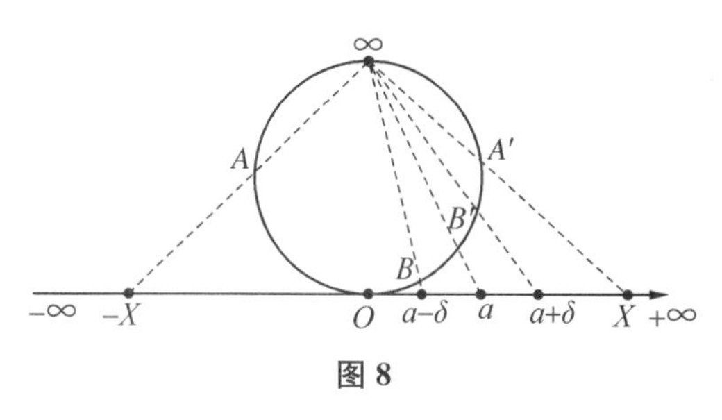

图8

邻域表示的这个方法说明，**我们要表示一个可以变得很大的变量，就要用那些有限量才能实现**. 这就是辩证法帮助我们获得的一个发现. “无穷大”这个量终于有了数学语言的描述！

对于“无穷大量”，我们再也不必说“这是一个绝对值可以大于任意数的函数”，因为这样容易与无界函数或振荡函数相混淆. $\lim\limits_{x \to x_0} f(x)=\infty$ 就是：

$$\forall G>0,\ \exists \delta>0,\ 0<|x-x_0|<\delta \Rightarrow |f(x)|>G.$$

在这个描述中，没有“变化”“运动”“趋于”等话语，就不会产生歧义. 这个定义也让我们看到，“无穷大”是那个虚拟世界中的“非常远”的一个对象，因为一旦无穷大不够远，“$|f(x)|>G$”就会对于某个正数 $G>0$ 办不到.

对于“无穷小量”，自然应该理解为“这是一个绝对值可以小于任意数的函数”，用数学语言表示“$f(x)$在 x_0 处是无穷小量”自然就是

$$\forall \varepsilon>0,\ \exists \delta>0,\ 0<|x-x_0|<\delta \Rightarrow |f(x)|<\varepsilon,$$

而这恰好就是 $\lim\limits_{r \to r_0} f(x)=0$.

无穷大和无穷小犹如两个只能通过望远镜和显微镜才能看到的东西. 它们可以用于探测宇宙、明察秋毫. 但它们必须在数学的语言环境中才能发挥作用，否则就等于回归“目测”. 因此，无穷大与无穷小的符号语言形态是极限思想的核心.

图9

2. 第二次数学危机与极限定义

牛顿在计算速度时用到类似于下式中的做法：

$$\frac{\Delta s}{\Delta t}=gt_0+\frac{1}{2}g\Delta t,$$

他说，在右边的式中令 $\Delta t=0$，就得到自由落体的瞬时速度 gt_0. 1734年，贝克莱(1685—

1753,爱尔兰的主教)出版了一本书,书中他嘲笑无穷小量 Δt 是"已死量的幽灵",因为若无穷小量是 0,则用无穷小做分母没有意义;若无穷小量不是 0,则 $\frac{1}{2}g\Delta t$ 就不能轻易去掉.

图 10　贝克莱

直到进入 19 世纪以后,极限的不严密性到了非解决不可的地步.那时不知道什么是连续,因为一直以来,有解析式的函数天然地被认为是连续的,阿贝尔在 1826 年说:"在高等分析中只有很少几个定理是用逻辑上站得住脚的形式证明的.人们到处发现从特殊跳到一般的不可靠的推理方法." 1821 年,柯西在《分析教程》一书中将极限定义为"若代表某变量的一串数值无限地趋向于某一数值,其差可任意小,则该固定值称为这一串数值的极限."但是他的叙述仍然是不严格的.他的一些重要思想,例如,导数是 $\frac{\Delta y}{\Delta x}$ 的极限,定积分是和式极限,尽管十分深刻,但离真正的严密化还有一段距离.

魏尔斯特拉斯认为,"变量无限趋向于"之类的说法也是表述不清的,这一想法导致了他确定变量 x 在 $(x_0-\delta,\ x_0+\delta)$ 上取值时,$f(x)$在 $(f(x_0)-\varepsilon,\ f(x_0)+\varepsilon)$ 取值这样的表示方法.这样,极限定义完全摆脱了对几何直观的依赖①.

在极限定义中,最为巧妙的是 ε 的运用,它具有"任意固定"的特点,当它被"固定"时,就是在用常数刻画变量;当它任意变化时,又在用近似刻画精确,同时又在用有限表达无限.

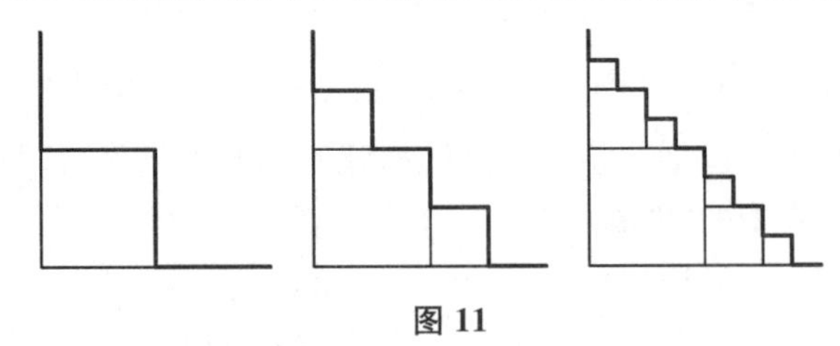

图 11

也许有人觉得这样摆脱直观的定义大可不必.这里再举一个反例.边长为 1 的正方形对角线是多少? 答案肯定是 $\sqrt{2}$.但如果像图 11 那样把对角线做成折线的极限,从几何直观上看,这条折线会与对角线无限逼近.但图形的无限逼近就能保证度量上的逼近吗? 小学生都能看出,这些折线的长度始终是一样的,等于 2.

可见,严格的数学语言是何等重要!

(四) 极限的思想方法及其应用

当你把无穷大与无穷小看作两种发光的粒子,这种光具有"波粒两重性",就不难理解极限的思想了.在这里,"波"就是过程,"粒"就是结果.

1. 极限的思想与方法

(1) 极限是一种思想

极限就是将无穷大与无穷小这两个对象与有限数结合在一起,用于研究变量发展趋势的一种思想.它是无穷与有限的对立统一规律的完美运用.在这个思想下,数轴是一根"很粗

① 华东师范大学数学系.数学分析(上册)[M].第 4 版.北京:高等教育出版社,2010.

的圆环”，它在无穷大处两端重合，而在每个有限点处黏附着很多无穷小量.

(2) 极限是一个过程

极限概念是用形式化了的数学语言表示的两个“无限趋向”. 对于数列而言，“n 无限增大时 a_n 无限趋于数 A”的数学语言为：

$$\forall \varepsilon > 0,\ \exists N \in \mathbf{N}_+,\ n > N \Rightarrow |a_n - A| < \varepsilon.$$

极限法是用极限概念分析问题和解决问题的一种方法. 极限法的一般步骤为[①]：

对于被考察的未知量，先设法构思一个与它有关的变量；确认这个变量通过无限过程的结果就是所求的未知量；最后用极限运算来得到这个结果.

因此，这个过程可分为如下三个阶段：

➢ 根据研究对象构造一个可以无限变化的过程；

➢ 考虑考察过程中某一特定的、有限的、暂时的结果(预估)；

➢ 通过“取”极限获得“无限”时的状态即研究对象的结果.

极限法不同于一般的代数法，代数中的加、减、乘、除等运算都是由两个数来确定出另一个数，而在极限法中，则由无限个数来确定一个数. 很多问题，用常量数学的方法无法解决，却可用极限法解决. 就像坐标法是解析几何的基本方法一样，极限法是微积分的基本方法，也是贯穿于整个微积分全过程的基本方法. 如果要问：“微积分是一门什么样的学科?”那么可以这样概括：**“微积分是用极限法来研究函数的一门学科.”**

(3) 极限是一个数

芝诺(约前 335—前 263 年)的阿喀琉斯悖论认为，跑得快的阿喀琉斯是永远追不上前面的乌龟的(如图 12). 原因在于，当阿喀琉斯到达乌龟的起跑点时，乌龟会沿着跑道向前移动一点儿；当阿喀琉斯到达那个新位置时，乌龟又会往前爬一点儿……似乎这个过程永无止境，追赶的时间也就遥遥无期.

图 12 芝诺和他的阿喀琉斯悖论

现在来用极限看一下这个问题. 假设乌龟在前方 10 米处，但阿喀琉斯的速度是乌龟的 10 倍(比如分别是每秒 10 米和每秒 1 米). 然后，阿喀琉斯花 1 秒追平了起跑时乌龟领先他 10 米的优势. 与此同时，乌龟会向前移动 1 米. 阿喀琉斯再花 0.1 秒来追平这个差距，那时乌龟会再向前移动 0.1 米……，因此，追赶乌龟所花的时间是数列

$$s_n = \underbrace{1 + 0.1 + 0.01 + \cdots + 0.0\cdots01}_{n\text{个}} = \frac{1-(0.1)^n}{1-0.1}$$

的极限，它是一个有限数 $\frac{10}{9}$(秒).

这个例子告诉我们，**虽然一件事可以分解为无限个步骤去做，但无限个数的和未必是无穷大**，收敛的变量就是那种趋于一个有限数的量.

① 邵光华. 作为教育任务的数学思想与方法[M]. 上海：上海教育出版社，2009.

2. 极限是如何用来研究函数的

极限问题有两大类，一类是 $\lim\limits_{x\to x_0} f(x)$ 型，另一类是 $\lim\limits_{x\to\infty} f(x)$ 型. 由于无穷大与无穷小是“倒数”关系，无穷小与有界变量的乘积还是无穷小；而且无穷大的极限不是数，而无穷小的极限是数，所以用无穷小(显微镜思想)研究问题用得更多.

(1) 函数的表示(无穷小方法)

用无穷小研究各种极限问题，主要得益于下列

定理 1(局部表示定理) **$\lim\limits_{x\to x_0} f(x)=A$ 当且仅当在 x_0 的充分小的邻域上 $f(x)=A+\alpha(x)$ (其中 $\alpha(x)$ 是一个无穷小量).**

这等于将函数重新整理出一个核心部分 A，这是何等重要的思想！

例如，我们可以在 $x=0$ 的近旁把非常复杂的函数，比如 $\dfrac{\sin x}{x}$，$(1+x)^{\frac{1}{x}}$，写成“常数+无穷小量”的形式：

$$\frac{\sin x}{x}=1+\alpha(x),\ (1+x)^{\frac{1}{x}}=\mathrm{e}+\alpha(x),$$

实在是妙不可言！

将上述定理略微变形，即得

定理 2 **$\lim\limits_{x\to x_0} f(x)=\lim\limits_{x\to x_0} g(x)=0$，则 $f(x)\sim g(x)$ 当且仅当在 x_0 的充分小的邻域上 $f(x)=g(x)+o(g(x))$.**

这个“不起眼”的定理可以通过等价无穷小将一个函数用另一个函数来表示，例如，在 $x=0$ 的近旁可以这样表示 $\sqrt{\cos x}$：因为

$$\sqrt{\cos x}-1=\sqrt{(\cos x-1)+1}-1\sim\frac{1}{2}(\cos x-1),$$

所以 $\sqrt{\cos x}-1=\dfrac{1}{2}(\cos x-1)+o(\cos x-1)$；又因为 $\cos x-1\sim-\dfrac{x^2}{2}$，所以 $\cos x-1\sim-\dfrac{x^2}{2}+o(x^2)$，这导致 $\sqrt{\cos x}=1-\dfrac{x^2}{4}+o(x^2)$.

在“邻域上”研究函数所得到的性质称为局部性质，例如局部有界性、唯一性、保号性，都是函数的局部性质. 函数的表示定理，可以简便完美地导出这些局部性质.

(2) 连续与间断

极限定义最重要的用处也在于解决了连续的定义：$\lim\limits_{x\to x_0} f(x)=f(x_0)$. 从这个定义出发也就可以给我们的直观印象“间断”下定义，这样，函数的整体性质研究(最值、零点、介值性等)可以深入下去了，因为可以定义一类重要的函数——连续函数.

连续函数(在区间的每个点上都连续的函数)是由连续性的局部研究所生成的整体性概念，也就是我们看到的笔不离纸可以一笔画出图形的那种函数. 对这种函数的研究是极限论的一个主要话题.

初等函数的连续性是极限计算中的必不可少的工具，因为只要将极限运算扩展至连续

函数的极限，就可以从函数值得到极限值了，而初等函数就具有这样的性质.

(3) 函数在"远处"的趋势

当 $\lim\limits_{x \to x_0} f(x)$ 取值于正无穷或负无穷时，就说明函数的图形 $y=f(x)$ 具有竖直渐近线；当 $\lim\limits_{x \to \infty} f(x)$ 取值为常数时，说明 $y=f(x)$ 具有水平渐近线，更一般地，如果存在数 a，b 使得 $\lim\limits_{x \to \infty}[f(x)-ax-b]=0$，则说明 $y=f(x)$ 具有斜渐近线. 即使计算出像 $\lim\limits_{x \to \infty} f(x)=+\infty$ 这样的结果，也很有意义，可以对获取图像信息有所帮助，例如讨论函数的零点和极值点时就需要这种讨论.

(4) 定义导数和积分

以后还将看到，导数概念只有用极限来定义时才是无懈可击的：$\lim\limits_{\Delta x \to 0} \dfrac{\Delta y}{\Delta x}=f'(x_0)$，因此，导数应看作极限思想的应用，导数的研究永远离不开极限的思想和方法.

黎曼(1826—1866)和达布(1842—1917)给出了有界函数可积的定义

$$\lim_{\lambda \to 0} \sum_{i=1}^{n} f(\xi_i)\Delta x_i=\int_a^b f(x)\mathrm{d}x$$

和充要条件(1854 和 1885 年). 微积分严密化的任务最终在他们手中完成了.

二、阅读启示

(一) 对思想方法的启示

通过对极限概念的分析，可以得到以下几点结论：

1. 极限是微积分的灵魂

极限方法能在变量所取的无穷多个值里找到一个定值(而代数运算只能通过有限个数确定一个值)，这是数学中的一件大事，如果可以归功于某一位发明者，这个人一定比牛顿和莱布尼茨还要"牛"！因为极限概念的引入，微积分才真正从技术转化为一门科学，微积分中所有主要概念都可以放心地交给极限论去解释. 极限已经成为微积分的灵魂！

微积分大厦的建立起始于积分问题，完善于积分的极限定义；最终，极限概念的确定解决了所有的问题——微积分也因此被称为"数学分析"！极限是难的，连牛顿、莱布尼茨、欧拉、柯西这样的天才都没有捕捉到它的本质，因此，我们学过极限论以后，应该反思"极限"这个来之不易的宝贵财富真的只用三四个星期就能装进我们的头脑中了吗？一个简单的检验方法是检查一下我们能否用极限的定义进行推理.

2. 无穷大和无穷小是极限的灵魂

极限的灵魂是在无限变化的过程中找到一个定数. 尽管无穷大不是一个数，极限论却把它与一般实数同等看待. 极限法以无穷大量和无穷小量作为研究工具，这相当于初等数学只靠肉眼看世界，而高等数学可以靠望远镜和显微镜看世界了. 因此，我们被赋予了一种新的思维——极限思维，它用严格分析的手段观察和描述函数，它将我们曾经看到的静态的实数集大幅度地扩充到了极限值的集合.

在实践中，有了极限思维，芝诺的阿喀琉斯悖论可以轻松地化解；汤姆森的开灯问题也不在话下,因为整个开灯和关灯的过程永远也到不了2分钟的那一刻;甚至贝克莱所发现的牛顿求导法的破绽,也可迎刃而解.

3. 极限之三新

相对于以前的代数与几何,极限论有“三新”:

一是概念新,极限的定义、无穷大和无穷小,就是三个全新的概念。

二是思维新,极限的计算不同于代数计算,是需要边探究边下笔的,要借助猜想和直觉,要学会反推;将极限思想转化为方法的关键因素是各种极限法则,包括无穷小乘有界量极限为零的法则,法则需要极其严谨地检验条件,即使是极限的加减法则也很容易用错. 极限法则将无限的函数值在有限的步骤内解决,这是何等美妙的事情。

三是方法新,极限的计算关键是未定式,同样的$\frac{0}{0}$型的极限,还应区分 $\frac{0-0}{0}$, $\frac{1-1}{0}$, $\frac{a-a}{0}$, $\frac{a-a}{0^b}$ $(b\neq 1)$ 等几种子类型,它们各有特殊的解法,归纳一下这些问题就可以掌握$\frac{0}{0}$的特性了,而$\frac{\infty}{\infty}$、1^∞或1^0等未定式都可以转化成$\frac{0}{0}$型.

计算极限时,还要熟练把握函数在“邻域上的变化”,例如函数 $\arctan x$ 在 $x\to+\infty$ 和 $x\to-\infty$ 时会有不同的结果;函数 $\frac{1}{x-1}$ 在 $x=1$ 两侧邻域分别为正、负无穷大.

(二) 对真善美的启示

1. 极限思想是一种充满唯物辩证法的思想

众所周知,常量数学静态地研究数学对象,自从解析几何和微积分问世以后,运动进入了数学,人们这才对自然界现象和过程进行动态研究. 之后,魏尔斯脱拉斯建立了精确的 ε 语言,用静态的定义刻画变量的变化趋势. 这种“静态—动态—静态”的螺旋式的演变,反映了数学发展的辩证规律.

极限思想充分体现了结果与过程的对立统一, 比如,当 ε 趋于无穷大时,数列 x_1, x_2, $\cdots$, x_n, $\cdots$ 的极限为 a. 此时,这个数列是变量 x_n 的变化过程,a 是 x_n 的变化结果. 一方面,数列中的任何一个 x_n, 无论多大都不是 a(一般而言);另一方面,随着过程的进行(即 n 无限地增大), x_n 越来越接近 a,经过飞跃又可转化为 a. 所以 a 的求出是过程与结果的对立统一.

2. 人生有限价值无穷

在我们的生活中,我们的社会每一个成就都是有一个共同奋斗的过程的,就像一个函数收敛到一个定值一样,我们要多为社会公益做贡献,使那些社会进步的事情完成得更快更好. 另一方面,社会上有价值的事情是无穷无尽的,它们都在依赖于全社会的人一起努力,就像数轴上每个数都有很多收敛于它的数列一样,我们应立足于平凡的工作岗位,任劳任怨而又有崇高理想,在有限的生命中为社会进步多做贡献.

我们每个人要确立若干个有价值的奋斗目标,也可能一个人一生只能做一件有意义的事. 无论如何,应该为了一个有意义的目标而甘愿用无数次努力,去越来越接近这个目标,即使永远无法实现这个理想,这个奋斗的过程中有无数次努力就是这个变量的无限取值. 所以，为了一个对社会有益的理想而奋斗的过程是有无穷价值的.

三、问题解决

（一）问题探究

我们讨论极限的类型以及极限的思维两个方面.

1. 极限的类型和基本方法

对于极限，它的定义是十分抽象的，常常需要用“无限趋近”这样不严格的词语来帮助描述. 但对各种极限的描述终究还是要用不等式才能确保可靠和实用，试看以下极限的定义：

表 1　七种极限过程及四种极限结果汇总

	$\lim\limits_{n\to\infty} a_n$	$\lim\limits_{x\to\infty} f(x)$	$\lim\limits_{x\to+\infty} f(x)$	$\lim\limits_{x\to-\infty} f(x)$	$\lim\limits_{x\to x_0} f(x)$	$\lim\limits_{x\to x_0^+} f(x)$	$\lim\limits_{x\to x_0^-} f(x)$
A							
∞							
$+\infty$							
$-\infty$							

足足有 7 种变量过程和 4 种极限结果（除了“振荡”的结果以外），共 28 种，其中第一行的 7 种属于“收敛”，下面三行的结果都称为“发散到无穷大”. 每个极限定义都是要靠不等式来描述的，例如 $\lim\limits_{x\to x_0} f(x)=A$ 就可以定义为：

$$\forall \varepsilon>0,\ \exists \delta>0,\ 0<|x-x_0|<\delta \Rightarrow |f(x)-A|<\varepsilon.$$

多么简洁明了！建议同学们填满上述 28 个空格，然后将左侧的四个结果分别改为

$$\neq A,\ \neq\infty,\ \neq+\infty,\ \neq-\infty,$$

再填新表的 28 个空格. 这样，对极限的定义就胸有成竹了.

收敛的变量有四大通性：极限的唯一性、局部有界性、局部保号性、复合性质（数列的情形是子列定理）.

极限的计算有哪些方法或依据呢？首先要打造一个研究极限的工具——无穷小量，然后就可以把极限的计算方法分成四种不同类型的问题：

一是极限的法则：四则运算、复合函数、有穷小乘有界量. 法则是“必由之路”，遇上了就“没有二选”.

二是极限的准则：即单调有界准则和夹逼准则，它们实际上是用极限定义证明过了的两大定理，已经“消化”了用定义判断收敛性的过程，所以是快捷有效的两个“充分条件”.

三是极限的常用算法：这里也有两类，对于具体函数来说，“两类重要极限”就用得很多，即 $\lim\limits_{x\to0}\dfrac{\sin x}{x}=1$，$\lim\limits_{x\to0}(1+x)^{\frac{1}{x}}=1$，因为它们把“多数”初等函数的极限解决掉了；对于抽象的函数来说，等价无穷小替换法就是一种重要方法.

四是连续函数的极限，即 $\lim\limits_{x\to x_0} f(x)=f(x_0)$，它指明极限运算所走的方向，即转化到连

续函数的极限就可以解决问题了.

极限问题还有个应用的问题,也可以说是极限概念的延伸研究,那就是函数的连续性的研究.对于函数的性质研究,存在着两大类视角:一是局部性质,二是整体性质.连续点与间断点就是局部性质的词语,连续函数、最大最小值、有界性、介值性、根的存在性等,就是函数整体性质的词语.

2.“极限思维”与“代数思维”的区别

极限的法则由极限的定义派生出来.法则就像法规一样,没有了它,只会“跟着感觉走”,就会出错,极限计算中的低级错误,大致表现在三个方面.

(1) 误用代入法

例如,想一想

思考题 1 下列过程

$$\lim_{x\to 0}\frac{1-\cos x}{x^2\cos x}=\lim_{x\to 0}\frac{1-\cos x}{x^2}=\lim_{x\to 0}\frac{1-1}{x^2}=\lim_{x\to 0}0=0$$

错在哪里?

初学者常常纠结于这样的问题:为什么分母上的 $\cos x$ 可以用 1 代入,而分子上的 $\cos x$ 就不能代入呢? 产生这样疑问的原因有三个:一是没有从“代数思维”中转变到“极限思维”,有极限思维的人做的第一个“代入”并不是真正的代入,而是“可否走这一步”;二是没有意识到这个极限全程是不能使用四则运算法则的,因为分母极限为零,这是最关键的问题;三是没有掌握必要的技巧,无穷小量是一个整体,不可拆开, $1-\cos x$ 是不可以拆分了去计算 $\cos x$ 的极限的.

(2) 误用运算律

在选择题中会问到

思考题 2 “0 乘以任何数还是 0”在微积分里仍然正确吗?

很多同学会回答“不再正确”,但如果没有把“不存在”与“数”区分开来,就会犯下面这个错误:

$$\lim_{x\to 0}x\sin\frac{1}{x}=\lim_{x\to 0}x\cdot\lim_{x\to 0}\sin\frac{1}{x}=0\cdot\lim_{x\to 0}\sin\frac{1}{x}=0.$$

这说明四则运算法则没有掌握,要知道 $\lim\limits_{x\to 0}\sin\frac{1}{x}$ 不是一个数.

(3) 误用等价无穷小替换法

等价无穷小替换法是极限计算中占重要地位的方法,但它仅限于极限号下替换函数,而且是乘除因子中的两个无穷小量互换,实践中非常容易出错,笔者见过一位老教师为了避免大量学生出错,竟然严禁学生使用这种方法.

思考题 3 以下解答错在哪里?

① $\lim\limits_{x\to 0}\dfrac{\tan x+\sin x-x^2\cos^2 x}{e^x-1+2\arctan x-x\ln(1+x)}=\lim\limits_{x\to 0}\dfrac{x+x-x^2}{x+2x-x^2}=\dfrac{2}{3}.$

② $\lim\limits_{x\to 1}\dfrac{1-x^2}{\sin\pi x}=\lim\limits_{x\to 1}\dfrac{1-x^2}{\pi x}=\dfrac{1-1}{\pi}=0.$

上述两个计算中,第一个在加减式中进行替换,尽管最终答案是正确的,但也是没有理由的;第二个表面上看没有问题,但仔细看后可以知道 $\sin\pi x$ 与 πx 不是等价无穷小,事实上 πx 根本就不是无穷小量,因为条件是 $x\to 1$ 而不是 $x\to 0$.

(二)习题研究

由极限值反推极限式中参量的问题是一类重要的推理问题;用极限构造函数、研究函数的渐近线、连续性等是典型的极限应用问题;两个极限准则、闭区间上连续函数的最值定理和介值定理,是研究抽象命题的有力工具,经常以证明题的形式出现. 因而,极限论的习题大致可分为两大类.

1. 函数的局部性质:收敛性和极限的计算

这类问题实际上就是函数的局部性质的定性和定量研究的两个方面.

例1 设实数 $\alpha>0$, 则 $x\to 0$ 时, $\cos^\alpha x-1$ 的等价无穷小是什么?

答案是 $-\dfrac{\alpha x^2}{2}$, 为了解决这个问题,就要"脑洞大开",酝酿各种方法,例如:

方法1 $\cos^\alpha x-1=(1-\sin^2 x)^{\frac{\alpha}{2}}-1\sim\dfrac{\alpha}{2}\cdot(-\sin^2 x)\sim-\dfrac{\alpha x^2}{2}$.

方法2 $\cos^\alpha x-1=\mathrm{e}^{\ln\cos^\alpha x}-1\sim\alpha\ln\cos x=\dfrac{\alpha}{2}\ln(1-\sin^2 x)\sim-\dfrac{\alpha x^2}{2}$.

方法3 $\cos^\alpha x-1\sim\ln(1+\cos^\alpha x-1)=\alpha\ln(\cos x)=\dfrac{\alpha}{2}\ln(1-\sin^2 x)\sim-\dfrac{\alpha x^2}{2}$.

例2 设 $f(x)$, $g(x)$ 在 $x=0$ 的某一邻域 U 内有定义,对任意 $x\in U$, $f(x)\neq g(x)$, 且 $\lim\limits_{x\to 0}f(x)=\lim\limits_{x\to 0}g(x)=a>0$, 则 $\lim\limits_{x\to 0}\dfrac{[f(x)]^{g(x)}-[g(x)]^{g(x)}}{f(x)-g(x)}=$________.

解 由极限的保号性,存在一个去心邻域 $\mathring{U}_1(0)$, 当 $x\in\mathring{U}_1(0)$ 时, $f(x)>0$, $g(x)>0$. 于是,

$$\lim_{x\to 0}\frac{[f(x)]^{g(x)}-[g(x)]^{g(x)}}{f(x)-g(x)}=\lim_{x\to 0}[g(x)]^{g(x)}\frac{\left[\dfrac{f(x)}{g(x)}\right]^{g(x)}-1}{f(x)-g(x)}$$

$$=a^a\lim_{x\to 0}\frac{\mathrm{e}^{g(x)\ln\frac{f(x)}{g(x)}}-1}{f(x)-g(x)}=a^a\lim_{x\to 0}\frac{g(x)\ln\dfrac{f(x)}{g(x)}}{f(x)-g(x)}=a^a\lim_{x\to 0}\frac{\ln\dfrac{f(x)}{g(x)}}{\dfrac{f(x)}{g(x)}-1}=a^a.$$

这同样是对(极限号内的)函数的局部性质的研究,已知条件极少,只有两个极限值,但用上了两个等价无穷小: $x\to 0$ 时 $\mathrm{e}^x-1\sim x$, $\ln(1+x)\sim x$.

2. 函数的整体性质

函数的整体性质是指函数在一个区间上的性质,如闭区间上连续函数的性质就是整体性质,但远远不止这些.

例3 设函数 $f(x)$在区间$(0, 1)$内连续,且存在两两互异的点 x_1, x_2, x_3, $x_4\in(0,$

1)，使得 $\alpha=\dfrac{f(x_1)-f(x_2)}{x_1-x_2}<\dfrac{f(x_3)-f(x_4)}{x_3-x_4}=\beta$. 证明:对任意 $\lambda\in(\alpha,\beta)$，存在互异的点 $x_5, x_6\in(0,1)$，使得 $\lambda=\dfrac{f(x_5)-f(x_6)}{x_5-x_6}$.

证明 不妨设 $x_1<x_2<x_3<x_4$，考虑辅助函数

$$F(t)=\frac{f[(1-t)x_2+tx_4]-f[(1-t)x_1+tx_3]}{[(1-t)x_2+tx_4]-[(1-t)x_1+tx_3]},$$

则 $F(t)$在闭区间$[0,1]$上连续，且 $F(0)=\alpha<\lambda<\beta=F(1)$. 根据连续函数介值定理，存在 $t_0\in(0,1)$，使得 $F(t_0)=\lambda$.

令 $x_5=(1-t_0)x_1+t_0x_3$，$x_6=(1-t_0)x_2+t_0x_4$，则 $x_5, x_6\in(0,1)$，且

$$\lambda=F(t_0)=\frac{f(x_5)-f(x_6)}{x_5-x_6}.$$

证毕.

此题用四个点和一个函数构造了一个一元函数. 每一个 t 值对应着 $f(x)$的一个割线斜率值. 连续函数的割线斜率必是连续变化的，因此，这个问题是对函数整体性质的研究.

(三) 解题策略

极限论的编题和解题都是没有“套路”的. 相对来说，在求极限时，要特别重视以下三点.

1. 极限号内函数代换与替换的区别

极限法是将变量作为无穷变化的过程并从中获取一个定值的方法. 在极限计算中，解决问题的关键仍然是转化，但转化通常有两种.

一种是通过函数恒等变形转移到已知的重要极限或连续函数的极限. 下列是对思考题 3 的纠错.

例 4 求极限 $\lim\limits_{x\to 0}\dfrac{\tan x+\sin x-x^2\cos^2 x}{e^x-1+2\arctan x-x\ln(1+x)}$.

解 原式 $=\lim\limits_{x\to 0}\dfrac{\dfrac{\tan x}{x}+\dfrac{\sin x}{x}-x\cos^2 x}{\dfrac{e^x-1}{x}+2\dfrac{\arctan x}{x}-\ln(1+x)}=\dfrac{1+1-0}{1+2-0}=\dfrac{2}{3}$.

这种转化是代数的、初等的. 上面的过程就是将$\dfrac{0}{0}$极限通过恒等变形转化成$\dfrac{2}{3}$.

另一种通过等价无穷小作“替换”，因为在替换下极限号后(虽然函数改变了)所得的值不会改变. 这是极限运算的一种独特方法，也是极限论中的一个核心方法，常常表现得比洛必达法则或其他方法还要灵活便捷. 要十分重视这方面的命题及其应用.

例 5 求极限 $\lim\limits_{x\to 1}\dfrac{x^2-1}{\sqrt[3]{3-x}-\sqrt[3]{1+x}}$.

解 $\lim\limits_{x\to 1}\dfrac{x^2-1}{\sqrt[3]{3-x}-\sqrt[3]{1+x}}=\lim\limits_{x\to 1}\dfrac{x^2-1}{\sqrt[3]{1+x}\left(\sqrt[3]{\dfrac{3-x}{1+x}}-1\right)}=\lim\limits_{x\to 1}\dfrac{x^2-1}{\sqrt[3]{2}\left(\sqrt[3]{1+\dfrac{2-2x}{1+x}}-1\right)}$

$$=\lim_{x\to1}\frac{x^2-1}{\sqrt[3]{2}\cdot\frac{1}{3}\left(\frac{2-2x}{1+x}\right)}=\lim_{x\to1}\frac{-3(x+1)^2}{2\sqrt[3]{2}}=-3\sqrt[3]{4}.$$

本题用无穷小量替换,将一个不连续函数的极限转化到了连续函数的极限.

例 6 $\lim\limits_{x\to0}\frac{1-\cos x\sqrt{\cos 2x}\sqrt[3]{\cos 3x}}{x^2}=$________.

解 $\lim\limits_{x\to0}\frac{1-\cos x\sqrt{\cos 2x}\sqrt[3]{\cos 3x}}{x^2}=\lim\limits_{x\to0}\frac{1-\cos x+\cos x(1-\sqrt{\cos 2x}\sqrt[3]{\cos 3x})}{x^2}$

$$=\frac{1}{2}+\lim_{x\to0}\frac{1-\sqrt{\cos 2x}\sqrt[3]{\cos 3x}}{x^2}=\frac{1}{2}+\lim_{x\to0}\frac{1-\sqrt{\cos 2x}+\sqrt{\cos 2x}(1-\sqrt[3]{\cos 3x})}{x^2}$$

$$=\frac{1}{2}+\lim_{x\to0}\frac{1-\sqrt{(\cos 2x-1)+1}+\sqrt{\cos 2x}(1-\sqrt[3]{(\cos 3x-1)+1})}{x^2}$$

$$=\frac{1}{2}-\lim_{x\to0}\frac{\sqrt{(\cos 2x-1)+1}-1}{x^2}-\lim_{x\to0}\frac{\sqrt{\cos 2x}(\sqrt[3]{(\cos 3x-1)+1}-1)}{x^2}$$

$$=\frac{1}{2}-\lim_{x\to0}\frac{\frac{1}{2}(\cos 2x-1)}{x^2}-\lim_{x\to0}\frac{\frac{1}{3}(\cos 3x-1)}{x^2}=\frac{1}{2}+\lim_{x\to0}\frac{1-\cos 2x}{2x^2}+\lim_{x\to0}\frac{1-\cos 3x}{3x^2}$$

$$=\frac{1}{2}+\lim_{x\to0}\frac{\frac{1}{2}(2x)^2}{2x^2}+\lim_{x\to0}\frac{\frac{1}{2}(3x)^2}{3x^2}=3.$$

无穷小量替换法是需要学习一些技巧的.在上面的解法中,如何将一个函数的极限拆分成两个或三个函数的极限之和,应从分母的"二阶无穷小"的信息得到提示,否则拆成几个无穷大量之和也就无济于事了.

2. 用函数的局部表示式计算极限

也许极限用于研究函数最漂亮的结论就是(前面所述的定理 1 和定理 2)表示定理,这是用无穷小量和极限值表示函数的工具.例如,在例 6 求解时,如果想不到如何拆分,可以这样考虑:

例 6 之解法 2 由于 $\lim\limits_{x\to0}\frac{1-\cos x}{x^2}=\frac{1}{2}$,所以 $\frac{1-\cos x}{x^2}=\frac{1}{2}+\alpha(x)$,其中 $\lim\limits_{x\to0}\alpha(x)=0$,即 $1-\cos x=\frac{x^2}{2}+\alpha(x)\cdot x^2$,或即 $\cos x=1-\frac{x^2}{2}+o(x^2)$.利用这个表示式可得

$$\sqrt{\cos 2x}=\sqrt{(\cos 2x-1)+1}=1+\frac{1}{2}(\cos 2x-1)+o(\cos 2x-1)$$

$$=1+\frac{1}{2}\left[-\frac{(2x)^2}{2}+o(x^2)\right]+o(x^2)=1-x^2+o(x^2),$$

$$\sqrt[3]{\cos 3x}=\sqrt[3]{(\cos 3x-1)+1}=1+\frac{1}{3}(\cos 3x-1)+o(\cos 3x-1)$$

$$=1+\frac{1}{3}\left[-\frac{(3x)^2}{2}+o(x^2)\right]+o(x^2)=1-\frac{3}{2}x^2+o(x^2).$$

故原式等于

$$\lim_{x\to0}\frac{1-\left(1-\frac{x^2}{2}+o(x^2)\right)(1-x^2+o(x^2))\left(1-\frac{3x^2}{2}+o(x^2)\right)}{x^2}$$

$$=\lim_{x\to0}\frac{\left(\frac{1}{2}+1+\frac{3}{2}\right)x^2+o(x^2)}{x^2}=3.$$

上面这个解法 2,就是利用(前面的定理 2)等价无穷小下的两个函数相互替换的原理.

如何从已知的抽象极限式展开出去呢？下面的方法给出了示范.

例 7 已知 $\lim\limits_{x\to0}\left[1+x+\dfrac{f(x)}{x}\right]^{\frac{1}{x}}=e^3$, 则 $\lim\limits_{x\to0}\dfrac{f(x)}{x^2}=$________.

解 由 $\lim\limits_{x\to0}\left[1+x+\dfrac{f(x)}{x}\right]^{\frac{1}{x}}=e^3$ 可得 $\lim\limits_{x\to0}\dfrac{1}{x}\ln\left[1+x+\dfrac{f(x)}{x}\right]=3$，于是 $\dfrac{1}{x}\ln\left[1+x+\dfrac{f(x)}{x}\right]=3+\alpha$，$\alpha\to0(x\to0)$，

即有

$$\frac{f(x)}{x^2}=\frac{e^{3x+\alpha x}-1}{x}-1,$$

从而

$$\lim_{x\to0}\frac{f(x)}{x^2}=\lim_{x\to0}\frac{e^{3x+\alpha x}-1}{x}-1=\lim_{x\to0}\frac{3x+\alpha x}{x}-1=2.$$

上面的函数 $f(x)$,没有预设任何条件,竟也可以反复地被表达,足见局部表示定理的威力！

3. 在直觉和预估下逐步完善计算过程

极限的计算是探索性的,所以直觉和预估是十分重要的.

例 8 设 $\alpha\in(0,1)$, 则 $\lim\limits_{n\to\infty}[(n+1)^\alpha-n^\alpha]=$________.

解法 1 因为 $\left(1+\dfrac{1}{n}\right)^\alpha<1+\dfrac{1}{n}$, 所以

$$0<[(n+1)^\alpha-n^\alpha]=n^\alpha\left[\left(1+\frac{1}{n}\right)^\alpha-1\right]<n^\alpha\left(1+\frac{1}{n}-1\right)=\frac{1}{n^{1-\alpha}}\to0\ (n\to\infty).$$

由夹逼准则得 $\lim\limits_{n\to\infty}[(n+1)^\alpha-n^\alpha]=0$.

解法 2 $\lim\limits_{n\to\infty}[(n+1)^\alpha-n^\alpha]=\lim\limits_{x\to0^+}\dfrac{(1+x)^\alpha-1}{x^\alpha}=\lim\limits_{x\to0^+}\dfrac{\alpha x}{x^\alpha}=\lim\limits_{x\to0^+}\alpha x^{1-\alpha}=0.$

在预估准确的情况下,可以用不等式转化极限问题,也可以用等价无穷小替换. 本题可以改编为:设 $\alpha\in\mathbf{N}$, 若 $\lim\limits_{n\to\infty}\dfrac{n^{2\,023}}{(n+1)^\alpha-n^\alpha}$ 是一个非零有限数,则 $\alpha=$________.

例 9 $\lim\limits_{x\to0}\dfrac{\ln(e^{\sin x}+\sqrt[3]{1-\cos x})-\sin x}{\arctan(4\sqrt[3]{1-\cos x})}=$________.

解 原式$=\lim\limits_{x\to0}\dfrac{e^{\sin x}-1+\sqrt[3]{1-\cos x}}{4\sqrt[3]{1-\cos x}}-\lim\limits_{x\to0}\dfrac{\sin x}{4\sqrt[3]{1-\cos x}}$

$$=\lim_{x\to0}\frac{x}{4\left(\frac{x^2}{2}\right)^{\frac{1}{3}}}+\frac{1}{4}-\lim_{x\to0}\frac{x}{4\left(\frac{x^2}{2}\right)^{\frac{1}{3}}}=\frac{1}{4}.$$

本题为何可以拆成这样两个极限之和？关键是先看到了分母上的无穷小的阶是$\dfrac{2}{3}(<1)$，而$\sin x$是一阶无穷小，相除以后的极限是存在的.同时判断出$\ln(e^{\sin x}+\sqrt[3]{1-\cos x})$的无穷小阶数也是$\dfrac{2}{3}$，满足加法法则的条件.

练习题

1. 设$x_n=(1+a)\cdot(1+a^2)\cdot\cdots\cdot(1+a^{2^n})$，$|a|<1$，求$\lim\limits_{n\to\infty}x_n$.

2. 求极限$\lim\limits_{n\to\infty}(1+\sin\pi\sqrt{1+4n^2})^n$.

3. 求极限$\lim\limits_{x\to0^+}\left[\ln(x\ln a)\cdot\ln\left(\dfrac{\ln ax}{\ln\frac{x}{a}}\right)\right]$ $(a>1)$.

4. 极限$\lim\limits_{x\to\frac{\pi}{2}}\dfrac{(1-\sqrt{\sin x})(1-\sqrt[3]{\sin x})\cdots(1-\sqrt[n]{\sin x})}{(1-\sin x)^{n-1}}=$________.

一题一类复习卷(复习卷2.1)

习题1 证明极限$\lim\limits_{n\to\infty}\dfrac{a^n}{n!}=0$ $(a>1)$.

习题2 计算极限

(1) $\lim\limits_{x\to0}\dfrac{2\sin x-\sin 2x}{x^2\ln(1+x)}$；

(2) $\lim\limits_{x\to0}\dfrac{\sqrt[3]{1+3x}-\sqrt[3]{1-2x}}{x+x^2}$；

(3) $\lim\limits_{x\to5^+}\dfrac{\sqrt[3]{x}-\sqrt[3]{5}}{\sqrt[4]{x}-\sqrt[4]{5}}$；

(4) $\lim\limits_{x\to0}\dfrac{1}{\ln^3(1+x)}\left[\left(\dfrac{2+\cos x}{3}\right)^x-1\right]$.

习题3 计算极限

(1) $\lim\limits_{x\to-\infty}(\sqrt{x^2-x+2\,024}-\sqrt{x^2+2\,024})$；

(2) $\lim\limits_{x\to+\infty}(\cos\sqrt{1+x}-\cos\sqrt{x})$.

习题4 画出函数$f(x)=\lim\limits_{n\to\infty}\sqrt[n]{1+x^n+\left(\dfrac{x^2}{2}\right)^n}$ $(x\geqslant0)$的图形.

习题5 求函数$f(x)=e^{\frac{1}{x-1}}\arctan(x-2)$的渐近线.

习题6 已知$\lim\limits_{x\to0}\dfrac{\sqrt{1+f(x)\sin 2x}-1}{e^{3x}-1}=2$，求$\lim\limits_{x\to0}f(x)$.

习题 7 求常数 a, b, c,并补充定义 $f(0)$, $f(1)$使得函数

$$f(x)=\begin{cases}\dfrac{\sqrt{1-ax}-1}{x} & 当 x<0 \\ \dfrac{a(x-1)+b-|x|}{x-1} & 当 0<x<1 \\ c\arctan\dfrac{1}{x-1} & 当 x>1\end{cases}$$

在 $x=0$ 和 $x=1$ 处连续.

习题 8 设 $0<x_0<1$, $x_{n+1}=1-\dfrac{1}{1+x_n}$ $(n=0, 1, 2, \cdots)$. 证明:$\{x_n\}$收敛,并求 $\lim\limits_{n\to\infty}x_n$.

习题 9 设函数 $f(x)$在区间$[a, b]$上连续,且对任何 $x\in[a, b]$,存在 $y\in[a, b]$,使得 $|f(y)|\leqslant\dfrac{1}{2}|f(x)|$. 证明:存在 $\xi\in[a, b]$,使得 $f(\xi)=0$.

习题 10 设函数 $f(x)$是区间$[0, 1]$上的非负连续函数,且 $f(0)=f(1)=0$,求证:对任意实数 p $(0<p<1)$,存在 $\xi\in[0, 1]$,使得 $\xi+p\in[0, 1]$,且 $f(\xi)=f(\xi+p)$.

一题一型复习卷(复习卷 2.2)

1. (判断) 设 $f(x)$是定义在$[a, b]$上的单调增函数,$x_0\in(a, b)$,则 $f(x_0-0)$, $f(x_0+0)$ 都存在(　　).

2. (单选)设 $f(x)=\dfrac{\cos\frac{\pi}{2}x}{x(x-1)}$,则 $f(x)$的间断点的类型为(　　).

A. $x=0$, $x=1$ 都是第一类间断点

B. $x=0$ 为第一类间断点,$x=1$ 为第二类间断点

C. $x=0$ 为第二类间断点,$x=1$ 为第一类间断点

D. $x=0$, $x=1$ 都是第二类间断点

3. (多选)当 $x\to0$ 时,在下列无穷小中与 x^2 等价的是(　　).

A. $1-\cos\sqrt{2}x$　　B. $\ln\sqrt{1+x^2}$　　C. $\sqrt{1+x^2}-\sqrt{1-x^2}$　　D. $e^x+e^{-x}-2$

4. (填空)极限 $\lim\limits_{x\to0}\dfrac{e^x-e^{-x}}{x(1+x^2)}=$__________.

5. (改错)**原题:**求极限 $\lim\limits_{x\to1}\dfrac{x^2-1}{x-1}e^{\frac{1}{x-1}}$. **解法如下:**

① 因为 $\lim\limits_{x\to1}\dfrac{x^2-1}{x-1}=\lim\limits_{x\to1}(x+1)=2$　② 又因为 $\lim\limits_{x\to1}\dfrac{1}{x-1}=\infty$

③ 故 $\lim\limits_{x\to1}e^{\frac{1}{x-1}}=\infty$　④ 从而 $\lim\limits_{x\to1}\dfrac{x^2-1}{x-1}e^{\frac{1}{x-1}}=\infty$

错点、错因:______________________________.

6. (简答)若 $\lim\limits_{n\to\infty}a_n=A$ $(A>0)$,试叙述这种极限下的保号性.

7. (简算)设 $f(x)=\dfrac{4x^2+3}{x-1}+ax+b$，若 $\lim\limits_{x\to\infty}f(x)=0$，求 a，b.

8. (综算)设 $n\in\mathbf{N}$，试写出 $\lim\limits_{x\to+\infty}\dfrac{1+x^2}{1+x^n}$ 和 $\lim\limits_{n\to\infty}\dfrac{1+x^2}{1+x^n}$ 的表达式.

9. (证明)设 $f(x)$在$[a,b]$上连续，且 $f(x)>0$，证明：对于任意 x_1，$x_2\in[a,b]$ $(x_1<x_2)$，必存在一点 $\xi\in[x_1,x_2]$ 使得 $f(\xi)=\dfrac{f(x_1)+f(x_2)}{2}$.

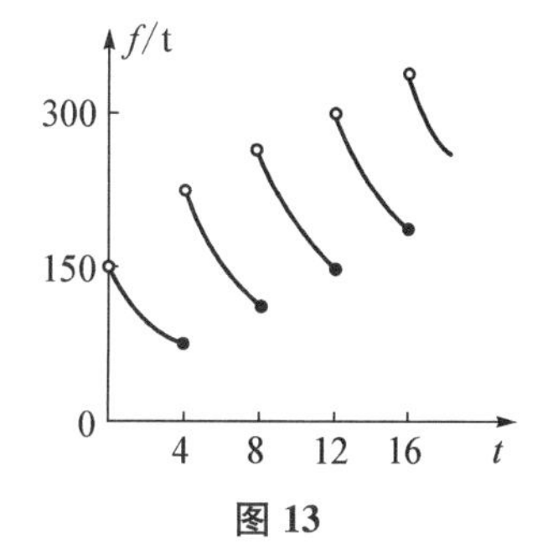

图 13

10. (应用)某病人每 4 小时注射 150 毫克的药物. 图 13 显示了药物在血液中的含量. 在时间 t 时血液内药物含量为 $f(t)$. 求 $\lim\limits_{t\to12^-}f(t)$ 和 $\lim\limits_{t\to12^+}f(t)$，并解释这些单侧极限的意义.

11. (阅读)函数的**终结行为**是指函数的值当 $x\to+\infty$ 和 $x\to-\infty$ 的表现.

(a) 通过绘制两个函数在矩形 $[-2,2]\times[-2,2]$ 和 $[-10,10]\times[-10\,000,10\,000]$ 中的图形，描述和比较函数

$$P(x)=3x^5-5x^3+2x \text{ 和 } Q(x)=3x^5$$

(b) 两个函数称为具有相同的终结行为，如果当 $x\to\infty$ 时它们的比值极限为 1. 证明 P 和 Q 具有相同的最终行为.

12. (半开放)对于图 14 所表示的函数，请写出某些点处的无穷极限、无穷远点处的极限以及渐近线. 你能否(可用分段函数)写一个大致满足此图的函数.

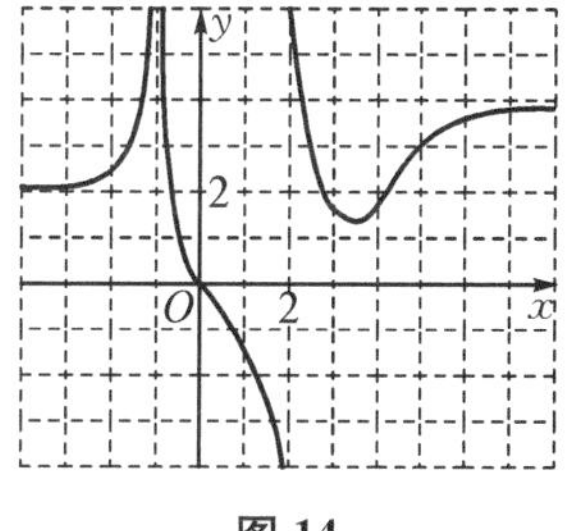

图 14

13. (全开放)假设函数 f 除了点 $x=\dfrac{1}{4}$ 以外在区间$[0,1]$上是连续的，且 $f(0)=1$，$f(1)=3$. 画两个可能的 f 图形，一个表示 f 可能不满足介值定理的结论，另一个表示 f 可能仍然满足介值定理的结论(即使它不满足定理的假设). 对于其他什么定理，也适合这样一个练习？你能自己提出并完成这个练习吗？

扫码可见本讲参考答案

扫码可见本讲微课

第 3 讲

导数与微分:从思想史到解题策略

导数,是一个伟大的发明,因为切线斜率、变速运动物体的瞬时速度和加速度、各种变量的变化率,都成为导数可以解决的问题. 微分似乎没有这么被人追捧,原因可能是"可导与可微是等价的两个概念,会求导则必会求微分". 但我们这个学科为什么叫"微积分"而不叫"导积分"呢? 今天来看看牛顿和莱布尼茨在导数与微分这两个概念上究竟是怎样想的? 他们做了什么? 理解了导数与微分的本质,可以驱动对它们的深度学习.

一、精粹导读:导数与微分的思想

(一) 牛顿时代以前的运动观

古希腊毕达哥拉斯学派认为"万物皆数",自然数及其比值能表示自然界所有的量是古希腊人的信仰. 这是原子论的典型表现. 原子论认为组成物质的最小单位是原子,原子不可分割但数量无限.

芝诺的"飞矢不动"悖论指出:如果空间和时间是有原子的离散量,飞矢就未曾移动(飞出去的箭是不移动的),因为在每一个瞬间(一个时间像素),飞矢都在某个确定的位置(一组特定的空间像素)上. 由此可以推断,在任何给定的瞬间,飞矢都是静止不动的. 它也不会在两个瞬间之间移动,因为根据假设,两个"相邻"瞬间之间是没有时间段的,所以飞矢从未移动. 这个结论是对原子论的有力嘲讽,也是对微分学思考的起点.

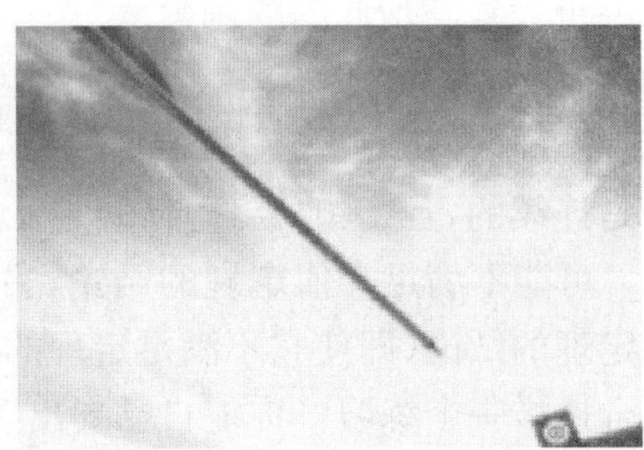

图 1　芝诺和他的"飞矢不动"悖论

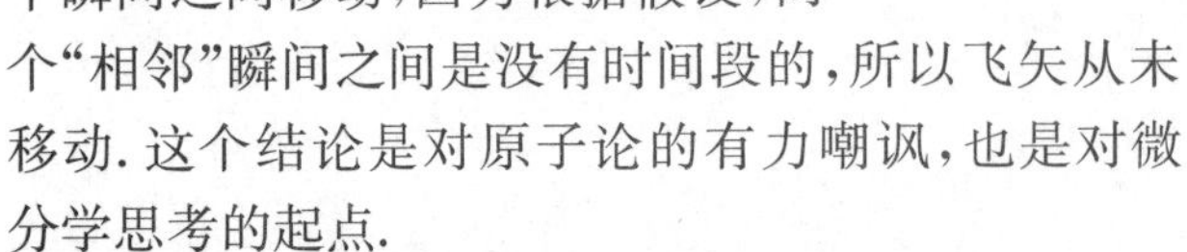

当希伯索斯发现正方形的对角线与边无公度时,"万物皆数"遭遇考验. 为了解决这个问题,欧多克索斯发明了关于比例的几何理论,打破了过去毕达哥拉斯学派的比例论只适用于可通约量的限制,而能够适用于任何两个量. 他还用穷竭法研究了两个圆的面积之比.

图 2　欧几里得

欧几里得发展了欧多克索斯的比例论和穷竭法，在证明中不求助于无限，但这也带来一个缺陷：在《几何原本》中对无理数的处理完全是几何的，从而整个希腊几何学只涉及形状，而不涉及变化，自然不可能对无穷小量给出一个令人满意的定义，无穷小量只能被看作一个固定的量，而不是一个辅助变量.

亚里士多德（前384—前322年）对运动的研究是定性的，没能做出定量的描述，他反对微积分学的基本概念——瞬时变化率，他说："在一个瞬间，物体不可能是运动着的，……也不可能是静止着的."这种观点势必会阻碍对变化的现象进行数学表达，也阻碍微积分思想的发展. 从近代科学方法来看，"他对运动和可变性的研究，不是在认真致力于为动力学建立一个坚实的基础，倒像是在做辩证法的练习"，"只要亚里士多德和希腊人还把运动看作连续的，而把数看作不连续的，那么严格的数学分析和令人满意的动力学科学是难以完成的."①

图3　亚里士多德

图4　阿基米德和他的螺线

阿基米德求螺线切线的方法，是有点微分的思想的. 他定义螺线为点的轨迹. 这个点匀速地沿一射线运动，而这条射线又匀速地绕其某一固定点转动. 他通过运动合成求出了切线. 不过，古希腊几何中既没有相当于函数曲线的概念，也没有一个按照极限概念定义的、适当的切线定义，因此，在阿基米德的思想中并没有预见到相切的几何概念是基于函数和极限这两个数量的概念.

微积分思想的进一步突破有赖于代数思想的发展. 在这个方向上，丢番图的《算术》代表了古希腊代数思想的最高成就，这是一种"字母代数"，它的特点是完全脱离了几何的形式，与欧几里得时代的经典大异其趣，不过，他的字母的意义都是代表常量而不是变量. 以后就是漫长的一千多年中世纪，乏善可陈.

图5　丢番图和他的《算术》

1609年的秋天，意大利帕多瓦大学教授伽利略用自己制作的30倍望远镜观察了月亮. 他的惊人发现记载在第二年出版的著作《星期使者》中，书中写道：

"远离我们约有60倍地球半径之遥的月亮，现在好像离我们只有约2倍地球半径的距离了. 看上去，真是美极了！它比肉眼所见的直径要大到30倍，表面积为900倍，而体积则为2 700倍. 这样观察到的月球表面并

图6　伽利略和他看到的月球

① 邵光华. 作为教育任务的数学思想与方法[M]. 上海：上海教育出版社，2009.

不是那么光滑平整的，而是同地球一样有着高山和深谷，并有断层的构造.”

从那一瞬间开始，一直主宰人们的亚里士多德的有限宇宙观开始受到致命打击. 更为意义深远的是，思考的望远镜和思考的显微镜让科学界“脑洞大开”.

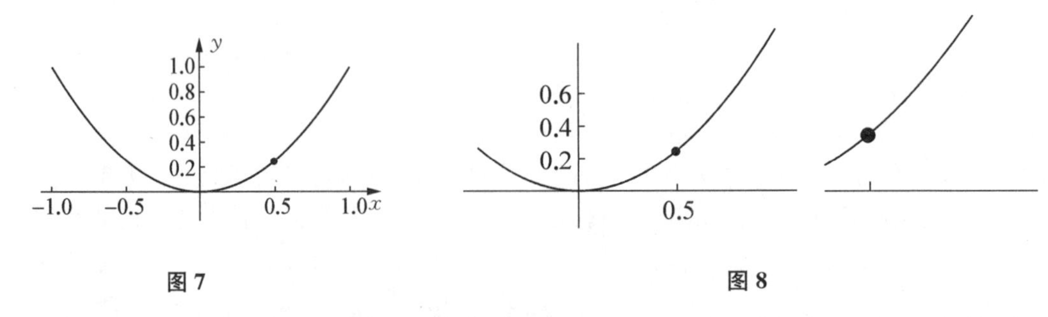

图 7　　图 8

例如，将抛物线的图形放大(如图 7、图 8)，每一点附近的图形都在“变直”，也就在贴近切线.

17 世纪科学研究的热点主要集中在四大问题上：

- 已知时间距离函数，求物体在任意时刻的速度和加速度；
- 求曲线的切线(除了几何的应用，还有光学的应用)；
- 求函数的最大值和最小值(炮弹最大射程、行星轨迹问题)；
- 曲线的长、所围面积、曲面所围体积(物体重心、万有引力的大小).

制作函数图形的切线，是 17 世纪十几位大数学家(包括费马、笛卡儿、巴罗、惠更斯等)一起攻克的焦点问题，费马还解决了笛卡儿提出的三次方程 $x^3+y^3=3axy$ (其中 a 是常数)的切线问题. 最终，牛顿和莱布尼茨完美地完成了切线问题的一般方法，并将其他几类问题也一起解决了.

(二) 牛顿眼里的导数

牛顿在《流数法》一书中陈述所研究的基本问题是：“已知量的关系，要算出它们的流数，以及反过来.”[①]

牛顿把曲线看作运动着的点的轨迹，他是用运动的概念来叙述他的发现. 那个时候没有“函数”一词，只有“变量”的概念，他称连续变量为“流动量”，流动量的导数为“流动率”，也称为“流数”(fluxion). 设有两个物体分别做直线运动，在相同时刻描出的线段分别为 x 和 y，它们的速度分别记为 $\dot{x}$，$\dot{y}$，牛顿的基本问题就是：

图 9　牛顿

问题(a)：设已知 x 和 y 之间的关系 $f(x, y)=0$，求 $\dfrac{\dot{x}}{\dot{y}}$；

问题(b)：设已知 $\dfrac{\dot{x}}{\dot{y}}$，求 x 和 y 之间的关系.

问题(b)可以演变成积分问题和微分方程问题；问题(a)就是导数问题(“相对变化率”的计算实际上与导数问题是等价的).

---

① 谢惠民. 数学史赏析[M]. 北京：高等教育出版社，2014.

在此之前,牛顿已经获得了他在数学上的第一个重要成果——二项式定理——它将古典二项式定理的指数从正整数推广到有理数,这是向完全发展微积分迈出的重要一步.牛顿指出:

$$(a+b)^n=a^n+\frac{n}{1}a^nb+\frac{n(n-1)}{1\times2}a^{n-2}b^2+\frac{n(n-1)(n-3)}{1\times2\times3}a^{n-3}b^3+\cdots$$

如果 n 是自然数,这个加的过程在 $n+1$ 项之后自动终止;但如果 n 不是自然数,这个过程就不会终止.

设给定关系 $y-x^3=0$,时间的刹那(无穷小增量 $\mathrm{d}t$)被牛顿称谓"瞬",记为"o",x 和 y 的刹那(无穷小增量 $\mathrm{d}x$,$\mathrm{d}y$)就用 $\dot{x}o$,$\dot{y}o$ 表示(即 $\mathrm{d}x=\frac{\mathrm{d}x}{\mathrm{d}t}\cdot\mathrm{d}t$,$\mathrm{d}y=\frac{\mathrm{d}y}{\mathrm{d}t}\cdot\mathrm{d}t$),以 $x+\dot{x}o$,$y+\dot{y}o$ 分别替代 x,y,代入方程得

$$y+\dot{y}o-(x+\dot{x}o)^3=0,$$

因 $y-x^3=0$,故有

$$\dot{y}o-3x^2\cdot\dot{x}o-3x(\dot{x}o)^2-(\dot{x}o)^3=0,$$

全式除以 o 得到

$$\dot{y}-3x^2\cdot\dot{x}-3x(\dot{x})^2o-(\dot{x})^3o^2=0,$$

略去 $3x(\dot{x})^2o+(\dot{x})^3o^2$,即得 $\dot{y}=3x^2\cdot\dot{x}$,用现在的导数记号就是 $\frac{\mathrm{d}y}{\mathrm{d}x}=3x^2$.

牛顿的流数术(导数计算法)就是这样的.牛顿自己举的例子是:

$$x^3-ax^2+axy-y^3=0,$$

他自己对于多项式方程的情况给出一套规则.

把微积分全部技巧忽略,最终只剩下三个概念:变量、函数和极限(极限概念用了将近200年才得到澄清).

在数学研究过程中能够取不同值的字母,称为变量,这个概念应归功于笛卡儿;函数这个词是莱布尼茨1694年引入数学中的,这个概念现在统治着数学的大部分领域,而且在科学中是必不可少的了.将牛顿的思想方法用于精确化的现代函数概念,重新来看一下牛顿的解法就是:设 $y=x^3$,x 为时间变量,则

$$\dot{y}o=3x^2\cdot o+3x\cdot o^2+o^3,$$

即

$$\frac{\dot{y}o}{o}=\frac{(x+o)^3-x^3}{o}=\frac{3x^2o+3x\cdot o^2+o^3}{o},$$

约去 o 得到 $\dot{y}=3x^2+3x\cdot\dot{x}o+o^2$,再让含 o 的项消失,就得到

$$\dot{y}=3x^2.$$

牛顿计算导数的方法是快速有效的,但"瞬"的名词是概念模糊的,英国哲学家和神学家

贝克莱对牛顿使用的概念和方法做出了尖锐的批判，他指出：先取一个非零增量并用它进行计算，然而最终让它消失而得到结果，这些分明是诡辩．这个基础性的逻辑漏洞的确在数学界引起了混乱，但也促进了极限精确概念的产生和应用．

我们现在对 $y = x^3$ 的导数计算是明确的：先给出一个非零增量 Δx，得到比式：

$$\frac{\Delta y}{\Delta x}=\frac{(x+\Delta x)^3-x^3}{\Delta x}=\frac{3x^2\Delta x+3x\cdot\Delta x^2+\Delta x^3}{\Delta x}=3x^2+3x\cdot\Delta x+\Delta x^2.$$

再取 $\Delta x \to 0$ 时的极限，由于右边存在极限 $3x^2$，左边就有了极限，这个极限就是函数在点 x 处的导数．这个过程表面上看起来和牛顿的方法没有什么不同，但实质上变样了：Δx 也是一个变量，它不为零，但可以趋于零．顺便指出，$\dfrac{\Delta y}{\Delta x}$ 的极限记为 $\dfrac{dy}{dx}$，这个符号归功于莱布尼茨．

不管怎样，牛顿解决的导数，等于解决了曲线的切线问题，这在当时是他的导师巴罗正在努力研究中的．牛顿和巴罗的导数思想，实际上就是从几何上描绘一种构想：在每一点处的曲线的性质，几乎可以用这点的切线来考察，因为**在这点处充分小的邻域上，切线处的值是曲线上取值的主要部分．**

（三）莱布尼茨眼里的微分

在发现微积分方面，莱布尼茨对无穷小量研究的方法是直观的、无可挑剔的．这可以解释为什么关于导数的研究一直被称作微分学．因为在莱布尼茨的方法中，微分的概念是微积分真正的核心；而导数是次要的，是事后添加的东西，或者说是微分的一种改进．

图 10　莱布尼茨

我们不妨从非常具体的例子入手．思考一下这个算术问题：2 的立方（2×2×2）是多少？答案当然是 8．那么，2.001×2.001×2.001 是多少？其结果肯定略大于 8，但到底大多少呢？

在这里，我们要寻找的是一种思维方式，而不是一个数值解．一般性的问题是，当我们改变一个问题的输入时，输出会改变多少呢？

显然，$(2.001)^3 = 8.012\,006\,001$．

我们需要注意的结构是这个数的小数部分，它实际上是由 3 个大小完全不同的部分组成的：

$$0.012\,006\,001 = 0.012 + 0.000\,006 + 0.000\,000\,001$$

我们可以把它想象成“小”的部分加上“超小”的部分再加上“超超小”的部分，并运用代数方法来理解这个结构．假设一个量 x 略微变化为 $x+\Delta x$．我们问 $(x+\Delta x)^3$ 等于多少．经过乘法运算我们发现：

$$(x+\Delta x)^3 = x^3 + 3x^2\Delta x + 3x(\Delta x)^2 + (\Delta x)^3,$$

把 $x = 2$ 代入后，这个方程变为：

$$(2+\Delta x)^3 = 8 + 12\Delta x + 6(\Delta x)^2 + (\Delta x)^3.$$

现在我们就能明白，为什么除了 8 以外的数位是由 3 个大小不同的部分组成的．占据主

导地位的部分是 $12\Delta x=12\times0.001=0.012$，而 $6(\Delta x)^2=0.000\,006$，$(\Delta x)^3=0.000\,000\,001$ 分别对应超小部分和超超小部分. 这个主要部分正是切线上的增量，称为微分，它正是莱布尼茨发现的部分.

(四) 微分的思想:一部“化曲为直”的宝典

莱布尼茨对无穷小量持一种务实的态度，他把无穷小量当作解放想象力的有效工具，从而使研究工作更富有成效. 就像他解释的那样:“从哲学角度讲，我对无穷小量和无穷大量一视同仁. 我认为它们都是思维的虚构产物，以及适用于微积分的简洁讲述方式.”

在很多关于原因与结果的输入与输出的自变量 x 和因变量 y 之间关系的问题中，输入的一个小的变化量(Δx)都会使输出产生一个小的变化量(Δy). 这个小变化量通常是以我们可利用的结构化方式组织起来的，也就是说，输出的变化量包含不同层级的部分. 这种分级方式会让我们专注于小但却占据主导地位的变化量，而忽略超小甚至更小的其他变化量. 虽然这个变化量很小，但和其他变化量相比却是巨大的(比如，与 0.000 006 和 0.000 000 01 相比，0.012 是巨大的). 这就是微分背后的核心观点.

回顾莱布尼茨的工作，除了对正确答案贡献最大的那一部分，其他部分全部忽略不计，也就是在矛盾当中抓住主要矛盾. 试看

$$(2+\mathrm{d}x)^3=8+12\mathrm{d}x+o(\mathrm{d}x),$$

像 $6(\mathrm{d}x)^2+(\mathrm{d}x)^3$ 这样的其他项，它们与 $12\mathrm{d}x$ 相比是完全微不足道的，因此，可以忽略不计，它们是 $\mathrm{d}x$ 的高阶无穷小. 但是，我们为什么要保留 $12\mathrm{d}x$ 呢，它和 8 相比不也是微不足道的吗? 回答是:如果我们把它也舍弃了，就无法考虑任何变化量了，答案将一直是 8. 所以秘诀在于，想要研究无穷小的变化量，就必须保留涉及的一次方的项，而忽略其他项. 再看一下我们保留下来的 $8+12\mathrm{d}x$(记作 $\mathrm{d}y$)是什么呢? 正是函数 $y=x^3$ 在 $x=2$ 点处切线! 当 $\mathrm{d}x$ 无限趋于零时，曲线可以被这条直线替代了，所以这部分非常重要!

有了导数的概念之后，人们对微分概念不再用数学上的原子论的讲法，而是把它作为一个从导数概念诱导出来的概念进行合乎逻辑的定义，自变量 x 的微分 $\mathrm{d}x$ 无非就是另一个自变量而已，而函数 $y=f(x)$ 的微分 $\mathrm{d}y$ 则定义为一个变量，其值是这样决定的:对变量 $\mathrm{d}x$ 的任意给定的值，比 $\dfrac{\mathrm{d}y}{\mathrm{d}x}$ 必须与在该点的导数值相等，即 $\mathrm{d}y=f'(x)\mathrm{d}x$. 这样定义的微分是新的变量，而不是固定的无穷小量，不是不可分量，也不是什么“最后的差值”“小于任何给定的量的量”等.

(五) 导数的思想:一台计算极限的机器

求导法思想的实质可以从导数这个微积分的核心概念看出[①]. 导数是用以表示曲线或函数在一点处性质的数学工具，如曲线上一点处的切线性质，函数在一点处的变化趋势，可以刻画运动物体或变化现象的瞬时性质，如物体在任一时刻的速度. 如果静止地孤立地考察某

① 史蒂夫·斯托加茨著. 微积分的力量[M]. 任烨译. 北京:中信出版社，2021.

一点处的性质，是“无计可施”的，必须从联系和变化的观点去考察，也就是从包含它的一段区间或时间段来考察，这是一种朴素的描述. 在一点处的变化趋势与它周围的情况一定有关，如在一时刻的瞬时速度，与它前一(段)时刻和后一(段)时刻的速度有关，也就是与含这一刻的时间段上的速度有联系，所以对导数的研究应从区间入手，从包含这一点这一刻在内的周围开始，通过逐渐缩小区间范围来逼近这点这一刻. 具体到曲线上，就是一段弧或一条割线；具体到函数，就是一段区间；具体到运动，就是一个时间段.

在运动学中，平均速度可定义为这段时间内通过的路程对于该时间区间的变化率. 这个变化率可以很方便地记作 $\frac{\Delta s}{\Delta t}$，但是，由一段(度量值不为 0)过渡到一点或一刻(度量值为 0)，就涉及如何刻画描述的问题. 从科学观察的角度来看，只要距离和相应的时间区间小到低于测量中的感觉下界，从而无法辨认时，运动和速度就都无从谈起. 但是，假如把通过的路程看作所费时间的函数，在数学上把它们的函数关系表示为方程 $s=f(t)$，那么对于抽象的差商 $\frac{\Delta s}{\Delta t}$ 而言，就不复存在什么感觉下界了. 不管时间或路程的区间多么微小，式子 $\frac{\Delta f(t)}{\Delta t}$ 在数学上总是有意义的——当然，只要时间区间不为零. 尽管在数学上，连续量无最小区间可言. 但是，“瞬时速度”指的是时间区间不只是任意之小，而确确实实是零的状态，这样一来，这个词所指的正好是数学上无论如何不能容许的情况，因为零不能作除数.

克服这个“过渡”的研究导致极限方法的产生. 我们考察差商值 $\frac{\Delta s}{\Delta t}$，让区间 Δt 缩小到一点的任意近处，这样就得到一个无限序列 $r_1, r_2, \cdots, r_n, \cdots$ (一系列比值 $\frac{\Delta s}{\Delta t}$，更确切说是连续型变量)，该序列有可能是这种情况，区间愈小，比值 r_n 就愈趋近某一定值 L，且当 n 取得充分大时，差 $|r_n-L|$ 可以任意地小，有理由将值 L 看作在这一点处的瞬时速度，满足上述刻画的值 L 称作该无限序列的极限或路程函数 $f(t)$ 的导数 $f'(t)$. 也就是说，通过基于极限思想的导数概念可以刻画一点或一刻的状态.

二、阅读启示

(一) 对思想方法的启示

导数与微分不是简单的方法，而是一种非常伟大的思想，因此，我们不应从技术的角度学习导数与微分，还要学习数学家是如何从函数的增量和曲线的切线中抽取主要成分的.

1. 导数实现了一类极限的算法化

任何导数值都可以看作某种平均速度的极限，它包含着三个要素：邻域上的取值、邻域处的无穷小量、差商的极限，这是导数思想的一个方面，另一方面就是导数实现了算法化，是一种既不是代数又不是几何的高效的计算方法.

导数，就是一种特殊的极限，就像后面的积分、无穷级数都是特殊极限一样，但导数这种极限是意义深远的,导数计算法的发明可以迅速地改变世界文明的进程. 可导性的问题通常就是直接用定义检验,最终归于极限问题. 我们在学习导数与微分时,千万不能把极限的思想抛在脑后.

2. 微分实现了函数的邻域上的简洁表达

可微函数在可微点的邻域处都有一个近似于直线的表达式. 这就是

$$f(x)=f(x_0)+f'(x_0)(x-x_0)+o(x-x_0)$$

的意义. 这个等式,比极限论中的局部表示定理更进进了一步.

特别地,将微分表达式 $f(t)=f(0)+f'(0)t+o(t)$ 用于 $t=0$ 邻域中的函数,就可以处理一些极限问题,例如:

$$\lim_{t\to 0}\frac{\sqrt[3]{1+3t}-\sqrt[4]{1-2t}}{t}=\lim_{t\to 0}\frac{[1+t+o(t)]-\left[1-\dfrac{1}{2}t+o(t)\right]}{t}=\frac{3}{2}.$$

(二) 对真善美的启示

导数与微分的探究过程可以给予很多重要启示.

1. 用辩证的思想认识和学习微积分

微积分里充满了矛盾. 我们是在解决这些矛盾的过程中不断前进的. 掩盖了矛盾,就掩盖了微积分的实质,失去了活的灵魂. 要想学好微积分,首先要掌握微积分的最重要的三个辩证思想是:① 常量与变量的辩证思想;② 有限与无限的辩证思想;③ 直与曲的辩证思想.

导数是一种相对值的极限,微分是一种绝对误差的分析,它们来自两位背景完全不同的大师对生活中不同对象的思考,最后还能够统一起来,这是绝对与相对的对立统一的一个典例,足以说明导数与微分的强大生命力.

毛泽东在《矛盾论》中说过:“抓住了主要矛盾,一切问题就迎刃而解了.”牛顿从相对变化的角度研究函数的变化,用切线代替曲线;莱布尼茨从绝对变化的角度研究函数的变化,从增量中发现“线性主部”是增量的核心,两者形成了对立统一. 他们成功的关键在于把握住了近似与精确的辩证关系,抓住了事物变化中的主要矛盾. 我们也要抓住知识学习的主要矛盾,即理解其深刻的思想方法.

2. 用联系和发展的观点看问题

在牛顿和莱布尼茨眼里,世界上万物都在不断运动中、运动在不断变化中,就是说,导数这个东西就像数一样,是普遍存在的;为了研究导数,需要进行思维的创新,创新的突破口在哪里呢? 就是那个无穷小量. 任何事物都在发展之中的,事物发展的前后都有联系的、有因果的,而不是像古希腊人所说的“飞矢不动”. 研究某一点的速度问题不应局限于这一个点,而必须在这点的邻域上观察. 微积分的两位大师把各种变化和变化率问题都抽象成为曲线的切线问题,这也是他们精彩的地方. 曲线的斜率可以表示速度、加速度、报酬率、汇率、投资的边际收益或其他类型的变化率……,文明因此被推动,世界因此而改变.

三、问题解决

(一) 问题探究

在导数与微分的学习中,容易出现两个方面的问题.

1. 导数的概念你清楚了吗

导数的计算问题既有具体函数的,也有抽象函数的,应学会将具体问题抽象化,也应学会抽象问题具体化.请思考以下几个问题.

思考题1 下列过程错在哪里:

$$(\ln(-x))'=\lim_{\Delta x\to 0}\frac{\ln(-x+\Delta x)-\ln(-x)}{\Delta x}=\lim_{\Delta x\to 0}\frac{\ln\left(1-\dfrac{\Delta x}{x}\right)}{\Delta x}=\lim_{\Delta x\to 0}\frac{-\dfrac{\Delta x}{x}}{\Delta x}=-\frac{1}{x}.$$

找到的原因应是:变量是 x 而不是 $-x$,左端是代入复合关系后求导,而不是求导后代入.

思考题2 对于"设 f 是对任何实数 x, y 满足方程 $f(x+y)=f(x)+f(y)+x^2y+xy^2$ 的函数,又假设 $\lim\limits_{x\to 0}\dfrac{f(x)}{x}=1$. 求 $f(0)$, $f'(0)$, $f'(x)$"这类问题中能否先令 y 是某个特殊值,再两边求导数,再用所得的结果求 $f'(0)$?

回答是"不能",因为没有预先告知 f 在各点处都可导.这种涉及可导性的习题的隐患很多.后面的例5将对此题给出正确解法.

2. 微分有什么用

我们将会看到,没有微分的概念,积分学的建立就不可能.现在再次拷问:

思考题3 微分除了误差估计和近似计算,还能有什么用?

等式

$$f(x)=f(x_0)+f'(x_0)(x-x_0)+o(x-x_0)$$

的意义,如果没有记取,就没有学好微分学.它表示在任一个可导点的近旁,函数都可以表示成一个"近似于"直线方程的形态,这个表示不是"约等于",也不是"等价于",而是"等于",正如前面一个例子可见,它可以"等量代换"以便分析更复杂的函数.

这里再举个微分实现求切线方程的"机械化"的例子.

可微性的定义是,函数增量可以表示为线性主部加上一个高阶无穷小,即

$$\Delta y=f'(x_0)\Delta x+o(\Delta x),$$

而函数在切线上的增量就是微分,这说明,上述函数增量的式子,只要删除 $o(\Delta x)$,就是在表示切线上两种增量的关系,这一点从"曲线 $y=f(x)$ 在点(x_0, y_0)处的切线方程就是 $y-y_0=f'(x_0)(x-x_0)$" 是难以发现的.就是说,无需计算 $f'(x_0)$,只要方程两边求微分,把 Δx, Δy 分别换作 $(x-x_0)$, $(y-y_0)$ 就得到切线方程.例如,笛卡儿曲线 $x^3+y^3=3axy$ 在点(x_0, y_0)处的微分是 $3x_0^2\Delta x+3y_0^2\Delta y=3a(x_0\Delta y+y_0\Delta x)$,从而切线方程就是

$$3x_0^2(x-x_0)+3y_0^2(y-y_0)=3a[x_0(y-y_0)+y_0(x-x_0)].$$

(二) 习题研究

作为基础概念的章节,导数与微分的习题主要在两个方面:导数和高阶导数的计算,以及导数在计算极限时的应用.

1. 导数与高阶导数中的中间变量

在计算导数时,要注意化简、方法迁移等问题;在计算高阶导数时,要注意二阶、三阶和 n 阶导数的解法都是有区别的,而且方法可以非常灵活;高阶导函数与在某点处的高阶导数值的计算也是有区别的.

对于复合函数的求导问题,关键是分辨"先复合再求导"还是"先导数再复合",两者的关系就在公式

$$\frac{\mathrm{d}}{\mathrm{d}x}f(\varphi(x))=f'(\varphi(x))\cdot\varphi'(x)$$

中.上面的关系式中,$\varphi(x)$可以用一个字母 u 或 y 来代表.

例 1　设 $f'(x)=\mathrm{e}^{x^2}$, $y=f\left(\frac{1}{2x+1}\right)$,求 $\frac{\mathrm{d}y}{\mathrm{d}x}$.

解　令 $u=\frac{1}{2x+1}$,就有

$$\frac{\mathrm{d}y}{\mathrm{d}x}=\frac{\mathrm{d}y}{\mathrm{d}u}\cdot\frac{\mathrm{d}u}{\mathrm{d}x}=\mathrm{e}^{u^2}\Big|_{u=\frac{1}{2x+1}}\cdot\left(\frac{-2}{(2x+1)^2}\right)=\frac{-2}{(2x+1)^2}\mathrm{e}^{\frac{1}{(2x+1)^2}}.$$

上面的这个问题,关键是拷问导函数给出的关系 $f'(x)=\mathrm{e}^{x^2}$ 可不可以换个字母表达.即外层函数是 $y=f(u)$,它的变量不是 x,能否得出 $f'(u)=\mathrm{e}^{u^2}$ 这个结论呢?当然能,因为 $f'(x)=\mathrm{e}^{x^2}$ 告诉的是一个函数关系,与字母无关,这与$[f(u)]'=f'(u)\cdot u'$不矛盾.

例 2　设 $y=y(x)$ 由方程 $x\mathrm{e}^{f(y)}=\mathrm{e}^y\ln 29$ 确定,其中 f 具有二阶导数,且 $f'(x)\neq 1$,则 $\frac{\mathrm{d}^2y}{\mathrm{d}x^2}=$________.

解　等式两端关于 x 求导数,得

$$\mathrm{c}^{f(y)}+x\mathrm{c}^{f(y)}f'(y)y'=\mathrm{e}^y\cdot y'\ln 29,$$

因为 $x\mathrm{e}^{f(y)}=\mathrm{e}^y\ln 29$,所以 $y'=\frac{\mathrm{e}^{f(y)}}{[1-f'(y)]\mathrm{e}^y\ln 29}$,

$$\begin{aligned}\frac{\mathrm{d}^2y}{\mathrm{d}x^2}&=(y')'=\left\{\frac{\mathrm{e}^{f(y)}}{[1-f'(y)]\mathrm{e}^y\ln 29}\right\}'\\&=\frac{[\mathrm{e}^{f(y)}]'\cdot[1-f'(y)]\mathrm{e}^y-\mathrm{e}^{f(y)}\cdot\{[1-f'(y)]\mathrm{e}^y\}'}{[1-f'(y)]^2\mathrm{e}^{2y}\ln 29}\\&=\frac{\mathrm{e}^{f(y)}\cdot f'(y)y'[1-f'(y)]\mathrm{e}^y-\mathrm{e}^{f(y)}\cdot y'[1-f'(y)-f''(y)]\cdot\mathrm{e}^y}{[1-f'(y)]^2\mathrm{e}^{2y}\ln 29}\\&=\frac{\mathrm{e}^{f(y)}\cdot y'[2f'(y)-f'^2(y)-1+f''(y)]}{[1-f'(y)]^2\mathrm{e}^y\ln 29},\end{aligned}$$

代入 $y'=\dfrac{e^{f(y)}}{[1-f'(y)]e^{y}\ln 29}$，推得

$$\begin{aligned}\frac{d^2y}{dx^2}&=\frac{e^{2f(y)}[2f'(y)-f'^2(y)-1+f''(y)]}{[1-f'(y)]^3e^{2y}\ln^2 29}\\&=\frac{2f'(y)-f'^2(y)-1+f''(y)}{x^2[1-f'(y)]^3}\\&=\frac{-[1-f'(y)]^2+f''(y)}{x^2[1-f'(y)]^3}.\end{aligned}$$

本题要考察的是：

① 明白 $f(y)$ 是 $f(u)$ 与 $u=y(x)$ 的复合函数；

② 将 y 与 $f(u)$ 区别开来.

例 3 设 $f(x)=(x^2+2x-3)^n\arctan^2\dfrac{x}{3}$，其中 n 为正整数，则 $f^{(n)}(-3)=$ ________.

解 记 $g(x)=(x-1)^n\arctan^2\dfrac{x}{3}$，则 $f(x)=(x+3)^ng(x)$. 利用莱布尼茨法则，可得

$f^{(n)}(x)=n!\ g(x)+\sum\limits_{k=0}^{n-1}C_n^k[(x+3)^n]^{(k)}g^{(n-k)}(x)$，所以

$$f^{(n)}(-3)=n!\ g(-3)=n!\ (-4)^n\left(-\frac{\pi}{4}\right)^2=(-1)^n4^{n-2}n!\ \pi^2.$$

对于用莱布尼茨法则求乘积的高阶导数的习题，应知道 $f^{(n)}(-3)$ 和 $f^{(n)}(x)$ 的算法是完全不同的，前者可以利用 $x=-3$ 这个条件将含 $(x+3)$ 这个因子的都化为零. 因此，将函数化作 $f(x)=(x+3)^ng(x)$ 的形式是特有的技巧，而 $f^{(n)}(x)$ 的计算不能使用这种技巧.

2. 作为导数应用的极限计算

导数与微分的应用是一类非常重要的问题，它的应用方式大约有以下几个方面：一是求极限，二是构造微分方程，三是求切线（这是几何应用），四是求速度相关的问题（这是现实世界的应用）. 其中极限相关的问题最为常见，也最重要.

导数的定义提供了一大类极限问题的解决模式. 只要凑到

$$\lim_{\Delta x\to 0}\frac{f(x_0+\Delta x)-f(x_0)}{\Delta x}$$

的形式的极限，就满足了计算极限的“导数法”.

例 4 计算极限

(1) $\lim\limits_{n\to\infty}\left[\dfrac{\sin\left(1+\dfrac{1}{n}\right)}{\sin 1}\right]^n$.

(2) $\lim\limits_{x\to 0}\dfrac{f(\sin x^2+\cos x)\tan 3x}{(e^{x^2}-1)\sin x}$，其中 $f(1)=0$，$f'(1)$ 存在.

(3) $\lim\limits_{x\to 0}\dfrac{\sqrt{\dfrac{1+x}{1-x}}\cdot\sqrt[4]{\dfrac{1+2x}{1-2x}}\cdot\sqrt[6]{\dfrac{1+3x}{1-3x}}\cdot\cdots\cdot\sqrt[2n]{\dfrac{1+nx}{1-nx}}-1}{3\pi\arcsin x-(x^2+1)\arctan^3 x}$,其中 n 为正整数.

解　(1) 利用对数恒等式及对连续函数求极限的性质得

$$\lim_{n\to\infty}\left[\frac{\sin\left(1+\frac{1}{n}\right)}{\sin 1}\right]^n=\lim_{n\to\infty}e^{n\ln\left[\frac{\sin\left(1+\frac{1}{n}\right)}{\sin 1}\right]}=\lim_{n\to\infty}e^{\frac{\ln\left(\sin\left(1+\frac{1}{n}\right)\right)-\ln(\sin 1)}{\frac{1}{n}}}=e^{(\ln\sin x)'|_{x=1}}=e^{\cot 1};$$

(2) 利用等价无穷小替换得

$$\lim_{x\to 0}\frac{f(\sin x^2+\cos x)\tan 3x}{(e^{x^2}-1)\sin x}=\lim_{x\to 0}\frac{f(\sin x^2+\cos x)\cdot 3x}{x^2\cdot x}=3\lim_{x\to 0}\frac{f(\sin x^2+\cos x)}{x^2}$$

$$=3\lim_{x\to 0}\frac{f(\sin x^2+\cos x)-f(1)}{\sin x^2+\cos x-1}\cdot\frac{\sin x^2+\cos x-1}{x^2}=3f'(1)\lim_{x\to 0}\frac{\sin x^2+\cos x-1}{x^2}$$

$$=3f'(1)\left[\lim_{x\to 0}\frac{\sin x^2}{x^2}+\lim_{x\to 0}\frac{\cos x-1}{x^2}\right]=\frac{3}{2}f'(1).$$

(3) 将分子识别为 $f(x)-f(0)$ 的结构,再凑出导数的模式. 令

$$f(x)=\sqrt{\frac{1+x}{1-x}}\cdot\sqrt[4]{\frac{1+2x}{1-2x}}\cdot\sqrt[6]{\frac{1+3x}{1-3x}}\cdot\cdots\cdot\sqrt[2n]{\frac{1+nx}{1-nx}},$$ 则 $f(0)=1$, 且

$$\ln f(x)=\frac{1}{2}\ln\frac{1+x}{1-x}+\frac{1}{4}\ln\frac{1+2x}{1-2x}+\frac{1}{6}\ln\frac{1+3x}{1-3x}+\cdots+\frac{1}{2n}\ln\frac{1+nx}{1-nx},$$

$$\frac{f'(x)}{f(x)}=\frac{1}{2}\left(\frac{1}{1+x}+\frac{1}{1-x}\right)+\frac{1}{4}\left(\frac{2}{1+2x}+\frac{2}{1-2x}\right)+\cdots+\frac{1}{2n}\left(\frac{n}{1+nx}+\frac{n}{1-nx}\right),$$

所以 $f'(0)=n$.

$$原极限=\lim_{x\to 0}\frac{f(x)-f(0)}{3\pi\arcsin x-(x^2+1)\arctan^3 x}=\lim_{x\to 0}\frac{\frac{f(x)-f(0)}{x}}{\frac{3\pi\arcsin x}{x}-\frac{(x^2+1)\arctan^3 x}{x}}$$

$$=\frac{f'(0)}{3\pi-0}=\frac{n}{3\pi}.$$

上面各题的通性就是需要把极限式转化到导数的模式.

(三) 解题策略

这里将介绍三个方面的解题策略,包括两个重要命题.

1. 导数定义的两种应用

(1) 函数在零点处导数与极限的互通

在很多研究生入学考试复习资料中都推荐这样一个命题:

命题1(零点处的导数刻画)　**设 A 是一个实数,则**

$$\boldsymbol{f(x)\text{在点 } x_0 \text{ 处连续且} \lim_{x\to x_0}\frac{f(x)}{x-x_0}=A \Leftrightarrow f(x_0)=0,\ f'(x_0)=A.}$$

这个命题的证明是一目了然的,因为只需用导数的定义模式就可以看出,但它可以发挥非常大的作用.因为它蕴含着这个事实:如果连续函数 $f(x)$ 的极限式 $\lim\limits_{x\to x_0}\frac{f(x)}{x-x_0}$ 存在,那么 x_0 必是它的零点,并且在这个零点上可导,导数值就是这个极限值.反之,如果知道函数 $f(x)$ 在零点 x_0 处的导数值 $f'(x_0)=A$,则也就知道了极限值 $\lim\limits_{x\to x_0}\frac{f(x)}{x-x_0}=A$.因此,利用这个命题既能求导数,又能求极限.

由此还可以看到:任何点处的导数问题可以转化为零点处的导数问题,只需在 $\lim\limits_{x\to x_0}\frac{f(x)-f(x_0)}{x-x_0}$ 中将 $f(x)-f(x_0)$ 看作以 x_0 点为零点的那个函数;更一般地,任何函数的 $x\to x_0$ 极限问题都可以看作零点处的导数问题,只需注意 $\lim\limits_{x\to x_0}g(x)=\lim\limits_{x\to x_0}\frac{(x-x_0)g(x)}{x-x_0}$.所以,命题 1 虽然没有特别新的结论,但为我们灵活应用导数定义提供很好的解题策略.

例如,例 4 中的(1)和(2)两小题的解法都可以看作用上了这个模式,题(3)也可以用这个方法解.

例 4(3)的解法 2:

$$\text{原式}=\lim_{x\to 0}\frac{\dfrac{\sqrt{\dfrac{1+x}{1-x}}\cdot\sqrt[4]{\dfrac{1+2x}{1-2x}}\cdot\sqrt[6]{\dfrac{1+3x}{1-3x}}\cdot\cdots\cdot\sqrt[2n]{\dfrac{1+nx}{1-nx}}-1}{x}}{\dfrac{3\pi\arcsin x-(x^2+1)\arctan^3 x}{x}}$$

$$=\frac{1}{3\pi}\lim_{x\to 0}\frac{\ln\left(\sqrt{\dfrac{1+x}{1-x}}\cdot\sqrt[4]{\dfrac{1+2x}{1-2x}}\cdot\sqrt[6]{\dfrac{1+3x}{1-3x}}\cdot\cdots\cdot\sqrt[2n]{\dfrac{1+nx}{1-nx}}\right)}{x}$$

$$=\frac{1}{3\pi}\left(\frac{1}{2}\ln\frac{1+x}{1-x}+\frac{1}{4}\ln\frac{1+2x}{1-2x}+\frac{1}{6}\ln\frac{1+3x}{1-3x}+\cdots+\frac{1}{2n}\ln\frac{1+nx}{1-nx}\right)'\Bigg|_{x=0}$$

$$=\frac{1}{3\pi}\left[\frac{1}{2}\left(\frac{1}{1+x}+\frac{1}{1-x}\right)+\frac{1}{4}\left(\frac{2}{1+2x}+\frac{2}{1-2x}\right)+\cdots+\frac{1}{2n}\left(\frac{n}{1+nx}+\frac{n}{1-nx}\right)\right]_{x=0}$$

$$=\frac{n}{3\pi}.$$

(2) 构造常微分方程

考虑思考题 2 中的那个函数,能否把它确定下来呢?现在来解此题.

例 5 设函数 f 对任何实数 x, y 满足方程 $f(x+y)=f(x)+f(y)+x^2y+xy^2$,且 $\lim\limits_{x\to 0}\frac{f(x)}{x}=1$. 求 $f'(x)$.

解 令 $x=y=0$ 可求得 $f(0)=0$.

由 $\lim\limits_{x\to 0}\dfrac{f(x)}{x}=1$ 和 $f(0)=0$ 可知 $\lim\limits_{x\to 0}\dfrac{f(x)-f(0)}{x}=1$，即 $f'(0)=1$.

由条件得到

$$\frac{f(x+y)-f(x)}{y}=\frac{f(y)-f(0)}{y}+x^2+xy,$$

令 $y\to 0$ 即得 $f'(x)=f'(0)+x^2$，即 $f'(x)=1+x^2$.

用这样的方法,可以求出很多满足某种性质的连续函数,例如线性函数 $f(x+y)=f(x)+f(y)$，指数函数 $f(x+y)=f(x)\cdot f(y)$，对数函数 $f(xy)=f(x)+f(y)$ 等.

2. 可导性的两种判断法

(1) 可导的一个充要条件

现在思考一个简单的习题:

例6　设 $g(x)$为连续函数，$\lim\limits_{x\to a}\dfrac{g(x)}{(x-a)^2}=1$，$f(x)=1-(x-a)|x-a|+g(x)$，则 $f'(a)=$__________.

解　由 $\lim\limits_{x\to a}\dfrac{g(x)}{(x-a)^2}=1$ 可知，$g(a)=0$；又由 $\lim\limits_{x\to a}\dfrac{g(x)}{(x-a)^2}=\lim\limits_{x\to a}\dfrac{\frac{g(x)}{x-a}}{x-a}=1$ 可知 $\lim\limits_{x\to a}\dfrac{g(x)}{x-a}=0$，即 $g'(a)=0$.

另一方面,函数 $(x-a)|x-a|$ 在 $x=a$ 点处导数存在且为零.

所以，$f'(a)=0+g'(a)=0$.

这个题的关键是熟悉两个知识点:

➢ 此题中 $\lim\limits_{x\to a}\dfrac{g(x)}{(x-a)^2}=1$ 的条件隐含着什么信息?

➢ 函数 $(x-a)|x-a|$ 的可导性如何推广到一般情形?

对于第一个问题,回答就是:若 $\lim\limits_{x\to a}\dfrac{g(x)}{(x-a)^2}$ 存在,则 $g(a)=g'(a)=0$.

对于第二个问题,有下面的命题.

命题2　设 $f'(x_0)$存在的充分必要条件是:存在一个在点 x_0 处连续的函数 $g(x)$,使在 x_0 的某邻域内可表示为 $f(x)-f(x_0)=(x-x_0)g(x)$.

证明　必要性:设 $f'(x_0)$存在,构造函数

$$g(x)=\begin{cases}\dfrac{f(x)-f(x_0)}{x-x_0} & 当 x\neq x_0,\\ f'(x_0) & 当 x=x_0\end{cases}$$

则 $g(x)$满足要求.

充分性:若存在一个连续的 $g(x)$,使得 $f(x)-f(x_0)=(x-x_0)g(x)$，则

$$\lim_{x\to x_0}\frac{f(x)-f(x_0)}{x-x_0}=\lim_{x\to x_0}g(x)=f'(x_0),$$

于是 $f'(x_0)$存在. 证毕.

由此可以解释:为什么 $x=a$ 点处 $|x-a|$ 不可导,因为 $|x-a|=(x-a)\operatorname{sgn}(x-a)$ 而 $\operatorname{sgn}(x-a)$ 不连续;为什么 $(x-a)|x-a|$ 可导,因为 $|x-a|$ 连续.

(2) 用递推关系判断高阶可导性

这里举一个实例.

例 7 设 $f(x)$在(a,b)内二次可导,且存在常数 α, β,使得对于 $\forall x\in(a,b)$,有 $f'(x)=\alpha f(x)+\beta f''(x)$,证明 $f(x)$在(a,b)内无穷次可导.

解 若$\beta=0$,则 $\forall x\in(a,b)$,有 $f'(x)=\alpha f(x)$, $f''(x)=\alpha f'(x)=\alpha^2 f(x)$, ……, $f^{(n)}(x)=\alpha^n f(x)$,从而 $f(x)$在(a,b)内无穷次可导.

若 $\beta\neq 0$,则 $\forall x\in(a,b)$,有 $f''(x)=\dfrac{f'(x)-\alpha f(x)}{\beta}=A_1 f'(x)+B_1 f(x)$,其中 $A_1=\dfrac{1}{\beta}$, $B_1=\dfrac{\alpha}{\beta}$,从而 $f'''(x)$存在且 $f'''(x)=A_1 f''(x)+B_1 f'(x)$.

设 $f^{(n)}(x)=A_1 f^{(n-1)}(x)+B_1 f^{(n-2)}(x)$,则 $f^{(n+1)}(x)=A_1 f^{(n)}(x)+B_1 f^{(n-1)}(x)$,所以 $f(x)$在(a,b)内无穷次可导.

本题的关键在于:

➤ 将已知等式写成“高阶导数由低阶导数表达”的形式;

➤ 由(归纳地得知)右边可导推出左边也可导,这是极限收敛、可导、可积问题的共同逻辑.

3. 巧用微分法

前面介绍了用微分法计算极限和求切线方程的方法,这里各举一例.

例 8 设函数 $y=f(x)$ 由方程 $3x-y=2\arctan(y-2x)$ 所确定,则曲线 $y=f(x)$ 在点 $P\left(1+\dfrac{\pi}{2},\ 3+\pi\right)$ 处的切线方程为________.

解法 1(导数法) 对 $3x-y=2\arctan(y-2x)$ 两边求导,得 $3-y'=2\dfrac{y'-2}{1+(y-2x)^2}$,将 $P\left(1+\dfrac{\pi}{2},\ 3+\pi\right)$ 代入得切线斜率 $y'=\dfrac{5}{2}$,因此,切线方程为 $y-(3+\pi)=\dfrac{5}{2}\left(x-1-\dfrac{\pi}{2}\right)$,即 $y=\dfrac{5}{2}x+\dfrac{1}{2}-\dfrac{\pi}{4}$.

解法 2(微分法) 对原方程两边微分,得 $3\mathrm{d}x-\mathrm{d}y=2\dfrac{\mathrm{d}y-2\mathrm{d}x}{1+(y-2x)^2}$,因此,切线方程为

$$3\left(x-1-\frac{\pi}{2}\right)-(y-3-\pi)=2\,\frac{(y-3-\pi)-2\left(x-1-\dfrac{\pi}{2}\right)}{1+1},\text{即 } 5x-2y+1-\frac{\pi}{2}=0.$$

例 9 求极限:$\lim\limits_{n\to\infty}\left(\dfrac{a^{\frac{1}{n}}+b^{\frac{1}{n}}+c^{\frac{1}{n}}}{3}\right)^n$,其中 $a>0$, $b>0$, $c>0$.

解　由微分表示式，$a^{\frac{1}{n}}=e^{\frac{\ln a}{n}}=1+\left(\frac{\ln a}{n}\right)+o\left(\frac{1}{n}\right)\ (n\to\infty)$，同理：$b^{\frac{1}{n}}=e^{\frac{\ln b}{n}}=1+\left(\frac{\ln b}{n}\right)+o\left(\frac{1}{n}\right)\ (n\to\infty)$，$c^{\frac{1}{n}}=e^{\frac{\ln c}{n}}=1+\left(\frac{\ln c}{n}\right)+o\left(\frac{1}{n}\right)\ (n\to\infty)$.

因此，原式 $=\lim\limits_{n\to\infty}\left[1+\frac{1}{n}\ln\sqrt[3]{abc}+o\left(\frac{1}{n}\right)\right]^n=\ln\sqrt[3]{abc}$.

练习题

1. 设 $f(x)$在 $x=1$ 点附近有定义，且在 $x=1$ 点可导，并已知 $f(1)=0$，$f'(1)=2$. 求 $\lim\limits_{x\to0}\frac{f(\sin^2x+\cos x)}{x^2+x\tan x}$.

2. 求极限 $\lim\limits_{n\to\infty}n\left[\left(1+\frac{1}{n}\right)^n-e\right]$.

3. 已知 $\begin{cases}x=\ln(1+e^{2t})\\y=t-\arctan e^t\end{cases}$，求 $\frac{d^2y}{dx^2}$.

4. 若曲线 $y=y(x)$ 由 $\begin{cases}x=t+\cos t\\e^y+ty+\sin t=1\end{cases}$ 确定，则此曲线在 $t=0$ 对应点处的切线方程为________.

一题一类复习卷(复习卷 3.1)

习题 1　证明函数 $f(x)=\sqrt{x^2+x^3}$ 在 $x=0$ 处连续但不可导.

习题 2　计算下列函数的导数.

(1) $y=\frac{\arctan x}{\operatorname{arccot} x}$；　(2) $y=\arccos\sqrt{1-x^2}$；

(3) $y=\frac{(2x+1)^2\sqrt[3]{2-3x}}{\sqrt[3]{(3-x)^2}}+1$；　(4) $y=\begin{cases}x & 当\ x<0\\ \ln(1+x^2) & 当\ x\geqslant0\end{cases}$.

习题 3　计算下列函数的二阶导数.

(1) $\begin{cases}x=a\cos^3t\\y=a\sin^3t\end{cases}\ (a>0)$，求$\left.\frac{d^2y}{dx^2}\right|_{t=\frac{\pi}{4}}$；

(2) $f(x)=x\sin x\ \sin3x\ \sin5x\ \sin7x$，求 $f''(0)$.

习题 4　设 $y=\sin^23x\cos5x$，求 $f'''(x)$.

习题 5　设 $y=f(x)$ 是由方程 $x^3+y^3-\sin3x+6y=0$ 所确定的隐函数，试用微分法求原点处的切线方程.

习题 6　如图 11，对于什么值 a，曲线 $y=ax^2$ 与 $y=\ln x$ 恰有一个交点.

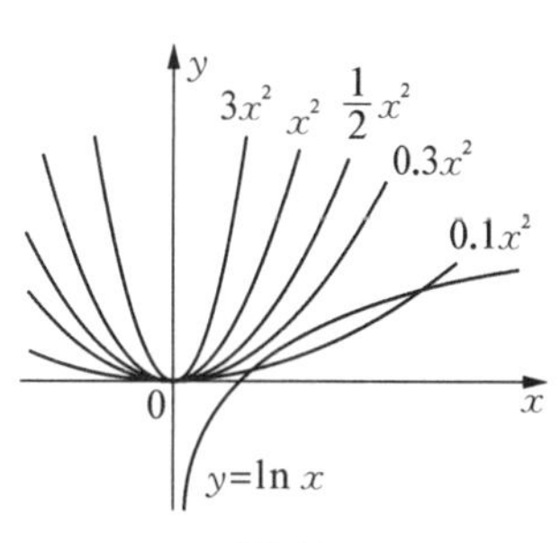

图 11

习题 7　设 $y=f(x)$ 与 $x=\varphi(y)$ 互为反函数，$x=\varphi(y)$ 有直到三阶的导数，且 $\varphi'(y)\neq0$，求 y'，y''，y'''.

习题 8　设 $y=\arcsin x$，证明它满足方程 $(1-x^2)y^{(n+2)}-$

$(2n+1)xy^{(n+1)}-n^2y^{(n)}=0$.

习题 9 设函数 $f:(0,+\infty)\to\mathbf{R}$ 在 $x=1$ 点处可导,且 $f(xy)=yf(x)+xf(y)$, $\forall x, y\in(0,+\infty)$. 证明:函数 f 在$(0,+\infty)$内可导且 $f'(x)=\dfrac{f(x)}{x}+f'(1)$.

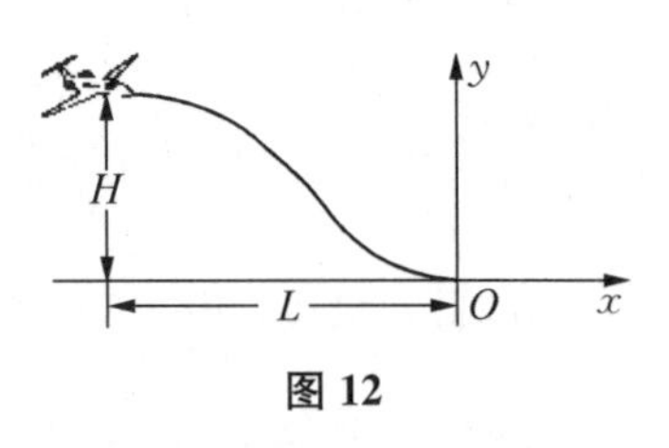

图 12

习题 10 当正在高度 H 水平飞行的飞机开始向机场跑道下降时,如图 12 所示,从飞机到机场水平地面距离为 L,假设飞机下降的路径为三次函数 $y=ax^3+bx^2+cx+d$ 的图形,其中 $y|_{x=-L}=H$, $y|_{x=0}=0$. 试确定飞机的降落路径.

一题一型复习卷(复习卷 3.2)

1. (判断) 如果在 $x=x_0$ 点处函数 $f(x)$没有导数,则 $y=f(x)$ 就没有切线.(　　)

2. (单选)设 $y=f(x)$ 在 x 处可导,曲线 $y=f(x)$ 上点 $(x, f(x))$ 处的切线方程为 $Y=\varphi(x)$ (Y 为切线上 x 处对应点的纵坐标),则 $y=f(x)$ 在 x 关于自变量改变量 Δx 的微分 $\mathrm{d}y$ 等于(　　).

A. $f(x+\Delta x)-f(x)$　　B. $\varphi(x+\Delta x)-\varphi(x)$

C. $\varphi(x)-\varphi(x+\Delta x)$　　D. $f'(x)$

3. (多选)对函数 $f(x)=\sqrt{1-\mathrm{e}^{-x^2}}$,下列说法正确的是(　　).

A. $f(0)=0$　　B. $f(x)$在 $x=0$ 处可导且 $f'(0)=1$

C. $f(x)$在 $x=0$ 处不可导　　D. $f'_+(0)=1$

4. (填空)设 $f(x)=3x^3+x^2|x|$,则使 $f^{(n)}(0)$ 存在的最高阶数 n 为________.

5. (改错)**原题:**设 $f(x)=(x-a)\varphi(x)$,其中 $\varphi(x)=\begin{cases}2 & 当\ x\neq a\\ 1 & 当\ x=a\end{cases}$,求 $f'(a)$.

解法如下:① 由乘法求导法则,$f'(x)=(x-a)'\varphi(x)+(x-a)\varphi'(x)$;
② $=\varphi(x)+(x-a)\varphi'(x)$;③ 令 $x=a$ 得 $f'(a)=\varphi(a)+0$;④ 故 $f'(a)=\varphi(a)=1$.

错点、错因:________________________________.

6. (简答)若 $f(x)$处处可微,则 $f(x)$一定处处连续吗?请举反例或简单证明.

7. (简算)求曲线 $\begin{cases}x=t\cos t\\ y=t\sin t\end{cases}$ 在 $t=\dfrac{\pi}{2}$ 处的法线方程.

8. (综算)设 $x=g(y)$ 是 $f(x)=\ln x+\dfrac{1}{2}\sin(2\arctan x)$ 的反函数,求 $g'\left(\dfrac{1}{2}\right)$.

9. (证明)设对任何 x, y 有 $f(x+y)=\mathrm{e}^x f(y)+\mathrm{e}^y f(x)$,且 $f'(0)=1$,则 $f'(x)=f(x)+\mathrm{e}^x$.

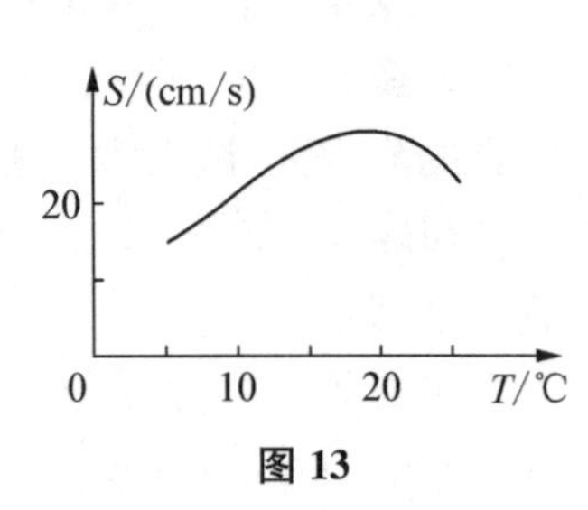

图 13

10. (应用)图 13 显示了温度 T 对大马哈鱼最大可持续游速 S 的影响.

① 导数 $S'(T)$的含义是什么?它的单位是什么?

② 估计 $S'(15)$和 $S'(25)$,并对此做出解释.

11. (阅读)如果两条曲线的切线在交点处垂直,那么它们就称为是**正交**的. 如果一族曲线中的每条曲线都与另一族中的每条曲线正交,则称这两族曲线为**正交轨线族**. 试检验下列三对曲线族是否都是 xOy 平面上的正交轨线族.

① $x^2+y^2=r^2$, $ax+by=0$;

② $x^2+y^2=ax$, $x^2+y^2=by$;

③ $y=cx^2$, $x^2+2y^2=k$.

12. (半开放)图 14 显示了四个关于一辆汽车行驶的函数的图形. 其中三个分别是汽车的位置函数、汽车的速度函数、汽车的加速度,试分别指出最有可能的对应图形,第四个图形是哪一条曲线,它最有可能代表什么意义?

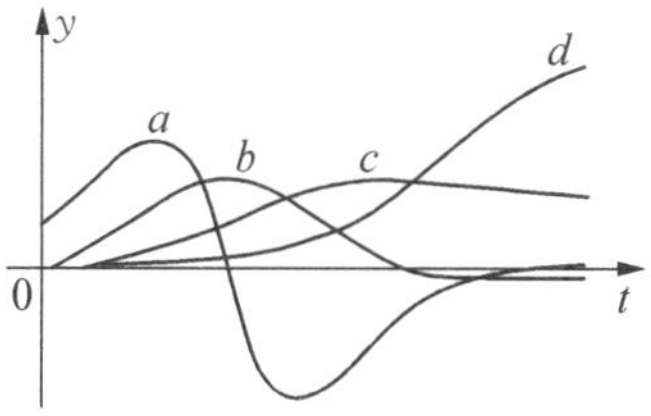

图 14

13. (全开放)使用微分值来估计涂层厚度为 0.05 厘米的直径为 5 米的半球形圆顶所需的涂料量,其值为

$$\mathrm{d}v=\left(\frac{2\pi}{3}R^3\right)'_{R=500}\cdot(\Delta R)_{\Delta R=0.05}.$$

现实生活中,一元函数的关系很多. 请举一个相似的、用微分值来估计增量的现实情境中的实例.

扫码可见本讲参考答案

第 4 讲

扫码可见本讲微课

中值定理:从源流到应用

中值定理,严格意义上是四种,即罗尔定理、拉格朗日中值定理、柯西中值定理和泰勒中值定理.事物发展总是服从波浪式前进和螺旋式上升的规律.我们将看到,在中值定理通往导数应用的路上,对思想方法的理论研究意义是多么深远、能量是多么强大!

一、精粹导读:中值定理的源与流

中值定理代表了一种讨论可导函数的整体性质的理论基础,是微分学的核心,但它的发展代表着思想方法的一次次升华,耐人寻味.

(一) 没有导数,费马引理是怎么来的?

费马引理是费马在 1637 年提出的,它是指:**如果可导的函数 $f(x)$ 在某点 x_0 处取极值,那么 $f'(x_0)=0$.**

图 1 费马

这里就会有两个疑问,牛顿的《流数法》在 1671 年发表,导数的概念是莱布尼茨在 1684 年提出的,稍晚些时候他提出了函数的概念,因此,费马引理要比牛顿和莱布尼茨的导数(流数)概念早了约 40 年,在没有函数和导数概念的情况下,何来费马引理?看一下费马对于极值点的求法就能知道了.[①]

以下通过一个数学模型问题来解释费马的方法.

1. *举例建模*

假设你想设计一个矩形的箱子来存放尽可能多的物品(如图 2),但要满足两个约束条件.第一,这个箱子必须有一个正方形的横截面,边长 x 英寸.第二,它必须能放进某家航空公司的机舱行李架.根据航空公司对随身携带行李的规定,箱子的长、宽和高度之和不能超过 45 英寸.那么,当 x 是多少英寸时,箱子的容积最大呢?

图 2

容易知道,箱子的体积可以表示为

$$V(x)=45x^2-2x^3.$$

费马利用了最大值的一个特性,即低于最大值的水平线都和函数曲线相交于两个点;而高于最大值的水平线与曲线没有交点,如图 3 所示.

---

① 史蒂夫·斯托加茨著.微积分的力量[M].任烨译.北京:中信出版社,2021.

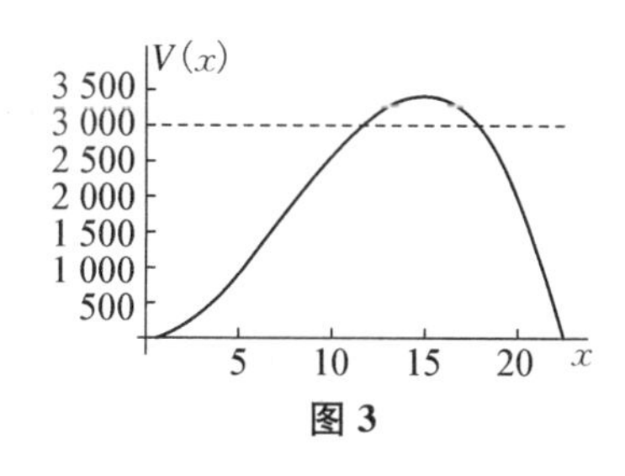

图 3

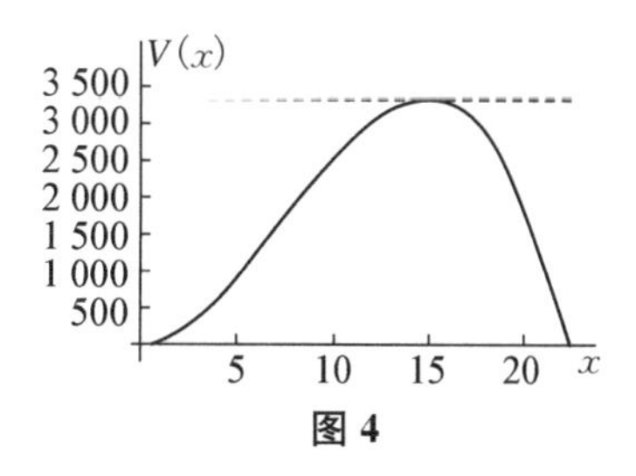

图 4

这揭示了一种直观的解题策略. 假设我们缓慢地抬升一条低于最大值的水平线，随着这条线逐渐上移，它的两个交点就沿着曲线向对方滑动(如图 4).

在最大值处，这两个点发生碰撞. 寻找碰撞点就是费马确定最大值的方法，换言之，他需要推导出两点合并为一点(形成"重交点")的条件.

2. 代数解模

有了正确的思路，余下的就是代数运算(符号处理)了. 具体过程如下：

假设两个交点处的 x 分别为 a 和 b，它们位于同一条水平线上，所以 $V(a)=V(b)$，即

$$45a^2-2a^3=45b^2-2b^3.$$

如果我们把平方项放在一边，而把立方项放在另一边，可得：

$$45a^2-45b^2=2a^3-2b^3.$$

在方程两边进行因式分解，又可得：

$$45(a-b)(a+b)=2(a-b)(a^2+ab+b^2).$$

因为 a 和 b 并不相等. 方程两边同时除以公因子 $(a-b)$，得到的方程为：

$$45(a+b)=2(a^2+ab+b^2).$$

现在，费马先是假设 a 和 b 不相等，但他又假设当 a 和 b 在最大值处合并且相等时，他之前推导出的方程仍然成立. 因此他令 $a=b$，并用 a 替换上述方程中的 b，得到：

$$45(2a)=2(a^2+a^2+a^2).$$

上式化简为 $90a=6a^2$，它的解是 $a=0$ 和 $a=15$. 解 $a=15$ 对应的是容积最大的箱子，即 15 英寸是箱子的最佳长度和宽度.

3. 费马思想解析

费马的推理过程似乎有些奇怪，他不用导数就找到了最大值. 今天，我们在求极限时先要求导数，而费马的做法则完全相反. 但仔细想想，从费马的方法中是可以得到很多启示的：

- 费马的方法虽然是代数法，但它的字母实际上已经是变量了；
- 它的变量已经放到了坐标系里了(虽然说直角坐标系是笛卡尔后来发明的，但费马已经事先产生了斜坐标系的思想)；
- 费马已经有函数的意识了，而且有函数的图形的概念了，否则很难解释他的高超方法.

因此，**"光滑的曲线上取极值之处必有水平切线"**，这是费马思想的本质，这一点再用导数的形式表示出来：

$$f'(a)=\lim_{b\to a}\frac{f(b)-f(a)}{b-a}=0.$$

这才是现代课本上的费马引理！我们在学习费马引理时，如果发现这个业余数学家有如此深刻的数学灵魂，难免会被其魅力倾倒.

这就是费马引理背后的故事.

(二) 中值定理论的先来后到

1. 罗尔定理

1691 年，法国数学家罗尔(1652—1719)在他的《任意次方程的一个解法的证明》中断言：在多项式方程 $f(x)=0$ 的两个相邻的实根之间，方程 $f'(x)=0$ 至少有一个根. 这就是罗尔定理的原形！[①]

图 5　罗尔

在这里，罗尔并没有使用导数的概念和符号，但他给出的第二个多项式，实际上就是第一个多项式的导数，这个结果本来与微积分并无直接联系，而且罗尔也没有给出它的证明. 1846 年，尤斯托・伯拉维提斯(Giusto Bellavitis)给出了推广的定理，并将其命名为罗尔定理：

如果函数 $f(x)$在区间$[a, b]$上连续，$f'(x)$ 在(a, b)内存在，且 $f(a)=f(b)$，则在(a, b)内至少存在一点 c，使 $f'(c)=0$.

2. 拉格朗日中值定理和泰勒定理

1715 年英国数学家泰勒出版了《增量法及其逆》一书，用他自己的名字命名了泰勒级数展开式，但没有证明收敛性. 麦克劳林在 1742 年出版了《流数论》一书，试图答复贝克莱对牛顿的微积分原理的攻击，写得相当审慎周到，书中写了泰勒级数，也提出了麦克劳林级数.

图 6　泰勒，麦克劳林

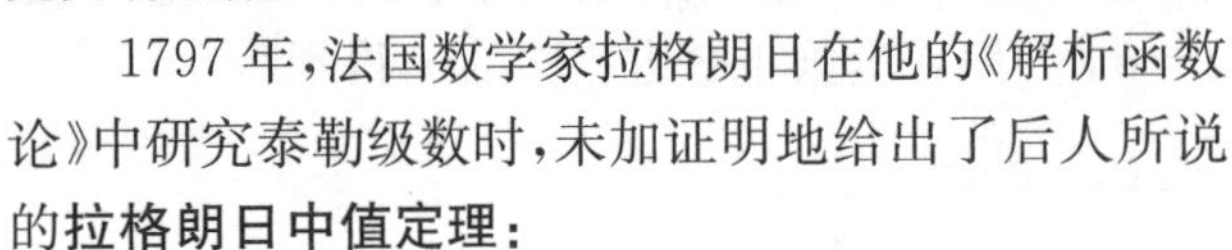

1797 年，法国数学家拉格朗日在他的《解析函数论》中研究泰勒级数时，未加证明地给出了后人所说的**拉格朗日中值定理**：

$$f(b)-f(a)=f'(c)(b-a)(a<c<b).$$

然后他利用这个定理推导出了**带有拉格朗日余项的泰勒公式.**

$$f(x)=f(x_0)+\frac{f'(x_0)}{1!}(x-x_0)+\frac{f''(x_0)}{2!}(x-x_0)^2+\cdots+\frac{f^{(n)}(x_0)}{n!}(x-x_0)^n+\frac{f^{(n+1)}(\xi)}{(n+1)!}(x-x_0)^{n+1}.$$

图 7　拉格朗日

1823 年，法国数学家柯西在他的《无穷小分析教程概论》中定义导数时利用了拉格朗日的上述结果，称之为**平均值定理(mean value theorem)**.

① 李晓奇，任嵘嵘. 先驱者的足迹——高等数学的形成[M]. 北京：科学普及出版社，2017.

因此在历史上,拉格朗日中值定理并不是由罗尔定理作了辅助函数变出来的,而是独立的发明. 顺便指出,只有当拉格朗日研究了级数的余项后,才确定了泰勒公式的重要地位.

3. 单调性的判别和柯西中值定理

图 8　柯西

1829 年,柯西在他的《微分计算教程》中通过考查导数正负号的意义研究中值定理,由于

$$y' = \frac{\mathrm{d}y}{\mathrm{d}x} = \lim_{\Delta x \to 0} \frac{\Delta y}{\Delta x},$$

他注意到:如果在点 x_0 处 $y' > 0$,则当 Δx 足够小时,Δy 与 Δx 必定同号(如果 $y' > 0$,则异号). 因此,当 x 增加而通过 x_0 时,$y = f(x)$ 增加. 所以他说,如果使 x 从 $x = x_0$ 到 $x = X$ 增加一个"可察觉的量",则函数 $f(x)$ 当其导数为正时总是增加的,当其导数为负时总是减小的. 特别是,如果在区间 $[x_0, X]$ 上 $f'(x) > 0$,则 $f(X) > f(x_0)$. 在此基础上,柯西叙述并证明了他的"广义中值定理"——**柯西中值定理**:

$$\frac{f(b) - f(a)}{g(b) - g(a)} = \frac{f'(c)}{g'(c)} \ (a < c < b).$$

科学结论往往不是一开始就很完美的,也要随着时代的进步而完善的;我们现在看到的四个中值定理的联系,以及它们在研究函数中的应用,是经过数学工作者上百年的努力而整理出来的,他们在为后人铺平数学学习和研究的道路而无私奉献着.

(三) 洛必达法则的由来

图 9　洛必达

法国数学家洛必达(1661—1704)是一位贵族,拥有圣梅特侯爵和昂特尔芒伯爵的称号. 1696 年,他出版了《用于理解曲线的无穷小分析》一书,这是世界上第一部系统的微积分教程,其中给出了求分子分母同趋于零的分式极限的法则,后人称之为"洛必达法则",但实际上这一结果是约翰 · 伯努利(1667—1748)在 1694 年 7 月 22 日的信中告诉洛必达的.

图 10　伯努利

约翰 · 伯努利在 1691—1692 年间写了两篇关于微积分的短文,但未发表. 不久以后,他开始为洛必达讲授微积分,定期领取薪金. 作为交换,他把自己的数学发现传授给洛必达并允许他随时利用,因而洛必达的著作中许多内容都取材于约翰 · 伯努利的早期著作. 1704 年洛必达去世后,约翰 · 伯努利以强硬的口吻宣称他是洛必达微积分著作的真正作者. 正是洛必达的丰厚报酬使得约翰 · 伯努利在洛必达生前无法开口. 当时很少有人相信他的话是真的. 直到 1922 年,约翰 · 伯努利的一篇讲稿在巴塞尔被发现,真相才大白于天下. 事实上洛必达著作中的结果几乎就是约翰 · 伯努利讲稿中的结论,但洛必达对于原稿中的一些错误给予了纠正.

(四) 极值问题是如何解决的

微积分的产生,除了前人努力和众多的历史原因,当时最直接的原因应归结为 16—17 世纪四类问题对数学工具的迫切需要:

➢ 求曲线的切线；

➢ 求变速运动的瞬时速度；

➢ 求某种条件下的最大值或最小值，如火炮的最大射程与大炮倾角的关系；

➢ 求不规则图形的面积、体积、弧长、重心、转动惯量，等等.

因此，极值问题是导致微积分产生的基本问题之一. 极值问题(因而最值问题)的解决可以分为以下三个历史阶段.

1. 开普勒的行星轨道和酒桶问题

对于求函数最大值和最小值问题的现代研究是由开普勒的观察开始的. 17 世纪初，德国天文学家开普勒得到了著名的行星运动三大定律：

➢ 第一定律:椭圆轨道定律——所有行星的运动轨道都是椭圆，太阳位于椭圆的一个焦点；

➢ 第二定律:相等面积定律——行星的向径(太阳中心到行星中心的连线)在相等的时间内扫过的面积相等；

➢ 第三定律:行星公转周期的平方与椭圆轨道的半长轴的立方成正比.

根据这三条定律，行星在围绕太阳公转时，其运行速度随时都在改变，并且在近日点达到最大，在远日点达到最小. 开普勒还在酒桶体积的测量中提出了一个确定最佳比例问题，这启发他考虑很多极大极小的问题. 他的方法是通过列表，从观察中得出结果. 他发现:当体积接近极大值时，由于尺寸的变化所产生的体积变化将越来越小，这正是在极值点处导数为零这一命题的原始形式.

2. 费马将极值与水平切线相统一

费马把切线与求极值的方法统一了起来，这对后来牛顿、莱布尼茨创立统一的基本方法——微分法有很大启发.

1684 年，莱布尼茨发表了《一种求极大、极小值与切线的新方法》，这是数学史上第一篇公开发表的微积分学论文，文中指出，当纵坐标 v 随 x 增加而增加时，dv 是正的；当 v 随 x 增加而减少时，dv 是负的. 此外，因为“当 v 既不增加也不减少时，就不会出现这两种情况，这时 v 是平稳的”，所以极大值或极小值的必要条件是 $dv=0$，相当于水平切线. 同样，他还说明了拐点的必要条件是 $d(dv)=0$.

3. “牛顿版”的费马引理

1671 年，牛顿在《流数法与无穷级数》(发表于 1736 年)中将极大值和极小值问题作为一个基本问题加以叙述和处理：**“当一个量取极大值或极小值时，它的流数既不增加也不减少，因为如果增加，就是说它的流数还是较小的，并且即将变大；反之如果减少，情况恰好相反. 所以，(用以前叙述的方法)求出它的流数，并且令这个流数等于零.”**

因此，我们现在表述的费马引理与牛顿和开普勒的思想都是一致的.

二、阅读启示

(一) 对思想方法的启示

1. 中值定理的理论意义

在教科书上，由费马引理依次证明罗尔定理、拉格朗日中值定理、柯西中值定理，泰勒定理可由柯西中值定理推出，显然泰勒定理很容易推出罗尔定理. 因而这四个中值定理是等价的.

这几个中值定理是沟通局部性质与整体性质的桥梁. 特别是，把拉格朗日中值定理的结果写成

$$f(b)-f(a)=f'(\xi)(b-a)$$

或

$$\Delta y=f'(x+\theta\Delta x)\Delta x,\ 0<\theta<1$$

的形式，它们称为有限增量公式. 注意微分 $\Delta y=f'(x_0)\Delta x+o(\Delta x)$ 也表达了增量，但必须在极小的区间上使用才有效，而拉格朗日公式表示的增量是不限自变量跨度大小的，是一个整体性质，适用任意增量的研究，例如，

在建立命题“**设 $f(x)$ 在区间 $[a,\ b]$ 上连续，在 $(a,\ b)$ 内可导，且 $f'(x)>0\ (<0)$，则 $f(x)$ 在 $[a,\ b]$ 上单调递增（减）**”时，就只要说明，对任意 $x_1,\ x_2\in(a,\ b),\ x_1<x_2$，在区间 $(x_1,\ x_2)$ 内存在点 ξ，使得

$$f(x_1)-f(x_2)=f'(\xi)(x_1-x_2)<0.$$

这里的 $x_1,\ x_2\in(a,\ b)$ 是不必“非常邻近”的，用导数定义或微分表示的增量就无法做到.

又如，“**设函数 $f(x)$ 在区间 $(a,\ b)$ 内二阶可导，且 $f''(x)>0$，则曲线 $y=f(x)$ 是凹的**”. 即对任意的 $x_1,\ x_2\in(a,\ b),\ x_1\neq x_2$，有

$$f\left(\frac{x_1+x_2}{2}\right)<\frac{f(x_1)+f(x_2)}{2}.$$

这个结论可以用两次拉格朗日中值定理，也可用泰勒定理证明.

增量公式同时给出了不等式证明和变量增值估算的全新思路. 紧接着，柯西中值定理解决了一个大类的极限问题，泰勒中值定理解决了具有高阶导数的函数的表达问题；拉格朗日中值定理的推论还为常微分方程的求解打开了缺口.

2. 中值定理在微分学中的地位

广义地说，微分学中一切方法的总和就是“微分法”，中值定理的应用也就代表了微分法的应用，如图 11，中值定理依次用于：

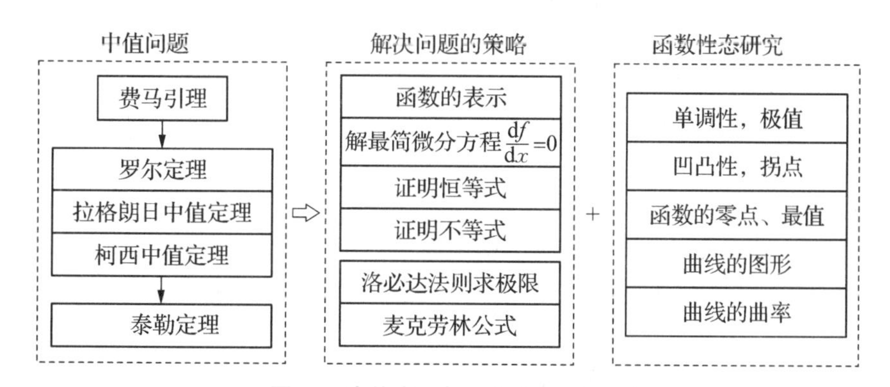

图 11　中值定理与导数应用逻辑框架

① 产生新的中值定理，即所谓“中值问题”；

② 运用于产生解决问题的策略和具体方法，例如用洛必达法则求极限、证明不等式、证

明恒等式，求解“最简微分方程”，常用的麦克劳林公式也在此范围内；

③ 可导函数的几何性态(单调性与极值、凹凸性与拐点、曲率计算等)，即用分析的方法画函数或方程的图像，这也正是微积分的前辈研究者们期待过的理想.

用微分法研究函数，首先考虑所研究的问题属于三个板块中的哪一部分；再次是针对具体类型解决问题. 其中，在函数性态的研究方面可以归为两类：

➢ 计算函数的最大最小值，这也是微分学发明的根本动力；

➢ 研究函数的图像，主要是讨论单调性、凹凸性和零点等，除了显函数表示的函数，应研究隐函数或参数方程表示的函数，甚至还可以从导函数的图像推出原函数的图像.

(二) 对真善美的启示

1. 数学中的真理并不是绝对的，而是相对的

没想到吧，原来是先有极值问题再有导数，而不是先有导数再有极值问题！

历史上，泰勒中值定理是拉格朗日想出来的，柯西中值定理并不是拉格朗日中值定理或罗尔定理的推论，拉格朗日中值定理也不是罗尔定理的推论，罗尔定理也不是费马引理推出的，甚至，洛必达法则也不是洛必达想出来的！ 事实上，数学定理的呈现方式是数学家为了便于传承文化而不断改编，省略了其中复杂的原始的发展路径. 因此，数学中的真理也是相对的，也是在实践中被检验和提升的. 毛泽东在《实践论》中说过：“理性认识依赖于感性认识，感性认识有待于发展到理性认识，这就是辩证唯物论的认识论”，微分学来自实践的需要而建立定义和算法，再上升到中值定理的理论支架，这也是实践活动的结果；中值定理又为指导研究函数的实践提供有力武器，这是辩证唯物主义认识论的极佳案例.

2. 用严谨务实的科学精神投入学习和研究

微积分是在不很严格、讲究实用的基础上，而不是在欧几里得严密思想的基础上发展起来的. 然而，科学最终是要讲究严格的. 通过许多人的努力，微积分建立在极限理论的基础上，随着实数体系的建立，整个微积分终于走上了严格逻辑的轨道. 或许是由于使微积分严密化的少数努力没有成功，有些数学家曾放弃了这方面的努力，正像寓言中的狐狸对葡萄那样，有意地嘲笑希腊人的严密性，以致产生这样的数学观：为什么要自找麻烦，用深奥的推理来证明那些人们根本没有怀疑过的东西呢？ 或者用不太显然的东西去证明较为显然的东西呢？ 甚至批评欧几里得，“在一些没有一个人认为有必要的地方，提供了证明”. 事实证明，没有微积分的严格化. 分析是不能走得如现在这么远的. 数学中的证明不仅不是累赘，而是动力源！ 总之，数学概念的建立与创新是非常来之不易的，包括导数的定义，这正是我们需要学习的地方. ①

洛必达法则的归属，在现代社会属于学术诚信问题. 科研成果是人类的精神财富，是无价之宝，任何金钱都是与它不对等的. 做科学研究时应该对于结果的改进充分沟通，否则会留下永久的教训.

3. 学习数学家筚路蓝缕、奋发图强的创业精神

数学命题和定理在历史长河中可以有很多形式上的改变，但历史记住的是那些伟大的

---

① 邵光华. 作为教育任务的数学思想与方法[M]. 上海：上海教育出版社，2009.

思想.伟大的思想不是一个一个聪明的念头,而是千锤百炼的检验和考验后完成的.中值定理的初创时期,数学家很少有依托的条件,甚至极限理论都没有成立,但还是踩出了一条路来,这种奋发图强的精神是非常值得我们学习的.另一方面,即使所有思想方法得到了严格的证明,数学家还要把学术逻辑改为“教育数学”的逻辑,让后人可以非常高效、通顺地理解这些精彩结论,他们的善举也是值得学习的.我们在学习和研究中,应遵从客观规律,循序渐进地不断追求知识结构上的完美.在学习态度上,要不畏艰难,开拓创新.

三、问题解决

我们在问题探究中讨论两类具体问题.而把前面归纳的三个板块分别置于习题研究和解题策略中.

(一) 问题探究

1. 用中值定理反思旧概念

正如洛必达法则所蕴含的意义那样,中值定理可以帮助我们对以前的概念进行深度研究.

例如,在计算分段函数在节点处的左右导数时,常常提出下列:

思考题1 若 $f'(x)$ 在点 x_0 存在左(右)极限,那么它就是 $f(x)$在点 x_0 处的左(右)导数吗?

这个问题的答案是肯定的.只要理解下面的导数极限定理.

定理1(导数极限定理) **设函数 $f(x)$在点 x_0 的某邻域$U(x_0)$内连续.**

(1) 若 $f(x)$在左邻域$U_-(x_0)$内可导,且 $f'(x_0^-)=\lim\limits_{x\to x_0^-}f'(x)$ 存在,则 $f'_-(x_0)$存在,且 $f'(x_0^-)=f'_-(x_0)$ (导数的左极限等于左导数).

(2) 若 $f(x)$在$\mathring{U}(x_0)$内可导,且$\lim\limits_{x\to x_0}f'(x)$存在,则 $f'(x_0)$存在,且

$$\lim_{x\to x_0}f'(x)=f'(x_0).$$

证明 (1) 任取$x\in\mathring{U}_-(x_0)$,则 $f(x)$在区间$[x, x_0]$上满足拉格朗日中值定理条件,存在$\xi\in(x, x_0)$,使得

$$\frac{f(x)-f(x_0)}{x-x_0}=f'(\xi).$$

令$x\to x_0^-$,则$\xi\to x_0^-$,从而 $\lim\limits_{x\to x_0^-}\dfrac{f(x)-f(x_0)}{x-x_0}=\lim\limits_{x\to x_0^-}f'(\xi)$,由于 $\lim\limits_{x\to x_0^-}f'(x)=f'(x_0^-)$ 存在,所以 $\lim\limits_{\xi\to x_0^-}f'(\xi)=f'(x_0^-)$.

类似地证明,若右极限 $f'(x_0^+)$ 存在,则 $f'_+(x_0)$ 存在且与之相等.因此,如果左右两边导函数的极限都存在,则左右导数都存在了;如果已知 $\lim\limits_{x\to x_0^-}f'(x)$存在,则导函数的左右极限存在且相等,也就说明了 $f'(x_0)$存在.证毕.

在上述证明过程中，需要讨论一个问题：定理中“$\lim\limits_{x \to x_0^-} f'(x)$存在”这个条件是必要的吗？如果这个极限不存在，能否推知$f'_-(x_0)$也不存在呢？在洛必达法则中也会遇到相似的问题，即：

思考题 2 如果$\lim\limits_{x \to x_0} \dfrac{f'(x)}{g'(x)}$是振荡型的不存在，为什么不能推知$\lim\limits_{x \to x_0} \dfrac{f(x)}{g(x)}$也是振荡型不存在呢？

对于这个问题的多数回答是举例说明，没有从根本上找出原因.

事实上，对于任意区间$[a, b]$上的可导函数$f(x)$，集合$\left\{\dfrac{f(x)-f(a)}{x-a} \middle| x \in (a, b]\right\}$一定包含于集合$\{f'(x) \mid x \in (a, b]\}$之内，且可能是真包含的，例如对于区间$(-1, 1]$上的函数$y=x^3$，$y'(0)=0$，但$(-1, 1]$中没有任何点可以使$\dfrac{f(x)-f(-1)}{x-(-1)}=0$. 因此，给出条件“$\lim\limits_{x \to x_0} f'(x)$存在”，可以推出子集上求极限存在且相等，而如果这个“较大”集合上极限是振荡型不存在，像函数$f(x)=\begin{cases} x^2\cos\dfrac{1}{x} & 当 x \neq 0 \\ 0 & 当 x=0 \end{cases}$的导函数就属于这种情况，子集上的极限是可能存在也可能不存在的.

关于用洛必达法则求极限，还可以提出这样一个问题：

思考题 3 洛必达法则的思想方法能否迁移到计算$\lim\limits_{n \to \infty} \dfrac{a_n}{b_n}$型的极限呢？

对这个问题的回答，就是著名的斯铎兹定理.

定理 2（斯铎兹定理） **设数列$\{a_n\}$，$\{b_n\}$都是无穷大量（或都是无穷小量），如果$\{a_n\}$单调递增，A是实数，或∞，或$\pm\infty$. 如果$\lim\limits_{n \to \infty} \dfrac{b_{n+1}-b_n}{a_{n+1}-a_n}=A$，则有$\lim\limits_{n \to \infty} \dfrac{b_n}{a_n}=A$.**

2. 探究微分学中的新概念

我们学了微分学中的新概念，当然要对新概念进行细致的思考，例如：

思考题 4 参数方程$x=t^2$，$y=3t+t^3$所确定的曲线的图像有怎样的对称性和截距？$t=0$邻域的二阶导数变号，那么原点是不是该曲线的拐点？

这种问题的思考，就能带动很多关于参数方程的研究，也可能会以此发现以往对拐点的定义是否适用于参数方程表示的这种曲线认知上的问题.

又如，当我们运用曲线的凹凸性证明不等式时，用$f\left(\dfrac{x_1+x_2}{2}\right)<\dfrac{f(x_1)+f(x_2)}{2}$这一个不等式来刻画凹性就可能不够用，那么自然就会提出问题：

思考题 5 曲线的凹性还有哪些等价刻画呢？

可以证明，下列 7 个条件都是凹性的等价刻画.

定理 3 曲线$y=f(x)$在区间I上是凹的，当且仅当下列任何一条成立：

(1) 曲线上任一点都在弦的下方：$\forall x_1, x_2 \in I$及$\forall \lambda \in (0, 1)$，总有

$$f(\lambda x_1+(1-\lambda)x_2)<\lambda f(x_1)+(1-\lambda)f(x_2).$$

(2) 弦的斜率递增(如图 12)：$\forall x_1, x_2, x_3 \in I$，$x_1 < x_2 < x_3$，总有

$$\frac{f(x_2)-f(x_1)}{x_2-x_1} < \frac{f(x_3)-f(x_2)}{x_3-x_2}.$$

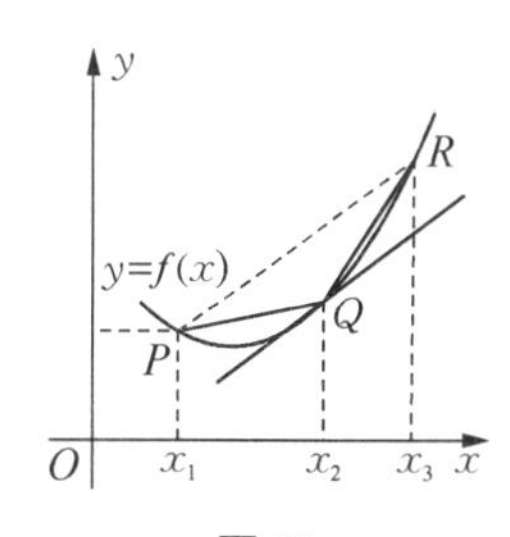

图 12

若 $f(x)$ 在 I 内存在一阶导数，还有：

(3) $f'(x)$ 在 I 上递增.

(4) 曲线在任一点的切线的上方(如图 13)：$\forall x_0, x \in I$，且 $x \neq x_0$，有

$$f(x) > f(x_0) + f'(x_0)(x - x_0).$$

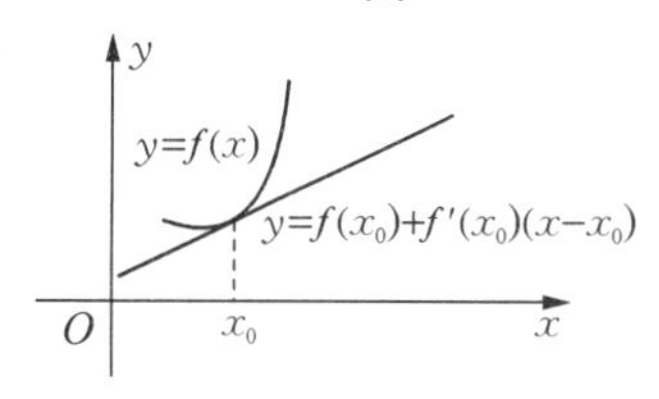

图 13

若 $f(x)$ 在 I 内存在二阶导数，还有：

(5) $f''(x) \geqslant 0$ 且使等号成立的点 x 不占任何一个子区间.

用数学归纳法还可以证明下列等价形式(称为琴生不等式)：

(6) $\forall x_i \in I$，$\lambda_i > 0\ (i = 1, 2, \cdots, n)$，$\sum\limits_{i=1}^{n} \lambda_i = 1$，有

$$f\left(\sum_{i=1}^{n} \lambda_i x_i\right) < \sum_{i=1}^{n} \lambda_i f(x_i).$$

(7) $\forall x_1, x_2, \cdots, x_n \in I$，

$$f\left(\frac{x_1 + x_2 + \cdots + x_n}{n}\right) < \frac{1}{n}[f(x_1) + f(x_2) + \cdots + f(x_n)].$$

(二) 习题研究

1. 中值问题和中值定理的应用

中值定理的中心思想是构造新函数来证明导函数所满足的性质，所以它是创造力的又一次考验. 如何构造函数满足费马引理、罗尔定理、拉格朗日中值定理或柯西中值定理，都是我们要攻克的难关.

例 1　设函数 $f(x)$ 在 $[0, 1]$ 上连续，在 $(0, 1)$ 内可微，且 $f(0) = f(1) = 0$，$f\left(\frac{1}{2}\right) = 1$. 证明：

(1) 存在一个 $\xi \in \left(\frac{1}{2}, 1\right)$，使得 $f(\xi) = \xi$；

(2) 存在一个 $\eta \in (0, \xi)$，使得 $f'(\eta) = f(\eta) - \eta + 1$.

证明　(1) 令 $F(x) = f(x) - x$，则 $F(x)$ 在 $[0, 1]$ 上连续，且有

$$F\left(\frac{1}{2}\right) = f\left(\frac{1}{2}\right) - \frac{1}{2} = \frac{1}{2} > 0,\ F(1) = 0 - 1 = -1 < 0.$$

所以,存在 $\xi \in \left(\frac{1}{2},1\right)$ 使得 $F(\xi)=0$, 即 $f(\xi)=\xi$.

(2) 由于要求 $f'(\eta)-1=f(\eta)-\eta$, 即 $[(f(x)-x)'-(f(x)-x)]_{x=\eta}=0$. 令 $G(x)=e^{-x}(f(x)-x)$, 那么 $G(0)=G(\xi)=0$, 从而由罗尔定理,存在一个 $\eta \in (0,\xi)$, 使得 $G'(\eta)=0$, 即 $f'(\eta)=f(\eta)-\eta+1$. 证毕.

本题重点在拷问能否掌握了构造辅助函数,这需要对中值问题仔细观察和尝试,尽量避免通过解微分方程来获得辅助函数.

例 2 设函数 $f(x)$在闭区间$[-1, 1]$上具有连续的三阶导数,且 $f(-1)=0$, $f(1)=1$, $f'(0)=0$,求证:在开区间 $(-1, 1)$ 内至少存在一点 x_0,使得 $f'''(x_0)=3$.

证明 由麦克劳林公式,

$$f(x)=f(0)+\frac{1}{2!}f''(0)x^2+\frac{1}{3!}f'''(\eta)x^3,\ \eta \text{ 介于 } 0,\ x \text{ 之间},\ x\in[-1,\ 1].$$

分别取 $x=1$, $x=-1$ 得

$$1=f(1)=f(0)+\frac{1}{2!}f''(0)+\frac{1}{3!}f'''(\eta_1)\quad 0<\eta_1<1,$$

$$0=f(-1)=f(0)+\frac{1}{2!}f''(0)-\frac{1}{3!}f'''(\eta_2)\quad -1<\eta_2<0.$$

两式相减得 $f'''(\eta_1)+f'''(\eta_2)=6$, 即 $\dfrac{f'''(\eta_1)+f'''(\eta_2)}{2}=3$.

设 $f'''(x)$ 在 $[-1,\ 1]$ 的最大值为 M,最小值为 m,则 $m\leqslant\dfrac{f'''(\eta_1)+f'''(\eta_2)}{2}\leqslant M$.

从而由介值定理,在开区间 $(\eta_1,\ \eta_2)$ 内至少存在一点 x_0,使得 $f'''(x_0)=3$. 证毕.

对于泰勒展开的运用,是有很多规律可循的,一般选择同时在区间的中点或区间内的特殊点展开,因为变量与展开式的中心越接近,表达的函数误差就越小,本题中的原点正好是区间的中点. 另外,从 $f'''(\eta_1)+f'''(\eta_2)=6$ 到所证的结论也是一个介值定理的重要命题.

拉格朗日中值定理推出一个命题:**"若函数 $f(x)$在区间 I 上可导,且 $f'(x)=0$, $\forall\ x\in I$, 则 $f(x)=C$ (C 为常数)."**这个命题也是意义深远的. 因为它由导数满足的关系推出原函数所满足的关系. 这是微分方程的范畴了. 我们称 $f'(x)=0$ 为**最简微分方程**. 对于方程 $xy'+y+4=0$, 将它凑成 $(xy+4x)'=0$, 就可以得到它的解 $xy+4x=C$.

又如,什么样的函数在区间上恒满足 $f''(x)=0$? 只要将等式写成 $(f'(x))'=0$, 就有 $f'(x)=C_1$, 即 $[f(x)-C_1x]'=0$, 从而

$$f(x)=C_1x+C_2(\text{其中 } C_1,\ C_2 \text{ 是任意常数}).$$

再如,用拉格朗日中值定理推出的命题**"$f'(x)=g'(x)$, $\forall\ x\in I$,则 $f(x)=g(x)+C$"**可以证明恒等式,例如 $\arctan x+\operatorname{arccot} x=\dfrac{\pi}{2}$, $x\in(-\infty,\ +\infty)$.

这些都是中值定理的直接应用,这里不再赘述.

2. 函数性态的研究

例 3　设函数 $f(x)$在$(-\infty, +\infty)$上具有二阶导数,并且 $f''(x)>0$, $\lim\limits_{x\to+\infty} f'(x)=\alpha>0$, $\lim\limits_{x\to-\infty} f'(x)=\beta<0$, 且存在一点 x_0, 使得 $f(x_0)<0$. 证明方程 $f(x)=0$ 在$(-\infty, +\infty)$恰有两个实根.

证法 1　由 $f''(x)>0$ 知 $f'(x)$ 单调递增.

再由 $\lim\limits_{x\to+\infty} f'(x)=\alpha>0$ 知,存在充分大的 $a>x_0$, 使得 $f'(a)>0$, 故存在 $b>a$ 使得

$$f(b)>f(a)+f'(a)(b-a)>0.$$

同理,存在 $c<x_0$, 使得 $f(c)<0$.

在 $[c, x_0]$, $[x_0, b]$ 上利用零点定理,存在 $x_1\in[c, x_0]$, $x_2\in[x_0, b]$, 使得

$$f(x_1)=f(x_2)=0.$$

以下用反证法证明 $y=f(x)$ 只有两个根.

假设 $f(x)=0$ 在$(-\infty, +\infty)$内有三个实根,不妨设为 x_1, x_2, x_3, 则用罗尔定理,可知,必有 $\eta\in(x_1, x_3)$, 使得 $f''(\eta)=0$, 矛盾.

证法 2　由 $\lim\limits_{x\to+\infty} f'(x)=\alpha>0$ 知,存在充分大的 $a>x_0$, 使得 $f'(a)>0$, 故 $x>a$ 时,

$$f(x)>f(a)+f'(a)(x-a),\ \lim_{x\to+\infty} f(x)=+\infty.$$

同理,存在 $c<x_0$, 使得 $f'(c)<0$, 从而 $x<c$ 时, $f(x)>f(c)+f'(c)(x-c)$, 故也有 $\lim\limits_{x\to-\infty} f(x)=+\infty$.

设 $f(x)$在$[c, a]$上的最小值点为 ξ,则 $f(\xi)\leqslant f(x_0)<0$, $f'(\xi)=0$, 由于 $f''(x)>0$, $f'(x)$ 单调递增. 故 $x>\xi$ 时, $f'(x)>0$, $f(x)$在$(\xi, +\infty)$上单调递增,从而在$(\xi, +\infty)$上恰有一个根;同理, $f(x)$在$(-\infty, \xi)$上也恰有一个根.

证法 3　由 $\lim\limits_{x\to+\infty} f'(x)=\alpha>0$ 和 $\lim\limits_{x\to-\infty} f'(x)=\beta<0$ 知,存在 ξ 使得 $f'(\xi)=0$. 由 $f''(x)>0$ 知 $f'(x)$ 单调递增.

故 $x>\xi$ 时, $f'(x)>0$, 进而 $f(x)>f(\xi)$; 同理, $x<\zeta$ 时, $f(x)<f(\xi)$, 故 $f(\xi)$ 是 $f(x)$在$(-\infty, +\infty)$上的最小值,从而 $f(x)\leqslant f(x_0)<0$.

又由泰勒公式:

$$f(x)=f(\xi)+f'(\xi)(x-\xi)+\frac{f''(\eta)}{2!}(x-\xi)^2=f(\xi)+\frac{f''(\eta)}{2!}(x-\xi)^2.$$

其中 η 介于 x, ξ 之间. 故 $\lim\limits_{x\to+\infty} f(x)=+\infty$, $\lim\limits_{x\to-\infty} f(x)=+\infty$.

所以, $f(x)$在$(-\infty, \xi)$和$(\xi, +\infty)$上各有一个根,又因为 $f(x)$在这两个区间上分别是单调递减和递增的函数,所以在这两个区间上的根是唯一的. 证毕.

本题属于中值定理在研究函数中的应用,三个解法分别用到了三种不同的中值定理. 所要拷问的是能否从已有条件发现函数的图形的表征? 能否通过图形设计严格的证明步骤? 这正是导数应用的高级形式.

(三) 解题策略

1. 不等式证明:关注带拉格朗日余项的泰勒公式

用拉格朗日中值定理可以把函数写成

$$f(x)=f(x_0)+f'(\xi)(x-x_0),$$

这是微分公式 $f(x)=f(x_0)+f'(x_0)(x-x_0)+o(x-x_0)$ 的"精确化",而且此处 x, x_0 之间可以相隔"很远".

对于存在高阶导数的函数,泰勒定理起到了类似的作用.

中值定理使得不等式的证明拓展了思路. 微积分的学习中千万不要偏废了不等式的研究,事实上,微积分中多数概念的定义与不等式有关.

例 4 设 $\lim\limits_{x\to 0}\dfrac{f(x)}{x}=1$, $f(x)$二阶可导,且 $f''(x)>0$, 证明: $f(x)\geqslant x$.

证法 1 由 $\lim\limits_{x\to 0}\dfrac{f(x)}{x}=1$ 知 $f(0)=0$, $f'(0)=1$, 令 $F(x)=f(x)-x$, 则 $F(0)=f(0)-0=0$, 而 $F'(x)=f'(x)-1$, $F'(0)=f'(0)-1=0$, 又因为 $F''(x)=f''(x)>0$, 故 $F'(x)$ 单调递增, $x>0$ 时 $F'(x)>0$, 而 $x<0$ 时 $F'(x)<0$, 所以 $F(x)$在 $x=0$ 时取得最小值 0,即 $F(x)=f(x)-x\geqslant 0$.

证法 2 由 $\lim\limits_{x\to 0}\dfrac{f(x)}{x}=1$ 知 $f(0)=0$, $f'(0)=1$, 由泰勒公式

$$f(x)=f(0)+f'(0)x+\frac{1}{2}f''(\xi)x^2\geqslant x.$$

证毕.

上面的第一种证明方法,构造辅助函数 $F(x)=f(x)-x$ 是一个很自然的想法,如果想到这个函数与抛物线 $y=x^2$ 有相似的图形,就不难理解其解题思路了;问题是,什么情况下的函数具有这种图形? 回答是: $F(0)=F'(0)=0$, $F''(x)>0$. 为什么可以这么武断地肯定? 证法 2 中,果断使用泰勒公式直接回答了这个问题.

例 5 设函数 $f(x)$在$[0, 1]$上有二阶导数,且有正常数 A, B 使得 $|f(x)|\leqslant A$, $|f''(x)|\leqslant B$, 证明:对于任意 $x\in[0, 1]$, 有 $|f'(x)|\leqslant 2A+\dfrac{B}{2}$.

证明 由泰勒公式有

$$f(0)=f(x)+f'(x)(0-x)+\frac{f''(\xi)}{2}(0-x)^2,\quad \xi\in(0, x),$$

$$f(1)=f(x)+f'(x)(1-x)+\frac{f''(\eta)}{2}(1-x)^2,\quad \eta\in(x, 1).$$

两式相减,得到

$$f'(x)=f(1)-f(0)-\frac{f''(\eta)}{2}(1-x)^2+\frac{f''(\xi)}{2}x^2.$$

两边取绝对值,并由条件 $|f(x)|\leqslant A$, $|f''(x)|\leqslant B$ 得

$$|f'(x)|=2A+\frac{B}{2}[(1-x)^2+x^2]\leqslant 2A+\frac{B}{2}.$$

选择区间中哪个点作为展开式的中心点,是要根据问题的条件的特点而定的,本题中的条件对于 $x=0$ 和 $x=1$ 具有对称性,不能顾此失彼,也不宜取区间的中点展开,故尝试以动点 x 作为展开式的中心点.

2. 极限的计算:关注带佩亚诺余项的泰勒公式

(1) 关于洛必达法则的注

由柯西中值定理可推出洛必达法则,从而使极限计算大大拓宽了范围.

关于洛必达法则,在此提醒两点注意:一是洛必达法则未必是计算极限的最佳途径,应该与等价无穷小替换、麦克劳林公式等方法和工具结合运用. 二是洛必达法则有适用范围的,特别是,当 $\lim\limits_{x\to x_0}\dfrac{f'(x)}{g'(x)}$ 属于"振荡型发散"时, $\lim\limits_{x\to x_0}\dfrac{f(x)}{g(x)}$ 却可能存在,因为由柯西中值定理, $\dfrac{f(x)}{g(x)}=\dfrac{f(x)-f(x_0)}{g(x)-g(x_0)}=\dfrac{f'(\xi)}{g'(\xi)}$, 所以

$$\lim_{x\to x_0}\frac{f(x)}{g(x)}=\lim_{x\to x_0}\frac{f'(\xi)}{g'(\xi)},$$

$\dfrac{f'(\xi)}{g'(\xi)}$ 所取的范围是函数 $\dfrac{f'(x)}{g'(x)}$ 所取范围的子集. 所以两者的敛散性未必相同.

(2) 关于带佩亚诺余项的泰勒公式的注

这里需要指出的是,带佩亚诺余项的泰勒公式

$$f(x)=f(x_0)+\frac{f'(x_0)}{1!}(x-x_0)+\frac{f''(x_0)}{2!}(x-x_0)^2+\cdots+\frac{f^{(n)}(x_0)}{n!}(x-x_0)^n$$
$$+o((x-x_0)^n).$$

是函数的一种局部表达式,但它不属于中值定理的范畴,因为它没有中值点 ξ. 不过它是微分的推广,它是洛必达法则的产物. 这种局部表达式非常适用于计算极限.

我们可以看到这样一个事实:只要导函数具有连续性,那么凡是能用洛必达法则求解的极限问题也都是可以用泰勒公式求解的,因为此时

$$\lim_{x\to x_0}\frac{f(x)}{g(x)}=\lim_{x\to x_0}\frac{f'(x_0)(x-x_0)+o(x-x_0)}{g'(x_0)(x-x_0)+o(x-x_0)}=\frac{f'(x_0)}{g'(x_0)}=\lim_{x\to x_0}\frac{f'(x)}{g'(x)}.$$

以下三题可以显示两种极限计算法的比较.

例 6　设 $f(0)=f'(0)=0$, $f''(0)=6$, 则 $\lim\limits_{x\to 0}\dfrac{f(\sin^2 x)}{x^4}=$________.

解法 1　用洛必达法则和导数定义,

$$\lim_{x\to 0}\frac{f(\sin^2 x)}{x^4}=\lim_{x\to 0}\frac{f'(\sin^2 x)2\sin x\cos x}{4x^3}=\frac{1}{2}\lim_{x\to 0}\frac{f'(\sin^2 x)}{x^2}=\frac{1}{2}f''(0)=3.$$

解法 2 用麦克劳林公式，因

$f(x)=f(0)+f'(0)x+\frac{f''(0)}{2}x^2+o(x^2)$，故 $f(\sin^2 x)=\frac{6}{2}\sin^4 x+o(x^4)$，

$$\lim_{x\to 0}\frac{f(\sin^2 x)}{x^4}=\lim_{x\to 0}\frac{3\sin^4 x+o(x^4)}{x^4}=3.$$

解法 2 是通过函数的展开式的结构解决问题的，对结果的预判性更加明晰.

例 7 计算 $\lim\limits_{x\to+\infty}\left[\left(x^3+\frac{x}{2}-\tan\frac{1}{x}\right)e^{\frac{1}{x}}-\sqrt{1+x^6}\right]$.

解 令 $t=\frac{1}{x}$，则

$$\text{原式}=\lim_{t\to 0^+}\frac{1}{t^3}\left[\left(1+\frac{t^2}{2}-t^3\tan t\right)e^t-\sqrt{t^6+1}\right]=\lim_{t\to 0^+}\frac{1}{t^3}\left[\left(1+\frac{t^2}{2}\right)e^t-\sqrt{t^6+1}\right]$$

$$=\lim_{t\to 0^+}\frac{1}{t^3}\left[\left(1+\frac{t^2}{2}\right)\left(1+t+\frac{t^2}{2}+\frac{t^3}{6}+o(t^3)\right)-\left(1+\frac{1}{2}t^6+o(t^6)\right)\right]$$

$$=\lim_{t\to 0^+}\frac{t+t^2+\frac{2}{3}t^3+o(t^3)}{t^3}=+\infty.$$

在无穷远点是不能展开泰勒公式的，因此，必须转化成为原点处的极限问题，但如果本题要用洛必达法则，求导工作是非常繁琐的，用展开式就可以简单得多.

3. 极限的应用：研究新变量

用微分法解决问题这种策略的形成，其根源在于三点：中值定理使得函数整体性质的讨论成为可能，泰勒公式使得高阶可导的函数的结构成为可视. 研究函数，不但要学会用导数，也要会用极限，下例中的 u 就是用极限研究的.

例 8 设函数 $y=f(x)$ 二阶可导，且 $f''(x)>0$，$f(0)=0$，$f'(0)=0$. 求 $\lim\limits_{x\to 0}\frac{x^3 f(u)}{f(x)\sin^3 u}$，其中 u 是曲线 $y=f(x)$ 上点 $P(x, f(x))$ 处切线在 x 轴上的截距.

解 $y=f(x)$ 在点 $P(x, f(x))$ 处的切线方程为 $Y-f(x)=f'(x)(X-x)$，令 $Y=0$ 得截距 $X=x-\frac{f(x)}{f'(x)}$，由此得 $u=x-\frac{f(x)}{f'(x)}$.

且有 $$\lim_{x\to 0}u=\lim_{x\to 0}\left[x-\frac{f(x)}{f'(x)}\right]=-\lim_{x\to 0}\left[\frac{\frac{f(x)-f(0)}{x}}{\frac{f'(x)-f'(0)}{x}}\right]=\frac{f'(0)}{f''(0)}=0.$$

由泰勒公式 $f(x)=\frac{f''(0)}{2}x^2+o(x^2)$，可得

$$\lim_{x\to 0}\frac{u}{x}=1-\lim_{x\to 0}\frac{f(x)}{xf'(x)}=1-\lim_{x\to 0}\frac{\frac{f''(0)}{2}x^2+o(x^2)}{xf'(x)}$$

$$=1-\lim_{x\to 0}\frac{\dfrac{f''(0)}{2}+\dfrac{o(x^2)}{x^2}}{\dfrac{f'(x)}{x}}=1-\frac{\dfrac{f''(0)}{2}}{f''(0)}=\frac{1}{2}.$$

所以，$\lim\limits_{x\to 0}\dfrac{x^3f(u)}{f(x)\sin^3u}=\lim\limits_{x\to 0}\dfrac{x^3\left[\dfrac{f''(0)}{2}u^2+o(u^2)\right]}{u^3\left[\dfrac{f''(0)}{2}x^2+o(x^2)\right]}=\lim\limits_{x\to 0}\dfrac{x}{u}=2.$

本题的设计是十分精巧的，从欲求的极限式 $\lim\limits_{x\to 0}\dfrac{x^3f(u)}{f(x)\sin^3u}$ 可以看到，这个极限要么归结为计算 $\lim\limits_{x\to 0}\dfrac{f(u)}{\sin^3u}$ 和 $\lim\limits_{x\to 0}\dfrac{x^3}{f(x)}$，此时必须计算 $\lim\limits_{x\to 0}u$，但 $f(x)$ 无法展开到三阶；要么归结为计算 $\lim\limits_{x\to 0}\dfrac{x^3}{\sin^3u}$ 和 $\lim\limits_{x\to 0}\dfrac{f(u)}{f(x)}$，此时就需要证明 $\lim\limits_{x\to 0}u=0$，因此，本题的解就走上了必经之路：先证 $\lim\limits_{x\to 0}u=0$，再求 $\lim\limits_{x\to 0}\dfrac{x}{u}$ 和 $\lim\limits_{x\to 0}\dfrac{x^3f(u)}{u^3f(x)}$. 本题的极限过程可能无法用洛必达法则代替.

练习题

1. 求极限 $\lim\limits_{x\to 0}\left(\dfrac{e^x+e^{2x}+\cdots+e^{nx}}{n}\right)^{\frac{e}{x}}$，其中 n 是任意给定的正整数.

2. 设 $y=y(x)$ 由 $x^3+3x^2y-2y^3=2$ 所确定，求 $y(x)$ 的极值.

3. 设函数 $f(x)$ 在 $x=0$ 的某邻域内有二阶连续导数，且 $f(0)$，$f'(0)$，$f''(0)$ 均不为零. 证明：存在唯一一组实数 k_1，k_2，k_3，使得

$$\lim_{h\to 0}\frac{k_1f(h)+k_2f(2h)+k_3f(3h)-f(0)}{h^2}=0.$$

一题一类复习卷(复习卷 4.1)

习题 1　试写出一个函数 $f(x)$（并验证），它在某个闭区间 $[a,b]$ 恰存在两个 $\xi\in(a,b)$，使得 $f'(\xi)=2$.

习题 2　求极限

(1) $\lim\limits_{x\to 0}\dfrac{\sin x[\sin x-\sin(\sin x)]}{x^4}$；

(2) $\lim\limits_{x\to 0}\dfrac{(1+x)^{\frac{1}{x}}-e}{x}$；

(3) $\lim\limits_{x\to 0}\dfrac{\cos x-e^{-\frac{x^2}{2}}}{x^4}$；

(4) $\lim\limits_{x\to +\infty}\dfrac{\ln\left(\dfrac{\pi}{2}-\arctan x\right)}{\ln x}$.

习题 3　证明不等式

(1) 当 $e < a < b < e^2$ 时，$\ln^2 b - \ln^2 a > \dfrac{4}{e^2}(b-a)$；

(2) 当 $x \in \left(0, \dfrac{\pi}{2}\right)$ 时，$\tan x > x + \dfrac{1}{3}x^3 + \dfrac{2}{15}x^5 + \dfrac{1}{63}x^7$.

习题 4 设 $x \geqslant 0$，证明：$\sqrt{x+1} - \sqrt{x} = \dfrac{1}{2\sqrt{x+\theta(x)}}$，其中 $\theta(x)$ 满足不等式 $\dfrac{1}{4} \leqslant \theta(x) < \dfrac{1}{2}$.

习题 5 设函数 $f(x)$ 在点 $x=0$ 的某个邻域内有二阶导数，且 $\lim\limits_{x\to 0}\left(\dfrac{\sin 3x}{x^3} + \dfrac{f(x)}{x^2}\right) = 0$. 求(1) $f(0)$，$f'(0)$，$f''(0)$的值；(2) $\lim\limits_{x\to 0}\left(\dfrac{3}{x^2} + \dfrac{f(x)}{x^2}\right)$.

习题 6 设 $f(x)$ 在 $[a, b]$ 上一阶可导，(a, b) 内二阶可导且 $f(a)=f(b)=0$，$f'_+(a)f'_-(b) > 0$. 证明：(1) 存在 $\xi \in (a, b)$，使 $f'(\xi)=0$；(2) 存在 $\eta \in (a, b)$，使 $f''(\eta)=f'(\eta)$；(3) 存在 $\zeta \in (a, b)$，使 $f''(\zeta)=f(\zeta)$.

习题 7 设 $f(x)$ 在 $[t, t+1]$ 上二阶可导，$|f(x)| \leqslant a$，$|f''(x)| \leqslant b$，$t \in \left[-\dfrac{1}{2}, \dfrac{1}{2}\right]$，$a$，$b$ 为非负数. 试用 a，b 表示 $|f'(x)|$ 的一个上界.

习题 8 图 14 给出了连续函数 $f(x)$ 的导数 $f'(x)$ 的图形.

(a) $f(x)$ 递增和递减的区间是什么？

(b) 在 x 取何值时，$f(x)$ 有极大值和极小值？

(c) $f(x)$ 凹区间和凸区间是什么？拐点的 x 坐标是什么？

(d) 假设 $f(0)=0$，画出 $f(x)$ 的图形.

习题 9 试画出函数 $y=x^x$ 的图形.

习题 10 如图 15，一道 2 米高的栅栏与一座高楼平行，距离大楼 1 米. 从地面越过栅栏到建筑物的墙的最短的梯子有多长？

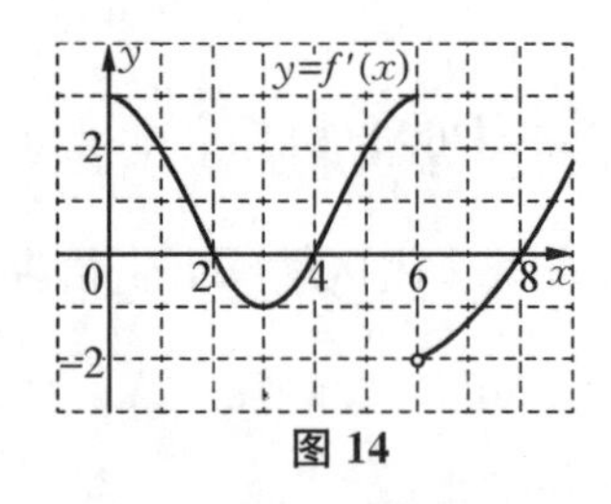

图 14

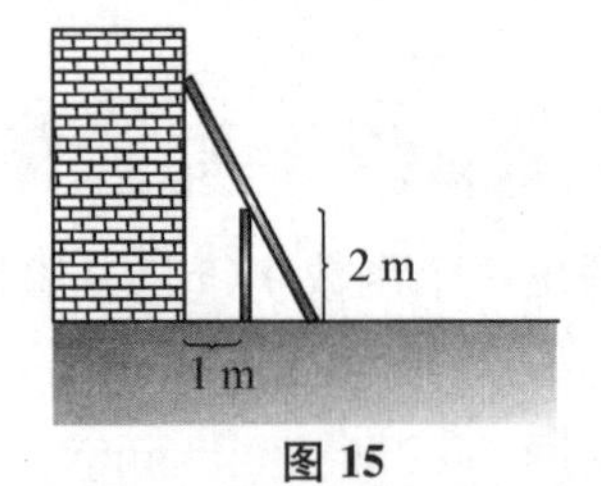

图 15

一题一型复习卷(复习卷 4.2)

1. (判断) 若函数 $f(x)$ 在闭区间 $[a, b]$ 上定义，开区间 (a, b) 内连续且可导，则存在 $\xi \in (a, b)$，使得 $f(b)-f(a)=f'(\xi)(b-a)$. (　　)

2. (单选)设方程 $y'-y^2-x=0$ 确定了 y 是 x 的函数 $y=f(x)$，且已知 y'' 存在，且在 x_0 处 $f'(x_0)=0$，则下列结论正确的是(　　).

A. $f(x)$在 $x=x_0$ 处取得极大值
B. $f(x)$在 $x=x_0$ 处取得极小值
C. $f(x)$在 $x=x_0$ 处不取得极值
D. 还不能确定 $f(x)$在 x_0 处是否取得极值

3. (多选)下列不等式恒成立的是(　　).

A. $\ln(1-x)\leqslant -x$, $\forall x<1$　　B. $e^{-x}\geqslant 1-x$, $\forall x\in(-\infty,+\infty)$
C. $\sin x\leqslant x$, $\forall x\in(-\infty,+\infty)$　　D. $e^{x}\geqslant 1+x$, $\forall x\in(-\infty,+\infty)$

4. (填空) $\lim\limits_{x\to 1}\dfrac{\arctan(x^2-x)}{\sin \pi x}=$________.

5. (改错)**原题:**设 $f(x)=\begin{cases}\dfrac{g(x)}{x} & 当 x\neq 0\\ 0 & 当 x=0\end{cases}$,其中 $g(0)=g'(0)=0$, $g''(0)=3$,求 $f'(0)$. **解法如下:**利用导数定义和洛必达法则,

① $f'(0)=\lim\limits_{x\to 0}\dfrac{f(x)-f(0)}{x-0}=\lim\limits_{x\to 0}\dfrac{g(x)}{x^2}$　② $=\lim\limits_{x\to 0}\dfrac{g'(x)}{2x}$　③ $=\lim\limits_{x\to 0}\dfrac{g''(x)}{2}$

④ $=\dfrac{1}{2}g''(0)=\dfrac{3}{2}$

错点、错因:____.

6. (简答)函数曲线上的极值点处能否成为拐点?为什么?

7. (简算)求曲线 $\begin{cases}x=t^2\\ y=3t+t^3\end{cases}$ 的拐点.

8. (综算)设 $f(x)$有连续的二阶导数,且 $\lim\limits_{x\to 0}\left[\dfrac{\sin 3x}{x^3}+\dfrac{f(x)}{x^2}\right]=0$,求 $f(0)$, $f'(0)$, $f''(0)$.

9. (证明)当 $x>1$ 时,证明不等式 $\ln x>\dfrac{2(x-1)}{x+1}$.

10. (应用)如图 16,哈勃空间望远镜于 1990 年 4 月 24 日由发现号航天飞机部署. 航天飞机在这次任务中从 $t=0$ 发射到 $t=126$ 秒抛弃固体火箭助推器的速度模型由

图 16

$$v(t)=0.000\,397t^3-0.027\,52t^2+7.196t-0.939\,7$$

(以米每秒为单位)给出. 利用这个模型,估算航天飞机在升空和抛弃助推器之间的加速度的绝对最大值和最小值. 如何解释取得最小值和最大值时的情境?

11. (阅读)牛顿求方程的近似解的方法(称为**牛顿切线法**)如图 17. 假设我们希望求解一个形如 $f(x)=0$ 的方程,因此方程的解对应于 $y=f(x)$ 图形在 x 轴的截点. 要找的解在图中被标记为 r. 我们从第一个近似 x_1 开始,这个近似是通过猜测得到的,或者从 f 的草图得到的,它与单调性和凹凸性有关. 考虑点 $(x_1$,

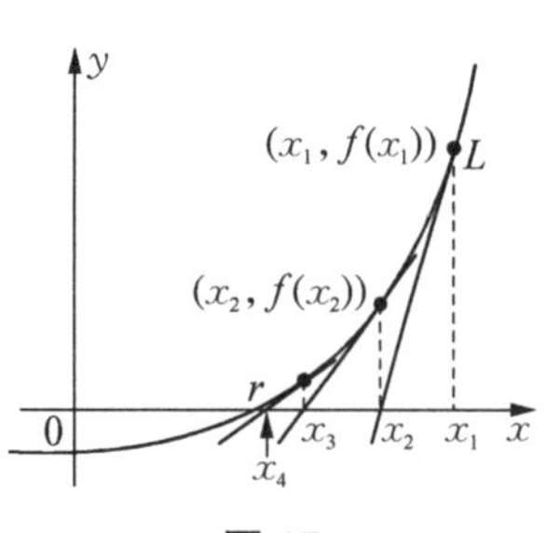

图 17

$f(x_1))$ 处的切线 L 的 x -截距,记为 x_2,牛顿方法的思想是切线接近曲线,因此,它的 x -截距 x_2 接近曲线的 x -截距 r. 因为切线 L 的方程是 $y-f(x_1)=f'(x_1)(x-x_1)$,就找到一个关于 x_2 的公式:

$$x_2=x_1-\frac{f(x_1)}{f'(x_1)},$$

这是用 x_2 向 r 的第二次逼近. 然后我们用 x_2 代替上面的 x_1 作点 $(x_2, f(x_2))$ 处的切线,就得到第三次逼近: $x_3=x_2-\dfrac{f(x_2)}{f'(x_2)}$. 持续这个过程,就得到逼近序列 $x_1, x_2, \cdots, x_n, \cdots$, 满足 $f'(x_n)\neq 0$, $x_{n+1}=x_n-\dfrac{f(x_n)}{f'(x_n)}$, $\lim\limits_{n\to\infty}x_n=r$.

试用牛顿切线法,取 $x_1=1$ 或 $x_1=0.75$,求方程 $\cos x=x$ 的近似解(如图 18).

12. (半开放)钟形曲线族 $y=\dfrac{1}{\sqrt{2\pi}\sigma}\mathrm{e}^{-\frac{(x-\mu)^2}{2\sigma^2}}$ 在概率和统计学中被称为正态密度函数. 常数 μ 叫作平均值,正常数 σ 叫作标准差.

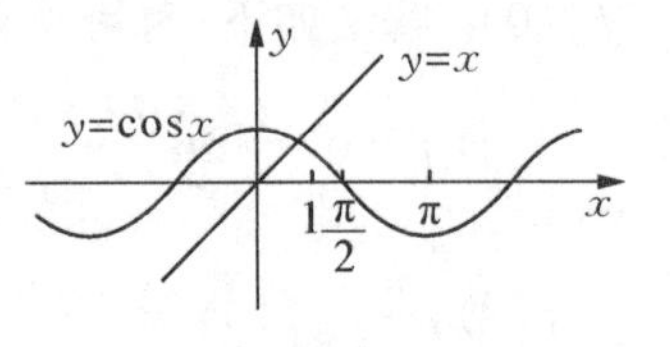

图 18

(1) 求此函数的渐近线、最大值和拐点.

(2) 常数 μ,σ 对于曲线的位置和形状起什么作用?

(3) 在同一坐标系中画出这类曲线的四个成员,看一下它们有什么共性.

13. (全开放)谣言传播的模型由方程 $p(t)=\dfrac{1}{1+a\mathrm{e}^{-kt}}$ 给出,其中 $p(t)$是直到时间 t 后谣言传播占总人口的比例,a, k 为正常数.

① 什么时候半数人口会听到这个谣言?

② 什么时候谣言的传播速度达到最快?

③ 画出 $p(t)$的图形,由这个模型可以得到关于谣言的什么启示?

扫码可见本讲参考答案

扫码可见本讲微课

第 5 讲

不定积分可以这样想

不定积分,是微积分课程中的一个基础性章节,理论上的讨论很少,故被认为是最为平淡乏味的部分.不定积分是难的,根本原因是原函数的性质很少,只有逆运算性质

$$\left(\int f(x)\mathrm{d}x\right)'=f(x),\ \int f'(x)\mathrm{d}x=f(x)+C,$$

以及线性性质

$$\int[k_1f(x)+k_2g(x)]\mathrm{d}x=k_1\int f(x)\mathrm{d}x+k_2\int g(x)\mathrm{d}x,$$

别的就一无所知了.即使是"套公式"的题目,也需要创意满满.在这里,我们引用一些哲理隐喻来讨论不定积分的学习方法.

一、精粹导读:不定积分计算中的真善美

(一) 不定积分的历史印记

历史上,22 岁的牛顿就思考这样一个问题:"我想的是一个面积函数 $A(x)$,它的导数是 $12x+x^{10}-\sin x$,那么我想的面积函数是什么呢?"

于是,构建能解决 $12x+x^{10}-\sin x$ 等任意曲线 $y(x)$ 的反向问题的方法——不定积分(或原函数),就变成了微积分的圣杯.为了增加成功的概率,就要制作一张大型查询表(积分表),以 $[A(x),\ y(x)]$ 对的形式列出几百个面积函数及其关联曲线.在大学期间,牛顿在他的笔记本里绘制过类似的表格,如图 1 所示.[①]

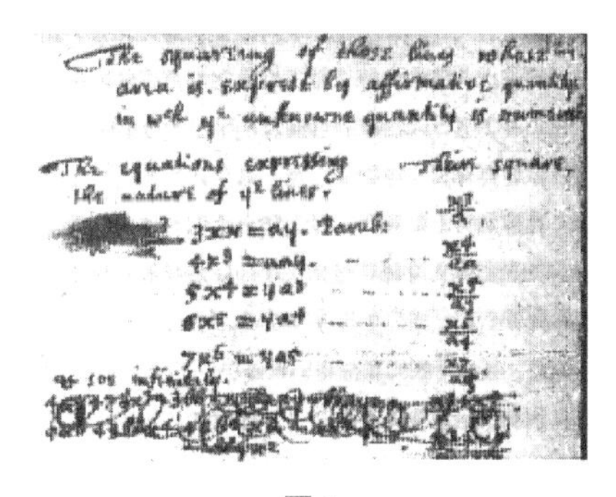

图 1

在牛顿的操控下,微积分的机器运转起来了.牛顿的新数学方法与不断变化的世界完美契合,微积分机器的运转改变了世界文明!

不定积分的技能有两方面:一方面是对一般函数计算原函数的技能,即换元法和分部积分法等,这是约翰·伯努利和莱布尼茨分别研究过的问题;另一方面是对于特殊函数的原函数的计算技能,例如三角函数的积分和有理函数的积分.有理三角函数的积分可以化作有理

① 史蒂夫·斯托加茨著.微积分的力量[M].任烨译.北京:中信出版社,2021.

函数的积分,在实践中常常使用特殊的"一题一法"进行计算,其中欧拉的贡献尤为突出.

(二) 精益求精的工匠精神

工匠精神,狭义地说就是精益求精的工作作风;广义地说,就是追求真理、追求至善、追求完美的道德品质和人文精神.[①]

1. 工匠的求真精神

所谓"真"就是对事物的严谨务实、客观认真,向传统的思维定势提出挑战.例如,为计算不定积分$\int \frac{x^2-1}{x^4+1}dx$,最好的方法是:

$$\int \frac{x^2-1}{x^4+1}dx=\int \frac{1-\frac{1}{x^2}}{x^2+\frac{1}{x^2}}dx=\int \frac{1}{\left(x+\frac{1}{x}\right)^2-2}d\left(x+\frac{1}{x}\right)=\frac{1}{2\sqrt{2}}\ln\left|\frac{x+\frac{1}{x}-\sqrt{2}}{x+\frac{1}{x}+\sqrt{2}}\right|+C,$$

但仔细观察后可以发现,原函数的定义范围变成$x\neq 0$了,因此,还需将最后一步推进到

$$原式=\frac{1}{2\sqrt{2}}\ln\left|\frac{x^2-\sqrt{2}x+1}{x^2+\sqrt{2}x+1}\right|+C.$$

同理,$\int \frac{x^2+1}{x^4+1}dx=\frac{1}{\sqrt{2}}\arctan\left(\frac{x-\frac{1}{x}}{\sqrt{2}}\right)+C$,但这个函数也在$x=0$处变得不连续了,如果不能处理好这个连续性问题,可能会导致定积分的计算错误.为此,需要将结果进一步变形,将它化为

$$原式=\frac{1}{\sqrt{2}}\arctan\left(\frac{x^2-1}{\sqrt{2}x}\right)+C=\frac{1}{\sqrt{2}}\arcsin\frac{x^2-1}{\sqrt{x^4+1}}+C;$$

或者,加上恒等于常数的函数$\frac{1}{\sqrt{2}}\arctan\frac{\sqrt{2}}{x}+\frac{1}{\sqrt{2}}\arctan\frac{x}{\sqrt{2}}$(为$\frac{\pi}{2\sqrt{2}}$),利用公式

$$\arctan x+\arctan y=\arctan\frac{x+y}{1-xy}$$

将$\arctan\left(\frac{x-\frac{1}{x}}{\sqrt{2}}\right)$与$\arctan\frac{\sqrt{2}}{x}$合并,使$\frac{1}{\sqrt{2}}\arctan\left(\frac{x-\frac{1}{x}}{\sqrt{2}}\right)+C$化成

$$\frac{1}{\sqrt{2}}\arctan\left(\frac{x^3+x}{\sqrt{2}}\right)+\frac{1}{\sqrt{2}}\arctan\frac{x}{\sqrt{2}}+C.$$

---

① 张若军,高翔.哲学视域下的高等数学"课程思政"[J].大学数学,2019,37(5):13-17.

又如，为计算不定积分$\int \frac{1}{x\sqrt{x^2-1}}\mathrm{d}x$，常规做法是令$x=\frac{1}{t}$，则有

$$\int \frac{1}{x\sqrt{x^2-1}}\mathrm{d}x=\int \frac{t}{\sqrt{\frac{1}{t^2}-1}}\left(-\frac{1}{t^2}\right)\mathrm{d}t=-\int \frac{1}{\sqrt{1-t^2}}\mathrm{d}t=-\arcsin\frac{1}{x}+C,$$

但上述过程却忽视了对$x<-1$的讨论，正确的结果应是$-\arcsin\frac{1}{|x|}+C$.

2. 工匠的至善精神

所谓“善”，就是对和谐的追求，提供“更佳”“最佳”正确的思想方法或结论供别人共享. 例如$\int \sec x\,\mathrm{d}x$这个积分解法有很多：

$$\int \sec x\,\mathrm{d}x=\int \frac{\cos x}{\cos^2 x}\mathrm{d}x=\int \frac{\mathrm{d}\sin x}{1-\sin^2 x}=\frac{1}{2}\ln\left|\frac{1+\sin x}{1-\sin x}\right|+C,$$

$$\int \sec x\,\mathrm{d}x=\int \frac{1}{\cos x}\mathrm{d}x=\int \frac{\mathrm{d}x}{\cos^2\frac{x}{2}-\sin^2\frac{x}{2}}=\ln\left|\frac{1+\tan\frac{x}{2}}{1-\tan\frac{x}{2}}\right|+C,$$

$$\int \sec x\,\mathrm{d}x=\int \frac{\sec x(\sec x+\tan x)}{\sec x+\tan x}\mathrm{d}x=\ln|\sec x+\tan x|+C.$$

结果都是对的，但哪种结果在形式上最可取呢？由公式$\tan^2 x+1=\sec^2 x$可见，$\tan x$比其他函数更“亲近”于$\sec x$，容易相互替换，因此，第三种形式最为可取.

又如，对于不定积分$\int \frac{1}{\sqrt{x^2-a^2}}\mathrm{d}x\quad(a>0)$，难道非得要用三角代换$x=\sec t$吗？讨论下列方法是否更佳，也是工匠精神的体现：

$$\begin{aligned}\int \frac{1}{\sqrt{x^2-a^2}}\mathrm{d}x&=\int \frac{1}{\sqrt{x^2-a^2}}\cdot\frac{x+\sqrt{x^2-a^2}}{x+\sqrt{x^2-a^2}}\mathrm{d}x=\int \frac{1}{x+\sqrt{x^2-a^2}}\cdot\left(1+\frac{x}{\sqrt{x^2-a^2}}\right)\mathrm{d}x\\&=\ln|x+\sqrt{x^2-a^2}|+C.\end{aligned}$$

有位老师用钉子和锤子来比喻不定积分的过程，这就是工匠精神的体现①. 以$\int \mathrm{e}^{3x}x^6\mathrm{d}x$的计算为例，为了计算这个不定积分，显然要使用分部积分法，就要准备材料（钉子）与工具（锤子）. 这里的钉子就是幂函数或对数函数、反三角函数等，锤子就是求导运算，使得高次幂降为低次幂，或求导后函数可以变成代数函数. 一锤一锤地打在钉子上，通过扶正、纠偏，最后“入木三分”. 本例中，先要看准x^6这颗钉子，进行 6 次锤打，最终解决问题：

$$\int \mathrm{e}^{3x}x^6\mathrm{d}x=\frac{1}{3}x^6\mathrm{e}^{3x}-2\int \mathrm{e}^{3x}x^5\mathrm{d}x=\frac{1}{3}x^6\mathrm{e}^{3x}-2\left(\frac{1}{3}x^5\mathrm{e}^{3x}-\frac{5}{3}\int \mathrm{e}^{3x}x^4\mathrm{d}x\right)=\cdots$$

---

① 冯永平，邓明香. “分部积分法”的“钉钉子精神”课程思政教学探究[J]. 科学咨询，2021，740(19)：195－186.

我们在解决任何数学问题时，都要有意识地区分材料和工具，正如钟表修理师要把螺丝钉和锤子、起子归类放置一样. 例如，在极限、求导和积分的计算中，常用极限、求导公式和基本积分公式是钉子、是材料，极限、求导的法则和积分性质是锤子、是工具，在计算中无非就是将问题逐步转化到使工具实施于最为简单的材料上；数学中大量复杂艰深的问题就像一台台机器，通过材料和工具的不断组装，形成很多板块上的组件，形成高级别的材料，这也是需要我们认真对待的. 我们需要直接记住的定积分如下：

$$\int \frac{x}{\sqrt{1-x^2}}\mathrm{d}x=-\sqrt{1-x^2}+C,\ \int x\sqrt{1-x^2}\,\mathrm{d}x=-\frac{1}{3}(1-x^2)^{\frac{3}{2}}+C,$$

$$\int \frac{x}{1+x^2}\mathrm{d}x=\frac{1}{2}\ln(1+x^2)+C,\ \int \frac{1}{1+\cos x}\mathrm{d}x=\tan\frac{x}{2}+C,$$

这和工匠熟悉自己的材料是一样的道理.

3. 工匠对完美的追求

所谓“美”，就是完美，就是对对称、简洁、完整等特性的追求. 例如不定积分 $\int \frac{\mathrm{d}x}{\sin(x+a)\cos(x+b)}\left(a-b\neq k\pi+\frac{\pi}{2}\right)$，传统地在分母上展开是十分烦琐的，一般都会寻求简洁的计算方法. 如果写成

$$\begin{aligned}\frac{1}{\cos(a-b)}\int \frac{\cos[(x+a)-(x+b)]\mathrm{d}x}{\sin(x+a)\cos(x+b)}&=\frac{1}{\cos(a-b)}\int[\cot(x+a)+\tan(x+b)]\mathrm{d}x\\&=\frac{1}{\cos(a-b)}\ln\left|\frac{\sin(x+a)}{\cos(x+b)}\right|+C,\end{aligned}$$

就十分有美感了.

数学之美还体现在方法之美和创新的奇异之美，这可以从后面的很多实例中看到.

(三) 坚忍不拔的创新精神

学习数学总是要与困难打交道的，坚忍不拔的精神是必要的科学态度. 但科学事业的核心是创新精神，没有创新就不会有数学上的成就.

1. 追求真善美是创新的动力

追求真善美是人类进步的共同价值观. 这里所说的创新精神是科学素养，是比工匠精神更高的一种境界.

(1) 基于批判性思维的求真

例如，在学完不定积分的第二类换元法时，研讨一下.

定理 1　设 $x=\psi(t)$ 是单调的可导函数，并且 $\psi'(t)\neq 0$. 又设 $f[\psi(t)]\psi'(t)$ 具有原函数，则有换元公式

$$\int f(x)\mathrm{d}x=\left[\int f[\psi(t)]\psi'(t)\mathrm{d}t\right]_{t=\psi^{-1}(x)},$$

其中 $\psi^{-1}(x)$ 是 $x=\psi(t)$ 的反函数[①].

问题是，这个定理中，$\psi'(t)\neq 0$ 的条件是必要的吗？应用的时候需要检验吗？通过解题实践的同学们自然会表示，$\psi'(t)\neq 0$ 这个条件从来没有检验过，考察定理的证明：设 $f[\psi(t)]\psi'(t)$ 的原函数为 $\Phi(t)$，则

$$\frac{\mathrm{d}}{\mathrm{d}x}\Phi[\psi^{-1}(x)]=\frac{\mathrm{d}\Phi}{\mathrm{d}t}\cdot\frac{\mathrm{d}t}{\mathrm{d}x}=f[\psi(t)]\psi'(t)\cdot\frac{1}{\psi'(t)}=f[\psi(t)]=f(x).$$

那么：**如果定理换一个证明方法，能否把 $\psi'(t)\neq 0$ 这个条件省去呢？**

上述定理证法的关键是没有用到第一类换元法，下面的证法可以说明：**这个 $\psi'(t)\neq 0$ 条件的确是可以略去的**！因为由第一类换元法已经证明：只要 $f(x)$ 有原函数，且 $x=\psi(t)$ 可导，就成立 $\int f(x)\mathrm{d}x=\int f[\psi(t)]\psi'(t)\mathrm{d}t$，上式右端即为 $\Phi(t)+C$，或即 $\Phi[\psi^{-1}(x)]+C$.

这个新的证法给我们一个启示：只要我们发扬创新精神，就可以在课本中发现一些不太完善的地方，即使是同济大学编写的《高等数学》这样的全国优秀教材特等奖的课本，也还是有一些可以改善的余地的.

(2) 基于发散性思维的求善和求美

发散性思维总能使人选择最好或更好的东西，例如，对于积分

$$\int\frac{\mathrm{d}x}{\sqrt[3]{(x+1)^2(x-1)^4}},$$

这是一个很难找对“套路”的题目，就需要“独创”一个办法来，经过不断尝试，可以发现，

如果令 $t=\frac{x-1}{x+1}$，则 $\mathrm{d}t=\frac{2}{(x+1)^2}\mathrm{d}x$，就有

$$\int\frac{\mathrm{d}x}{\sqrt[3]{(x+1)^2(x-1)^4}}=\int\frac{\mathrm{d}x}{\sqrt[3]{\left(\frac{x-1}{x+1}\right)^4\cdot(x+1)^2}}=\frac{1}{2}\int t^{-\frac{4}{3}}\mathrm{d}t=-\frac{3}{2}\sqrt[3]{\frac{x+1}{x-1}}+C;$$

如果令 $t=\frac{x+1}{x-1}$，则 $\mathrm{d}t=\frac{-2}{(x-1)^2}\mathrm{d}x$，就有

$$\int\frac{\mathrm{d}x}{\sqrt[3]{(x+1)^2(x-1)^4}}=\int\frac{\mathrm{d}x}{\sqrt[3]{\left(\frac{x-1}{x+1}\right)^2\cdot(x-1)^2}}=-\frac{1}{2}\int t^{-\frac{2}{3}}\mathrm{d}t=-\frac{3}{2}\sqrt[3]{\frac{x+1}{x-1}}+C.$$

由此发现高次根式积分的一些规律(分式代换法)，这就是数学之善与美！马克思说：劳动创造了美，精辟极了！

2. 不定积分是创造性思维的能源库

由于不定积分是求导运算的逆运算，这种运算的性质很少，只有线性性质可用，所以在

① 同济大学应用数学系. 高等数学：上册[M]. 第7版. 北京：高等教育出版社，2014：201.

计算时需要调动一切积极力量,包括直觉思维(一种“结果先于演绎”的思维)、猜想、试验等.

创造性是数学的本性,庞加莱用组合和选择描述创造的过程,克鲁捷茨基用思维灵活性理解数学创造力本质,也有数学家用发散性思维结果来刻画数学创造力,甚至用杰出数学家的思维特征来定义数学创造力.

对于积分 $\int \frac{1}{\sqrt{1-x^2}\arcsin x}\mathrm{d}x$,就应该一眼看出将它转化为 $\int \frac{\mathrm{d}\arcsin x}{\arcsin x}$;为什么不能从 $-\mathrm{d}\arccos x$ 或其他函数着手?$\arcsin x$ 这个函数是如何跳到我们选择的前列的?这就是经验,是经验的积累产生了直觉!这个经验又是怎样来的?它不是靠对基本积分表的理解,而是多次练习后从量变到质变的结果.

试看 $\int \frac{x^3}{\sqrt{1+x^2}}\mathrm{d}x$ 的一题多解.

最常规的做法是:

$$\int \frac{x^3}{\sqrt{1+x^2}}\mathrm{d}x=\frac{1}{2}\int \frac{x^2}{\sqrt{1+x^2}}\mathrm{d}x^2=\frac{1}{2}\int \frac{(x^2+1)-1}{\sqrt{1+x^2}}\mathrm{d}(x^2+1)=\cdots$$

当然,令 $x=\tan t$,或令 $t=\sqrt{1+x^2}$ 也是解决此类问题的常规方法;用欧拉代换 $\sqrt{1+x^2}=t-x$ 或 $\sqrt{1+x^2}=tx-1$ 也可以解决这个问题,但如果不满足于现状,还可以挖掘到很多更美妙的方法,例如:

$$\int \frac{x^3}{\sqrt{1+x^2}}\mathrm{d}x=\int \frac{x^3+x-x}{\sqrt{1+x^2}}\mathrm{d}x=\int \frac{x(x^2+1)-x}{\sqrt{1+x^2}}\mathrm{d}x=\cdots$$

$$\int \frac{x^3}{\sqrt{1+x^2}}\mathrm{d}x=\int x^2\mathrm{d}\sqrt{1+x^2}=\int (x^2+1-1)\mathrm{d}\sqrt{1+x^2}=\cdots$$

$$\int \frac{x^3}{\sqrt{1+x^2}}\mathrm{d}x=\int x^2\mathrm{d}\sqrt{1+x^2}=x^2\sqrt{1+x^2}-\int 2x\sqrt{1+x^2}\,\mathrm{d}x=\cdots$$

霍兰兹提出数学创造性表现的五个方面(灵活性、精致化、流畅性、独创性、敏感性),上面的这个例子已经体现得淋漓尽致!因此,不定积分的习题和问题充满着创造性思维的亮点,不定积分这一章就是创造性思维的一个能源库!

(四) 和谐共存的合作精神

和谐共存的合作精神是道德品质和人文精神的重要标志,在不定积分的教学中,可以感悟到很多这方面的存在.

1. 多题协同探究实现数学抽象

日本数学教育家米山国藏在《数学的精神、思想和方法》一书中概括了七种数学精神,其中第一条是应用化精神(包括对数学本身的应用),第二条是“充满在整个数学中的扩张化、一般化精神”,这一条实际上就是指“数学抽象”,这也是我国 2017 年发布的六大数学核心素养之核心. 在不定积分中,将多个题目联合在一起,探究共性,可以获得很多规律. 例如,从不定积分

$$\int \tan^2 x\,dx,\ \int \tan^3 x\,dx,\ \int \tan^4 x\,dx,\ \int \tan^5 x\,dx$$

的解法中发现$\int \tan^n x\,dx\quad (n\in\mathbf{N})$的共性. 容易知道,

$$\int \tan^2 x\,dx=\int(\sec^2 x-1)dx=\tan x-x+C,$$

$$\int \tan^3 x\,dx=\int \tan x(\sec^2 x-1)dx=\frac{1}{2}\tan^2 x+\ln|\cos x|+C,$$

$$\int \tan^4 x\,dx=\int \tan^2 x(\sec^2 x-1)dx=\frac{1}{3}\tan^3 x-\tan x+x+C,$$

$$\int \tan^5 x\,dx=\int \tan^3 x(\sec^2 x-1)dx=\frac{1}{4}\tan^4 x-\frac{1}{2}\tan^2 x-\ln|\cos x|+C.$$

从这几个式子可以合理地推出$\int \tan^n x\,dx$的首项必为$\dfrac{1}{n-1}\tan^{n-1}x$,“尾项”当$n$为偶数时为$\pm x$,奇数时为$\pm\ln|\cos x|$. 在此基础上,提出计算带参数的积分$\int \tan^n x\,dx\quad(n\in\mathbf{N})$,就需要比较数学归纳法还是演绎推理法哪种策略更好了. 直接用换元法(令$\tan x=t$)是可以做到对含n的积分进行计算的,即

$$\int \tan^n x\,dx=\int\frac{t^n}{1+t^2}dt=\int\frac{t^n+t^{n-2}-t^{n-2}}{1+t^2}dt=\frac{t^{n-1}}{n-1}-\int\frac{t^{n-2}}{1+t^2}dt.$$

对后面的积分继续重复拆分,最后归结为$\pm\int\dfrac{t}{1+t^2}dt$和$\pm\int\dfrac{1}{1+t^2}dt$两种类型,它们的原函数最终就是$\pm\ln|\cos x|$和$\pm x$. 这样的探究过程,就能帮助我们提升抽象思维能力.

又如,对$\int \cos^n x\,dx\quad(n\in\mathbf{N})$的各种$n$进行尝试,也是非常有益的,得到的结论是:当$n$是偶数时要降次,当$n$是奇数时要凑微分$d\sin x$. 在编制讲义或组织复习题时,若把这种有关联的题目放在一起,就能激发“一般化精神”.

通常,《不定积分》讲义都会有“有理函数的积分”这一节,它也是在阐述一个普遍规律**“任何有理函数都是‘积得出’的”**,而这个结论是基于对积分

$$\int\frac{1}{(x-a)^n}dx,\ \int\frac{x}{(x^2+px+q)^n}dx,\ \int\frac{1}{(x^2+a^2)^n}dx$$

的“积得出”的肯定.

2. 团结互助的生态文明

在不定积分中,你可以看到一个活生生的“和谐社会”.

(1) 积分可以结伴互助

配对积分法就是在求一个积分时,用另一个积分来帮忙,例如

$$I_1=\int\frac{\sin x}{2\sin x+3\cos x}dx 与 J_1=\int\frac{\cos x}{2\sin x+3\cos x}dx$$

就是一对好朋友,因为 $2I_1+3J_1=x+C$, $2I_1-3J_1=\ln|2\sin x+3\cos x|+C$.

又如,$I_2=\int\sin bx\,\mathrm{e}^{ax}\,\mathrm{d}x$ 和 $J_2=\int\cos bx\,\mathrm{e}^{ax}\,\mathrm{d}x$ 是一对孪生姐妹,它们的结果是非常相似的.

再如,$I_3=\int\frac{1}{x^4+1}\mathrm{d}x$ 和 $J_3=\int\frac{x^2}{x^4+1}\mathrm{d}x$ 是一对亲密伴侣,它们结合就能事半功倍.

(2) 积分可以互相启发,互相分担

例如,$\int\frac{1}{x^2+x+1}\mathrm{d}x$, $\int\frac{1}{x^2+x-1}\mathrm{d}x$, $\int\frac{x}{x^2+x+1}\mathrm{d}x$, $\int\frac{x^2}{x^2+x+1}\mathrm{d}x$, $\int\frac{1}{(x^2+x+1)^2}\mathrm{d}x$, $\int\frac{8x+7}{(x^2+x+1)^2}\mathrm{d}x$ 就是一帮好邻居,它们相互借鉴、相互照应.

又如,用不定积分的裂项法可知,

$$\int\frac{1}{x(x-1)^2}\mathrm{d}x=\int\left[\frac{1}{x}+\frac{1}{(x-1)^2}-\frac{1}{x-1}\right]\mathrm{d}x,$$

这多像妈妈把一件家务事分配给几个孩子去做一样!

(3) 积分可以相互帮扶,"敬老爱幼"

例如,不定积分的分部积分公式

$$\int uv'\mathrm{d}x=uv-\int u'v\mathrm{d}x$$

中的两个积分多么像两个团结友爱的同学,一个人解决不了问题时,另一个帮助解决!

又如,在运用分部积分公式时,如果被积函数出现一些基本初等函数的乘积,谁应被优先选为函数 u? 一般来说,如果被积函数含有 e^x 的因子,则把 e^x 看作 v',即 $\mathrm{e}^x=(\mathrm{e}^x)'$,其次,如果被积函数含有 $\sin x$ 的因子,则考虑 $\sin x=(-\cos x)'$,再次,如果被积函数含有 x^n 的因子,则考虑 $\frac{1}{x}=(\ln x)'$ 和 $x^n=\left(\frac{1}{n+1}x^{n+1}\right)'$. 对于对数函数和反三角函数,它们的原函数的表达是比较困难的,因此,尽量让这两种函数(如果出现)充当公式中的 u,这就像我们在一些排队场合中要尊老爱幼一样,优选"照顾"充当 u 的顺序是"反对幂三指",即反三角函数、对数函数、幂函数、三角函数和指数函数.

(4) 积分可以协力化解危机

对消法就像危难中的两个难兄难弟,它们可以使两个原本"积不出"的积分联手破解困局. 试看一道 2012 年的全国大学生数学竞赛题:$\int\left(1+x-\frac{1}{x}\right)\mathrm{e}^{x+\frac{1}{x}}\mathrm{d}x$,解决的思路是:将积分拆分成两部分:

$$\int\left(1+x-\frac{1}{x}\right)\mathrm{e}^{x+\frac{1}{x}}\mathrm{d}x=\int\mathrm{e}^{x+\frac{1}{x}}\mathrm{d}x+\int\left(x-\frac{1}{x}\right)\mathrm{e}^{x+\frac{1}{x}}\mathrm{d}x.$$

后面那个积分对前面的说"兄弟别急,站在那儿别动,我用分部积分法让咱俩一起逃离险情!"果然:

$$\int\left(x-\frac{1}{x}\right)\mathrm{e}^{x+\frac{1}{x}}\mathrm{d}x=\int x\left(1-\frac{1}{x^2}\right)\mathrm{e}^{x+\frac{1}{x}}\mathrm{d}x=\int x\left(\mathrm{e}^{x+\frac{1}{x}}\right)'\mathrm{d}x=x\mathrm{e}^{x+\frac{1}{x}}-\int\mathrm{e}^{x+\frac{1}{x}}\mathrm{d}x,$$

因此，原式就等于 $x e^{x+\frac{1}{x}}+C$.

二、阅读启示

(一) 对思想方法的启示

在解不定积分时需要对定义域严谨地处理；要寻求不同解题方法，并对不同解法进行对比；要努力寻找一种满意的解法，而不是满足于“能够解出”.

例如，对于分段函数的积分要紧扣概念.

尽管不定积分以研究原函数的求解技能为主，它在基本理论上还是有一些重要结论的，可对解题起到指导作用，如：

① 任何连续函数都是存在原函数的；

② 连续函数的积分可能无法用初等函数表示；

③ 任何函数的原函数必定连续(因为可导必连续)；

④ 任何有第一类间断的函数都是不存在原函数的，例如 $f(x)=\begin{cases}1 & 当\ x\geqslant 0\\ -1 & 当\ x<0\end{cases}$ 在含有原点的区间上就无法写出不定积分.

另外，应积累不定积分中的一些特殊技巧和特殊思维方法，例如对比法、“互助法”等，使不定积分计算变得“有章可循”.

(二) 对真善美的启示

工匠精神是一种优秀的行事品质. 对定义域发生改变的注意，对不同解法各有什么特点的分析，对奇怪的习题寻求美妙的解法，这些都是工匠精神，而且分别体现着真、善、美的不同特点.

学习数学总是要与困难打交道的，坚忍不拔的精神是必要的科学态度. 但科学事业的核心是创新精神，没有创新就不会有数学上的成就. 学生应该了解计算不定积分是一种对创意的练习，因为不断研发新方法，不断凭经验给出最合理的方法，以及不断地质疑别人的方法，都是创新精神的表现.

和谐共存的合作精神是立德树人的终极目标，在不定积分的计算中，可以感悟到很多这方面的存在. 例如，在分部积分法中，两个积分“互相帮扶”，就是一种合作精神，又如，在分部积分法中选择哪一部分直接作为原函数时，就要发扬“敬老爱幼”的精神，让最难找到原函数的反三角函数(如果出现)直接作为一个原函数.

不定积分在微积分中往往被认为没有太多思想性，是作为定积分中的原函数计算的必要基础，因而常常不被重视. 通过“不定积分”内容的深入研究，应感悟平凡的数学内容中含有真善美.

三、问题解决

(一) 问题探究

不定积分主要是求导数的逆运算，所以应重点把握两类问题：抽象函数的原函数和不定积分的计算技巧. 不定积分的应用习题十分匮乏(其实也是一类很好的题型). 下面两个思考题分别对应着这两类问题.

首先,为了计算不定积分 $\int \frac{\ln x - 1}{\ln^2 x} dx$,可能会想到下面的策略问题:

思考题 1 形如 $\int \frac{g(x)}{f^2(x)} dx$ 的不定积分有没有一个统一的解法?

回答是肯定的①. 问题可以转化为:能否取一个函数 $h(x)$,使得

$$h'(x)f(x) - h(x)f'(x) = g(x),$$

而这是一个一阶线性微分方程的问题.

在 $\int \frac{\ln x - 1}{\ln^2 x} dx$ 中,考虑 $\ln x h'(x) - \frac{1}{x} h(x) = \ln x - 1$, 即 $x \ln x h'(x) - h(x) = x \ln x - x$,易见,只要取 $h(x) = x$ 即可,于是立得 $\int \frac{\ln x - 1}{\ln^2 x} dx = \int \left(\frac{x}{\ln x} \right)' dx = \frac{x}{\ln x} + C.$

在积分技巧方面,不应该过多地依赖于"灵感"和"运气",而应对解题技巧进行一些"冷思考",例如:

思考题 2 下列积分哪些适合使用倒代换 $x = \frac{1}{u}$?

(1) $\int \frac{x}{(1-x)^3} dx$; (2) $\int \frac{x^2}{a^6 - x^6} dx$; (3) $\int \frac{dx}{x(x^6+4)}$;

(4) $\int \frac{dx}{x^2\sqrt{x^2-1}}$; (5) $\int \frac{dx}{(a^2-x^2)^{\frac{5}{2}}}$; (6) $\int \frac{dx}{x^4\sqrt{1+x^2}}$.

为了分析这个问题,应该知道倒代换的目的是改变代数函数在积分中的幂次,并且使代换后积分得到简化. 对于 x^n 变为 $\frac{1}{u^n}$,幂次由 n 变为 $-n$;对于 $a - x$ 变为 $\frac{u}{au-1}$,幂次由 1 变为零;对于 $a^2 - x^2$ 变为 $\frac{u^2}{a^2u^2-1}$,幂次由 2 变为零. 全靠 $dx = -\frac{1}{u^2} du$ 这个微分关系式,使每个代数函数代换后还要减去两次. 现在可以看到,上面 6 个积分式中,除了(2)、(5)在倒代换后没有改变幂次或变得更复杂外,其他都可以试试倒代换,试看几个关键步骤.

(1) $\int \frac{x}{(1-x)^3} dx = \int \frac{-1}{(u-1)^3} du = \cdots$;

(3) $\int \frac{dx}{x(x^6+4)} = -\int \frac{u^5 du}{1+4u^6} = \cdots$;

(4) $\int \frac{dx}{x^2\sqrt{x^2-1}} = -\int \frac{u du}{\sqrt{1-u^2}} = \cdots$;

(6) $\int \frac{dx}{x^4\sqrt{1+x^2}} = -\int \frac{u^3 du}{\sqrt{1+u^2}} = -\int \left(u\sqrt{1+u^2} - \frac{u}{\sqrt{1+u^2}} \right) du = \cdots$.

---

① 邢春峰,袁安锋,张立新. 有关不定积分问题的探讨[J]. 教育教学论坛,2015,52(12):201-203.

上面各式右端都可以马上凑微分了.

(二) 习题研究

不定积分的习题,大致可以分为概念性问题、一般性技巧和特殊技巧三类.

1. 概念性问题

下面举个分段连续函数的例子.

例 1 设 $f(x)=\begin{cases} x+1 & \text{当 } x\leqslant 1 \\ \dfrac{2}{\sqrt{x}} & \text{当 } x>1 \end{cases}$,求 $\int f(x)\mathrm{d}x$.

显然,$f(x)$是一个连续函数,它在$(-\infty, +\infty)$上存在不定积分. 不难得到

$$\int f(x)\mathrm{d}x=\begin{cases} \dfrac{1}{2}x^2+x+C_1 & \text{当 } x<1 \\ 4\sqrt{x}+C_2 & \text{当 } x>1 \end{cases}.$$

如果仅仅做到这里,就"离工匠精神差远了". 应该继续研究节点" $x=1$ 处积分的连续性",即

$$\lim_{x\to 1^-}\frac{1}{2}x^2+x+C_1=\lim_{x\to 1^+}4\sqrt{x}+C_2,$$

得到 $C_1=\dfrac{5}{2}+C_2$,才有正确结果:

$$\int f(x)\mathrm{d}x=\begin{cases} \dfrac{1}{2}x^2+x+\dfrac{5}{2}+C & \text{当 } x\leqslant 1 \\ 4\sqrt{x}+C & \text{当 } x>1 \end{cases}.$$

2. 一般技巧问题

传统上,优质的一般性技巧的习题,往往可以从多个方面入手. 故解答时应寻求"一题多解",确保解决问题的思路不太狭窄,从中发现美,发现创造力的魅力.

例 2 求不定积分 $\int\dfrac{\mathrm{d}x}{\sqrt{x(1+x)}}$.

方法 1 $\displaystyle\int\frac{\mathrm{d}x}{\sqrt{x(1+x)}}=\int\frac{\mathrm{d}x}{\sqrt{\left(\frac{1}{2}+x\right)^2-\left(\frac{1}{2}\right)^2}}=\ln|2x+1+2\sqrt{x(1+x)}|+C$;

方法 2 $\displaystyle\int\frac{\mathrm{d}x}{\sqrt{x(1+x)}}=2\int\frac{\mathrm{d}\sqrt{x}}{\sqrt{1+\sqrt{x}^2}}=2\ln|\sqrt{x}+\sqrt{1+x}|+C$;

方法 3 $\displaystyle\int\frac{\mathrm{d}x}{\sqrt{x(1+x)}}=\int\frac{\mathrm{d}x}{x\sqrt{\frac{1+x}{x}}}$,令 $u=\sqrt{\dfrac{1+x}{x}}$,则 $x=\dfrac{1}{u^2-1}$,$\mathrm{d}x=\dfrac{-2u}{(u^2-1)^2}\mathrm{d}u$,从而 $\displaystyle\int\frac{\mathrm{d}x}{\sqrt{x(1+x)}}=\int\frac{-2\mathrm{d}u}{u^2-1}=-\ln\left|\frac{u-1}{u+1}\right|+C=\ln\left|\frac{\sqrt{1+x}+\sqrt{x}}{\sqrt{1+x}-\sqrt{x}}\right|+C$.

此题的第三种证法，将有根的二次根式化为根式里的一次分式也十分常用. 此题还可以用几种欧拉变换(见练习题 3)来处理. 像这样几种做法集中起来赏析，就成了“好题目”了.

3. 特殊技巧和特殊函数问题

例 3 已知 $f(x)$在 $\left(\frac{1}{4}, \frac{1}{2}\right)$ 内满足 $f'(x)=\frac{1}{\sin^3 x+\cos^3 x}$，求 $f(x)$.

解 由 $\sin^3 x+\cos^3 x=\frac{1}{\sqrt{2}}\cos\left(\frac{\pi}{4}-x\right)\left[1+2\sin^2\left(\frac{\pi}{4}-x\right)\right]$，令 $u=\frac{\pi}{4}-x$ 和 $t=\sin u$，得

$$
\begin{aligned}
f(x)&=\sqrt{2}\int\frac{1}{\cos\left(\frac{\pi}{4}-x\right)\left[1+2\sin^2\left(\frac{\pi}{4}-x\right)\right]}\mathrm{d}x\\
&=-\sqrt{2}\int\frac{\mathrm{d}u}{\cos u(1+2\sin^2 u)}=-\sqrt{2}\int\frac{\mathrm{d}\sin u}{\cos^2 u(1+2\sin^2 u)}=-\sqrt{2}\int\frac{\mathrm{d}t}{(1-t^2)(1+2t^2)}\\
&=-\frac{\sqrt{2}}{3}\left(\int\frac{\mathrm{d}t}{1-t^2}+\int\frac{2\mathrm{d}t}{1+2t^2}\right)=-\frac{\sqrt{2}}{3}\left(\frac{1}{2}\ln\left|\frac{1+t}{1-t}\right|+\sqrt{2}\arctan\sqrt{2}t\right)+C\\
&=-\frac{\sqrt{2}}{6}\ln\left|\frac{1+\sin\left(\frac{\pi}{4}-x\right)}{1-\sin\left(\frac{\pi}{4}-x\right)}\right|-\frac{2}{3}\arctan\left[\sqrt{2}\sin\left(\frac{\pi}{4}-x\right)\right]+C.
\end{aligned}
$$

本题要考察的正是有理三角函数积分的典型技巧：将两种三角函数化作一种三角函数的积分表达式，再用有理三角函数积分的特殊方法处理问题.

对于三角有理函数的不定积分，我们得到了一个知识：凡是三角有理函数的积分都是“积得出”的，因为可以用万能代换公式转化到有理函数的积分. 但我们更要问的是**“三角有理函数的不定积分中如何避免使用万能代换公式?”**

(三) 解题策略

不定积分的“难”，多半是主观的，只要解题模式积累得多，特殊技巧就可以转化成一般技巧了. 这里提点几个需要记住的模式.

1. 分部积分法的两个模式

例 4 不定积分 $I=\int\frac{\mathrm{e}^{-\sin x}\sin 2x}{(1-\sin x)^2}\mathrm{d}x=$________.

解 令 $\sin x=t$，则

$$
\begin{aligned}
I&=\int\frac{\mathrm{e}^{-\sin x}\sin 2x}{(1-\sin x)^2}\mathrm{d}x=2\int\frac{\mathrm{e}^{-t}t}{(1-t)^2}\mathrm{d}t=-2\int\frac{(1-t)\mathrm{e}^{-t}-\mathrm{e}^{-t}}{(1-t)^2}\mathrm{d}t\\
&=-2\int\frac{\mathrm{e}^{-t}}{(1-t)}\mathrm{d}t+2\int\frac{\mathrm{e}^{-t}}{(1-t)^2}\mathrm{d}t=-2\int\frac{\mathrm{e}^{-t}}{(1-t)}\mathrm{d}t+2\mathrm{e}^{-t}\frac{1}{1-t}+2\int\frac{\mathrm{e}^{-t}}{(1-t)^2}\mathrm{d}t\\
&=\frac{2\mathrm{e}^{-t}}{1-t}+C=\frac{2\mathrm{e}^{-\sin x}}{1-\sin x}+C.
\end{aligned}
$$

这个题恰好是思考题 1 的(分母为平方式的积分)模式.

在求多项乘积的积分时,可以把这些乘积项组合为两块,重点分析如何组合使得其中一块积分容易,并且另一块求导后变简单.

例 5　计算 $I=\int x\arctan x\ln(1+x^2)\mathrm{d}x$.

这是含有三个乘积项的不定积分,根据前面的分析,$\arctan x$ 属于求原函数不易而求导函数容易的"敬老爱幼"的"照顾"对象,应该对其他部分求原函数. 于是,先解出

$$\int x\ln(1+x^2)\mathrm{d}x=\frac{1}{2}\int\ln(1+x^2)\mathrm{d}(1+x^2)$$
$$=\frac{1}{2}(1+x^2)\ln(1+x^2)-\frac{1}{2}(1+x^2)+C,$$

就有

$$\int x\arctan x\ln(1+x^2)\mathrm{d}x=\int\arctan x\,\mathrm{d}\left[\frac{1}{2}(1+x^2)\ln(1+x^2)-\frac{1}{2}(1+x^2)\right]$$
$$=\frac{1}{2}[(1+x^2)\ln(1+x^2)-(1+x^2)]\arctan x-\frac{1}{2}\int[\ln(1+x^2)-1]\mathrm{d}x$$
$$=\frac{1}{2}[(1+x^2)\ln(1+x^2)-(1+x^2)]\arctan x-\frac{1}{2}[x\ln(1+x^2)+2\arctan x-3x]+C$$
$$=\frac{1}{2}[(1+x^2)\ln(1+x^2)-x^2-3]\arctan x-\frac{1}{2}x\ln(1+x^2)+\frac{3x}{2}+C.$$

2. 换元法的常见模式

例 6　$I=\int\frac{\ln(x+\sqrt{1+x^2})}{(1+x^2)^{\frac{3}{2}}}\mathrm{d}x=$________.

解法 1　令 $x=\tan t$,则

$$I=\int\frac{\ln(\tan t+\sec t)}{\sec^3 t}\sec^2 t\,\mathrm{d}t=\int\ln(\tan t+\sec t)\mathrm{d}\sin t$$
$$=\sin t\ln(\tan t+\sec t)-\int\sin t\cdot\frac{\tan t\sec t+\sec^2 t}{\tan t+\sec t}\mathrm{d}t$$
$$=\sin t\ln(\tan t+\sec t)-\int\tan t\,\mathrm{d}t=\sin t\ln(\tan t+\sec t)+\ln|\cos t|+C$$
$$=\frac{x}{\sqrt{1+x^2}}\ln(x+\sqrt{1+x^2})+\ln\frac{1}{\sqrt{1+x^2}}+C.$$

解法 2

$$I=\int\ln(x+\sqrt{1+x^2})\mathrm{d}\frac{x}{\sqrt{1+x^2}}=\frac{x}{\sqrt{1+x^2}}\ln(x+\sqrt{1+x^2})-\int\frac{x}{\sqrt{1+x^2}}\cdot\frac{1}{\sqrt{1+x^2}}\mathrm{d}x$$
$$=\frac{x}{\sqrt{1+x^2}}\ln(x+\sqrt{1+x^2})-\frac{1}{2}\ln(1+x^2)+C.$$

本题要拷问的是，是否掌握了下列换元模式：

$\dfrac{1}{\sqrt{1+x^2}}=[\ln(x+\sqrt{1+x^2})]'$，$\dfrac{1}{(\sqrt{1+x^2})^3}=\left(\dfrac{x}{\sqrt{1+x^2}}\right)'$，以及用三角变换 $x=\tan t$ 处理 $1+x^2$.

例 7 求不定积分 $\displaystyle\int\frac{\ln x}{\sqrt{x^3(1-x)}}\mathrm{d}x$.

解 先求 $\displaystyle\int\frac{1}{\sqrt{x^3(1-x)}}\mathrm{d}x$. 事实上，

$$\int\frac{1}{\sqrt{x^3(1-x)}}\mathrm{d}x=\int\frac{1}{x^2\sqrt{\frac{1-x}{x}}}\mathrm{d}x=\int\frac{1}{x^2\sqrt{\frac{1}{x}-1}}\mathrm{d}x\xrightarrow{\text{令}\sqrt{\frac{1}{x}-1}=t\Rightarrow x=\frac{1}{t^2+1},\ \mathrm{d}x=\frac{-2t}{(t^2+1)^2}\mathrm{d}t}$$

$$\int\frac{(t^2+1)^2}{t}\frac{-2t}{(t^2+1)^2}\mathrm{d}t=-2t+C=-2\sqrt{\frac{1}{x}-1}+C.$$

因而，

$$\int\frac{\ln x}{\sqrt{x^3(1-x)}}\mathrm{d}x=\int\ln x(-2)\mathrm{d}\sqrt{\frac{1}{x}-1}=-2\sqrt{\frac{1-x}{x}}\ln x+2\int\sqrt{\frac{1-x}{x}}\ \frac{1}{x}\mathrm{d}x$$

$$\xlongequal{\text{令}\sqrt{\frac{1-x}{x}}=t\Rightarrow x=\frac{1}{t^2+1}}-2\sqrt{\frac{1-x}{x}}\ln x+2\int t(t^2+1)\frac{-2t}{(t^2+1)^2}\mathrm{d}t$$

$$=-2\sqrt{\frac{1-x}{x}}\ln x-4\int\frac{t^2}{t^2+1}\mathrm{d}t=-2\sqrt{\frac{1-x}{x}}\ln x-4\int\left(1-\frac{1}{t^2+1}\right)\mathrm{d}t$$

$$=-2\sqrt{\frac{1-x}{x}}\ln x-4\sqrt{\frac{1-x}{x}}+4\arctan\sqrt{\frac{1-x}{x}}+C.$$

本题要熟悉两个知识点：一是伴有对数函数的积分，一般就要考虑分部积分法，而对数函数是一种（只宜求导、不宜求积的）“惰性的”函数，需要“照顾”它，所以要把另一部分的原函数找出来. 在此过程中，把被积函数化到 $\sqrt{\frac{1-x}{x}}$（根号内是一次分式函数）的样子，是一种常用的方法，因为这样一来，x 就可以表示为一个有理函数了.

我们还应养成“一题多解”和“多题一解”的习惯，这样，就容易记住和巩固特殊方法中的模式了.

例 8 计算 $I=\displaystyle\int\frac{\cos x}{\cos x+\sin x}\mathrm{d}x$.

方法 1 分母上正弦与余弦具有一定的对称性，用“对偶法”：

令 $I=\displaystyle\int\frac{\cos x}{\cos x+\sin x}\mathrm{d}x$，$J=\displaystyle\int\frac{\sin x}{\cos x+\sin x}\mathrm{d}x$，则 $I+J=x+C$，$I-J=\ln|\cos x+$

$\sin x\ |+C$，于是 $I=\dfrac{1}{2}\ln|\cos x+\sin x|+\dfrac{1}{2}x+C.$

方法 2 用“凑分母法”：

$$I=\int\frac{\frac{1}{2}(\cos x+\sin x)-\frac{1}{2}(\cos x-\sin x)}{\cos x+\sin x}\mathrm{d}x=\cdots$$

方法 3 分母化到一个函数：

$$I=\int\frac{\cos\left(x+\frac{\pi}{4}-\frac{\pi}{4}\right)}{\sqrt{2}\sin\left(x+\frac{\pi}{4}\right)}\mathrm{d}x=\frac{1}{2}\int\frac{\cos\left(x+\frac{\pi}{4}\right)+\sin\left(x+\frac{\pi}{4}\right)}{\sin\left(x+\frac{\pi}{4}\right)}\mathrm{d}\left(x+\frac{\pi}{4}\right)=\cdots.$$

方法 4 只要是能化到 $\tan x$ 的有理函数，就直接令 $\tan x=t$，此时 $\mathrm{d}x=\dfrac{1}{1+t^2}\mathrm{d}t$. 本题中，

$$I=\int\frac{1}{(1+t)(1+t^2)}\mathrm{d}t=\frac{1}{2}\int\left(\frac{1}{1+t}-\frac{t-1}{1+t^2}\right)\mathrm{d}t=\frac{1}{2}\ln|\cos x+\sin x|+\frac{1}{2}x+C.$$

三角有理函数是一种特殊类型的被积函数，对这类问题的研究，几乎就是“这个题有哪些方法”的问题.

对于“多题一解”的策略，可以参照思考题 2，以及本讲中“和谐共存的合作精神”中的各种例子，把类似解法或形态的习题放在一起做比较研究.

练习题

1. 求 $\displaystyle\int \mathrm{e}^x\left(\frac{1-x}{1+x^2}\right)^2\mathrm{d}x$.

2. 计算 $\displaystyle\int\frac{x^2-1}{x^4+x^3+x^2+x+1}\mathrm{d}x$.

3. (阅读理解开放题)形如 $\sqrt{ax^2+bx+c}$ 的二次根式如何直接化为有理函数？下面介绍欧拉第一代换法，请你仿照阅读所获得的方法，给出一些类似的代换法.

如果 $a>0$，作代换 $\sqrt{ax^2+bx+c}=t\pm\sqrt{a}x$.

以 $\sqrt{ax^2+bx+c}=t-\sqrt{a}x$ 为例，两端平方(消去 ax^2 项后)得到 $bx+c=t^2-2\sqrt{a}tx$，于是

$$x=\frac{t^2-c}{2\sqrt{a}t+b},\ \sqrt{ax^2+bx+c}=\frac{\sqrt{a}t^2+bt+c\sqrt{a}}{2\sqrt{a}t+b},\ \mathrm{d}x=2\frac{\sqrt{a}t^2+bt+c\sqrt{a}}{(2\sqrt{a}t+b)^2}\mathrm{d}t.$$

欧拉代换的全部妙处正是在于：x 的换元式是 x 的一个一次方程，于是 x 与 $\sqrt{ax^2+bx+c}$ 同时可用 t“有理地”表示出来. 这样，就可以将 $\int R(x,\sqrt{ax^2+bx+c})\mathrm{d}x$ 化作有理函数的积分了.

一题一类复习卷(复习卷 5.1)

习题 1 判断下列四个函数中哪些是$\dfrac{1}{\sqrt{x-x^2}}$的原函数.

(A) $\arcsin(2x-1)$ (B) $\arccos(1-2x)$ (C) $2\arctan\sqrt{\dfrac{x}{1-x}}$ (D) $2\text{arccot}\sqrt{\dfrac{1-x}{x}}$

习题 2 填空

(1) 若$\int f(x)\mathrm{d}x = x^2 e^{2x} + C$,则 $f(x)=$__________.

(2) 设 $f(x)$ 的一个原函数为 $\dfrac{1}{x}$,则 $f'(x)=$__________.

(3) 设 $f'(x^2)=\dfrac{1}{x}$ $(x>0)$,则 $f(x)=$__________.

(4) 已知$\int \dfrac{f'(\ln x)}{x}\mathrm{d}x = x^2 + C$,则 $f(x)=$__________.

习题 3 计算

(1) 设 $\dfrac{\ln x}{x}$ 为 $f(x)$的一个原函数,求$\int x f'(x)\mathrm{d}x$;

(2) 已知 $f(x)$的一个原函数是 $(1+\sin x)\ln x$,求$\int x f'(2x)\mathrm{d}x$.

习题 4 计算不定积分$\int \dfrac{1}{1-x^2}\ln\dfrac{1+x}{1-x}\mathrm{d}x$.

习题 5 计算不定积分$\int \dfrac{\sin x\cos x}{\sin x+\cos x}\mathrm{d}x$.

习题 6 计算不定积分$\int \dfrac{\ln x}{(1+x^2)^{\frac{3}{2}}}\mathrm{d}x$.

习题 7 设 $f(x)$是一个二次函数,$f(0)=1$,且$\int \dfrac{f(x)}{x^2(x+1)^3}\mathrm{d}x$ 是一个有理函数,求 $f'(0)$.

习题 8 设$F(x)$为 $f(x)$的一个原函数,$f(x)$可微,且 $f(x)$的反函数 $f^{-1}(x)$ 存在,试导出一个$\int f^{-1}(x)\mathrm{d}x$ 的公式.

习题 9 图 2 中画出的两条曲线 A 和 B,分别代表函数 $y=f(x)$ 和 $y=g(x)$,其中一个是另一个的原函数,已知其中一个函数是 $\dfrac{x}{\sqrt{3-2x-x^2}}$,那么它是 $f(x)$还是 $g(x)$?另一个函数是什么?

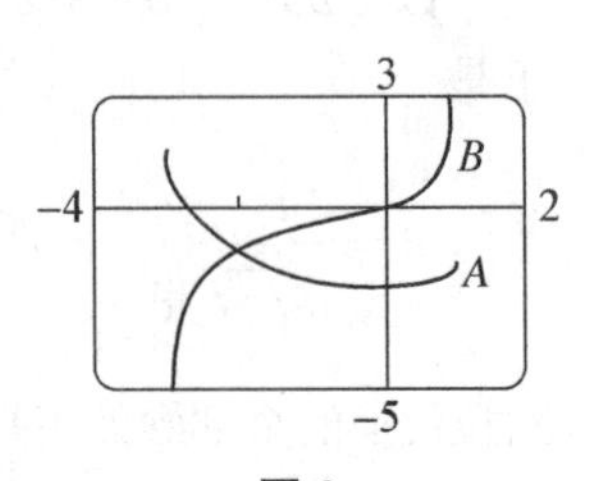

图 2

习题 10 一种不使用杀虫剂而减缓昆虫种群增长的方法是在种群中引入一些不育的雄性昆虫,这些雄性昆虫与有生育能力的雌性交配,但不产生后代(图3显示的是一只螺旋虫蝇,这是第一只通过这种方法在一个地区被有效消灭的害虫).设 P 表示一个种群中雌性昆虫的数量,S 表示每一代引入的不育雄性昆虫的数量.令 r 为每个雌性生产雌性昆虫的生产率,前提是它们选择的伴侣不是不育的.那么雌性种群数量与时间 t 的关系为

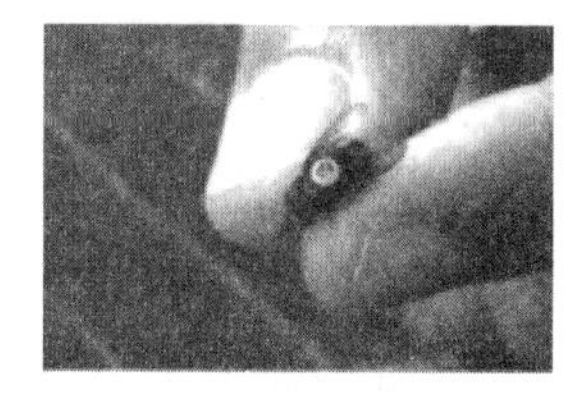

图3

$$t=\int\frac{P+S}{P[(r-1)P-S]}\mathrm{d}P.$$

假设一个有10 000个雌性的昆虫种群以 $r=1.1$ 的速率增长,最初加入900个不育雄性.试通过积分得到一个关于雌性数量与时间的方程(注意,得到的方程不能显式地求解 P).

一题一型复习卷(复习卷5.2)

1. (判断)设 $F(x)$ 表示 $f(x)$ 的一个原函数,则 $F(x)$ 是奇函数 $\Leftrightarrow$ $f(x)$ 是偶函数.(　　)

2. (单选)设 $f(x)$ 的一个原函数为 $\sin x$,则 $\int x^2 f''(x)\mathrm{d}x=$(　　).

A. $x^2\sin x-2x\cos x+2\sin x+C$　　B. $-x^2\sin x-2x\cos x+2\sin x+C$

C. $x^2\sin x-2x\cos x-2\sin x+C$　　D. $-x^2\sin x-2x\cos x-2\sin x+C$

3. (多选)设在区间$(0,1)$内 $F'(x)=f(x)$,则(　　)

A. 若 $f(x)$ 在区间$[0,1]$内连续,则 $F(x)$ 在$[0,1]$内有界

B. 若 $F(x)$ 在区间$[0,1]$内连续,则 $f(x)$ 在$[0,1]$内有界

C. 若 $f(x)$ 在区间$(0,1)$内有界,则 $F(x)$ 在$(0,1)$内有界

D. 若 $F(x)$ 在区间$(0,1)$内有界,则 $f(x)$ 在$(0,1)$内有界

4. (填空)设 $I=\int\frac{\mathrm{d}x}{\mathrm{e}^x+\mathrm{e}^{-x}}$,则 $I=$________.

5. (改错)**原题:**计算 $\int\frac{\cos x}{\sin x}\mathrm{d}x$. **解法如下:**由分部积分法得

① $\int\frac{\cos x}{\sin x}\mathrm{d}x=\int\frac{1}{\sin x}\cdot(\sin x)'\mathrm{d}x$　② $=\frac{1}{\sin x}\cdot\sin x-\int\frac{-\cos x}{\sin^2 x}\cdot\sin x\mathrm{d}x$

③ $=1+\int\frac{\cos x}{\sin x}\mathrm{d}x$　④ 从而得到 $0=1$

错点、错因:________________________.

6. (简答)若 $f(x)$ 是以 T 为周期的连续函数,则其原函数 $F(x)$ 也是周期函数吗?

7. (简算) $\int\frac{\ln\tan x}{\sin^2 x\cos^2 x}\mathrm{d}x=$________.

8. (综算)设 $f'(\cos x+2)=\sin^2 x+\tan^2 x$,求 $f(x)$.

9. (证明)设 $y=f(x)$ 和 $x=\varphi(y)$ 互为反函数,且 $\varphi'(y)>0$,证明

$$\int\sqrt{f'(x)}\,\mathrm{d}x=\int\sqrt{\varphi'(y)}\,\mathrm{d}y.$$

10. (应用)质点在直线上来回运动的加速度是 $a=\dfrac{\mathrm{d}^2 s}{\mathrm{d}t^2}=\pi^2\cos\pi t\ (\mathrm{m/s^2})$. 如果当 $t=0$ 秒时 $s=0$ 且速度 $v=8\ \mathrm{m/s}$, 求 $t=1$ 秒时的 s.

11. (阅读)阅读一类不定积分解的例题,然后计算一个不定积分.

例题: 设 $y=y(x)$ 满足方程 $(x^2+y^2)^2=2a^2(x^2-y^2)\ (a>0)$, 试求不定积分 $\displaystyle\int\frac{\mathrm{d}x}{y(x^2+y^2+a^2)}$. **解法如下:** 为方便起见,仅讨论 $x>0$, $y>0$ 的情形. 注意到方程两边都是四次方,做齐次代换 $y=tx$, 代入原方程,解得 $x=\sqrt{2}a\dfrac{\sqrt{1-t^2}}{1+t^2}$, $y=\sqrt{2}a\dfrac{t\sqrt{1-t^2}}{1+t^2}$. 于是 $x^2+y^2+a^2=\dfrac{(3-t^2)a^2}{1+t^2}$, $\mathrm{d}x=\sqrt{2}a\dfrac{t^3-3t}{(1+t^2)^2\sqrt{1-t^2}}\mathrm{d}t$, 故

$$\int\frac{\mathrm{d}x}{y(x^2+y^2+a^2)}=\frac{1}{a^2}\int\frac{1}{t^2-1}\mathrm{d}t=\frac{1}{2a^2}\ln\left|\frac{t-1}{t+1}\right|+C=\frac{1}{2a^2}\ln\left|\frac{x-y}{x+y}\right|+C.$$

请用相似的方法求不定积分 $\displaystyle\int\frac{\mathrm{d}x}{y^2}$, 其中 $y=y(x)$ 是由方程 $y^2(x-y)=x^2$ 所确定的隐函数.

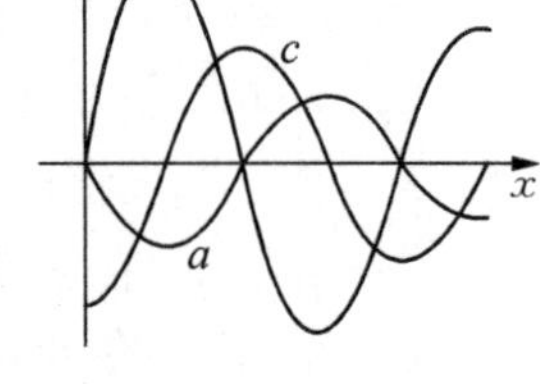

图 4

12. (半开放)图 4 显示了 $f(x)$, $f'(x)$ 和 $f(x)$的一个原函数 $F(x)$的图形. 识别每个可能的图形,并解释您的选择.

13. (全开放)假设关于函数 f 的唯一信息就是 $f(1)=5$ 以及它的导数图(如图 5 所示).

① 使用线性近似来估计 $f(0.9)$和 $f(1.1)$.

② 你在①部分的估计数字是偏大了还是偏小了? 请做出解释.

③ 请作出一个函数,使其导函数尽量与图 5 吻合.

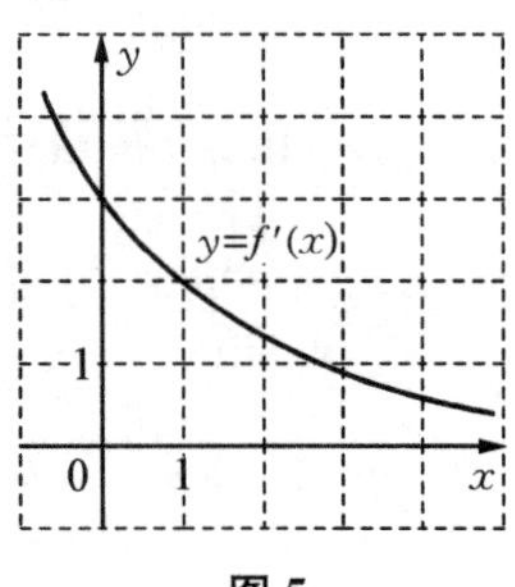

图 5

扫码可见本讲参考答案

第 6 讲
定积分中的智慧

定积分,其核心知识是两个:用和式极限表示的定义,以及用“基本定理”延伸而得的定理和方法.

众所周知,微积分基本定理的微分形式就是:

定理 1(原函数存在定理) **设函数 $f(x)$ 在区间 $[a, b]$ 上连续,则 $\Phi(x)=\int_a^x f(t)\mathrm{d}t$ 就是 $f(x)$ 在 $[a, b]$ 上的一个原函数,即**

$$\Phi'(x)=\frac{\mathrm{d}}{\mathrm{d}x}\int_a^x f(t)\mathrm{d}t=f(x),\ x\in[a, b].$$

它的积分形式是:

定理 2(牛顿-莱布尼茨公式) **若函数 $f(x)$ 在区间 $[a, b]$ 上连续,且存在原函数 $F(x)$,即 $F'(x)=f(x)$,则**

$$\int_a^b f(x)\mathrm{d}x=F(b)-F(a).$$

变限积分是一类非常重要的新型函数,它使定积分可以用牛顿-莱布尼茨公式快速地求解,从而使这个公式成为历史上最伟大的发明之一,这正是牛顿和莱布尼茨所殚精竭虑地研究的微积分的主要成果. 我们将通过介绍基本定理中的思想源流,来深度学习定积分.

一、精粹导读:微积分基本定理的意义

(一) 基本定理的理论意义

不难看出,基本定理的关键是构造变上限积分函数

$$\Phi(x)=\int_a^x f(t)\mathrm{d}t,$$

这个函数本身就是一个伟大发明! 它标志着一类构造函数新思维的诞生. 在此之前,我们所见到的函数都是具体的、个别的,而这个函数指出,今后可以“批量生产”新函数,实现“无穷”与“有限”、“具体”与“抽象”的对立统一.

那么,$\frac{\mathrm{d}}{\mathrm{d}x}\int_a^x f(t)\mathrm{d}t=f(x)$ 这个公式妙在哪里呢?

1. 原函数的存在性

在学习《不定积分》时,出现一个基本问题,就是"我们所求的原函数,是如何首先确保其存在性的?"

现在有了一个十分明确、简易的答案——只要 $f(x)$连续,就存在原函数,且这个原函数就是 $\int_a^x f(t)\mathrm{d}t$.

2. 定积分与导数的联系

定积分是一个和式的极限,这是一种广义的极限,如果要从定义出发计算这种极限,是极其困难的. 但是,等式 $\frac{\mathrm{d}}{\mathrm{d}x}\int_a^x f(t)\mathrm{d}t=f(x)$ 破解了这个困局,它指出,变上限积分函数 $\int_a^x f(t)\mathrm{d}t$ 可以绕过这些极限的计算,只要任意找一个原函数 $F(x)$,那么 $\int_a^x f(t)\mathrm{d}t$ 就和 $F(x)$至多差一个常数,即 $\int_a^x f(t)\mathrm{d}t=F(x)+C$, 因此,很容易就推出了牛顿-莱布尼茨公式.

所以,定积分和导数,或者说,面积和切线斜率,从此建立起了密切的联系.

3. 连续函数的重新表示

定积分出现以前对连续函数的表示,仅限于定义:设 $f(x)$在区间$[a, b]$上连续,则 $f(x)=f(x_0)+\alpha(x)$, 这里,$\alpha(x)$是 $x\to x_0$ 时的无穷小量,这个表示是局部的. 现在,有了微积分基本定理,可以将 $f(x)$表示为:

$$f(x)=\frac{\mathrm{d}}{\mathrm{d}x}\int_a^x f(t)\mathrm{d}t,$$

这种用两个互逆的运算来表示自身的方法很像对数恒等式 $A=a^{\log_a A}$. 更进一步,如果 $f(x)$ 还是可导的,则还可以将它表示为

$$f(x)=\int_a^x f'(t)\mathrm{d}t+f(a).$$

(二) 基本定理的实践意义

1. 导数的计算

基本定理使变限积分函数的导数变得十分容易,具体地说,设 $f(x)$在区间$[a, b]$上连续,$\varphi(x)$, $\psi(x)$在(a, b)可导,则对任何 $x\in(a, b)$, 有:

① $\frac{\mathrm{d}}{\mathrm{d}x}\int_a^x f(t)\mathrm{d}t=f(x)$; $\frac{\mathrm{d}}{\mathrm{d}x}\int_a^{\varphi(x)} f(t)\mathrm{d}t=f(\varphi(x))\cdot\varphi'(x)$.

② $\frac{\mathrm{d}}{\mathrm{d}x}\int_x^b f(t)\mathrm{d}t=-f(x)$; $\frac{\mathrm{d}}{\mathrm{d}x}\int_{\psi(x)}^b f(t)\mathrm{d}t=-f(\psi(x))\cdot\psi'(x)$.

③ $\frac{\mathrm{d}}{\mathrm{d}x}\int_{\psi(x)}^{\varphi(x)} f(t)\mathrm{d}t=f(\varphi(x))\cdot\varphi'(x)-f(\psi(x))\cdot\psi'(x)$.

2. 积分的计算

牛顿-莱布尼茨公式就像一台机器,从前计算定积分都是一个一个函数地对付的,例如,开普勒得到公式:$\int_0^\theta \sin\theta\mathrm{d}\theta=1-\cos\theta$, 沃利斯完成了相当于 $\int_0^x(1-t^2)^n\mathrm{d}t$ 的积分. 数学家每

次都不得不从头开始解决具体的积分. 实现量变到质变的正是牛顿-莱布尼茨公式,只要被积函数的原函数找到,就可以计算定积分! 这是一个适用于所有问题的万能系统. 它为我们提供了一种计算任意曲线下方面积的方法,通常只需几分钟就可以搞定,而这个谜题在近2000 年的时间里曾让那些最伟大的人头疼不已![1]

3. 中值定理的合理运用

现在证明,公式 $\frac{\mathrm{d}}{\mathrm{d}x}\int_a^x f(t)\mathrm{d}t=f(x)$ 与积分中值定理是等价的.

事实上,设 $f(x)$在$[a, b]$上连续,我们由积分中值定理证明了原函数存在定理,进而又证明了牛顿-莱布尼茨公式;又设 $f(x)$的原函数是 $F(x)$,则由拉格朗日中值定理,存在 $\xi\in(a, b)$,使得 $\int_a^b f(x)\mathrm{d}x=F(b)-F(a)=f(\xi)(b-a)$,因而,由牛顿-莱布尼茨公式可以推出积分中值定理.

这个发现告诉我们:应该像重视基本定理那样重视积分中值定理的应用.

(三) 牛顿和莱布尼茨在建立微积分基本定理时的不同思想

了解两位大师的数学思想,将帮助我们深刻理解基本定理.

1. 牛顿是怎样发现微积分基本定理的

当牛顿动态地看待面积问题时,他发现了基本定理. 他的想法是在这幅面积的图景中引入时间和运动,用他的话说就是让面积流动起来,并不断扩大.[2]

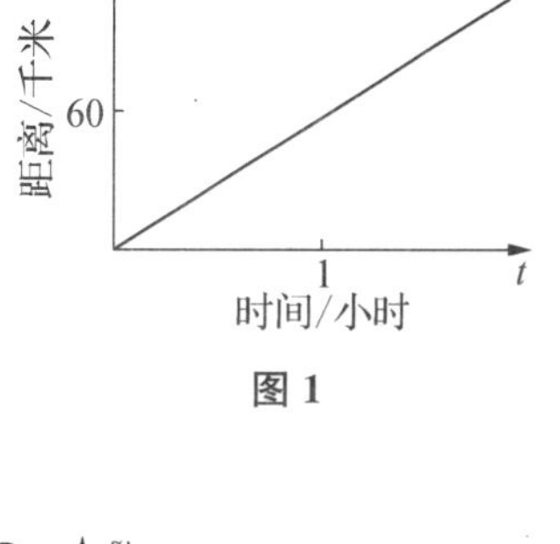

图 1

(1) 用时间-速度图看面积

我们一般是习惯于研究时间-距离图的,在这种图上看速度是一目了然的,如果这是一辆时速 60 的汽车的轨迹,它的图形就是一条斜的直线(如图 1).

但牛顿从另一个角度看运动. 他想的是:从时间-速度图,即一条水平线(如图 2),如何看距离? 结果发现:这个距离就是速度曲线下方的面积.

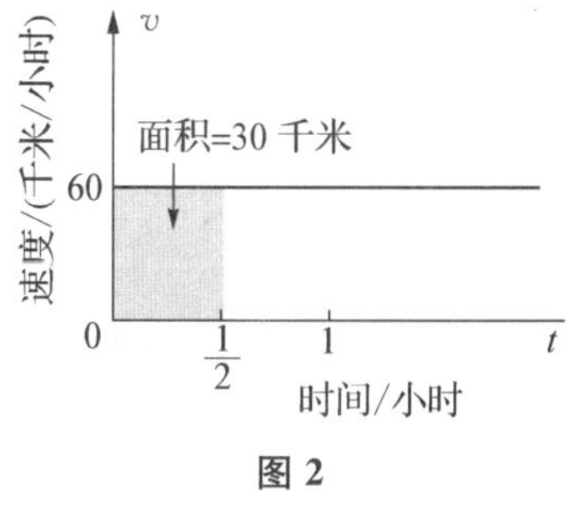

图 2

他把时间乘速度,看作矩形上的两条边相乘,一条是速度,一条是时间. 这就是运动版的微积分基本定理.

牛顿的见解是,即使速度不是恒定的,面积和距离之间的这个等式也会一直成立. 不管物体的运动有多么不规律,它的速度曲线下方累积到时间 t 的面积总会等于它在 t 小时后行驶的距离.

对于变速运动的汽车,比如它有加速度 a,则速度为 $v(t)=at$,它从时间 0 至 t 行驶的距离是多少? 基本定理认为,行驶的距离等于速度曲线下方累积到时间 t 的面积,它等于图 3 中灰

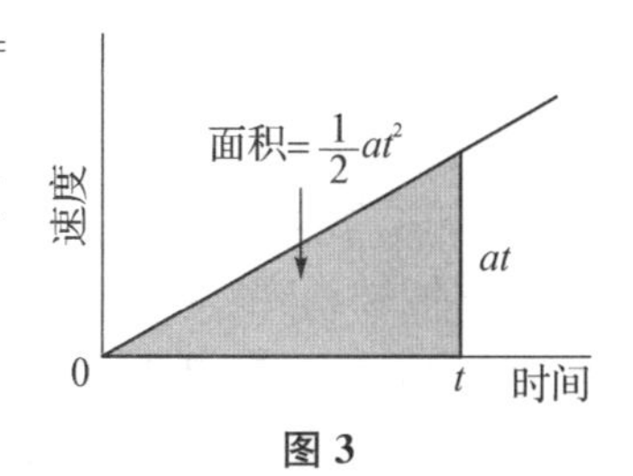

图 3

---

① 谢惠民. 数学史赏析[M]. 北京:高等教育出版社,2014.
② 史蒂夫·斯托加茨著. 微积分的力量[M]. 任烨译. 北京:中信出版社,2021.

色三角形的面积,即 $A(t)=\dfrac{1}{2}at^{2}$. 一般地,牛顿解决的问题正是“**假设速度函数的变化率(它的加速度)已知,我们要尝试计算什么样的速度函数才能满足这个变化率.**”

(2) 用油漆滚筒观察面积的变化率

接下来要给牛顿的这个面积的原理一个合理的解释. 我们来看图 4 中灰色区域的形状. 想象有一个神奇的油漆滚筒,当它平稳地向右滚动时,就会将曲线下方的区域涂成灰色.

用 x 处的虚线表示这个假想的油漆滚筒当前的位置. 假设滚筒总能根据 $y(x)$ 调整自己的长度,在垂直方向上正好触达顶部的曲线和底部的 x 轴.

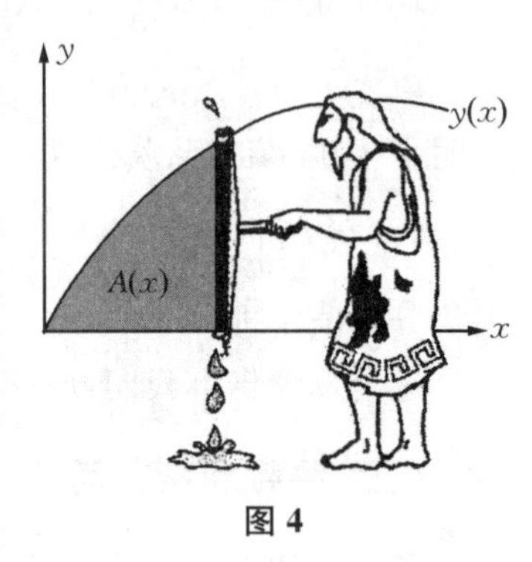

图 4

要解决的问题是:当滚筒到达 x 处时,它刷油漆的速率是多少? 假设滚筒向右移动无穷小的距离 $\mathrm{d}x$,当它滚过这个微小的距离时,它在垂直方向上的长度 y 几乎保持不变,因为在这个无限短的滚动过程中它几乎没有时间改变自己的长度. 在这个短暂的时间间隔内,滚筒刷出来的是一个长而细的矩形:高为 y,底为无穷小的 $\mathrm{d}x$,面积为无穷小的 $\mathrm{d}A=y\mathrm{d}x$. 将方程两边同时除以 $\mathrm{d}x$,就可以得到刷面积累积的速率:

$$\frac{\mathrm{d}A}{\mathrm{d}x}=y,$$

这就是基本定理.

2. 莱布尼茨是怎样发现微积分基本定理的

莱布尼茨思想的精髓在于“差项相消法”,将乘积之和化作导数(差之商)的逆运算.

(1) 差项相消法的启示

在遇到大科学家惠更斯后,莱布尼茨开始涉足数学上更深的领域. 当时,他正在巴黎执行一项外交任务,但他被惠更斯讲述的那些最新的数学成果迷住了,惠更斯提出了一个将引领莱布尼茨发现基本定理的问题,即如何求解下面这个无穷级数的和.

$$\frac{1}{1\times 2}+\frac{1}{2\times 3}+\frac{1}{3\times 4}+\cdots+\frac{1}{n\times(n+1)}+\cdots$$

为了找到这个问题的切入点,假设需要求和的不是无穷多项而是 99 项,那么算式变为:

$$S=\frac{1}{1\times 2}+\frac{1}{2\times 3}+\frac{1}{3\times 4}+\cdots+\frac{1}{99\times 100}$$

如果你看不出其中的技巧,它就是一个冗长的 99 项相加的计算过程,但莱布尼茨从一个简便方法抓住了重点.

假设一个人正在爬一段很长且不太规则的楼梯,如图 5 所示. 如果攀登者想测量从楼梯底部到顶部的垂直高度,他如何才能做到呢? 当然,他可以把每个台阶的垂直高度全部加起来,但更好的方法就是直接用楼梯顶部的高度减去楼梯底部的高度,也就是说,总的垂直高度等于这两个高度之差.

图 5

不管楼梯有多么不规则，这个方法都行之有效.

记住这个类比，我们要把这个算式的每一项都改写成两个数字之差的形式，这就好比每个台阶的垂直高度等于它的顶部高度减去底部高度. 在这里

$$S=\left(\frac{1}{1}-\frac{1}{2}\right)+\left(\frac{1}{2}-\frac{1}{3}\right)+\left(\frac{1}{3}-\frac{1}{4}\right)+\cdots+\left(\frac{1}{98}-\frac{1}{99}\right)+\left(\frac{1}{99}-\frac{1}{100}\right)=\frac{1}{1}-\frac{1}{100}.$$

这样一来，当项数趋于无穷时，S 则会趋于 1. 所以，极限值 1 就是惠更斯谜题的答案.

(2) 积分和的诞生

莱布尼茨能求出这个无穷级数和的关键在于它有一个非常特殊的结构，可以改写成连续差之和的形式. 这种差式结构引发了大规模的抵消现象.

估算 xOy 平面上的一条曲线下方的面积，就相当于对一长串的数(很多竖直的细矩形条的面积)求和.

为简单起见，如图 6，假设 8 个矩形的底均为 Δx，高分别是 y_1，y_2，…，y_8. 那么，这些近似矩形的总面积是：

$$y_1\Delta x+y_2\Delta x+\cdots+y_8\Delta x.$$

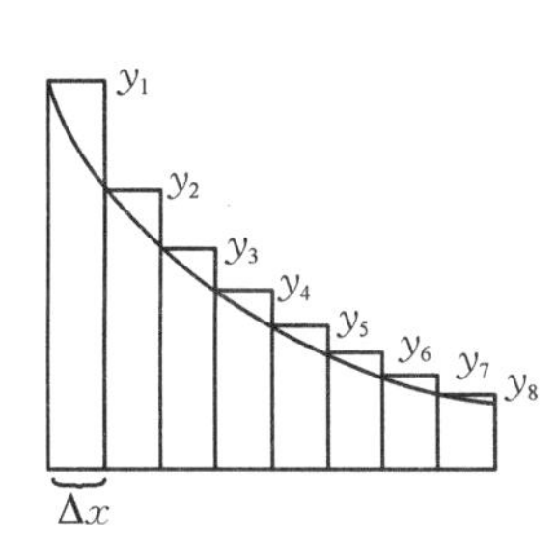

图 6

我们要通过某种方式找到神奇的数字 A_0，A_1，A_2，…，A_8，并使它们的差分别等于这 8 个矩形的面积. 于是，8 个矩形的总面积就会伸缩为：

$$\begin{aligned}&y_1\Delta x+y_2\Delta x+y_3\Delta x+\cdots+y_8\Delta x\\=&(A_1-A_0)+(A_2-A_1)+(A_3-A_2)+\cdots+(A_8-A_7)=A_8-A_0.\end{aligned}$$

在无限细的矩形条的极限情况下：它们的底 Δx 变为微分 $\mathrm{d}x$；它们各不相同的高度 y_1，y_2，…，y_8 变为函数 $y(x)$，这个函数将给出位于变量 x 处的矩形高度；无穷多个矩形的面积之和变为积分 $\int_a^b y(x)\mathrm{d}x$；面积和由之前的 A_8-A_0 变为现在的 $A(b)-A(a)$，其中 a 和 b 是所要计算面积左右两端的 x 值. 那么，由这个"无穷小版"的求和过程可以得出曲线下方的精确面积为：

$$\int_a^b y(x)\mathrm{d}x=A(b)-A(a).$$

这就是牛顿-莱布尼茨公式.

(3) 原函数的存在性

怎样才能找到使这一切成为可能的神奇函数 $A(x)$ 呢？可以看看像 $y_1\Delta x=A_1-A_0$ 这样的等式，随着矩形变得无限细，它们就会变成：

$$y(x)\mathrm{d}x=\mathrm{d}A.$$

在方程两边同时除以 $\mathrm{d}x$，得到：

$$\frac{\mathrm{d}A}{\mathrm{d}x}=y(x).$$

这就是我们寻找 $A(x)$的方法:$A(x)$的导数是已知函数 $y(x)$.

这一切就是莱布尼茨版本的反向问题和微积分基本定理.

(四) 基本定理的哲学意义

1. 导函数与原函数的对立统一

图 7 概括了我们感兴趣的三个函数和它们之间的关系.已知的曲线在中间,未知的斜率在右边,未知的面积在左边.

为了根据已知的曲线求出未知的斜率,我们沿着向右的箭头前进即可,这是正向. 只要我们计算 $y(x)$的导数,就能求出曲线的斜率.

导数　导数
$A(x)\to y(x)\to \dfrac{dy}{dx}$
曲线下面积→曲线→曲线的斜率

图 7

面积 $A(x)$和切线这两个看似毫不相关的几何概念是通过导数联系在一起的.

2. "差之商"与"积之和"的对立统一

从基本定理可以知道,面积和曲线 y 也是通过导数联系在一起的,因为基本定理揭示了 A 的导数就是 y. **导数是"差之商"的极限,而积分是"积之和"的极限;曲线斜率与面积之间存在神秘的关联**!

微积分基本定理不禁让我们联想到欧拉公式的一个著名结果: $e^{\pi i}=-1$,这被公认为"十大最美的数学公式"之一,而基本定理

$$f(x)=\frac{d}{dx}\int_a^x f(t)dt,$$

也将微积分中最重要的三个概念——连续函数、导数、积分——统一在同一个等式里.

3. 偶然发明与必然发现的对立统一

牛顿和莱布尼茨通过两条不同的途径各自得出了微积分基本定理.

牛顿的方法是思考运动与流动问题,也就是数学连续性的一面. 而莱布尼茨的方法正相反,尽管他是一个未受过正规训练的数学家,但他年轻时花了些时间思考离散数学问题,比如整数与计数、组合与排列,以及分数与特定类型的和. 莱布尼茨的方法是思考静止与离散的一面. 两个背景与特长完全不同的人可以奇迹般地得出相同的结果,说明社会生产力已经为基本定理的问世做好了准备. **可见微积分的出现虽然是偶然,但也是历史的必然**! 基本定理的广泛应用推动了生产关系的发展,推动了人类文明的进步.

二、阅读启示

(一) 对思想方法的启示

微积分基本定理是以变限积分为工具,建立连续函数、积分和导数联系的一个重要定理,它的诞生标志着定积分问题的彻底解决,成为数学史上难得的精彩成果.

1. 思想性贡献

从历史上看,微分和积分是互不相关地被定义出来的,但是,牛顿和莱布尼茨发现了一个引人注目的关系,即微积分基本定理,意义在于:连续函数 $f(x)$的积分 $\Phi(x)$ 恰好以该函数为其导数,即 $\Phi'(x)=f(x)$,从而只要找到 $f(x)$的任何一个原函数,$F(x)$,就有

$\int_a^b f(x)\mathrm{d}x = F(b) - F(a)$. 导数与定积分之间的这种关系，被称作“整个微积分的纲”. 这正是牛顿和莱布尼茨的创造性贡献所在：不仅明确地论述了微分与积分这两个概念或过程的内在的相互联系，而且把切线和面积联系在一起，这也是建立微积分学的关键所在——他们正是在这一重要联系的基础上建立系统的处理变量问题的微积分方法的.

2. 方法论上的贡献

基本定理改变了以往不同问题用不同方法的状况，直接可以使用简单的步骤、清楚的公式，进行问题解决. 也正是有了这个醒目的互逆关系的发现，再加上一套运算规则的确定，我们才宣布微积分被发明了，也因此“微积分发明者”的头衔才落到他们头上. 它将积分的问题转化为求导的逆运算，巧妙地将对立的微分和积分统一起来. ①

(二) 对真善美的启示

1. 感受辩证唯物主义的力量

通过观察微积分基本定理实现“运动”与“静止”、“差商”与“积和”、“曲”与“直”的对立统一的过程，我们感受到了辩证唯物主义的伟大力量. 牛顿和莱布尼茨分别用不同的方法证明了导数与积分的关系，这虽然是历史的巧合，也是历史的必然，体现马克思主义哲学的力量！

2. 把国家建成每个人的美好家园

微积分基本定理表明，积分与微分的关系，是一种系统与元素的关系，积分不是微分的简单相加，而是要由导函数或者原函数作为联系的.

就像我们人体是由细胞组成的一样，人体不是细胞的简单堆积，两者之间也存在着神秘的联系. 因此，爱惜生命，就要关心每一个细胞.

在我们生活中，也有这样一对对立统一关系，就是小家和国家，国家是由无数个家庭组成的，我们重视每个家庭的和合美满，就是建设小康社会；每个公民担负起国家振兴的责任，努力工作、遵纪守法，国家才能繁荣昌盛；为此，既要反对精致的利己主义，也要反对极端的集体主义. 要像微分与积分那样，两者相互依存，不可或缺，人人携手，共建美好家园.

三、问题解决

(一) 问题探究

定积分的核心问题是微积分基本定理和微元法. 基本定理可以分化为两类问题，一是如何计算出一个积分值，二是如何研究一个函数，这个函数以积分的形式表示，所以应在积分中区分哪个是积分变量，哪个是函数的变量. 微元法问题也可以分化为两类，一类是如何应用于某个现实场景或几何场景，另一类是如何把积分与和式的极限统一起来.

计算积分值是牛顿和莱布尼茨发明微积分时的初衷，他们认为只要会求函数的原函数，积分值就可以求出. 但事实上，我们后人做的工作可能颠覆了他们的认知：一是微积分基本定理没有沿用他俩的思考，而是从积分和极限的几个性质推演了出来；二是计算定积分也非绝对需要计算被积函数的原函数，因为换元法和分部积分法可以变出很多新函数和新区间

① 邵光华. 作为教育任务的数学思想与方法[M]. 上海：上海教育出版社，2009.

出来,例如奇函数在$[-a, a]$上的积分就为零,这个奇函数是可以"积不出"的;三是变限积分函数成为一类重要的函数模型,它是微分学中的有趣且有力的对象和工具;四是反常积分需要重新定义,其收敛定义、审敛方法、特殊算法都要另辟蹊径.

在这些思想指导下,我们就会对习题进行一些有价值的思考. 例如,关于积分和:

思考题 1 将$\int_0^1 \ln x \mathrm{d}x$写成积分和的极限$\lim\limits_{n\to\infty}\frac{1}{n}\left(\ln\frac{1}{n}+\ln\frac{2}{n}+\cdots+\ln\frac{n}{n}\right)$合适吗?

因为定积分仅对有界函数才能写积分和的极限,对于无界函数的积分,总是可以作出一个无界的积分和序列来的. 我们在编拟习题时,只能要求证明这两者相等,而不能认为这个相等是理所当然的.

思考题 2 若$f(x)$在$[a, b]$上除了一个第一类间断点$c\in(a, b)$外处处连续,$\Phi(x)=\int_a^x f(t)\mathrm{d}t$,为什么$\Phi(x)$在$[a, b]$上仍然连续?$\Phi(x)$在点$c$处可导吗?

对于第一个问题,由于$c\in(a, b)$是$f(x)$的第一类间断点,故左极限$f(c^-)$和右极限$f(c^+)$都存在. 若有必要,重新定义$f(c)=f(c^-)$,则$f(x)$在区间$[a, c]$上连续. 另一方面,无论$f(c)$的值如何修改,$\Phi(c)=\int_a^c f(t)\mathrm{d}t$的值是不会改变的.

由积分中值定理,对任意$x\in(a, c)$,存在$\xi\in(x, c)$,使得$\Phi(c)-\Phi(x)=\int_x^c f(t)\mathrm{d}t=f(\xi)(c-x)$,因此,由$f(x)$在区间$[a, c]$上的有界性,

$$|\Phi(x)-\Phi(c)|=\left|\int_a^x f(t)\mathrm{d}t\right|=|f(\xi)|(c-x)\to 0(x\to c^-),$$

即$\lim\limits_{x\to c^-}\Phi(x)=\Phi(c)$;同理可证$\lim\limits_{x\to c^+}\Phi(x)=\Phi(c)$. 因此$\lim\limits_{x\to c}\Phi(x)=\Phi(c)$.

对于第二个问题,由上述过程可知,当$x\in(a, c)$时,

$$\frac{\Phi(x)-\Phi(c)}{x-c}=\frac{\int_x^c f(t)\mathrm{d}t}{c-x}=f(\xi)\to f(c^-)\ (x\to c^-),$$

故左导数$\Phi'_-(x)=f(c^-)$. 同理可证,右导数$\Phi'_+(x)=f(c^+)$.

这说明:

当点c为$f(x)$的可去间断点时,由于$f(c^+)=f(c^-)$,$\Phi'_-(c)=\Phi'_+(c)$,即$\Phi(x)$是可导的;

当点c为$f(x)$的跳跃间断点时,由于$f(c^+)\neq f(c^-)$,$\Phi(x)$是不可导的,但它的左右导数都是存在的.

总之,我们应从源头上对表面熟悉了的思想和方法提出怀疑,就会有很多重要的心得体会. 本讲后面的复习题可以帮助我们反思对基本概念和基本方法的判断是否正确.

(二) 习题研究

在实践中,可以利用微积分基本定理进行一些极限、导数和积分结合在一起的、信息量较大的练习,并进行适当的分类,以达到事半功倍的效果. 定积分的习题大致可分为以下几类.

1. 积分定义相关问题

例 1　极限 $\lim\limits_{n\to\infty} n\left(\dfrac{\sin\frac{\pi}{n}}{n^2+1}+\dfrac{\sin\frac{2\pi}{n}}{n^2+2}+\cdots+\dfrac{\sin\frac{n\pi}{n}}{n^2+n}\right)=$________.

解　易知 $n\left(\dfrac{\sin\frac{\pi}{n}}{n^2+1}+\dfrac{\sin\frac{2\pi}{n}}{n^2+2}+\cdots+\dfrac{\sin\frac{n\pi}{n}}{n^2+n}\right)=\sum\limits_{i=1}^{n}\dfrac{\sin\frac{i\pi}{n}}{n+\frac{i}{n}}$,

而 $\dfrac{1}{n+1}\sum\limits_{i=1}^{n}\sin\dfrac{i\pi}{n}\leqslant\sum\limits_{i=1}^{n}\dfrac{\sin\frac{i\pi}{n}}{n+\frac{i}{n}}\leqslant\dfrac{1}{n}\sum\limits_{i=1}^{n}\sin\dfrac{i\pi}{n}$,

$$\lim_{n\to\infty}\frac{1}{n+1}\sum_{i=1}^{n}\sin\frac{i\pi}{n}=\lim_{n\to\infty}\frac{n}{(n+1)\pi}\frac{\pi}{n}\sum_{i=1}^{n}\sin\frac{i\pi}{n}=\frac{1}{\pi}\int_0^{\pi}\sin x\,\mathrm{d}x=\frac{2}{\pi},$$

同理 $\lim\limits_{n\to\infty}\dfrac{1}{n}\sum\limits_{i=1}^{n}\sin\dfrac{i\pi}{n}=\dfrac{2}{\pi}$. 由夹逼准则,原极限为 $\dfrac{2}{\pi}$.

这是一个定积分模式的问题,首先需要凭直觉认定这是属于这种模式的,这类极限的解法是无法用其他方法代替的.

例 2　设 $A_n=\dfrac{n}{n^2+1}+\dfrac{n}{n^2+2^2}+\cdots+\dfrac{n}{n^2+n^2}$,求 $\lim\limits_{n\to\infty} n\left(\dfrac{\pi}{4}-A_n\right)$.

解　令 $f(x)=\dfrac{1}{1+x^2}$,因 $A_n=\dfrac{1}{n}\sum\limits_{i=1}^{n}\dfrac{1}{1+\left(\frac{i}{n}\right)^2}$,故 $\lim\limits_{n\to\infty}A_n=\int_0^1 f(x)\mathrm{d}x=\dfrac{\pi}{4}$. 记 $x_i=\dfrac{i}{n}$,则 $A_n=\sum\limits_{i=1}^{n}\int_{x_{i-1}}^{x_i}f(x_i)\mathrm{d}x$,故

$$J_n=n\sum_{i=1}^{n}\int_{x_{i-1}}^{x_i}[f(x)-f(x_i)]\mathrm{d}x,$$

由拉格朗日中值定理,存在 $\zeta_i\in(x_{i-1},x_i)$,使得

$$J_n=n\sum_{i=1}^{n}\int_{x_{i-1}}^{x_i}f'(\zeta_i)(x-x_i)\mathrm{d}x.$$

记 m_i, M_i 分别是 $f'(x)$ 在 $[x_{i-1},x_i]$ 上的最大值和最小值,则 $m_i\leqslant f(\zeta_i)\leqslant M_i$,故积分 $\int_{x_{i-1}}^{x_i}f'(\zeta_i)(x-x_i)\mathrm{d}x$ 介于 $m_i\int_{x_{i-1}}^{x_i}(x-x_i)\mathrm{d}x$ 与 $M_i\int_{x_{i-1}}^{x_i}(x-x_i)\mathrm{d}x$ 之间,所以存在 $\eta_i\in(x_{i-1},x_i)$,使得

$$\int_{x_{i-1}}^{x_i}f'(\zeta_i)(x-x_i)\mathrm{d}x=f'(\eta_i)\int_{x_{i-1}}^{x_i}(x-x_i)\mathrm{d}x=-f'(\eta_i)\frac{(x_i-x_{i-1})^2}{2},$$

于是,有

$$J_n=-\frac{n}{2}\sum_{i=1}^{n}f'(\eta_i)(x_i-x_{i-1})^2=-\frac{1}{2n}\sum_{i=1}^{n}f'(\eta_i),$$

从而,

$$\lim_{n\to\infty}n\left(\frac{\pi}{4}-A_n\right)=\lim_{n\to\infty}J_n=-\frac{1}{2}\int_0^1 f'(x)\mathrm{d}x=-\frac{1}{2}[f(1)-f(0)]=\frac{1}{4}.$$

这个习题提出了一个值得深思的一般性的问题:令 $f(x)$ 具有连续导数,令 $A_n=\frac{1}{n}\sum_{i=1}^{n}f\left(\frac{i}{n}\right)$,则 $\lim_{n\to\infty}A_n=\int_0^1 f(x)\mathrm{d}x$,问 $\lim_{n\to\infty}n\left(\int_0^1 f(x)\mathrm{d}x-A_n\right)=$? 答案仍然是:$-\frac{1}{2}[f(1)-f(0)]$. 因此可以得到结论:$\lim_{n\to\infty}A_n=\int_0^1 f(x)\mathrm{d}x$ 表示 A_n 是 $\int_0^1 f(x)\mathrm{d}x$ 的近似值,当 $f(1)\neq f(0)$ 时,其误差与 $\frac{1}{n}$ 是同阶无穷小.

2. 积分的数值估算问题

例 3 计算定积分

(1) $I=\int_{-\pi}^{\pi}\frac{x\sin x\cdot\arctan \mathrm{e}^x}{1+\cos^2 x}\mathrm{d}x$; (2) $J=\int_0^{\frac{\pi}{2}}\frac{\cos x}{1+\tan x}\mathrm{d}x$.

解 (1) $I=\int_{-\pi}^{0}\frac{x\sin x\cdot\arctan \mathrm{e}^x}{1+\cos^2 x}\mathrm{d}x+\int_0^{\pi}\frac{x\sin x\cdot\arctan \mathrm{e}^x}{1+\cos^2 x}\mathrm{d}x$

$$=\int_0^{\pi}\frac{x\sin x}{1+\cos^2 x}(\arctan \mathrm{e}^x+\arctan \mathrm{e}^{-x})\mathrm{d}x=\frac{\pi}{2}\int_0^{\pi}\frac{x\sin x}{1+\cos^2 x}\mathrm{d}x$$

$$=\frac{\pi}{2}\cdot\frac{\pi}{2}\int_0^{\pi}\frac{\sin x}{1+\cos^2 x}\mathrm{d}x=\left(\frac{\pi}{2}\right)^2\int_0^{\pi}\frac{-\mathrm{d}\cos x}{1+\cos^2 x}$$

$$=-\left(\frac{\pi}{2}\right)^2[\arctan(\cos x)]_0^{\pi}=\frac{\pi^3}{8}.$$

(2) $J=\int_0^{\frac{\pi}{2}}\frac{\cos^2 x}{\sin x+\cos x}\mathrm{d}x=\int_0^{\frac{\pi}{2}}\frac{\sin^2 x}{\cos x+\sin x}\mathrm{d}x$

$$=\frac{1}{2}\int_0^{\frac{\pi}{2}}\left(\frac{\cos^2 x}{\sin x+\cos x}+\frac{\sin^2 x}{\cos x+\sin x}\right)\mathrm{d}x=\frac{1}{2}\int_0^{\frac{\pi}{2}}\left(\frac{1}{\sin x+\cos x}\right)\mathrm{d}x$$

$$=\frac{1}{2\sqrt{2}}\int_0^{\frac{\pi}{2}}\frac{1}{\sin\left(x+\frac{\pi}{4}\right)}\mathrm{d}\left(x+\frac{\pi}{4}\right)$$

$$=\frac{1}{2\sqrt{2}}\ln\left|\csc\left(x+\frac{\pi}{4}\right)-\cot\left(x+\frac{\pi}{4}\right)\right|_0^{\frac{\pi}{2}}=\frac{1}{2\sqrt{2}}\ln\frac{\sqrt{2}+1}{\sqrt{2}-1}=\frac{1}{\sqrt{2}}\ln(1+\sqrt{2}).$$

这两题都要用到有关对称性的技巧,而这种技巧非常具有普遍性,也是值得深入讨论的.

例 4 设 $|f(x)|\leqslant\pi$,$f'(x)\geqslant m>0$ $(a\leqslant x\leqslant b)$,证明 $\left|\int_a^b\sin f(x)\mathrm{d}x\right|\leqslant\frac{2}{m}$.

证明　易见 $f(x)$在$[a, b]$上单调递增,从而有反函数. 设 $A=f(a)$, $B=f(b)$, φ 是 f 的反函数,则 $0<\varphi'(y)=\dfrac{1}{f'(x)}\leqslant\dfrac{1}{m}$.

又 $|f(x)|\leqslant\pi$, 则 $-\pi\leqslant A<B\leqslant\pi$, 所以,令 $x=\varphi(y)$, 就有

$$\left|\int_a^b \sin f(x)\mathrm{d}x\right|=\left|\int_A^B \sin y\cdot\varphi'(y)\mathrm{d}y\right|\leqslant\int_A^B |\sin y|\cdot\varphi'(y)\mathrm{d}y$$

$$\leqslant\int_A^B |\sin y|\cdot\frac{1}{m}\mathrm{d}y\leqslant\frac{2}{m}.\text{ 证毕.}$$

本题是含抽象函数的积分,因而同时把 $f(x)$写成 y 以及 $\mathrm{d}x$ 写成$\varphi'(y)\mathrm{d}y$ 后就能把被积函数换成两个函数的乘积,然后再用定积分的不等式性质进行估算.

3. 变限积分函数的问题

例5　已知$\displaystyle\int_0^{+\infty} \mathrm{e}^{-x^2}\mathrm{d}x=\frac{\sqrt{\pi}}{2}$, 设 $f(x)=\displaystyle\int_0^x (x-t)\mathrm{e}^{-t^2}\mathrm{d}t$. 讨论 $f(x)$在区间$(-\infty, +\infty)$上的最小值和最大值.

解　$f(x)=x\displaystyle\int_0^x \mathrm{e}^{-t^2}\mathrm{d}t-\int_0^x t\mathrm{e}^{-t^2}\mathrm{d}t$, $f'(x)=\displaystyle\int_0^x \mathrm{e}^{-t^2}\mathrm{d}t$, 所以 $x>0$ 时 $f'(x)>0$, $f(x)$单调递增;当 $x<0$ 时, $f(x)$单调递减.

由此可知, $f(0)=0$ 是 $f(x)$的最小值.

又因为 $\displaystyle\lim_{x\to+\infty}\int_0^x \mathrm{e}^{-t^2}\mathrm{d}t=\frac{\sqrt{\pi}}{2}$, $\displaystyle\lim_{x\to+\infty}\int_0^x t\mathrm{e}^{-t^2}\mathrm{d}t=\frac{1}{2}$, 所以 $\displaystyle\lim_{x\to+\infty}f(x)=+\infty$, 从而 $f(x)$没有最大值.

这个习题,关键是拷问如何计算含变限积分函数的导数,以及研究这类函数的变化趋势.

例6　设 $f(x)=-\dfrac{1}{2}\left(1+\dfrac{1}{\mathrm{e}}\right)+\displaystyle\int_{-1}^1 |x-t|\mathrm{e}^{-t^2}\mathrm{d}t$. 证明:在区间$(-1, 1)$内 $f(x)$有且仅有两个实根.

证明　$f(x)=-\dfrac{1}{2}\left(1+\dfrac{1}{\mathrm{e}}\right)+\displaystyle\int_{-1}^x (x-t)\mathrm{e}^{-t^2}\mathrm{d}t+\int_x^1 (t-x)\mathrm{e}^{-t^2}\mathrm{d}t$

$$=-\frac{1}{2}\left(1+\frac{1}{\mathrm{e}}\right)+x\int_{-1}^x \mathrm{e}^{-t^2}\mathrm{d}t-\int_{-1}^x t\mathrm{e}^{-t^2}\mathrm{d}t+\int_x^1 t\mathrm{e}^{-t^2}\mathrm{d}t-x\int_x^1 \mathrm{e}^{-t^2}\mathrm{d}t.$$

注意到$\displaystyle\int_x^1 t\mathrm{e}^{-t^2}\mathrm{d}t=\int_{-1}^1 t\mathrm{e}^{-t^2}\mathrm{d}t-\int_{-1}^x t\mathrm{e}^{-t^2}\mathrm{d}t=-\int_{-1}^x t\mathrm{e}^{-t^2}\mathrm{d}t$, $\displaystyle\int_x^1 \mathrm{e}^{-t^2}\mathrm{d}t=\int_{-1}^1 \mathrm{e}^{-t^2}\mathrm{d}t-\int_{-1}^x \mathrm{e}^{-t^2}\mathrm{d}t$,

$$\begin{aligned}f(x)&=-\frac{1}{2}\left(1+\frac{1}{\mathrm{e}}\right)+2x\int_{-1}^x \mathrm{e}^{-t^2}\mathrm{d}t-x\int_{-1}^1 \mathrm{e}^{-t^2}\mathrm{d}t-2\int_{-1}^x t\mathrm{e}^{-t^2}\mathrm{d}t\\&=-\frac{1}{2}\left(1+\frac{1}{\mathrm{e}}\right)+2x\int_{-1}^x \mathrm{e}^{-t^2}\mathrm{d}t-2x\int_0^1 \mathrm{e}^{-t^2}\mathrm{d}t+\mathrm{e}^{-x^2}-\mathrm{e}^{-1}\\&=2x\int_0^x \mathrm{e}^{-t^2}\mathrm{d}t+\mathrm{e}^{-x^2}-\frac{3}{2}\mathrm{e}^{-1}-\frac{1}{2}.\end{aligned}$$

显然，$f(x)$是一个偶函数，$f(0)=\frac{1}{2}-\frac{3}{2}\mathrm{e}^{-1}<0$.

而 $f(1)=2\int_0^1 \mathrm{e}^{-t^2}\mathrm{d}t-\frac{1}{2}-\frac{3}{2}\mathrm{e}^{-1}>2\int_0^1 \mathrm{e}^{-t}\mathrm{d}t-\frac{1}{2}-\frac{3}{2}\mathrm{e}^{-1}=\frac{3}{2}-\frac{5}{2}\mathrm{e}^{-1}>0$，所以由零点定理知，$f(x)$在$(0,1)$上至少有一个零点. 又因为 $f'(x)=2\int_0^x \mathrm{e}^{-t^2}\mathrm{d}t>0$，所以 $f(x)$单调递增，故 $f(x)$在$(0,1)$上有且仅有一个零点，从而在$(-1,1)$有且仅有两个零点.

本题关键要认清积分$\int_{-1}^1 |x-t|\mathrm{e}^{-t^2}\mathrm{d}t$ 中有两个变量，其中 t 是积分变量，而 x 是函数变量，在积分时它是常数. 当 $x\in(-1,1)$ 时，$|x-t|$ 中的 t 有时大于 x，有时小于 x，就需要把积分拆分成两段来表示.

4. 积分综合应用问题

积分综合应用问题是指，有些习题直接用积分式来研究函数的极限、不等关系等问题，就像上面的例 5 和例 6 那样；有些习题是拷问定积分在几何、物理等外部领域中的应用.

例 7 设抛物线 $y=ax^2+bx+2\ln c$ 过原点，当 $0\leqslant x\leqslant 1$ 时，$y\geqslant 0$. 又已知该抛物线与 x 轴及直线 $x=1$ 所围图形的面积为$\frac{1}{3}$. 试确定 a，b，c，使此图形绕 x 轴旋转一周而成的旋转体的体积 V 最小.

解 因抛物线过原点，故 $c=1$，由题设有$\int_0^1(ax^2+bx)\mathrm{d}x=\frac{a}{3}+\frac{b}{2}=\frac{1}{3}$，得 $b=\frac{2}{3}(1-a)$. 而 $V=\pi\int_0^1(ax^2+bx)^2\mathrm{d}x=\pi\left(\frac{a^2}{5}+\frac{ab}{2}+\frac{b^2}{3}\right)=\pi\left[\frac{a^2}{5}+\frac{a(1-a)}{3}+\frac{4(1-a)^2}{27}\right]$，令 $\frac{\mathrm{d}V}{\mathrm{d}a}=\pi\left[\frac{2a}{5}+\frac{1}{3}-\frac{2a}{3}-\frac{8(1-a)}{27}\right]=0$，得 $a=-\frac{5}{4}$，从而 $b=\frac{3}{2}$，且 $y\geqslant 0$. 又因 $\left.\frac{\mathrm{d}^2V}{\mathrm{d}a^2}\right|_{a=-\frac{5}{4}}=\pi\left(\frac{2}{5}-\frac{2}{3}+\frac{8}{27}\right)=\frac{4}{135}\pi>0$，$V$ 在此时取得极小值.

综上，结合实际情况，当 $a=-\frac{5}{4}$，$b=\frac{3}{2}$，$c=1$ 时体积最小.

（三）解题策略

定积分问题的题型非常丰富，应对的策略也不可能周到，这里归纳出几条典型的技巧.

1. 对称式中换字母

关于“定积分的换字母”，也是一个问题思考的重点. 我们有必要发问：

思考题 3 定积分的换元法与不定积分的换元法有何区别？

仔细研究后可以发现，定积分在换元后，积分变量改变了，但换字母后，因为“定积分是一个数”，变换后部分定积分可以与原来的定积分“混合运算”，这是与不定积分换元法的根本区别.

有了这个特性后，就有很多可以当定理用的命题，例如

(1) 对任何连续函数 $f(x)$，恒有 $\int_{-a}^{a} f(x)\mathrm{d}x = \int_{0}^{a}[f(x)+f(-x)]\mathrm{d}x$；

(2) 若 $f(x)$ 是以 T 为周期的连续函数，则 $\int_{a}^{a+T} f(x)\mathrm{d}x = \int_{0}^{T} f(x)\mathrm{d}x$；

(3) 设 $f(x)$ 为连续函数，则 $\int_{0}^{\frac{\pi}{2}} f(\sin x)\mathrm{d}x = \int_{0}^{\frac{\pi}{2}} f(\cos x)\mathrm{d}x$；

(4) $\int_{0}^{1} x^{m}(1-x)^{n}\mathrm{d}x = \int_{0}^{1} x^{n}(1-x)^{m}\mathrm{d}x$.

这些命题的证明都用到了换字母，以第四个等式的证法为例，

$$\int_{0}^{1} x^{m}(1-x)^{n}\mathrm{d}x \xlongequal{x=1-t} \int_{1}^{0}(1-t)^{m}t^{n}\mathrm{d}(-t) = \int_{0}^{1} t^{n}(1-t)^{m}\mathrm{d}t = \int_{0}^{1} x^{n}(1-x)^{m}\mathrm{d}x,$$

最后一步就是换字母.

当积分的区间或被积函数具有某种对称性时，常常要使用换字母的方法以避免“正面冲突”.

例8　计算 $J = \int_{0}^{\frac{\pi}{4}} \ln(1+\tan x)\mathrm{d}x$.

解　这个问题，由于 $J = \int_{0}^{\frac{\pi}{4}} \ln(\cos x+\sin x)\mathrm{d}x - \int_{0}^{\frac{\pi}{4}} \ln\cos x\,\mathrm{d}x$，就有

$$\begin{aligned} J &= \int_{0}^{\frac{\pi}{4}} \ln\left[\sqrt{2}\sin\left(x+\frac{\pi}{4}\right)\right]\mathrm{d}x - \int_{0}^{\frac{\pi}{4}} \ln\cos x\,\mathrm{d}x \\ &= \int_{0}^{\frac{\pi}{4}} \ln\sqrt{2}\,\mathrm{d}x + \int_{0}^{\frac{\pi}{4}} \ln\cos\left(\frac{\pi}{4}-x\right)\mathrm{d}x - \int_{0}^{\frac{\pi}{4}} \ln\cos x\,\mathrm{d}x. \end{aligned}$$

后面的两个“积不出”的积分是可以抵消的，这是重点，因为令 $\frac{\pi}{4}-x=u$，则

$$\int_{0}^{\frac{\pi}{4}} \ln\cos\left(\frac{\pi}{4}-x\right)\mathrm{d}x = \int_{\frac{\pi}{4}}^{0} \ln\cos u(-\mathrm{d}u) = \int_{0}^{\frac{\pi}{4}} \ln\cos u\,\mathrm{d}u = \int_{0}^{\frac{\pi}{4}} \ln\cos x\,\mathrm{d}x.$$

例9　设 $a>0$，则 $\int_{0}^{+\infty} \frac{\ln x}{x^{2}+a^{2}}\mathrm{d}x =$ ________.

解　一方面，令 $x=\frac{1}{t}$，则

$$\begin{aligned} \int_{0}^{+\infty} \frac{\ln x}{x^{2}+a^{2}}\mathrm{d}x &= \int_{+\infty}^{0} \frac{-t^{2}\ln t}{1+(at)^{2}}\left(-\frac{1}{t^{2}}\right)\mathrm{d}t = -\int_{0}^{+\infty} \frac{\ln t}{1+(at)^{2}}\mathrm{d}t \\ &= -\int_{0}^{+\infty} \frac{\ln\frac{x}{a}}{1+x^{2}}\frac{\mathrm{d}x}{a} = -\frac{1}{a}\int_{0}^{+\infty} \frac{\ln x-\ln a}{1+x^{2}}\mathrm{d}x; \end{aligned}$$

另一方面，

$$\int_0^{+\infty}\frac{\ln x}{x^2+a^2}\mathrm{d}x=\frac{1}{a}\int_0^{+\infty}\frac{\ln\frac{x}{a}+\ln a}{\left(\frac{x}{a}\right)^2+1}\mathrm{d}\frac{x}{a}=\frac{1}{a}\int_0^{+\infty}\frac{\ln t+\ln a}{t^2+1}\mathrm{d}t=\frac{1}{a}\int_0^{+\infty}\frac{\ln x+\ln a}{x^2+1}\mathrm{d}x,$$

比较两式后得到，$\int_0^{+\infty}\frac{\ln x}{x^2+1}\mathrm{d}x=0$，从而 $\int_0^{+\infty}\frac{\ln x}{x^2+a^2}\mathrm{d}x=\frac{\ln a}{a}\int_0^{+\infty}\frac{1}{x^2+1}\mathrm{d}x=\frac{\pi\ln a}{2a}$.

本题观察到在倒代换 $x=\frac{1}{t}$ 下积分区间$(0,+\infty)$保持不变，故设法化到可以通过换字母来抵消“积不出”的部分.

2. 巧用放大法估值

例 10 求极限 $\lim\limits_{x\to+\infty}\sqrt[3]{x}\int_x^{x+1}\frac{\sin t}{\sqrt{t+\cos t}}\mathrm{d}t$.

解 当 x 充分大时，

$$\left|\sqrt[3]{x}\int_x^{x+1}\frac{\sin t}{\sqrt{t+\cos t}}\mathrm{d}t\right|\leqslant\sqrt[3]{x}\int_x^{x+1}\frac{1}{\sqrt{t+1}}\mathrm{d}t\leqslant 2\sqrt[3]{x}(\sqrt{x}-\sqrt{x-1})$$
$$=\frac{2\sqrt[3]{x}}{\sqrt{x}+\sqrt{x-1}}\to 0\quad(x\to+\infty),$$

所以 $\lim\limits_{x\to+\infty}\sqrt[3]{x}\int_x^{x+1}\frac{\sin t}{\sqrt{t+\cos t}}\mathrm{d}t=0$.

这个问题就是先考虑到 x 是个无穷大量，同时 $\int_x^{x+1}\frac{\sin t}{\sqrt{t+\cos t}}\mathrm{d}t$ 不大可能积得出，所以必须要用放大法来解决这个积分.

例 11 设 f 在$[a,b]$上连续，且 $f(x)\geqslant 0$，则 $\lim\limits_{n\to\infty}\left[\int_a^b(f(x))^n\mathrm{d}x\right]^{\frac{1}{n}}=\max\limits_{x\in[a,b]}f(x)$.

证明 设 $M=\max\limits_{x\in[a,b]}f(x)>0$（若 $M=0$，则 $f(x)\equiv 0$，等式显然成立）. $\forall\varepsilon>0\left(\frac{\varepsilon}{2}<M\right)$，存在$[\alpha,\beta]\subset[a,b]$，使得 $M-\frac{\varepsilon}{2}\leqslant f(x)\leqslant M$，$x\in[\alpha,\beta]$，于是有 $\left(M-\frac{\varepsilon}{2}\right)^n\leqslant(f(x))^n\leqslant M^n$，$x\in[\alpha,\beta]$，所以

$$\left(M-\frac{\varepsilon}{2}\right)^n(\beta-\alpha)=\left(M-\frac{\varepsilon}{2}\right)^n\int_\alpha^\beta\mathrm{d}x\leqslant\int_a^b(f(x))^n\mathrm{d}x\leqslant M^n\int_a^b\mathrm{d}x=M^n(b-a),$$

故 $\left(M-\frac{\varepsilon}{2}\right)\sqrt[n]{\beta-\alpha}\leqslant\left[\int_a^b(f(x))^n\mathrm{d}x\right]^{\frac{1}{n}}\leqslant M\sqrt[n]{b-a}$.

由于 $\lim\limits_{n\to\infty}\sqrt[n]{\beta-\alpha}=\lim\limits_{n\to\infty}\sqrt[n]{b-a}=1$，存在 $N\in\mathbf{N}$，当 $n>N$ 时，$\left(M-\frac{\varepsilon}{2}\right)\sqrt[n]{\beta-\alpha}\geqslant M-\varepsilon$，$M\sqrt[n]{b-a}\leqslant M+\varepsilon$，从而 $\lim\limits_{n\to\infty}\left[\int_a^b(f(x))^n\mathrm{d}x\right]^{\frac{1}{n}}=M$.

本题是一个经典的命题,建立不等式的做法也非常典型:一边让积分区间缩小,另一边让函数值放大.它的离散形式就是

$$\lim_{n\to\infty}\sqrt[n]{A^n+B^n}=\max\{A,B\},\text{其中 }A,B>0.$$

3. 逆用基本定理

例 12　设 $f(x)$在$[a,b]$连续,证明 $2\int_a^b f(x)\left(\int_x^b f(t)\mathrm{d}t\right)\mathrm{d}x=\left(\int_a^b f(x)\mathrm{d}x\right)^2$.

证明　令 $F(x)=\int_x^b f(t)\mathrm{d}t$,则 $F'(x)=-f(x)$,因此,

$$\begin{aligned}2\int_a^b f(x)\left(\int_x^b f(t)\mathrm{d}t\right)\mathrm{d}x&=2\int_a^b f(x)F(x)\mathrm{d}x=-2\int_a^b F'(x)F(x)\mathrm{d}x\\&=-[F^2(x)]_a^b=F^2(a)-F^2(b)=\left(\int_a^b f(t)\mathrm{d}t\right)^2.\end{aligned}$$

对于积分号内再含积分的问题,就应该对这个积分赋一个记号:$F(x)=\int_x^b f(t)\mathrm{d}t$,对它求了导数就好办了.如果读者学过重积分,请尝试用二重积分证明.

例 13　设 $f(x)$在$[0,+\infty)$上连续,并且无穷积分 $\int_0^{+\infty}f(x)\mathrm{d}x$ 收敛.求

$$\lim_{y\to+\infty}\frac{1}{y}\int_0^y xf(x)\mathrm{d}x.$$

解　设 $\int_0^{+\infty}f(x)\mathrm{d}x=l$,令 $F(x)=\int_0^x f(t)\mathrm{d}t$,则 $F'(x)=f(x)$,$\lim\limits_{x\to+\infty}F(x)=l$.对于任意的 $y>0$,有

$$\begin{aligned}\frac{1}{y}\int_0^y xf(x)\mathrm{d}x&=\frac{1}{y}\int_0^y x\,\mathrm{d}F(x)=\frac{1}{y}xF(x)\Big|_0^y-\frac{1}{y}\int_0^y F(x)\mathrm{d}x=F(y)-\frac{1}{y}\int_0^y F(x)\mathrm{d}x\\&\to l-l=0\ (y\to+\infty).\end{aligned}$$

本题的关键是"令 $F(x)=\int_0^x f(t)\mathrm{d}t$ "这一步,这在被积函数是 $xf(x)$ 时特别有用,因为用分部积分法就能化到 $f(x)$的积分.

练习题

1. 极限 $\lim\limits_{n\to\infty}\sum\limits_{k=1}^{n}\frac{k}{n^2}\sin^2\left(1+\frac{k}{n}\right)=$________.

2. 计算定积分 $I=\int_{-\pi}^{\pi}\frac{x\cos x\cdot\arctan\mathrm{e}^x}{1+\cos^2 x}\mathrm{d}x$.

3. 设 $s>0$,求 $I_n=\int_0^{+\infty}\mathrm{e}^{-sx}x^n\mathrm{d}x\quad(n=1,2,\cdots)$.

一题一法复习卷(复习卷 6.1)

习题 1 图 8 给出了制动中的汽车的速度图. 试用它来估计汽车在刹车时行驶的距离.

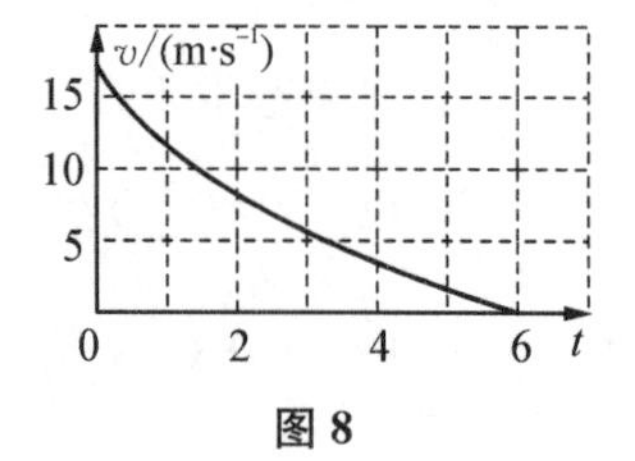

图 8

习题 2 计算定积分

(1) $\int_{-1}^{2}\sqrt{4-x^2}\,dx$；　　(2) $\int_{-2}^{3}\min\{1, x^2\}\,dx$；

(3) $\int_{-\frac{\pi}{4}}^{\frac{\pi}{4}}\frac{1}{1+\sin x}dx$；　　(4) $\int_{1}^{e}\sin(\ln x)\,dx$.

习题 3 计算反常积分

(1) $\int_{0}^{1}\frac{x\,dx}{\sqrt{x-1}}$；　　(2) $\int_{0}^{+\infty}\frac{xe^{-x}}{(1+e^{-x})^2}dx$.

习题 4 先将积分 $\int_{1}^{3}\sqrt{4+x^2}\,dx$ 表示成积分和的极限，再将极限 $\lim\limits_{n\to\infty}\sum\limits_{i=1}^{n}\left(\frac{i^4}{n^5}+\frac{i}{n^2}\right)$ 表示成积分并求之.

习题 5 设 $f(x)$的图形如图 9 所示，试将下列数值由小到大地排列，并说明你的理由.

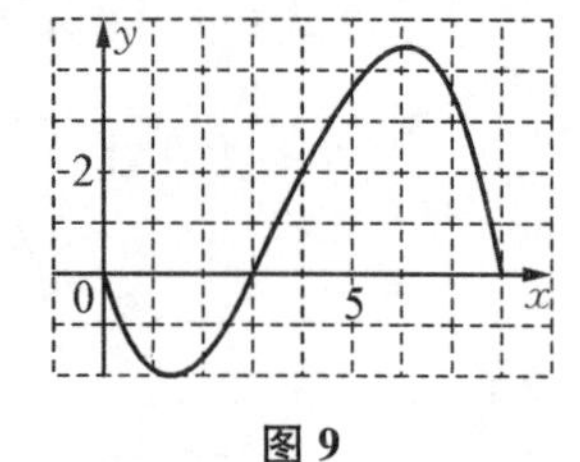

图 9

(A) $\int_{0}^{8}f(x)\,dx$； (B) $\int_{0}^{3}f(x)\,dx$； (C) $\int_{3}^{8}f(x)\,dx$；

(D) $\int_{4}^{8}f(x)\,dx$；(E) $f'(1)$.

习题 6 证明 $\lim\limits_{n\to\infty}\int_{0}^{1}x^n\sqrt{2+x}\,dx=0$.

习题 7 设函数 $f(x)$在区间$[0, 1]$上可导，且满足关系式 $f(1)-2\int_{0}^{\frac{1}{2}}xf(x)\,dx=0$，证明在$(0, 1)$内存在一点 ξ，使得 $f(\xi)+\xi f'(\xi)=0$.

习题 8 计算定积分 $\int_{0}^{1}(\sqrt[3]{1-x^7}-\sqrt[7]{1-x^3})\,dx$.

习题 9 设函数 $f(x)$在区间$[0, 1]$上连续，且 $\int_{0}^{1}f(x)\,dx=A$，求积分

$$I=\int_{0}^{1}\left[\int_{x}^{1}f(x)f(y)\,dy\right]dx.$$

习题 10 过坐标原点作曲线 $y=\ln x$ 的切线，该切线与曲线 $y=\ln x$ 及 x 轴所围成的平面图形为 D.

(1) 求 D 的面积；(2) 求 D 绕直线 $x=e$ 旋转一周所得旋转体的体积 V.

一题一型复习卷(复习卷 6.2)

1. (判断) 设 $f(x)$在$[a, b]$连续，则等式 $\frac{d}{dx}\int_{a}^{x}f(x)\,dx=f(x)$ 成立.(　　)

2. (单选)设 $f(x)$连续，则 $\int_{0}^{a}f(x)\,dx=$(　　).

A. $\int_0^{\frac{a}{2}}[f(x)+f(x-a)]\mathrm{d}x$　　B. $\int_0^{\frac{a}{2}}[f(x)+f(a-x)]\mathrm{d}x$

C. $\int_0^{\frac{a}{2}}[f(x)-f(a-x)]\mathrm{d}x$　　D. $\int_0^{\frac{a}{2}}[f(x)-f(x-a)]\mathrm{d}x$

3. (多选)已知 $f(x)=\int_{-2}^{x}(2-|t|)\mathrm{d}t\ (x\geqslant -2)$，则(　　).

A. 这个函数在定义域上单调递增　　B. 这个函数的曲线存在拐点$(0,2)$

C. 这个函数存在唯一正根 $2+2\sqrt{2}$

D. 由 $0\leqslant y\leqslant f(x)$，$-2\leqslant x\leqslant 0$ 围成的平面区域面积为$\frac{4}{3}$

4. (填空)设函数 $f(x)$在$[a,b]$上连续，且 $f(x)>0$，则函数 $F(x)=\int_a^x f(t)\mathrm{d}t+\int_b^x \frac{1}{f(t)}\mathrm{d}t$ 在(a,b)内有________个根.

5. (改错)**原题：**求定积分 $\int_{-1}^{1}\frac{1}{1+x^2}\mathrm{d}x$ 的值. **解法如下：**

① $\int_{-1}^{1}\frac{1}{1+x^2}\mathrm{d}x \xlongequal{令 x=\frac{1}{t}} \int_{-1}^{1}\frac{1}{1+\frac{1}{t^2}}\cdot\left(-\frac{1}{t^2}\right)\mathrm{d}t$　② $=-\int_{-1}^{1}\frac{1}{1+t^2}\mathrm{d}t$

③ $=-\int_{-1}^{1}\frac{1}{1+x^2}\mathrm{d}x$　④ 由此得$\int_{-1}^{1}\frac{1}{1+x^2}\mathrm{d}x=0$

错点、错因：________________________________.

6. (简答)当 $x\in[0,1]$ 时 $x\leqslant\sqrt{x}$，为什么可以得到 $\int_0^1 x\,\mathrm{d}x<\int_0^1\sqrt{x}\,\mathrm{d}x$，而不是 $\int_0^1 x\,\mathrm{d}x\leqslant\int_0^1\sqrt{x}\,\mathrm{d}x$？

7. (简算)设 $f(x)$是连续函数，且 $\varphi(x)=\int_a^{x^2}xf(t)\mathrm{d}t$，求 $\varphi'(x)$.

8. (综算)设有摆线 $\begin{cases}x=a(t-\sin t)\\ y=a(1-\cos t)\end{cases}$.

(1) 求分摆线第一拱成 3 ∶ 1 的点的坐标.

(2) 求摆线第一拱与 x 轴所围图形绕直线 $y=2a$ 旋转成的旋转体的体积.

9. (证明)证明函数 $f(x)=\int_0^x\frac{\cos t}{2t-3\pi}\mathrm{d}t$ 在区间 $\left(0,\frac{3\pi}{2}\right)$ 内存在唯一零点.

10. (应用)基尼指数(Gini index)是衡量某一国家居民之间的收入分配情况的一个指标. 我们在$[0,1]$区间上定义一条洛伦兹(Lorenz)曲线 $y=L(x)$，如果底层 $a\%$的家庭收入占总收入的 $b\%$，就在曲线上绘制点 $(a\%,b\%)$. 例如在图 10 中，$(0.4,\ 0.114)$表示最贫穷的 40%的人口只得到了总收入的 11.4%. 洛伦兹曲线 $y=L(x)$ 和 $y=x$ 直线之间的面积 A 用来衡量收入分配与绝对平等的差异. 基尼系数是这个差异除以 $y=x$ 线以下的面积，即

图 10 中面积之比$\frac{A}{A+B}$.

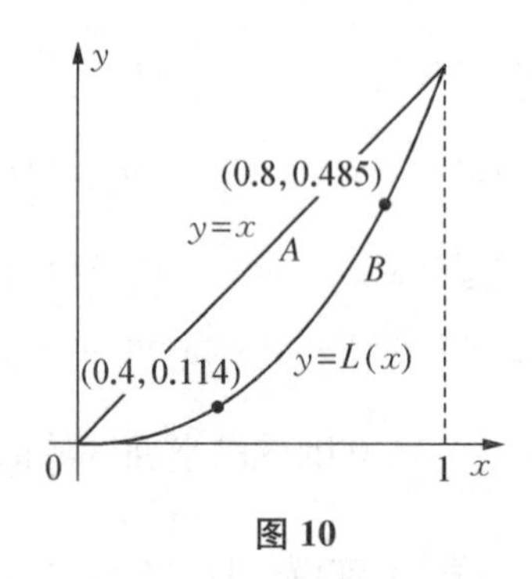

图 10

(1) 请解释:为什么在 $L(x)=x$ 的极端的情况下,社会是完全平等的?为什么洛伦兹曲线总是凹的?“最不平等的社会”的洛伦兹曲线是怎样的?

(2) 已知 2016 年美国最穷的 80%人口支配 48.5%的总收入,而当年洛伦兹曲线服从二次函数模型 $y=cx^2$,求当年美国的基尼指数.

11. (阅读)赋范线性空间(normed linear space)是一类可以引进“长度”概念的线性空间.设 X 是数域 F 上的线性空间,X 上满足下列条件的映射 $\|\cdot\|:X\to\mathbf{R}$ 称为 X 上的范数:

(1) (正定) $\|x\|\geqslant 0$, $\forall x\in X$,等号当且仅当 $x=\theta$ 取到.

(2) (齐次) $\|\alpha x\|=|\alpha|\,\|x\|$, $\forall x\in X$, $\forall\alpha\in F$.

(3) (三角不等式) $\|x+y\|\leqslant\|x\|+\|y\|$, $\forall x, y\in X$.

赋有范数的线性空间$(X,\|\cdot\|)$称为赋范线性空间.

设 $X_{[a,b]}$ 是区间$[a,b]$上的连续函数全体,F 为实数集,对任意 $x=x(t)\in X$,定义范数 $\|x\|=\sqrt{\int_a^b x^2(t)\mathrm{d}t}$,证明$(X_{[a,b]},\|\cdot\|)$是一个线性赋范空间.

12. (半开放)阿基米德证明了抛物线内任意被直线截得的有限部分的面积是其内最大三角形面积的$\frac{4}{3}$倍(如图 11).请举特例进行解释,并对一般情形进行证明.

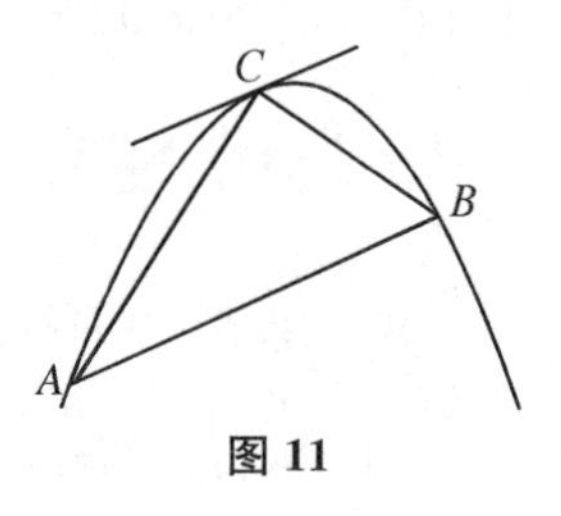

图 11

13. (全开放)已知方程 $t-\int_0^{x+t}\mathrm{e}^{-u^2}\mathrm{d}u=0$ 确定函数 $x=x(t)$,试讨论此函数的性态并画出其草图.

扫码可见本讲参考答案

第 7 讲

指向应用的一元微积分总回顾

这一讲，要在了解一元微积分的基本框架和思想方法的基础上进行回顾复习．主要是要扫除知识和能力上的薄弱环节，就像“精准扶贫”那样．我们要对自己的弱点下决心去面对、去解决，所以将从建模问题的学习开始．这样做的目的是提高微积分应用的技能、加强微积分体系理论与实践相结合的意识、培养自觉地解决问题的自信和态度．这一讲的多数问题和习题的素材均来自作者在教学中发动学生提问、编题、择题、组卷和“每人一题”演讲活动．

一、精粹导读：一元微积分应用建模三例

微积分的源泉在于生活和科学情境中的应用．对数学建模的理论和实践的研究在国内越来越受到关注，有位数学家曾说过：“当今社会不懂数学建模的人不能说是懂数学的人．”

数学建模的问题类型很多，但问题解决的基本结构大体上都要经过问题背景、模型假设、建立模型、求解模型、讨论结果这几个步骤．

我们在第二讲极限论中介绍了刘徽计算圆周率的思想方法，还在第四讲中谈了费马如何设计纸箱是最佳形状，又在第六讲中看到牛顿用导数和积分的思想解决变速运动物体路程计算方法．这些都是基于数学建模的视角展开的．今天我们再举几个典型例子．

（一）椅子能在不平的地面上放稳吗（椅子问题）

把椅子往不平的地面上一放，通常只有三只脚着地，放不稳，然后只要挪动几次，就可以四脚着地，放稳了．请给出证明．

该问题看似与数学无关，但可以用数学语言来表述，并用数学工具（闭区间上连续函数的零点定理）来证实．我们可以用一元变量 θ 表示椅子的位置，用它的两个函数表示椅子四脚与地面的距离，进而把模型假设和椅脚同时着地的结论用简单、精确的数学语言表达出来，构成这个实际问题的数学模型．

1．模型假设

对椅子和地面都要做一些必要的假设：

① 椅子四条腿一样长，椅腿与地面接触处可视为一个点，四角的连线呈正方形．

② 地面高度是连续变化的，沿任何方向都不会出现间断（没有像台阶那样的情况），地面可视为数学上的连续曲面．

③ 对于椅腿的间距和椅腿的长度而言，地面是相对平坦的，使椅子在任何位置至少有三只椅腿同时落地．

2. 模型建立

模型构成的中心问题是用数学语言把椅子四条腿同时着地的条件和结论表示出来.

首先要用变量表示椅子的位置,注意到椅腿连线呈正方形,以中心为对称点,正方形绕中心的旋转正好代表了椅子位置的改变,于是可以用旋转角 θ 这一变量表示椅子的位置. 在图 1 中,椅腿连线为正方形 $ABCD$,对角线 AC 与 x 轴重合,椅子绕中心点 D 旋转 θ 角后,正方形 $ABCD$ 转至 $A'B'C'D'$ 的位置,所以,对角线 AC 与 x 轴的夹角 θ 表示了椅子的位置.

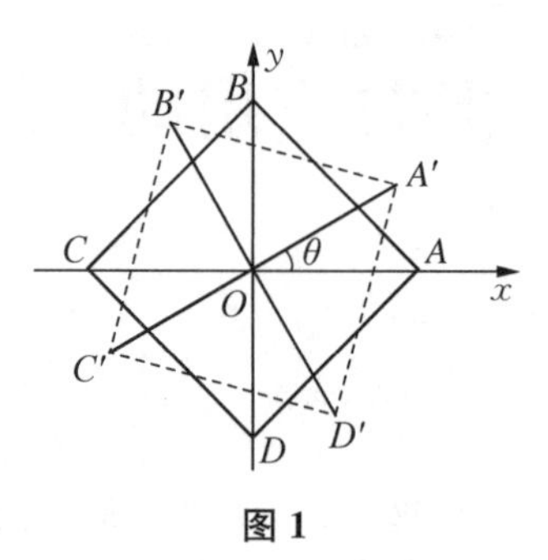

图 1

其次,要把椅腿着地用数学符号表示出来,如果用某个变量表示椅腿与地面的垂直距离,那么当这个距离为零时,就表示椅腿着地,椅子在不同位置时椅腿与地面的距离不同,所以这个距离是椅子的位置变量 θ 的函数.

由正方形的中心对称性,只要设两个距离函数即可,记 A, C 两只脚与地面的距离之和为 $f(\theta)$,B, D 两只脚与地面的距离之和为 $g(\theta)$,则 $f(\theta)$ 和 $g(\theta)$ 皆大于零,由假设②知,$f(\theta)$ 和 $g(\theta)$ 都是连续函数,由假设③知,椅子在任何位置至少有三只腿落地,所以对于任意的 θ,$f(\theta)$ 和 $g(\theta)$ 至少有一个为零,所以,不妨设初始位置 $\theta=0$ 时,$g(\theta)=0$, $f(\theta)>0$,这样,椅子问题抽象成如下数学问题:

命题 1　已知 $f(\theta)$ 和 $g(\theta)$ 是 θ 的连续函数,对于任意的 θ, $f(\theta)g(\theta)=0$, 且 $f(0)>0$, $g(0)=0$, 则必存在 θ_0, 使 $f(\theta_0)=g(\theta_0)=0$.

3. 模型求解

将椅子旋转 $90°$,对角线 AC 与 BD 的位置互换,知

$$f(0)>0,\ g(0)=0,\ f\left(\frac{\pi}{2}\right)=0,\ g\left(\frac{\pi}{2}\right)>0.$$

令 $h(\theta)=g(\theta)-f(\theta)$,则 $h(\theta)$ 连续且 $h(0)<0$, $h\left(\frac{\pi}{2}\right)>0$. 根据零点定理知,存在 $\theta_0\left(0<\theta_0<\frac{\pi}{2}\right)$,使得 $h(\theta_0)=0$, 即 $g(\theta_0)=f(\theta_0)$. 又因为 $g(\theta_0)\cdot f(\theta_0)=0$, 所以 $g(\theta_0)=f(\theta_0)=0$.

4. 结果讨论

由于这个问题非常直观和简单,模型的分析和检验在此略去. 这个模型的巧妙之处在于用一元变量 θ 表示了椅子的四条腿与地面的距离,至于利用正方形的中心对称性以及旋转 $90°$ 并不是本质的东西. 如果正方形改为长方形,结论也是正确的.

(二) 最大射角问题(视角问题)

矩形的足球场有较长的边界线叫作长边,较短的叫作宽边(球门线). 运动员一边要沿着平行于长边方向带球行进,一边要在这条路线上寻求一个最大射角的位置,即求在何处射角最大?①

---

① 邱森. 微积分探究性课题精编[M]. 武汉:武汉大学出版社,2016:7.

该问题的变量不止一个，因为运动员所处的位置不仅与到球门线的距离有关，也与到中心线的距离有关. 因此，这个最大射角位置应在平面上画出一条曲线来，被业界称为萨拉米(Salami)曲线.

1. 模型假设

设 $l=105$ m和 $w=68$ m分别表示足球场的长和宽，$d=7.32$ m表示球门的宽且球门的中点即球门线的中点(如图2). 当运动员的带球路线垂直于球门线时，如果带球路线与球门线交于球门内(即从运动员的位置向球门线作垂线时，垂足在球门内)，则越跑向前，射角越大，因此，我们只讨论带球路线与球门线的交点(即垂足)不在球门 QR 内的情况.

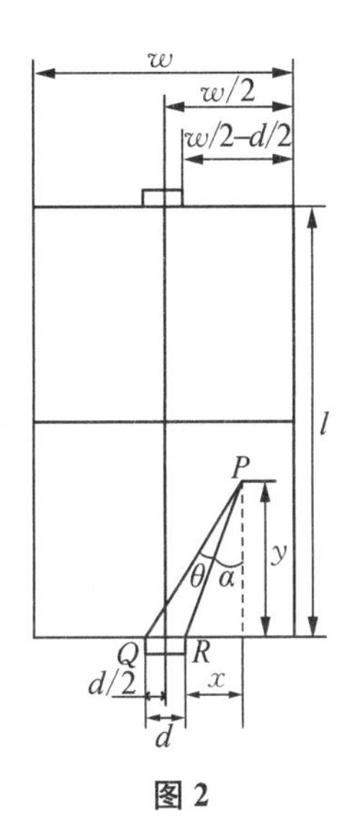

图2

2. 模型建立

所求解的问题成为：设运动员的带球路线平行于球长的长边(即垂直于球门线)，并在球门线的右边(图2中用虚线表示)，x 表示右球门柱到带球路线的垂直距离(其中 $0<x\leqslant\frac{w-d}{2}$)，$y$ 表示运动员的位置(P 点)到球门线的距离，θ 表示运动员在点 P 处的射角，问：$y\in[0, l]$ 取什么值时，射角 θ 达到最大?

3. 模型求解

设运动员的带球路线与点 P 和右球门柱的连线之间的夹角为 α，则

$$\tan\alpha=\frac{x}{y},\ \tan(\theta+\alpha)=\frac{x+d}{y},$$

所以

$$\theta=(\theta+\alpha)-\alpha=\arctan\frac{x+d}{y}-\arctan\frac{x}{y}.$$

设 x 为任意固定的值，则

$$\theta'(y)=\frac{1}{1+\left(\frac{x+d}{y}\right)^2}\left(-\frac{x+d}{y^2}\right)-\frac{1}{1+\left(\frac{x}{y}\right)^2}\left(-\frac{x}{y^2}\right)=\frac{d[x(x+d)-y^2]}{[(x+d)^2+y^2](x^2+y^2)}.$$

由此式得，当 $y\in(0, \sqrt{x(x+d)})$ 时，$\theta'(y)>0$；当 $y\in(\sqrt{x(x+d)}, l]$ 时，$\theta'(y)<0$. 所以 $y=\sqrt{x(x+d)}$ 时 $\theta(y)$ 取得最大值.

现在验证 $y-\sqrt{x(x+d)}$ 的确落于区间 $(0, l]$ 内. 这是由于 $0<x\leqslant\frac{w-d}{2}$，就有 $x(x+d)=\frac{w-d}{2}\cdot\frac{w+d}{2}<\frac{w^2}{4}$. 由于足球场满足 $\frac{w}{2}<l$，所以 $\sqrt{x(x+d)}<\frac{w}{2}<l$.

4. 结果讨论

由上述解析可知，对 x 的任意固定的值，当 $y=\sqrt{x(x+d)}$ 时，射角 θ 最大. 平面直角

坐标上的点 $(x, \sqrt{x(x+d)})$ 称为萨拉米点，函数 $y=\sqrt{x(x+d)}$ 的图形称为萨拉米曲线，它以直线 $y=x+\dfrac{d}{2}$ 为渐近线. 图 3 是当 d 为 1 个单位时的萨拉米曲线. 根据球场的对称性，对位于左边的带球路线也有相应的萨拉米曲线，两条曲线关于中轴线对称，如图 4 中的两条“斜线”.

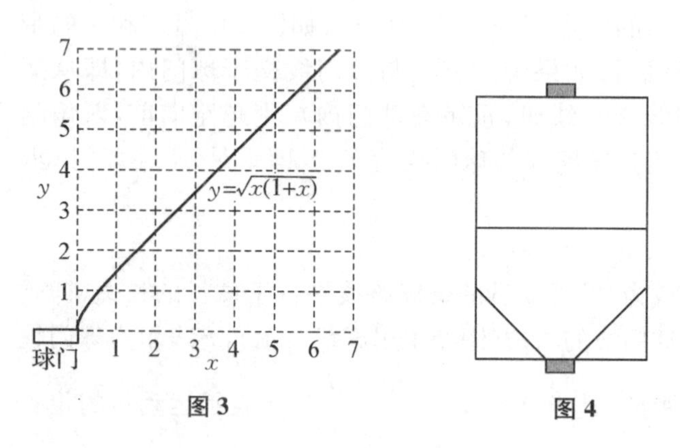

图 3　　　　图 4

我们很容易在一些教材中看到以下这个“挂画问题”，这是一个简单的极值应用题：

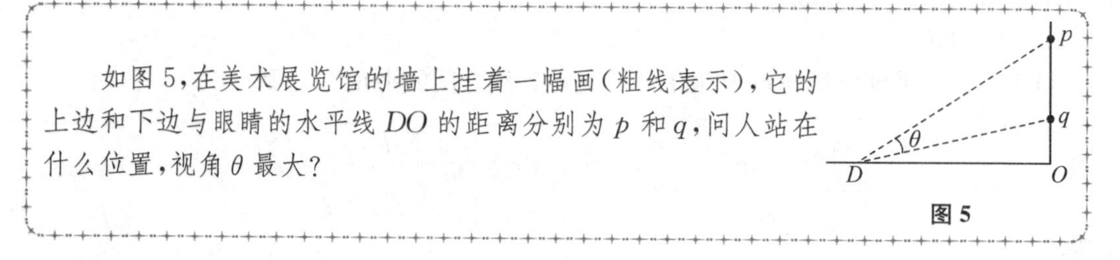
如图 5，在美术展览馆的墙上挂着一幅画(粗线表示)，它的上边和下边与眼睛的水平线 DO 的距离分别为 p 和 q，问人站在什么位置，视角 θ 最大?

图 5

根据萨拉米点的结论，$DO=\sqrt{pq}$ 时 θ 最大.

(三) 拦河大坝的土石方问题(大坝问题)

河的横截面底部形如一条开口向上的“抛物线”. 现在要根据河底的形状，修筑一条横截面为梯形的拦河大坝，这条大坝从水面往下看是截面相同的梯形，但上底与下底的距离恰为特定位置的水深. 如何根据河道横截面的水深的数据估算这个梯形大坝所需的土石方?①

该问题并不是用常见的变量所能研究的，而是用虚构的函数和积分的思想，需要用积分和来近似估算定积分.

1. 模型假设

为了预算出设计中的拦河大坝所需要的土石方，工程技术人员测量出大坝宽度为 100 m，并利用水面上的高度测量和水下声呐探测方法测出，在大坝 100 m 宽度范围内，以大坝最上面的顶端水平面为基准面. 在横向每间隔 1 m 处到地面或者水底各处的深度，测得其深度数据见表 1.

① 陈晓龙，等. 大学数学应用[M]. 北京：化学工业出版社，2017：36.

表1 大坝基准面下深度测量值(100 m 处深度为 0 不在表内) 单位:m

0.000	2.614	5.071	7.377	9.540	11.565	13.457	15.224	16.870	18.402
19.824	21.142	22.362	23.488	24.525	25.478	26.352	27.151	27.879	28.542
29.142	29.685	30.179	30.611	31.002	31.350	31.658	31.929	32.166	32.372
32.551	32.704	32.834	32.944	33.036	33.112	33.173	33.223	33.262	33.292
33.315	33.332	33.344	33.352	33.360	33.361	33.364	33.365	33.366	33.366
33.367	33.368	33.368	33.368	33.367	33.365	33.361	33.354	33.343	33.328
33.306	33.277	33.240	33.191	33.131	33.057	33.966	32.858	32.729	32.577
32.400	32.195	31.959	31.689	31.383	31.036	30.647	30.210	29.723	29.182
28.583	27.922	27.194	26.397	25.524	24.573	23.537	22.412	21.194	19.877
18.456	16.926	15.281	13.516	11.625	9.603	7.440	5.135	2.679	0.067

现在要造一个"梯形"大坝,其顶端宽度为 3 m;在坝下 30 m 深处,坝底宽设计要求达到 5 m.

2. 模型建立

根据测量数据,两岸地面与河底横截面曲线如图 6 所示.

如图 7 建立大坝纵截面(即河道横截面)的坐标系;大坝横截面的梯形如图 8 所示.

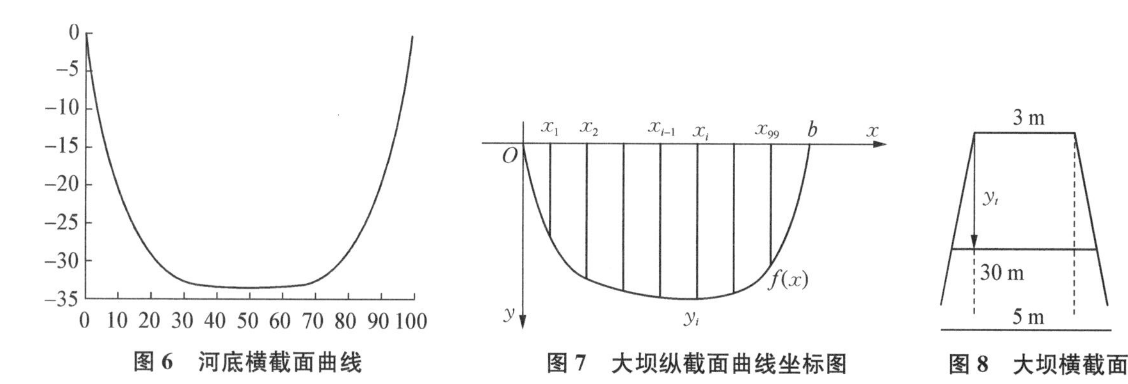

图6 河底横截面曲线 **图7 大坝纵截面曲线坐标图** **图8 大坝横截面**

设在 $x \in [0, b]$ 处大坝的横截面积为 $A(x)$,求 $V=\int_0^b A(x)\mathrm{d}x$.

本题中 $b=100$,并给出了 $n=100$ 个数据,分点 $x_i=i$ $(i=1, 2, \cdots, 100)$. 测量的深度 y_i 均为 x_i 处的对应值,故可以认为存在一个连续函数 f,使得 $f(x_i)=y_i$.

$$V=\int_0^b A(x)\mathrm{d}x \approx \frac{b}{n}\sum_{i=1}^{n} A\left(\frac{i}{n}\cdot b\right)=\sum_{i=1}^{n} A(i).$$

所求问题转化成为如何用 y_i 表示 $A(i)$?

3. 模型求解

大坝的纵截面(即河道的横截面)面积为

$$S=\int_0^b f(x)\mathrm{d}x \approx \frac{b}{n}\sum_{i=1}^{n} f\left(\frac{i}{n}\cdot b\right)=\sum_{i=1}^{n} y_i .$$

如果大坝上下的厚度是一致的,比如说厚度 $d=4$ m,则大坝体积就是 $Sd=4S$. 但是大坝横截面事实上是如图 8 所示的梯形,计算方法就要做出相应改变.

如果将图 8 中梯形的两腰向上延伸直至相交,则利用相似三角形原理,在这些梯形上方有一个底边长为 3 m,高为 45 m 的三角形. 现在测量点 $x_i(i=1, 2, \cdots, 100)$ 处的坝深为 y_i. 设梯形的底边长为 d_i,则由相似三角形原理得到:

$$\frac{45}{3}=\frac{45+y_i}{d_i}, \text{即 } d_i=3+\frac{y_i}{15},$$

于是此处梯形的横截面面积为

$$A(i)=\frac{3+\left(3+\frac{y_i}{15}\right)}{2}\cdot y_i=3y_i+\frac{y_i^2}{30}.$$

因此,$V\approx 3\sum_{i=1}^{100} y_i+\frac{1}{30}\sum_{i=1}^{100} y_i^2$. 经过简单的编程可以算得 $\sum_{i=1}^{100} y_i \approx 2\ 643.899$, $\sum_{i=1}^{100} y_i^2 \approx 78\ 466.090$. 所以大坝的体积 $V\approx 10\ 547.233(\mathrm{m}^3)$.

4. 结果讨论

如果用梯形的平均宽度 4 来估算体积,结果约为

$$V=4S\approx 4\times 2\ 643.899\approx 10\ 575.596,$$

这与上面的解答相差不大,说明在增加 30 m 的深度时大坝的宽度只增加 2 m,这个大坝的设计是十分陡峭的,横截面是几乎呈矩形状的.

有人先求出 30 米深处的梯形面积 $S_0=\frac{(3+5)}{2}\times 30=120(\mathrm{m}^2)$,再用相似比求出水深为 y_i 时梯形面积为 $A(i)=\frac{(y_i)^2}{30^2}\cdot S_0=\frac{2y_i^2}{15}$,得到结果为

$$V\approx \frac{2}{15}\sum_{i=1}^{n} y_i^2 \approx 10\ 462.145,$$

此结果也与前面的计算十分接近,但应注意其算理并不正确,这些梯形并不具有相似性,因为随着 y_i 而变化着的梯形的上底 3 m 始终没有按比例改变,所以这个答案是不能接受的.

我们应该重视数值计算的功能:一方面提升数据处理的综合能力,另一方面是通过将一个看似简单的问题分析出几个层次,培养数学建模能力.

二、阅读启示

(一) 对思想方法的启示

数学的智慧源自应用,我们应该在生活、职场、科学等情境中发现问题和提出问题,形成

清晰的数学建模思路,用微积分的方法去解决问题,再从解决问题的体验中感悟数学应用所带来的审美和新思维.

零点定理在生活中的数学建模的应用范例有很多,例如:

① 一个煎饼,不论形状如何,必可切一刀,使面积二等分.

② 两个煎饼,不论形状如何,相对位置如何,必可切一刀,使它们的面积同时二等分(双煎饼定理).

③ 三个煎饼,不论形状如何,相对位置如何,能否切一刀,使它们的面积同时二等分?

④ 一个煎饼,不论形状如何,是否能以相互垂直的方式切两刀,使面积四等分?

⑤ 某短跑运动员用10秒跑完100米,其中至少有一段长为10米的路程恰用1秒完成.

可以看出,微积分就在我们身边.

如何从"挂画问题"去发现并解决足球场上的"射角问题"? 这是一个重要的数学关键能力的问题.

积分的应用是非常广泛的,课本上讲的微元法其实就是用积分解决几何问题、物理问题以及其他领域问题的方法.

(二) 对真善美的启示

人最难的是战胜自己.学好微积分,关键是解决学习进步的内因.

1. 端正态度、提升目标

要勤于思考遇到的问题,不让这些"未解之谜"成为阻挡在前进道路上的"大雪球",尤其要自觉地尝试应用建模和一般习题的编题拟题活动,而不要过度依赖于"刷题".要千方百计摆脱低水平学习目标,耐心地思考数学相关的问题,从本质上、以长远之计,提高数学能力,进而增添素养和本领.

我们不能因为某一类(如应用建模)问题不做考核要求而放弃对它的学习,它们通常至少需要一个小时才能解决,有时要几天甚至数月,因此,这种问题探究的过程恰恰深蕴了数学的精髓.

2. 发现问题,知难而进

我们常常因为各种原因(如应付作业等),没有把微积分的思想和方法了解得那么透彻,也没有准备去琢磨一些难度较大的习题.我们要扫除自身的不良习惯和观念,舍得花力气解决必须解决的数学问题,发扬"壮士断腕"的勇气和精神,查出困难,在困难面前决不退让.

在学习中总会因为各种原因发生知识结构的薄弱环节,有时存在着思路狭窄的问题,这时不应借口客观原因,而是要首先把概念补齐,打好接受新思想的基础;其次是要打通知识点和思想方法之间的联系,形成四通八达的认知结构;再次就是利用自己的特长,解决几个重要的、必须解决的问题,给自己以信心,切实增强微积分问题解决的知识和能力.

三、问题解决

微积分的主要研究对象就是函数.函数的性质有三大类:代数性质(方程、等式、不等式等)、几何性质(渐近线、切线、凹凸性、面积、体积、弧长等)、分析性质(收敛性、可导性、可积性以及相应的定量性质).微积分主要研究分析性质,作为应用或工具性研究,也要研究代数性质和几何性质.对于直接的极限、导数和积分计算问题,既是目的,也是手段,代表基本概念和基本方法.一元微积分总回顾,应致力于巩固概念、灵活运用,而不是在特殊技巧上.

(一) 问题探究

在此提出一些微积分问题探究的具体方法和内容.

1. 梳理关键概念,夯实基础

一元微积分研究了三大核心概念:极限、导数、积分. 我们需要明确两个关键问题:

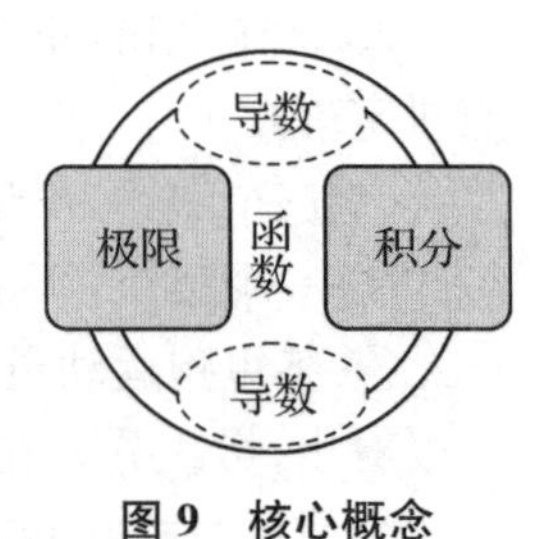

图 9 核心概念

(1) 为何极限论是整个微积分的基础

导数被描述成为一种特殊的极限(差商的极限),无穷小量是研究极限有力的工具,于是"增量"Δx 就经常以各种形式出现. 导数可以写为

$$f'(x_0)=\lim_{\Delta x\to 0}\frac{f(x_0+\Delta x)-f(x_0)}{\Delta x}.$$

定积分也是一种极限(和式的极限):

$$\int_a^b f(x)\mathrm{d}x=\lim_{\lambda\to 0}\sum_{i=1}^n f(\xi_i)\Delta x_i.$$

函数的连续性纯粹是个极限问题,因为连续点 x_0 就满足

$$\lim_{x\to x_0}f(x)=f(x_0).$$

反常积分也被定义为函数的极限:

$$\int_a^{+\infty}f(x)\mathrm{d}x=\lim_{A\to+\infty}\int_a^A f(x)\mathrm{d}x,$$

$$\int_a^b f(x)\mathrm{d}x=\lim_{\varepsilon\to 0^+}\int_a^{b-\varepsilon}f(x)\mathrm{d}x\ (\text{若 } f(x) \text{ 在 } x=b \text{ 处无界}).$$

从微积分的发展史也可以了解,微积分的大厦只有在建立了严格极限论以后才可以经受得住各种严谨思想的考验.

(2) 研究函数的局部性质的主要工具有哪些

我们求证等式或不等式、求解极限、导数、积分,都是属于对函数性质的研究. 对于函数的研究,有局部研究和整体研究两种角度. 这可以从函数的表达式来进行解释.

极限 $\lim\limits_{x\to x_0}f(x)=A$ 就是一个局部性质,由此可知,在点 x_0 的某个去心邻域 $\mathring{U}(x_0)$ 内 $f(x)$可以表示为

$$f(x)=A+\alpha(x)\quad(\text{其中 }\lim_{x\to x_0}\alpha(x)=0,\ x\in\mathring{U}(x_0)).$$

特别地,如果 $f(x)$在 x_0 点处连续,则

$$f(x)=f(x_0)+\alpha(x)\ (x\in U(x_0)).$$

"$f(x)$在点 x_0 处可导"是个更好的局部性质,这导致

$$f(x)=f(x_0)+f'(x_0)(x-x_0)+o((x-x_0))\ (x\in U(x_0));$$

如果 $f(x)$ 在点 x_0 处存在高阶导数,则还可以用泰勒公式表示:

$$f(x)=f(x_0)+\frac{f'(x_0)}{1!}(x-x_0)+\frac{f''(x_0)}{2!}(x-x_0)^2+\cdots+\frac{f^{(n)}(x_0)}{n!}(x-x_0)^n+o((x-x_0)^n).$$

(3) 研究函数的整体性质的主要工具有哪些

对于整体性质,我们接触的函数的四大特性(单调性、有界性、奇偶性、周期性)都是整体性质,最大最小值、零点、介值性也是整体性质.

对于闭区间上的连续函数,两条(等价的)性质就是"零点定理"和"最大最小值定理". 如果函数具有可导性,将满足整体性质的函数 $f(x)$ 通过一个代表性的点 x_0 来表示,是一种不可思议的高超技巧,典型的结论有以下三条:

① **拉格朗日中值定理:** 如果 $f(x)$ 在包含点 x_0 的一个区间 (a, b) 上可导,则

$$f(x)=f(x_0)+f'(\xi)(x-x_0)\ (x\in(a, b),\xi \text{ 介于 } x_0 \text{ 与 } x \text{ 之间}).$$

② **泰勒定理:** 当 $f(x)$ 在包含点 x_0 的一个区间 (a, b) 上 $n+1$ 阶可导时,

$$f(x)=f(x_0)+\frac{f'(x_0)}{1!}(x-x_0)+\frac{f''(x_0)}{2!}(x-x_0)^2+\cdots+\frac{f^{(n)}(x_0)}{n!}(x-x_0)^n+\frac{f^{(n+1)}(\xi)}{(n+1)!}(x-x_0)^{n+1}\ (\xi \text{ 介于 } x_0 \text{ 与 } x \text{ 之间}).$$

③ **牛顿-莱布尼茨公式:** 如果 $f(x)$ 在 $[a, b]$ 上连续,在 (a, b) 内可导,则对任意给定的 $x_0\in[a, b]$,

$$f(x)=f(x_0)+\int_{x_0}^{x} f'(t)\mathrm{d}t,\ x\in[a, b].$$

2. 揭露概念问题,查漏补缺

在总回顾之初,首先应通读教材,确保概念全懂,没有"死角".

(1) 思考别人经常问过的问题

我们可以到交流平台的讨论区去寻找别人提过的问题、重新思考,或者在试卷的判断题、选择题中梳理问题. 以下是交流中常见的**思考题**:

① 求极限时 $x\to\infty$ 不能写 $x\to\pm\infty$ 吗?

② 自变量的范围为什么要添加 $|x-x_0|<\frac{|x_0|}{2}$ 啊,这是唯一的添加方法吗?

③ 1 的无穷大次方的极限结果总是与 e 相关,这是为什么?

④ 我暂时学到的微分和求导几乎是一模一样的规律(计算法则),它俩有什么本质区别么?

(2) 通过习题训练主动提问

以下思考题多数来自学生从资料中搜集所得:

① 函数 $y=\sin x$ 在开区间 $\left(0, \frac{\pi}{2}\right)$ 上可取得最大值和最小值吗?

② 若 $y=f(x)$ 存在各类渐近线,则其水平渐近线和斜渐近线最多共有几条?

③ 只要极限 $\lim\limits_{t\to0}\dfrac{f(x_0+3t)-f(x_0+2t)}{t}$ 存在,它就等于 $f'(x_0)$,此话对吗?

④ 当 α 取什么范围的值时,函数 $y=x^{\alpha}\mid x\mid$ 在 $x=0$ 处可导?

⑤ 由积分区间的对称性和被积函数的奇偶性得 $\int_{-\infty}^{+\infty}\sin x\,\mathrm{d}x=0$,这个推断正确吗?

(3) 从课本精读中提出问题

通过课本精读,往往从一字之差可以提出难度较大的思考题,例如:

① 区间 $[a,b]$ 上不单调的函数是否可能存在反函数?

② 极限 $\lim\limits_{x\to x_0}\dfrac{f(x)-f(x_0)}{x-x_0}$ 称为函数 $f(x)$ 在 x_0 处的导数,所以导数可能是无穷大吗?

③ 函数在区间的某点上取最大值是这点处取极大值的什么条件?

④ 任何连续函数的原函数都是可导的,从而是连续的,那么为什么 $\int\dfrac{1}{x}\mathrm{d}x=\ln|x|+C$ 的右边是不连续的呢?

⑤ 等式 $\int_a^a f(x)\mathrm{d}x=0$ 是可以证明的吗?

⑥ 如果 $f'(x_0)>0$,能否保证 $f(x)$ 在某邻域 $U(x_0)$ 上单调递增?

⑦ 如果 $f(x)$ 在区间 $(0,+\infty)$ 连续,且 $f(x)\geqslant0$,$\int_0^{+\infty}f(x)\mathrm{d}x$ 收敛,能否断定 $\lim\limits_{x\to+\infty}f(x)=0$?

在回顾概念时,要坚持"**不忘初心、遵纪守法**". 即紧扣定义,但在计算法则上要逐条遵守、不要跳跃步骤、不要"灵活运用". 例如,试辨析

$$\lim_{x\to0}\frac{\tan x-\sin x}{x}=\lim_{x\to0}\frac{\tan x}{x}-\lim_{x\to0}\frac{\sin x}{x}=0$$

与

$$\lim_{x\to0}\frac{\tan x-\sin x}{x^2}=\lim_{x\to0}\frac{\tan x}{x^2}-\lim_{x\to0}\frac{\sin x}{x^2}=0$$

都对吗?

要知道,这两题的结果都是 0,这是对的,但第二个极限运算过程是不对的,因为右边的两个极限是∞,它们不是一个数,所以不能用极限的加法运算法则,这时就再也不应当把 $\tan x-\sin x$ 中的两个函数拆散了,一定要团结成一个整体来解决.

又如,$\lim\limits_{x\to0}(\cos x)^{\frac{1}{x^2}}=\lim\limits_{x\to0}(1)^{\frac{1}{x^2}}=1$,理由是"1 的任何数次方都是 1". 这样做为什么不对?问题在于函数 $\dfrac{1}{x^2}$ 不是一个数,而是一个无穷大量,这种情况下是没有理由把幂指函数的极限分别在两处做的.

极限中的无穷小量是一个十分复杂的概念,没有明确的法则保证就不能把一个整体性的无穷小量拆开,例如在 $x\to0$ 时,$1-\cos x$,a^x-1,$(1+x)^{\mu}-1$ 都是整体,不要分割,

一般地，如果出现 $\alpha(x)-1$，其中 $\lim\alpha(x)=1$，则可以使用 $\alpha(x)-1\sim\ln\alpha(x)$，或者套用 $[1+\beta(x)]^{\mu}-1\sim\mu\beta(x)$，$e^{\beta(x)}-1\sim\beta(x)$ 等模式，这里 $\lim\beta(x)=0$.

极限计算，虽然不大直接使用定义，但可以说严谨性是检验极限入门的唯一标准.

3. 推敲常见习题，形成命题

我们已经知道，对于任意连续函数 $f(x)$，$\int_0^{\frac{\pi}{2}}f(\sin x)\mathrm{d}x=\int_0^{\frac{\pi}{2}}f(\cos x)\mathrm{d}x$，这是一个抽象的问题了，具体化以后可以用来解决例如 $\int_0^{\frac{\pi}{2}}\frac{\sin^n x}{\sin^n x+\cos^n x}\mathrm{d}x$ 之类的积分问题，那么，问题来了：

思考题 1 对于连续函数 $f(x)$，是否具有一般关系 $\int_0^a f(x)\mathrm{d}x=\int_0^a f(a-x)\mathrm{d}x$？

如果这个关系成立，就把三角函数积分中 $\left[0,\frac{\pi}{2}\right]$ 的积分区间的限制都省掉了，适用范围就更大了.

又如，对于 $\int_{-a}^a f(x)\mathrm{d}x=\int_0^a[f(x)+f(-x)]\mathrm{d}x$ 这个命题，也应该思考“如果积分区间不是$[-a,a]$，能否得到一个恒等式呢?”我们应该联系起

$$\int_0^a f(x)\mathrm{d}x=\int_0^{\frac{a}{2}}[f(x)+f(a-x)]\mathrm{d}x,$$

其实还可以更一般化一些.

思考题 2 对于连续的单调递增函数 $f(x)$，满足 $f(0)=0$，$f(1)=1$，则

$$\int_0^1[f(x)+f^{-1}(x)]\mathrm{d}x=1.$$

此题是怎么编出来的呢?

其实是对上一讲中习题 $\int_0^1(\sqrt[3]{1-x^7}-\sqrt[7]{1-x^3})\mathrm{d}x$ 的思考. 对于这道习题，有的同学发现两个积分是一对反函数的积分，所以面积相同，这种缺乏严格推理的“模型解释法”就不易推出更一般的结果，如果使用分部积分法：令 $\sqrt[3]{1-x^7}=t$，则 $x=\sqrt[7]{1-t^3}$，从而，

$$\int_0^1\sqrt[3]{1-x^7}\,\mathrm{d}x=\int_0^1 t\,\mathrm{d}x=tx\Big|_0^1-\int_1^0 x\,\mathrm{d}t=(0-0)+\int_0^1\sqrt[7]{1-t^3}\,\mathrm{d}t=\int_0^1\sqrt[7]{1-x^3}\,\mathrm{d}x.$$

就可以推出一个一般性的结论：

对于连续的单调递增函数 $f(x)$，满足 $f(0)=1$，$f(1)=0$，则

$$\int_0^1[f(x)-f^{-1}(x)]\mathrm{d}x=0.$$

上面的思考题 2 也就迎刃而解了.

(二) 习题研究

如果按知识点分，一元微积分的题型多得难以计数，但是集难点和重点于一身的习题类

型大致有这样三类：

1. 极限问题

正如前面所述，极限问题可以贯穿整个微积分. 这里仅举一例.

例 1 设函数 $f(x)$连续，且 $f(0)\neq 0$，则 $\lim\limits_{x\to 0}\dfrac{2\int_0^x (x-t)f(t)\mathrm{d}t}{x\int_0^x f(x-t)\mathrm{d}t}=$________.

解 令 $x-t=u$，则$\int_0^x f(x-t)\mathrm{d}t=\int_0^x f(u)\mathrm{d}u$，用洛必达法则和积分中值定理可得：

$$\text{原式}=\lim_{x\to 0}\frac{2x\int_0^x f(t)\mathrm{d}t-2\int_0^x tf(t)\mathrm{d}t}{x\int_0^x f(u)\mathrm{d}u}=\lim_{x\to 0}\frac{2\int_0^x f(t)\mathrm{d}t+2xf(x)-2xf(x)}{\int_0^x f(u)\mathrm{d}u+xf(x)}$$

$$=\lim_{x\to 0}\frac{2\int_0^x f(t)\mathrm{d}t}{\int_0^x f(u)\mathrm{d}u+xf(x)}=\lim_{x\to 0}\frac{2xf(\xi)}{xf(\xi)+xf(x)}=\lim_{x\to 0}\frac{2f(\xi)}{f(\xi)+f(x)}=1.$$

这一个习题就包含了极限论、微分学和积分学三个方面的知识点.

2. 对函数研究的问题

对函数的研究是微积分的核心，它可以分为研究函数的局部性质和整体性质两个方面. 重点要学会函数在不同条件下的表示，如泰勒公式、积分表示等，这在前面已经梳理过了，但不限于这些. 这里仅举一例.

例 2 设 $f(x)$在$[0,1]$上可导，$f(0)=0$，且当 $x\in(0,1)$ 时 $0<f'(x)<1$. 试证当 $a\in(0,1)$ 时，有 $\left(\int_0^a f(x)\mathrm{d}x\right)^2>\int_0^a f^3(x)\mathrm{d}x$.

解 设 $F(x)=\left(\int_0^x f(t)\mathrm{d}t\right)^2-\int_0^x f^3(t)\mathrm{d}t$，则

$$F(0)=0,\ F'(x)=f(x)\left[2\int_0^x f(t)\mathrm{d}t-f^2(x)\right],$$

令 $G(x)=2\int_0^x f(t)\mathrm{d}t-f^2(x)$，则 $G(0)=0$，$G'(x)=2f(x)[1-f'(x)]\geqslant 0$，故由单调性 $G(x)\geqslant 0$. 从而 $F(x)$单调递增，故 $F(a)>F(0)$，即 $\left(\int_0^a f(x)\mathrm{d}x\right)^2>\int_0^a f^3(x)\mathrm{d}x$. 证毕.

这个习题将定积分的不等式通过常数变易法转化到函数问题来研究，解答过程很短，但信息量很大. 我们将在后续的解题策略中更多地介绍这类习题.

3. 应用题

微积分的应用面非常广，前面三个建模的实例分别展示了极限论、微分学、积分学三个方面的实际应用. 函数作为一种基本的数学模型，使得微积分用得比较频繁的是函数的单调性、最大最小值、平均值等问题. 而微元法是积分学被应用的主要途径，除了几何应用，还应关注用微元法解决物理问题. 因为物理上的古典动力学有很多规律是科学常识，并不属于专

业物理学的范畴.

例3 在平面上,有一条从点$(a,0)$向右的射线,线密度为ρ. 在点$(0,h)$处(其中$h>0$)有一质量为m的质点. 求射线对该质点的引力.

解 在x轴的点x处取一小段$\mathrm{d}x$,则其质量为$\rho\mathrm{d}x$,到质点的距离为$\sqrt{h^2+x^2}$,这一小段与质点的引力是$\mathrm{d}F=\dfrac{Gm\rho\mathrm{d}x}{h^2+x^2}$,则

$$\mathrm{d}F_x=\frac{Gm\rho\mathrm{d}x}{h^2+x^2}\cdot\frac{x}{\sqrt{h^2+x^2}}=\frac{Gm\rho x\,\mathrm{d}x}{(h^2+x^2)^{\frac{3}{2}}},$$

$$\mathrm{d}F_y=\frac{Gm\rho\mathrm{d}x}{h^2+x^2}\cdot\frac{h}{\sqrt{h^2+x^2}}=\frac{Gm\rho h\,\mathrm{d}x}{(h^2+x^2)^{\frac{3}{2}}}.$$

$$F_x=\int_a^{+\infty}\mathrm{d}F_x=\int_a^{+\infty}\frac{Gm\rho x}{(h^2+x^2)^{\frac{3}{2}}}\mathrm{d}x=\cdots=\frac{Gm\rho}{\sqrt{h^2+a^2}},$$

$$F_y=\int_a^{+\infty}\mathrm{d}F_y=\int_a^{+\infty}\frac{Gm\rho h}{(h^2+x^2)^{\frac{3}{2}}}\mathrm{d}x=\int_{\arctan\frac{a}{h}}^{\frac{\pi}{2}}\frac{Gm\rho h^2\sec^2 t}{\sec^3 t}\mathrm{d}t=\frac{Gm\rho}{h}\left(1-\sin\arctan\frac{a}{h}\right).$$

所求引力为向量(F_x,F_y).

这是一个力学问题,关键是知道用万有引力公式表示引力微元素,并分解到两个坐标轴的方向上. 这种让微积分指向应用的问题,是一个数学素养问题,应该多加关注.

(三) 解题策略

这里介绍的是一元微积分习题研究的策略,包括推荐的复习题内容.

1. *以极限问题为例,拓展思维*

极限概念是微积的核心概念. 但学习极限时往往既不精于概念,又不具备丰富的方法,需要拓宽视野、解放思想.

(1) 收集题型,分类应对

以下30个习题均与极限概念相关,但也包含导数、积分等方面的知识点,它们全部来自学生选题活动的分享,其中题①—⑰为计算极限的习题.

① $\lim\limits_{n\to\infty}\dfrac{3^n+(-2)^n+n\ln n}{3^n-(-2)^n+n^{10}}$. ② $\lim\limits_{x\to\infty}\dfrac{4x^2\sin\dfrac{1}{x}+3\sin 2x}{2x}$. ③ $\lim\limits_{x\to 0}\dfrac{\mathrm{e}^{x^2}-\mathrm{e}^{2-2\cos x}}{x^4}$.

④ $\lim\limits_{x\to 0}\dfrac{\sqrt{\cos x}-\sqrt[3]{\cos x}}{\sin^2 x}$. ⑤ $\lim\limits_{x\to 0}\left[\dfrac{\ln(1+x)}{x}\right]^{\frac{1}{\mathrm{e}^x-1}}$. ⑥ $\lim\limits_{x\to 0}\dfrac{1}{x^3}\left[\left(\dfrac{2+\cos x}{3}\right)^x-1\right]$.

⑦ $\lim\limits_{x\to 0}\left[\dfrac{1}{x^2}-\dfrac{1}{\tan^2 x}\right]$. ⑧ $\lim\limits_{x\to 0}\dfrac{x^2-\cos x\sin^2 x}{x^4}$. ⑨ $\lim\limits_{x\to 0}\dfrac{\int_0^{\sin x}(\mathrm{e}^{t^2}-1)\,\mathrm{d}t}{x\ln(1-x^2)}$.

⑩ $\lim\limits_{n\to\infty}[(n+1)^\alpha-n^\alpha]$,其中$\alpha\in(0,1)$. ⑪ $\lim\limits_{x\to 0}\dfrac{1-\cos x\sqrt{\cos 2x}\sqrt[3]{\cos 3x}}{x^2}$.

⑫ $\lim\limits_{x\to 0}\dfrac{\tan(\tan x)-\sin(\sin x)}{\tan x-\sin x}$. ⑬ $\lim\limits_{n\to\infty}\sum\limits_{i=1}^{n}\dfrac{1}{i(i+1)}$. ⑭ $\lim\limits_{n\to\infty}\sum\limits_{i=1}^{n}\dfrac{i}{n^2+i}$.

⑮ $\lim\limits_{n\to\infty}\sum\limits_{i=1}^{n}\dfrac{i}{n^2+i^2}$. ⑯ $\lim\limits_{n\to\infty}\sum\limits_{i=1}^{n}\dfrac{\sin\dfrac{i\pi}{n}}{n+\dfrac{n-i+1}{n}}$. ⑰ $\lim\limits_{n\to\infty}\int_0^1\dfrac{x^n}{1+x^n}\mathrm{d}x$.

⑱ 设 $\lim\limits_{x\to -1}\dfrac{x^3-ax^2-x+4}{x+1}=l$，求常数 a，l.

⑲ 已知 $\lim\limits_{x\to +\infty}(3x-\sqrt{ax^2+bx+1})=2$，求 a，b.

⑳ 设 $x\to 0$ 时，$(1+ax^2)^{\frac{1}{5}}-1$ 与 $\ln\cos x$ 是等价无穷小，求常数 a.

㉑ 设 $x_{n+1}=\dfrac{1}{2}\left(x_n+\dfrac{2}{x_n}\right)$，$x_1>0$，求 $\lim\limits_{n\to\infty}x_n$.

㉒ 求函数 $f(x)=\lim\limits_{t\to x}\left(\dfrac{\sin t}{\sin x}\right)^{\frac{x}{\sin t-\sin x}}$ 的间断点及其类型.

㉓ 设 $f(x)=\lim\limits_{n\to\infty}\dfrac{\ln(\mathrm{e}^n+x^n)}{n}$ $(x>0)$，求 $f'(x)$.

㉔ 已知 $y=f(x)$ 由方程 $\cos(xy)+\ln y-x=1$ 确定，求 $\lim\limits_{n\to\infty}n\left[f\left(\dfrac{2}{n}\right)-1\right]$.

㉕ 设曲线 $y=f(x)$ 和 $y=x^2-x$ 在点 $(1,0)$ 处有公共的切线，求 $\lim\limits_{n\to\infty}nf\left(\dfrac{n}{n+2}\right)$.

㉖ 已知 $\lim\limits_{x\to 0}\left(1+x+\dfrac{f(x)}{x}\right)^{\frac{1}{x}}=\mathrm{e}^3$，求 $\lim\limits_{x\to 0}\dfrac{f(x)}{x^2}$.

㉗ 求函数 $f(x)=x\mathrm{e}^{-\frac{2}{x}}+1$ 的渐近线.

㉘ 求函数 $f(x)=x-\ln(x+1)-1$ 的零点个数.

㉙ 已知 $f(0)=f'(0)=f''(0)=0$，$f'''(0)=2$. 求 $\lim\limits_{x\to 0}\dfrac{f(2x)}{x^3}$，上面第一个条件能否略去？由上述结果能否得到 $y=f(x)$ 图像的某个几何性质？

㉚ 设函数 $f(x)$在$(-\infty,+\infty)$上二阶可导，且 $f''(x)\neq 0$，$\lim\limits_{x\to\infty}\dfrac{\sqrt{x^2-x+1}}{xf'(x)}=a>0$，且存在一点 x_0 使 $f(x_0)<0$. 证明方程 $f(x)=0$ 在$(-\infty,+\infty)$上恰有两个实根.

选题答案：

① 1；② 2；③ $\dfrac{1}{12}$；④ $-\dfrac{1}{12}$；⑤ $\mathrm{e}^{-\frac{1}{2}}$；⑥ $-\dfrac{1}{6}$；⑦ $\dfrac{2}{3}$；⑧ $\dfrac{5}{6}$；⑨ $-\dfrac{1}{3}$；⑩ 0；⑪ 3；⑫ 2；

⑬ 1；⑭ $\dfrac{1}{2}$；⑮ $\dfrac{1}{2}\ln 2$；⑯ $\dfrac{2}{\pi}$；⑰ 0；⑱ $a=4$，$l=10$；⑲ $a=9$，$b=-12$；⑳ $a=-\dfrac{5}{2}$；

㉑ $\sqrt{2}$；㉒ $x=0$ 第一类，$x=k\pi(k\in\mathbf{N},k\neq 0)$ 第二类；㉓ $\begin{cases}0 & 0<x<\mathrm{e}\\ \dfrac{1}{x} & x>\mathrm{e}\end{cases}$；

㉔ 2;㉕ -2;㉖ 2;㉗ $x=0$, $y=x-1$;㉘ 2;㉙ $\frac{8}{3}$;单调递增,拐点;㉚(略).

基本上,按某种联系各题被相邻地排列.前面的极限题,把需要用到的基本的极限方法、无穷小乘有界量法则、无穷大减无穷大、无穷小除无穷小都代表性地整理一遍,其中涉及几种和式的极限,有的可以用夹逼准则,有的只能用积分定义;后面是几个含参数的极限问题,以及递推公式表示的数列极限问题.最后的极限类型是利用导数模式和极限的应用的计算.

(2) 重点习题探究

选择一些思路丰富的习题作为重点,进行一题多解的"冷思考",可以收到更好的效果.

例 4　求极限 $\lim\limits_{x\to0}\left(\frac{1}{x^2}-\frac{1}{\tan^2 x}\right)$.

分析　此题为选题⑦,意在复习"无穷大之差"的处理方法.

解法 1　$\lim\limits_{x\to0}\left(\frac{1}{x^2}-\frac{1}{\tan^2 x}\right)=\lim\limits_{x\to0}\frac{\tan^2 x-x^2}{x^2\tan^2 x}=\lim\limits_{x\to0}\frac{\tan x-x}{x^3}\cdot\frac{\tan x+x}{x}=\frac{1}{3}\cdot 2=\frac{2}{3}$.

解法 2　利用当导函数连续时

$$f(b)-f(a)=f'(\xi)(b-a)=f'(a)(b-a)+\varepsilon\cdot(b-a)$$

的结论.

$$\lim_{x\to0}\left(\frac{1}{x^2}-\frac{1}{\tan^2 x}\right)=-\lim_{x\to0}\left[\left(\frac{1}{x^2}\right)'(\tan x-x)+o(\tan x-x)\right]=\lim_{x\to0}\frac{2}{x^3}(\tan x-x)=\frac{2}{3}.$$

例 5　求极限 $\lim\limits_{x\to0}\frac{x^2-\cos x\sin^2 x}{x^4}$.

分析　此题为选题⑧,意在复习"等价无穷小之差"的处理方法.

解法 1

$$\begin{aligned}\lim_{x\to0}\frac{x^2-\cos x\sin^2 x}{x^4}&=\lim_{x\to0}\frac{x^2-\left(1-2\sin^2\frac{x}{2}\right)\sin^2 x}{x^4}\\&=\lim_{x\to0}\frac{x^2-\sin^2 x}{x^4}+\lim_{x\to0}\frac{2\sin^2\frac{x}{2}\sin^2 x}{x^4}=\frac{1}{3}+\frac{1}{2}=\frac{5}{6}.\end{aligned}$$

解法 2

$$\begin{aligned}\lim_{x\to0}\frac{x^2-\cos x\sin^2 x}{x^4}&=\lim_{x\to0}\frac{x^2-\left[1-\frac{x^2}{2}+o(x^3)\right]\left[x-\frac{x^3}{3!}+o(x^4)\right]^2}{x^4}\\&=\lim_{x\to0}\frac{x^2-\left[x^2-\frac{x^4}{2}-\frac{x^4}{3}+o(x^4)\right]}{x^4}=\frac{5}{6}.\end{aligned}$$

解法 3 利用 $\alpha(x)\to 1$ 时 $\ln\alpha(x)=\ln[\alpha(x)-1+1]\sim\alpha(x)-1$ 以及逆推也对的结论.

$$\lim_{x\to 0}\frac{x^2-\cos x\sin^2 x}{x^4}=\lim_{x\to 0}\frac{1-\dfrac{\cos x\sin^2 x}{x^2}}{x^2}=-\lim_{x\to 0}\frac{\ln\dfrac{\cos x\sin^2 x}{x^2}}{x^2}=\lim_{x\to 0}\frac{2\ln\dfrac{x}{\sin x}-\ln\cos x}{x^2}$$

$$=2\lim_{x\to 0}\frac{\ln\dfrac{x}{\sin x}}{x^2}-\lim_{x\to 0}\frac{\ln\cos x}{x^2}=2\lim_{x\to 0}\frac{\dfrac{x}{\sin x}-1}{x^2}-\lim_{x\to 0}\frac{\cos x-1}{x^2}=2\lim_{x\to 0}\frac{x-\sin x}{x^3}+\frac{1}{2}=\frac{5}{6}.$$

例 6 求极限 $\lim\limits_{x\to 0}\dfrac{\tan(\tan x)-\sin(\sin x)}{\tan x-\sin x}$.

分析 此题为选题⑫,意在将分子拆成两个减项用不同的方法处理.

解 利用拉格朗日中值定理,存在介于 $\tan x$ 与 $\sin x$ 之间的 ξ,使得

$$\lim_{x\to 0}\frac{\tan(\tan x)-\sin(\sin x)}{\tan x-\sin x}=\lim_{x\to 0}\frac{[\tan(\tan x)-\tan(\sin x)]+[\tan(\sin x)-\sin(\sin x)]}{\tan x-\sin x}$$

$$=\lim_{x\to 0}\frac{\sec^2\xi(\tan x-\sin x)+\left[\dfrac{1}{2}(\sin^3 x)+o(\sin^3 x)\right]}{\tan x-\sin x}$$

$$=\lim_{x\to 0}\left[\sec^2\xi+\frac{\dfrac{1}{2}(\sin^3 x)+o(\sin^3 x)}{\dfrac{1}{2}x^3-o(x^3)}\right]=1+1=2.$$

2. *以定积分问题为例,全面提高*

利用定积分的性质和微积分基本定理,将极限、导数及其应用联系起来,训练综合思考问题的能力,并在概念上全面提高. 因此,定积分问题作为复习的一个重点,步子大、效率高,可以较快进入数学思想方法的"小康社会".

(1) *用定积分复习极限问题*

例 7 记 $u_n=\int_0^1|\ln t|[\ln(1+t)]^n\mathrm{d}t$,求极限 $\lim\limits_{n\to\infty}u_n$.

解 因为当 $x\in(0,1)$ 时,$0<\ln(1+t)<t$,所以

$$0<\int_0^1|\ln t|[\ln(1+t)]^n\mathrm{d}t<\int_0^1|\ln t|t^n\mathrm{d}t.$$

而

$$\int_0^1|\ln t|t^n\mathrm{d}t=-\int_0^1\ln t\cdot t^n\mathrm{d}t=-\left(\frac{t^{n+1}}{n+1}\ln t\right)\Bigg|_{0^+}^{1}+\frac{1}{n+1}\int_0^1 t^n\mathrm{d}t$$

$$=\frac{1}{(n+1)^2}\to 0\ (n\to\infty),$$

由夹逼准则得 $\lim\limits_{n\to\infty}u_n=0$.

常用不等式 $\frac{x}{1+x}<\ln(1+x)<x\ (x>-1)$，$\mathrm{e}^x>1+x$，$\frac{2}{\pi}x<\sin x<x<\tan x\ \left(0<x<\frac{\pi}{2}\right)$ 可以帮助将其他类的初等函数转化到幂函数. 还可以将问题中的数列换个写法进行思考，例如：$u_n=\int_0^1 \sin t[\ln(1+t)]^n\mathrm{d}t$，$u_n=\int_0^1 \mathrm{e}^t[\ln(1+t)]^n\mathrm{d}t$.

(2) 用定积分复习导数应用问题

例 8　设当 $x\in[2,4]$ 时，有不等式 $ax+b\geqslant \ln x$，其中 a，b 为常数，试求使积分 $I=\int_2^4(ax+b-\ln x)\mathrm{d}x$ 取最小值的 a，b.

解　应将问题转化为：在曲线 $y=\ln x\ (2\leqslant x\leqslant 4)$ 上求一点 $P(x,y)$，使该点切线与一条曲线和两条竖线 $y=\ln x$，$x=2$，$x=4$ 所围面积为最小.

因为 $y_1=ax+b$ 与 $y_2=\ln x$ 相切于点 $P(x,y)$，就有

$$\begin{cases} ax+b=\ln x \\ a=\dfrac{1}{x} \end{cases}，即 \begin{cases} a=\dfrac{1}{x} \\ b=\ln x-1 \end{cases}.$$

从而

$$I=\int_2^4(ax+b-\ln x)\mathrm{d}x=6a+2b-6\ln 2+2=\frac{6}{x}+2\ln x-6\ln 2,\ x\in[2,4].$$

$I'=-\frac{6}{x^2}+\frac{2}{x}$，故 $x=3$ 是函数的驻点，且是唯一极小值点. 故 $x=3$ 时，I 取最小值，此时，$a=\frac{1}{3}$，$b=\ln 3-1$.

本题中，应从 $I=\int_2^4(ax+b-\ln x)\mathrm{d}x$ 看出这是一个面积最小值问题，从而应出现直线与曲线相切的场景.

例 9　证明函数 $f(x)=\int_0^x \frac{\cos t}{2t-3\pi}\mathrm{d}t$ 在区间 $\left(0,\frac{3\pi}{2}\right)$ 内存在唯一零点.

解　讨论函数的单调性和特殊点的符号.

$x\in\left(0,\frac{\pi}{2}\right)$ 时，因为 $f'(x)=\frac{\cos x}{2x-3\pi}$，所以 $f'(x)<0$，$f(x)$ 递减；又因 $f(x)<f(0)=0$，故 $f(x)$ 在此区间上无零点；

$x\in\left(\frac{\pi}{2},\frac{3\pi}{2}\right)$ 时，$f'(x)>0$，$f(x)$ 递增；显然 $f\left(\frac{\pi}{2}\right)<0$，而

$$f\left(\frac{3\pi}{2}\right)=\int_0^{\frac{3\pi}{2}}\frac{\cos x}{2x-3\pi}\mathrm{d}x \xlongequal{\frac{3\pi}{2}-x=t} \frac{1}{2}\int_0^{\frac{3\pi}{2}}\frac{\sin t}{t}\mathrm{d}t=\frac{1}{2}\int_0^{\pi}\frac{\sin t}{t}\mathrm{d}t+\frac{1}{2}\int_{\pi}^{\frac{3\pi}{2}}\frac{\sin t}{t}\mathrm{d}t$$

$$=\frac{1}{2}\int_0^{\frac{\pi}{2}}\frac{\sin t}{t}\mathrm{d}t+\frac{1}{2}\int_{\frac{\pi}{2}}^{\pi}\frac{\sin t}{t}\mathrm{d}t-\frac{1}{2}\int_0^{\frac{\pi}{2}}\frac{\sin u}{\pi+u}\mathrm{d}u=\frac{1}{2}\int_0^{\frac{\pi}{2}}\left(\frac{1}{t}-\frac{1}{\pi+t}\right)\sin t\mathrm{d}t+\frac{1}{2}\int_{\frac{\pi}{2}}^{\pi}\frac{\sin t}{t}\mathrm{d}t>0.$$

所以 $f(x)$在此区间上有且仅有一个零点.

综上，$f(x)=\int_0^x \frac{\cos t}{2t-3\pi}\mathrm{d}t$ 在区间$\left(0,\frac{3\pi}{2}\right)$内存在唯一零点. 证毕.

本题除了复习单调性和零点的判断外，还进行了一次积分换元法的练习.

(3) 用定积分解决不定积分问题

例 10 计算$\int[x]\mid\sin\pi x\mid\mathrm{d}x$ $(x\geqslant 0)$，其中$[x]$为取整函数.

解 $\int[x]\mid\sin\pi x\mid\mathrm{d}x=\int_0^x[t]\mid\sin\pi t\mid\mathrm{d}t+C$，将积分区间在整数点分割，得到

$$\begin{aligned}\int_0^x[t]\mid\sin\pi t\mid\mathrm{d}t&=0-\int_1^2\sin\pi t\,\mathrm{d}t+2\int_2^3\sin\pi t\,\mathrm{d}t-3\int_3^4\sin\pi t\,\mathrm{d}t+\cdots+\\&\quad+(-1)^{[x]-1}([x]-1)\int_{[x]-1}^{[x]}\sin\pi t\,\mathrm{d}t+(-1)^{[x]}[x]\int_{[x]}^{x}\sin\pi t\,\mathrm{d}t\\&=\frac{2}{\pi}+\frac{4}{\pi}+\frac{6}{\pi}+\frac{2([x]-1)}{\pi}+(-1)^{[x]}\frac{[x]}{\pi}(\cos\pi[x]-\cos\pi x)\\&=\frac{[x]([x]-1)}{\pi}+\frac{[x]}{\pi}\left\{1-(-1)^{[x]}\cos\pi x\right\}=\frac{[x]^2}{\pi}-(-1)^{[x]}\frac{[x]}{\pi}\cos\pi x,\end{aligned}$$

右边加任意常数 C 就得所求的不定积分

$$原式=\frac{[x]}{\pi}\left\{[x]-(-1)^{[x]}\cos\pi x\right\}+C.$$

不定积分与变上限定积分，同是一个连续函数的原函数，因此，复杂的不定积分可以转化到定积分来计算.

(4) 直接复习定积分中的应用问题

例 11 求曲线 $y=\mathrm{e}^{-x}\sin x$，$x\geqslant 0$ 与 x 轴围成的图形的面积.

解 面积

$$\begin{aligned}A&=\int_0^{+\infty}\mid\mathrm{e}^{-x}\sin x\mid\mathrm{d}x=\int_0^{\pi}\mathrm{e}^{-x}\sin x\,\mathrm{d}x-\int_{\pi}^{2\pi}\mathrm{e}^{-x}\sin x\,\mathrm{d}x+\int_{2\pi}^{3\pi}\mathrm{e}^{-x}\sin x\,\mathrm{d}x+\cdots\\&=\sum_{i=0}^{\infty}(-1)^i\int_{i\pi}^{(i+1)\pi}\mathrm{e}^{-x}\sin x\,\mathrm{d}x.\end{aligned}$$

其中，

$$\int_{i\pi}^{(i+1)\pi}\mathrm{e}^{-x}\sin x\,\mathrm{d}x=\left[-\frac{1}{2}\mathrm{e}^{-x}(\cos x+\sin x)\right]_{i\pi}^{(i+1)\pi}=\frac{1}{2}(-1)^i\mathrm{e}^{-i\pi}(\mathrm{e}^{-\pi}+1).$$

所以，

$$A=\frac{1}{2}\sum_{i=0}^{\infty}\mathrm{e}^{-i\pi}(\mathrm{e}^{-\pi}+1)=\frac{1}{2}\cdot\frac{\mathrm{e}^{\pi}+1}{\mathrm{e}^{\pi}-1}.$$

这是一个反常积分问题，应按照 $\sin x$ 符号的变化，转化成一个无穷级数之和，通过此题，感悟到函数极限与数列极限的一致性，同时也温习到了分部积分法.

3. 以抽象函数的研究为例，攻克难关

在微积分的学习过程中，要防止一些策略性的、态度性的错误或习惯.

(1) 防范该记的不记

没有必要的记忆存储，就无法提高学习效率. 记忆工作中的偷懒是一种恶习，需要改正.

例 12　求积分 $I=\int_0^1 x^4\sqrt{\dfrac{1+x}{1-x}}\,\mathrm{d}x$.

解　分子有理化，然后用 $x=\sin t$ 换元，

$$I=\int_0^1 \frac{x^4(1+x)}{\sqrt{1-x^2}}\mathrm{d}x=\int_0^{\frac{\pi}{2}} \frac{\sin^4 t(1+\sin t)}{\cos t}\cdot\cos t\,\mathrm{d}t=\int_0^{\frac{\pi}{2}}(\sin^4 t+\sin^5 t)\,\mathrm{d}t$$

$$=\frac{3\cdot 1}{4\cdot 2}\cdot\frac{\pi}{2}+\frac{4\cdot 2}{5\cdot 3\cdot 1}=\frac{3\pi}{16}+\frac{8}{15}.$$

本题中若不掌握 $\int_0^{\frac{\pi}{2}}\sin^n t\,\mathrm{d}t$ 的相关结论，就会进展十分缓慢. 又比如，当遇到积分 $\int_0^a\sqrt{a^2-t^2}\,\mathrm{d}t$ 时，是否记住了这是四分之一圆面积？另外，还可发现本题属于瑕积分，是否思考过为何可以通过换元法转变成正常积分？

(2) 避免对重要知识点的偏废

重要的知识点就是那些含有丰富思想方法的、需要用一定技巧进行解决的重要知识环节，例如中值问题、泰勒公式应用的问题、积分不等式等. 任何有难度的知识点都会有个适应过程，但见得多了就会知道一定的应对策略；反之，如果一味退让，就会丧失对付它们的信心，最终变得“软弱无能”.

例 13　设 $f'(x)$ 在区间$[0,1]$上连续，且 $f(1)-f(0)=1$. 证明 $\int_0^1 f'^2(x)\mathrm{d}x\geqslant 1$.

证明　由 $1=f(1)-f(0)=\int_0^1 f'(x)\mathrm{d}x$，再由施瓦茨不等式即得

$$1^2=1=\left(\int_0^1 f'(x)\mathrm{d}x\right)^2\leqslant\int_0^1 1^2\mathrm{d}x\int_0^1 f'^2(x)\mathrm{d}x.$$

对于平方函数的积分，如何可以将“平方”移除呢？就需要使用施瓦茨不等式，只要不惧怕，把这种知识积累起来，就会成为战胜困难的力量.

例 14　设 $f(x)$在区间$[a,b]$上二阶连续可导，证明：存在 $\xi\in[a,b]$，使得

$$\int_a^b f(x)\mathrm{d}x=(b-a)f\left(\frac{a+b}{2}\right)+\frac{(b-a)^3}{24}f''(\xi).$$

分析　此题明显是要用泰勒公式的，问题是“需要展开的函数在哪里”？如果是 $f(x)$，展开的阶数不够高，就难以获得最后一项中的 $\dfrac{(b-a)^3}{24}$. 因此，应考虑将它的原函数展开到三阶导数.

证明　令 $F(x)=\int_a^x f(t)\mathrm{d}t$，则 $F(x)$在$[a,b]$上三阶连续可导，取 $x_0=\dfrac{a+b}{2}$，由泰勒

公式得

$$F(a)=F(x_0)+F'(x_0)(a-x_0)+\frac{F''(x_0)}{2!}(a-x_0)^2+\frac{F'''(\xi_1)}{3!}(a-x_0)^3,\ \xi_1\in(a,\ x_0);$$

$$F(b)=F(x_0)+F'(x_0)(b-x_0)+\frac{F''(x_0)}{2!}(b-x_0)^2+\frac{F'''(\xi_2)}{3!}(b-x_0)^3,\ \xi_2\in(x_0,\ b).$$

两式相减得

$$F(b)-F(a)=F'(x_0)(b-a)+\frac{(b-a)^3}{48}[F'''(\xi_1)+F'''(\xi_2)],$$

即

$$\int_a^b f(x)\mathrm{d}x=f\left(\frac{a+b}{2}\right)(b-a)+\frac{(b-a)^3}{48}[f''(\xi_1)+f''(\xi_2)].$$

因为 $f(x)$在区间$[a,\ b]$上连续,故存在点 $\xi\in[\xi_1,\ \xi_2]$,使得

$$f''(\xi)=\frac{f''(\xi_1)+f''(\xi_2)}{2},$$

所以等式得证.

这样的解题过程耐人寻味,也是一种学习的享受.

(3) 勇于尝试,攻克难点

有些学习困难的起因,不是在于对知识点的偏废或不感兴趣,而是存在一些基础性的问题,例如,对于抽象函数的研究特别畏惧,或对于论证性问题尽力回避,等等. 但只要耐心读懂一些问题解析,就能填补这些“贫困区域”.

例 15 设 $f(x)$的一阶导数在区间$[0,\ 1]$上连续,且 $f(0)=f(1)=0$. 证明:

$$\left|\int_0^1 f(x)\mathrm{d}x\right|\leqslant\frac{1}{4}\max_{x\in[0,\ 1]}|f'(x)|.$$

分析 用好两个端点为零的条件,将积分拆成两个来做就是常用的技巧.

证明 由拉格朗日中值定理,

$$f(x)=f(x)-f(0)=x\cdot f'(\xi_1),\ \xi_1\in(0,\ x),$$
$$f(x)=f(x)-f(1)=(x-1)\cdot f'(\xi_2),\ \xi_2\in(x,\ 1).$$

因为

$$\int_0^1 f(x)\mathrm{d}x=\int_0^x f(t)\mathrm{d}t+\int_x^1 f(t)\mathrm{d}t=\int_0^x f'(\xi_1)t\mathrm{d}t+\int_x^1 f'(\xi_2)(t-1)\mathrm{d}t,$$

所以对任意 $x\in[0,\ 1]$ 有

$$\left|\int_0^1 f(x)\mathrm{d}x\right|\leqslant\left|\int_0^x f'(\xi_1)t\mathrm{d}t\right|+\left|\int_x^1 f'(\xi_2)(t-1)\mathrm{d}t\right|\leqslant\int_0^x|f'(\xi_1)|t\mathrm{d}t+$$
$$\int_x^1|f'(\xi_2)|(1-t)\mathrm{d}t\leqslant\max_{x\in[0,\ 1]}|f'(x)|\left[\int_0^x t\mathrm{d}t+\int_x^1(1-t)\mathrm{d}t\right]=$$

$$\max_{x\in[0,1]}|f'(x)|\cdot\frac{1}{2}[x^2+(1-x)^2].$$

由于左端是常数，在不等式右端取最小值，就得出此常数$\leqslant\frac{1}{4}\max\limits_{x\in[0,1]}|f'(x)|$. 证毕.

像这样的解题过程，模仿几次，就会发现信息量巨大；只需独立解出一次，就有突飞猛进之感.

4. *在评价和审美中提高能力*

在所有的学习目标中，最为高级的是综合和评价两种层次，即把学过的知识联系起来、串通起来，复习的效果自然是好的，如果评价能力强，还能懂得欣赏思考过程中的审美元素、会创新性地优化别人的阐述过程.

例 16(多选题)　下面的极限值为 3 的有(　　).

A. $\lim\limits_{x\to0}(1+x)^{\frac{1}{\sin 3x}}$　　　B. $\lim\limits_{x\to\infty}3x\sin\frac{x}{x^2+3x+1}$

C. $\lim\limits_{x\to0}\frac{x^2}{2\left(\int_0^{\sqrt[3]{x^2}}e^{\frac{1}{2}x^2}dx-x^{\frac{2}{3}}\right)}$　　　D. $\lim\limits_{x\to-\infty}\frac{\sqrt{4x^2+x-1}+x+1}{\sqrt{x^2+\sin x^2}}$

例 17　设 $f(x)$具有连续的三阶导数，$y=f(x)$ 的图形如图 10 所示，请在下列横线上填“>0”、“>0”或“=0”.

$\int_{-1}^{3}f(x)dx$________, $\int_{-1}^{3}f'(x)dx$________,

$\int_{-1}^{3}f''(x)dx$________, $\int_{-1}^{3}f'''(x)dx$________.

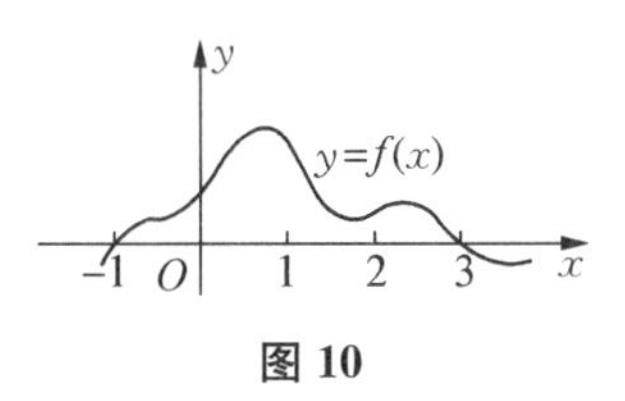

图 10

这两题中，前面一题是学生所编，涵盖了极限中大量知识点，也有不少易错点. 选项 C、D 尤其精辟. 后面一题把凹凸性、单调性、零点和面积都包含起来，非常美妙.

这样学习微积分，是不是非常高效和有趣！

练习题

1. 计算 $\lim\limits_{x\to0}\frac{(1+x)^{\frac{2}{x}}-e^2(1-\ln(1+x))}{x}$.

2. 设 n 为正整数，计算 $I=\int_{e^{-2n\pi}}^{1}\left|\frac{d}{dx}\cos\left(\ln\frac{1}{x}\right)\right|dx$.

3. 现要设计一个容积为 V 的圆柱体容器，已知上下两底的材料费为单位面积 a 元，而侧面的材料费为单位面积 b 元，试给出最节省的设计方案：即高与上下底的直径之比为何值时所需费用最少？

4. 曲线 $L_1: y=\frac{1}{3}x^3+2x\ (0\leqslant x\leqslant1)$ 绕直线 $L_2: y=\frac{4}{3}x$ 旋转所生成的旋转曲面的面积为________.

一题一类复习卷(复习卷 7.1)

习题 1 证明函数 $f(x)=\int_1^x \sqrt{1+t^2}\,\mathrm{d}t$ 在区间 $[-1,+\infty)$ 上是单调增加函数,并求 $(f^{-1})'(0)$.

习题 2 计算下列各题

(1) $\int_0^{+\infty} \dfrac{\ln x}{1+x^2}\mathrm{d}x$;　　(2) $\dfrac{\mathrm{d}}{\mathrm{d}x}\int_0^x tf(t^2-x^2)\mathrm{d}t$,设 $f(x)$连续;

(3) 设 $\lim\limits_{x\to 0}\dfrac{ax+\sin x}{\int_b^x \dfrac{\ln(1+t^3)}{t}\mathrm{d}t}=c\,(c\neq 0)$,求 a, b, c;

(4) 设函数 $f(x)$连续且 $\int_0^x tf(2x-t)\mathrm{d}t=\dfrac{1}{2}\arctan x^2$, $f(1)=1$,计算 $\int_1^2 f(x)\mathrm{d}x$.

习题 3 计算二阶导数:

(1) 设函数 $y=y(x)$ 由方程 $\begin{cases} x=\arctan t \\ \int_0^y \mathrm{e}^{u^2}\,\mathrm{d}u+\int_t^1 \dfrac{\cos u}{1+u^2}\mathrm{d}u=0 \end{cases}$ 确定,求$\dfrac{\mathrm{d}^2 y}{\mathrm{d}x^2}$.

(2) 设函数 $y=y(x)$ 由方程 $2x-\tan(x-y)=\int_0^{x-y}\sec^2 t\,\mathrm{d}t$ 确定,求 $\dfrac{\mathrm{d}^2 y}{\mathrm{d}x^2}$.

习题 4 设函数 $f(x)$连续,且 $\lim\limits_{x\to 0}\dfrac{f(x)}{x}=2$, $\varphi(x)=\int_0^1 f(xt)\mathrm{d}t$,求 $\varphi'(x)$,并讨论 $\varphi'(x)$ 的连续性.

习题 5 设 $0<a<b$,计算 $\lim\limits_{t\to 0}\left\{\int_0^1 [bx+a(1-x)]^t\,\mathrm{d}x\right\}^{\frac{1}{t}}$.

习题 6 证明:$\int_0^{+\infty} x^n\mathrm{e}^{-x^2}\,\mathrm{d}x=\dfrac{n-2}{2}\int_0^{+\infty} x^{n-2}\mathrm{e}^{-x^2}\,\mathrm{d}x\ (n>1,\ n\in\mathbf{N})$,并由此证明 $\int_0^{+\infty} x^{2n+1}\mathrm{e}^{-x^2}\,\mathrm{d}x=\dfrac{n!}{2}$.

习题 7 设函数 f 在区间$[0,1]$上可导,且 $f(0)=0$, $0<f'(x)\leqslant 1$,求证:

$\left(\int_0^1 f(x)\mathrm{d}x\right)^2\geqslant\int_0^1 f^3(x)\mathrm{d}x$.

习题 8 如图 11,从下到上依次有三条曲线:$y=x^2$, $y=2x^2$ 和 C,假设对曲线 $y=2x^2$ 上任意一点 P,所对应的面积 A 和 B 恒相等,求曲线 C 的方程.

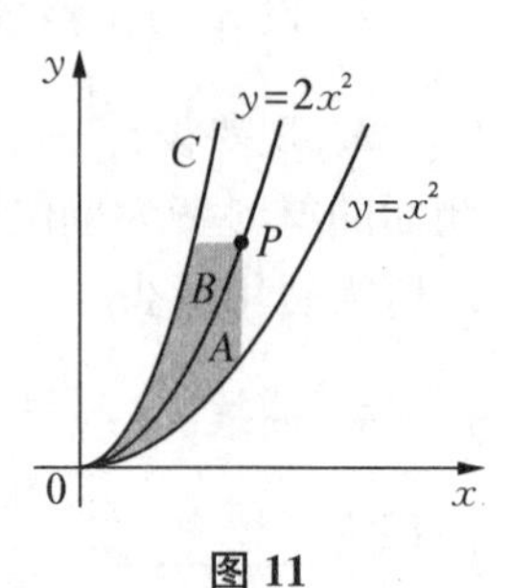

图 11

习题 9 函数 $f(x)$在区间 $[x_0,+\infty)$ 上具有二阶导数,并且 $f''(x)<0$,对于任意 $x>x_0$,由拉格朗日中值定理,存在 $\xi\in(x_0,x)$,使得 $f(x)-f(x_0)=f'(\xi)(x-x_0)$. 证明:$\xi$ 定义了$(x_0,+\infty)$内的一个单调增加函数.

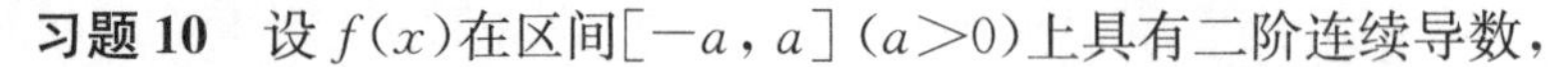
习题 10 设 $f(x)$在区间$[-a,a]$ $(a>0)$上具有二阶连续导数,

$f(0)=0$.

(1) 写出 $f(x)$ 的带拉格朗日余项的一阶麦克劳林公式;

(2) 证明在区间 $[-a, a]$ 上至少存在一点 η,使 $a^3 f''(\eta)=3\int_{-a}^{a} f(x)\mathrm{d}x$.

一题一型复习卷(复习卷 7.2)

1. (判断)"当 $x \to x_0$ 时 $f(x)-A$ 是无穷小"是" $\lim\limits_{x\to x_0} f(x)=A$ "的充要条件.(　　)

2. (单选)设在区间 $[a, b]$ 上 $f(x)>0$, $f'(x)<0$, $f''(x)>0$, 令 $S_1=\int_a^b f(x)\mathrm{d}x$, $S_2=f(b)(b-a)$, $S_3=\dfrac{1}{2}[f(b)+f(a)](b-a)$, 则(　　).

A. $S_1<S_2<S_3$　　B. $S_2<S_1<S_3$　　C. $S_3<S_1<S_2$　　D. $S_2<S_3<S_1$

3. (多选) 设函数 $f(x)=\begin{cases} \dfrac{\varphi(x)-\cos x}{x} & \text{当 } x \neq 0 \\ a & \text{当 } x=0 \end{cases}$, 其中 $\varphi(x)$ 具有二阶连续导数, $\varphi(0)=1$, 则(　　).

A. $\lim\limits_{x\to 0} f(x)=1$　　B. $a=\varphi'(0)$ 时 $f(x)$ 在 $x=0$ 处连续

C. 当 $f(x)$ 在 $x=0$ 处连续时, $f'(0)$ 存在

D. 当 $f(x)$ 在 $x=0$ 处连续时, $f'(x)$ 在 $x=0$ 处连续

4. (填空)当 $|x|$ 比正数 a 小得多时, 用微分法可得近似公式 $\sqrt[n]{a^n+x} \approx$ ________.

5. (改错)**原题:** 求曲线 $y=\lim\limits_{a\to+\infty} \dfrac{x}{1+x^2+\mathrm{e}^{ax}}$ 与直线 $y=\dfrac{1}{5}x$ 及 $x=1$ 所围平面图形的面积. **解法如下:** ① 不难求得 $\lim\limits_{a\to+\infty} \dfrac{x}{1+x^2+\mathrm{e}^{ax}}=\begin{cases} \dfrac{x}{1+x^2} & \text{当 } x \leqslant 0 \\ 0 & \text{当 } x>0 \end{cases}$. ② 由于在区间 $[0, 1]$ 上总有 $\dfrac{x}{1+x^2} \geqslant \dfrac{1}{5}x$. ③ 故所求面积为 $A=\int_0^1\left(\dfrac{x}{1+x^2}-\dfrac{1}{5}x\right)\mathrm{d}x$. ④ $=\dfrac{1}{2}\ln 2-\dfrac{1}{10}$.

错点、错因: ________________________.

6. (简答)设 $\lim\limits_{x\to a} \dfrac{f(x)-f(a)}{(x-a)^2}=-1$, 则点 $x=a$ 是不是 $f(x)$ 的极值点?

7. (简算)设函数 $f(x)$ 在 $[a, b]$ 上具有连续的导函数, 且 $f(a)=f(b)=0$, $\int_a^b f^2(x)\mathrm{d}x=1$, 求 $\int_a^b x f(x) f'(x)\mathrm{d}x$.

8. (综算)设函数 $F(x)=\int_0^x x f(x-t)\mathrm{d}t$, 其中 $f(x)$ 为连续函数, 且 $f(0)=0$, $f'(x)>0$, 试讨论 $y=F(x)$ 在区间 $(0, +\infty)$ 内的单调性和凹凸性.

9. (证明)已知 $f(x)$ 为只有有限个跳跃间断点的分段连续函数.

(1) 利用定义证明 $F(x)=\int_0^x f(t)\mathrm{d}t$ 连续.

(2) 若 $f(x)$为周期为 2 的函数,证明 $G(x)=2\int_0^x f(t)\mathrm{d}t - x\int_0^2 f(t)\mathrm{d}t$ 也是以 2 为周期的函数.

10. (应用)图 12 显示了一个由正方形内的点组成的区域,这些点离正方形的中心比离正方形的边更近.求该区域的面积,并用积分表示其周长.

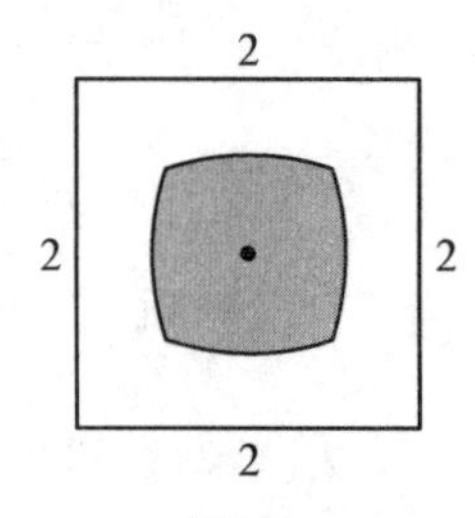

图 12

11. (阅读)一些种群最初呈指数增长,但最终趋于平稳.方程的形式为

$$P(t)=\frac{M}{1+A\mathrm{e}^{-kt}},$$

被称为逻辑斯谛方程,其中 M, A, k 都是正常数.它经常用来为种群数量建模.这里 M 称为承载能力,代表可支持的种群数量的最大值,$A=\frac{M-P_0}{P_0}$,其中 P_0 为种群的初始数量.

① 计算 $\lim\limits_{t\to+\infty}P(t)$,并解释你的答案.

② 计算 $\lim\limits_{M\to+\infty}P(t)$(注意 A 由 M 定义),结果是个什么样的函数?解释这个答案.

12. (半开放)某函数的 f, f', f''和 f'''的图形见图 13,试给四条曲线找出可能的对应函数,并解释你的结论,你能举个具体实例吗?

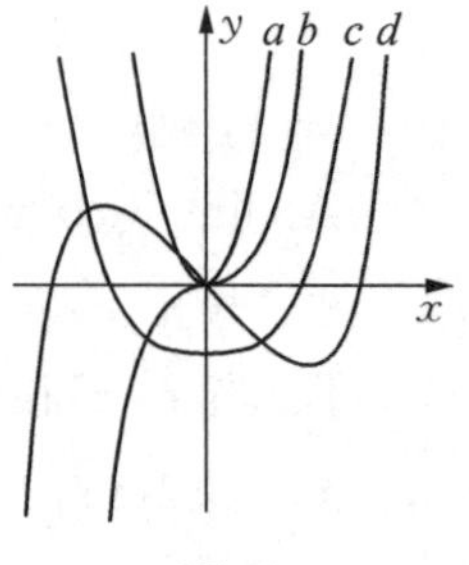

图 13

13. (全开放)(1) 请写出一个同时存在极值点、拐点、零点和水平渐近线的函数,并用草图说明之.

(2) 你能否构造一个光滑的分段函数,使它的图形尽可能与图 14 一致.

扫码可见本讲参考答案

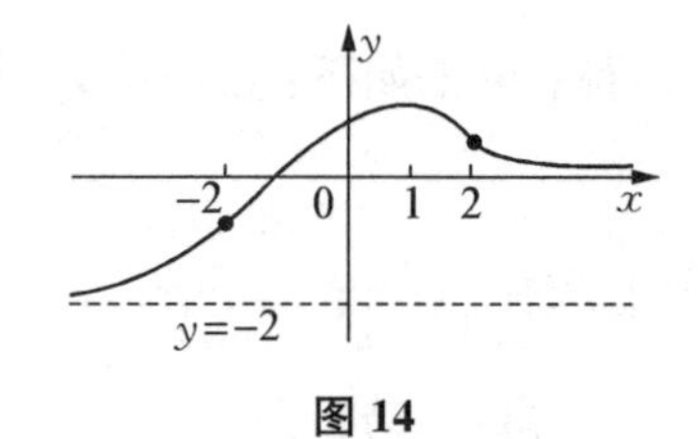

图 14

第 8 讲

空间解析几何的探究性学习
——以曲面方程的建立为例

向量代数与空间解析几何是多元函数微积分的基础. 与平面解析几何相似,研究曲面就是要思考以下两个问题:

(1) 已知空间图形的几何特性,求空间图形的方程;

(2) 已知一个三元方程,描述这个方程的图形的几何性质.

例如,已知球心和半径要写球面方程就属于第一类问题. 教材中已知定义求柱面和旋转面的方程,也是这类问题;已知球的方程要写球心和半径就是第二类问题. 教材中讨论二次曲面的形态,也是这类问题. 用方程描述几何,使几何图形中的关系可以通过运算得出结果;用几何描述方程,使抽象的代数问题可以获得直观的表征. 我们不禁要问:是谁发明了如此美妙的数学机器? 这些知识对我们的深度学习有什么启示?

一、精粹导读:解析几何的历史文化及曲面方程的建立

我们先来了解一下解析几何的一些历史文化知识,然后作为实践活动,通过分析两个特殊的曲面方程(旋转面和柱面)的建立过程来寻找(一类难度较大的问题)建立曲面方程的规律.

(一) 费马的斜坐标系的天才设想

费马为了研究曲线的切线、计算最大值和最小值等,设计了坐标方法,但他的小书《平面和立体的轨迹引论》写于 1629 年,却在 1679 年才出版,那时他早已去世. 费马的思想是怎样的呢?《古今数学思想》是这样介绍的:[①]

图 1　费马

他考虑任意曲线和它上面的一般点 J(如图 2). J 的位置用 A,E 两字母定出:A 是从点 O 沿底线到点 Z 的距离,E 是从 Z 到 J 的距离. 他所用的坐标就是我们所说的倾斜坐标,但是 y 轴没有出现,而且不用负数. 他的 A,E 就是我们的 x,y.

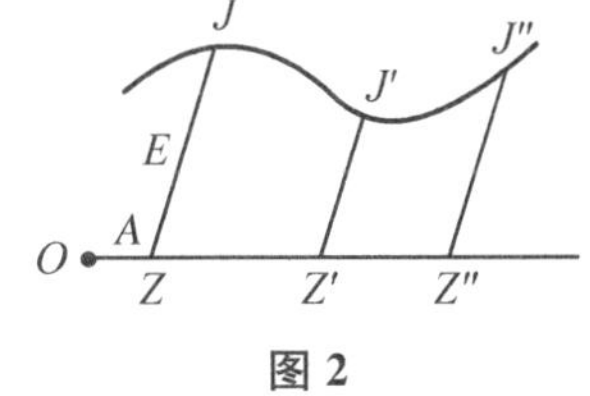

图 2

费马早就叙述出他的一般原理:"只要在最后的方程里出现了两个未知量,我们就得到一个轨迹,这两个量之一,其末端就描绘出一条直线或曲线."图中对于不同位置的 E,其末端 J,J',J'',…就把线描出. 他的未知量 A 和 E,实际上就是变量,或者说,

① M. 克莱因. 古今数学思想(第一册)[M]. 石生明,等译. 上海:上海科学技术出版社,2014.

联系 A 和 E 的方法是不确定的.在这里,费马用韦达的办法,让一个字母代表一类的数,然后写出联系 A 和 E 的方程,并指明它们所描绘的曲线……他又给出(以下用我们的写法)$d(a-x)=by$ 并肯定它也代表一条直线.方程 $B^2-x^2=y^2$ 代表一个圆,$B^2-x^2=ky^2$ 代表一个椭圆,$a^2+x^2=y^2$ 和 $xy=a$ 各代表一条双曲线,而 $x^2=ay$ 代表一条抛物线……,在他的《求最大值和最小值的方法》(1637 年)中,他引进了曲线 $y=x^n$ 和 $y=x^{-n}$.

费马的目标不像笛卡尔那么远大,他也没把自己看成是哲学家成者科学家.数学对他来说就足够了,他以业余爱好者的身份追逐着它.他认为没有公开出版研究成果的必要,也就没有这样做.在阅读丢番图和阿基米德撰写的经典巨著时,费马会在书上写下少量笔记,偶尔还会把他的想法通过信件传递给他认为可能会欣赏它们的学者.费马的坐标方法虽然不是非常完美,但其思想的产生是比笛卡尔早了 10 年的.

图 3　笛卡尔

(二) 笛卡尔的旷世韬略,直角坐标系

1637 年,笛卡尔发表了著名的哲学著作《更好地指导推理和寻求科学真理的方法论》,简称《方法论》,该书有三个附录:《几何学》《屈光学》和《气象学》.解析几何的发明包含在《几何学》这篇附录中.

附录共分三卷,第一卷把线段与数量(长度)联系起来,把几何问题代数化,用方程表示线段间的关系;第二卷把平面上的点与坐标(x, y)对应起来,把曲线化成含两个变量 x 与 y 的方程;第三卷讨论代数方程的理论.

在讨论著名的古希腊帕波斯问题时,笛卡尔选定了一条直线 AG 作为基线(相当于一根坐标轴),以点 A 为原点,x 值是基线的长度,从点 A 量起;y 值是另一条线段的长度,该线段从基线出发,与基线交成定角.正是如此,笛卡尔建立了历史上第一个倾斜坐标系.在《几何学》第三卷中,笛卡尔还给出了直角坐标的例子.

《几何学》作为笛卡尔哲学著作《方法论》的附录,意味着他的几何学发现乃至其他方面的发现都是在其方法论原理的指导下获得的.笛卡尔方法论原理的主旨是寻求发现真理的一般方法,他在另一部较早的哲学著作《指导思维的法则》中称自己设想的一般方法为"通用数学",并概述了这种通用数学思路.在这里笛卡尔提出了一种大胆的计划,即:

任何问题→数学问题→代数问题→方程求解.

笛卡尔《几何学》的整个思路与传统的方法大相径庭,在这里表现出笛卡尔向传统和权威挑战的巨大勇气.他主张"**采取几何学和代数学中一切最好的东西,互相取长补短**".这种怀疑传统和权威、大胆思索创新的精神,反映了文艺复兴的时代特征.笛卡尔的哲学名言是"我思故我在".他解释说:"要想追求真理,我们必须在一生中尽可能地把所有的事物都来怀疑一次",而世界上唯一先需怀疑的是"我在怀疑",因为"我在怀疑"证明"我在思想",说明我确实存在.他这种主张用怀疑的态度代替盲从和迷信,认为只有依靠理性才能获得真理的精神,也为笛卡尔自己的科学发现开辟了一条崭新的道路.

(三) 解析几何发展的重要节点

"费马和笛卡尔是数学中下一个巨大创造的主要负责人,他们和德萨格及其追随者一样,关心到曲线研究中的一般方法. 但他们两人在很大程度上参加了科学研究工作,敏锐地看到了数量方法的必要性,而且注意到代数具有提供这种方法的力量. 因此,他们就用代数来研究几何. 他们所创造的科目叫作坐标几何或解析几何,其中心思想是把代数方程和曲线曲面等联系起来. 这个创造是数学中最丰富、最有效的设想之一.”这是著名史学家克莱因在《古今数学思想》(第一册)中的阐述. 他认为,解析几何是费马和笛卡尔共同发明的,就像牛顿和莱布尼茨共同发明了微积分一样.

解析几何一经建立,便得到迅速发展,并且广泛应用到数学与物理学等多个学科中去.

1665 年,英国数学家沃利斯在其著作《圆锥曲线论》中第一次将圆锥曲线定义为对应于 x, y 的二次方程的曲线,且证明了其等同性,又用 x, y 的二次方程来推导圆锥曲线的性质.

1691 年,瑞士数学家雅科布·伯努利引入极坐标的概念.

1692 年,莱布尼茨首先使用“坐标”一词.

1748 年,欧拉在《无穷分析引论》中研究了三个变量 x, y, z 的二次方程,即二次曲面.

1802 年,法国数学家蒙日证明每个二次曲面与平面的截线皆为二次曲线.

1832 年,瑞士数学家施泰纳建立了直纹面的理论. 至此,解析几何已日臻完善.

(四) 旋转面和柱面方程建立的共性

1. 以 z 轴为旋转轴的旋转面的方程

一条平面曲线绕平面上一条定直线旋转一周所形成的曲面叫作**旋转面**. 这条定直线称为**旋转轴**,这条移动的曲线称为**母线**.

从这个定义可以看出,旋转面的研究原本是一个几何问题,与坐标系无关,但如果没有坐标系,这类几何问题的研究一定是非常困难的,而“建立以 z 轴为旋转轴的旋转面的方程”就是将这个几何问题转化为代数模型的问题.

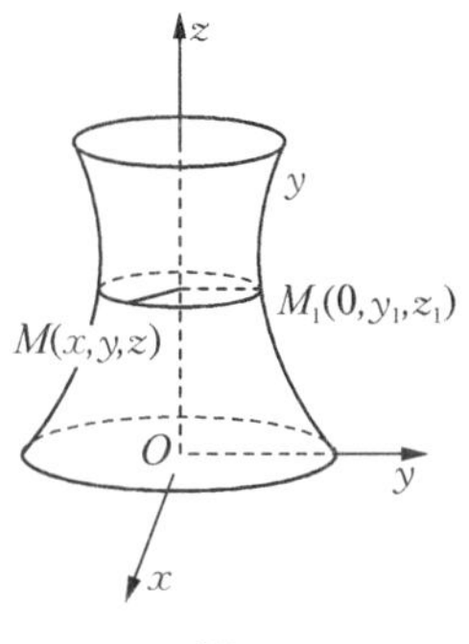

图 4

现在通过这个几何性质的描述推导旋转面的方程.

如图 4,设给定 yOz 面上曲线

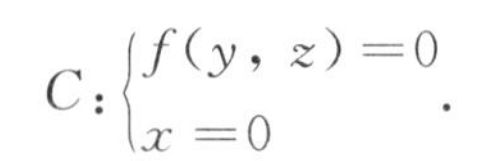

$$C:\begin{cases} f(y,\ z)=0 \\ x=0 \end{cases}.$$

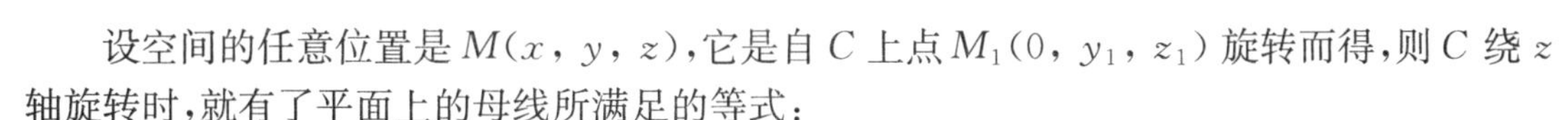

设空间的任意位置是 $M(x,\ y,\ z)$,它是自 C 上点 $M_1(0,\ y_1,\ z_1)$ 旋转而得,则 C 绕 z 轴旋转时,就有了平面上的母线所满足的等式:

$$f(y_1,\ z_1)=0.$$

同时,因为旋转圆的半径等于 C 上点到 z 轴的距离不变,就可以找到空间任意点 M 与这个 C 上点 M_1 的关系:

$$z=z_1,\ \sqrt{x^2+y^2}=|y_1|.$$

将 y_1, z_1 的关系

$$z_1=z,\ y_1=\pm\sqrt{x^2+y^2}$$

代入曲线方程,就得到旋转曲面的方程.

$$f(\pm\sqrt{x^2+y^2},\ z)=0.$$

2. 母线平行于 z 轴的柱面方程

柱面，是平行于定直线并沿着定曲线(称为**准线**)C 移动的直线(称为**母线**)所形成的曲面.

可见，这也是一个纯几何的概念，我们要作的“方程”也是将几何关系落实于代数表达式的问题.

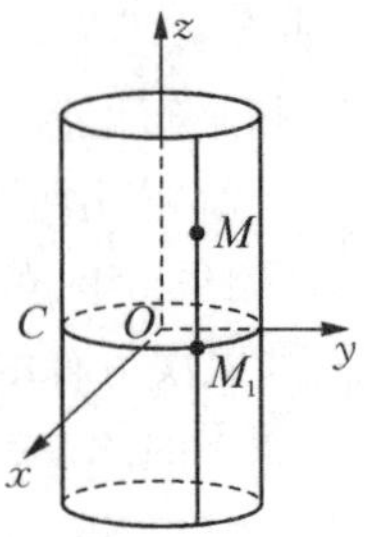

如图 5，设 xOy 平面上有准线 C：$\begin{cases}P(x,\ y)=0\\ z=0\end{cases}$. 设 $M_1(x_1,\ y_1,\ 0)$ 是 C 上任意一点，$M(x,\ y,\ z)$ 是经过 M_1 的母线上的任意一点，则

$$P(x_1,\ y_1)=0;$$

图 5

又因为母线平行于 z 轴，所以

$$\begin{cases}x_1=x\\ y_1=y\end{cases},$$

因此，代入前面的等式，柱面方程就是

$$P(x,\ y)=0.$$

3. 旋转面和柱面方程的建构过程的比较

以下来对旋转面与柱面方程建构过程做一个比较.

表 1　旋转面和柱面方程建立过程的比较

序号	要素	旋转面	柱面
1	定义	一条平面曲线绕平面上一条定直线旋转一周所形成的曲面	一条平行于定直线并沿着定曲线移动的直线所形成的曲面
2	元素	定直线:旋转轴;动曲线:母线	定曲线:准线;动直线:母线
3	过程 1:确定母线或准线	给定 yOz 面上母线 C:$\begin{cases}f(y,\ z)=0\\ x=0\end{cases}$ 绕 z 轴旋转	平行于 z 轴的母线沿 xOy 平面上准线 C:$\begin{cases}P(x,\ y)=0\\ z=0\end{cases}$ 平行移动
4	过程 2:设点	取任意固定点 $M_1(0,\ y_1,\ z_1)\in C$，设 M_1 点转到了曲面上 $M(x,\ y,\ z)$	取任意固定点 $M_1(x_1,\ y_1,\ 0)\in C$，设过 M_1 点的直线上任意点 $M(x,\ y,\ z)$
5	过程 3:列式	建第一组等式: $f(y_1,\ z_1)=0$	建第一组等式: $P(x_1,\ y_1)=0$
6	过程 4:关联	建第二组等式: $z=z_1,\ \sqrt{x^2+y^2}=\lvert y_1\rvert$	建第二组等式: $\begin{cases}x=x_1\\ y=y_1\end{cases}$
7	过程 5:表示:	用动点表示定点: $z_1=z,\ y_1=\pm\sqrt{x^2+y^2}$	用动点表示定点: $\begin{cases}x_1=x\\ y_1=y\end{cases}$
8	过程 6:代入	z_1，y_1 代入第一组等式，得方程: $f(\pm\sqrt{x^2+y^2},\ z)=0$	x_1，y_1 代入第一组等式，得方程: $P(x,\ y)=0$

这组比较显示，两种关系不大的曲面的建立方程的过程可以具有很大的相似性，这对于任何由曲面性质建立方程的问题都是一种可以参考的模式.

(五) 经过已知曲线的曲面方程建立的模式的确定

1. 锥面的方程的建立的尝试

上述过程有没有普遍性？我们来试着探索一下锥面的方程的建立.

根据我们的直观理解，应该把锥面看作一条直线沿一条准线不平行地运动而生成的曲面，而运动着的直线是经过一个定点的. 具体来说，就是：

给定一条空间曲线 C 和不在 C 上的一点 A，当 C 上的点 M 沿曲线 C 移动时，连接点 A 和 M 的直线 AM 所形成的曲面称为**锥面**，称点 A 为该锥面的顶点，曲线 C 为该锥面的准线，直线 AM 为该锥面的一条母线(如图 6).

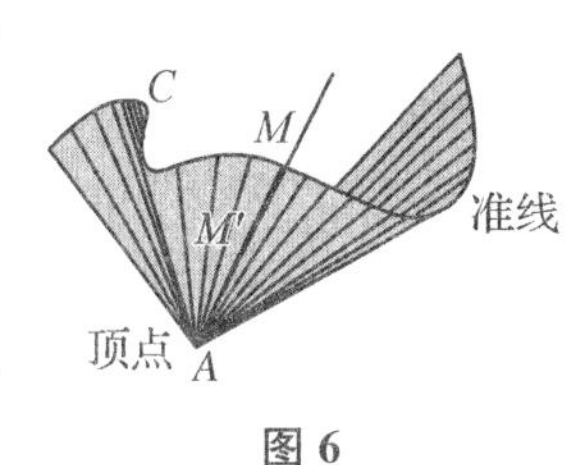

图 6

很明显，由于这里的曲线 C 是空间曲线(而不是平面曲线)，所以建立这种方程会更一般化一些. 现在试用一个实例介绍锥面方程的构建方法.

例 1　求顶点在原点、准线为 $\begin{cases} x^2-2z+1=0 \\ y-z+1=0 \end{cases}$ 的锥面方程.

解　已知锥面的准线为 C：$\begin{cases} x^2-2z+1=0 \\ y-z+1=0 \end{cases}$，任意固定一点 $M_1(x_1, y_1, z_1)\in C$，则：

$$\begin{cases} x_1^2-2z_1+1=0 \\ y_1-z_1+1=0 \end{cases}.$$

设 $M(x, y, z)$ 是经过 M_1 的母线上的任意一点，因为 M_1，M 和原点 O 三点共线，故有关系式

$$\frac{x}{x_1}=\frac{y}{y_1}=\frac{z}{z_1}.$$

现在只剩下要解出(x_1, y_1, z_1)了，方法可以很多，例如设一个参数，即记 $\frac{x}{x_1}=\frac{y}{y_1}=\frac{z}{z_1}=t$，则

$$x_1=\frac{x}{t},\ y_1=\frac{y}{t},\ z_1=\frac{z}{t},$$

代入准线方程后得到

$$\begin{cases} \left(\frac{x}{t}\right)^2-2\frac{z}{t}+1=0 \\ \frac{y}{t}-\frac{z}{t}+1=0 \end{cases}.$$

消去 t 就得到所要求的锥面方程

$$x^2+y^2-z^2=0.$$

2. 投影柱面方程的寻踪

作为对规律的进一步检验，我们讨论一下投影柱面方程建立的问题.

设空间曲线 C 的一般方程为 $\begin{cases}F(x, y, z)=0\\G(x, y, z)=0\end{cases}$.

容易知道，这个方程中消去 z 就可得到经过 C 的投影母线平行于 z 轴的柱面方程

$$P(x, y)=0.$$

这个问题，其实细细分析可以发现，也是与上述过程模式吻合的.

因为设 $M_1(x_1, y_1, z_1)\in C$，设 $M(x, y, z)$ 是经过 M_1 的母线上的任意一点，则有等式：

$$\begin{cases}F(x_1, y_1, z_1)=0\\G(x_1, y_1, z_1)=0\end{cases}，从而\ P(x_1, y_1)=0.$$

又因为 $\begin{cases}x=x_1\\y=y_1\end{cases}$，故有关系式 $P(x, y)=0$.

如果我们对这个问题的考虑仅止于此，就得不到什么学习效果.

想一想，它不正是一个母线平行于坐标轴的柱面问题吗？只不过已知曲线方程比前面的 $\begin{cases}P(x, y)=0\\z=0\end{cases}$ 更一般化一点而已，两者没有本质区别.

现在我们来考虑一个母线不平行于坐标轴的柱面问题.

例 2 如图 7，有一束平行于直线 $L: x=y=-z$ 的平行光束照射不透明球面

$$\Sigma: x^2+y^2+z^2=2z,$$

求球面在 xOy 面上留下的投影（阴影部分）的边界曲线方程.

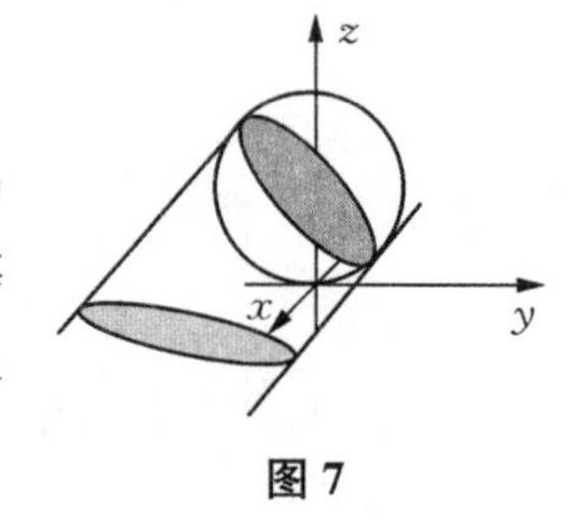

图 7

分析 关键要找到投影曲面的"准线"，它由一种"最大范围"确定. 当准线找到后，如何由准线满足的等式过渡到投影面满足的等式？我们来用前面分析过的过程解此题，从而确定这种方法的普遍意义.

解 经过球心且与 L 垂直的平面为 $(x-0)+(y-0)-(z-1)=0$，即 $x+y-z+1=0$. 它与球面的交线为 L_0: $\begin{cases}x^2+y^2+z^2=2z\\x+y-z+1=0\end{cases}$，这就是我们要找的柱面的准线.

设 $M(x, y, z)$ 是 L_0 的阴影柱面上任一点，$M_1(x_1, y_1, z_1)$ 是对应的 L_0 上的点，则 $\overrightarrow{MM_1}/\!/\{1, 1, -1\}$，故

$$\frac{x_1-x}{1}=\frac{y_1-y}{1}=\frac{z_1-z}{-1}\xlongequal{\triangle}t,$$

即

$$\begin{cases}x_1=x+t\\y_1=y+t.\\z_1=z-t\end{cases}$$

代入交线方程后得到阴影柱面的方程

$$\begin{cases}(x+t)^2+(y+t)^2+(z-t)^2=2(z-t)\\(x+t)+(y+t)-(z-t)+1=0\end{cases}.$$

消去变量 t 即得柱面方程：

$$\left(\frac{2x-y+z-1}{3}\right)^2+\left(\frac{2y-x+z-1}{3}\right)^2+\left(\frac{x+y+2z-2}{3}\right)^2=1.$$

令 $z=0$，就得到所求(椭圆) 曲线的方程

$$\begin{cases}2x^2+2y^2-2xy-2x-2y-1=0\\z=0\end{cases}.$$

3. 模式的确定

"数学是模式的科学"，寻求解决问题的模式，比解决若干个具体问题重要得多.

从以上分析可以看出，我们可以解决的是以下的建模问题：

已知一条空间曲线 C，求 C 上的点在一定条件 P 下生成的曲面 Σ.

解决问题的目标是将问题解释于空间直角坐标系，并求出坐标系中 Σ 的方程. 解此模型的步骤是：

第一步　找到(或已知) 曲线("准线""母线" 或别的名称) 的方程

$$C:\begin{cases}F(x, y, z)=0\\G(x, y, z)=0\end{cases}.$$

第二步　设 $M(x, y, z)$ 是 Σ 上任意一点，$M_1(x_1, y_1, z_1)$ 是它通过条件 P 相关联的 C 上一点.

第三步　则 $M_1(x_1, y_1, z_1)$ 满足"第一组等式"：

$$\begin{cases}F(x_1, y_1, z_1)=0\\G(x_1, y_1, z_1)=0\end{cases}.$$

第四步　设条件 P 是一串含 x, y, z, x_1, y_1, z_1 的"第二组等式"(有时不需要借助参数 t)，

$$P_1(x, y, z, x_1, y_1, z_1, t)=0,\ P_2(x, y, z, x_1, y_1, z_1, t)=0,\ \cdots$$

第五步　从中解出

$$\begin{cases}x_1=\varphi(x, y, z, t)\\y_1=\varphi(x, y, z, t)\ \cdots\cdots\\z_1=\psi(x, y, z, t)\end{cases}$$

第六步　将它代入"第一组等式"，即得 $M(x, y, z)$ 所在的曲线 Σ 上方程

$$H(x, y, z)=0.$$

二、阅读启示

(一) 对思想方法的启示

柱面和旋转面是两种常用的曲面，母线平行于坐标轴的柱面和轴线平行于坐标轴的旋转面方程是非常容易被识别和“操作”的，就是说，这是两个极易掌握的知识点. 另一方面，由已知曲线求曲面方程是一类难度较高的轨迹问题，如何在较容易的两类曲面方程的建立过程中找到建立曲面方程的一般规律就是一个很有探究价值的问题. 我们充分发挥“量的优势”，先在两种曲面的建立中初步找到规律，产生质的飞跃，再到锥面和母线不平行于坐标轴的柱面中去检验这种程序的可行性，最后再产生质的第二次飞跃 —— 一类抽象的问题和方法. 因此，只要深入探究，总可以找到很多规律的.

(二) 对真善美的启示

通过观察柱面方程、旋转面方程建立，探究曲面方程建立的规律，并应用于其他问题中，体验从量的积累产生新的模式的过程，这也是认识 — 实践 — 再认识的过程，从而领悟质量互变规律的伟大力量. 应该在下列两点有所启发：

1. 探究性活动激发科学态度和创新精神

对旋转轴为坐标轴的旋转面，往往只限于“方程具有平方和”的判断的要求；对柱面方程，也只限于“方程缺少某字母”的判断的要求. 通过对这两种方程建立过程的重新审视，认识到对于这两种简单曲面，有更深入的思考余地，还可以联系起来思考其共性，这对于浅层学习者来说，是十分新奇的视角，会有很大的认知冲突. 这种从量变到质变的一次探究性活动，可以激发科学态度和创新精神.

2. 寻求规律是对辩证唯物主义的深刻领会

比较得到两种方程建立过程的共性之后，基本产生了一种解决“由曲线方程求曲面方程”问题的思考程序，这是一种质变，探究过程可以带来实践成功的快乐，就会产生探究性学习的动力. 进一步自然会思考：“如何把这个程序到实践中去检验”，这又是对辩证唯物主义的一次深刻领会. 检验的形式是锥面方程和投影柱面方程的建立，这可以促进对此两种方程的深入理解，以前对如何建立锥面方程不感兴趣，对投影柱面的兴趣也仅限于“消掉一个字母”，现在发现用自己实践来的程序看问题“很灵验”，从而产生解决任何曲面方程的建立问题的信心，因而这一讲可以作为树立正确的情感态度价值观的一个范例.

三、问题解决

(一) 问题探究

向量代数和空间解析几何的知识基本上是学其“用处”. 优质的问题和习题突出几何与代数的相互解释、图形与方程的想象和匹配. 其实，对于“面”“线”“点”的表示和表征，我国的教材普遍存在薄弱环节，下面以思考题的形式讨论这些问题.

1. 由截线找曲面

试看以下思考题.

思考题 1　我们学习了用截痕法去研究一个曲面的形状，那么能否用已知截痕的信息来推出曲面的方程呢？

这是对以往问题的逆向思考，它的答案应该是“相对合理”的、开放的，因为我们只能从有限的截痕来猜测最有可能的方程. 例如，已知两个截痕图形如图 8 所示，试问这是哪种二次曲面的截痕？回答此问题，就需要对 9 种二次曲面的图形都非常熟悉，通过比较，只有椭圆双曲面才可能符合，因为这些截痕在坐标面上的投影正是椭圆、双曲线和一对相交直线. 通过多次尝试，应发现这是 $-x^2+2y^2+z^2=1$，其中“2”可以换成任何一个大于 1 的实数.

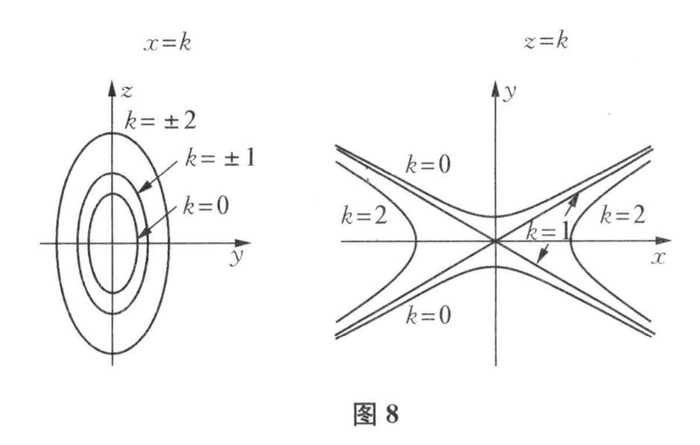

图 8

2. 参数方程表示的曲线的图形

思考题 2　我们学习了用参数方程表示曲线，那么能否在参数方程中研究曲线的特性呢？

如果不熟悉参数方程的性态，在研究微分和积分时往往会失去自信. 对于平面解析几何的极坐标和参数方程就常常会遇到这种难题. 问题的关键在于如何建立一个具体的参数方程的曲线的研究方法. 一种研究方法是相对性判断. 举例来说，下列图 9 中两条曲线(分别称为环面螺线和三叶结)，你如何知道哪条最可能是

$$x=(4+\sin 20t)\cos t,\ y=(4+\sin 20t)\sin t,\ z=\cos 20t,$$

而另一条最可能是

$$x=(2+\cos 1.5t)\cos t,\ y=(2+\cos 1.5t)\sin t,\ z=\sin 1.5t.$$

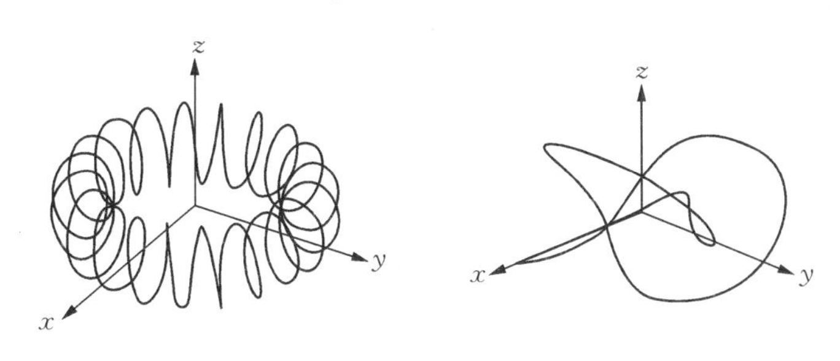

图 9

事实上，这可以重点从周期性的研究中找到信息，在 $t\in[0,\ 2\pi]$ 的变化过程中，动点从起点回到终点，而在此过程中，前面的方程因为 $z=\cos 20t$，使图形起伏 20 次，而后面的方程，其图形只能 4 次取到 $z=0$ 的值.

另一种方法是比较严谨的分析法. 例如扭曲的三次曲线 $x=t,\ y=t^2,\ z=t^3$，研究方法

如下：

① 设置 t 的起点和终点，先作坐标面上的投影曲线：$y=x^2$，$z=x^3$，$z=y^{\frac{3}{2}}$；

② 画出这些投影曲线(工程上称为三视图)，如图 10；

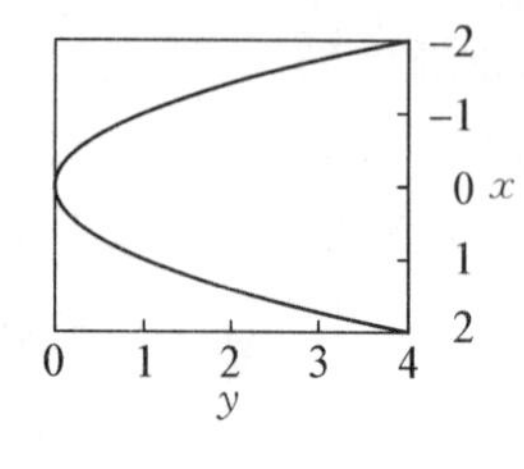

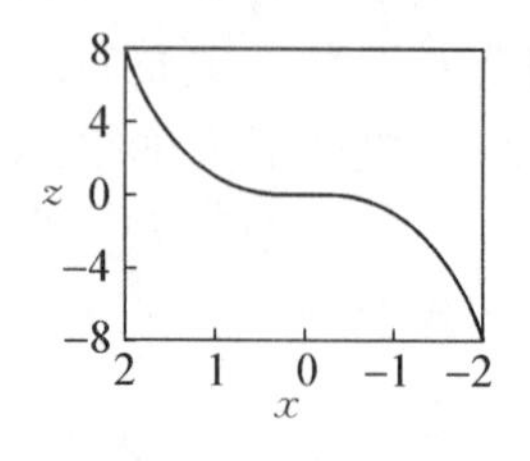

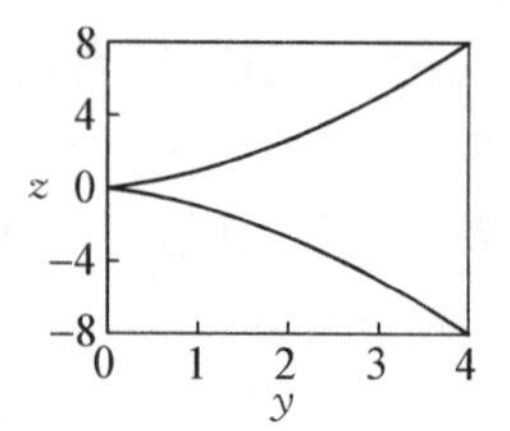

图 10

③ 在一个熟悉的曲面上(此处为抛物柱面)，将曲线画出来，这称为可视化处理，如图 11.

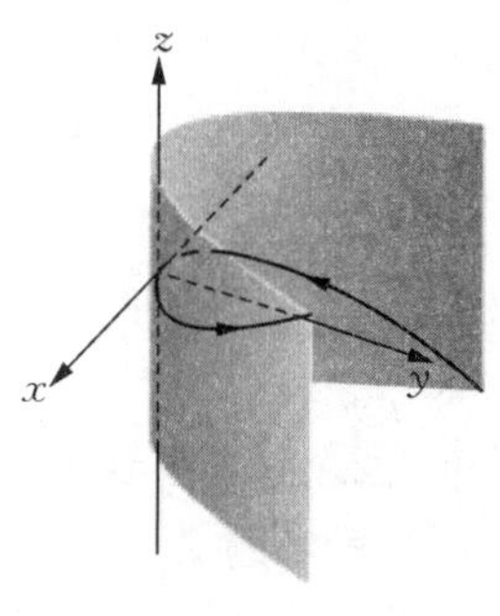

图 11

以上是研究参数方程的策略的启示. 空间解析几何如果以这些策略性问题的研究为重点，就是会收到更好的教育效果了.

3. 用向量表示点和方程

对于三维空间点的表示，也是一个难点. 而向量的表示往往可以很好地解决这个问题.

设动点 $P(x, y, z)$，定点 $P_0(x_0, y_0, z_0)$，它们的向径分别为 $\boldsymbol{r}$ 和 $\boldsymbol{r}_0$. 设平面法向量 $\boldsymbol{n}=(A, B, C)$，直线方向向量 $\boldsymbol{s}=(l, m, n)$.

思考题 3　设 t 是参数，p 是实数. 有向量形式的直线方程 $\boldsymbol{r}=\boldsymbol{r}_0+\boldsymbol{s}t$ 及平面方程 $\boldsymbol{r}\cdot\boldsymbol{n}+p=0$ 相交，如何求直线与平面交点 P_1 的表达式？

解决问题的方法是：由直线方程代入平面方程得，$(\boldsymbol{r}_0+\boldsymbol{s}t)\cdot\boldsymbol{n}+p=0$，解出 $t=-\dfrac{\boldsymbol{r}_0\cdot\boldsymbol{n}+p}{\boldsymbol{s}\cdot\boldsymbol{n}}$，代回直线方程即得交点 P_1 的向径 $\boldsymbol{r}_1=\dfrac{(\boldsymbol{s}\cdot\boldsymbol{n})\boldsymbol{r}_0-(\boldsymbol{r}_0\cdot\boldsymbol{n})\boldsymbol{s}-p\boldsymbol{s}}{\boldsymbol{s}\cdot\boldsymbol{n}}$.

利用恒等式(可用坐标法证之) $\boldsymbol{a}\times(\boldsymbol{b}\times\boldsymbol{c})=\boldsymbol{b}(\boldsymbol{a}\cdot\boldsymbol{c})-\boldsymbol{c}(\boldsymbol{a}\cdot\boldsymbol{b})$ 进一步可得

$$\boldsymbol{r}_1=\frac{(\boldsymbol{s}\times\boldsymbol{r}_0)\times\boldsymbol{n}-p\boldsymbol{s}}{\boldsymbol{s}\cdot\boldsymbol{n}}.$$

上面所示的直线方程 $\boldsymbol{r}=\boldsymbol{r}_0+\boldsymbol{s}t$ 恰好是我们所熟知的参数方程 $\begin{pmatrix}x\\y\\z\end{pmatrix}=\begin{pmatrix}x_0\\y_0\\z_0\end{pmatrix}+t\begin{pmatrix}l\\m\\n\end{pmatrix}$，这实际上就是共线向量的充要条件，由此可推得过点 $P_0(x_0, y_0, z_0)$ 且平行于两个不共线的向量 $\boldsymbol{a}$，$\boldsymbol{b}$ 所确定的平面方程的向量表示为 $\boldsymbol{r}=\boldsymbol{r}_0+\lambda\boldsymbol{a}+\mu\boldsymbol{b}$，这也从向量的表示定理直接可以看出，其参数方程就是(线性组合)：

$$\begin{pmatrix}x\\y\\z\end{pmatrix}=\begin{pmatrix}x_0\\y_0\\z_0\end{pmatrix}+\lambda\begin{pmatrix}a_x\\a_y\\a_z\end{pmatrix}+\mu\begin{pmatrix}b_x\\b_y\\b_z\end{pmatrix}.$$

现在问：二次曲面方程能否也用参数式和向量式表示呢？回答是：都能！以双叶双曲面

$\dfrac{x^2}{a^2}+\dfrac{y^2}{b^2}-\dfrac{z^2}{c^2}=-1$ 为例，以下用截痕法将曲面方程转化成曲线族方程. 令 $z=\lambda(|\lambda|\geqslant c)$，则 $\dfrac{x^2}{a^2\left(\dfrac{\lambda^2}{c^2}-1\right)}+\dfrac{y^2}{b^2\left(\dfrac{\lambda^2}{c^2}-1\right)}=1$，再用椭圆的参数方程就得到参数方程表示的结果：

$$\begin{cases}x=a\sqrt{\dfrac{\lambda^2}{c^2}-1}\cos\mu\\ y=b\sqrt{\dfrac{\lambda^2}{c^2}-1}\sin\mu\\ z=\lambda\end{cases}(|\lambda|\geqslant c,\ 0\leqslant\mu\leqslant 2\pi)，或即 \begin{pmatrix}x\\y\\z\end{pmatrix}=\lambda\begin{pmatrix}0\\0\\1\end{pmatrix}+\sqrt{\dfrac{\lambda^2}{c^2}-1}\begin{pmatrix}a\cos\mu\\b\sin\mu\\0\end{pmatrix}.$$

故有如下向量形式：

$$\boldsymbol{r}=\lambda\boldsymbol{a}+\sqrt{\frac{\lambda^2}{c^2}-1}\,\boldsymbol{b}(\mu)，其中\ \boldsymbol{a}=\begin{pmatrix}0\\0\\1\end{pmatrix}，\boldsymbol{b}(\mu)=\begin{pmatrix}a\cos\mu\\b\sin\mu\\0\end{pmatrix}.$$

（二）习题研究

平面与直线、曲面与空间曲线的方程的建立是空间解析几何部分的重点；向量的应用是向量代数部分的重点.

1. 向量的表示及其应用

要学会区别习题中的向量是否与坐标系有必然的关联？也要注意曲线曲面的位置关系既可能用坐标表示，也可能用向量表示.

例 3　设点 $M(2,3,-1)$ 和直线 $L:\begin{cases}x=1+t\\y=2+t\\z=13+4t\end{cases}$，求点 M 到直线 L 的距离 d.

解法 1　过点 $M(2,3,-1)$ 且垂直于直线 L 的平面 Π 为 $1\cdot(x-2)+1\cdot(y-3)+4\cdot(z+1)=0$，将已知直线 L 的参数方程代入 Π，有：$(1+t-2)+(2+t-3)+4(13+4t+1)=0$，得到 $t=-3$，故 L 与 Π 的交点为 $N(-2,-1,1)$，

从而
$$d=|\overrightarrow{MN}|=\sqrt{4^2+4^2+2^2}=6.$$

解法 2　直线 L 的方向向量为 $\boldsymbol{s}=(1,1,4)$，在直线 L 上找一点 $N(1+t,2+t,13+4t)$，使 $\overrightarrow{MN}\perp\boldsymbol{s}$，即

$1\cdot(1+t-2)+1\cdot(2+t-3)+4\cdot(13+4t+1)=0$，得 $t=-3$，故 $N(-2,-1,1)$，从而

$$d=|\overrightarrow{MN}|=\sqrt{4^2+4^2+2^2}=6.$$

解法 3　直线 L 的方向向量为 $\boldsymbol{s}=(1,1,4)$，在直线上任取一点 $P(-1,0,5)$（只需令 $t=-2$）得 $\overrightarrow{PM}=(3,3,-6)$，故点到直线的距离为平行四边形的高：

$$d=\frac{|\overrightarrow{PM}\times s|}{|s|}=\frac{\left|\begin{vmatrix} i & j & k \\ 3 & 3 & -6 \\ 1 & 1 & 4 \end{vmatrix}\right|}{\sqrt{1^2+1^2+4^2}}=\frac{|18i-18j|}{\sqrt{18}}=\frac{18\sqrt{2}}{3\sqrt{2}}=6.$$

解法 4　令 $t=2$ 得直线上一点 $P(-1, 0, 5)$，则 $\overrightarrow{PM}=(3, 3, -6)$，直线 L 的方向向量为 $s=(1, 1, 4)$，则$\overrightarrow{PM}$ 在 L 上的投影为

$$l=\mathrm{Prj}_s\overrightarrow{PM}=\frac{\overrightarrow{PM}\cdot s}{|s|}=\frac{-18}{3\sqrt{2}}=-3\sqrt{2}.$$

于是由勾股定理，

$$d=\sqrt{|\overrightarrow{PM}|^2-l^2}=\sqrt{54-18}=6.$$

本题的 4 种方法中有 3 种方法是向量法. 第一种方法要求垂直于已知直线的平面及垂足，第二种方法不需求垂足，减少了计算量，第三种是叉积法，把距离看作平行四边形的高，第四种是点积法，是把距离看作直角三角形的一边，值得回味.

例 4　求直线 $l_1:\begin{cases}x-y=0\\ z=0\end{cases}$ 与直线 $l_2:\dfrac{x-2}{4}=\dfrac{y-1}{-2}=\dfrac{z-3}{-1}$ 的距离.

解　l_1 的对称式方程为 $\dfrac{x}{1}=\dfrac{y}{1}=\dfrac{z}{0}$，

两直线的方向向量分别为 $s_1=(1, 1, 0)$，$s_2=(4, -2, -1)$，$s_1\times s_2=(-1, 1, -6)$，

两直线上两定点分别为 $P_1(0, 0, 0)$，$P_2(4, -2, -1)$，$a=\overrightarrow{P_1P_2}=(2, 1, 3)$，

两直线的距离就为平行六面体的高：

$$d=\frac{|a\cdot(s_1\times s_2)|}{|s_1\times s_2|}=\frac{|-2+1-18|}{\sqrt{38}}=\sqrt{\frac{19}{2}}.$$

此题要拷问的是一个一般性问题：如何求两条异面直线之间的距离. 特别是，在众多方法中，直接在坐标系中建立直线方程（比如公垂线方程）会浪费时间去计算很多不必要知道的元素，而用向量的混合积来处理就十分快捷，其思想方法相当于例 3 的第三种解法.

2. 线与面的方程的建立

例 5　设 Σ 是以三个正半轴为母线的半圆锥面，求其方程.

解　显然 $O(0, 0, 0)$ 为顶点，$A(1, 0, 0)$，$B(0, 1, 0)$，$C(0, 0, 1)$ 在 Σ 上. 由此三点决定的平面是 $x+y+z=1$，它与球面 $x^2+y^2+z^2=1$ 的交线 L 是 Σ 的准线.

设 $P(x, y, z)$ 是 Σ 上一点，$P'(u, v, w)$ 是母线 OP 与 L 的交点，则 OP 的方程为 $\dfrac{x}{u}=\dfrac{y}{v}=\dfrac{z}{w}=\dfrac{1}{t}$，即 $u=tx$，$v=ty$，$w=tz$. 代入准线方程得 $\begin{cases}(x^2+y^2+z^2)t^2=1\\ (x+y+z)t=1\end{cases}$，消去 t，得到圆锥面 Σ 的方程为 $xy+yz+zx=0$.

这个习题正是考察本讲“阅读”中的重点内容 —— 经过已知曲线的曲面方程的建立. 寻找准线和建立两点之间的关系的主要工作. 其难度属于中等.

例6　写出一个与双曲面 $\frac{x^2}{4}+\frac{y^2}{2}-2z^2=1$ 和球面 $x^2+y^2+z^2=4$ 的交线相交且与直线 $\begin{cases}x=0\\3y+z=0\end{cases}$ 垂直的平面方程.

解法1　直线的参数方程可以记成 $\begin{cases}x=0\\y=t\\z=-3t\end{cases}$，所以直线的方向可以取为 $\boldsymbol{s}=(0,1,-3)$，这是所求平面的法向量.

取 $x=0$，则有 $\begin{cases}y^2-4z^2=2\\y^2+z^2=4\end{cases}$，解此方程组得 $y=\pm3\sqrt{\frac{2}{5}}$，$z=\pm\sqrt{\frac{2}{5}}$. 于是取点 $\left(0,3\sqrt{\frac{2}{5}},\sqrt{\frac{2}{5}}\right)$ 为交线上的点. 得到一个平面方程 $y-3\sqrt{\frac{2}{5}}-3\left(z-\sqrt{\frac{2}{5}}\right)=0$，整理后得 $y-3z=0$.

解法2　在 $\begin{cases}\frac{x^2}{4}+\frac{y^2}{2}-2z^2=1\\x^2+y^2+z^2=4\end{cases}$ 中消去 z，得 $9x^2+10y^2=36$，交线中其中一点为 $(2,0,0)$. 直线 $\begin{cases}x=0\\3y+z=0\end{cases}$ 的方向向量为 $\boldsymbol{s}=(0,1,-3)$，这是平面的法向量，所以所求平面方程为 $y-3z=0$.

解法3　在 $\begin{cases}\frac{x^2}{4}+\frac{y^2}{2}-2z^2=1\\x^2+y^2+z^2=4\end{cases}$ 中消去 x，得 $y^2=9z^2$，这是一对相交平面 $y=\pm3z$，也是两个曲面的交线所在的两个平面，对于此交线上的任意点 $(x_0,\pm3z_0,z_0)$，作与直线 $\begin{cases}x=0\\3y+z=0\end{cases}$ 垂直的平面方程.

$0(x-x_0)+(y\pm3z_0)-3(z-z_0)=0$，得到 $y-3z=0$ 或 $y-3z+6z_0=0$，取其中一个平面方程 $y-3z=0$.

此题从全国大学生数学竞赛的一个决赛题改编，原题是：

过双曲面 $\frac{x^2}{4}+\frac{y^2}{2}-2z^2=1$ 和球面 $x^2+y^2+z^2=4$ 的交线且与直线 $\begin{cases}x=0\\3y+z=0\end{cases}$ 垂直的平面方程为________.

这个原题的“过……的交线”是有歧义的，我们常常见到过两个平面的交线再作一个平面是要求这个平面包含交线上的每个点的，而这里的双曲面和球面的交线并不是平面曲线(如果是平面曲线，也无法再要求其与已知直线垂直了)，所以考生应理解为“经过交线上某个点”，但这样又应该把所有可能的平面都表示出来，即 $y-3z+6t=0$ $\left(-\sqrt{\frac{2}{5}}\leqslant t\leqslant\sqrt{\frac{2}{5}}\right)$，而不是(标准答案)只写一个平面.

将原题改编为如上开放题的形式后，对解题就富有启发性. 第一种解法直接就取交线上的一个特殊点，得到一个平面；第二种解法是先发现这个交线在一个柱面上，再取一个特殊点；第三种解法是先发现这个交线在一对相交平面上，得到一般解再求特殊解. 三种解法代表了不同的思考风格.

（三）解题策略

向量代数与空间解析几何都是具有强烈的数形结合色彩的数学对象，我们在求解几何元素（距离、角度等）时要善用**向量处理**，在求解方程时要善用特殊的**几何条件处理**. 这是这一块习题求解的关键策略.

例 7 过三条直线 $L_1:\begin{cases}x=0\\y-z=2\end{cases}$, $L_2:\begin{cases}x=0\\x+y-z+2=0\end{cases}$, $L_3:\begin{cases}x=\sqrt{2}\\y-z=0\end{cases}$ 的圆柱面方程为______.

解 三条直线的对称式方程分别为：

$$L_1:\frac{x}{0}=\frac{y-1}{1}=\frac{z+1}{1},\ L_2:\frac{x}{0}=\frac{y-0}{1}=\frac{z-2}{1},\ L_3:\frac{x-\sqrt{2}}{0}=\frac{y-1}{1}=\frac{z-1}{1},$$

所以三条直线平行. 在 L_1 上取点 $P_1(0,1,-1)$，过该点作与三直线都垂直的平面 $y+z=0$，分别交 L_2，L_3 于点 $P_2(0,-1,1)$，$P_3(\sqrt{2},0,0)$. 易知经过这三点的圆的圆心为 $O(0,0,0)$，半径为 $\sqrt{2}$.

以下用两种方法求圆柱面方程.

方法 1（轨迹法） 圆柱的中心轴线方程为 $l:\frac{x}{0}=\frac{y}{1}=\frac{z}{1}$，设圆柱面上任意点的坐标为 $Q(x,y,z)$，所以有 $\frac{|(x,y,z)\times(0,1,1)|}{\sqrt{0^2+1^2+1^2}}=\sqrt{2}$（因为圆柱面上任一点到中心线距离为常数），化简得圆柱面方程为 $2x^2+y^2+z^2-2yz=4$.

方法 2（过渡法） 圆柱的准线为 $\begin{cases}x^2+y^2+z^2=2\\y+z=0\end{cases}$，设圆柱面上任意点的坐标为 $Q(x,y,z)$，它所在母线与准线的交点为 $P(x_1,y_1,z_1)$，则

$$\frac{x_1-x}{0}=\frac{y_1-y}{1}=\frac{z_1-z}{1}=t,$$

代入
$$\begin{cases}x_1^2+y_1^2+z_1^2=2\\y_1+z_1=0\end{cases},$$

即得

$$x^2+(y+t)^2+(z+t)^2=2,\ t=\frac{y+z}{2},$$

即 $2x^2+y^2+z^2-2yz=4$.

这两种解法中，前者用到了"圆柱"（它不是一般的柱面）的特性解题，自然比第二种一般求法更省力了.

例 8 证明：通过点 $P(x_0,y_0,z_0)$ 且与平面 $Ax+By+Cz+D=0$ 平行，又和直线

$$\begin{cases}A_1x+B_1y+C_1z+D_1=0\\A_2x+B_2y+C_2z+D_2=0\end{cases}$$

相交的直线方程为：

$$\begin{cases}A(x-x_0)+B(y-y_0)+C(z-z_0)=0\\ \begin{vmatrix}A_1x+B_1y+C_1z+D_1 & A_2x+B_2y+C_2z+D_2\\A_1x_0+B_1y_0+C_1z_0+D_1 & A_2x_0+B_2y_0+C_2z_0+D_2\end{vmatrix}=0\end{cases}.$$

证明　设 $P(x,\ y,\ z)$ 为所求直线上的任意一点，则由平行的条件知直线经过平面

$$A(x-x_0)+B(y-y_0)+C(z-z_0)=0.$$

再设直线 PP_0 和已知直线 L 相交后的平面为 Π，设 Π 的平面束方程为 $\lambda(A_1x+B_1y+C_1z+D_1)+\mu(A_2x+B_2y+C_2z+D_2)=0$，则动点 $P(x,\ y,\ z)$ 和定点 $P(x_0,\ y_0,\ z_0)$ 同时满足此等式，所以同时有

$$\begin{cases}\lambda(A_1x+B_1y+C_1z+D_1)+\mu(A_2x+B_2y+C_2z+D_2)=0\\\lambda(A_1x_0+B_1y_0+C_1z_0+D_1)+\mu(A_2x_0+B_2y_0+C_2z_0+D_2)=0\end{cases},$$

即关于 $\lambda,\ \mu$ 的齐次方程组有非零解，从而二阶行列式

$$\begin{vmatrix}A_1x+B_1y+C_1z+D_1 & A_2x+B_2y+C_2z+D_2\\A_1x_0+B_1y_0+C_1z_0+D_1 & A_2x_0+B_2y_0+C_2z_0+D_2\end{vmatrix}=0,$$

两式联立即为所指直线. 证毕.

尽管此题的证明方法看似非常特殊，但只要想到了平面束方程，并把 $P(x_0,\ y_0,\ z_0)$ 代入，从 $\lambda(A_1x_0+B_1y_0+C_1z_0+D_1)+\mu(A_2x_0+B_2y_0+C_2z_0+D_2)=0$ 可以求出 $\lambda,\ \mu$ 之间的比值，再代回平面束方程同样可以得到行列式为零的那个等式. 所以经过某一直线和直线外一点的平面方程，都可以用这个行列式表示.

练习题

1. 证明：三向量 $\boldsymbol{a},\ \boldsymbol{b},\ \boldsymbol{c}$ 共面的充要条件是行列式 $\begin{vmatrix}\boldsymbol{a}\cdot\boldsymbol{a} & \boldsymbol{a}\cdot\boldsymbol{b} & \boldsymbol{a}\cdot\boldsymbol{c}\\\boldsymbol{b}\cdot\boldsymbol{a} & \boldsymbol{b}\cdot\boldsymbol{b} & \boldsymbol{b}\cdot\boldsymbol{c}\\\boldsymbol{c}\cdot\boldsymbol{a} & \boldsymbol{c}\cdot\boldsymbol{b} & \boldsymbol{c}\cdot\boldsymbol{c}\end{vmatrix}=0$.

2. 已知直线 L_1：$\dfrac{x+1}{-1}=\dfrac{y+1}{2}=\dfrac{z+2}{3}$，$L_2$：$\begin{cases}2x+y-1=0\\3x+z-2=0\end{cases}$，试用多种方法证明 $L_1\ /\!/\ L_2$，再用多种方法写出它们所经过的平面 Π 的方程.

3. 求以平面曲线 $\begin{cases}f(x-a,\ y-b)=0\\z=c+1\end{cases}$ 为准线，点 $P(a,\ b,\ c)$ 为顶点的锥面方程.

4. 用定积分求两个底圆半径都等于 R 的直交圆柱面所围成的立体（牟盒方盖）的体积.

一题一类复习卷(复习卷 8.1)

习题 1 设 a_1, a_2, a_3, b_1, b_2, b_3 为任意实数,试用向量证明不等式

$$\sqrt{a_1^2+a_2^2+a_3^2}\sqrt{b_1^2+b_2^2+b_3^2}\geqslant|a_1b_1+a_2b_2+a_3b_3|,$$

并指出等号成立的条件.

习题 2 已知三点 $A(0, 0, 0)$, $B(2, 2, 0)$, $C(0, 0, 4)$ 构成 $\triangle ABC$.

(1)求 BC 边上中线的方程;(2) 求 BC 边上高的方程;

(3) 求 BC 边上角平分线的方程;(4) 求 BC 边上中垂线的方程.

习题 3 已知三点 $A(0, 0, 0)$, $B(2, 2, 0)$, $C(0, 0, 4)$ 构成 $\triangle ABC$.

(1)求以 BC 为直径的球面方程;

(2) 作一个经过 A, B, C 三点的旋转抛物面方程.

习题 4 已知三点 $A(0, 0, 0)$, $B(2, 2, 0)$, $C(0, 0, 4)$. 求线段 BC 绕 AC 旋转一周后的曲面方程.

习题 5 求过两点 $P(2, 2, 0)$, $Q(0, 2, 4)$ 所在的直线绕 z 轴旋转一周后得到的曲面的方程.

习题 6 求准线为 $\begin{cases}x^2+y^2=25\\ z=0\end{cases}$, 母线平行于向量 $\boldsymbol{a}=(1, 2, 3)$ 的柱面方程.

习题 7 已知四点 $A(0, 0, 0)$, $B(2, 2, 0)$, $C(0, 0, 4)$, $D(0, 2, 4)$,请用多种方法证明 AB, CD 是异面直线.

习题 8 图 12 画出了(投射在坐标面上的)二次曲面截痕,指出所匹配的二次曲面方程.

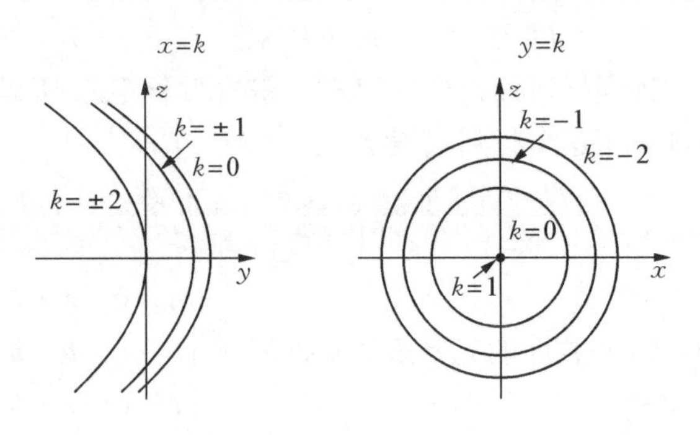

图 12

习题 9 分别给图 13 中的曲线指出匹配的参数方程.

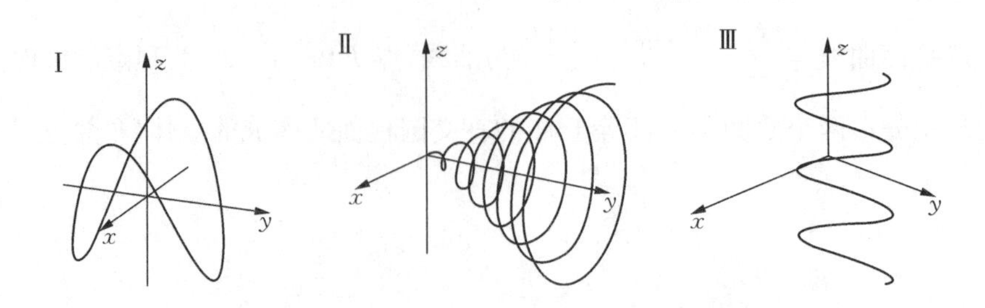

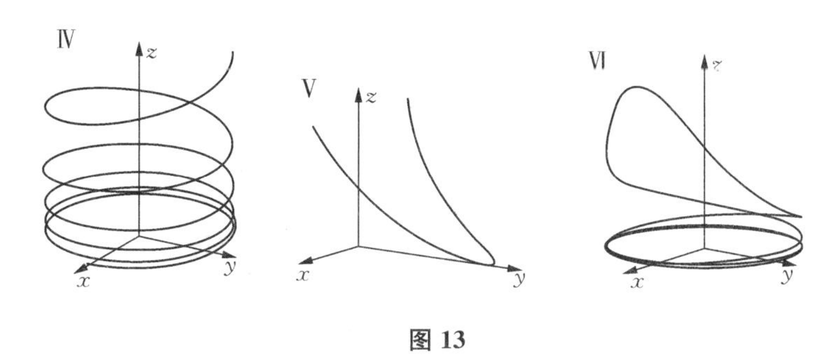

图 13

(1) $x=t\cos t$, $y=t$, $z=t\sin t$, $t\geqslant 0$; (2) $x=\cos t$, $y=\sin t$, $z=\dfrac{1}{1+t^2}$;

(3) $x=t$, $y=\dfrac{1}{1+t^2}$, $z=t^2$; (4) $x=\cos t$, $y=\sin t$, $z=\cos 2t$;

(5) $x=\cos 8t$, $y=\sin 8t$, $z=\mathrm{e}^{0.8t}$, $t\geqslant 0$; (6) $x=\cos^2 t$, $y=\sin^2 t$, $z=t$.

习题 10 设向量 $\boldsymbol{a}$, $\boldsymbol{b}$, $\boldsymbol{c}$ 不共面,l, m, n 为常数,求 $\boldsymbol{x}$ 使满足方程组$\begin{cases}(\boldsymbol{a}\times\boldsymbol{b})\cdot\boldsymbol{x}=l\\(\boldsymbol{b}\times\boldsymbol{c})\cdot\boldsymbol{x}=m.\\(\boldsymbol{c}\times\boldsymbol{a})\cdot\boldsymbol{x}=n\end{cases}$

一题一型复习卷(复习卷 8.2)

1. (判断) 因为 $\boldsymbol{a}\cdot\boldsymbol{a}$ 可以表示为 $\boldsymbol{a}^2$,所以 $\boldsymbol{a}\cdot\boldsymbol{a}\cdot\boldsymbol{a}$ 可以表示为 $\boldsymbol{a}^3$.(   )

2. (单选)已知直线 l_1:$x+1=y-1=z$ 与直线 l_2:$\dfrac{x-1}{1}=\dfrac{y+1}{2}=\dfrac{z-1}{\lambda}$ 相交于一点,则 λ 等于(   ).

A. 0　　B. 1　　C. $-\dfrac{5}{4}$　　D. $\dfrac{5}{4}$

3. (多选) 若 $\boldsymbol{a}\perp\boldsymbol{b}$,则下列成立的有(   ).

A. $|\boldsymbol{a}+\boldsymbol{b}|=|\boldsymbol{a}|+|\boldsymbol{b}|$　　B. $|\boldsymbol{a}+\boldsymbol{b}|=|\boldsymbol{a}-\boldsymbol{b}|$

C. $|\boldsymbol{a}\times\boldsymbol{b}|\leqslant\boldsymbol{a}^2+\boldsymbol{b}^2$　　D. $|\boldsymbol{a}-\boldsymbol{b}|=|\boldsymbol{a}|+|\boldsymbol{b}|$

4. (填空)直线 $\dfrac{x-1}{1}=\dfrac{y+3}{-2}=\dfrac{z-1}{-1}$ 在 xOy 平面上的投影方程为________.

5. (改错)**原题:**设 $\overrightarrow{P_1P_2}$ 与 x 轴和 y 轴的夹角依次为 $\dfrac{\pi}{3}$, $\dfrac{\pi}{4}$,且 $|\overrightarrow{P_1P_2}|=6$,如果点 P_1 的坐标为(1, 0, 3),求点 P_2的坐标. **解法如下:**

设 $P_2(x, y, z)$,则

① $\cos\alpha=\dfrac{x-1}{|\overrightarrow{P_1P_2}|}\Rightarrow\dfrac{x-1}{6}=\dfrac{1}{2}\Rightarrow x=4$, $\cos\beta=\dfrac{y-0}{|\overrightarrow{P_1P_2}|}\Rightarrow\dfrac{y}{6}=\dfrac{\sqrt{2}}{2}\Rightarrow y=3\sqrt{2}$;

② 因为 $\cos^2\alpha+\cos\beta+\cos^2\gamma=1$,所以 $\cos\lambda=\dfrac{1}{2}$;

③ 从而 $\cos\gamma=\dfrac{z-3}{|\overrightarrow{P_1P_2}|}\Rightarrow\dfrac{z-3}{6}=\dfrac{1}{2}\Rightarrow z=6$;

④ 故 P_2的坐标为$(4,3\sqrt{2},6)$.

错点、错因：____.

6. (简答)曲线 $L:\begin{cases}x=t\cos t\\ y=t\sin t\\ z=t\end{cases}$ 在什么样的二次曲面上？

7. (简算)求由曲面 $x^2+y^2=2z$，$z=2$，$z=8$ 所围成的立体在 xOy 平面上的投影区域.

8. (综算)试求点 $M_1(3,1,-4)$ 关于直线 $L:\begin{cases}x-y-4z+9=0\\ 2x+y-2z=0\end{cases}$ 的对称点 M_2 的坐标.

9. (证明)证明：直线 $L_1:\dfrac{x-1}{1}=\dfrac{y+1}{-1}=\dfrac{z-1}{2}$ 与 $L_2:\dfrac{x-2}{-1}=\dfrac{y+3}{2}=z$ 相交.

10. (应用)如图 14，两辆坦克正在进行模拟战斗. 坦克 A 位于点(325，810，561)，坦克 B 位于点(765，675，599).

① 找出坦克之间视线的参数方程.

② 如果我们把视线分成 5 个相等的线段，从 A 坦克到 B 坦克的四个中间点的地形高度分别是 549，566，586 和 589. 那么坦克能看到彼此吗？

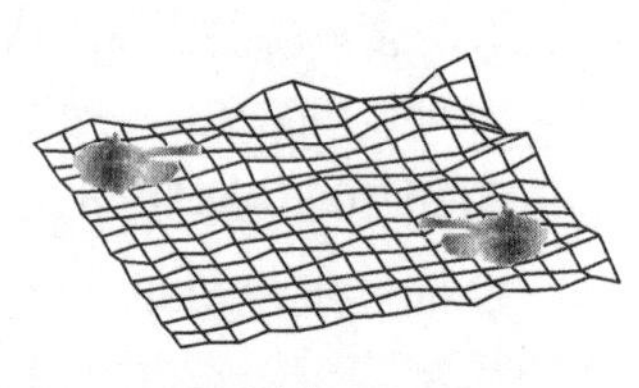

图 14

11. (阅读)已知向量值函数、向量值函数的不定积分和定积分的一个例题：

设向量值函数 $\boldsymbol{r}(t)=2\cos t\boldsymbol{i}+\sin t\boldsymbol{j}+2t\boldsymbol{k}$，不定积分 $\int\boldsymbol{r}(t)\mathrm{d}t=\left(\int 2\cos t\mathrm{d}t\right)\boldsymbol{i}+\left(\int\sin t\mathrm{d}t\right)\boldsymbol{j}+\left(\int 2t\mathrm{d}t\right)\boldsymbol{k}=2\sin t\boldsymbol{i}-\cos t\boldsymbol{j}+t^2\boldsymbol{k}+\boldsymbol{C}$，定积分 $\int_0^{\frac{\pi}{2}}\boldsymbol{r}(t)\mathrm{d}t=\left[2\sin t\boldsymbol{i}-\cos t\boldsymbol{j}+t^2\boldsymbol{k}\right]_0^{\frac{\pi}{2}}=2\boldsymbol{i}+\boldsymbol{j}+\dfrac{\pi^2}{4}\boldsymbol{k}$. 试计算向量值函数的定积分 $\int_0^1\left(\dfrac{1}{t+1}\boldsymbol{i}+\dfrac{1}{t^2+1}\boldsymbol{j}+\dfrac{t}{t^2+1}\boldsymbol{k}\right)\mathrm{d}t$.

12. (半开放)核反应堆的冷却塔需以双曲面形式建造(如图 15). 底部的直径是 280 米，底部以上 500 米的最小直径是 200 米，试对此冷却塔的方程和几何性质进行尽可能多的阐述.

图 15

13. (全开放)如何计算两条直线之间的距离？

扫码可见本讲参考答案

第9讲

多元微分学的比较法学习——以极值问题为例

多元函数的微分学，是一元函数微分学的推广，其很多概念与一元函数微分学的相应概念具有既相似又更接近本质的特征.

我们重点讨论二元函数的极值与最值. 绝对极值是一元函数极值的"纵向"推广，条件极值又是绝对极值的"横向"推广. 我们将它放置于一元函数极值理论中比较着学习，以理解多元函数微分法的思想精髓.

一、精粹导读：从一元到多元的函数极值

(一) 极值的必要条件——从一元函数到二元函数

我们知道，对于一元函数，有下列费马引理：

命题1(极值的必要条件) **如果函数 $f(x)$ 在点 x_0 处取极值，且在点 x_0 处可导，则 $f'(x_0)=0$.**

这个命题不是极值的充分条件，而且作为必要条件也是有"可导"的限制的，例如 $f(x)=|x|$ 在点 $x=0$ 处取极值但导数不存在(而不是等于零)；$f(x)=x^3$ 在点 $x=0$ 处导数为零但不取极值.

将此定理用于二元函数，就可以得到二元函数极值的必要条件：

命题2(极值的必要条件) **设函数 $z=f(x, y)$ 在点 (x_0, y_0) 具有偏导数，且在点 (x_0, y_0) 处有极值，则它在该点的偏导数必然为零：**

$$f_x(x_0, y_0)=0,\ f_y(x_0, y_0)=0.$$

这个结论是由命题1推出的，但又保持了命题1的模式，说成"扬弃"是十分恰当的.

同样地，对于二元函数的极值，也有两个反例：

① 点(0, 0)是函数 $z=\sqrt{x^2+y^2}$ 的极值点，但不是驻点，因为在这点的两个偏导数均不存在；

② 点(0, 0)是函数 $z=xy$ 的驻点，但不是极值点，这个函数的图形是一个双曲抛物面(马鞍面)，是一个十分常用的反例.

条件极值是多元函数极值中一类特有极值问题，拉格朗日乘数法是个什么条件呢？对这个问题的认知如果只限于"这个方法很好用"，就缺乏思考的深度.

不妨也将二元函数的条件极值的拉格朗日乘数法写成一个命题：

命题3(拉格朗日乘数法) **设函数 $z=f(x, y)$ 在区域 D 上有定义且有连续偏导数，其**

中变量满足条件 $\varphi(x, y)=0$($\varphi(x, y)$ 存在不同时为零的连续偏导数),若 (x_0, y_0) 是 $z=f(x, y)$ 的极值点,则 (x_0, y_0) 满足方程组

$$\begin{cases} L_x \equiv f_x(x, y)+\lambda\varphi_x(x, y)=0 \\ L_y \equiv f_y(x, y)+\lambda\varphi_y(x, y)=0, \\ \varphi(x, y)=0 \end{cases}$$

其中拉格朗日函数 $L(x, y, \lambda)=f(x, y)+\lambda\varphi(x, y)$, λ 为一个实数.

自然地,也要考虑两个方面的反例:

① 点 $(0, 0)$ 是函数 $z=\sqrt{x^2+y^2}$ 在条件 $y=0$ 下的极值点,但 $(0, 0)$ 不满足这个方程组,因为在这点的两个偏导数均不存在;

② 点 $(0, 0)$ 不是函数 $y=x^3+y^3$ 在条件 $y=0$ 下的极值点,但它同时满足这个方程组的三个方程.

(二) 极值的充分条件的比较

1. 一元函数极值的充分条件

一元函数的极值有两个常用的充分条件.

定理 1(极值的第一充分条件) **设 $f(x)$ 在点 x_0 处连续,且在 x_0 的某去心邻域 $\mathring{U}(x_0, \delta)$ 内可导,则(如图 1)**

① 若 $f'(x)$ 在 x_0 的两侧"左正右负"(即当 $x\in(x_0-\delta, x_0)$ 时 $f'(x)>0$, 而 $x\in(x_0, x_0+\delta)$ 时 $f'(x)<0$), 则 $f(x)$ 在 x_0 处取极大值;

② 若 $f'(x)$ 在 x_0 的两侧"左负右正",则 $f(x)$ 在 x_0 处取极小值;

③ 若 $f'(x)$ 在 x_0 的两侧"同号",则 $f(x)$ 在 x_0 处不取极值.

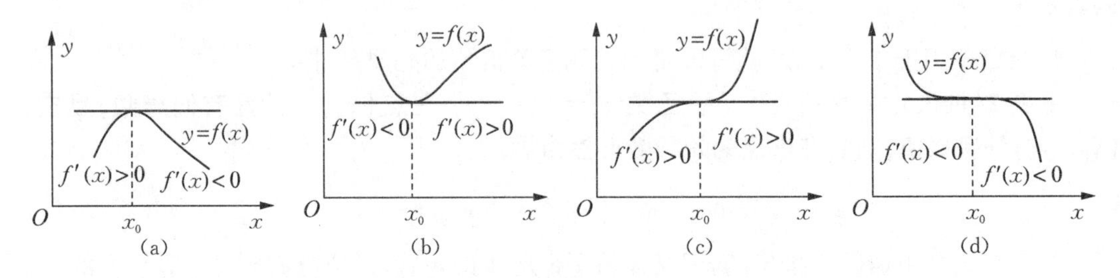

图 1

其实,这个判别法还可以写成极限形式(下列式中的 $A\neq 0$ 是指"非零实数"):

① 若 $f(x)$ 在 x_0 处连续,则 $\lim\limits_{x\to x_0}\dfrac{f(x)}{x-x_0}=A\neq 0$ 时, $f(x)$ 在 x_0 点不取极值(此时 $f(x_0)=0$, $f(x)$ 在 x_0 点两侧变号);

② 若 $f(x)$ 在 x_0 处连续,则 $\lim\limits_{x\to x_0}\dfrac{f(x)}{(x-x_0)^2}=A\neq 0$ 时, $f(x)$ 在 x_0 点取极值(此时 $f(x_0)=0$, $f(x)$ 在 x_0 点两侧不变号);

如果 $f(x)$ 在 x_0 点的某邻域可导,则还可以有:

③ 若 $f'(x_0)=0$，则 $\lim\limits_{x\to x_0}\dfrac{f'(x)}{x-x_0}=A\neq 0$ 时，$f(x)$在 x_0 点取极值(此时 $f'(x)$ 在两侧变号)；

④ 若 $f'(x_0)=0$，则 $\lim\limits_{x\to x_0}\dfrac{f'(x)}{(x-x_0)^2}=A\neq 0$ 时，$f(x)$在 x_0 点不取极值(此时 $f'(x)$ 在两侧不变号).

当 $f(x)$在点 x_0 处不但导数为零而且二阶可导，则还有更为便捷的判别方法.

定理 2(极值的第二充分条件)　**设函数 $f(x)$在点 x_0 处二阶可导，且 $f'(x_0)=0$，则**

① 若 $f''(x_0)<0$，则 $f(x)$在 x_0 处取得极大值；

② 若 $f''(x_0)>0$，则 $f(x)$在 x_0 处取得极小值；

③ 若 $f''(x_0)=0$，则 $f(x)$在 x_0 处可能取极值也可能不取极值.

值得注意的是，由于第一充分条件适用面较大，对不可导的函数也能判别极值，往往会把逆命题当作真命题来接受. 需要拷问：

思考题 1　若 $f(x)$在 x_0 处取极小值，能否推得 $f'(x)$在 x_0 点“左负右正”?

答案是否定的. 反例(如图 2)：设

$$f(x)=\begin{cases}x^2\left(2+\sin\dfrac{1}{x}\right) & x\neq 0\\ 0 & x=0\end{cases}.$$

当 $x\neq 0$ 时，$f(x)-f(0)=x^2\left(2+\sin\dfrac{1}{x}\right)>0$. 于是点 $x=0$ 为 $f(x)$的极值点，但当 $x\neq 0$ 时

$$f'(x)=2x\left(2+\sin\frac{1}{x}\right)-\cos\frac{1}{x}.$$

这个导函数在 $x=0$ 的去心邻域内无数多次变号，故两侧均不单调.

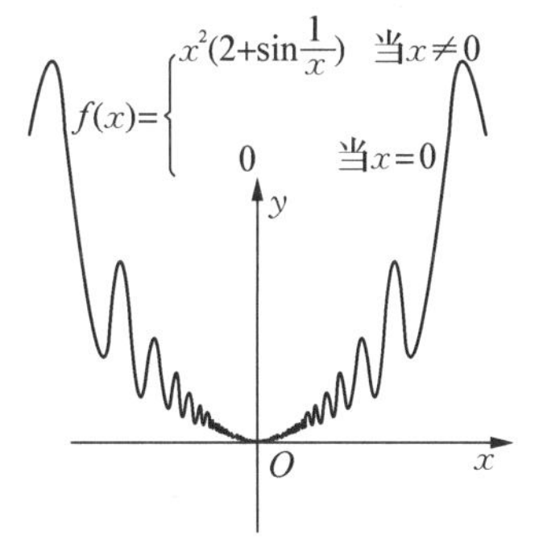

图 2

2. 二元函数极值的充分条件

前面一元函数的极值的第一充分条件涉及“左”“右”概念，与数轴上实数的序结构有关，所以不能推广到二元函数. 为此，只能将第二充分条件推广，在推广时还需注意，一元函数极值的第二充分条件可以从二阶导数的定义(极限表达式)推出，但更方便地可以用泰勒公式推出，这样，就可以将泰勒公式的思想方法迁移到二元函数的极值问题中来了，结果成为：

定理 3(二元函数绝对极值的充分条件)　**设函数 $z=f(x,y)$ 在点 $P_0(x_0,y_0)$的某邻域内有直到二阶的连续偏导数，$f_x(x_0,y_0)=0$，$f_y(x_0,y_0)=0$. 令 $f_{xx}(x_0,y_0)=A$，$f_{xy}(x_0,y_0)=B$，$f_{yy}(x_0,y_0)=C$，则 $f(x,y)$在点 $P_0(x_0,y_0)$处是否取得极值的条件如下：**

① $AC-B^2>0$ 时具有极值，当 $A<0$ 时有极大值，当 $A>0$ 时有极小值；

② $AC-B^2<0$ 时没有极值；

③ $AC-B^2=0$ 时可能有极值,也可能没有极值.

这里,$AC-B^2$ 是行列式 $\begin{vmatrix} A & B \\ B & C \end{vmatrix}$ 的值,称为极值的判别式.

3. 二元函数条件极值的充分条件

自然会问二元函数的拉格朗日乘数法既然不是条件极值的充分条件,那么它有没有充分条件呢?

这个问题,国内很多学者在期刊上发表过各种成果,现在选一种来阐述,它也可以说是绝对极值问题的"升级版".

对于目标函数 $z=f(x, y)$ 在约束条件 $\varphi(x, y)=0$ 下的条件极值问题,这里直接来给出判别法的步骤.

第一步　从拉格朗日函数 $L(x, y, \lambda)=f(x, y)+\lambda\varphi(x, y)$ 中解出拉格朗日稳定点 (x_0, y_0, λ_0),从而得到 L 的驻点 $P_0(x_0, y_0)$,所求得的驻点 $P_0(x_0, y_0)$ 只是 $z=f(x, y)$ "可能的极值点".

第二步　作函数

$$F(x, y)=L(x, y, \lambda_0)=f(x, y)+\lambda_0\varphi(x, y).$$

第三步　利用下列命题 4 来判断极值:

命题 4　若 $F(x, y)$ 在点 $P_0(x_0, y_0)$ 处取得极小(大)值,则 $z=f(x, y)$ 在条件 $\varphi(x, y)=0$ 下也在 P_0 处取极小(大)值.

事实上,若在 $P_0(x_0, y_0)$ 的某去心邻域上 $F(x, y)>F(x_0, y_0)$,则

$$f(x, y)+\lambda_0\varphi(x, y)>f(x_0, y_0)+\lambda_0\varphi(x_0, y_0),$$

而在条件 $\varphi(x, y)=0$ 下也有 $\varphi(x_0, y_0)=0$,因此 $f(x, y)>f(x_0, y_0)$,故 $z=f(x, y)$ 在 $P_0(x_0, y_0)$ 处的曲线 $\varphi(x, y)=0$ 上取极小值.

把上述方法写成一个定理,就是[①]:

定理 4(二元函数条件极值的充分条件)　**设函数 $z=f(x, y)$ 和函数 $\varphi(x, y)$ 在点 $P_0(x_0, y_0)$ 的某邻域内有直到二阶的连续偏导数,$L(x, y, \lambda)=f(x, y)+\lambda\varphi(x, y)$,$(x_0, y_0, \lambda_0)$ 是方程组 $L_x=0, L_y=0, \varphi(x, y)=0$ 的根,记 $F(x, y)=f(x, y)+\lambda_0\varphi(x, y)$. 并记 $F_{xx}(x_0, y_0)=A, F_{xy}(x_0, y_0)=B, F_{yy}(x_0, y_0)=C$,若 $AC-B^2>0$,则:**

① 若 $A>0$,则 $f(x, y)$ 在约束条件 $\varphi(x, y)=0$ 下在点 P_0 处取极小值;

② 若 $A<0$,则 $f(x, y)$ 在约束条件 $\varphi(x, y)=0$ 下在点 P_0 处取极大值.

事实上,注意到在驻点处 $F_x(x_0, y_0)=f_x(x_0, y_0)+\lambda_0\varphi_x(x_0, y_0)=L_x(x_0, y_0)=0$,以及 $F_y(x_0, y_0)=0$,又因为 $AC-B^2>0$,则由二元函数极值的充分条件知,$A>0(<0)$ 时 $F(x, y)$ 在点 P_0 处取极小(大)值,再由命题 4 知,$f(x, y)$ 在条件 $\varphi(x, y)=0$ 下也在 P_0 处取极小(大)值.

① 严亚强. 高等数学(下册)[M]. 北京:高等教育出版社,2020.

（三）最值问题

1. 一元函数的最值

设一元函数 $f(x)$ 又在 $[a, b]$ 上连续，则最大值 $f_{\max}$ 和最小值 $f_{\min}$ 一定都存在. 对于一般的区间 I，在 I 上取最值的所有可能的点有三类：① 驻点；② 导数不存在的点；③ 闭区间的端点（如果 I 是闭区间）. 为了避免漏掉最值和判断极大、极小值，只要先求出可能的极值点（驻点和导数不存在的点）的函数值，再与端点值（如果有的话）$f(a)$ 和 $f(b)$ 一起比较大小. 这个方法，对于多元函数也适用.

关于一元函数最大最小值问题，还应当注意以下两点：

(1) **(唯一性)** 若 $f(x)$ 在区间 I 上连续，且**只有唯一的极值点 x_0**，那么，$f(x_0)$ 必是 $f(x)$ 在 I 上的最大值或最小值，而不必讨论端点上的取值.

(2) **(同一性)** 根据实际问题，当发现最值问题具有**可解性**，并且可能的最值点 x_0 是**唯一**时，不必讨论 $f(x_0)$ 是不是极值就可以断定它就是最大值或最小值.

2. 二元函数的最值

与一元函数相类似，"有界闭区域上的连续函数必有最大最小值"，这是对最值的存在性的一个结论.

求二元函数最值的一般方法是：将函数在定义域 D 内的所有驻点处的值、偏导数不存在的点处函数值、D 的边界上的最大值和最小值，相互比较，其中最大者即为最大值，最小者即为最小值.

在实际问题中，可以用**同一性**来免除一些比较和判断：根据实际问题，当发现最值问题具有**可解性（最值是存在的）**，并且可能的最值点 (x_0, y_0) 是**唯一**时，不必讨论 $f(x_0, y_0)$ 是不是极值就可以断定它就是最大值或最小值了.

那么问题来了：

思考题 2　对于二元函数，如果在定义域内只有一个驻点，而且这个驻点是极大（小）值点，那么它一定是最大（小）值点吗？

回答是：一元函数的这个性质对于二元函数不再保持. 例如函数①

$$f(x, y)=x^3-4x^2+2xy-y^2,$$

在 $D=[-1, 4]\times[-1, 1]$ 上只有一个驻点 $(0, 0)$（另一个驻点是 $(2, 2)$，在 D 外面），且在点 $(0, 0)$ 处的 $AC-B^2=12>0$，故取极大值 $f(0, 0)=0$，然而最大值出现在边界点 $(4, 1)$ 上，$f_{\max}=f(4, 1)=7$，如图 3.

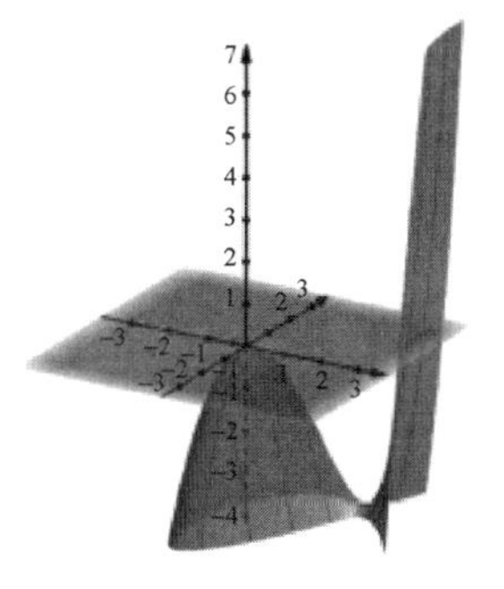

图 3

上面这个函数在全平面上有两个驻点，只是在 D 内有一个驻点. 于是自然要问：是否存在二元可微函数，它在全平面上只有一个驻点，而且这驻点又是极大点，但这一点并不是最大点？这种函数也是确实存在的. 梁宗巨先生在 1965 年第 10 期《数学通报》上提供了这样一个函数：

① 汪林. 数学分析中的问题和反例[M]. 北京：高等教育出版社，2015.

$$f(x, y)=8(\arctan x)^{3}-8(\arctan x)^{2}+(\arctan x)(\arctan y)-\frac{1}{8}(\arctan y)^{2}.$$

此函数在全平面上有定义，且只有一个驻点 $(0, 0)$，且该点处取极大值 0，但它不存在最大值，因为 $f(\tan 1, \tan 1)=\frac{7}{8}>0$. 函数的图形见图 4.

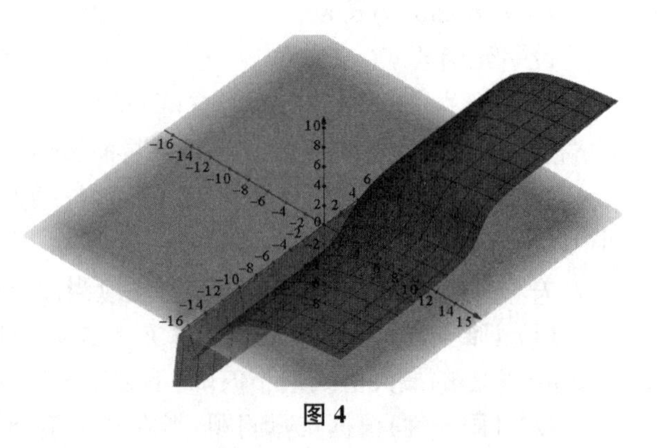

图 4

3. 二元函数在一定条件下的最值问题

其实，绝对极值与条件极值的区别仅在于，前者是将函数定义于平面区域上的，后者是将函数定义在平面曲线上的(如果这个条件是 $\varphi(x, y)=0$). 所以如果 $\varphi(x, y)=0$ 的图形是一条光滑闭环，或是一条光滑的包含端点的有限曲线段，就是二维平面上的有界闭集(拓扑上称为紧致集)，在这样的条件下，$f(x, y)$ 的最大最小值就都存在.

在实际问题中，条件极值是否"条件最值"，也是可以通过考察"最值是否存在"以及"可能的最值点是否唯一"这两点来讨论的. 如果这两点被同时满足，就在这点取得了最值，因为条件满足了"同一性"原理.

(四) 极值问题的转化

我们现在进一步讨论两个问题：对于二元函数，绝对极值能否转化成条件极值？条件极值能否转化成绝对极值？以下各举一个简单的题来回答这两个问题.

1. 绝对极值转化为条件极值问题

下例的两种方法说明，绝对极值问题总是可以转化到条件极值问题的.

例1 设 $y=f(x)$ 是由方程 $x^{2}-4xy+3y^{2}+2x-4y+3=0$ 确定的函数，求 $y=f(x)$ 的极值.

解法一(绝对极值法) 这是一个隐函数的极值问题，由隐函数的求导法，在方程的两边分别对变量 x 求偏导得：

$$2x-4y-4xy'+6yy'+2-4y'=0.$$

令 $y'=0$ 得 $2x-4y+2=0$，即 $x=2y-1$，代入原方程得 $y=\pm\sqrt{2}$，此时 $x=\pm 2\sqrt{2}-1$，即驻点为两点：$(2\sqrt{2}-1, \sqrt{2})$ 和 $(-2\sqrt{2}-1, -\sqrt{2})$.

由所求的导数关系式再求导数得到：

$$2-4y'-4y'-4xy''+6y'^{2}+6yy''-4y''=0.$$

在驻点处 $y'=0$，因此 $y''=\frac{1}{2x-3y+2}$，因为 $x=2y-1$，故 $y''=\frac{1}{y}$，由一元函数极值的第二充分条件知，在 $x=2\sqrt{2}-1$ 时，存在极小值 $y=\sqrt{2}$；在 $x=-2\sqrt{2}-1$ 时存在极大值 $y=-\sqrt{2}$.

解法二(条件极值法)　作拉格朗日函数

$$L=y+\lambda(x^2-4xy+3y^2+2x-4y+3)\text{，则由}$$

$$\begin{cases}L_x=\lambda(2x-4y+2)=0\\ L_y=1+\lambda(-4x+6y-4)=0\\ x^2-4xy+3y^2+2x-4y+3=0\end{cases}$$

得到 $\lambda=\dfrac{1}{2y}$. 故 $\lambda=\dfrac{1}{2\sqrt{2}}$ 时有驻点 $(2\sqrt{2}-1, \sqrt{2})$，$\lambda=\dfrac{-1}{2\sqrt{2}}$ 时有驻点 $(-2\sqrt{2}-1, -\sqrt{2})$.

以下用定理4来判别取极值的情况，即研究函数

$$F(x, y)=L(x, y, \lambda_0)=f(x, y)+\lambda_0\varphi(x, y).$$

$A=2\lambda_0$，$B=-4\lambda_0$，$C=6\lambda_0$，故 $AC-B^2=4\lambda_0^2>0$，故当 $\lambda_0=\dfrac{1}{2\sqrt{2}}$ 时 $A>0$，即 y 取极小值 $y=\sqrt{2}$，此时 $x=2\sqrt{2}-1$；$\lambda_0=\dfrac{-1}{2\sqrt{2}}$ 时 y 取极大值 $y=-\sqrt{2}$，此时 $x=-2\sqrt{2}-1$.

注：对于这个条件极值问题，如果没有充分条件可用，就只能借助于一些特殊方法讨论，例如，将 $x^2-4xy+3y^2+2x-4y+3=0$ 配方成为 $(x-2y+1)^2-y^2=-2$，从中知道它的图形是个双曲线，且 $y^2\geqslant 2$.

2. 条件极值转化为绝对极值问题

下例说明，绝对极值转化到条件极值时，可能会得出错误的结论.

例2　求函数 $z=x^2+y^2$ 在条件 $y^2=2x-3$ 下的极值.

解　作拉格朗日函数 $L=x^2+y^2+\lambda(y^2-2x+3)$，则由

$$\begin{cases}L_x=2x-2\lambda=0\\ L_y=2y+2y\lambda=0\\ y^2-2x+3=0\end{cases}$$

得到 $x=\dfrac{3}{2}$，$y=0$，$\lambda=-1$.

这个问题的几何意义，相当于求平面上的抛物线 $y^2=2x-3$ 上的点到原点的距离(的平方)的最值. 易见，在 $x=\dfrac{3}{2}$，$y=0$ 时，函数 $z=x^2+y^2$ 取得了最小值(也是极小值)$\dfrac{9}{4}$，而最大值不存在.

然而，如果将 $y^2=2x-3$ 代入 $z=x^2+y^2$，就得到一元函数 $z=x^2+2x-3$，这个函数只需配成 $z=(x+1)^2-4$ 就可知道取最小值 $z_{\min}=-4$，但显然这个答案是不对的，因为 $z=x^2+y^2$ 不可能取负值.

问题出在哪里呢？由于代入的条件函数 $y^2=2x-3$ 中隐含的条件 $x\geqslant\dfrac{3}{2}$ 被忽略了，而 $z=x^2+2x-3$ 的驻点 $x=-1$ 不在这个范围内，所以代入等式使得取值范围被放大了. 事

实上，只要在代入时加上附加条件 $x \geqslant \frac{3}{2}$，就不会犯错误了.

这个例子说明，条件函数代入目标函数也是可以的，但应该对取值范围的变化十分谨慎.

二、阅读感悟

(一) 对思想方法的启示

认识极值及其问题解决的路线是：

一元函数的极值→二元函数的极值→二元函数的条件极值→转化到一元函数的极值.

在本研究中，全面考虑了三种极值问题的必要条件和充分条件，考虑了由简到难和由难到简的问题转化. 以上的归纳分析，达到了对极值问题全面认识的效果. 这是在任何一个知识点中思想方法学习的一个范例.

例如，可微性使得多元函数的增量有一个非常好的结构：

$$\Delta z = f_x(x_0, y_0)\Delta x + f_y(x_0, y_0)\Delta y + o(\rho),$$

它与可导性的区别变得十分明显(如图 5).

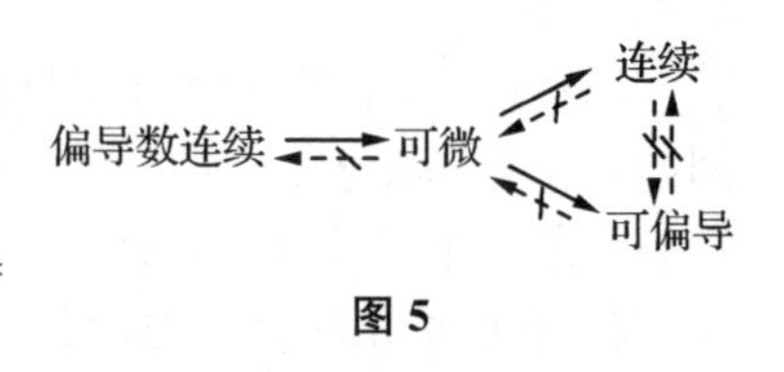

图 5

在一元函数中，可微性只需要转移到可导性去检验；而在多元函数中，检验可微性的方法需要重新探讨，比较常用的方法是：设 $f_x(x_0, y_0)$，$f_y(x_0, y_0)$ 存在，则函数 $z = f(x, y)$ 在点 $P_0(x_0, y_0)$ 处可微的充分必要条件是：

$$\lim_{\substack{\Delta x \to 0 \\ \Delta y \to 0}} \frac{f(x_0 + \Delta x, y_0 + \Delta y) - f(x_0, y_0) - f_x(x_0, y_0)\Delta x - f_y(x_0, y_0)\Delta y}{\sqrt{(\Delta x)^2 + (\Delta y)^2}} = 0.$$

复合函数和隐函数的偏导数也能在一元函数微分学中找到可以对比的定理.

对于空间曲线的切线和曲面的切平面，例如

$$\frac{x - x_0}{\phi'(t_0)} = \frac{y - y_0}{\psi'(t_0)} = \frac{z - z_0}{\omega'(t_0)},$$

和

$$F_x(x_0, y_0, z_0)(x - x_0) + F_y(x_0, y_0, z_0)(y - y_0) + F_z(x_0, y_0, z_0)(z - z_0) = 0,$$

也能在一元函数微分学中找到相应的结论，甚至方向导数和梯度的概念也不例外.

(二) 对真善美的启示

1. 领会“路，越走越宽”的道理

学习多元函数的极值和最值的时候，要感悟其中的整体与局部的关系、理论与实践的关系. 科学认识来源于实践，实践是检验科学认识真理性的标准和认识发展的动力. 在任何数学内容的学习中，要体会到数学理论一直在不断完善、不断发展着，而不是绝对真理，应当发挥勇于探索的科学精神，锻炼意志、开拓创新.

在一元函数的极值理论中，我们学习了一个必要条件、两个充分条件、判断最值的一般方法和特殊方法. 到二元函数，自然会思考：绝对极值问题为什么只有一个充分条件？条件极值问题为什么不谈充分条件？只有一个极值点的二元函数为什么未必在极值点处取最值？这些问题一经讨论和补充，就会在心中十分充实，认识到一元函数极值问题依然是二元函数问题的基础，在一元函数中那些在二元函数中不再适用的定理只是“扬弃”的那部分，所以路总是越走越宽的.

2. 形成“心，越战越强”的情感态度

对极值问题的归纳分析方法，运用了否定之否定规律的辩证唯物主义思想，达到了全面认识的效果. 从一元极值到二元极值，我们积累了知识和方法，路子也就越走越宽；我们自创命题、自寻反例，这个过程是艰难的，但为了知识的完整性也是必须去做成的. 从无条件极值到条件极值，我们创新了方法，用上了隐函数的存在性. 正如从一元函数到二元函数的内容更丰富、方法更美妙一样，在探究过程中的心总是越来越强大的. 人生的道理是一样的，只要敢于实践，就会有所积累，从而有所创新；在勇敢尝试的过程中，也就可以越来越自信.

三、问题解决

使用环环相扣、层次递进、知识间联系紧密的思考题，可以激发对多元函数微分学中问题的探究和创新能力；通过多层次、多角度地提出问题和研究问题，不断地获得新的发现，积累新的解题经验，提高解题水平，提升数学关键能力.

(一) 问题探究

链法则是我们最熟悉的一条求导法则，在一元函数中，可导性和可微性是两个不同的概念，只要外层函数 $f(u)$ 与内层函数 $\varphi(x)$ 都可导，其复合函数 $f(\varphi(x))$ 就可导，且有 $[f(\varphi(x))]'=f'(\varphi(x))\varphi'(x)$，而可偏导性不再满足二元函数的链法则条件. 这可以通过下面这个思考题反映出来.

思考题3　在二元函数中，已知 $f(u,v)$ 和 $u=\varphi(t)$，$v=\psi(t)$ 都可偏导，下列等式是否成立 $\frac{\mathrm{d}}{\mathrm{d}t}f(\varphi(t),\psi(t))=f_u\cdot\varphi'(t)+f_v\cdot\psi'(t)$？

回答是，如果外层函数不可微，链法则不再成立. 以下是反例：

$$z=f(u,v)=\begin{cases}\dfrac{u^2v}{u^2+v^2} & 当(u,v)\neq(0,0)\\ 0 & 当(u,v)=(0,0)\end{cases},\ u=t,\ v=t,$$

则 $\left.\frac{\partial z}{\partial u}\right|_{(0,0)}=\left.\frac{\partial z}{\partial v}\right|_{(0,0)}=0$，$\frac{\mathrm{d}u}{\mathrm{d}t}=\frac{\mathrm{d}v}{\mathrm{d}t}=1$，从而 $\left.\left(\frac{\partial z}{\partial u}\frac{\mathrm{d}u}{\mathrm{d}t}+\frac{\partial z}{\partial v}\frac{\mathrm{d}v}{\mathrm{d}t}\right)\right|_{t=0}=0$，但

$$\left.\frac{\mathrm{d}z}{\mathrm{d}t}\right|_{t=0}=\left.\left(\frac{t^3}{t^2+t^2}\right)'\right|_{t=0}=\left.\left(\frac{t}{2}\right)'\right|_{t=0}=\frac{1}{2}.$$

对于反函数的求导法则，如何推广到多元函数偏导数的情形，是一个非常值得探究的问题.

思考题 4 对于方程 $F(x, y)=0$，如果看作两个函数 $y=f(x)$ 和 $x=\varphi(y)$ 的隐函数，就有 $f'(x)\cdot\varphi'(y)=1$(即反函数求导法则)，这个规律在多元函数求导中有怎样的结论？

为了圆满地回答这个问题，我们把隐函数 $F(x, y)=0$ 作两种情形的推广.

首先，若方程 $F(x, y, z)=0$ 可以分别确定以 x, y, z 为因变量的隐函数，则成立

$$\frac{\partial z}{\partial x}\cdot\frac{\partial x}{\partial y}\cdot\frac{\partial y}{\partial z}=-1.$$

这是因为 $\dfrac{\partial z}{\partial x}\cdot\dfrac{\partial x}{\partial y}\cdot\dfrac{\partial y}{\partial z}=\left(-\dfrac{F_x}{F_z}\right)\cdot\left(-\dfrac{F_y}{F_x}\right)\cdot\left(-\dfrac{F_z}{F_y}\right)=-1.$

其次，设函数组 $\begin{cases}x=x(u, v)\\ y=y(u, v)\end{cases}$ 在点 (u, v) 的某一邻域内连续且有连续偏导数，又 $\dfrac{\partial(x, y)}{\partial(u, v)}\neq 0$，设它的反函数组为 $\begin{cases}u=u(x, y)\\ v=v(x, y)\end{cases}$，那么成立关系式 $\dfrac{\partial(x, y)}{\partial(u, v)}\cdot\dfrac{\partial(u, v)}{\partial(x, y)}=1.$

这是因为，设 $J=\dfrac{\partial(x, y)}{\partial(u, v)}$，则由 $\begin{cases}x=x(u, v)\\ y=y(u, v)\end{cases}$ 两边对 x 求偏导数，得

$\begin{cases}1=\dfrac{\partial x}{\partial u}\cdot\dfrac{\partial u}{\partial x}+\dfrac{\partial x}{\partial v}\cdot\dfrac{\partial v}{\partial x}\\ 0=\dfrac{\partial y}{\partial u}\cdot\dfrac{\partial u}{\partial x}+\dfrac{\partial y}{\partial v}\cdot\dfrac{\partial v}{\partial x}\end{cases}$，解得 $\dfrac{\partial u}{\partial x}=\dfrac{1}{J}\dfrac{\partial y}{\partial v}$，$\dfrac{\partial v}{\partial x}=-\dfrac{1}{J}\dfrac{\partial y}{\partial u}$，同理可得 $\dfrac{\partial u}{\partial y}=-\dfrac{1}{J}\dfrac{\partial x}{\partial v}$，$\dfrac{\partial v}{\partial y}=\dfrac{1}{J}\dfrac{\partial x}{\partial u}$. 因此，$\dfrac{\partial(u, v)}{\partial(x, y)}=\dfrac{1}{J^2}\begin{vmatrix}\dfrac{\partial y}{\partial v} & -\dfrac{\partial x}{\partial v}\\ -\dfrac{\partial y}{\partial u} & \dfrac{\partial x}{\partial u}\end{vmatrix}=\dfrac{1}{J}.$

二次曲面的切平面方程是否与平面直接坐标系中二次曲线的切线方程形式相同？后者可用初等方法(二次方程的判别式)推出，现在，能否使用微分法的工具研究这个问题呢？下面这个思考题就可以代表这些问题.

思考题 5 平面二次曲线 $Ax^2+Bxy+Cy^2+Dx+Ey+F=0$ 在点 $P_0(x_0, y_0)$ 的切线方程为 $Ax_0x+B\dfrac{x_0y+y_0x}{2}+Cy_0y+D\dfrac{x+x_0}{2}+E\dfrac{y+y_0}{2}+F=0$，对于二次曲面上求切平面方程，代换规律是相同的吗？

回答是肯定的，不妨以简单的方程来说明：

$$ax^2+byz+cz+d=0,$$

对其两边作全微分，并以 $x-x_0$，$y-y_0$，$z-z_0$ 分别代替 $\mathrm{d}x$，$\mathrm{d}y$，$\mathrm{d}z$，就得到切平面方程 $2ax_0(x-x_0)+b[z_0(y-y_0)+y_0(z-z_0)]+c(z-z_0)=0$，两边除以 2，再加上恒等式 $ax_0^2+by_0z_0+cz_0+d=0$，即得到 $ax_0x+b\dfrac{y_0z+z_0y}{2}+c\dfrac{z+z_0}{2}+d=0.$

(二) 习题研究

二元函数的微分学的习题，大多数应理解是从一元函数的习题中扩充而来的，其思想性

几乎没有质的飞跃，只是习题的综合性和应用性更强了. 习题的分类大致可以用“四算三用”来描述. 所谓“四算”就是用极限形式的定义求偏导数或用高阶导数的定义求高阶导数、用链法则求复合函数偏导数（对方程“两边求导”也属于这种方法）、用公式求隐函数的偏导数、用全微分形式求偏导；“三用”是指三类应用：偏微分方程的建立或变形、几何应用、最值问题.

1. 偏导数的“四算”

例 3 设 $F(\xi,\eta)$ 具有二阶连续偏导数，由 $F(x+z,y+z)=0$ 确定隐函数 $z=z(x,y)$，求 $\dfrac{\partial z}{\partial x}$，$\dfrac{\partial z}{\partial y}$，$\dfrac{\partial^2 z}{\partial x\partial y}$.

我们来用三种方法计算一阶偏导数.

解法 1（公式法） 记 $\Phi(x,y,z)=F(x+z,y+z)=0$，则由公式得

$$\frac{\partial z}{\partial x}=-\frac{\Phi_x}{\Phi_z}=-\frac{F'_1}{F'_1+F'_2},\ \frac{\partial z}{\partial y}=-\frac{\Phi_y}{\Phi_z}=-\frac{F'_2}{F'_1+F'_2}.$$

解法 2（两边求导法） 两边求偏导得

$$F'_1\cdot(1+z_x)+F'_2\cdot z_x=0,\ F'_1\cdot z_y+F'_2\cdot(1+z_y)=0,$$

分别解出 z_x 和 z_y.

解法 3（微分法） 两边微分得，

$$F'_1\cdot(\mathrm{d}x+\mathrm{d}z)+F'_2\cdot(\mathrm{d}y+\mathrm{d}z)=0,$$

从而

$$\mathrm{d}z=-\frac{F'_1}{F'_1+F'_2}\mathrm{d}x-\frac{F'_2}{F'_1+F'_2}\mathrm{d}y,$$

比较后得到 $\dfrac{\partial z}{\partial x}=-\dfrac{F'_1}{F'_1+F'_2}$，$\dfrac{\partial z}{\partial y}=-\dfrac{F'_2}{F'_1+F'_2}$.

解法 1 中，应注意 $\Phi_x(x,y,z)\neq\dfrac{\partial}{\partial x}F(x+z,y+z)$. 因为左边视 y，z 都是常数，而右边 z 不是常数，右边 $=F'_1\cdot(1+z_x)+F'_2z_x$，这就是令 $\Phi(x,y,z)=F(x+z,y+z)$ 的用处！本题中 F 是二元函数，而不是三元函数，不要混淆. 相对于解法 1，解法 2 不易发生混淆，而微分法在计算偏导数时不需区分自变量还是因变量，因而更是一种便捷且不易出错的方法. 对于高阶偏导数，有下面两种典型方法.

解法 1（定义法） $\dfrac{\partial^2 z}{\partial x\partial y}=\dfrac{\partial}{\partial y}\left(-\dfrac{F'_1}{F'_1+F'_2}\right)$

$$=-\frac{[F''_{11}z'_y+F''_{12}(1+z'_y)](F'_1+F'_2)-F'_1[F''_{11}z'_y+F''_{12}(1+z'_y)+F''_{21}z'_y+F''_{22}(1+z'_y)]}{(F'_1+F'_2)^2}$$

$$=\frac{1}{(F'_1+F'_2)^3}[(F'_2)^2F''_{11}-2F'_1F'_2F''_{12}+(F'_1)^2F''_{22}].$$

解法 2（两边求导法） 由于 $F'_1\cdot(1+z_x)+F'_2\cdot z_x=0$，两边对 y 求偏导得：

$$[F_{11}''z_y+F_{12}''(1+z_y)]\cdot(1+z_x)+F'_1\cdot z_{xy}+[F_{21}''z_y+F_{22}''(1+z_y)]z_x+F'_2\cdot z_{xy}=0,$$

将 $z_x=-\dfrac{F'_1}{F'_1+F'_2}$ 和 $z_y=-\dfrac{F'_2}{F'_1+F'_2}$ 代入上式,即得 z_{xy}.

2. 用偏导数求切线或切平面

用偏导数求曲线的切线方程或曲面的切平面方程是偏导数最频繁的应用之一.其中应注意命题:函数 $z=f(x, y)$ 在点 (x_0, y_0) 处存在切平面的充要条件是 f 在 (x_0, y_0) 点可微.故可偏导未必能够保证存在切平面(见复习卷 9.1 习题 8).

例 4 设 $f(u, v)$ 在全平面上有连续的偏导数,证明:曲面 $f\left(\dfrac{x-a}{z-c}, \dfrac{y-b}{z-c}\right)=0$ 的所有切平面都交于一个定点.

证明 记 $F(x, y, z)=f\left(\dfrac{x-a}{z-c}, \dfrac{y-b}{z-c}\right)$,则

$$(F_x, F_y, F_z)=\left(\frac{f'_1}{z-c}, \frac{f'_2}{z-c}, \frac{-(x-a)f'_1-(y-b)f'_2}{(z-c)^2}\right),$$

取法向量 $\boldsymbol{n}=((z-c)f'_1, (z-c)f'_2, -(x-a)f'_1-(y-b)f'_2)$,
记 (x, y, z) 为曲面上任一点,(X, Y, Z) 为切平面上的点,则曲面上过点 (x, y, z) 的切平面方程为

$$(z-c)f'_1\cdot(X-x)+(z-c)f'_2\cdot(Y-y)+[-(x-a)f'_1-(y-b)f'_2](Z-z)=0,$$

容易验证,$(X, Y, Z)=(a, b, c)$ 总满足此平面.证毕.

此题是一个有关抽象函数的命题,这个结论需要猜想这个定点是什么?能否猜到可能是点 (a, b, c) 呢?能否正确设定动点和定点坐标?

更为本质的是,能否一瞬间反映到这个曲面具有什么几何特性?它是锥面吗?它是怎么得到的?这些都是值得深思的问题.试想在方程 $f\left(\dfrac{x-a}{z-c}, \dfrac{y-b}{z-c}\right)=0$ 中,令 $z=c+1$,就得到柱面方程 $f(x-a, y-b)=0$,所以锥面的准线或许是空间的平面曲线 $\begin{cases}f(x-a, y-b)=0\\ z=c+1\end{cases}$,第 8 讲的练习题 3 正好证实了这个结论;如果令 $z=c+2$,则锥面的准线可以成为 $\begin{cases}f\left(\dfrac{x-a}{2}, \dfrac{y-b}{2}\right)=0\\ z=c+2\end{cases}$,可获得同样的锥面方程.

例 5 设 $a, b, c, \mu>0$,曲面 $xyz=\mu$ 与曲面 $\dfrac{x^2}{a^2}+\dfrac{y^2}{b^2}+\dfrac{z^2}{c^2}=1$ 相切,则 $\mu=$ ________.

解 根据题意,设 (x, y, z) 是任意一个切点,则

$$\frac{yz}{\frac{x}{a^2}}=\frac{zx}{\frac{y}{b^2}}=\frac{xy}{\frac{z}{c^2}}=\lambda,\ 即\ \frac{xyz}{\frac{x^2}{a^2}}=\frac{zyx}{\frac{y^2}{b^2}}=\frac{xyz}{\frac{z^2}{c^2}}=\lambda,$$

亦即

$$\frac{\mu}{\frac{x^2}{a^2}}=\frac{\mu}{\frac{y^2}{b^2}}=\frac{\mu}{\frac{z^2}{c^2}}=\lambda\text{，所以 }\mu=\lambda\frac{x^2}{a^2},\ \mu=\lambda\frac{y^2}{b^2},\ \mu=\lambda\frac{z^2}{c^2},$$

三式相加得 $3\mu=\lambda$，三式相乘得 $\mu^3=\lambda^3\dfrac{x^2y^2z^2}{a^2b^2c^2}$，即 $\mu=\lambda^3\dfrac{1}{a^2b^2c^2}$. 所以得到 $\mu=\dfrac{abc}{3\sqrt{3}}$.

一般地，对于两个曲面 $F(x, y, z)=0$ 和 $G(x, y, z)=0$ 相切，其充要条件是不是切点满足这两个等式以外再加上 $\dfrac{F_x}{G_x}=\dfrac{F_y}{G_y}=\dfrac{F_z}{G_z}$？ 回答是肯定的.

3. *用偏导数求极值或最值*

下面这个例子，就是极限、微分、偏导、链法则、极值判别等方面的综合应用，但总的来说是一个极值问题.

例 6　设 $f(x, y)$ 有二阶连续导数，$g(x, y)=f(e^{xy}, x^2+y^2)$，且

$$\lim_{\substack{x\to 1\\ y\to 0}}\frac{f(x, y)+x+y-1}{\sqrt{(x-1)^2+y^2}}=0,$$

证明 $g(x, y)$ 在 $(0, 0)$ 取得极值，判断此极值是极大值还是极小值，并求出其极值.

解　由题设 $\lim\limits_{\substack{x\to 1\\ y\to 0}}\dfrac{f(x, y)+x+y-1}{\sqrt{(x-1)^2+y^2}}=0$ 知 $f(x, y)=-(x-1)-y+o(\rho)$，其中 $\rho=\sqrt{(x-1)^2+y^2}$，则 f 在点 $(1, 0)$ 处可微且 $f(1, 0)=0$, $f'_1(1, 0)=f'_2(1, 0)=-1$.

因为 $g_x=f'_1\cdot e^{xy}y+f'_2\cdot 2x$,　$g_y=f'_1\cdot e^{xy}x+f'_2\cdot 2y$，故

$$g_x(0, 0)=0,\ g_y(0, 0)=0.$$

又因为

$$g_{xx}=(f''_{11}\cdot e^{xy}y+f''_{12}\cdot 2x)e^{xy}y+f'_1\cdot e^{xy}y^2+(f''_{21}\cdot e^{xy}y+f''_{22}\cdot 2x)2x+2f'_2,$$
$$g_{xy}=(f''_{11}\cdot e^{xy}x+f''_{12}\cdot 2y)e^{xy}y+f'_1\cdot (e^{xy}xy+e^{xy})+(f''_{21}\cdot e^{xy}x+f''_{22}\cdot 2y)2x,$$
$$g_{yy}=(f''_{11}\cdot e^{xy}x+f''_{12}\cdot 2y)e^{xy}x+f'_1\cdot e^{xy}x^2+(f''_{21}\cdot e^{xy}x+f''_{22}\cdot 2y)2y+2f'_2.$$

所以

$$A=g_{xx}(0, 0)=2f'_2(1, 0)=-2,\ B=g_{xy}(0, 0)=f'_1(1, 0)=-1,$$
$$C=g_{yy}(0, 0)=2f'_2(1, 0)=-2.$$

由 $AC-B^2=3>0$, $A<0$ 得知，$g(x, y)$ 在 $(0, 0)$ 取得极大值，且极值为 $f(1, 0)=0$.

本题是一个抽象的复合函数的极值问题，看似很“恐怖”. 如果我们回忆曾经积累到的经验，就不会觉得太难. 首先是从极限式推出可微性的信息，这实际上也就是所指的“可微性判断”的命题；得到了 $f(1, 0)=0$, $f_x(1, 0)=f_y(1, 0)=-1$ 的条件后就用链法则计算 $g(x, y)$ 的一阶偏导和二阶偏导数了.

下面的这个例题是一个条件极值问题.

例 7　求平面上中心在坐标原点的椭圆 $x^2-4xy+5y^2=1$ 的长半轴与短半轴.

解　椭圆 $x^2-4xy+5y^2=1$ 上点(x, y)到原点$(0, 0)$距离平方 $d^2=f(x, y)=x^2+$

y^2. 问题归结为求 $f(x, y)=x^2+y^2$ 在条件 $x^2-4xy+5y^2=1$ 下的最大值和最小值. 令

$$F(x, y, \lambda)=x^2+y^2+\lambda(x^2-4xy+5y^2-1),$$

则

$$\begin{cases} F_x=2x+\lambda(2x-4y)=0 & (1) \\ F_y=2y+\lambda(-4x+10y)=0 & (2). \\ F_\lambda=x^2-4xy+5y^2-1=0 & (3) \end{cases}$$

$(1)\times\dfrac{x}{2}+(2)\times\dfrac{y}{2}$ 得 $x^2+y^2+\lambda(x^2-4xy+5y^2)=0$，则 $x^2+y^2+\lambda=0$，即 $x^2+y^2=-\lambda$. 由(1)和(2)知 $\begin{cases}(1+\lambda)x-2\lambda y=0\\ -2\lambda x+(1+5\lambda)y=0\end{cases}$，这是一个关于 x，y 的二元齐次线性方程组，由题意知它有非零解，则 $\begin{vmatrix}1+\lambda & -2\lambda\\ -2\lambda & 1+5\lambda\end{vmatrix}=0$，即 $\lambda^2+6\lambda+1=0\Rightarrow\lambda=-3\pm2\sqrt{2}$.

从而 $d_{\min}^2=3-2\sqrt{2}$，$d_{\max}^2=3+2\sqrt{2}$，即长半轴和短半轴分别为

$$d_{\max}=\sqrt{2}+1 \text{ 和 } d_{\min}=\sqrt{2}-1.$$

此方法巧妙地利用了长短半轴是到椭圆中心距离的最大最小值的特点，没有任何多余的计算. 在下一讲，我们将看到用正交变换将椭圆方程化为标准方程，从而也能求出长短半轴.

4. *偏微分方程的建立和变形*

多元函数微分学里最难的一类问题应当是坐标变换下偏微分关系的转化. 因为这类问题在一元微分学中没有相应的参照物. 例如，设 $u=f(x, y)$ 有二阶连续偏导数，做极坐标变换 $x=\rho\cos\theta$，$y=\rho\sin\theta$，则有下列关系：

(1) $\left(\dfrac{\partial u}{\partial x}\right)^2+\left(\dfrac{\partial u}{\partial y}\right)^2=\left(\dfrac{\partial u}{\partial \rho}\right)^2+\dfrac{1}{\rho^2}\left(\dfrac{\partial u}{\partial \theta}\right)^2$；

(2) $\dfrac{\partial^2 u}{\partial x^2}+\dfrac{\partial^2 u}{\partial y^2}=\dfrac{\partial^2 u}{\partial \rho^2}+\dfrac{1}{\rho}\dfrac{\partial u}{\partial \rho}+\dfrac{1}{\rho^2}\dfrac{\partial^2 u}{\partial \theta^2}$.

这类问题，需要将 $u=f(x, y)$ 看作 $u=F(\rho, \theta)$ 与 $\rho=\rho(x, y)$ 和 $\theta=\theta(x, y)$ 的复合. 很多教材将这两个关系当作例题，请读者尝试给出证明.

例 8 设函数 $f(x, y)$ 有二阶连续偏导数，满足 $f_y\neq0$ 且

$$f_x^2f_{yy}-2f_xf_yf_{xy}+f_y^2f_{xx}=0,$$

$y=y(x, z)$ 是由方程 $z=f(x, y)$ 所确定的函数，求 $\dfrac{\partial^2 y}{\partial x^2}$.

解 对 $z=f(x, y)$ 两边对 x 求导，分别得

$$0=f_x+f_y\frac{\partial y}{\partial x},\ 0=f_{xx}+2f_{xy}\frac{\partial y}{\partial x}+f_{yy}\left(\frac{\partial y}{\partial x}\right)^2+f_y\frac{\partial^2 y}{\partial x^2}.$$

前面的式子解出 $\frac{\partial y}{\partial x}=-\frac{f_x}{f_y}$，代入第二个式子并求解，得 $f_y\frac{\partial^2 y}{\partial x^2}=0$，即 $\frac{\partial^2 y}{\partial x^2}=0$.

此题就是通过对偏导数的准确计算，获得一个简化了的微分方程.

例9 设 $F(x_1, x_2, x_3)=\int_0^{2\pi} f(x_1+x_3\cos\varphi, x_2+x_3\sin\varphi)\mathrm{d}\varphi$，其中 $f(u, v)$ 具有二阶连续偏导数，已知 $\frac{\partial F}{\partial x_i}=\int_0^{2\pi}\frac{\partial}{\partial x_i}[f(x_1+x_3\cos\varphi, x_2+x_3\sin\varphi)]\mathrm{d}\varphi$，

$$\frac{\partial^2 F}{\partial x_i^2}=\int_0^{2\pi}\frac{\partial^2}{\partial x_i^2}[f(x_1+x_3\cos\varphi, x_2+x_3\sin\varphi)]\mathrm{d}\varphi,\ i=1, 2, 3,$$

试求 $x_3\left(\frac{\partial^2 F}{\partial x_1^2}+\frac{\partial^2 F}{\partial x_2^2}-\frac{\partial^2 F}{\partial x_3^2}\right)-\frac{\partial F}{\partial x_3}$，并要求化简.

解 令 $u=x_1+x_3\cos\varphi$，$v=x_2+x_3\sin\varphi$，利用复合函数求偏导法则易知

$$\frac{\partial f}{\partial x_1}=\frac{\partial f}{\partial u},\ \frac{\partial f}{\partial x_2}=\frac{\partial f}{\partial v},\ \frac{\partial f}{\partial x_3}=\cos\varphi\frac{\partial f}{\partial u}+\sin\varphi\frac{\partial f}{\partial v},$$

$$\frac{\partial^2 f}{\partial x_1^2}=\frac{\partial^2 f}{\partial u^2},\ \frac{\partial^2 f}{\partial x_2^2}=\frac{\partial^2 f}{\partial v^2},\ \frac{\partial^2 f}{\partial x_3^2}=\cos^2\varphi\frac{\partial^2 f}{\partial u^2}+\sin 2\varphi\frac{\partial^2 f}{\partial u\partial v}+\sin^2\varphi\frac{\partial^2 f}{\partial v^2},$$

所以，$x_3\left(\frac{\partial^2 F}{\partial x_1^2}+\frac{\partial^2 F}{\partial x_2^2}-\frac{\partial^2 F}{\partial x_3^2}\right)$

$$=x_3\left[\int_0^{2\pi}\frac{\partial^2 f}{\partial u^2}\mathrm{d}\varphi+\int_0^{2\pi}\frac{\partial^2 f}{\partial v^2}\mathrm{d}\varphi-\int_0^{2\pi}\left(\cos^2\varphi\frac{\partial^2 f}{\partial u^2}+\sin 2\varphi\frac{\partial^2 f}{\partial u\partial v}+\sin^2\varphi\frac{\partial^2 f}{\partial v^2}\right)\mathrm{d}\varphi\right]$$

$$=x_3\int_0^{2\pi}\left(\sin^2\varphi\frac{\partial^2 f}{\partial u^2}+\cos^2\varphi\frac{\partial^2 f}{\partial v^2}-\sin 2\varphi\frac{\partial^2 f}{\partial u\partial v}\right)\mathrm{d}\varphi.$$

用分部积分法计算

$$\frac{\partial F}{\partial x_3}=\int_0^{2\pi}\frac{\partial}{\partial x_3}[f(x_1+x_3\cos\varphi, x_2+x_3\sin\varphi)]\mathrm{d}\varphi=\int_0^{2\pi}\left(\frac{\partial f}{\partial u}\cos\varphi+\frac{\partial f}{\partial v}\sin\varphi\right)\mathrm{d}\varphi$$

$$=\left(\frac{\partial f}{\partial u}\sin\varphi-\frac{\partial f}{\partial v}\cos\varphi\right)\Bigg|_0^{2\pi}-\int_0^{2\pi}\left[\left(\frac{\partial^2 f}{\partial u^2}\frac{\partial u}{\partial\varphi}+\frac{\partial^2 f}{\partial u\partial v}\frac{\partial v}{\partial\varphi}\right)\sin\varphi-\left(\frac{\partial^2 f}{\partial v\partial u}\frac{\partial u}{\partial\varphi}+\frac{\partial^2 f}{\partial v^2}\frac{\partial v}{\partial\varphi}\right)\cos\varphi\right]\mathrm{d}\varphi$$

$$=x_3\int_0^{2\pi}\left(\frac{\partial^2 f}{\partial u^2}\sin^2\varphi-\frac{1}{2}\frac{\partial^2 f}{\partial u\partial v}\sin 2\varphi-\frac{1}{2}\frac{\partial^2 f}{\partial v\partial u}\sin 2\varphi+\frac{\partial^2 f}{\partial v^2}\cos^2\varphi\right)\mathrm{d}\varphi$$

$$=x_3\int_0^{2\pi}\left(\frac{\partial^2 f}{\partial u^2}\sin^2\varphi-\frac{\partial^2 f}{\partial u\partial v}\sin 2\varphi+\frac{\partial^2 f}{\partial v^2}\cos^2\varphi\right)\mathrm{d}\varphi,$$

所以，$x_3\left(\frac{\partial^2 F}{\partial x_1^2}+\frac{\partial^2 F}{\partial x_2^2}-\frac{\partial^2 F}{\partial x_3^2}\right)-\frac{\partial F}{\partial x_3}=0.$

此题的关键是要设置中间变量 $u=x_1+x_3\cos\varphi$，$v=x_2+x_3\sin\varphi$，利用题中给出的偏导运算与积分运算可交换的条件，将 $x_3\left(\frac{\partial^2 F}{\partial x_1^2}+\frac{\partial^2 F}{\partial x_2^2}-\frac{\partial^2 F}{\partial x_3^2}\right)$ 和 $\frac{\partial F}{\partial x_3}$ 转化到对中间变量 u，v 的偏导数问题. 本讲后面的两份模拟卷都有这类习题.

(三) 解题策略

对于解题方法的任何表现形式,从基本概念寻找突破口通常总是最好的办法.下面的两例中,有个值得注意的共同点:**把乘积的和式转化成向量的数量积**,这是一种值得记取的解题策略.

例 10 设 $\boldsymbol{l}_j,\ j=1,\ 2,\ \cdots,\ n\ (n\geqslant 2)$ 是平面上点 P_0 处的各方向向量,相邻两个向量之间的夹角为 $\frac{2\pi}{n}$. 若函数 $f(x,\ y)$ 在 P_0 有连续偏导,证明: $\sum_{j=1}^{n}\frac{\partial f(P_0)}{\partial \boldsymbol{l}_j}=0$.

证明 设 $\boldsymbol{l}_j,\ j=1,\ 2,\ \cdots,\ n$ 都为单位向量,且设 $\boldsymbol{l}_j=\left(\cos\left(\theta+\frac{2j\pi}{n}\right),\ \sin\left(\theta+\frac{2j\pi}{n}\right)\right)$,

梯度 $\nabla f(P_0)=\left(\frac{\partial f(P_0)}{\partial x},\ \frac{\partial f(P_0)}{\partial y}\right)$, 则有 $\frac{\partial f(P_0)}{\partial \boldsymbol{l}_j}=\nabla f(P_0)\cdot \boldsymbol{l}_j$,

因此

$$\sum_{j=1}^{n}\frac{\partial f(P_0)}{\partial \boldsymbol{l}_j}=\sum_{j=1}^{n}\nabla f(P_0)\cdot \boldsymbol{l}_j=\nabla f(P_0)\cdot\sum_{j=1}^{n}\boldsymbol{l}_j=\nabla f(P_0)\cdot \boldsymbol{0}=0.$$

证毕.

解此题时可能面对两个困难:① 这个方向导数之和的结论预估是什么? ② 如何计算方向导数之和? 如果平时对一般问题或习题多作思考,就可以得到一些小命题,例如,对相反方向上的一对向量求方向导数一定是相反数,即两者之和为零,这是 2 等分 2π 的情形;那么,n 等分 2π 角的情形是否结果相同呢?

另外,在计算方向导数时,我们学到了计算公式

$$\frac{\partial f(P_0)}{\partial \boldsymbol{l}_j}=\frac{\partial f(P_0)}{\partial x}\cos\alpha_j+\frac{\partial f(P_0)}{\partial y}\sin\alpha_j,$$

但在一些推导中,把这个公式又写成 $\frac{\partial f(P_0)}{\partial \boldsymbol{l}_j}=\nabla f(P_0)\cdot \boldsymbol{l}_j$, 如果留意了这种表达形式,本题就不难解出了.

例 11 设 $f(x,\ y)$ 在区域 D 内可微,且 $\sqrt{\left(\frac{\partial f}{\partial x}\right)^2+\left(\frac{\partial f}{\partial y}\right)^2}\leqslant M$, $A(x_1,\ y_1)$, $B(x_2,\ y_2)$ 是 D 内两点,线段 AB 包含在 D 内. 证明: $|f(x_1,\ y_1)-f(x_2,\ y_2)|\leqslant M|AB|$, 其中 $|AB|$ 表示 AB 的长度.

证明 作辅助函数 $\varphi(t)=f[x_1+t(x_2-x_1),\ y_1+t(y_2-y_1)]$, 显然 $\varphi(t)$ 在 $[0,\ 1]$ 上可导. 根据拉格朗日中值定理,存在 $c\in(0,1)$, 使得

$$\varphi(1)-\varphi(0)=\varphi'(c)=f'_1\cdot(x_2-x_1)+f'_2\cdot(y_2-y_1),$$

其中 f'_1 和 f'_2 是 $f_x(x,y)$ 和 $f_y(x,y)$ 在对应于 $t=c$ 时的值,所以

$$\begin{aligned}|\varphi(1)-\varphi(0)|&=|f(x_1,\ y_1)-f(x_2,\ y_2)|=|f'_1\cdot(x_2-x_1)+f'_2\cdot(y_2-y_1)|\\&\leqslant\sqrt{(f'_1)^2+(f'_2)^2}\cdot\sqrt{(x_2-x_1)^2+(y_2-y_1)^2}\leqslant M|AB|.\end{aligned}$$

证毕.

本题的解法应如何展开？试看不等式的右端 $M|AB|$，与它最接近的表达式是 $\sqrt{(f'_1)^2+(f'_2)^2}\cdot\sqrt{(x_2-x_1)^2+(y_2-y_1)^2}$，根据柯西不等式，

$$|f'_1\cdot(x_2-x_1)+f'_2\cdot(y_2-y_1)|\leqslant\sqrt{(f'_1)^2+(f'_2)^2}\cdot\sqrt{(x_2-x_1)^2+(y_2-y_1)^2},$$

所以自然要联想：如何将 $|f(x_1,y_1)-f(x_2,y_2)|$ 表达成 $|f'_1\cdot(x_2-x_1)+f'_2\cdot(y_2-y_1)|$ 的数量积形式？

练习题

1. 已知函数 $z=u(x,y)e^{ax+by}$，且 $\dfrac{\partial^2 u}{\partial x\partial y}=0$，确定常数 a，b，使函数 $z=z(x,y)$ 满足方程 $\dfrac{\partial^2 z}{\partial x\partial y}-\dfrac{\partial z}{\partial x}-\dfrac{\partial z}{\partial y}+z=0$.

2. 过直线 $\begin{cases}10x+2y-2z=27\\x+y-z=0\end{cases}$，作曲面 $3x^2+y^2-z^2=27$ 的切平面，求此切平面的方程.

3. 设 $F(x,y,z)$，$G(x,y,z)$ 的连续偏导数，$\dfrac{\partial(F,G)}{\partial(x,z)}\neq 0$，曲线 Γ：$\begin{cases}F(x,y,z)=0\\G(x,y,z)=0\end{cases}$ 过点 $P_0(x_0,y_0,z_0)$，记 Γ 在 xOy 面上的投影为 S. 求 S 上过点 (x_0,y_0) 的切线方程.

4. 函数 $u=x_1+\dfrac{x_2}{x_1}+\dfrac{x_3}{x_2}+\dfrac{2}{x_3}$ $(x_i>0,\ i=1,2,3)$ 的所有极值点为________.

5. 已知 $z=xf\left(\dfrac{y}{x}\right)+2y\varphi\left(\dfrac{x}{y}\right)$，其中 f，φ 均为二阶可微函数.

(1) 求 $\dfrac{\partial z}{\partial x}$，$\dfrac{\partial^2 z}{\partial x\partial y}$；

(2) 当 $f=\varphi$ 且 $\left.\dfrac{\partial^2 z}{\partial x\partial y}\right|_{x=a}=-by^2$ 时，求 $f(y)$.

一题一法复习卷(复习卷 9.1)

习题 1　证明：如果函数 $f(x,y)$ 在区域 D 内的偏导数 $f_x(x,y)$ 和 $f_y(x,y)$ 存在且有界，则函数 $f(x,y)$ 在 D 内连续.

习题 2　设函数 f 二阶连续可微，求下列函数的 $\dfrac{\partial^2 z}{\partial y\partial x}$.

(1) $z=xf\left(\dfrac{y^2}{x}\right)$；(2) $z=f\left(x+\dfrac{y^2}{x}\right)$；(3) $z=f\left(x,\dfrac{y^2}{x}\right)$；(4) $z=f\left(x,\dfrac{y^2}{x},y\right)$.

习题 3　设 $u=e^{3x}(2y+z)$，求 $u_x|_{(1,1,0)}$，其中

(1) $z=z(x,y)$ 是由方程 $2x+y-3e^z+xyz=0$ 所确定的隐函数；

(2) $y=y(z, x)$ 是由方程 $2x+y-3e^z+xyz=0$ 所确定的隐函数.

习题 4 图 6 中的三个小图,依次记为 a, b, c,它们表示某个二元函数及其偏导函数 f, f_x, f_y,试将此三个小图与三个函数作匹配.

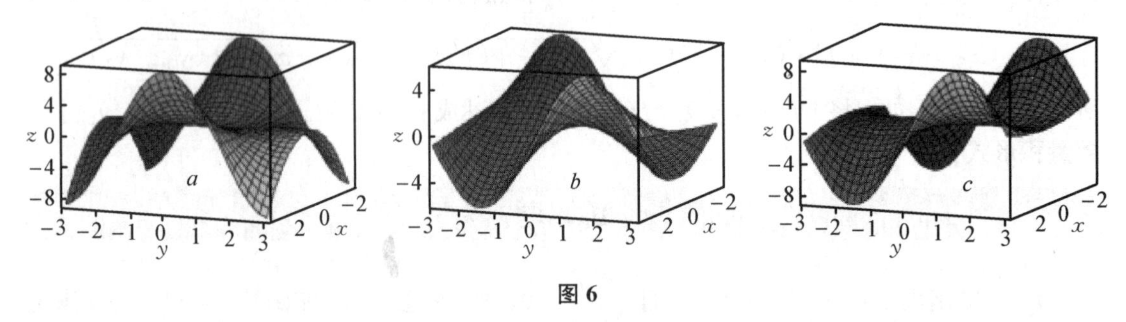

图 6

习题 5 已知二元函数 $z=z(x, y)$ 在区域 $D=\{(x, y) \mid x>0\}$ 内有定义,且满足 $\dfrac{\partial z}{\partial x}=\dfrac{x^2+y}{x}$, $z(1, y)=\cos y$, 试求 $z(x, y)$.

习题 6 设连续函数 $z=f(x, y)$ 满足 $\lim\limits_{\substack{x\to 0\\ y\to 1}}\dfrac{f(x, y)-2x+y-2}{\sqrt{x^2+(y-1)^2}}=0$, 求 $dz\big|_{(0, 1)}$.

习题 7 设 $z=f(x, y)$, 而函数 $y=y(x, z)$ 由方程 $\varphi(x^2, e^y, z)=0$ 给出,其中 f, φ 具有一阶连续偏导数,求 $\dfrac{dz}{dx}$.

习题 8 函数 $f(x, y)=\begin{cases}\dfrac{xy}{x^2+y^2} & 当(x, y)\neq(0, 0)\\ 0 & 当(x, y)=(0, 0)\end{cases}$ 的图形如图 7.

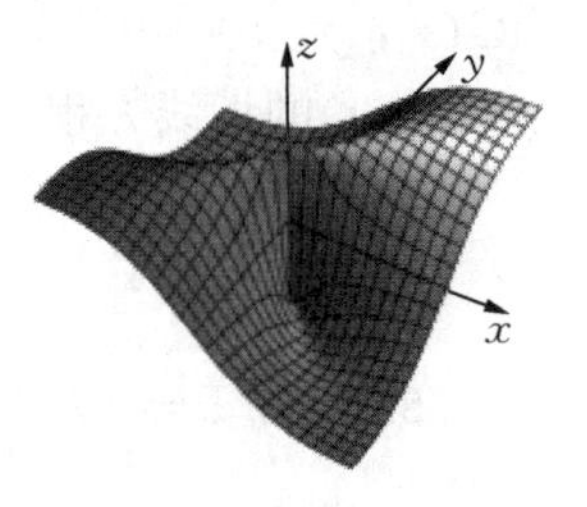

图 7

(1) 指出此函数在点(0, 0)处是否连续、可偏导、可微,并对结果给出几何解释;

(2) 找出两个平面,它们是此函数的曲面上的无数个点处共有切平面.

习题 9 利用新的自变量 $\xi=x-at$, $\eta=x+at$, 解方程 $\dfrac{\partial^2 u}{\partial t^2}-a^2\dfrac{\partial^2 u}{\partial x^2}=0$.

习题 10 用微分学方法证明:对任意正数 a, b, c, 有 $abc^3\leqslant\dfrac{27}{5^5}(a+b+c)^5$.

一题一型复习卷(复习卷 9.2)

1. (判断) 函数 $z=f(x, y)$ 在点 (x, y) 处的二阶偏导数 $f_{xy}(x, y)$ 及 $f_{yx}(x, y)$ 都存在,则 $f_{xy}(x, y)$ 及 $f_{yx}(x, y)$ 在点 (x, y) 处连续是 $f_{xy}=f_{yx}$ 的充分而非必要条件. (　　)

2. (单选)函数 $f(x, y)=\begin{cases}\dfrac{xy}{\sqrt{x^2+y^2}} & 当 x^2+y^2\neq 0\\ 0 & 当 x^2+y^2=0\end{cases}$ 满足(　　).

A. 处处连续　　B. 处处有极限，但不连续

C. 仅在(0, 0)点连续　　D. 除(0, 0)点外处处连续

3. (多选)下列极限计算正确的是(　　).

A. $\lim\limits_{\substack{x\to 0\\ y\to 0}}\dfrac{y\sin 2x}{\sqrt{xy+1}-1}=4$　　B. $\lim\limits_{\substack{x\to 0\\ y\to 0}}(x^2+y^2)^{x^2y^2}=1$

C. $\lim\limits_{\substack{x\to 0\\ y\to 0}}\dfrac{x^2+y^2}{|x|+|y|}=0$　　D. $\lim\limits_{\substack{x\to 0\\ y\to 0}}\dfrac{(x^2+y^2)x^2y^2}{1-\cos(x^2+y^2)}$不存在

4. (填空)设 $z=xye^{-xy}$，则 $z_x(x,-x)=$____________.

5. (改错)**原题：**求曲线 $4x=y^5$，$y=\sqrt{z}$ 在点 $P_0(8,2,4)$ 处的切线方程. **解答如下：**

① 令 $z=t^2$，则曲线的参数方程表示式为 $x=\dfrac{t^5}{4}$，$y=t$，$z=t^2$.

② 故点 $P_0(8,2,4)$ 处的切向量为 $\left(\dfrac{5t^4}{4},1,2t\right)_{P_0}=(20,1,4)$.

③ 故点 $P_0(8,2,4)$ 处的切线方程为 $\dfrac{x-8}{20}=\dfrac{y-2}{1}=\dfrac{z-4}{4}$.

④ 由此可知，$\dfrac{x+12}{20}=y-1=\dfrac{z}{4}$ 不是过 P_0 点的切线.

错点、错因：________________________.

6. (简答)对于边长为 x，y 的矩形的面积，$f(x,y)=xy$ 的全微分 $y\Delta x+x\Delta y$ 在几何上指的是什么？

7. (简算)设 $u=f(t)$，$t=e^x+e^{-y}$，且 f 具有二阶连续导数，求 $\dfrac{\partial^2 u}{\partial x^2}+\dfrac{\partial^2 u}{\partial y^2}$.

8. (综算)设 $u=x+2y+2$，$v=x-y-1$，$z=z(x,y)$ 有二阶连续偏导数，变换方程 $2z_{xx}+z_{xy}-z_{yy}+z_x+z_y=0$.

9. (证明)假设 $f(t)$是一个变量的可微函数，证明曲面 $z=xf\left(\dfrac{y}{x}\right)$ 的所有切面相交于一个公共点.

10. (应用)香农指数(有时称为香农－维纳指数或香农－韦弗指数)是衡量生态系统多样性的指标. 对于三个物种，它被定义为 $H=-p_1\ln p_1-p_2\ln p_2-p_3\ln p_3$，其中 p_i 是生态系统中第 i 物种的比例($i=1,2,3$).

(a) 利用 $p_1+p_2+p_3=1$ 这一事实将 H 表示为两个变量的函数.

(b) H 的值域是什么？

(c) 求出 H 的最大值，并指出它在 p_1，p_2，p_3 的哪些值上达到.

11. (阅读)在炎热的夏天，极高的湿度使我们认为温度比实际的要高，而在非常干燥的空气中，我们认为温度比温度计显示的要低. 科学家研究出热指数表(也称为温湿度指数)来描述温度和湿度的综合影响. 当实际温度为 T，相对湿度为 H 时，热指数 I 是感知的空气温度，所以 I 是 T 和 H 的函数，我们可以写 $I=f(T,H)$. 表1是 I 值表的一部分. 利用这张表格，可以先作出表格中各点的线性逼近函数，再利用此函数计算不在表格内的点的近似

值.已知 $T=30$℃，$H=60\%$ 时的线性逼近函数为

$$f(T,H)=f(30,60)+f_T(30,60)(T-30)+f_H(30,60)(H-60).$$

试算出 $T=31$℃，$H=62\%$ 时的热指数.

表1　热指数表　（H:湿度%,T:温度℃）

T \ H	40	45	50	55	60	65	70	75	80
26	28	28	29	31	31	32	33	34	35
28	31	32	33	34	35	36	37	38	39
30	34	35	36	37	38	40	41	42	43
32	37	38	39	41	42	43	45	46	47
34	41	42	43	45	47	48	49	51	52
36	43	45	47	48	50	51	53	54	56

12. (半开放)图8中表示的曲线是函数 $f(x,y)$ 的等值线，试画出其梯度向量 $\nabla f(4,6)$，并解释你是如何选择这个向量的方向和长度的.

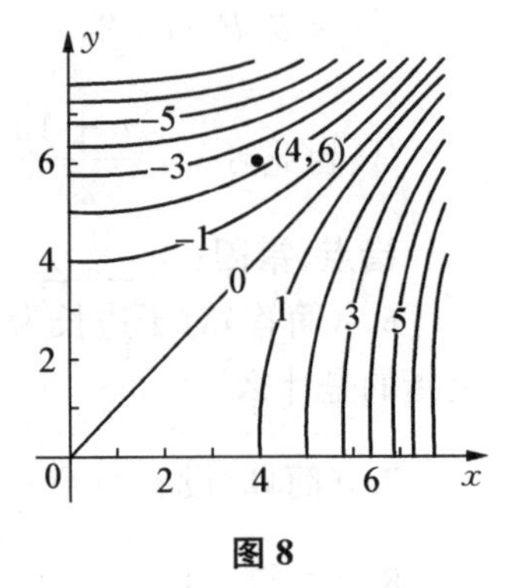

图8

13. (全开放)已知平面 $x+y+z=3$，试写出两个曲面方程，它们都与它相切，但分别在此平面的两侧，请说明理由.

扫码可见本讲参考答案

第 10 讲

学好换元法，让重积分“更上一层楼”

重积分，如果仅从技术上、实践上考虑，学习了二重积分和三重积分的计算方法，就可以解题了. 这是不是重积分学习的全部目标呢？

就像微积分诞生之前，人们一个个地计算几何体的体积一样. 重积分中的极坐标法、柱面坐标法和球面坐标法都是通过几何直观描述得到的，它们只能解决在非常特殊的积分区域或被积函数的情形下的积分. 因此，为了摆脱这种局限，我们应该提升观察问题的高度，对重积分计算中的最重要的方法——换元法进行系统的归纳、形成完整的理论，再用解题作为实践检验的手段，以达到系统把握的目的.

一、精粹导读：重积分的换元法

由于重积分的微元素不再是一个变量的微分，换元方法的推广变得非常复杂，但一般性的换元理论毕竟可以帮助我们从更高的视角来理解积分学.

（一）二重积分和三重积分的换元公式

1. 二重积分的一般换元公式

对于一般换元，先要给出如下正则变换的定义[①]：

设 $D'(\subset \mathbf{R}^2_{uv})$，$D(\subset \mathbf{R}^2_{xy})$ 分别是坐标平面 $uO'v$ 和 xOy 上的有界闭区域，所谓平面区域的正则变换 $\boldsymbol{T}$：$\begin{cases} x = x(u, v) \\ y = y(u, v) \end{cases}$，指满足下列条件的映射：

（Ⅰ）$x(u, v)$，$y(u, v)$ 在 D' 上具有一阶连续偏导数；

（Ⅱ）雅可比式 $\dfrac{\partial(x, y)}{\partial(u, v)} = \begin{vmatrix} x_u & x_v \\ y_u & y_v \end{vmatrix} \neq 0$，$\forall (u, v) \in D'$；

（Ⅲ）变换 $\boldsymbol{T}: D' \to D$ 是一一对应的.

根据隐函数的存在定理不难看出：

① 正则变换 $\boldsymbol{T}$ 必存在逆变换 $\boldsymbol{T}^{-1}$，且 $u(x, y)$，$v(x, y)$ 在 D 上也具有连续偏导数；

② 正则变换 $\boldsymbol{T}$ 将不相交的曲线变成不相交的曲线(如图 1).

通过网格的面积分析可以证明，在正则变换 $\boldsymbol{T}$ 下任何对应的面积元 $\Delta\sigma$ 和 $\Delta\sigma'$ 满足：

$$\Delta\sigma = \left| \frac{\partial(x, y)}{\partial(u, v)} \right| \Delta\sigma' + o(\Delta\sigma').$$

---

① 华东师范大学数学系. 数学分析(下册)[M]. 第 4 版. 北京：高等教育出版社，2010.

$T:D'\to D$

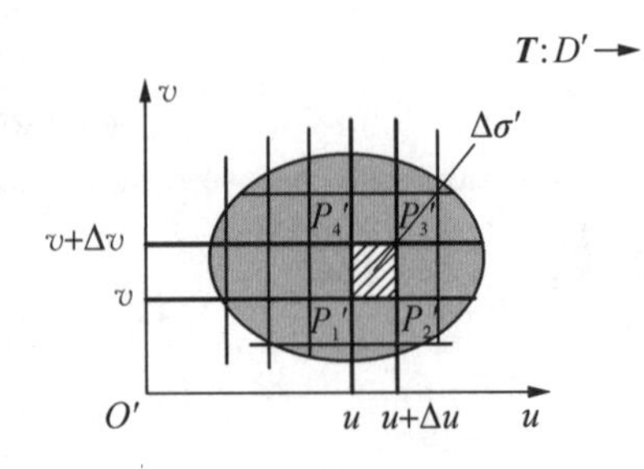

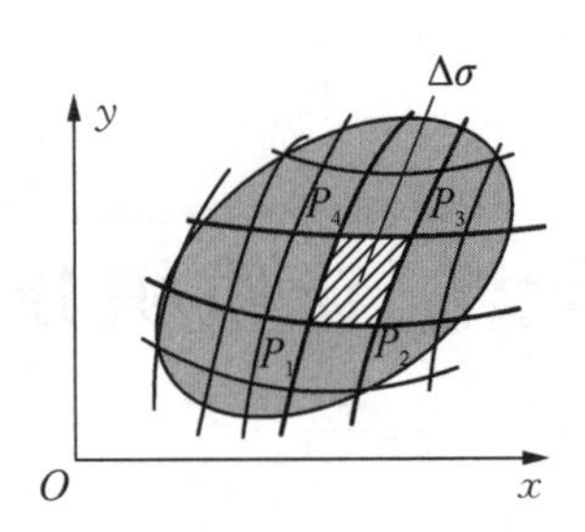

图 1

由此得到

$$d\sigma=\left|\frac{\partial(x,y)}{\partial(u,v)}\right|d\sigma'.$$

从而有

定理 1(二重积分换元定理) **设 $f(x,y)$ 在平面闭区域 D 上连续,变换 T:$x=x(u,v)$,$y=y(u,v)$ 是从 $uO'v$ 平面上的闭区域 D' 到 xOy 平面上的 D 的正则变换,则**

$$\iint_D f(x,y)\mathrm{d}x\mathrm{d}y=\iint_{D'}f(x(u,v),y(u,v))\left|\frac{\partial(x,y)}{\partial(u,v)}\right|\mathrm{d}u\mathrm{d}v.$$

2. 三重积分的一般换元公式

与二重积分的情形一样,设 $\Omega'(\subset\mathbf{R}^3_{uvw},\Omega(\subset\mathbf{R}^3_{xyz}))$ 都是空间有界闭区域,所谓空间区域的正则变换

$$T:\begin{cases}x=x(u,v,w)\\y=y(u,v,w),(u,v,w)\in\Omega'\\z=z(u,v,w)\end{cases}$$

指满足下列条件的映射 T:

① $x(u,v,w)$,$y(u,v,w)$,$z(u,v,w)$在 Ω'上连续且各个偏导数连续;

② 雅可比式 $\dfrac{\partial(x,y,z)}{\partial(u,v,w)}=\begin{vmatrix}x_u&x_v&x_w\\y_u&y_v&y_w\\z_u&z_v&z_w\end{vmatrix}\neq0,\ \forall(u,v,w)\in\Omega'$;

③ T: $\Omega'\to\Omega$ 是一一对应.

这时,T 必存在具有连续偏导数的逆变换. 从而有:

定理 2 设 $\Omega'(\subset\mathbf{R}^3_{uvw})$,$\Omega(\subset\mathbf{R}^3_{xyz})$都是有界闭区域,$f(x,y,z)$在 Ω 上连续,正则变换 T: $\Omega'\to\Omega$ 为 $\begin{cases}x=x(u,v,w)\\y=y(u,v,w)\\z=z(u,v,w)\end{cases}$,则有微元变换式

$$\mathrm{d}x\mathrm{d}y\mathrm{d}z=\left|\frac{\partial(x,y,z)}{\partial(u,v,w)}\right|\mathrm{d}u\mathrm{d}v\mathrm{d}w.$$

从而有换元公式

$$\iiint_{\Omega} f(x, y, z)\mathrm{d}x\mathrm{d}y\mathrm{d}z = \iiint_{\Omega'} f[x(u, v, w), y(u, v, w), z(u, v, w)]\left|\frac{\partial(x, y, z)}{\partial(u, v, w)}\right|\mathrm{d}u\mathrm{d}v\mathrm{d}w.$$

(二) 重积分的换元公式与以往的换元法的比较

我们从两个方面来阐述重积分的这两个换元公式与我们所见过的换元公式的关系.

1. 与极坐标、标面坐标和球面坐标的关系

显然，在极坐标变换：$x=\rho\cos\theta$，$y=\rho\sin\theta$ 下，$\dfrac{\partial(x, y)}{\partial(\rho, \theta)}=\begin{vmatrix}\cos\theta & -\rho\sin\theta \\ \sin\theta & \rho\cos\theta\end{vmatrix}=\rho$，于是有二重积分的变换公式：

$$\iint_{D} f(x, y)\mathrm{d}x\mathrm{d}y = \iint_{D'} f(\rho\cos\theta, \rho\sin\theta)\rho\,\mathrm{d}\rho\,\mathrm{d}\theta.$$

而且，由这样的方式得到的极坐标下的计算公式才是严格的.

在三重积分的情形，将柱面坐标和球面坐标的表示看作坐标系的正则变换，即

$$\begin{cases}x=\rho\cos\theta \\ y=\rho\sin\theta \\ z=z\end{cases} \text{和} \begin{cases}x=r\sin\varphi\cos\theta \\ y=r\sin\varphi\sin\theta \\ z=r\cos\varphi\end{cases}.$$

雅可比式分别为 $\dfrac{\partial(x, y, z)}{\partial(\rho, \theta, z)}=\rho$ 和 $\dfrac{\partial(x, y, z)}{\partial(r, \varphi, \theta)}=r^2\sin\varphi$，从而得到柱面和球面坐标的换元公式.

知道了这个原理，也就可以应对一些特殊区域了，例如对于椭球体 Ω：$\dfrac{x^2}{a^2}+\dfrac{y^2}{b^2}+\dfrac{z^2}{c^2}=1$，可以令 $\begin{cases}x=ar\sin\varphi\cos\theta \\ y=br\sin\varphi\sin\theta \\ z=cr\cos\varphi\end{cases}$，此时 $\dfrac{\partial(x, y, z)}{\partial(r, \varphi, \theta)}=abcr^2\sin\varphi$.

2. 与定积分换元公式的关系

回顾定积分理论中的换元法，将换元公式 $\int_a^b f(x)\mathrm{d}x=\int_\alpha^\beta f(x(u))x'(u)\mathrm{d}u$（其中 $f(x)$ 和 $x'(u)$ 连续），$x(\alpha)=a$，$x(\beta)=b$，写成等式

$$\int_a^b f(x)\mathrm{d}x=\int_{\min\{\alpha, \beta\}}^{\max\{\alpha, \beta\}} f(\varphi(u))\,|\varphi'(u)|\,\mathrm{d}u,$$

可见重积分的这两个换元公式与定积分换元法具有相同的地位.

从这里也可以看清，一元函数的两个变量 u 到 x 的变换，变化率是导数 $\varphi'(u)$，而多元函数的变换中，雅可比式 J 就是变化率，对于二元函数，它是面积元的变化率；对于三元函数，它是体积元的变化率.

(三) 用重积分的换元公式解释对称公式与平移公式

作为特殊的换元形式，我们来用严格的方式讨论坐标系的对称变换.

称 $\begin{cases}x=u\\y=-v\end{cases}$ 为关于直线 $y=0$(x 轴)对称的对称变换. 若 xOy 平面上的区域 D 关于 x 轴对称,则在变换 $\begin{cases}x=u\\y=-v\end{cases}$ 下对应的区域 D'_{uv} 关于 u 轴对称. 这是因为,若 D 关于 x 轴对称,即点 (x, y) 与 $(x, -y)$ 同时属于 D,则点 $(u, -v)$ 与 (u, v) 同时属于 D'_{uv},故 D'_{uv} 关于 u 轴对称. 我们把 D 分成 $D_{上}$ 和 $D_{下}$ 的上下两部分,D'_{uv} 也分成 $D'_{上}$ 和 $D'_{下}$,由于

$$\frac{\partial(x, y)}{\partial(u, v)}=\begin{vmatrix}1 & 0\\0 & -1\end{vmatrix}=-1, \left|\frac{\partial(x, y)}{\partial(u, v)}\right|=1,$$

就有

$$\iint\limits_{D_{下}} f(x, y)\mathrm{d}x\,\mathrm{d}y=\iint\limits_{D'_{上}} f(u, -v)\mathrm{d}u\,\mathrm{d}v.$$

再把字母 u, v 分别换为 x, y,就得到

$$\iint\limits_{D'_{上}} f(u, -v)\mathrm{d}u\,\mathrm{d}v=\iint\limits_{D_{上}} f(x, -y)\mathrm{d}x\,\mathrm{d}y,$$

最终得到

$$\iint\limits_{D} f(x, y)\mathrm{d}x\,\mathrm{d}y=\iint\limits_{D_{上}} (f(x, y)+f(x, -y))\mathrm{d}x\,\mathrm{d}y.$$

所以特别地,当 $f(x, -y)=-f(x, y)$ 时,

$$\iint\limits_{D} f(x, y)\mathrm{d}x\,\mathrm{d}y=0;$$

当 $f(x, -y)=f(x, y)$ 时,

$$\iint\limits_{D} f(x, y)\mathrm{d}x\,\mathrm{d}y=2\iint\limits_{D_{上}} f(x, y)\mathrm{d}x\,\mathrm{d}y.$$

同理可以证明:若 D 关于直线 $x=0$(即 y 轴)对称,记 $D_{右}$ 为 D 的右半部分,则

$$\iint\limits_{D} f(x, y)\mathrm{d}\sigma=\begin{cases}0 & \text{当 } f(-x, y)=-f(x, y)\\2\iint\limits_{D_{右}} f(x, y)\mathrm{d}\sigma & \text{当 } f(-x, y)=f(x, y)\end{cases}.$$

若区域 D 关于直线 $y=x$ 对称,设 D_1 是对称轴任意一侧的区域. 用变换 $\begin{cases}x=v\\y=u\end{cases}$ 可以得到

$$\iint\limits_{D} f(x, y)\mathrm{d}x\,\mathrm{d}y=\iint\limits_{D_1}(f(x, y)+f(y, x))\mathrm{d}x\,\mathrm{d}y=\frac{1}{2}\iint\limits_{D}(f(x, y)+f(y, x))\mathrm{d}x\,\mathrm{d}y.$$

对于三重积分的对称性,也可以用这样的方式进行严格证明.

对于平移变换

$$\begin{cases} x = u + a \\ y = v + b \end{cases},$$

显然其雅可比行列式为 1，若变换将区域 D 变为 D'_{uv}，就有

$$\iint_D f(x, y)\mathrm{d}x\mathrm{d}y = \iint_{D'_{uv}} f(u+a, v+b)\mathrm{d}u\mathrm{d}v.$$

在需要处理中心不在原点的圆 $D:(x-a)^2+(y-b)^2=R^2$ 时，就需要运用一下这种平移变换，使它对应到“标准形式” $D'_{uv}: u^2+v^2=R^2$.

（四）重积分的正交变换

重积分的换元法的难，就在于旋转变换，同样都是刚体运动，翻折（对称）和平移就容易得多，这两种运动的雅可比行列式等于 ± 1 是可以一目了然的. 但是要做一个旋转变换，就要好好地运用线性代数了.

1. 正交变换的一般性质

正交变换是欧氏空间中一类重要的线性变换. 本质上，正交变换就是欧氏空间中保持向量内积不变的线性变换. 设 $\boldsymbol{T}$ 是一个正交变换，其矩阵仍记为 $\boldsymbol{T}$，则变换

$$\boldsymbol{T}: \begin{cases} x = x(u, v, w) \\ y = y(u, v, w) \\ z = z(u, v, w) \end{cases}$$

可以写成 $\begin{pmatrix} x \\ y \\ z \end{pmatrix} = \begin{pmatrix} a_{11} & a_{12} & a_{13} \\ a_{21} & a_{22} & a_{23} \\ a_{31} & a_{32} & a_{33} \end{pmatrix} \begin{pmatrix} u \\ v \\ w \end{pmatrix}$，其雅可比行列式为 $\dfrac{\partial(x, y, z)}{\partial(u, v, w)} = |\boldsymbol{T}| = \pm 1$.

这意味着：

① $\boldsymbol{T}$ 将标准正交基变为标准正交基；

② 三维空间中，$\boldsymbol{T}$ 将单位球面变成单位球面；

③ $\boldsymbol{T}^{\mathrm{T}} = \boldsymbol{T}^{-1}$（转置即为逆），行列式 $|\boldsymbol{T}| = \pm 1$；

④ 对于实对称矩阵 $\boldsymbol{A}$，都有正交矩阵 $\boldsymbol{T}$，使得 $\boldsymbol{T}^{\mathrm{T}}\boldsymbol{A}\boldsymbol{T}$ 为对角矩阵，这里，对角矩阵的对角线上元素为 $\boldsymbol{A}$ 的特征值；$\boldsymbol{T}$ 是对应于特征值的单位化了的特征向量.

2. 用正交变换法化二次型为标准型

对于二次型，如何将它标准化呢？这是一个十分现实的问题. 以三个变量为例，设一般的二次型 $f = \boldsymbol{X}^{\mathrm{T}}\boldsymbol{A}\boldsymbol{X}$，设有正交矩阵 $\boldsymbol{T}$，使

$$\boldsymbol{T}^{\mathrm{T}}\boldsymbol{A}\boldsymbol{T} = \begin{pmatrix} \lambda_1 & & \\ & \lambda_2 & \\ & & \lambda_3 \end{pmatrix},$$

令 $\boldsymbol{X} = \boldsymbol{T}\boldsymbol{Y}$，则就有

$$f = \boldsymbol{Y}^{\mathrm{T}}(\boldsymbol{T}^{\mathrm{T}}\boldsymbol{A}\boldsymbol{T})\boldsymbol{Y} = \lambda_1 y_1^2 + \lambda_2 y_2^2 + \lambda_3 y_3^2.$$

这个处理方法，有时可以用于二次型函数的积分，有时也可以用于以二次型函数为边界

的积分区域的简化.

思考题 1 对于函数 $z=2xy$，如何看出它的图形是一个双曲抛物面的呢?

首先，它可以写成 $z=(x, y)\begin{pmatrix}0 & 1\\ 1 & 0\end{pmatrix}\begin{pmatrix}x\\ y\end{pmatrix}$，这里 $\boldsymbol{A}=\begin{pmatrix}0 & 1\\ 1 & 0\end{pmatrix}$，作特征方程 $|\boldsymbol{I}\lambda-\boldsymbol{A}|=0$，其中 $\boldsymbol{I}\lambda-\boldsymbol{A}=\begin{pmatrix}\lambda & -1\\ -1 & \lambda\end{pmatrix}$，得到特征值 $\lambda=\pm 1$. 在 $\lambda=1$ 时，解线性方程组 $(\boldsymbol{I}\lambda-\boldsymbol{A})\begin{pmatrix}x_1\\ x_2\end{pmatrix}=0$，得到特征向量 $\begin{pmatrix}x_1\\ x_2\end{pmatrix}=\begin{pmatrix}1\\ 1\end{pmatrix}$，在 $\lambda=-1$ 时解线性方程组 $(\boldsymbol{I}\lambda-\boldsymbol{A})\begin{pmatrix}x_1\\ x_2\end{pmatrix}=0$，得到特征向量 $\begin{pmatrix}x_1\\ x_2\end{pmatrix}=\begin{pmatrix}1\\ -1\end{pmatrix}$，将这两个特征向量单位化，写在一起，就得到对应于对角矩阵 $\begin{pmatrix}1 & 0\\ 0 & -1\end{pmatrix}$ 的正交矩阵 $\frac{1}{\sqrt{2}}\begin{pmatrix}1 & 1\\ 1 & -1\end{pmatrix}$. 就是说，在正交变换 $\begin{cases}x=\frac{1}{\sqrt{2}}u+\frac{1}{\sqrt{2}}v\\ y=\frac{1}{\sqrt{2}}u-\frac{1}{\sqrt{2}}v\end{cases}$ 下，函数 $z=2xy$ 可以变为函数 $z=u^2-v^2$. 这个特殊的变换也可以写成 $\begin{cases}x=\cos\theta u+\sin\theta v\\ y=\sin\theta u-\cos\theta v\end{cases}$，其中 $\theta=\frac{\pi}{4}$，它表示将空间直角坐标系在水平方向上以 z 轴为中心逆时针旋转 $45°$.

思考题 2 如何计算椭圆 $5x^2+4xy+2y^2=1$ 的面积?

这是苏州大学 2017 年研究生入学试题，我们来一般性地研究这个问题.

设 $\begin{pmatrix}A & B\\ B & C\end{pmatrix}$ 为正定矩阵，则 $Ax^2+2Bxy+Cy^2=1$ 表示一个椭圆. 作一个正交变换 $\begin{pmatrix}x\\ y\end{pmatrix}=\boldsymbol{P}\begin{pmatrix}u\\ v\end{pmatrix}$，将方程变为 $\lambda_1u^2+\lambda_2v^2=1$，其中 λ_1，λ_2 为二次型矩阵的特征值，于是其面积为

$$\pi\frac{1}{\sqrt{\lambda_1}}\cdot\frac{1}{\sqrt{\lambda_2}}=\frac{\pi}{\sqrt{\lambda_1\lambda_2}}=\frac{\pi}{\sqrt{\begin{vmatrix}A & B\\ B & C\end{vmatrix}}}=\frac{\pi}{\sqrt{AC-B^2}}.$$

回到本题，椭圆 $5x^2+4xy+2y^2=1$ 的面积为 $\frac{\pi}{\sqrt{5\times 2-2^2}}=\frac{\pi}{\sqrt{6}}$.

这个例子告诉我们，代数的处理方法往往可以产生非常神奇的效果！其中的主要原因是：作为变换的正交矩阵通常并不需要写出来.

3. 用正交变换法简化一次函数

我们讨论下列思考题:

思考题 3 设被积函数形如 $f(ax+by+cz)$，如何通过变换，使 f 内仅剩一个变量呢?

要知道，如果令 $ax+by+cz=u$，以及 $y=v$，$z=w$，可能会使积分区域面目全非. 但是，正交变换可以将球 $x^2+y^2+z^2=R^2$ 仍保持为球：$u^2+v^2+w^2=R^2$. 所以在球形边界的区域上简化一次函数，还是要考虑正交变换. 正确的方法是:

将平面 $ax+by+cz=0$ 作为一个坐标平面 $u=0$；它的单位法向量为 $\boldsymbol{e}_1=\frac{1}{\sqrt{a^2+b^2+c^2}}\begin{pmatrix}a\\b\\c\end{pmatrix}$；将平面 $ax+by+cz=0$ 作为一个坐标平面 $u=0$；它的单位法向量为

$\boldsymbol{e}_1=\frac{1}{\sqrt{a^2+b^2+c^2}}\begin{pmatrix}a\\b\\c\end{pmatrix}$；在平面 $ax+by+cz=0$ 上任意作两个单位正交向量，设为 $\boldsymbol{e}_2,\boldsymbol{e}_3$，

则 $\boldsymbol{T}^{\mathrm{T}}=(\boldsymbol{e}_1,\boldsymbol{e}_2,\boldsymbol{e}_3)^{\mathrm{T}}$ 就是一个正交矩阵，它满足 $\begin{pmatrix}u\\v\\w\end{pmatrix}=\boldsymbol{T}^{\mathrm{T}}\begin{pmatrix}x\\y\\z\end{pmatrix}$，即 $\begin{pmatrix}x\\y\\z\end{pmatrix}=\boldsymbol{T}\begin{pmatrix}u\\v\\w\end{pmatrix}$. 此时

$$u=\boldsymbol{e}_1^{\mathrm{T}}\cdot\begin{pmatrix}x\\y\\z\end{pmatrix}=\frac{1}{\sqrt{a^2+b^2+c^2}}(ax+by+cz)$$

在二维的情形，设被积函数出现 $f(ax+by)$，则用上述原理，取单位向量 $\boldsymbol{e}_1=\frac{1}{\sqrt{a^2+b^2}}\begin{pmatrix}a\\b\end{pmatrix}$，此时与它正交的单位向量必是 $\boldsymbol{e}_2=\frac{1}{\sqrt{a^2+b^2}}\begin{pmatrix}b\\-a\end{pmatrix}$，从而正交变换就是 $\begin{pmatrix}x\\y\end{pmatrix}=\frac{1}{\sqrt{a^2+b^2}}\begin{pmatrix}a&b\\b&-a\end{pmatrix}\begin{pmatrix}u\\v\end{pmatrix}$，这里，对称矩阵 $\boldsymbol{T}=\boldsymbol{T}^{\mathrm{T}}=\frac{1}{\sqrt{a^2+b^2}}\begin{pmatrix}a&b\\b&-a\end{pmatrix}$ 为变换矩阵. 这些知识的“延伸点”，可以发展思维的广阔性和灵活性，增强运用数学的思考能力.

（五）换元法解题实例

以下例题几乎均摘自对重积分换元法的研究性论文①②③.

例 1　计算 $I=\iint\limits_D \mathrm{e}^{\frac{y}{x+y}}\mathrm{d}x\mathrm{d}y$，其中 D 为由直线 $x+y=1$ 与两个坐标轴所围成的三角形区域.

解法 1　做极坐标变换 $\boldsymbol{T}_1:\begin{cases}x=\rho\cos\theta\\y=\rho\sin\theta\end{cases}$，则 D 对应的区域为

$$D_1=\left\{(\rho,\theta)\mid 0\leqslant\theta\leqslant\frac{\pi}{2},\ 0\leqslant\rho\leqslant\frac{1}{\sin\theta+\cos\theta}\right\},$$

$$I=\iint\limits_D \mathrm{e}^{\frac{y}{x+y}}\mathrm{d}x\mathrm{d}y=\iint\limits_{D_1}\mathrm{e}^{\frac{\sin\theta}{\sin\theta+\cos\theta}}\rho\,\mathrm{d}\rho\,\mathrm{d}\theta=\int_0^{\frac{\pi}{2}}\mathrm{e}^{\frac{\sin\theta}{\sin\theta+\cos\theta}}\mathrm{d}\theta\int_0^{\frac{1}{\sin\theta+\cos\theta}}\rho\,\mathrm{d}\rho$$

$$=\int_0^{\frac{\pi}{2}}\mathrm{e}^{\frac{\sin\theta}{\sin\theta+\cos\theta}}\cdot\frac{1}{2}\left(\frac{1}{\sin\theta+\cos\theta}\right)^2\mathrm{d}\theta=\frac{1}{2}\int_0^{\frac{\pi}{2}}\mathrm{e}^{\frac{\sin\theta}{\sin\theta+\cos\theta}}\mathrm{d}\frac{\sin\theta}{\sin\theta+\cos\theta}$$

$$=\frac{1}{2}\mathrm{e}^{\frac{\sin\theta}{\sin\theta+\cos\theta}}\Big|_0^{\frac{\pi}{2}}=\frac{1}{2}(\mathrm{e}-1).$$

---

① 高英敏. 重积分的变换技巧[J]. 高等数学研究，1999，4(1)：26－28.
② 王庆东，谢緦. 正交变换的应用及其数学方法论意义[J]. 高等数学研究，2008，11(1)：82－84.
③ 李萍，冯进钤，范钦伟. 利用换元法求一类二重积分[J]. 高等数学研究，2021，24(2)：38－40.

解法 2 做线性变换 $T_1:\begin{cases}x+y=u\\y=v\end{cases}$，此时 D 对应

$D_2=\{(u,v)\mid 0\leqslant v\leqslant u,0\leqslant u\leqslant 1\}=\{(u,v)\mid v\leqslant u\leqslant 1,0\leqslant v\leqslant 1\}$，

由于 $\begin{cases}x=u-v\\y=v\end{cases}$，雅可比行列式 $\dfrac{\partial(x,y)}{\partial(u,v)}=1$，所以

$$I=\iint_D e^{\frac{y}{x+y}}\,dx\,dy=\iint_{D_2} e^{\frac{v}{u}}\,du\,dv=\int_0^1 du\int_0^u e^{\frac{v}{u}}\,dv$$

$$=\int_0^1 u e^{\frac{v}{u}}\Big|_0^u du=\int_0^1 u(e-1)\,du=\frac{1}{2}(e-1).$$

解法 3 做非线性变换 $\begin{cases}x+y=u\\y=uv\end{cases}$，此时 D 对应 $D_3=\{(u,v)\mid 0\leqslant u\leqslant 1,0\leqslant v\leqslant 1\}$，由于 $\begin{cases}x=u-uv\\y=v\end{cases}$，雅可比行列式 $\dfrac{\partial(x,y)}{\partial(u,v)}=u$，所以

$$I=\iint_D e^{\frac{y}{x+y}}\,dx\,dy=\iint_{D_3} e^{v}u\,du\,dv=\int_0^1 u\,du\int_0^1 e^{v}\,dv=\frac{1}{2}(e-1).$$

从本题的三种解法可以看出，适当的变换方法，是提高解题速度的关键.

例 2 设 $H(\boldsymbol{X})=\sum\limits_{i,j=1}^{3}a_{ij}x_ix_j$ 为正定的二次型，证明椭球面 $H(\boldsymbol{X})=1$ 所包含的区域的体积为 $\dfrac{4\pi}{3\sqrt{|\boldsymbol{A}|}}$，此处 $|\boldsymbol{A}|$ 为 $H(\boldsymbol{X})$ 的矩阵的行列式.

证明 设在正交变换 $\boldsymbol{T}$ 下，$\boldsymbol{X}=\boldsymbol{TY}$. 此时

$$H(X)=\sum_{i,j=1}^{3}a_{ij}x_ix_j=\sum_{i=1}^{3}\lambda_i y_i^2\quad(\lambda_i>0),$$

再做伸缩变换 S：$z_i=\sqrt{\lambda_i}\,y_i$，$i=1,2,3$，上式右端就成为 $\sum\limits_{i=1}^{3}z_i^2$. 因此，所求体积为

$$V=\iiint\limits_{\sum_{i,j=1}^{3}a_{ij}x_ix_j\leqslant 1}1\,dx_1dx_2dx_3=\iiint\limits_{\sum_{i=1}^{3}\lambda_iy_i^2\leqslant 1}|\boldsymbol{T}|\,dy_1dy_2dy_3=\iiint\limits_{\sum_{i=1}^{3}z_i^2\leqslant 1}\left|\frac{\partial(y_1,y_2,y_3)}{\partial(z_1,z_2,z_3)}\right|dz_1dz_2dz_3$$

$$=\frac{1}{\sqrt{\lambda_1\lambda_2\lambda_3}}\iiint\limits_{\sum_{i=1}^{3}z_i^2\leqslant 1}1\,dz_1dz_2dz_3=\frac{1}{\sqrt{\lambda_1\lambda_2\lambda_3}}\cdot\frac{4\pi}{3}=\frac{4\pi}{3\sqrt{|\boldsymbol{A}|}}.$$

从解题过程可以看出，正交变换处理这个二次型时，并不需要具体写出这个变换.

例 3 设 f 是 Ω 上的连续函数，Ω 是单位球体 $x^2+y^2+z^2\leqslant 1$，a，b，c 是不同时为零的常数，则

$$\iiint_{\Omega}f(ax+by+cz)\,dx\,dy\,dz=\pi\int_{-1}^{1}(1-u^2)f(u\sqrt{a^2+b^2+c^2})\,du.$$

解　取平面 $ax+by+cz=0$ 的法向量 $\boldsymbol{e}_1=\dfrac{1}{\sqrt{a^2+b^2+c^2}}\begin{pmatrix}a\\b\\c\end{pmatrix}$，再在此平面上任意取两个相互正交的单位向量 $\boldsymbol{e}_2$，$\boldsymbol{e}_3$，则 $\boldsymbol{T}=(\boldsymbol{e}_1,\ \boldsymbol{e}_2,\ \boldsymbol{e}_3)^{\mathrm{T}}$ 就是一个正交矩阵；所以

$$\begin{aligned}\iiint\limits_{\Omega} f(ax+by+cz)\mathrm{d}x\mathrm{d}y\mathrm{d}z&=\iiint\limits_{u^2+v^2+w^2\leqslant 1} f(u\sqrt{a^2+b^2+c^2})\mathrm{d}u\mathrm{d}v\mathrm{d}w\\&=\int_{-1}^{1}\mathrm{d}u\iint\limits_{u^2+v^2\leqslant 1-w^2} f(u\sqrt{a^2+b^2+c^2})\mathrm{d}v\mathrm{d}w\\&=\pi\int_{-1}^{1}(1-u^2)f(u\sqrt{a^2+b^2+c^2})\mathrm{d}u.\end{aligned}$$

最后两步运用了三重积分计算的截面法. 证毕.

这个例子给出了简化三元一次函数的复合函数计算三重积分的一般方法.

二、阅读启示

(一) 对重积分中思想方法的启示

重积分是一种高水平思维的计算，重积分中隐含着重要的思想和方法.

应知道，重积分里的降维计算方法都不是严格证明的；用曲顶柱体的体积“推导”二重积分累次积分公式存在着循环论证的问题，因为体积本身是一个重积分的概念；同样地，用质量概念导出三重积分的累次积分公式也只能说是一种解释. 因此，重积分的计算应是一种深度学习的对象，要将各种内容用运动和联系的观点串联起来，形成一个系统的命题域. 重积分的计算方法之“换元法”的研究性学习，是重积分从浅层向深层理解的一个突破口. 换元法如何将一个不易求得原函数的积分经过换元后变得容易？因为它转化成了新积分变量的积分.

重积分的换元过程也是多元函数微分学的一种应用. 学好重积分的换元法，可以有效地提高数学综合水平.

这里再举一个例子. 我们在学习概率论时，都会提出这样一个问题：

思考题 4　二维随机变量 X 的期望是 $\iint\limits_{D} xf(x,\ y)\mathrm{d}\sigma$，这是规定还是推定呢？

随着随机变量函数进入学习范围，知道随机变量 Y，X^2 的期望分别是 $\iint\limits_{D} yf(x,\ y)\mathrm{d}\sigma$，$\iint\limits_{D} x^2f(x,\ y)\mathrm{d}\sigma$. 虽然这个结论与 $\iint\limits_{D} xf(x,\ y)\mathrm{d}\sigma$ 具有统一性，但对本思考题的答案基本上还是难以把握的. 然而，如果将“期望”与“平均值”联系在一起，将“平均值”与“中值定理”的“中值”联系在一起，就可以清楚地看到，因为对于概论密度 $f(x,\ y)$ 有 $\iint\limits_{D} f(x,\ y)\mathrm{d}\sigma=1$，所以期望值

$$\bar{x}=\frac{\iint\limits_{D} xf(x,\ y)\mathrm{d}\sigma}{\iint\limits_{D} f(x,\ y)\mathrm{d}\sigma},\ \bar{y}=\frac{\iint\limits_{D} yf(x,\ y)\mathrm{d}\sigma}{\iint\limits_{D} f(x,\ y)\mathrm{d}\sigma},\ \overline{x^2}=\frac{\iint\limits_{D} x^2f(x,\ y)\mathrm{d}\sigma}{\iint\limits_{D} f(x,\ y)\mathrm{d}\sigma},$$

恰好就是$\iint\limits_D xf(x,y)\mathrm{d}\sigma$，$\iint\limits_D yf(x,y)\mathrm{d}\sigma$ 和$\iint\limits_D x^2 f(x,y)\mathrm{d}\sigma$.

因此，我们在应用积分学时，不应搞“拿来主义”，而应全面地搞清原委.

积分，是一种总量的计算，与平均值的计算仅一步之遥.

(二) 对真善美的启示

1. 克服困难才能提振自信

在生活中，许多复杂而困难的事情实质上只是蒙上了一层面纱，需要我们掀开面纱、透过现象看本质. 换位思考，难题就会迎刃而解.

通过学习重积分的换元法，系统地体会积分学的基础知识和基本技能，了解必要的解题技巧，以此作为改进学习方法、克服心理障碍、提高对高等数学学习自信心的一个机会. 在其他知识点的学习中也要学会用相似的方式丰富自己的知识领地！想要取得更大的成功，就要付出更多的努力；要想在某一个问题上有所突破，可以在一个更高的角度审视它；也表达了只有积极向上才能高瞻远瞩.

2. 克服功利才能走得更远

学习任何科学知识，不仅要学会怎样做，还要学会为什么这样做，前者是个技术问题，后者是个科学问题. 把科学问题解决了，还能够大大拓展解决问题的方法. 我们应克服“就事论事”“不考不学”的功利心理. 把提高学习本领的方法交给“题海战术”，等于把科学降为技术来学. 只有站得高，才能看得远；只有看得远，才能走得更远.

三、问题解决

(一) 问题探究

重积分问题主要表现在计算、应用和推广这三大类. 前面的换元法和后面的习题研究和解题策略主要讨论计算问题，下面探究一下应用和推广这两类问题.

1. 重积分的应用

重积分应用的问题有很多方面，例如：① 基于微元法的问题解决，表面积和体积、物理方面求力和功、概率论中由密度到概率的计算等就属于这类问题；② 基于平均值的应用，这是中值定理的功劳，计算重心、概率论中的期望值等都是这类应用；③ 解决定积分有关的问题，例如“积分中的积分”可以看作累次积分，还有一些定积分相关的不等式，也可以化作特殊的二重积分处理；④ “二级应用”，即将应用中所得的结论再次应用，等等.

思考题 5 如何编制和解决一个重积分建模问题？

应用与建模的素材，需要在生活中用心挖掘. 相对来说，中国数学教材亟待完善. 这里举个美国数学教材上的例子. ①

例 4 图 2 中的等高线图显示了 2006 年 12 月 20 日和 21 日降落在科罗拉多州上的降雪量，单位是厘米（该州呈长方形，东西长 624 公里，南北长 444 公里）. 如何估计当天整个科

① Stewart J., Clegg D., Watson S.. Calculus: Early Transcendentals, Ninth Edition, Metric Version [M]. Cengage Learning, Inc., 2019: 1048.

罗拉多州的平均降雪量?

解　解决这样的问题就需要建立坐标系. 把原点放在州的西南角，然后确定定义域 $0<x<624$，$0<y<444$，设 $f(x,y)$ 是降雪量，单位是厘米，在原点的东面. 如果 D 是代表科罗拉多州的矩形，那么该州 12 月 20－21 日的平均降雪量是

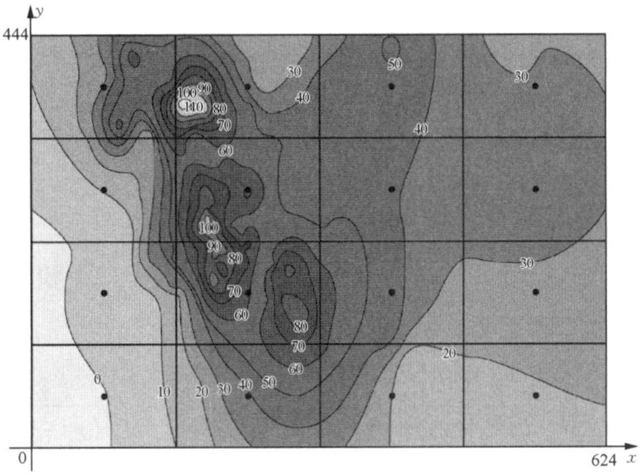

$$\bar{f}=\frac{1}{A(D)}\iint_D f(x,y)\mathrm{d}\sigma.$$

图 2

用 $4\times4=16$ 块小正方形分划 D，取每块中心点上的降雪量作为 $f(\xi_i,\eta_i)$，就得到

$$\iint_D f(x,y)\mathrm{d}\sigma\approx\sum_{i=1}^{4}\sum_{j=1}^{4}f(\xi_i,\eta_j)\Delta A_{ij}$$

$$=(0+38+20+18+5+64+47+28+11+70+43+34+30+38+44+33)\times\frac{624\times444}{16}$$

$$=523\times\frac{624\times444}{16},$$

所以 $\bar{f}=\frac{1}{A(D)}\iint_D f(x,y)\mathrm{d}\sigma\approx\frac{1}{624\times444}\times523\times\frac{624\times444}{16}\approx32.7.$

这种既不是几何的也不是物理的应用问题，是对积分思想的很好的体验.

2. 二重反常积分的定义

思考题 6　如何定义无界函数的反常二重积分以及无穷区间上的反常二重积分?

多数教材对这个问题采取回避的态度. 事实上，不回答这个问题，不是因为它容易，而是因为它困难.

定义“若 $f(x,y)$ 在某点 $P(x_0,y_0)\in\bar{D}$ 点处是无界的(这里 $\bar{D}$ 是指积分区域 D 的闭包)，则称 P 为函数 $f(x,y)$ 的一个瑕点”. 这个定义是可以广泛接受的. 容易想到的一个瑕积分定义是:

设 D_ε 是圆 $(x-x_0)^2+(y-y_0)^2\leqslant\varepsilon^2$，则 $\iint_D f(x,y)\mathrm{d}x\mathrm{d}y$ 被定义为

$$\lim_{\varepsilon\to0}\iint_{D-D_\varepsilon}f(x,y)\mathrm{d}x\mathrm{d}y.$$

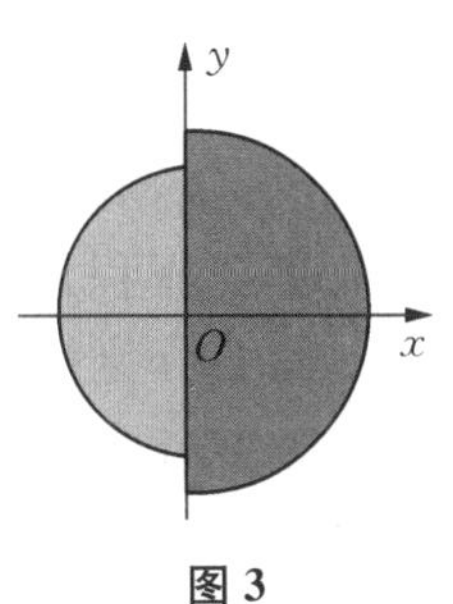

图 3

下面举一个无界函数的例子说明这样的定义是有问题的.

设 D 是 $x^2+y^2\leqslant 1$，求二重积分 $J=\iint\limits_D \frac{x}{(x^2+y^2)^2}\mathrm{d}x\,\mathrm{d}y$.

如果取 D 上的小圆片 D_ε 为 $x^2+y^2\leqslant\varepsilon^2(0<\varepsilon<1)$，则由圆环的对称性，

$$\lim_{\varepsilon\to 0}\iint\limits_{D-D_\varepsilon}\frac{x}{(x^2+y^2)^2}\mathrm{d}x\,\mathrm{d}y=\lim_{\varepsilon\to 0}\iint\limits_{\varepsilon^2\leqslant x^2+y^2\leqslant 1}\frac{x}{(x^2+y^2)^2}\mathrm{d}x\,\mathrm{d}y=\lim_{\varepsilon\to 0}0=0.$$

但如果取 D'_ε 为(如图 3)

$$x^2+y^2\leqslant\varepsilon^2(x\geqslant 0,0<\varepsilon<1)\text{ 和 }x^2+y^2\leqslant\varepsilon^4(x<0,0<\varepsilon<1)$$

之并，则

$$\begin{aligned}\iint\limits_{D-D'_\varepsilon}\frac{x}{(x^2+y^2)^2}\mathrm{d}x\mathrm{d}y&=-\left[\iint\limits_{\substack{\varepsilon^2\leqslant x^2+y^2\leqslant 1,\\ x\geqslant 0}}\frac{x}{(x^2+y^2)^2}\mathrm{d}x\mathrm{d}y+\iint\limits_{\substack{\varepsilon^4\leqslant x^2+y^2\leqslant 1,\\ x<0}}\frac{x}{(x^2+y^2)^2}\mathrm{d}x\mathrm{d}y\right]\\&=-\int_{-\frac{\pi}{2}}^{\frac{\pi}{2}}\mathrm{d}\theta\int_\varepsilon^1\frac{\rho^2\cos\theta}{\rho^4}\mathrm{d}\rho+\int_{\frac{\pi}{2}}^{\frac{3\pi}{2}}\mathrm{d}\theta\int_{\varepsilon^2}^1\frac{\rho^2\cos\theta}{\rho^4}\mathrm{d}\rho=-2\int_\varepsilon^1\frac{\mathrm{d}\rho}{\rho^2}+2\int_{\varepsilon^2}^1\frac{\mathrm{d}\rho}{\rho^2}\\&=2\int_{\varepsilon^2}^{\varepsilon}\frac{\mathrm{d}\rho}{\rho^2}=\frac{2(1-\varepsilon)}{\varepsilon^2}\to+\infty\quad(\varepsilon\to 0).\end{aligned}$$

所以，$J=\iint\limits_D\frac{x}{(x^2+y^2)^2}\mathrm{d}x\,\mathrm{d}y$ 是发散的. 这说明，用“挖圆收缩”与挖不规则图形再收缩到一点的做法是不同的.

同样地，对于 $\iint\limits_{[0,+\infty)\times[0,+\infty)}(x-y)\mathrm{d}x\,\mathrm{d}y$ 这样的定义于第一象限上的反常积分，用方形 $[0,t]\times[0,t]$ 或 $x^2+y^2\leqslant t^2(x\geqslant 0,\ y\geqslant 0)$ 积分再让 t 趋于 $+\infty$ 的方法是不对的，因为在这种正方形和四分之一圆上的积分都是零，但在长方形 $[0,t]\times[0,2t]$ 上的积分就会趋于 $-\infty$.

菲赫金哥尔茨《微积分学教程》(第三卷)中对反常积分给出了定义. 对于只有一个瑕点 P 的无界函数，如果对于任意一条封闭曲线 k_ε，当它到 P 点的最大距离 $\varepsilon\to 0$ 时，$\lim\limits_{\varepsilon\to 0}\iint\limits_{D-D_\varepsilon}f(x,y)\mathrm{d}x\,\mathrm{d}y$ 都存在且相等(D_ε 是 k_ε 所围之区域)，则称此极限为反常积分的收敛值，记为 $\iint\limits_D f(x,y)\mathrm{d}x\,\mathrm{d}y$. 对于无穷区域上的反常积分也应该用“任意曲线”来定义. ①

(二) 习题研究

准确计算出重积分的值是重积分的重点，它的方法有三个基本类型：

① 选择积分顺序；

② 选择坐标变换；

③ 优先利用对称性，即积分区域的对称性与被积函数的奇偶性或轮换对称性.

---

① 菲赫金哥尔茨 D. M. 微积分学教程(第三卷)(第 8 版)[M]. 路见可，余家荣，吴亲仁，译. 北京：高等教育出版社，2006:171－192.

以下三题中,每题至少包含了上述三类中的两类.

例 5　计算三重积分 $\iiint\limits_{\Omega}\frac{\mathrm{d}x\mathrm{d}y\mathrm{d}z}{(1+x^2+y^2+z^2)^2}$,其中,$\Omega$:$0\leqslant x\leqslant 1,\ 0\leqslant y\leqslant 1,\ 0\leqslant z\leqslant 1$.

解　用"先二后一"法,并利用对称性,有

$$I=2\int_0^1\mathrm{d}z\iint\limits_{\substack{0\leqslant x\leqslant 1\\ 0\leqslant y\leqslant x}}\frac{\mathrm{d}x\mathrm{d}y}{(1+x^2+y^2+z^2)^2}=2\int_0^1\mathrm{d}z\int_0^{\frac{\pi}{4}}\mathrm{d}\theta\int_0^{\sec\theta}\frac{\rho\mathrm{d}\rho}{(1+\rho^2+z^2)^2}$$

$$=\int_0^1\mathrm{d}z\int_0^{\frac{\pi}{4}}\mathrm{d}\theta\left(-\frac{1}{1+\rho^2+z^2}\right)\Bigg|_0^{\sec\theta}=\int_0^1\mathrm{d}z\int_0^{\frac{\pi}{4}}\left(\frac{1}{1+z^2}-\frac{1}{1+\sec^2\theta+z^2}\right)\mathrm{d}\theta$$

$$=\int_0^{\frac{\pi}{4}}\mathrm{d}\theta\int_0^1\left(\frac{1}{1+z^2}-\frac{1}{1+\sec^2\theta+z^2}\right)\mathrm{d}z=\int_0^{\frac{\pi}{4}}\mathrm{d}\theta\left(\frac{\pi}{4}-\int_0^1\frac{1}{1+\sec^2\theta+z^2}\mathrm{d}z\right)$$

$$=\frac{\pi^2}{16}-\int_0^{\frac{\pi}{4}}\mathrm{d}\theta\int_0^1\frac{1}{1+\sec^2\theta+z^2}\mathrm{d}z.$$

令 $z=\tan t$,则

$$\int_0^{\frac{\pi}{4}}\mathrm{d}\theta\int_0^1\frac{1}{1+\sec^2\theta+z^2}\mathrm{d}z=\int_0^{\frac{\pi}{4}}\mathrm{d}\theta\int_0^{\frac{\pi}{4}}\frac{\sec^2 t}{\sec^2\theta+\sec^2 t}\mathrm{d}t$$

$$=\int_0^{\frac{\pi}{4}}\mathrm{d}\theta\int_0^{\frac{\pi}{4}}\frac{\sec^2\theta}{\sec^2\theta+\sec^2 t}\mathrm{d}t\text{(换字母)}$$

$$=\frac{1}{2}\int_0^{\frac{\pi}{4}}\int_0^{\frac{\pi}{4}}\frac{\sec^2\theta+\sec^2 t}{\sec^2\theta+\sec^2 t}\mathrm{d}t\mathrm{d}\theta=\frac{1}{2}\cdot\frac{\pi^2}{16}.$$

因此,$I=\frac{\pi^2}{16}-\frac{1}{2}\cdot\frac{\pi^2}{16}=\frac{\pi^2}{32}$.

从此题的解答过程来看,它把顺序、换元和对称性都用了个遍.

例 6　设 $f(x)$ 在 $[a,b]$ 上连续,证明 $\left(\int_a^b f(x)\mathrm{d}x\right)^2\leqslant(b-a)\int_a^b f^2(x)\mathrm{d}x$.

证明　作一个正方形 D:$\begin{cases}a\leqslant x\leqslant b\\ a\leqslant y\leqslant b\end{cases}$,两个定积分的乘积可以视为一个正方形上的二重积分的累次积分,则

$$\left(\int_a^b f(x)\mathrm{d}x\right)^2=\int_a^b f(x)\mathrm{d}x\int_a^b f(y)\mathrm{d}y=\iint\limits_D f(x)f(y)\mathrm{d}x\mathrm{d}y$$

$$\leqslant\frac{1}{2}\iint\limits_D[f^2(x)+f^2(y)]\mathrm{d}x\mathrm{d}y=\frac{1}{2}\left[\int_a^b\mathrm{d}y\int_a^b f^2(x)\mathrm{d}x+\int_a^b\mathrm{d}x\int_a^b f^2(y)\mathrm{d}y\right]$$

$$=\frac{b-a}{2}\left[\int_a^b f^2(x)\mathrm{d}x+\int_a^b f^2(y)\mathrm{d}y\right]=(b-a)\int_a^b f^2(x)\mathrm{d}x.$$

这是一个重积分的应用题,构造正方形上的积分,用轮换对称性改变 x,y 的地位,是这类应用的关键.

例 7 计算三重积分 $\iiint\limits_{\Omega}(x+2y+4z)\mathrm{d}V$? 其中 $\Omega:(x+3)^2+(y-1)^2+(z-1)^2\leqslant 1$.

解法 1(平移法) 令 $x+3=u$, $y-1=v$, $z-1=w$,则球体成为 $u^2+v^2+w^2\leqslant 1$,做此平移后,$\mathrm{d}V$ 不变,故

$\iiint\limits_{\Omega}(x+2y+4z)\mathrm{d}V=\iiint\limits_{\Omega}(u-3+2v+2+4w+4)\mathrm{d}V=\iiint\limits_{\Omega}(3+u+2v+4w)\mathrm{d}V$,而 $\iiint\limits_{\Omega}u\,\mathrm{d}V=\iiint\limits_{\Omega}v\mathrm{d}V=\iiint\limits_{\Omega}w\mathrm{d}V=0$(被积函数均为关于某个变量的奇函数),从而

$$\iiint\limits_{\Omega}(x+2y+4z)\mathrm{d}V=3\iiint\limits_{\Omega}\mathrm{d}V=3V=4\pi.$$

解法 2(形心法) 和二重积分的情形一样,空间有界区域 Ω 的形心坐标为

$$\left(\frac{1}{V}\iiint\limits_{\Omega}x\,\mathrm{d}V,\ \frac{1}{V}\iiint\limits_{\Omega}y\,\mathrm{d}V,\ \frac{1}{V}\iiint\limits_{\Omega}z\,\mathrm{d}V\right),$$

球体的形心坐标一定是球心. 由于球 $(x+3)^2+(y-1)^2+(z-1)^2\leqslant 1$ 的球心坐标(a, b, c)是$(-3, 1, 1)$,半径为 1,体积为$\frac{4\pi}{3}$,所以

$$\iiint\limits_{\Omega}(x+2y+4z)\mathrm{d}V=(a+2b+4c)V=(-3+2+4)\cdot\frac{4\pi}{3}=4\pi.$$

这里的解法 2 就是“二次应用”.

(三) 解题策略

重积分的学习,主要研究的是解题方法上的比较和深化,主要应把握以下两点.

1. 在多种坐标变换中审美

尽量寻求多种坐标变换,并用欣赏的眼光比较它们的特点.

例 8 求积分 $I=\iint\limits_{D}\left(\sqrt{\frac{x}{a}}+\sqrt{\frac{y}{b}}\right)^3\mathrm{d}x\,\mathrm{d}y$,其中 D 是由坐标轴及曲线$\sqrt{\frac{x}{a}}+\sqrt{\frac{y}{b}}=1$所围成的区域 $(a, b>0)$.

以下只讲几种解法的思路.

解法 1(直接计算) 将 D 表示成 X-型区域,则有

$$I=\int_0^a\mathrm{d}x\int_0^{b\left(1-\sqrt{\frac{x}{a}}\right)^2}\left(\sqrt{\frac{x}{a}}+\sqrt{\frac{y}{b}}\right)^3\mathrm{d}y,$$

二项式展开后积分,过程较繁,可得到结果 $\frac{2}{21}ab$.

解法 2(化繁为简) 令$\begin{cases}u=\dfrac{x}{a}\\ v=\dfrac{y}{b}\end{cases}$,则$\begin{cases}x=au\\ y=bv\end{cases}$, $\dfrac{\partial(x, y)}{\partial(u, v)}=4ab$,由轮换对称性,

$$I=\iint\limits_{\sqrt{u}+\sqrt{v}\leqslant 1}(\sqrt{u}+\sqrt{v})^3\cdot ab\,\mathrm{d}u\mathrm{d}v=ab\iint\limits_{\sqrt{u}+\sqrt{v}\leqslant 1}(\sqrt{u}^3+3u\sqrt{v}+3\sqrt{u}v+\sqrt{v}^3)\mathrm{d}u\mathrm{d}v$$

$$=2ab\iint\limits_{\sqrt{u}+\sqrt{v}\leqslant 1}(\sqrt{u}^3+3u\sqrt{v})\mathrm{d}u\mathrm{d}v=2ab\int_0^1\mathrm{d}u\int_0^{(1-\sqrt{u})^2}(\sqrt{u}^3+3u\sqrt{v})\mathrm{d}v=\frac{2}{21}ab.$$

解法 3(化曲为直法 1)　令 $\begin{cases}u=\sqrt{\dfrac{x}{a}}\\ v=\sqrt{\dfrac{y}{b}}\end{cases}$，则 $\begin{cases}x=au^2\\ y=bv^2\end{cases}$，$\dfrac{\partial(x,y)}{\partial(u,v)}=4abuv$，边界成为直线型，

$$I=\iint\limits_{\substack{0\leqslant v\leqslant 1-u\\ 0\leqslant u\leqslant 1}}(u+v)^3\cdot 4abuv\,\mathrm{d}u\mathrm{d}v=\cdots=\frac{2}{21}ab.$$

解法 4(化曲为直法 2)　令 $\begin{cases}u=\sqrt{\dfrac{x}{a}}+\sqrt{\dfrac{y}{b}}\\ v=\sqrt{\dfrac{x}{a}}-\sqrt{\dfrac{y}{b}}\end{cases}$，则 $\begin{cases}\sqrt{\dfrac{x}{a}}=\dfrac{u+v}{2}\\ \sqrt{\dfrac{y}{b}}=\dfrac{u-v}{2}\end{cases}$，$\begin{cases}x=a\left(\dfrac{u+v}{2}\right)^2\\ y=b\left(\dfrac{u-v}{2}\right)^2\end{cases}$，

$\dfrac{\partial(x,y)}{\partial(u,v)}=-\dfrac{ab}{2}(u^2-v^2)$，计算较少的项数：

$$I=\iint\limits_{\substack{-u\leqslant v\leqslant u\\ 0\leqslant u\leqslant 1}}u^3\cdot\left|-\frac{ab}{2}(u^2-v^2)\right|\mathrm{d}u\mathrm{d}v=\frac{ab}{2}\int_0^1\mathrm{d}u\int_{-u}^{u}(u^5-u^3v^2)\mathrm{d}v=\frac{2}{21}ab.$$

解法 5(平方和法 1)

令 $\begin{cases}x=ar^2\cos^4\theta\\ x=br^2\sin^4\theta\end{cases}$，则 $\sqrt{\dfrac{x}{a}}+\sqrt{\dfrac{y}{b}}=r$，$\dfrac{\partial(x,y)}{\partial(r,\theta)}=8abr^3\sin^3\theta\cos^3\theta$，

$$I=\int_0^{\frac{\pi}{2}}\mathrm{d}\theta\int_0^1 r^3\cdot 8abr^3\sin^3\theta\cos^3\theta\,\mathrm{d}r=\frac{2}{21}ab.$$

解法 6(平方和法 2)

令 $\begin{cases}u=\sqrt[4]{\dfrac{x}{a}}\\ v=\sqrt[4]{\dfrac{y}{b}}\end{cases}$，则 $\begin{cases}x=au^2\\ x=bv^2\end{cases}$，$\sqrt{\dfrac{x}{a}}+\sqrt{\dfrac{y}{b}}=u^2+v^2$，$\dfrac{\partial(x,y)}{\partial(u,v)}=16abu^3v^3$，

$I=\iint\limits_{u^2+v^2\leqslant 1}(u^2+v^2)^3\cdot 16abu^3v^3\mathrm{d}u\mathrm{d}v$，再用极坐标算出结果.

以上 6 种方法中有 5 种方法是换元法，相比之下，方法 3 做到了简洁美和对称美并存，而方法 5 不但保留了对称美，还直接将被积函数简化到极致.

2. 在直观想象中确定积分界限

例 8 计算重积分

(1) $I_1=\iint\limits_{x^2+y^2\leqslant 1}|x^2+y^2-x-y|\,\mathrm{d}x\,\mathrm{d}y$；

(2) $I_2=\iiint\limits_{\Omega}\dfrac{xyz}{x^2+y^2}\mathrm{d}x\,\mathrm{d}y\,\mathrm{d}z$，其中 Ω 是由曲面 $(x^2+y^2+z^2)^2=2xy$ 围成的区域在第一卦限的部分.

解 (1) 由对称性，可以只考虑区域 $y\geqslant x$. 由极坐标变换得

$$I=2\int_{\frac{\pi}{4}}^{\frac{5\pi}{4}}\mathrm{d}\theta\int_0^1\left|\rho-\sqrt{2}\sin\left(\theta+\frac{\pi}{4}\right)\right|\rho^2\mathrm{d}\rho=2\int_0^{\pi}\mathrm{d}\theta\int_0^1|\rho-\sqrt{2}\cos\theta|\rho^2\mathrm{d}\rho.$$

在后一个积分里，(θ,ρ) 所在的区域是矩形 $D:0\leqslant\theta\leqslant\pi,\ 0\leqslant\rho\leqslant 1$，将此矩形分成左右两部分(如图 4)，$D_1:0\leqslant\theta\leqslant\dfrac{\pi}{2},\ 0\leqslant\rho\leqslant 1$；$D_2:\dfrac{\pi}{2}\leqslant\theta\leqslant\pi,\ 0\leqslant\rho\leqslant 1$. 又在 D_1 中取子集 $D_3:\dfrac{\pi}{4}\leqslant\theta\leqslant\dfrac{\pi}{2},\ \sqrt{2}\cos\theta\leqslant\rho\leqslant 1$.

记 $I_i=\iint\limits_{D_i}|\rho-\sqrt{2}\cos\theta|\rho^2\mathrm{d}\rho,\ i=1,2,3$，则 $I=2(I_1+I_2)$. 注意到 $(\rho-\sqrt{2}\cos\theta)\rho^2$ 在 D_3，D_1，D_2 的符号分别为负、正、正，则

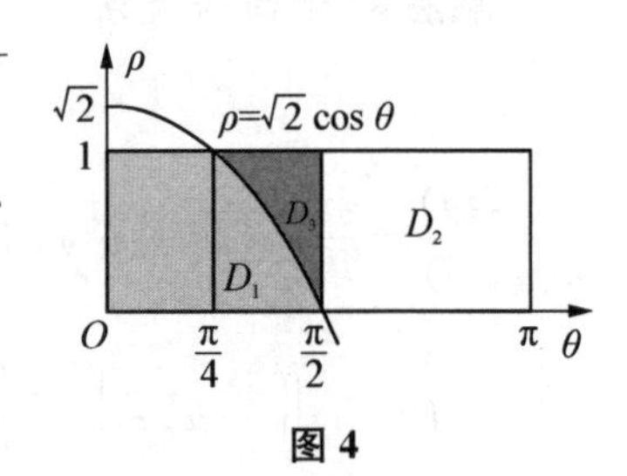

图 4

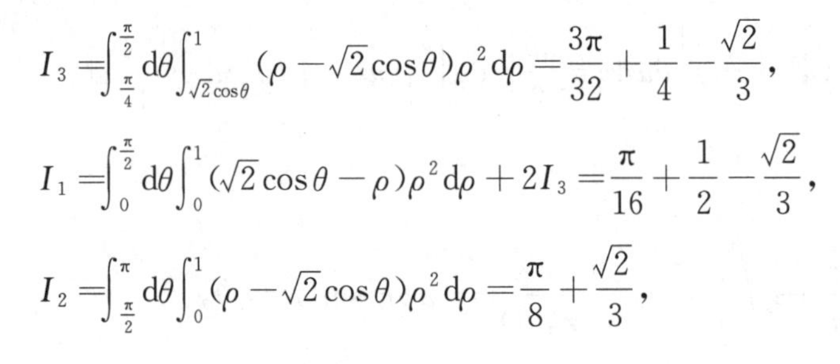

$$I_3=\int_{\frac{\pi}{4}}^{\frac{\pi}{2}}\mathrm{d}\theta\int_{\sqrt{2}\cos\theta}^1(\rho-\sqrt{2}\cos\theta)\rho^2\mathrm{d}\rho=\frac{3\pi}{32}+\frac{1}{4}-\frac{\sqrt{2}}{3},$$

$$I_1=\int_0^{\frac{\pi}{2}}\mathrm{d}\theta\int_0^1(\sqrt{2}\cos\theta-\rho)\rho^2\mathrm{d}\rho+2I_3=\frac{\pi}{16}+\frac{1}{2}-\frac{\sqrt{2}}{3},$$

$$I_2=\int_{\frac{\pi}{2}}^{\pi}\mathrm{d}\theta\int_0^1(\rho-\sqrt{2}\cos\theta)\rho^2\mathrm{d}\rho=\frac{\pi}{8}+\frac{\sqrt{2}}{3},$$

所以就有 $I=2(I_1+I_2)=1+\dfrac{3\pi}{8}$.

(2) 用球坐标计算，并利用对称性.

曲面 $(x^2+y^2+z^2)^2=2xy$ 关于平面 $x=y$ 对称，方程即为 $r^4=2(r\sin\varphi\cos\theta)\cdot(r\sin\varphi\sin\theta)$，亦即 $r^2=\sin^2\varphi\sin 2\theta$，所以，

$$\begin{aligned}\iiint\limits_{\Omega}\frac{xyz}{x^2+y^2}\mathrm{d}x\,\mathrm{d}y\,\mathrm{d}z&=2\int_0^{\frac{\pi}{4}}\mathrm{d}\theta\int_0^{\frac{\pi}{2}}\mathrm{d}\varphi\int_0^{\sqrt{2}\sin\varphi\sqrt{\sin\theta\cos\theta}}\frac{r^3\sin^2\varphi\cos\theta\sin\theta\cos\varphi}{r^2\sin^2\varphi}\cdot r^2\sin\varphi\,\mathrm{d}r\\&=2\int_0^{\frac{\pi}{4}}\sin\theta\cos\theta\,\mathrm{d}\theta\int_0^{\frac{\pi}{2}}\cos\varphi\sin\varphi\,\mathrm{d}\varphi\int_0^{\sqrt{2}\sin\varphi\sqrt{\sin\theta\cos\theta}}r^3\,\mathrm{d}r\\&=2\int_0^{\frac{\pi}{4}}\sin^3\theta\cos^3\theta\,\mathrm{d}\theta\int_0^{\frac{\pi}{2}}\cos\varphi\sin^5\varphi\,\mathrm{d}\varphi\end{aligned}$$

$$=\frac{1}{8}\int_0^{\frac{\pi}{4}}\sin^3 2\theta\,\mathrm{d}2\theta\int_0^{\frac{\pi}{2}}\sin^5\varphi\,\mathrm{d}\sin\varphi=\frac{1}{8}\cdot\frac{2}{3}\cdot\frac{1}{6}=\frac{1}{72}.$$

这两题都是以上下限的确定作为解题关键. 题(1)主要是通过符号来确定上下限，原因是绝对值是一种分段函数，必须要找到一条曲线分出取值符号不同的两个区域. 特别要注意的是：所画的区域不是 xOy 坐标系，也不是极坐标系，而是“自创的”$\theta O\rho$ 直角坐标系. 题(2)主要通过曲面的自然定义域. 这是一张怎样的曲面呢？从 $r^2=\sin^2\varphi\sin 2\theta$ 可知，当 $\varphi=\frac{\pi}{2}$ 时，这是双扭线

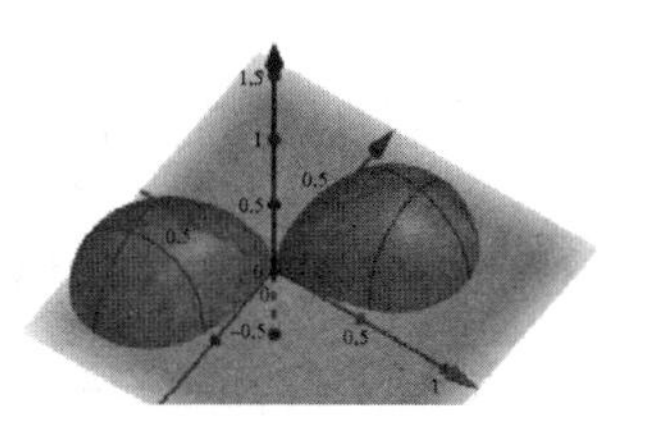

图 5

$(x^2+y^2)^2=2xy$；当 $0<\varphi<\frac{\pi}{2}$ 任意固定于 φ_0 时，$r^2=\sin^2\varphi_0\sin 2\theta$ 是(处于圆锥面 $\varphi=\varphi_0$ 上的)扭曲着的“双扭线”，图 5 是这个方程在 $z\geqslant 0$ 时的曲面. 整体来看，这个曲面不是一个旋转面.

若用前面讨论过的正交变换 $\begin{cases}x=\frac{1}{\sqrt{2}}u+\frac{1}{\sqrt{2}}v\\ y=\frac{1}{\sqrt{2}}u-\frac{1}{\sqrt{2}}v\end{cases}$，即将坐标系在水平方向逆时针旋转 $\frac{\pi}{4}$，则方程 $(x^2+y^2+z^2)^2=2xy$ 成为 $(u^2+v^2+w^2)^2=u^2-v^2$，它的图形关于平面 $u=0$，$v=0$ 和 $w=0$ 都对称，亦即原方程图形关于 $x=y$，$x=-y$ 和 $z=0$ 都对称.

练习题

1. 记 $D=\{(x,y)\mid x^2+y^2\leqslant\pi\}$，则 $\iint\limits_D(\sin x^2\cos y^2+x\sqrt{x^2+y^2})\,\mathrm{d}x\,\mathrm{d}y=$ ________.

2. 计算积分 $\int_0^{2\pi}x\,\mathrm{d}x\int_x^{2\pi}\frac{\sin^2 t}{t^2}\mathrm{d}t$.

3. 设区间 $(0,+\infty)$ 上的函数 $u(x)$ 定义为 $u(x)=\int_0^{+\infty}\mathrm{e}^{-xt^2}\mathrm{d}t$，则 $u(x)$ 的初等函数表达式为________.

4. 某物体所在的空间区域为 Ω：$x^2+y^2+2z^2\leqslant x+y+2z$，密度函数 $x^2+y^2+z^2$，求质量 $M=\iiint\limits_\Omega(x^2+y^2+z^2)\,\mathrm{d}x\,\mathrm{d}y\,\mathrm{d}z$.

5. 设区域 D 是由直线 $x+y=1$ 与两坐标轴所围三角形区域. 求

$$\iint\limits_D\frac{(x+y)\ln\left(1+\frac{y}{x}\right)}{\sqrt{1-x-y}}\mathrm{d}x\,\mathrm{d}y.$$

一题一类复习卷(复习卷 10.1)

习题 1 设 $f(x, y)$在一个包含点(a, b)的圆盘上连续,令 D_r 是以此点为中心以 r 为圆心的圆盘,证明 $\lim\limits_{r\to 0}\dfrac{1}{\pi r^2}\iint\limits_{D_r} f(x, y)\mathrm{d}\sigma = f(a, b)$.

习题 2 计算二重积分

(1) $\int_1^2 \mathrm{d}x\int_{\sqrt{x}}^{x}\sin\dfrac{\pi x}{2y}\mathrm{d}y + \int_2^4 \mathrm{d}x\int_{\sqrt{x}}^{2}\sin\dfrac{\pi x}{2y}\mathrm{d}y$;

(2) $I = \iint\limits_D \mathrm{sgn}(y - x^2)\mathrm{d}x\mathrm{d}y$,其中 $D = \{(x, y) \mid -1 \leqslant x \leqslant 1, 0 \leqslant y \leqslant 1\}$;

(3) $\iint\limits_D \sqrt{\dfrac{1-x^2-y^2}{1+x^2+y^2}}\mathrm{d}\sigma$,其中 D 为 $x^2+y^2\leqslant 1$ 在第一象限部分;

(4) $\iint\limits_{x^2+y^2\leqslant 1}(|x|+|y|)\mathrm{d}x\mathrm{d}y$.

习题 3 计算三重积分

(1) $\iiint\limits_\Omega \dfrac{\mathrm{d}x\mathrm{d}y\mathrm{d}z}{(1+x+y+z)^3}$,其中 Ω 是由 $x=0$, $y=0$, $z=0$, $x+y+z=1$ 所围成的四面体区域;

(2) $I = \iiint\limits_\Omega (x^2 + 5xy^2\sin\sqrt{x^2+y^2})\mathrm{d}x\mathrm{d}y\mathrm{d}z$,其中 Ω 是由 $x^2+y^2=2z$, $z=1$ 及 $z=2$ 所围成的空间区域.

习题 4 根据图 6 所示的信息,用极坐标形式建立定义域上曲面以下的曲边梯形体积的二次积分的表达式,并求其值和曲面的平均高度.

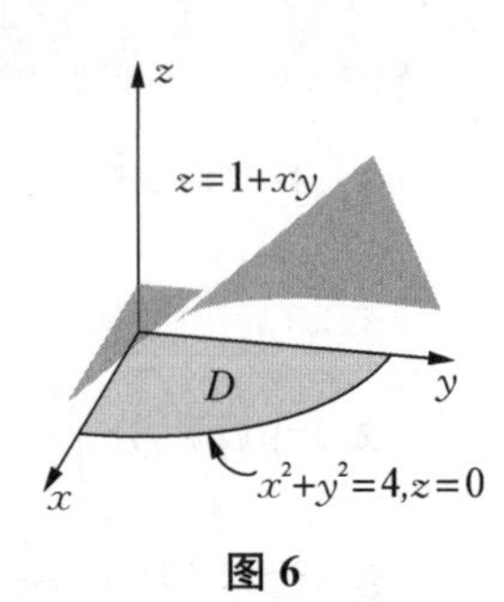

图 6

习题 5 计算曲面 $x^2+y^2+z^2=4z$ 在抛物面 $z=x^2+y^2$ 内部分的面积.

习题 6 设随机变量 X, Y 的联合密度函数为

$$f(x, y) = \begin{cases} C(x+y) & \text{当 } 0\leqslant x\leqslant 3,\ 0\leqslant y\leqslant 2 \\ 0 & \text{其他} \end{cases}.$$

求(1) C 的值;(2) 概率 $P(X\leqslant 2, Y\geqslant 1)$ 和 $P(X+Y\leqslant 1)$.

习题 7 计算积分 $I = \int_0^1\int_0^1 \mathrm{e}^{\max\{x^2,\, y^2\}}\mathrm{d}x\mathrm{d}y$.

习题 8 试证 $\int_0^2 \mathrm{d}x\int_0^x 2\mathrm{e}^{x^2-y^2}\mathrm{d}y = \int_0^2 \mathrm{d}y\int_y^{4-y}\mathrm{e}^{xy}\mathrm{d}x$.

习题 9 试将三重积分 $\int_{-1}^1 \mathrm{d}x\int_{x^2}^1 \mathrm{d}y\int_0^{1-y} f(x, y, z)\mathrm{d}z$ 换序,使积分顺序依次为 $\mathrm{d}x$, $\mathrm{d}y$, $\mathrm{d}z$.

习题 10 设 f 为$[0, 1]$上的单调增加的连续函数,证明:$\dfrac{\int_0^1 xf^3(x)\mathrm{d}x}{\int_0^1 xf^2(x)\mathrm{d}x} \geqslant \dfrac{\int_0^1 f^3(x)\mathrm{d}x}{\int_0^1 f^2(x)\mathrm{d}x}$.

一题一型复习卷(复习卷 10.2)

1. (判断) 把 D 任意分成 n 个小区域 $\Delta\sigma_i$ $(i=1, 2, \cdots, n)$，ε 是这些 $\Delta\sigma_i$ 的最大面积. 在每一个小区域 $\Delta\sigma_i$ 任意选取一点 (ξ_i, η_i)，则有界函数 $f(x, y)$ 在 D 上的二重积分 $\iint\limits_D f(x, y)\mathrm{d}\sigma$ 可以表示为极限 $I=\lim\limits_{\varepsilon\to 0}\sum\limits_{i=1}^{n} f(\xi_i, \eta_i)\Delta\sigma_i$. (　　)

2. (单选) 由 $x^2+y^2+z^2\leqslant 2z$，$z\leqslant x^2+y^2$ 所确定的立体的体积是(　　).

A. $\int_0^{2\pi}\mathrm{d}\theta\int_y^1 r\,\mathrm{d}r\int_{r^2}^{\sqrt{1-r^2}}\mathrm{d}z$　　B. $\int_0^{2\pi}\mathrm{d}\theta\int_0^r r\,\mathrm{d}r\int_1^{1-\sqrt{1-r^2}}\mathrm{d}z$

C. $\int_0^{2\pi}\mathrm{d}\theta\int_0^1 r\,\mathrm{d}r\int_{1-\sqrt{1-r^2}}^{r^2}\mathrm{d}z$　　D. $\int_0^{2\pi}\mathrm{d}\theta\int_0^1 r\,\mathrm{d}r\int_{r^2}^{1-r^2}\mathrm{d}z$

3. (多选) 设 $f(x, y)$ 为连续函数，D：$y\geqslant x$，$x\geqslant -1$，$y\leqslant 1$，化二重积分 $\iint\limits_D f(x, y)\mathrm{d}x\mathrm{d}y$ 为累次积分(　　).

A. $\int_{-1}^1\mathrm{d}x\int_x^1 f(x, y)\mathrm{d}y$　　B. $\int_{-1}^1\mathrm{d}x\int_{-x}^1 f(x, y)\mathrm{d}y$

C. $\int_{-1}^1\mathrm{d}y\int_1^y f(x, y)\mathrm{d}x$　　D. $\int_{-1}^1\mathrm{d}y\int_{-1}^y f(x, y)\mathrm{d}x$

4. (填空) 二重积分 $\iint\limits_D xy\,\mathrm{d}x\mathrm{d}y$ (其中 D：$0\leqslant y\leqslant x^2$，$0\leqslant x\leqslant 1$) 的值为________.

5. (改错) **原题**：求二重积分 $I=\iint\limits_D\sqrt{R^2-x^2-y^2}\,\mathrm{d}x\mathrm{d}y$，其中 D：$x^2+y^2\leqslant Rx$. **解法如下**：令 $x=\rho\cos\theta$，$y=\rho\sin\theta$，则

① $I=\iint\limits_{\rho\leqslant R\cos\theta}\sqrt{R^2-\rho^2}\,\rho\,\mathrm{d}\rho\,\mathrm{d}\theta=\int_{-\frac{\pi}{2}}^{\frac{\pi}{2}}\mathrm{d}\theta\int_0^{R\cos\theta}\sqrt{R^2-\rho^2}\,\rho\,\mathrm{d}\rho$

② $=\int_{-\frac{\pi}{2}}^{\frac{\pi}{2}}\mathrm{d}\theta\cdot\left[-\frac{1}{3}(R^2-\rho^2)^{\frac{3}{2}}\right]_0^{R\cos\theta}$　　③ $=\frac{1}{3}\int_{-\frac{\pi}{2}}^{\frac{\pi}{2}}(R^3-R^3\sin^3\theta)\mathrm{d}\theta$

④ $=\frac{R^3}{3}(\pi-0)=\frac{\pi R^3}{3}$

错点、错因：________________________________.

6. (简答) $f(x, y)>0$ 在 D 上恒成立，在见到 $\iint\limits_D f(x, y)\mathrm{d}x\mathrm{d}y$ 之前，你认为几何体的体积有没有定义过？如果有，试阐述之；如果没有，说明理由.

7. (简算) 设 D：$x^2+y^2\leqslant a^2(a>0)$，为使 $\iint_D\sqrt{a^2-x^2-y^2}\,\mathrm{d}x\mathrm{d}y=\pi$，求 a.

8. (综算) 设 $f(x)=g(x)=\begin{cases}a & \text{当 } 0\leqslant x\leqslant 1\\ 0 & \text{其他}\end{cases}$，$D$ 是全平面. 求二重积分

$$I=\iint\limits_D f(x)g(y-x)\mathrm{d}x\mathrm{d}y.$$

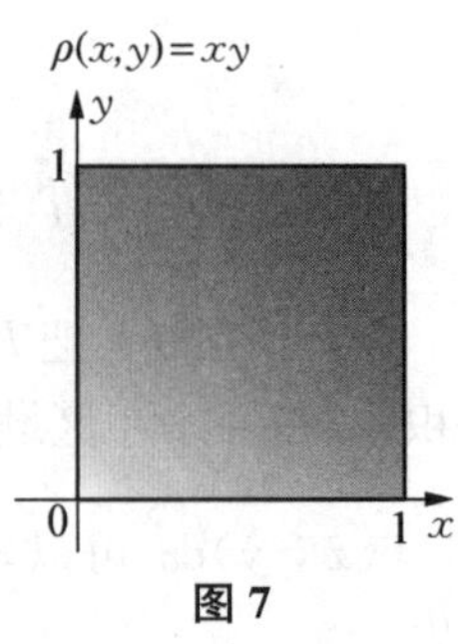

图 7

9. (证明)设 $f(t)$ 在 R 上连续, $D=\left\{(x,y)\,\middle|\,|x|\leqslant\dfrac{a}{2},\ |y|\leqslant\dfrac{a}{2}\right\}$.

证明: $\iint\limits_D f(x-y)\mathrm{d}x\mathrm{d}y=\int_{-a}^{a}f(t)(a-|t|)\mathrm{d}t$.

10. (应用)图 7 显示了一个根据给定的密度函数 $\rho(x,y)=xy$ 进行阴影处理的叶片: 阴影越深表示密度越高. 先估算叶片质量中心的位置, 然后准确计算之.

11. (阅读)无穷区间上的反常积分 $\int_{-\infty}^{+\infty}f(x)\mathrm{d}x$ 规定为 $\int_{-\infty}^{0}f(x)\mathrm{d}x+\int_{0}^{+\infty}f(x)\mathrm{d}x$, 即二元函数的极限 $\lim\limits_{\substack{A\to-\infty\\B\to+\infty}}\left[\int_A^0 f(x)\mathrm{d}x+\int_0^B f(x)\mathrm{d}x\right]$, 当两个反常积分都收敛时, 可以转化为一元函数的极限 $\lim\limits_{R\to+\infty}\int_{-R}^{R}f(x)\mathrm{d}x$, 它相当于以原点为中心, 半径为 R 的"一维球"上积分的极限. 规定: 无穷区域 $\mathbf{R}^3$ 上的反常三重积分为半径无限增大的实心球内的三重积分的极限. 这个"规定"是不是一元函数反常积分 $\int_{-\infty}^{+\infty}f(x)\mathrm{d}x$ 规定的推广? 计算

$$\int_{-\infty}^{+\infty}\int_{-\infty}^{+\infty}\int_{-\infty}^{+\infty}\sqrt{x^2+y^2+z^2}\,\mathrm{e}^{-(x^2+y^2+z^2)}\mathrm{d}x\,\mathrm{d}y\mathrm{d}z.$$

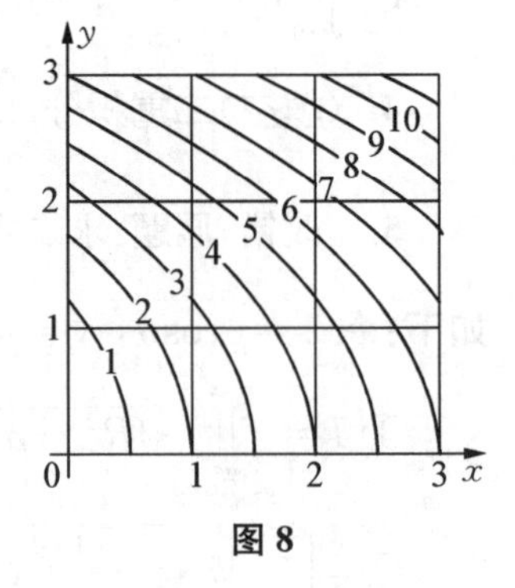

图 8

12. (半开放)图 8 显示了函数 $f(x,y)$ 在正方形 $D=[0,3]\times[0,3]$ 上的等高线. 用一个黎曼和来估计 $\iint\limits_D f(x,y)\mathrm{d}x\,\mathrm{d}y$ 的值.

13. (全开放)试用至少两种不同的方法计算三重积分

$$I=\iiint\limits_{x^2+y^2+(z-1)^2\leqslant 1}(x-2)^2\mathrm{d}V.$$

试用一种物理量(例如质量)解释这个三重积分.

扫码可见本讲参考答案

扫码可见本讲微课

第 11 讲 曲线积分和曲面积分的补丁法学习

曲线积分和曲面积分有没有换元法和分部积分法？第二类曲线积分和曲面积分在对称曲线(曲面)上有没有简化方法？有没有广义的曲线积分和曲面积分？等等. 这些疑问如何解决呢？常言道:“读书使人充实.”要想让学习内容圆满收官,就要去查一遍资料,制作那些“补丁”,让认知结构更全面、更深刻. 这里从笔者所做的“七个补丁”的实例讲起.

一、精粹导读:曲线积分与曲面积分的七个补丁

(一) 曲线积分与曲面积分的有关历史文化

这部分内容主要摘自陈宁老师在《高等数学研究》2000 年第 1 期上的论文.①

1. 曲线积分与路径无关的条件

1739 年,法国数学家克莱罗(1713—1765)提出了全微分的概念,并得到了 $dz = p dx + q dy$ 是恰当微分的条件. 克莱罗的结果是: $dz = p dx + q dy$ 是恰当微分(即存在一个函数 f 使 $\frac{\partial f}{\partial x}=p$, $\frac{\partial f}{\partial y}=q$),当且仅当 $\frac{\partial p}{\partial y}=\frac{\partial q}{\partial x}$. 这说明,在格林公式问世之前,曲线积分与路径无关的条件已经有一些结果了.

图 1 克莱罗

2. 格林公式

格林(1793～1841 年),英国自学成才的数学家、物理学家. 他在 1828 年自费出版了一本小册子《数学分析在电磁学理论中的应用》,由于印数不多,传播范围不广. 1854 年英国数学物理学家汤姆逊发现并认识到它的巨大价值,他将这篇论文重新发表在著名的数学期刊《数学杂志》上,此时格林已逝世十四年了.

3. 斯托克斯公式

斯托克斯(1819～1905 年),英国数学家、物理学家. 斯托克斯公式是汤姆逊在 1850 年 7 月 2 日写给斯托克斯的信中给出的,当时人们至少给出了三个证明:汤姆逊给出第一个,另两个分别见于汤姆逊

图 2 格林,斯托克斯

① 陈宁. 关于格林公式、高斯公式和斯托克斯公式的历史注记[J]. 高等数学研究,2000,3(1):32,10.

和泰特合著的《自然哲学》和麦克斯伟的《电磁论》(1881 年)等书籍中. 斯托克斯将这个公式用作 1854 年剑桥大学的奖学金考试题,所以被称作斯托克斯公式.

4. 高斯公式

高斯公式,被俄国人称为奥-高定理. 奥斯特洛格拉德斯基(1801～1867 年)是十九世纪俄国最伟大的数学家、物理学家,他于 1828 年研究体积积分和曲面积分相互关系时得到这一公式. 1839 年高斯发表了《与距离平方成反比的吸引力和排斥力的普遍定理》一文,内含高斯公式及其在电磁学中的应用.

图 3　奥斯特洛格拉德斯基,高斯

随着格林公式、斯托克斯公式和高斯公式在物理学中的广泛应用,人们对它们的本质及其内在联系的讨论也开始了. 线面积分的研究也进入一个新阶段.

(二) 三大公式的物理意义

散度与通量,旋度与环流量的概念属于场论,它们有深厚的物理背景.

为了更顺利地解释,还需要考虑这些公式的向量形式.

1. 斯托克斯公式与格林公式

如果力场 $\boldsymbol{F}$ 在曲线 L 上做的功就是曲线积分 $\oint_L \boldsymbol{F}\cdot \mathrm{d}\boldsymbol{r}$,其中 $\boldsymbol{r}$ 是曲线上点的向径,$\mathrm{d}\boldsymbol{r}$ 则是切线 T 方向上位移的微分;设 $\boldsymbol{\tau}$ 为 T 的单位向量,则有 $\mathrm{d}\boldsymbol{r}=\boldsymbol{\tau}\mathrm{d}s$,我们把 $P\boldsymbol{i}+Q\boldsymbol{j}+R\boldsymbol{k}$ 看作流速 $\boldsymbol{v}$,从而有两类曲线积分之间的关系 $\oint_L \boldsymbol{v}\cdot \mathrm{d}\boldsymbol{r}=\oint_L \boldsymbol{v}\cdot\boldsymbol{\tau}\mathrm{d}s$. 曲线积分 $\oint_L \boldsymbol{v}\mathrm{d}\boldsymbol{r}$ 就是质量密度为 1 的流体在单位时间内在曲线 L 切向上的**环流量**,这种"流体"是广义的,如果 $\boldsymbol{v}$ 直接表示某种强度(如热流、静电、磁场等)的向量场,则曲线积分也表示相应的环流量,包括功.

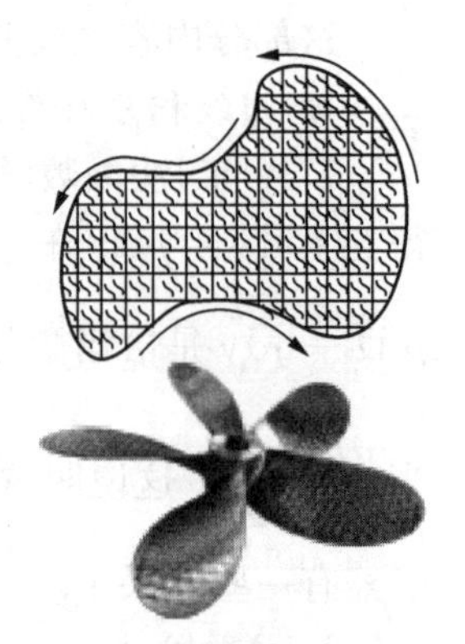
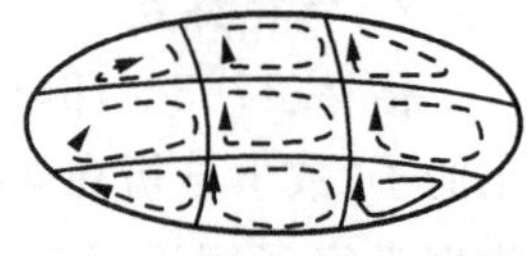

斯托克斯公式指出:$\oint_L \boldsymbol{v}\mathrm{d}\boldsymbol{r}=\iint_\Sigma \mathrm{rot}\boldsymbol{v}\cdot\boldsymbol{n}\mathrm{d}S$,其中

$$\mathrm{rot}\,\boldsymbol{v}=\left(\frac{\partial R}{\partial y}-\frac{\partial Q}{\partial z},\ \frac{\partial P}{\partial z}-\frac{\partial R}{\partial x},\ \frac{\partial Q}{\partial x}-\frac{\partial P}{\partial y}\right)$$

图 4

称为 $\boldsymbol{v}$ 的**旋度**,借助于梯度算子,旋度可以表示为 $\mathbf{rot}\,\boldsymbol{v}=\nabla\times\boldsymbol{v}$. 图 4 可以解释质量守恒定律:**流体在区域边界上的环流量,就是区域内部的无数小块上旋转而产生的流量之和.** 因此对于曲面上每点 M_0 处定义的旋度可以如下表现出来(如图 5):

$$(\mathrm{rot}\,\boldsymbol{v}\cdot\boldsymbol{n})_{M_0}=\lim_{D\to M_0}\frac{\oint_L \boldsymbol{v}\mathrm{d}\boldsymbol{r}}{A(D)}.$$

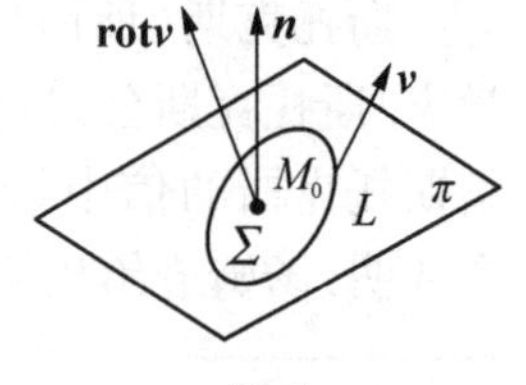

图 5

对于平面上的向量场 $\boldsymbol{v}=P\boldsymbol{i}+Q\boldsymbol{j}$,则 $\mathrm{rot}\,\boldsymbol{v}=\left(\frac{\partial Q}{\partial x}-\frac{\partial P}{\partial y}\right)\boldsymbol{k}$.

$\oint_L \boldsymbol{v}\cdot \mathrm{d}\boldsymbol{r}$ 表达了质量在平面曲线方向上作“切向积累”，于是格林公式就可以写成环流量或切向的形式

$$\oint_L \boldsymbol{v}\cdot \mathrm{d}\boldsymbol{r}=\oint_L \boldsymbol{v}\cdot \boldsymbol{\tau}\,\mathrm{d}s=\iint_D \mathrm{rot}\,\boldsymbol{v}\cdot \boldsymbol{k}\,\mathrm{d}\sigma.$$

它表示，对于闭合的曲线 L，如果环流量大，流体绕向量 $\boldsymbol{k}$ 方向的旋转能量就大.

2. 高斯公式与格林公式

称 $\iint_\Sigma \boldsymbol{v}\cdot \boldsymbol{n}\mathrm{d}S$ 为 $\boldsymbol{v}$ 穿过 Σ 的**通量**. 记 $\boldsymbol{n}\mathrm{d}S=\mathrm{d}\boldsymbol{S}$，就有 $\iint_\Sigma \boldsymbol{v}\cdot \mathrm{d}\boldsymbol{S}=\iint_\Sigma (\boldsymbol{v}\cdot \boldsymbol{n})\mathrm{d}S$，这正好是两类曲面积分之联系. 向量场 $\boldsymbol{v}$ 的**散度** $\mathrm{div}\,\boldsymbol{v}$ 定义为

$$\mathrm{div}\,\boldsymbol{v}=\frac{\partial P}{\partial x}+\frac{\partial Q}{\partial y}+\frac{\partial R}{\partial z}.$$

根据梯度的意义，可以表示为 $\mathrm{div}\,\boldsymbol{v}=\nabla\cdot\boldsymbol{v}$. 高斯定理(也称为高斯散度定理)表示：$\oiint_{\partial\Omega} \boldsymbol{v}\cdot \boldsymbol{n}\mathrm{d}S=\iiint_\Omega \mathrm{div}\,\boldsymbol{v}\mathrm{d}v$. 所以散度也称为流量密度.

高斯定理指出，流经空间区域边界的向量场的通量等于这个场的散度的积分.

如果 $\boldsymbol{E}$ 是一个电场(其中的值称为电场强度)，那么曲面积分式 $\Phi_e=\iint_\Sigma \boldsymbol{E}\cdot \mathrm{d}\boldsymbol{S}$ 称为 $\boldsymbol{E}$ 通过表面 Σ 的**电通量**. 对于一个连续地分布在几何体 Ω 上的电荷，它的电场产生的电通量就要通过某种密度函数表达出来，即：$\oiint_\Sigma \boldsymbol{E}\cdot \mathrm{d}\boldsymbol{S}=\iiint_\Omega \mathrm{div}\,\boldsymbol{E}\mathrm{d}v$.

对于平面曲线 C，设 $\boldsymbol{v}=P\boldsymbol{i}+Q\boldsymbol{j}$，也称 $\int_C \boldsymbol{v}\cdot \boldsymbol{n}\mathrm{d}s$ 为流体穿过曲线 C 的**通量**；对于闭合曲线 L，$\oint_L \boldsymbol{v}\cdot \boldsymbol{n}\mathrm{d}s$ 表达了流体流出“包围圈”的总量，则格林公式就有了通量或法向形式：

$$\oint_L \boldsymbol{v}\cdot \boldsymbol{n}\mathrm{d}s=\oint_L P\mathrm{d}y-Q\mathrm{d}x=\iint_D \left(\frac{\partial P}{\partial x}+\frac{\partial Q}{\partial y}\right)\mathrm{d}x\,\mathrm{d}y=\iint_D \mathrm{div}\,\boldsymbol{v}\mathrm{d}\sigma.$$

这与高斯公式的形式就相同了，其意义是：**流出曲线边界的量与区域内损失的总量相等.**

如此看来，牛顿-莱布尼茨公式

$$F(b)-F(a)=\int_a^b F'(x)\mathrm{d}x$$

的物理意义可以表示为：**流出区间$[a,b]$端点的量与区间内发散出去的总量相等.**

3. 向量上的微积分的统一基本定理

我们可以把上述的牛顿-莱布尼茨公式改写成可与格林公式、高斯公式和斯托克斯公式相统一的形式.

令 $\boldsymbol{F}=f(x)\boldsymbol{i}$，则 $\nabla\cdot\boldsymbol{F}=\frac{\mathrm{d}f}{\mathrm{d}x}$. 如图 6，如果我们将区间端点的外法向量理解为：点 a 处

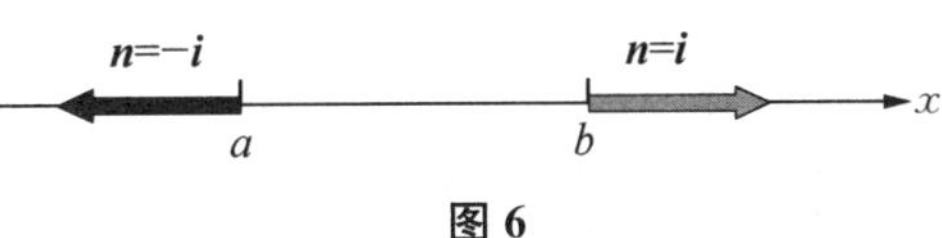

图 6

$\boldsymbol{n}=-\boldsymbol{i}$，点 b 处 $\boldsymbol{n}=\boldsymbol{i}$，那么

$$f(b)-f(a)=f(b)\boldsymbol{i}\cdot\boldsymbol{i}+f(a)\boldsymbol{i}\cdot(-\boldsymbol{i})=\boldsymbol{F}(b)\boldsymbol{n}+\boldsymbol{F}(a)\boldsymbol{n}.$$

右端恰为 $\boldsymbol{F}$ 穿过区域$[a,b]$的边界的通量. 所以，微积分基本定理可以改写为

$$\boldsymbol{F}(b)\boldsymbol{n}+\boldsymbol{F}(a)\boldsymbol{n}=\int_{[a,b]}\nabla\cdot\boldsymbol{F}\mathrm{d}x.$$

三大公式和牛顿-莱布尼茨公式的美妙的共通之处在于：内积 $\nabla\cdot$（外积 $\nabla\times$）作用于区域中的场时，边界上匹配的积分方向为法向（相应地，切向）. 它们遵守了一个统一原则，我们可以将其表述为：

定理 1（向量上的微积分的统一基本定理） **微分算子作用在场的结果在一个区域上积分等于区域的边界上与这个算子相匹配的方向上的投影之和.**

有的学者对格林公式的生活情境也做过研究①. 我们应从科学场景和生活场景留心和理解数学问题，这是数学发现的源泉.

（三）曲线曲面积分的两个应用

现在列举线面积分的两个应用②③.

1. 卫星导航仪可以这样测面积

我们知道，格林公式给出了这样一个求面积的公式：

$$S_D=\frac{1}{2}\oint_L -y\mathrm{d}x+x\mathrm{d}y.$$

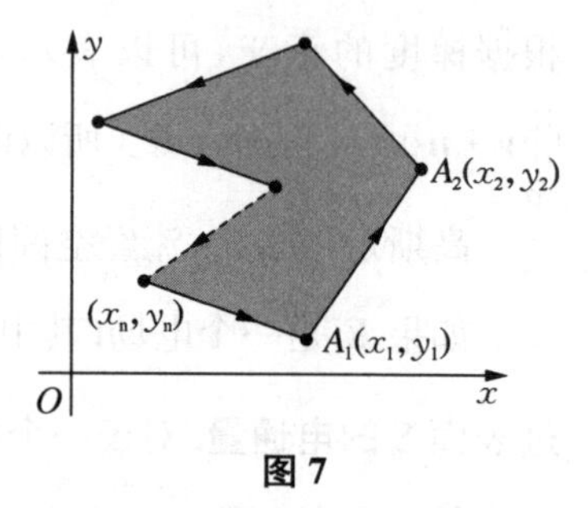

图 7

将地图区域在边界上标上若干点（如图 7），可以近似为多边形区域的面积.

多边形面积为

$$S_D=\frac{1}{2}\oint_{\overrightarrow{A_1A_2}+\overrightarrow{A_2A_3}+\cdots+\overrightarrow{A_nA_1}} -y\mathrm{d}x+x\mathrm{d}y.$$

有向线段 $\overrightarrow{A_1A_2}$ 的参数方程为

$$\begin{cases}x=x_1+t(x_2-x_1)\\y=y_1+t(y_2-y_1)\end{cases},\ t:0\to 1,$$

因此

$$\begin{aligned}\int_{\overrightarrow{A_1A_2}}x\mathrm{d}y-y\mathrm{d}x&=\int_0^1\{[x_1+t(x_2-x_1)](y_2-y_1)-[y_1+t(y_2-y_1)](x_2-x_1)\}\,\mathrm{d}t\\&=x_1y_2-x_2y_1=\begin{vmatrix}x_1&y_1\\x_2&y_2\end{vmatrix}.\end{aligned}$$

从而多边形面积成为：

① 郑丽娜，李应歧. “以学为中心”的情境探究式教学案例分析——以斯托克斯公式＊环流量与旋度为例. 高等数学研究，25(2)，2022：53－56.

② 付芳芳，姚晓闺，李苗苗，等. 格林公式的教学探究[J]. 高等数学研究，2020，23(2)：56－57.

③ 罗远蒙. 也谈《阿基米德浮力定律》[J]. 四川工业学院学报，增刊，2003，137－138.

$$S_D=\frac{1}{2}\sum_{i=1}^{n}\begin{vmatrix} x_i & y_i \\ x_{i+1} & y_{i+1}\end{vmatrix}\quad (n\geqslant 3,\ A_{n+1}=A_1).$$

根据这个公式,对于导航仪上测到的地图,只需将实测到的多边形顶点直角坐标输入到计算机,按照这个公式就可以计算出面积.

2. 阿基米德浮力定律可以这样证明

设物体在液体中所占据的空间区域为 Ω,它的(光滑)表面 Σ 的方程为 $F(x, y, z)=0$. 在表面上考虑面元 $\mathrm{d}\boldsymbol{S}$,其上任一点 M 的坐标为 (x, y, z). 我们考虑均匀密度 ρ 的液体对该物体形成的(向内的)压力. 已知压强为 $P=\rho gz$,这里 g 为重力加速度,z 为面积元在液体中的深度. 于是压力元为

$$\mathrm{d}\boldsymbol{F}=P\,\mathrm{d}\boldsymbol{S},\text{力的方向垂直于面积元的表面.}$$

因此,物体所受的压力是三个方向的合力:

$$\boldsymbol{F}=\oiint_{\Sigma}P\,\mathrm{d}\boldsymbol{S}=\oiint_{\Sigma}(\rho gz\,\mathrm{d}y\,\mathrm{d}z\boldsymbol{i}+\rho gz\,\mathrm{d}z\,\mathrm{d}x\boldsymbol{j}+\rho gz\,\mathrm{d}x\,\mathrm{d}y\boldsymbol{k})\xlongequal{\triangle}\boldsymbol{F}_1+\boldsymbol{F}_2+\boldsymbol{F}_3.$$

用高斯公式易知,

$$|\boldsymbol{F}_1|=\oiint_{\Sigma}\rho gz\,\mathrm{d}y\,\mathrm{d}z=0,\quad |\boldsymbol{F}_2|=\oiint_{\Sigma}\rho gz\,\mathrm{d}z\,\mathrm{d}x=0,$$

$$|\boldsymbol{F}_3|=-\oiint_{\Sigma}\rho gz\,\mathrm{d}x\,\mathrm{d}y=\iiint_{\Omega}\rho g\,\mathrm{d}x\,\mathrm{d}y\,\mathrm{d}z=\rho g\iiint_{\Omega}\mathrm{d}x\,\mathrm{d}y\,\mathrm{d}z=mg.$$

这个结论说明,物体在液体中,水平方向的总体压力会相互抵消,但受到一个与重力加速度方向相反的压力,称为**浮力**,它的大小相当于物体所排出的液体的重量.

线面积分的应用是很多的,例如,古希腊帕波斯提出的等周问题(在一切周长相等的封闭曲线中,为什么圆的面积最大?)就是由德国数学家施密特(1876—1959)在 1939 年用曲线积分解决的.

(四) 线面积分的中值定理

线面积分的中值定理与定积分和重积分相似①. 这里介绍几个形式:

(1) $\int_L f(x, y)g(x, y)\mathrm{d}s=f(\xi, \eta)\int_L g(x, y)\mathrm{d}s$;

(2) $\iint_{\Sigma} f(x, y, z)g(x, y, z)\mathrm{d}S=f(\xi, \eta, \xi)\iint_{\Sigma} g(x, y, z)\mathrm{d}S$;

(3) $\int_L P_1(x, y)P_2(x, y)\mathrm{d}x=P_1(\xi, \eta)\int_L P_2(x, y)\mathrm{d}x$;

(4) $\iint_{\Sigma} R_1(x, y, z)R_2(x, y, z)\mathrm{d}x\,\mathrm{d}y=R_1(\xi, \eta, \xi)\iint_{\Sigma} R_2(x, y, z)\mathrm{d}x\,\mathrm{d}y$.

条件是各等式中的两个被积函数均连续,且右端的被积函数在积分区域中不变号. 详细阐述及证明可以参考定积分中值定理.

① 吴世玕,杜红霞. 曲线积分与曲面积分中值定理[J]. 赣南师范学院学报,2006(6):30-31.

(五) 第二类曲线积分与曲面积分在对称曲线(面)上计算的命题

第一类曲线积分与曲面积分在对称曲线(曲面)上有很多命题,可以用来简化计算,为什么同样的图形,用到第二类曲线(曲面)积分就不行了呢?

要知道,第二类曲线(曲面)积分是带上了方向的,如图 8 那样自 A 到 B 的抛物线的一段,如果把方向考虑在内,有何对称性可言呢?

不过还是有不少人从实践中总结出一些规律来的. 例如,有人得到①:

设分段光滑平面曲线 L 关于 x 轴同向对称,函数 $P(x, y)$, $Q(x, y)$ 在 L 上连续,L 位于 x 轴上方部分为 L_1,则有

$$\int_L P(x, y)\mathrm{d}x = \begin{cases} 0 & 当 P(x, -y)=P(x, y) \\ 2\int_{L_1} P(x, y)\mathrm{d}x & 当 P(x, -y)=-P(x, y) \end{cases},$$

$$\int_L Q(x, y)\mathrm{d}y = \begin{cases} 0 & 当 Q(x, -y)=-Q(x, y) \\ 2\int_{L_1} Q(x, y)\mathrm{d}y & 当 Q(x, -y)=Q(x, y) \end{cases}.$$

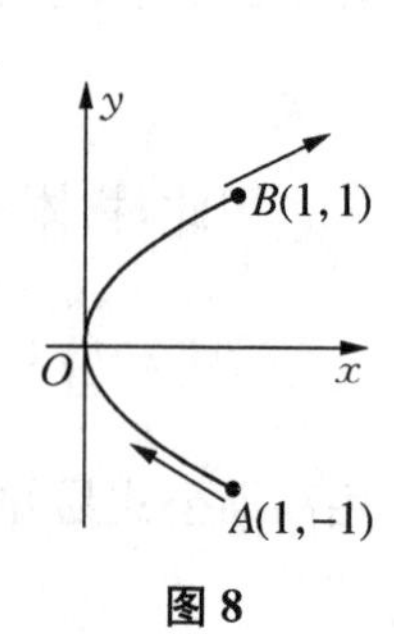

图 8

对于第二类曲面积分也有相似的命题.

值得注意的是:探索规律是应该提倡的,但有些命题虽然正确,却可能会形成不必要的记忆负担.

(六) 反常的曲线积分和曲面积分

这里仅讨论无界函数的第二类曲线(曲面)反常积分的问题.

1. 无界函数的反常第二类曲线积分

设 L 为一条分段光滑曲线 AB,函数 $P(x, y, z)$ 在 L 上的起点 A 的邻近无界(称为 $P(x, y, z)$ 的奇点),如果对 L 上除点 A 外的任意点 C,曲线积分 $\int_{CB} P(x, y, z)\mathrm{d}x$ 存在,且 $\lim\limits_{C\to A}\int_{CB} P(x, y, z)\mathrm{d}x$ 存在,则称此极限为 $P(x, y, z)\mathrm{d}x$ 在有向曲线 L 的反常第二类曲线积分,即

$$\int_{AB} P(x, y, z)\mathrm{d}x \xlongequal{\triangle} \lim_{C\to A}\int_{CB} P(x, y, z)\mathrm{d}x,$$

这时,也称积分 $\int_{AB} P(x, y, z)\mathrm{d}x$ 是收敛的;如果上述极限不存在,则称积分 $\int_{AB} P(x, y, z)\mathrm{d}x$ 是发散的.

显然,上述定义中"邻近无界"及 $\lim\limits_{C\to A}$ 的细节定义十分复杂,只能留给读者"不言自明"了. 但可以证明下列定理. ②

定理 2(推广的格林公式) **若函数 $P(x, y)$, $Q(x, y)$ 在有界闭区域 D 上除了光滑的**

---

① 张冬燕,刘倩. 再探第二类曲线积分和曲面积分的对称性. 信息工程大学学报[J],2016,17(3):30 - 31.

② 王淑兰,王洪林. 积分路径上含有孤立奇点的第二类曲线积分[J]. 河北工程技术高等专科学校学报,2002(1):44 - 48.

正向边界 L 上一点 C 是奇点外，其余点上都有连续偏导数，且

①$\oint_L P(x, y)dx$ 和 $\oint_L Q(x, y)dy$ 都收敛；

② C 点的任意 ε-邻域都存在一条连接两侧的曲线 C_ε，使得 $\lim\limits_{\varepsilon\to 0}\int_{C_\varepsilon} P dx + Q dy = 0$.

则二重积分 $\iint\limits_D \frac{\partial Q}{\partial x}dxdy$ 和 $\iint\limits_D \frac{\partial P}{\partial y}dxdy$ 均收敛，且有

$$\oint_L P dx + Q dy = \iint\limits_D \left(\frac{\partial Q}{\partial x} - \frac{\partial P}{\partial y}\right) dx dy.$$

试看下题.

例 1　如图 9，设 L 是曲线 $y = \sin x\ (0 \leqslant x \leqslant \pi)$ 自点 $O(0, 0)$ 到点 $A(\pi, 0)$ 上的一段弧. 计算曲线积分.

$$I = \int_L \sqrt{x^2 + y^2}\, dx + y[xy + \ln(x + \sqrt{x^2 + y^2})] dy.$$

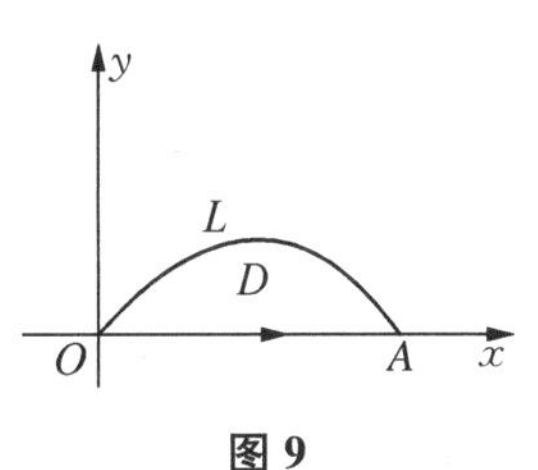

图 9

解　添加线段 OA. 设 OA 与 L^- 所围区域为 D. 令 $P(x, y) = \sqrt{x^2 + y^2}$，$Q(x, y) = y[xy + \ln(x + \sqrt{x^2 + y^2})]$，则 $\frac{\partial Q}{\partial x} = y^2 + \frac{y}{\sqrt{x^2 + y^2}}$，$\frac{\partial P}{\partial y} = \frac{y}{\sqrt{x^2 + y^2}}$. 这两个偏导数在 D 上连续，由格林公式得到

$$\int_{OA+L^-} P dx + Q dy = \iint\limits_D \left(\frac{\partial Q}{\partial x} - \frac{\partial P}{\partial y}\right) dx dy = \iint\limits_D y^2 dx dy = \int_0^\pi dx \int_0^{\sin x} y^2 dy = \frac{1}{3}\int_0^\pi \sin^3 x\, dx = \frac{4}{9}.$$

而 OA 的方程是 $y = 0\ (0 \leqslant x \leqslant \pi)$，故 $dy = 0$，从而

$$\int_{OA} P dx + Q dy = \int_0^\pi \sqrt{x^2 + 0^2}\, dx + 0 = \frac{\pi^2}{2} + \pi.$$

又因为 $\int_{L^-} P dx + Q dy = -I$，所以

$$-I + \left(\frac{\pi^2}{2} + \pi\right) = \frac{4}{9}，从而\ I = \frac{\pi^2}{2} + \pi - \frac{4}{9}.$$

上述过程存在一个“瑕疵”，即 $\frac{\partial Q}{\partial x}$ 和 $\frac{\partial P}{\partial y}$ 在原点处并不连续. 因此，应该添加一段说明：在 x 轴与 L 之间的原点的“角上”存在一条小弧 C_ε：$\begin{cases} x = \varepsilon\cos t \\ y = \varepsilon\sin t \end{cases}$，使得 $\left|\int_{C_\varepsilon} P dx + Q dy\right| \leqslant \int_0^{\frac{\pi}{4}} \varepsilon^2[-\sin t + \cos t(\varepsilon^2 \sin t\cos t + \ln(\varepsilon\cos t + \varepsilon))] dt \to 0\quad (\varepsilon \to 0)$，就可以判断出定理 2 中的条件(2)满足；将 ε 改为极坐标变量 ρ 即知，$\int_L P dx$ 和 $Q dy$ 都是收敛的反常曲线积分，因此，本题可以使用推广的格林公式.

下面的例子说明，如果将定理中的条件(2)忽略，就不对了.

设 L 是一条不经过原点(0, 0)的分段光滑的无重点的封闭曲线，取逆时针向，D 是 L 所围的有界闭区域，则我们熟知：

$$\oint_L \frac{x\mathrm{d}y - y\mathrm{d}x}{x^2+y^2} = \begin{cases} 0 & 当 O(0,0) \notin D \\ 2\pi & 当 O(0,0) \in D \end{cases}.$$

但**“如果曲线恰好经过原点呢?”**

谢惠民等人给出的答案是：与曲线在原点处的切线的张角有关[1]. 如图 10，当原点经过 L 时，设过原点的切线 OA，OB，它们所夹的角为 θ(如果曲线是光滑的，则 $\theta=\pi$)，则 $\oint_L \frac{x\mathrm{d}y - y\mathrm{d}x}{x^2+y^2} = \theta_B - \theta_A = \theta$.

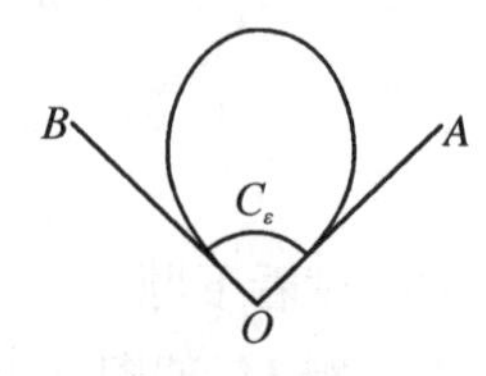

图 10

2. *无界函数的反常第二类曲面积分*

先将一元函数瑕积分中“瑕点”定义推广到曲面上函数的情形.“若 $f(x, y, z)$ 在某点 $P\in\Sigma$ 点处是无界的，则称 P 为函数 $f(x, y, z)$ 在曲面 Σ 上的瑕点”[2]. 对含有瑕点的第二类曲面积分也是一种反常积分. 例如，“计算

$$I = \iint_\Sigma \frac{1}{x}\mathrm{d}y\mathrm{d}z + \frac{1}{y}\mathrm{d}z\mathrm{d}x + \frac{1}{z}\mathrm{d}x\mathrm{d}y，其中 \Sigma 为椭球面 \frac{x^2}{a^2}+\frac{y^2}{b^2}+\frac{z^2}{c^2}=1 外侧”$$

就是一个反常积分问题，其瑕点集为坐标面上三条椭圆截线. 解答时可以先求 $\iint_\Sigma \frac{1}{z}\mathrm{d}x\mathrm{d}y$，常用的方法是用计算公式将椭球面的上下两面分别化为二重积分，再用广义极坐标转化为单位圆上的二重积分，得到

$$\iint_\Sigma \frac{1}{z}\mathrm{d}x\mathrm{d}y = 2\iint_{\frac{x^2}{a^2}+\frac{y^2}{b^2}\leqslant 1} \frac{1}{c\sqrt{1-\frac{x^2}{a^2}-\frac{y^2}{b^2}}}\mathrm{d}x\mathrm{d}y = 2\iint_{\rho\leqslant 1}\frac{1}{c\sqrt{1-\rho^2}}ab\rho\,\mathrm{d}\rho\,\mathrm{d}\theta = \frac{4ab\pi}{c}.$$

最后用“同理可证”的方式得到另外两个积分值.

但这里的重积分也是有瑕点的，是“反常重积分”. 反常积分定义如果出现理解上的偏差，就可能会导出不同结果.

这里举一个典型例子，题目来源于同济大学 1956 年出版的《高等数学习题集》第 23、88 题.

例 2 计算 $I=\iint_\Sigma \frac{\mathrm{e}^z}{\sqrt{x^2+y^2}}\mathrm{d}x\mathrm{d}y$，其中 Σ 为锥面 $z=\sqrt{x^2+y^2}$ 及平面 $z=1$，$z=2$ 所围成的立体的表面外侧.

此题曾在 20 世纪 80 年代被清华大学《高等数学》教材选用.《对一道错误习题的纠正》[3]一文指出了此题的一种典型的传统解法(下面的解法一)的错误，并对此题进行了纠正(下面

① 谢惠民，恽自求，易法槐，钱定边. 数学分析习题课讲义：下册[M]. 北京：高等教育出版社，2004：320.

② 张慧全. 对某些分析著作中错误安排的广义曲面积分习题的纠正——与有关作者商榷[J]. 北京农业工程大学学报，1992，12(4)：20 - 27.

③ 肖唐健，张慧全，赵作善. 对一道错误习题的纠正[J]. 数学通报，1989(12).

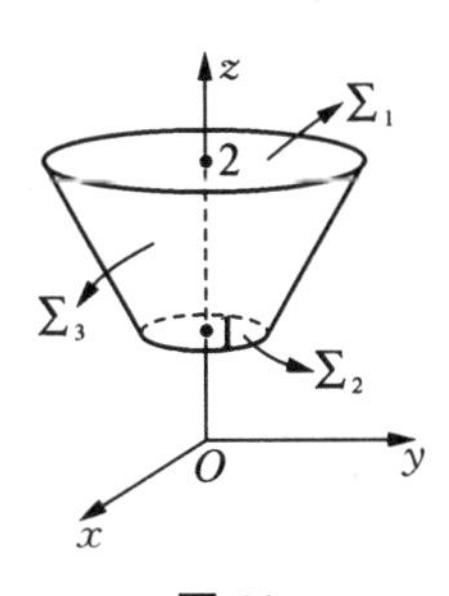

图 11

的解法二)，后来《〈对一道错误习题的纠正〉的讨论》①又发现这个纠正的解法本身仍然有问题，进一步提出了更为标准的解法.

解法 1(传统的解法)　如图 11，将 Σ 分成三部分，$\Sigma=\Sigma_1+\Sigma_2+\Sigma_3$，$\Sigma_1:z=2$，$\Sigma_2:z=1$，$\Sigma_3:z=\sqrt{x^2+y^2}$. 它们在 xOy 坐标面上的投影为 $D_{1xy}:0<\theta<2\pi$，$0<\rho<2$，$D_{2xy}:0<\theta<2\pi$，$0<\rho<1$，$D_{3xy}:0<\theta<2\pi$，$1<\rho<2$. 于是，

$$
\begin{aligned}
I&=\iint\limits_{\Sigma}\frac{e^z}{\sqrt{x^2+y^2}}dxdy=\left(\iint\limits_{\Sigma_1}+\iint\limits_{\Sigma_2}+\iint\limits_{\Sigma_3}\right)\frac{e^z}{\sqrt{x^2+y^2}}dxdy\\
&=\iint\limits_{D_{1xy}}\frac{e^2}{\rho}\rho d\rho d\theta-\iint\limits_{D_{2xy}}\frac{e}{\rho}\rho d\rho d\theta-\iint\limits_{D_{3xy}}\frac{e^\rho}{\rho}\rho d\rho d\theta=4\pi e^2-2\pi e-2\pi(e^2-e)=2\pi e^2.
\end{aligned}
$$

解法 2(纠正后的解法)　对于在 Σ_1，Σ_2 上的反常积分，取 $\Sigma_{1,\varepsilon}:z=2$，$x^2+y^2\leqslant\varepsilon^2(0<\varepsilon<1)$，$\Sigma_{2,\varepsilon}:z=1$，$x^2+y^2\leqslant\varepsilon^2(0<\varepsilon<1)$，则

$$
\iint\limits_{\Sigma_1}\frac{e^z}{\sqrt{x^2+y^2}}dxdy=\lim_{\varepsilon\to0}\iint\limits_{\Sigma_1-\Sigma_{1,r}}\frac{e^z}{\sqrt{x^2+y^2}}dxdy=\lim_{\varepsilon\to0}\iint\limits_{\varepsilon\leqslant\rho\leqslant2}\frac{e^2}{\rho}\rho d\rho d\theta=\lim_{\varepsilon\to0}2\pi e^2(2-\varepsilon)=4\pi e^2.
$$

同理，

$$
\iint\limits_{\Sigma_2}\frac{e^z}{\sqrt{x^2+y^2}}dxdy=-\lim_{\varepsilon\to0}\iint\limits_{\varepsilon\leqslant\rho\leqslant1}\frac{e}{\rho}\rho d\rho d\theta=\lim_{\varepsilon\to0}2\pi e(1-\varepsilon)=-2\pi e.
$$

$\iint\limits_{\Sigma_3}\frac{e^z}{\sqrt{x^2+y^2}}dxdy$ 的做法与解法 1 相同，因为这是正常的积分.

总之，这样解题后的答案没有变化.

解法 3(进一步纠正后的解法)　只看 $\iint\limits_{\Sigma_1}\frac{e^z}{\sqrt{x^2+y^2}}dxdy$，设 $S_{1,\varepsilon}$ 是任一个包含奇点 $P(0,0,2)$ 的 Σ_1 上直径为 2ε 的光滑小块，取 $\Sigma_{1,\varepsilon_1}:z=2$，$x^2+y^2\leqslant\varepsilon_1^2(0<\varepsilon_1<1)$，$\Sigma_{1,\varepsilon_2}:z=2$，$x^2+y^2\leqslant\varepsilon_2^2(0<\varepsilon_1<\varepsilon_2<1)$，使 $\Sigma_{1,\varepsilon_1}\subset S_{1,\varepsilon}\subset\Sigma_{2,\varepsilon_1}$，由于

$$
\lim_{\varepsilon_1\to0}\iint\limits_{\Sigma_1-\Sigma_{1,\varepsilon_1}}\frac{e^z}{\sqrt{x^2+y^2}}dxdy=\lim_{\varepsilon_1\to0}\iint\limits_{\varepsilon_1\leqslant\rho\leqslant2}\frac{e^2}{\rho}\rho d\rho d\theta=\lim_{\varepsilon_1\to0}2\pi e^2(2-\varepsilon_1)=4\pi e^2,
$$

$$
\lim_{\varepsilon_2\to0}\iint\limits_{\Sigma_1-\Sigma_{1,\varepsilon_2}}\frac{e^z}{\sqrt{x^2+y^2}}dxdy=\lim_{\varepsilon_2\to0}\iint\limits_{\varepsilon_2\leqslant\rho\leqslant2}\frac{e^2}{\rho}\rho d\rho d\theta=\lim_{\varepsilon_2\to0}2\pi e^2(2-\varepsilon_2)=4\pi e^2.
$$

故 $\lim\limits_{\varepsilon\to0}\iint\limits_{\Sigma_1-S_{1,\varepsilon}}\frac{e^z}{\sqrt{x^2+y^2}}dxdy=4\pi e^2$，即 $\iint\limits_{\Sigma_1}\frac{e^z}{\sqrt{x^2+y^2}}dxdy=4\pi e^2$.

同理可得 $\iint\limits_{\Sigma_3}\frac{e^z}{\sqrt{x^2+y^2}}dxdy=-2\pi e$. 最终得到(与解法 1 和解法 2 相同的)答案.

---

① 徐凤君.《对一道错误习题的纠正》的讨论[J]. 数学通报，1991(3).

两次解法的纠正，有什么进步呢？

1. 从解法 1 到解法 2 的纠正

为了更清晰地看到解法的不同可能会导致答案的不同，我们修改一下被积函数. 我们考虑 $\iint\limits_{\Sigma_1}\frac{1}{\left(\frac{1}{2}-x^2-y^2\right)^3}\mathrm{d}x\,\mathrm{d}y$，按照解法 1 的做法，

$$\iint\limits_{\Sigma_1}\frac{1}{\left(\frac{1}{2}-x^2-y^2\right)^3}\mathrm{d}x\,\mathrm{d}y=\iint\limits_{x^2+y^2\leqslant 4}\frac{1}{\left(\frac{1}{2}-x^2-y^2\right)^3}\mathrm{d}x\,\mathrm{d}y=\iint\limits_{\rho\leqslant 2}\frac{\rho\,\mathrm{d}\rho\,\mathrm{d}\theta}{\left(\frac{1}{2}-\rho^2\right)^3}=-\frac{96}{49}\pi.$$

但如果像一元函数的瑕积分那样，在奇点集的一侧取极限，就可以发现：

$$\lim_{\varepsilon\to 0}\iint\limits_{0\leqslant x^2+y^2\leqslant\frac{1}{2}-\varepsilon}\frac{1}{\left(\frac{1}{2}-x^2-y^2\right)^3}\mathrm{d}x\,\mathrm{d}y=\lim_{\varepsilon\to 0}\iint\limits_{0\leqslant\rho\leqslant\sqrt{\frac{1}{2}-\varepsilon}}\frac{\rho\,\mathrm{d}\rho\,\mathrm{d}\theta}{\left(\frac{1}{2}-\rho^2\right)^3}=+\infty.$$

因此，上述两个底面上的曲面积分都是发散的，就像 $\int_0^2\frac{1}{(x-1)^3}\mathrm{d}x$ 不是零一样.

可见，解法 2 利用极限来取值的做法可以排除一些错误.

2. 从解法 2 到解法 3 的纠正

解法 3 的作者认为，虽然解法 2 用了极限方法，但挖去的小块应具有一般性，不能因为特殊的小块(圆)就下结论了，就像反常积分中取“积分主值”那样. 该作者用了这样一个例子：

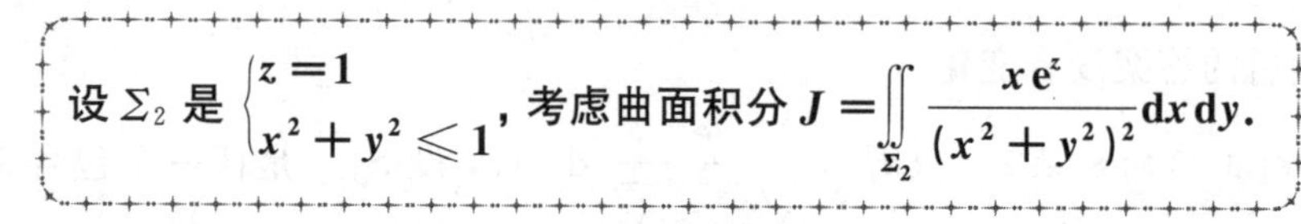
设 Σ_2 是 $\begin{cases}z=1\\x^2+y^2\leqslant 1\end{cases}$，考虑曲面积分 $J=\iint\limits_{\Sigma_2}\frac{x\mathrm{e}^z}{(x^2+y^2)^2}\mathrm{d}x\,\mathrm{d}y$.

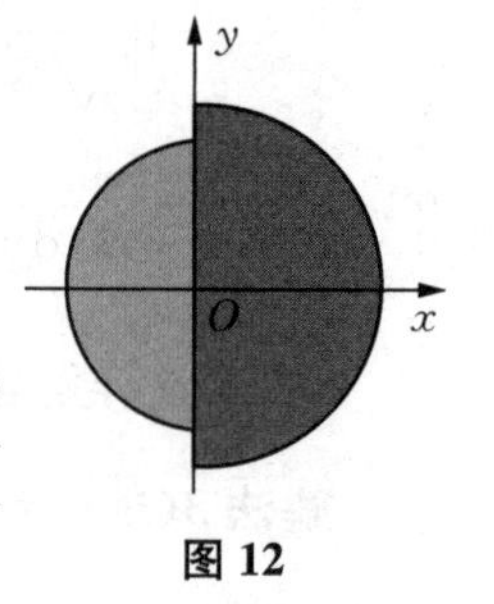

图 12

如果取 Σ_2 上的小圆片 S_ε 为 $\begin{cases}z=1\\x^2+y^2\leqslant\varepsilon^2\end{cases}$ $(0<\varepsilon<1)$，则

$$\lim_{\varepsilon\to 0}\iint\limits_{\Sigma_2-S_\varepsilon}\frac{x\mathrm{e}^z}{(x^2+y^2)^2}\mathrm{d}x\,\mathrm{d}y=\lim_{\varepsilon\to 0}\iint\limits_{\varepsilon^2\leqslant x^2+y^2\leqslant 1}\frac{x\mathrm{e}}{(x^2+y^2)^2}\mathrm{d}x\,\mathrm{d}y=\lim_{\varepsilon\to 0}0=0.$$

但如果取 S_ε 为(如图 12)

$$\begin{cases}z=1,\ x\geqslant 0\\x^2+y^2\leqslant\varepsilon^2\end{cases}(0<\varepsilon<1)\text{ 和 }\begin{cases}z=1,\ x<0\\x^2+y^2\leqslant\varepsilon^4\end{cases}(0<\varepsilon<1).$$

则正如第 10 讲的思考题 6 所研究的那样，这个积分应是发散的. 该作者定义了如下收敛性：

定义 1 设 Σ 是分片光滑的有界曲面，P 是 Σ 上一点，如果函数 $f(x,y,z)$ 在 $\Sigma-P$ 附近有定义但无界，如果对 Σ 上任意一个以 P 为内点，2ε 为直径的边界分段光滑的曲面 S_ε，$\iint\limits_{\Sigma-S_\varepsilon}f(x,y,z)\mathrm{d}x\,\mathrm{d}y$ 都存在，则 $\iint\limits_{\Sigma}f(x,y,z)\mathrm{d}x\,\mathrm{d}y$ 就(称为收敛的)定义为

$$\iint_{\Sigma} f(x, y, z)\mathrm{d}x\mathrm{d}y = \lim_{\varepsilon\to 0}\iint_{\Sigma - S_\varepsilon} f(x, y, z)\mathrm{d}x\mathrm{d}y.$$

从这个意义上说，解法 3 是正确的.

（七）曲线积分和曲面积分的分部积分法

回顾一元函数的分部积分公式

$$\int_a^b u(x)v'(x)\mathrm{d}x = [u(x)v(x)]_a^b - \int_a^b u'(x)v(x)\mathrm{d}x.$$

所谓分部积分法，就是将被积函数分成两部分的方法，也是将积分转为两部分计算的方法，一部分是原函数的乘积在边界上的某种值，另一部分是与原积分类型相同但相对容易的积分. 曲线积分与曲面积分中的分部积分法很早就在一些公式中有所体现. 为了便于叙述，本节中所出现的函数和偏导函数都被认为是连续的，曲线和曲面都是光滑的，$\boldsymbol{n}$ 为曲线或曲面的法向量. 这里摘录 2018 年《大学数学》期刊的两篇论文中的结论，以飨读者. [①②]

1. 曲线积分的分部积分法

设 $u = u(x, y)$，$v = v(x, y)$，就有：

$$\int_L u\mathrm{d}v = uv\Big|_A^B - \int_L v\mathrm{d}u.$$

具体形式就是：

$$\int_L uv_x\mathrm{d}x + uv_y\mathrm{d}y = uv\Big|_A^B - \int_L vu_x\mathrm{d}x + vu_y\mathrm{d}y.$$

例 3　设 L 为 $y = (x-2)^2$ 上从点 $A(2, 0)$ 到点 $B(1, 1)$ 的一段有向曲线，计算

$$I = \int_L x\arctan\frac{y}{x}\mathrm{d}x + y\arctan\frac{y}{x}\mathrm{d}y.$$

解　取 $u = \arctan\dfrac{y}{x}$，$v = x^2 + y^2$，就有

$$\begin{aligned}
I &= \frac{1}{2}\int_L \arctan\frac{y}{x}(2x\mathrm{d}x + 2y\mathrm{d}y) \\
&= \frac{1}{2}\arctan\frac{y}{x}\cdot(x^2+y^2)\Big|_{A(2,0)}^{B(1,1)} - \frac{1}{2}\int_L (x^2+y^2)\cdot\frac{2x\mathrm{d}y - 2y\mathrm{d}x}{x^2+y^2} \\
&= \frac{\pi}{4} + \frac{1}{2}\int_L (y\mathrm{d}x - x\mathrm{d}y) = \frac{\pi}{4} + \frac{1}{2}\int_2^1 (4 - x^2)\mathrm{d}x = \frac{\pi}{4} - \frac{5}{6}.
\end{aligned}$$

2. 曲面积分的分部积分法

设 $u = u(x, y, z)$，$v = v(x, y, z)$，由斯托克斯公式可以得到：

① 宁荣健，周玲. 多元函数积分的分部积分法[J]. 大学数学，2018，34(3)：59 - 67.
② 董浩宇，高德智. 第二型曲线积分的分部积分法[J]. 大学数学，2018，34(5)：114 - 116.

$$\iint_{\Sigma} uv_z\,\mathrm{d}z\,\mathrm{d}x - uv_y\,\mathrm{d}x\,\mathrm{d}y = \oint_L uv\,\mathrm{d}x - \iint_{\Sigma} u_z v\,\mathrm{d}z\,\mathrm{d}x - u_y v\,\mathrm{d}x\,\mathrm{d}y,$$

$$\iint_{\Sigma} uv_x\,\mathrm{d}x\,\mathrm{d}y - uv_z\,\mathrm{d}y\,\mathrm{d}z = \oint_L uv\,\mathrm{d}y - \iint_{\Sigma} u_x v\,\mathrm{d}x\,\mathrm{d}y - u_z v\,\mathrm{d}y\,\mathrm{d}z,$$

$$\iint_{\Sigma} uv_y\,\mathrm{d}y\,\mathrm{d}z - uv_x\,\mathrm{d}z\,\mathrm{d}x = \oint_L uv\,\mathrm{d}z - \iint_{\Sigma} u_y v\,\mathrm{d}y\,\mathrm{d}z - u_x v\,\mathrm{d}z\,\mathrm{d}x.$$

利用这个思想，格林公式也可以改造成为二重积分的第一分部积分法：

$$\iint_D uv_y\,\mathrm{d}x\,\mathrm{d}y = -\oint_L uv\,\mathrm{d}x - \iint_D u_y v\,\mathrm{d}x\,\mathrm{d}y,\quad \iint_D uv_x\,\mathrm{d}x\,\mathrm{d}y = \oint_L uv\,\mathrm{d}y - \iint_D u_x v\,\mathrm{d}x\,\mathrm{d}y,$$

以及(第二分部积分法)

$$\iint_D u_y v_x\,\mathrm{d}x\,\mathrm{d}y = \oint_L u\,\mathrm{d}v + \iint_D u_y v_x\,\mathrm{d}x\,\mathrm{d}y.$$

高斯公式也可以改造成为下列三重积分的第一分部积分法：

$$\iiint_{\Omega} uv_x\,\mathrm{d}V = \oiint_{\Sigma} uv\,\mathrm{d}y\,\mathrm{d}z - \iiint_{\Omega} u_x v\,\mathrm{d}V,$$

$$\iiint_{\Omega} uv_y\,\mathrm{d}V = \oiint_{\Sigma} uv\,\mathrm{d}z\,\mathrm{d}x - \iiint_{\Omega} u_y v\,\mathrm{d}V,$$

$$\iiint_{\Omega} uv_z\,\mathrm{d}V = \oiint_{\Sigma} uv\,\mathrm{d}x\,\mathrm{d}y - \iiint_{\Omega} u_z v\,\mathrm{d}V,$$

以及(第二种分部积分法)

$$\iiint_{\Omega} (u_x v_y w_z + u_y v_z w_x + u_z v_x w_y)\,\mathrm{d}V = \oiint_{\Sigma} w\,\mathrm{d}u\,\mathrm{d}v + \iiint_{\Omega} (u_z v_y w_x + u_x v_z w_y + u_y v_x w_z)\,\mathrm{d}V.$$

3. 格林恒等式

设 $\Delta = \dfrac{\partial^2}{\partial x^2} + \dfrac{\partial^2}{\partial y^2} + \dfrac{\partial^2}{\partial z^2}$ 为拉普拉斯算子，从上面的结论不难证明：

① $\displaystyle\iint_D v\Delta u\,\mathrm{d}x\,\mathrm{d}y = \oint_L v\frac{\partial u}{\partial \boldsymbol{n}}\mathrm{d}s - \iint_D (\mathbf{grad}\,u \cdot \mathbf{grad}\,v)\,\mathrm{d}x\,\mathrm{d}y$；

② $\displaystyle\iiint_{\Omega} u\Delta v\,\mathrm{d}x\,\mathrm{d}y\,\mathrm{d}z = \oiint_{\Sigma} u\frac{\partial v}{\partial \boldsymbol{n}}\mathrm{d}S - \iiint_{\Omega} (\mathbf{grad}\,u \cdot \mathbf{grad}\,v)\,\mathrm{d}x\,\mathrm{d}y\,\mathrm{d}z.$

后面这个式子称为格林第一恒等式. 利用此式又可以得到格林第二恒等式：

$$\iiint_{\Omega} (v\Delta u - u\Delta v)\,\mathrm{d}x\,\mathrm{d}y\,\mathrm{d}z = \oiint_{\Sigma} \left(v\frac{\partial u}{\partial \boldsymbol{n}} - u\frac{\partial v}{\partial \boldsymbol{n}}\right)\mathrm{d}S.$$

二、阅读启示

(一) 对思想方法的启示

曲线积分和曲面积分都是积分学体系，它们应该和定积分理论一样有精确的定义、全套的性质、换算公式、相互关联的命题. 特别是，格林公式、高斯公式和斯托克斯公式都可以与牛顿-莱布尼茨公式作类比，它们甚至可以发展成为“曲线积分基本定理”和“曲面积分基本定理”，可见其理论研究是十分重要的.

这里不得不提到为什么上面的补丁没有讨论“曲线积分和曲面积分的换元法”？笔者从大量资料中发现，宁荣健在《大学数学》连续发表《曲线积分的换元法》和《曲面积分的换元法》两文①②，其他作者也做了大量工作③④；有的作者对两个参数的曲面、正交变换下的曲面进行了深入研究⑤⑥⑦. 但由于篇幅有限，这些结论的难度很大，使用频率却很低，这里略去了对它们的讨论. 但在下面的例 6 中仍然给出了特殊的换元法和球面上面积元表示法的示范.

(二) 对真善美的启示

我们应该通过对曲线积分与曲面积分思想与方法的充分挖掘，追求一种“完美境界”.

1. 养天地正气

这部分讨论在学术研究方法论中称为“文献法”，这是一种从天下论文中寻找真谛的方法. 也是多数研究者发现问题和提出问题的一个方法，这导致了中国知网的论文库中收录本章节相关论文有上千篇之多的现象. 对于任何一个微积分的学习者，想要追求完整的数学知识，都应抱有这种孜孜不倦的求学精神，到论文库里找一找问题及其答案.

“补丁行动”不仅可以带来科学知识的一次升华，而且会在情感态度上有所表现. 通过曲线积分与曲面积分的推广，了解如何在今后的学习中通过查阅文献资料来拓宽自己“狭窄”的科学视角，如何了解国际上最新的科研动态，为有机会站在巨人的肩膀上攀登科学的高峰打下良好的学习基础. 通过一个经典的纠错例题，展示了严谨治学的态度.

2. 法古今完人

通过学习曲线积分与曲面积分的有关历史文化，了解古今的大家学习知识和探索未知的精神. 微积分是一门经历数百年研究得到的一个完整的学科体系，这个体系没有按照思想的历史而编，而是为了教育的便利而写，张景中院士称为“教育数学”. 对曲线积分和曲面积分的编写是对大量的研究成果进行一定的取舍. 我们应该到资料中去找一找古往今来那些数学研究者的智慧的亮点，把我们自己隐藏于心的数学纠结挖掘出来，交给那些数学前辈，成为数学共同体中的一员，成为一个完善的人. 俗话说：“拙在勤劳弥补，执着成就建树”，只要我们认定目标，足够勤奋，就可以在任何领域都有所建树.

三、问题解决

(一) 问题探究

前面所讨论的 7 个补丁，其实是对曲线积分和曲面积分的理论问题的研究. 我们还会遇

---

① 宁荣健，彭凯军. 曲线积分的换元法[J]. 大学数学，2016，32(4)：62 - 67.
② 宁荣健，周江涛. 曲面积分的换元法[J]. 大学数学，2017，33(2)：73 - 78.
③ 张春跃. 利用球面坐标及柱面坐标计算曲面积分[J]. 大学数学，2003，19(4)：98 - 100.
④ 刘如艳. 利用柱坐标与球坐标变换求曲面积分[J]. 湖南商学院学报(双月刊)，1999，6(1).
⑤ 王海霞，姜英，姜翠美. 用向量函数证明积分换元公式[J]. 高等数学研究，2013，16(4)：29 - 30.
⑥ 林元重. 正交变换在曲线、曲面积分计算中的应用[J]. 数学通报，1996(12)：27 - 29.
⑦ 王庆东，谢趣. 正交变换的应用及其数学方法论意义[J]. 高等数学研究，2008，11(1)：82 - 84.

到很多“较小的”、较为具体化的问题，以下两类问题是我们还需加强学习的，因为往往在教材中讨论得不很全面.

1. 原函数问题

思考题 1 为证“已知在区域 D 上 $f_x(x, y) \equiv 0$，$f_y(x, y) \equiv 0$，则 $f(x, y) \equiv C$”，下列方法对吗？“由 $f_y(x, y) \equiv 0$，$\forall (x, y) \in G$，知 $f(x, y) = g(x)$，求偏导得 $f_x(x, y) = \dfrac{\mathrm{d}}{\mathrm{d}x} g(x) = 0$，故 $g(x) = C$，从而 $f(x, y) = C$.”

答案是：在一元函数的微分学中，说“$f'(x) \equiv 0$，则 $f(x) \equiv C$”就是有问题的，因为这句话忽略了 x 必须取值于一个(连通集)区间 I 的条件. 例如，$D = \{x \mid x \in R,\ x \neq 0\}$，$f(x) = \begin{cases} 1 & (x > 0) \\ -1 & (x < 0) \end{cases}$，则 $f'(x) \equiv 0$，$x \in D$，而 $f(x) \neq C$.

同样地，证明中“已知 $f_y(x, y) \equiv 0$，$\forall (x, y) \in G$，则 $f(x, y) = g(x)$”，这个命题也是错的(我们时常会使用这个命题是因为经过简单检验，例如 G 是“鼓形”区域，它是可用的). 它指出，当 $x = x_0$ 时，$f(x_0, y) = g(x_0)$，即 $f(x_0, y)$ 是唯一值的. 试看反例：设 $P = \{(x, y) \mid x \geqslant 0,\ y = 0\}$，区域 $G = \mathbf{R}^2 / P$ (即平面上除去 x 轴的正半轴)：$f(x, y) = \begin{cases} x^2 & \text{当 } x \geqslant 0,\ y > 0 \\ -x^2 & \text{当 } x \geqslant 0,\ y < 0 \\ 0 & \text{当 } x < 0 \end{cases}$，则 $\forall (x, y) \in G$，$f_y(x, y) \equiv 0$，但当 $x > 0$ 时，$f(x, y)$ 取两个值 x^2，$-x^2$，而不是一个常数. 不过，这个思考题的结论是对的，正确的证法是：从两个偏导恒为零知 $\mathrm{d}F \equiv 0$，从而 $f(x, y) \equiv C$.

这个思考题给我们一个启示：由导数推出原函数的原函数时，定义域必须是一个(连通)区间；由偏导数推出原函数时更要注意定义域的特征，这可能也是很多教材中不讨论这类问题的原因.

2. 线面积分的向量表示

曲线积分和曲面积分也被称为“向量的微积分”，应熟悉那些结论的向量表示，并理解对应的模型解释. 例如，如果把图 10 旁的 $\oint_L \dfrac{x\,\mathrm{d}y - y\,\mathrm{d}x}{x^2 + y^2}$ 写成 $\oint_L \dfrac{\cos(\boldsymbol{r}, \boldsymbol{n})}{\boldsymbol{r}} \mathrm{d}\boldsymbol{S}$，就不难理解各种结果的含义了. 这里再整理一些表示式：

曲线积分基本定理：$\int_L \operatorname{grad} f \cdot \mathrm{d}\boldsymbol{r} = f(\boldsymbol{r}(b)) - f(\boldsymbol{r}(a))$；

高斯公式(散度定理)：$\iiint\limits_{\Omega} \operatorname{div} \boldsymbol{F} \cdot \mathrm{d}\boldsymbol{V} = \oiint\limits_{\Sigma} \boldsymbol{F} \cdot \mathrm{d}\boldsymbol{S}$；

斯托克斯公式和格林公式(旋度定理)：$\iint\limits_{\Sigma} \operatorname{rot} \boldsymbol{F} \cdot \mathrm{d}\boldsymbol{S} = \int_L \boldsymbol{F} \cdot \mathrm{d}\boldsymbol{r}$.

向量的表示式使得数学概念和物理概念成为有机整体，浑然天成.

思考题 2 圆盘 D，半球面 H，以及抛物面的一部分 P，如图 13 所示，向量场 $\boldsymbol{F}$ 的分量都有连续偏导数，为什么下列等式恒成立：

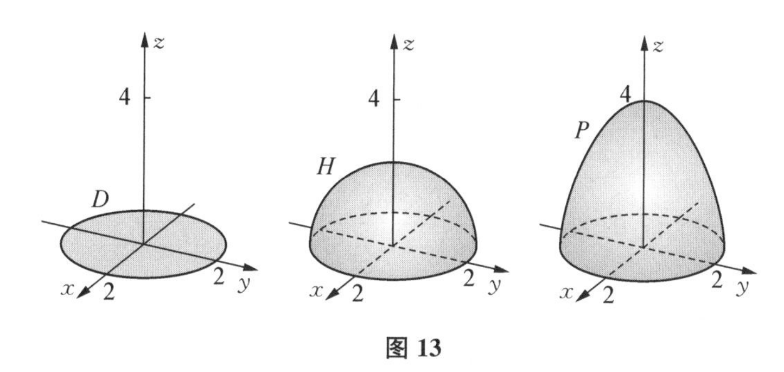

图 13

$$\iint_D \operatorname{rot}\boldsymbol{F}\cdot \mathrm{d}\boldsymbol{S}=\iint_H \operatorname{rot}\boldsymbol{F}\cdot \mathrm{d}\boldsymbol{S}=\iint_P \operatorname{rot}\boldsymbol{F}\cdot \mathrm{d}\boldsymbol{S}.$$

这是因为，斯托克斯公式指出，$\iint_\Sigma \operatorname{rot}\boldsymbol{F}\cdot \mathrm{d}\boldsymbol{S}=\int_L \boldsymbol{F}\cdot \mathrm{d}\boldsymbol{r}$.

旋度在曲面上的通量通过微元上的抵消，最终均转化为边界上的环流量了.

思考题 3　设在半平面 $x>0$ 内有力 $\boldsymbol{F}=-\dfrac{k}{\rho^3}(x\boldsymbol{i}+y\boldsymbol{j})$ 构成力场，其中 k 为常数，$\rho=\sqrt{x^2+y^2}$，试问此力场所做的功是否与所取的路径有关？

只需知道曲线积分 $\int_L \boldsymbol{F}\cdot \mathrm{d}\boldsymbol{r}$ 既有环流量的意义，又有做功的意义. 本问题 $\boldsymbol{F}$ 所做功为 $\int_L \boldsymbol{F}\cdot \mathrm{d}\boldsymbol{r}=-k\int_L \dfrac{x\mathrm{d}x+y\mathrm{d}y}{\rho^3}$，由于 $\dfrac{\partial}{\partial x}\left(\dfrac{y}{\rho^3}\right)=\dfrac{3xy}{\rho^5}=\dfrac{\partial}{\partial y}\left(\dfrac{x}{\rho^3}\right)$，即可知，所做功与路径无关.

（二）习题研究

曲线积分与曲面积分的习题天然具有“难度很大”的特性，因为它们除了自身有一套理论和应用场景外，还有一个转化到定积分和重积分的过程. 这些难度大致来自两个方面.

1. 概念性强

例 4　设函数 $\varphi(x)$ 具有连续的导数，在围绕原点的任意光滑闭曲线 C 上，积分 $\oint_C \dfrac{2xy\mathrm{d}x+\varphi(x)\mathrm{d}y}{x^4+y^2}$ 的值为常数.

（1）设 L 为正向闭曲线 $(x-2)^2+y^2=1$，证明：$\oint_L \dfrac{2xy\mathrm{d}x+\varphi(x)\mathrm{d}y}{x^4+y^2}=0$；

（2）求函数 $\varphi(x)$；

（3）设 C 是围绕原点的光滑简单正向闭曲线，求 $\oint_C \dfrac{2xy\mathrm{d}x+\varphi(x)\mathrm{d}y}{x^4+y^2}$. **解**　（1）以下证明，对于任意 $x>0$ 半平面上的光滑曲线 L'，$\oint_{L'} \dfrac{2xy\mathrm{d}x+\varphi(x)\mathrm{d}y}{x^4+y^2}=0$.

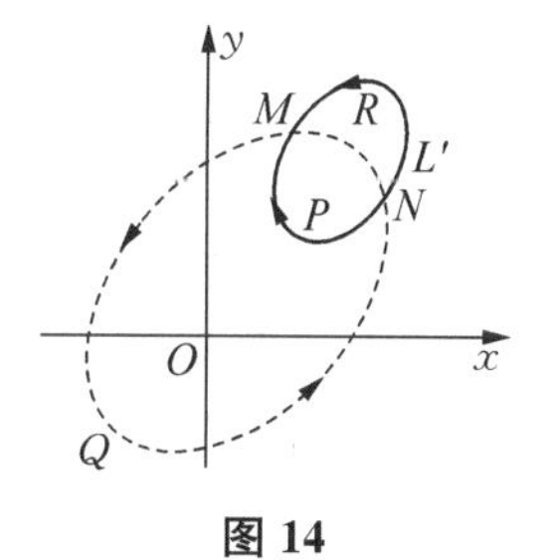

图 14

将 L' 用 M，N 两点分成两部分，如图 14，作围绕原点的闭曲线 $\overset{\frown}{MQNRM}$ 和 $\overset{\frown}{MQNPM}$，则被积函数在这两条曲线上的积分相同，从

而两者的差为零，即

$$\left(\oint_{MQNRM}-\oint_{MQNPM}\right)\frac{2xy\mathrm{d}x+\varphi(x)\mathrm{d}y}{x^4+y^2}=0\text{，此即}\oint_{L'}\frac{2xy\mathrm{d}x+\varphi(x)\mathrm{d}y}{x^4+y^2}=0.$$

(2) 由于(1)所证的结论，$\frac{\partial}{\partial y}\left(\frac{2xy}{x^4+y^2}\right)=\frac{\partial}{\partial x}\left(\frac{\varphi(x)}{x^4+y^2}\right)$，即 $\frac{2x^5-2xy^2}{(x^4+y^2)^2}=\frac{\varphi'(x)(x^4+y^2)-4x^3\varphi(x)}{(x^4+y^2)^2}$.

解得 $\varphi(x)=-x^2$.

(3) 设 D 为正向闭曲线 $C_a:x^4+y^2=1$ 所围区域，则

$$\oint_C\frac{2xy\mathrm{d}x+\varphi(x)\mathrm{d}y}{x^4+y^2}=\oint_{C_a}\frac{2xy\mathrm{d}x-x^2\mathrm{d}y}{x^4+y^2}=\oint_{C_a}2xy\mathrm{d}x-x^2\mathrm{d}y=\iint_D(-4x)\mathrm{d}x\mathrm{d}y=0.$$

本题的(1)可能会误用两个偏导相等的做法，应注意这里的 C 存在“围绕原点”的附加条件，不再具有任意性. 需要(1)的证明过程中对“任意”曲线 L' 进行证明后才可以使用“偏导数相等”的条件.

此题的原题可能是全国研究生入学考试(2005，数学一)的简易形式，也出现在 2010 年第二届全国大学生数学竞赛卷中.

2. 综合度高

例 5 设曲线 L 是空间区域 $0\leqslant x\leqslant 1,0\leqslant y\leqslant 1,0\leqslant z\leqslant 1$ 的表面与平面 $x+y+z=\frac{3}{2}$ 的交线，求 $\left|\oint_L(z^2-y^2)\mathrm{d}x+(x^2-z^2)\mathrm{d}y+(y^2-x^2)\mathrm{d}z\right|$.

解 不妨设 L 取正向，Σ 是 L 所围的平面朝上，根据斯托克斯公式，

$$\oint_L(z^2-y^2)\mathrm{d}x+(x^2-z^2)\mathrm{d}y+(y^2-x^2)\mathrm{d}z=\iint_\Sigma\begin{vmatrix}\mathrm{d}y\mathrm{d}z & \mathrm{d}z\mathrm{d}x & \mathrm{d}x\mathrm{d}y\\ \frac{\partial}{\partial x} & \frac{\partial}{\partial y} & \frac{\partial}{\partial z}\\ z^2-y^2 & x^2-z^2 & y^2-x^2\end{vmatrix}$$

$$=2\iint_\Sigma(y+z)\mathrm{d}y\mathrm{d}z+(z+x)\mathrm{d}z\mathrm{d}x+(x+y)\mathrm{d}x\mathrm{d}y\text{(对称性)}$$

$$=6\iint_\Sigma(x+y)\mathrm{d}x\mathrm{d}y=6\iint_{D_{xy}\text{(六边形)}}(x+y)\mathrm{d}x\mathrm{d}y=12\iint_{D_{xy}\text{(六边形)}}x\mathrm{d}x\mathrm{d}y$$

$$=12\times\frac{1}{2}\text{(形心坐标)}\times\frac{3}{4}\text{(六边形面积)}=\frac{9}{2}.$$

此题虽然解法精练，也是跨过了很多“坎”的. 首先，这个“交线”在空中是个什么图形？能否想象这是一个正六边形？其次，用 6 条边的参数方程代入，还是用斯托克斯公式做？再次，当做到具有对称性的曲面积分时，能否利用对称性(如何解释它的合理性)简化到一个坐标面上的曲面积分？最后，这个坐标面上的曲面积分在转化为二重积分时，它的积分区域是怎样的(能否理解如图 15 的样子)？

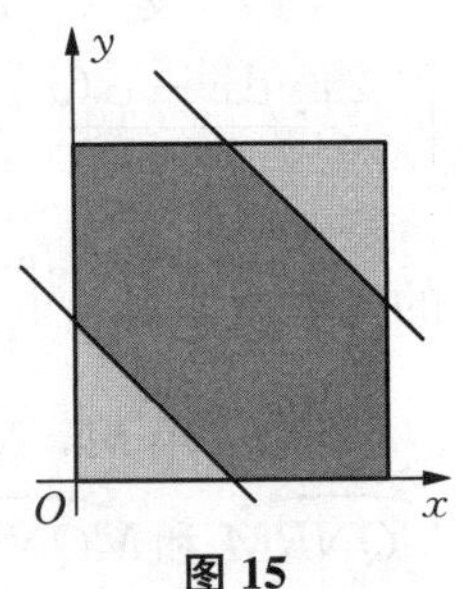

图 15

这里再介绍用换元法和微元法解曲面积分的一个经典例题.

例 6　设 Σ 为球面 $x^2+y^2+z^2=R^2$，f 是连续函数，证明

$$\iint_{\Sigma} f(ax+by+cz)\mathrm{d}S=2\pi R\int_{-R}^{R} f(u\sqrt{a^2+b^2+c^2})\mathrm{d}u.$$

证法 1(微元法)

当 a,b,c 都为零时，$I=\iint_{\Sigma} f(0)\mathrm{d}S=4\pi R^2 f(0)=2\pi R\int_{-R}^{R} f(0)\mathrm{d}u$，等式成立.

当 a,b,c 不全为零时，可知原点到平面 $ax+by+cz+d=0$ 的距离是 $\dfrac{|d|}{\sqrt{a^2+b^2+c^2}}$，设平面 $P_u: u=\dfrac{ax+by+cz}{\sqrt{a^2+b^2+c^2}}$，其中 u 固定，则 $|u|$ 是原点到平面 P_u 的距离. 从而 $|u|=\dfrac{|ax+by+cz|}{\sqrt{a^2+b^2+c^2}}\leqslant\sqrt{x^2+y^2+z^2}=R$，即 $-R\leqslant u\leqslant R$. 在平面 P_u 和 $P_{u+\mathrm{d}u}$ 截单位球 Σ，在截下部分上，被积函数值为 $f(\sqrt{a^2+b^2+c^2}u)$. 这部分弧展开可以看成是一个细长条，其长是 $2\pi\sqrt{R^2-u^2}$，宽是(用相似三角形判断) $\dfrac{R\mathrm{d}u}{\sqrt{R^2-u^2}}$，故它的面积是 $2\pi R\mathrm{d}u$. 故 $I=2\pi R\int_{-R}^{R} f(\sqrt{a^2+b^2+c^2}u)\mathrm{d}u$.

证法 2(换元法)　根据被积函数的特点，先做坐标系的旋转，使在新的坐标系 $Ouvw$ 中，vOw 坐标面为原坐标系中平面 $ax+by+cz=0$，且 u 轴正向与向量 $(a,b,c)^{\mathrm{T}}$ 同向，它的单位化向量即为 $\boldsymbol{e}_1=\dfrac{1}{\sqrt{a^2+b^2+c^2}}\begin{pmatrix}a\\b\\c\end{pmatrix}$，设平面 $ax+by+cz=0$ 上的两个单位正交向量为 $\boldsymbol{e}_2,\boldsymbol{e}_3$，则 $\boldsymbol{T}^{\mathrm{T}}=(\boldsymbol{e}_1,\boldsymbol{e}_2,\boldsymbol{e}_3)^{\mathrm{T}}$ 是一个正交矩阵. 做变换 $\begin{pmatrix}x\\y\\z\end{pmatrix}=\boldsymbol{T}\begin{pmatrix}u\\v\\w\end{pmatrix}$，就有

$$u=(x,y,z)\cdot\boldsymbol{e}_1=\frac{ax+by+cz}{\sqrt{a^2+b^2+c^2}}.$$

在球面的新坐标系下的方程为 $u^2+v^2+w^2=R^2$，且正交变换下面积元不变，故在新坐标系下用球面坐标来计算，得到

$$\begin{aligned}
&\iint_{\Sigma} f(ax+by+cz)\mathrm{d}S=\iint_{\Sigma'} f(u\sqrt{a^2+b^2+c^2})\mathrm{d}S'\\
=&\iint_{\Sigma'} f(R\cos\varphi\sqrt{a^2+b^2+c^2})R^2\sin\varphi\,\mathrm{d}\varphi\,\mathrm{d}\theta\\
=&\int_0^{2\pi}\mathrm{d}\theta\int_0^{\pi} f(R\cos\varphi\sqrt{a^2+b^2+c^2})R^2\sin\varphi\,\mathrm{d}\varphi\\
=&-2\pi R\int_0^{\pi} f(R\cos\varphi\sqrt{a^2+b^2+c^2})\mathrm{d}(R\cos\varphi)=2\pi R\int_{-R}^{R} f(u\sqrt{a^2+b^2+c^2})\mathrm{d}u.
\end{aligned}$$

证毕.

证法 1 用的完全是定积分中微元法，面积元是一个“环弧形”曲面，其表达式为

$$dS'=2\pi\sqrt{R^2-u^2}\cdot\frac{R\,du}{\sqrt{R^2-u^2}}=2\pi R\,du.$$

证法 2 中，考虑到本题中含有 a，b，c 三个字母常量，就升级到一般性的“这类问题”的研究. 但由于一般的正交变换下的面积元关系是十分复杂的，所以仍然使用球面上面积元“方块”的表示：$dS'=R\sin\varphi\,d\theta\cdot R\,d\varphi$.

这样的体验真好：只有见多识广，才能胸有成竹.

(三) 解题策略

基于这些高难度的特点，应注意三点解题策略.

1. 在对比中明晰算理

例 7 设 Σ 是柱面 $x^2+y^2=1$ 介于平面 $z=0$，$z=2$ 之间的部分，方向向外. 计算曲面积分

(1) $\iint\limits_{\Sigma}z^2\,dS$； (2) $\iint\limits_{\Sigma}x^2\,dS$； (3) $\iint\limits_{\Sigma}z^2\,dx\,dy$ 和 $\iint\limits_{\Sigma}x^2\,dx\,dy$；

(4) $\iint\limits_{\Sigma}z^2\,dy\,dz$ 和 $\iint\limits_{\Sigma}x^2\,dy\,dz$.

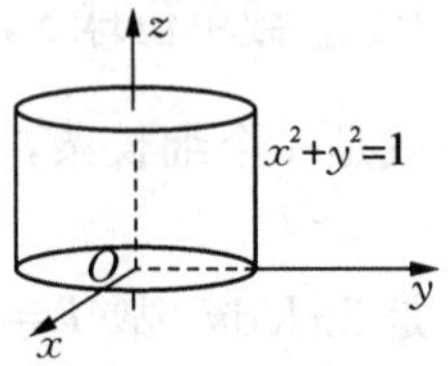

图 16

解 如图 16，把 Σ 分为前后两侧：$\Sigma=\Sigma_1+\Sigma_2$，其中 Σ_1：$x=\sqrt{1-y^2}$，$(y,z)\in D_{yz}$（前侧）；

Σ_2：$x=-\sqrt{1-y^2}$，$(y,z)\in D_{yz}$（后侧），$D_{yz}=\begin{cases}-1\leqslant y\leqslant 1\\0\leqslant z\leqslant 2\end{cases}$.

(1) 在两个曲面上都有：

$$dS=\sqrt{1+\left(\frac{\partial x}{\partial y}\right)^2+\left(\frac{\partial x}{\partial z}\right)^2}\,dy\,dz=\sqrt{1+\left(\frac{\mp y}{\sqrt{1-y^2}}\right)^2+0}\,dy\,dz=\frac{1}{\sqrt{1-y^2}}\,dy\,dz,$$

于是，

$$\iint\limits_{\Sigma}z^2\,dS=\iint\limits_{\Sigma_1}z^2\,dS+\iint\limits_{\Sigma_2}z^2\,dS$$

$$=\iint\limits_{D_{yz}}\frac{z^2}{\sqrt{1-y^2}}\,dy\,dz+\iint\limits_{D_{yz}}\frac{z^2}{\sqrt{1-y^2}}\,dy\,dz=2\iint\limits_{D_{yz}}\frac{z^2}{\sqrt{1-y^2}}\,dy\,dz=2\int_{-1}^{1}\frac{dy}{\sqrt{1-y^2}}\int_0^2 z^2\,dz=\frac{16\pi}{3}.$$

(2) **解法 1** 由代入法，

$$\iint\limits_{\Sigma}x^2\,dS=\iint\limits_{\Sigma_1}x^2\,dS+\iint\limits_{\Sigma_2}x^2\,dS$$

$$=\iint\limits_{D_{yz}}\frac{1-y^2}{\sqrt{1-y^2}}\,dy\,dz+\iint\limits_{D_{yz}}\frac{1-y^2}{\sqrt{1-y^2}}\,dy\,dz=2\iint\limits_{D_{yz}}\sqrt{1-y^2}\,dy\,dz=2\int_{-1}^{1}\sqrt{1-y^2}\,dy\int_0^2 dz=2\pi.$$

解法 2 由轮换对称性，

$$\iint\limits_{\Sigma} x^2\mathrm{d}S=\iint\limits_{\Sigma} y^2\mathrm{d}S=\frac{1}{2}\iint\limits_{\Sigma}(x^2+y^2)\mathrm{d}S=\frac{1}{2}\iint\limits_{\Sigma}\mathrm{d}S=\frac{1}{2}\cdot 2\pi\cdot 1\cdot 2=2\pi.$$

(3) 因 Σ 与 xOy 面垂直，所以 $\iint\limits_{\Sigma} z^2\mathrm{d}x\mathrm{d}y=0$，$\iint\limits_{\Sigma} x^2\mathrm{d}x\mathrm{d}y=0$.

(4)由于 Σ_1 和 Σ_2 的方向相反，所以

$$\iint\limits_{\Sigma} z^2\mathrm{d}y\mathrm{d}z=\iint\limits_{\Sigma_1} z^2\mathrm{d}y\mathrm{d}z+\iint\limits_{\Sigma_2} z^2\mathrm{d}y\mathrm{d}z=\iint\limits_{D_{yz}} z^2\mathrm{d}y\mathrm{d}z+\left(-\iint\limits_{D_{yz}} z^2\mathrm{d}y\mathrm{d}z\right)=0;$$

$$\iint\limits_{\Sigma} x^2\mathrm{d}y\mathrm{d}z=\iint\limits_{\Sigma_1}(1-y^2)\mathrm{d}y\mathrm{d}z+\iint\limits_{\Sigma_2}(1-y^2)\mathrm{d}y\mathrm{d}z=0(\text{仿上}).$$

通过不同函数、不同类别、不同方法的曲面积分的比较，可以非常科学地掌握曲面积分的通识通法.

2. 在分类中熟悉“套路”

为了高效地学习曲线积分和曲面积分，应将解题方法经常归类. 例如，曲线积分 $I=\oint_L P\mathrm{d}x+Q\mathrm{d}y$（其中 L 分段光滑）的计算方法可以归纳如下：

① L 封闭，且 $\frac{\partial Q}{\partial x}\neq\frac{\partial P}{\partial y}$（在 L 所围区域上 P，Q，$\frac{\partial P}{\partial y}$，$\frac{\partial Q}{\partial x}$ 连续）：用格林公式化作二重积分.

② L 封闭，且 $\frac{\partial Q}{\partial x}=\frac{\partial P}{\partial y}$：若 L 围线内不含奇点，则 $I=0$；若 L 围有奇点，则“添加小围线”.

③ L 不封闭，且 $\frac{\partial Q}{\partial x}=\frac{\partial P}{\partial y}$（在包含 L 的某区域上 P，Q，$\frac{\partial P}{\partial y}$，$\frac{\partial Q}{\partial x}$ 连续）：这时曲线积分与路径无关，可以转换积分路径.

④ L 不封闭，且 $\frac{\partial Q}{\partial x}\neq\frac{\partial P}{\partial y}$：“添线”，制造封闭曲线后再使用格林公式.

第 4 类情形的解法，通过例 1 可看到，称为“一添二积三加减”，即先“添盖”，构造封闭曲线，再做二重积分和添线上的曲线积分，最后从一个一次方程中求出求出原积分. 下面的例题说明，对于第二型曲面积分的计算，也可以这样分类，并且“一添二积三加减”也适用. 特别地，在转化到二重积分时，用到公式

$$\iint\limits_{\Sigma} R(x,y,z)\mathrm{d}x\mathrm{d}y=\begin{cases}\iint\limits_{D_{xy}} R[x,y,z(x,y)]\mathrm{d}x\mathrm{d}y & \text{当}\Sigma\text{向上}\\ -\iint\limits_{D_{xy}} R[x,y,z(x,y)]\mathrm{d}x\mathrm{d}y & \text{当}\Sigma\text{向下}\\ 0 & \text{当}\Sigma\perp xOy\text{面}\end{cases}.$$

还需记住“一投二代三定号”的步骤，即先确定投影的坐标平面，再代入被积函数，然后确定在二重积分前是否要加负号或者直接为零，在此基础上再做二重积分.

例 8　计算曲面积分：

(1) $I_1=\iint\limits_{\Sigma} x\mathrm{d}y\mathrm{d}z+y\mathrm{d}z\mathrm{d}x+z\mathrm{d}x\mathrm{d}y$，$\Sigma$ 为半球面 $z=\sqrt{R^2-x^2-y^2}$ 的上侧.

(2) $I_2=\iint\limits_{\Sigma}\frac{x}{r^3}\mathrm{d}y\mathrm{d}z+\frac{y}{r^3}\mathrm{d}z\mathrm{d}x+\frac{z}{r^3}\mathrm{d}x\mathrm{d}y$，$\Sigma$ 同上，$r=\sqrt{x^2+y^2+z^2}$.

(3) $I_3=\iint\limits_{\Sigma}\frac{x}{r^3}\mathrm{d}y\mathrm{d}z+\frac{y}{r^3}\mathrm{d}z\mathrm{d}x+\frac{z}{r^3}\mathrm{d}x\mathrm{d}y$，$\Sigma$ 是曲面 $1-\frac{z}{5}=\frac{(x-2)^2}{16}+\frac{(y-1)^2}{9}$ $(z\geqslant 0)$，取上侧，$r=\sqrt{x^2+y^2+z^2}$.

解 (1) 如图 17，“添加”半球的底面 $\Sigma_0: z=0\ (x^2+y^2\leqslant R^2)$，且取下侧，记半球域为 Ω，利用高斯公式，

$$I_1+\iint\limits_{\Sigma_0}x\mathrm{d}y\mathrm{d}z+y\mathrm{d}z\mathrm{d}x+z\mathrm{d}x\mathrm{d}y=\iiint\limits_{\Omega}3\mathrm{d}x\mathrm{d}y\mathrm{d}z=3\cdot\frac{2}{3}\pi R^3,$$

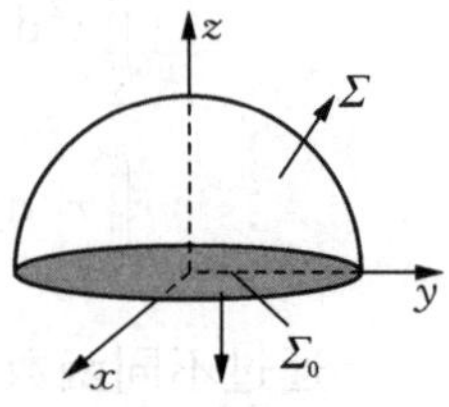

图 17

而

$$\iint\limits_{\Sigma_0}x\mathrm{d}y\mathrm{d}z+y\mathrm{d}z\mathrm{d}x+z\mathrm{d}x\mathrm{d}y=(0+0+0)=0$$

(Σ_0 上的三个曲面积分分别计算值为 0)，所以

$$I_1=0+2\pi R^3=2\pi R^3.$$

(2) 由于在曲面 Σ 上的点满足 $r=R$，所以

$$I_2=\frac{1}{R^3}\iint\limits_{\Sigma}x\mathrm{d}y\mathrm{d}z+y\mathrm{d}z\mathrm{d}x+z\mathrm{d}x\mathrm{d}y,$$

利用题(1)的结果，

$$I_2=\frac{1}{R^3}\cdot 2\pi R^3=2\pi.$$

(3) 如图 18，取足够小的正数 ε，添加小半球面 Σ_1：$z=\sqrt{\varepsilon^2-x^2-y^2}$，取下侧，使其不与 Σ 有交集，设 Σ_2 为 xOy 平面上夹于 Σ 与 Σ_1 之间的部分，且取下侧，设 Ω 为 Σ 与 Σ_1,Σ_2 所围的空间区域，则

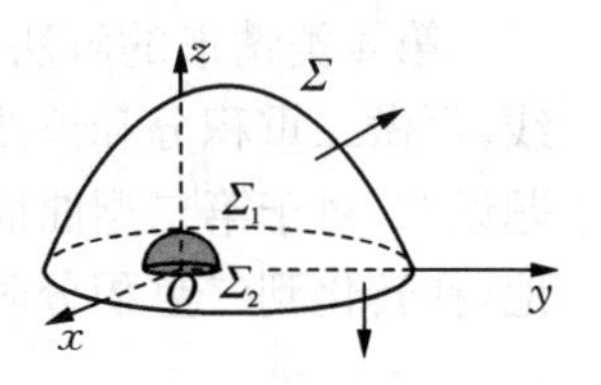

图 18

$$I=\Big(\iint\limits_{\Sigma+\Sigma_1+\Sigma_2}-\iint\limits_{\Sigma_1}-\iint\limits_{\Sigma_2}\Big)\frac{x\mathrm{d}y\mathrm{d}z+y\mathrm{d}z\mathrm{d}+z\mathrm{d}x\mathrm{d}y}{r^3},$$

计 $P=\frac{x}{r^3}$, $Q=\frac{y}{r^3}$, $R=\frac{z}{r^3}$，则 $\frac{\partial P}{\partial x}$, $\frac{\partial Q}{\partial y}$, $\frac{\partial R}{\partial z}$ 在 Ω 内连续且

$$\frac{\partial P}{\partial x}+\frac{\partial Q}{\partial y}+\frac{\partial R}{\partial z}=\frac{y^2+z^2-2x^2}{r^5}+\frac{z^2+x^2-2y^2}{r^5}+\frac{x^2+y^2-2z^2}{r^5}=0.$$

由高斯公式

$$\oiint\limits_{\Sigma+\Sigma_1+\Sigma_2}\frac{x\mathrm{d}y\mathrm{d}z+y\mathrm{d}z\mathrm{d}x+z\mathrm{d}x\mathrm{d}y}{r^3}=\iiint\limits_{\Omega}\Big(\frac{\partial P}{\partial x}+\frac{\partial Q}{\partial y}+\frac{\partial R}{\partial z}\Big)\mathrm{d}x\mathrm{d}y\mathrm{d}z=0,$$

而由(2)知(注意此时 Σ_2 向内)

$$\iint_{\Sigma_1}\frac{x\,\mathrm{d}y\mathrm{d}z+y\,\mathrm{d}z\mathrm{d}x+z\,\mathrm{d}x\mathrm{d}y}{r^3}=\frac{1}{\varepsilon^3}\iint_{\Sigma_1}x\,\mathrm{d}y\mathrm{d}z+y\,\mathrm{d}z\mathrm{d}x+z\,\mathrm{d}x\mathrm{d}y=-2\pi.$$

又因为 Σ_2 与 yOz，zOx 平面垂直，且在 Σ_2 上 $\dfrac{z}{r^3}=0$，故

$$\iint_{\Sigma_2}\frac{x\,\mathrm{d}y\mathrm{d}z+y\,\mathrm{d}z\mathrm{d}x+z\,\mathrm{d}x\mathrm{d}y}{r^3}=0+0+0=0.$$

综上所述，

$$I_3=0-(-2\pi)-0=2\pi.$$

本题的(1)为高斯公式的基本应用.(2)是不能效仿(1)的，因为底面 Σ_0 包含原点，而 P，Q，R 在原点处无定义，无法进行曲面积分；好在球面 Σ 处 $r=R$（常数）.(3)是 Σ 变成为抛物面的情形，此时分母上的 r 也不能用常数代入了，就要考虑“添加小半球面”.

3. 在“补丁”中找到技巧

例 9　设函数 $f(x,y,z)$ 在区域 $\Omega=\{(x,y,z)\mid x^2+y^2+z^2\leqslant 1\}$ 上具有连续的二阶偏导数，且满足 $\dfrac{\partial^2 f}{\partial x^2}+\dfrac{\partial^2 f}{\partial y^2}+\dfrac{\partial^2 f}{\partial z^2}=\sqrt{x^2+y^2+z^2}$，计算

$$I=\iiint_{\Omega}\left(x\frac{\partial f}{\partial x}+y\frac{\partial f}{\partial y}+z\frac{\partial f}{\partial z}\right)\mathrm{d}x\mathrm{d}y\mathrm{d}z.$$

解　记球面为 $\Sigma: x^2+y^2+z^2=1$，其外侧的单位法向量为 $\boldsymbol{n}=(\cos\alpha,\cos\beta,\cos\gamma)$，则 $\dfrac{\partial f}{\partial \boldsymbol{n}}=\dfrac{\partial f}{\partial x}\cos\alpha+\dfrac{\partial f}{\partial y}\cos\beta+\dfrac{\partial f}{\partial z}\cos\gamma$. 由高斯公式，

$$\oint\!\!\!\oint_{\Sigma}\frac{\partial f}{\partial \boldsymbol{n}}\mathrm{d}S=\oint\!\!\!\oint_{\Sigma}\left(\frac{\partial f}{\partial x}\cos\alpha+\frac{\partial f}{\partial y}\cos\beta+\frac{\partial f}{\partial z}\cos\gamma\right)\mathrm{d}S=\iiint_{\Omega}\left(\frac{\partial^2 f}{\partial x^2}+\frac{\partial^2 f}{\partial y^2}+\frac{\partial^2 f}{\partial z^2}\right)\mathrm{d}v,$$

而由格林恒等式，

$$\begin{aligned}\oint\!\!\!\oint_{\Sigma}\frac{\partial f}{\partial \boldsymbol{n}}\mathrm{d}S&=\oint\!\!\!\oint_{\Sigma}(x^2+y^2+z^2)\frac{\partial f}{\partial \boldsymbol{n}}\mathrm{d}S=\oint\!\!\!\oint_{\Sigma}(x^2+y^2+z^2)\left(\frac{\partial f}{\partial x}\cos\alpha+\frac{\partial f}{\partial y}\cos\beta+\frac{\partial f}{\partial z}\cos\gamma\right)\mathrm{d}S\\&=2\iiint_{\Omega}\left(x\frac{\partial f}{\partial x}+y\frac{\partial f}{\partial y}+z\frac{\partial f}{\partial z}\right)\mathrm{d}v+\iiint_{\Omega}(x^2+y^2+z^2)\left(\frac{\partial^2 f}{\partial x^2}+\frac{\partial^2 f}{\partial y^2}+\frac{\partial^2 f}{\partial z^2}\right)\mathrm{d}v,\end{aligned}$$

所以，两式相减得

$$\begin{aligned}I&=\frac{1}{2}\iiint_{\Omega}[1-(x^2+y^2+z^2)]\left(\frac{\partial^2 f}{\partial x^2}+\frac{\partial^2 f}{\partial y^2}+\frac{\partial^2 f}{\partial z^2}\right)\mathrm{d}v\\&=\frac{1}{2}\iiint_{\Omega}[1-(x^2+y^2+z^2)]\sqrt{x^2+y^2+z^2}\,\mathrm{d}v\\&=\frac{1}{2}\int_0^{2\pi}\mathrm{d}\theta\int_0^{\pi}\sin\varphi\,\mathrm{d}\varphi\int_0^1(1-r^2)r^3\,\mathrm{d}r=\frac{\pi}{6}.\end{aligned}$$

注:设 $\mathrm{grad}\, u = \nabla u$. 在平面曲线及其所围区域,由格林公式可得 $\iint\limits_D v\Delta u \mathrm{d}x\mathrm{d}y = \oint_L v\dfrac{\partial u}{\partial \boldsymbol{n}}\mathrm{d}s - \iint\limits_D (\nabla u \cdot \nabla v)\mathrm{d}x\mathrm{d}y$,特别地当 $v\equiv 1$ 时有 $\iint\limits_D \Delta u \mathrm{d}x\mathrm{d}y = \oint_L \dfrac{\partial u}{\partial \boldsymbol{n}}\mathrm{d}s$.
对于空间曲面及其所围区域,有格林第一恒等式

$$\iiint\limits_\Omega u\Delta v \mathrm{d}x\mathrm{d}y\mathrm{d}z = \oiint\limits_\Sigma u\frac{\partial v}{\partial n}\mathrm{d}S - \iiint\limits_\Omega (\nabla u\cdot\nabla v)\mathrm{d}x\mathrm{d}y\mathrm{d}z,$$

本题是对格林第一恒等式的反复应用.

练习题

1. 记空间曲线 Γ:$\begin{cases} x^2+y^2+z^2=a^2 \\ x+y+z=0 \end{cases}$ $(a>0)$,则积分 $\oint_\Gamma (1+x)^2\mathrm{d}s =$ ________.

2. 计算 $\iint\limits_\Sigma \dfrac{ax\mathrm{d}y\mathrm{d}z+(z+a)^2\mathrm{d}x\mathrm{d}y}{\sqrt{x^2+y^2+z^2}}$,其中 Σ 为下半球面 $z=-\sqrt{a^2-x^2-y^2}$ 的上侧,a 为大于 0 的常数.

3. (1) 设一球缺高为 h,所在球半径为 R. 证明球缺的体积为 $\dfrac{\pi}{3}(3R-h)h^2$,球冠的面积为 $2\pi Rh$.

(2) 设球体 $(x-1)^2+(y-1)^2+(z-1)^2\leqslant 12$ 被平面 P:$x+y+z=6$ 所截的小球缺为 Ω. 记球缺的球冠为 Σ,方向指向球外,求第二型曲面积分

$$I=\iint\limits_\Sigma x\mathrm{d}y\mathrm{d}z + y\mathrm{d}z\mathrm{d}x + z\mathrm{d}x\mathrm{d}y.$$

一题一法复习卷(复习卷 11.1)

习题 1 设 $f(x,y)$,$g(x,y)$ 在光滑曲线 L 上连续,$f(x,y)\leqslant g(x,y)$. 证明:

$$\int_L f(x,y)\mathrm{d}s \leqslant \int_L g(x,y)\mathrm{d}s.$$

若 L 为有向曲线,那么在怎样的条件下总有 $\int_L f(x,y)\mathrm{d}x \leqslant \int_L g(x,y)\mathrm{d}x$?

习题 2 计算曲线积分

(1) 设 L 为圆周 $(x-a)^2+y^2=R^2(a\neq 0,\ R>0)$,求 $\oint_L x\mathrm{d}s$ 和 $\int_L y\mathrm{d}s$.

(2) $\oint_L e^{\sqrt{x^2+y^2}}\mathrm{d}s$,如图 19,$L$ 为由 $y=\sqrt{a^2-x^2}$ $(x\geqslant 0)$ 与直线 $y=x$,$y=0$ 所围区域的边界 $(a>0)$.

(3) $\oint_L e^{\sqrt{x^2+y^2}}\mathrm{d}y$,如图 19,$L$ 为由 $y=\sqrt{a^2-x^2}$ $(x\geqslant 0)$ 与直线 $y=x$,$y=0$ 所围区域的边界 $(a>0)$,方向为 $OABO$.

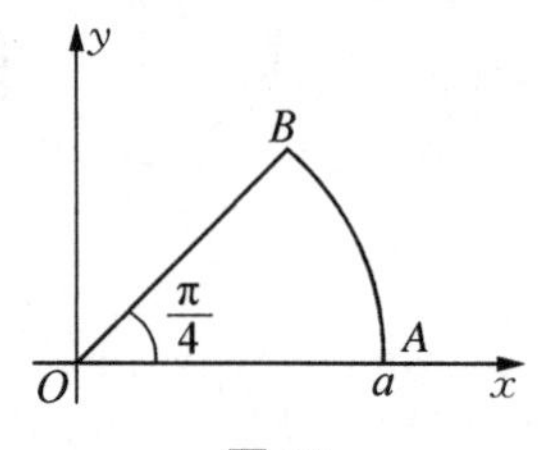

图 19

(4) $I=\int_{\Gamma}\dfrac{x\mathrm{d}x+y\mathrm{d}y+z\mathrm{d}z}{\sqrt{x^2+y^2+z^2}}$，其中 Γ 是曲线 $\begin{cases}x=\sin t\\ y=\cos t\\ z=\mathrm{e}^t\end{cases}$ 上从 $t=0$ 到 $t=\dfrac{\pi}{2}$ 的一段.

习题 3　计算曲面积分

(1) 设 Σ 是柱面 $x^2+y^2=1$ 介于平面 $z=0$，$z=1$ 之间的部分，计算 $\iint\limits_{\Sigma}z^2\mathrm{d}S$ 和 $\iint\limits_{\Sigma}y^2\mathrm{d}S$.

(2) 设 Σ 是柱面 $x^2+y^2=1$ 介于平面 $z=0$，$z=1$ 之间的部分，方向朝外，计算 $\iint\limits_{\Sigma}z^2\mathrm{d}x\mathrm{d}y$ 和 $\iint\limits_{\Sigma}y^2\mathrm{d}y\mathrm{d}z$.

习题 4　计算积分 $I=\oint_L\dfrac{y\mathrm{d}x-(x-1)\mathrm{d}y}{(x-1)^2+4y^2}$，其中：

(1) L 为圆周 $x^2+y^2-2y=0$ 的正向；

(2) L 为椭圆 $4x^2+y^2-8x=0$ 的正向.

习题 5　向量场 $\boldsymbol{F}$，曲线 C 和一点 P 如图 20 所示. 试确定曲线积分 $\int_C\boldsymbol{F}\cdot\mathrm{d}\boldsymbol{r}$ 和散度 $\operatorname{div}\boldsymbol{F}(P)$ 的符号.

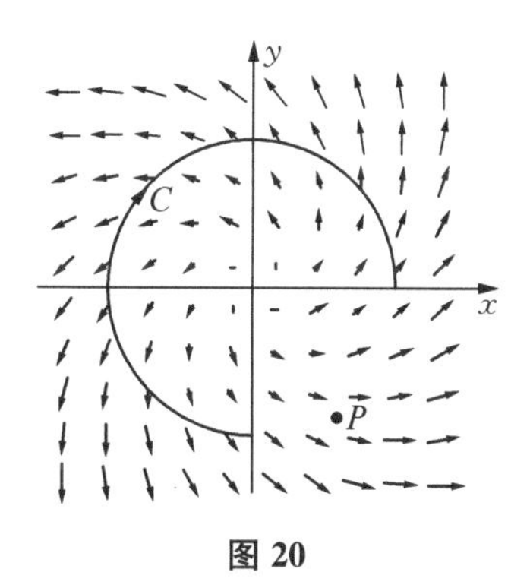

图 20

习题 6　设二元函数 $P(x,y)$，$Q(x,y)$ 及 $u(x,y)$ 在平面区域 D 上具有一阶连续偏导数，C 为 D 的边界曲线. 试证：

$$\iint\limits_D\left(P\frac{\partial u}{\partial x}+Q\frac{\partial u}{\partial y}\right)\mathrm{d}x\mathrm{d}y=\oint_C Pu\mathrm{d}y-Qu\mathrm{d}x-\iint\limits_D u\left(\frac{\partial P}{\partial x}+\frac{\partial Q}{\partial y}\right)\mathrm{d}x\mathrm{d}y,$$

其中 C 取正向.

习题 7　(1) 证明曲线积分的估计式：$\left|\int_{AB}P\mathrm{d}x+Q\mathrm{d}y\right|\leqslant LM$，其中 L 为 AB 的弧长，$M=\max\limits_{(x,y)\in AB}\sqrt{P^2+Q^2}$；

(2) 设 $I_R=\oint\limits_{x^2+y^2=R^2}\dfrac{y\mathrm{d}x-x\mathrm{d}y}{(x^2+xy+y^2)^2}$，证明 $\lim\limits_{R\to+\infty}I_R=0$.

习题 8　确定常数 λ，使在右半平面 $x>0$ 上的向量 $\boldsymbol{A}(x,y)=2xy(x^4+y^2)^{\lambda}\boldsymbol{i}-x^2(x^4+y^2)^{\lambda}\boldsymbol{j}$ 为某二元函数 $u(x,y)$ 的梯度，并求 $u(x,y)$.

习题 9.　设 Σ 是由曲线 $\begin{cases}z=y^2\\ x=0\end{cases}$ $(0\leqslant z\leqslant 2)$ 绕 z 轴旋转一周而成的曲面，求向量 $\boldsymbol{A}=4(1-y^2)\boldsymbol{j}+(8y+1)\boldsymbol{k}$ 流向 Σ 下侧的通量.

习题 10　求力 $\boldsymbol{F}=(2y+z)\boldsymbol{i}+(x-z)\boldsymbol{j}+(y-x)\boldsymbol{k}$ 沿着有向闭曲线 L 所做的功，其中 L 为平面 $x+y+z=1$ 与三个坐标平面的交线，且从 z 轴向下看取逆时针向.

一题一型复习卷(复习卷 11.2)

1. (判断) 设 C_1，C_2 是围住原点的两条同向的封闭曲线，若已知 $\oint_{C_1}\dfrac{2x\mathrm{d}x+y\mathrm{d}y}{x^2+y^2}=k$ (常数)，则 $\oint_{C_2}\dfrac{2x\mathrm{d}x+y\mathrm{d}y}{x^2+y^2}$ 不一定等于 k，而与 C_2 形状有关. (　　)

2. (单选)设 Σ 是半锥面 $x^2+y^2=z^2$ 的介于 $z=1$, $z=0$ 之间的那部分锥面块,则 $\iint\limits_{\Sigma}\sqrt{2+z^2-(x^2+y^2)}\,\mathrm{d}S=$( ).

A. 2π　　B. $\sqrt{2}\pi$　　C. $2\sqrt{2}\pi$　　D. 2

3. (多选)下列哪些 $P(x, y)\mathrm{d}x+Q(x, y)\mathrm{d}y$ 形式在整个 xOy 面内是某一函数 $u(x, y)$ 的全微分( ).

A. $(x+2y)\mathrm{d}x+(2x+y)\mathrm{d}y$　　B. $2xy\mathrm{d}x+x^2\mathrm{d}y$

C. $x^2y\mathrm{d}x+xy^2\mathrm{d}y$　　D. $4\sin x\sin 3y\cos x\mathrm{d}x-3\cos 3y\cos 2x\mathrm{d}y$

4. (填空)设 L 是从 $A(1, 0)$ 到 $B(-1, 2)$ 的线段,则曲线积分 $\int_L(x+y)\mathrm{d}s=$ ________.

5. (改错)**原题:**设 Σ:$x^2+y^2+z^2=R^2$ 朝外,求 $I=\iint\limits_{\Sigma}x^3\mathrm{d}y\mathrm{d}z+y^3\mathrm{d}z\mathrm{d}x+z^3\mathrm{d}x\mathrm{d}y$ 的值. **解法如下:**

设 Σ 所围几何体为 Ω,利用高斯公式.

① $I=3\iiint\limits_{\Omega}(x^2+y^2+z^2)\mathrm{d}x\mathrm{d}y\mathrm{d}z$　② $=3\iiint\limits_{\Omega}R^2\mathrm{d}x\mathrm{d}y\mathrm{d}z$ (将 Σ 的等式代入)

③ $=3R^2\iiint\limits_{\Omega}\mathrm{d}x\mathrm{d}y\mathrm{d}z$　④ $=3R^2\cdot\dfrac{4\pi}{3}R^3=4\pi R^5$.

错点、错因:________________________________.

6. (简答)设 Σ:$\begin{cases}z=0\\x^2+y^2\leqslant 1\end{cases}$ 且向上,试问如何补充函数 P, Q, R 的条件使得

$$\iint\limits_{\Sigma}P(x, y, z)\mathrm{d}y\mathrm{d}z+Q(x, y, z)\mathrm{d}z\mathrm{d}x+R(x, y, z)\mathrm{d}x\mathrm{d}y>0?$$

7. (简算)设 Σ 为柱面 $x^2+y^2=1$ 被平面 $z=0$ 及 $z=3$ 所截得的第一卦限部分的前侧,求 $\iint\limits_{\Sigma}z\mathrm{d}x\mathrm{d}y+x\mathrm{d}y\mathrm{d}z+y\mathrm{d}x\mathrm{d}z$.

8. (综算)计算曲面积分 $I=\oiint\limits_{\Sigma}\dfrac{x\mathrm{d}y\mathrm{d}z+y\mathrm{d}z\mathrm{d}x+z\mathrm{d}x\mathrm{d}y}{(x^2+y^2+z^2)^{\frac{3}{2}}}$,其中 Σ 是曲面 $2x^2+2y^2+z^2=4$ 的外侧.

9. (证明)证明 $\left(\dfrac{y}{x}+\dfrac{2x}{y}\right)\mathrm{d}x+\left(\ln x-\dfrac{x^2}{y^2}\right)\mathrm{d}y$ 是某个二元函数 $u(x, y)$ 在某个平面区域上的全微分,并求 $u(x, y)$ 及 $\int_{(1, 1)}^{(2, 3)}\left(\dfrac{y}{x}+\dfrac{2x}{y}\right)\mathrm{d}x+\left(\ln x-\dfrac{x^2}{y^2}\right)\mathrm{d}y$.

10. (应用)引力场可以表示为 $F(x)=-\dfrac{mMG}{|\boldsymbol{x}|^3}\boldsymbol{x}$,其中 $\boldsymbol{x}=(x, y, z)$,试计算一个质量为 m 的质点从点 $(3, 4, 12)$ 沿着一条光滑曲线 C 移动到点 $(2, 2, 0)$ 时所做的功.

11. (阅读)金属丝的形状为半圆 $x^2+y^2=1$, $y\geqslant 0$,其下部附近比顶部附近粗,任何一

点的线密度与其到直线 $y=1$ 的距离成正比. 如果一根线性密度为 $\rho(x, y)$ 的平面曲线 C 的关于 x 轴和 y 轴的转动惯量定义为：

$$I_x=\int_C y^2\rho(x, y)\mathrm{d}s, \ I_y=\int_C x^2\rho(x, y)\mathrm{d}s,$$

求上面这个半圆的转动惯量.

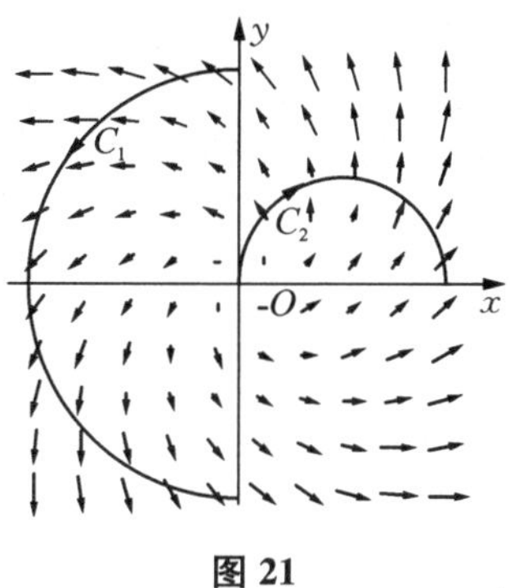

图 21

12. (半开放)向量场 $\boldsymbol{F}=P(x, y)\boldsymbol{i}+Q(x, y)\boldsymbol{j}$ 及曲线 C_1, C_2 如图 21,你认为 F 在 C_1, C_2 上的曲线积分是正值、负值还是零? 试做出解释.

13. (全开放)设 $F(x, y, z)=x^\lambda\boldsymbol{i}+y^\lambda\boldsymbol{j}+z^\lambda\boldsymbol{k}$, Σ 是如图 22 的立方体在角上挖去一个单位立方体所剩部分立体的向外的表面.

(1) 对于 $\lambda=1, 2, \frac{1}{2}$, 试求 $I(\lambda)=\oiint\limits_\Sigma \boldsymbol{F}\cdot\boldsymbol{n}\mathrm{d}S$, 并求 $I(\lambda)(\lambda>0)$ 的一般表达式.

(2) 如果挖去的单位立方体可以在这个大立方体内任意平行移动,所得到几何体向外表面仍记为 Σ, 则对于每个固定的 λ, $I(\lambda)$都有一个取值范围,试讨论当 λ 在区间$(0, +\infty)$变化时, $I(\lambda)$的取值范围的变化规律.

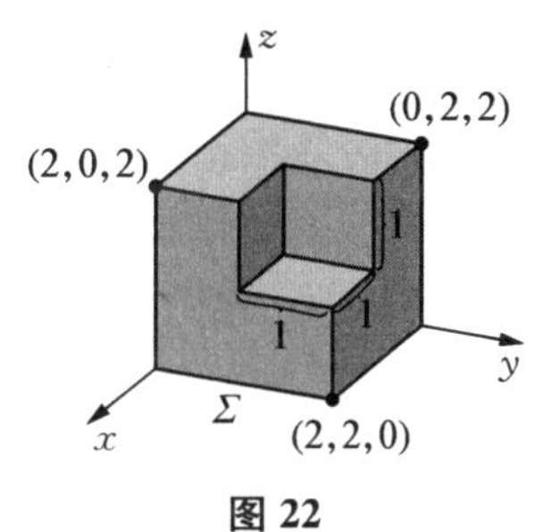

图 22

扫码可见本讲参考答案

第 12 讲

无穷级数:莫弃“边角料”

无穷级数论,是一种特殊的极限理论,介绍无穷个数或函数的求和的可能性和可用性及其思想方法.既有定性分析(敛散性等),也有定量分析(收敛区间等),所用的方法主要是三大分析法:极限、导数和积分.将函数展开为级数时,就可以施行无穷级数的应用了,所以无穷级数论中充满着数学之美和数学智慧.

一、精粹导读:无穷级数中那些重要的“边角料”

无穷级数论的很多知识点是“不做考试要求”的“了解点”,但如果将“了解”解读为“可学可不学”,就大错特错了.因为它们虽然不需要掌握,但不可不了解,否则会成为知识结构中的一个缺陷.我们今天就来展现一些这种“边角料”的精彩之处.

(一) 为什么比值审敛法与根值审敛法中的 ρ 相同

学了正项级数的审敛就会发现,用比值审敛法和根值审敛法同时检验一个正项级数时,如果两个极限都存在,则必相等,这个结论是否具有一般性呢?

现在就来证明:

命题 1　设 $u_n>0$ $(n=1,2,\cdots)$,若 $\lim\limits_{n\to\infty}\dfrac{u_{n+1}}{u_n}=\rho$ 存在(ρ 为常数或无穷大量),必有 $\lim\limits_{n\to\infty}\sqrt[n]{u_n}=\rho$.

证明　为了了解平均数的有关结论,我们通过柯西命题来证明.需要分三步证明.

(1) 设 $\lim\limits_{n\to\infty}a_n=a$ (a 为常数或无穷大量),则:

$$\lim_{n\to\infty}\frac{a_1+a_2+\cdots+a_n}{n}=a.$$

这个命题称为柯西命题,它的证明可用斯铎兹定理(见第 4 讲思考题 3):

事实上,令 $x_n=n$, $y_n=a_1+a_2+\cdots+a_n$,则

$$\lim_{n\to\infty}\frac{a_1+a_2+\cdots+a_n}{n}=\lim_{n\to\infty}\frac{(a_1+\cdots+a_n)-(a_1+\cdots+a_{n-1})}{n-(n-1)}=\lim_{n\to\infty}a_n=a.$$

(2) 设$\{a_n\}$是正项数列, $\lim\limits_{n\to\infty}\dfrac{a_1+a_2+\cdots+a_n}{n}=a$ (a 为常数或无穷大量),则:

$$\lim_{n\to\infty}\sqrt[n]{a_1a_2\cdots a_n}=a.$$

这里只证 a 为非零常数的情形.

事实上,当 $a>0$ 时, $\lim\limits_{n\to\infty}\frac{1}{a_n}=\frac{1}{a}$,从而由(1) $\lim\limits_{n\to\infty}\frac{n}{\frac{1}{a_1}+\frac{1}{a_2}+\cdots+\frac{1}{a_n}}=a$,由平均值不等式:

$$\frac{n}{\frac{1}{a_1}+\frac{1}{a_2}+\cdots+\frac{1}{a_n}}\leqslant\sqrt[n]{a_1\cdot a_2\cdot\cdots\cdot a_n}\leqslant\frac{a_1+a_2+\cdots+a_n}{n},$$

再由夹逼准则, $\lim\limits_{n\to\infty}\sqrt[n]{a_1a_2\cdots a_n}=a$. 请读者补证 $a=0$ 的情形.

(3) 对 $a_1=u_1,\ \cdots,a_n=\frac{u_n}{u_{n-1}}$ $(n\geqslant 2)$ 使用(2)的结论,就得到

$$\lim_{n\to\infty}\sqrt[n]{a_1a_2\cdots a_n}=\lim_{n\to\infty}\sqrt[n]{u_1\frac{u_2}{u_1}\cdots\frac{u_n}{u_{n-1}}}=\lim_{n\to\infty}\sqrt[n]{u_n}.$$

证毕.

(二) 条件收敛级数与绝对收敛级数的性质

我们在课本上学习了如何判断条件收敛与绝对收敛,这是对概念学习目标的一个基本层次. 为求得知识结构的完整化,现在我们了解一下条件收敛与绝对收敛级数的性质.

1. 条件收敛级数的性质

(1) 条件收敛的一个特征

命题 2　若 $\sum\limits_{n=1}^{\infty}u_n$ 条件收敛, $p_n=\frac{|u_n|+u_n}{2}$, $q_n=\frac{|u_n|-u_n}{2}$,则级数 $\sum\limits_{n=1}^{\infty}p_n$ 与 $\sum\limits_{n=1}^{\infty}q_n$ 都发散.

事实上,若 $\sum\limits_{n=1}^{\infty}p_n$ 和 $\sum\limits_{n=1}^{\infty}q_n$ 都收敛,则 $\sum\limits_{n=1}^{\infty}(p_n+q_n)$ 收敛, $\sum\limits_{n=1}^{\infty}|u_n|$ 收敛,即 $\sum\limits_{n=1}^{\infty}u_n$ 绝对收敛,矛盾;

又若 $\sum\limits_{n=1}^{\infty}p_n$ 收敛而 $\sum\limits_{n=1}^{\infty}q_n$ 发散,或 $\sum\limits_{n=1}^{\infty}p_n$ 发散而 $\sum\limits_{n=1}^{\infty}q_n$ 收敛,则 $\sum\limits_{n=1}^{\infty}(p_n-q_n)$ 发散,即 $\sum\limits_{n=1}^{\infty}u_n$ 发散,也矛盾.

这个结论指出:任何条件收敛的任意项级数,它的“正值项子级数”和“负值项子级数”都是发散的. 利用这个结论,可得下列更深刻的重排定理.

(2) 条件收敛级数的重排定理

命题 3　设 $\sum\limits_{n=1}^{\infty}u_n$ 条件收敛,则它可通过适当重排收敛于任何值.

这是因为,例如,让条件收敛的交错级数

$$p_1 - q_1 + p_2 - q_2 + \cdots \ (p_i, q_i > 0, i = 1, 2, \cdots)$$

重排后成为收敛于实数 B 的级数可以如下构造：先在正项（按原来顺序）取前 n_1 项，使它的和恰好超过 B，$p_1 + p_2 + \cdots + p_{n_1} > B$. 再在负项中（按原来顺序），选取前 m_1 项加在 n_1 项后面，使所成的 $n_1 + m_1$ 个数之和恰好小于 B：$p_1 + p_2 + \cdots + p_{n_1} - q_1 - q_2 - \cdots - q_{m_1} < B$；之后又放一些正项，使

$$p_1 + p_2 + \cdots + p_{n_1} - q_1 - q_2 - \cdots - q_{m_1} + p_{n_1+1} + p_{n_1+2} + \cdots + p_{n_2} > B,$$

然后再在这个和式后面放上一些负项使总和小于 B；再加一些正项……，最终得到一个收敛于 B 的级数

$$p_1 + p_2 + \cdots + p_{n_1} - q_1 - q_2 - \cdots - q_{m_1} + p_{n_1+1} + p_{n_1+2} + \cdots + p_{n_2} - \cdots.$$

这样就得到一个收敛于 B 的级数.

这个命题实质上指出（通俗地讲）：条件收敛的无穷多项之和，是不满足交换律的.

2. 绝对收敛级数的性质

我们知道："绝对收敛必收敛"，这里不加证明地介绍另两个重要性质.

(1) 绝对收敛级数的重排定理

命题 4　设 $\sum_{n=1}^{\infty} u_n$ 绝对收敛，则它的任意一个重排也绝对收敛且其和不变.

这个结论表明，绝对收敛的级数的无限求和是满足"交换律"的. 在这个结论的基础上，可以证明"两个绝对收敛级数的乘积是有意义的"，这就是下面的乘积定理.

(2) 绝对收敛级数的柯西乘积定理

命题 5　设 $\sum_{n=1}^{\infty} u_n$，$\sum_{n=1}^{\infty} v_n$ 分别绝对收敛于 A，B，则对所有乘积 $u_i v_j$ 按任意顺序排列并相加后所得到的级数也绝对收敛，且和为 AB.

此命题表明，绝对收敛级数在相乘时，与乘积项的排序规则无关. $\sum_{n=1}^{\infty} u_n$ 和 $\sum_{n=1}^{\infty} v_n$ 中每一项所有可能的乘积可以列成一个无穷行无穷列的表. 这些乘积可以按各种方法排成不同的级数，最常用的为对角线顺序（如图 1）（称为柯西乘积）.

$$u_1 v_1 + u_1 v_2 + u_2 v_1 + u_1 v_3 + u_2 v_2 + u_3 v_1 + \cdots.$$

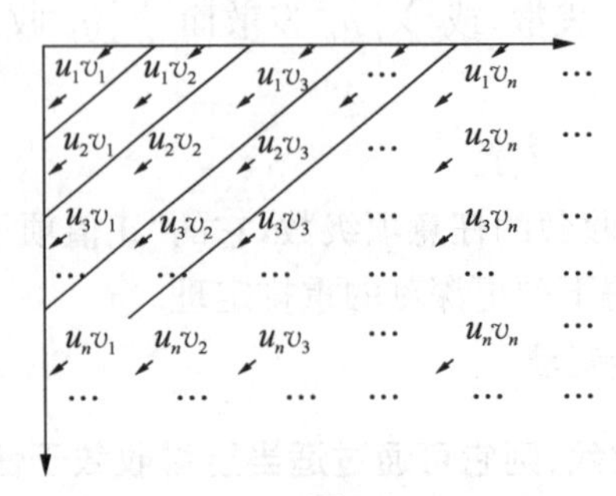

图 1

这个结论也为后面的幂级数相乘的合理性打下了基础.

(三) 为什么幂级数有那些优良的分析性质

为了解这一点,需要从函数列的一致收敛性说起.

1. 函数列的一致收敛性

设 $f_1(x)$, $f_2(x)$, …, $f_n(x)$, …是一列定义在同一区间 I 上的函数,若对任意 $x \in I$,有唯一确定的(按点收敛的)数 $\lim\limits_{n\to\infty} f_n(x)$ 与之对应,这就定义了 I 上的一个(极限)函数 $f(x)$,即 $\lim\limits_{n\to\infty} f_n(x) = f(x)$, $x \in I$. 若函数项序列在区间 I 上按点收敛,即使各项都是连续函数,所得的极限函数可能不是连续的. 现在来提出一种更强的收敛,它能保证连续函数的极限函数是连续的.

定义 1(一致收敛)　**设 $\{f_n(x)\}_{n\in\mathbf{N}^*}$ 与 $f(x)$ 都是定义在区间 I 上的函数,如果对任意 $\varepsilon > 0$,存在自然数 $N = N(\varepsilon)$,使当 $n > N$ 时对一切 $x \in I$,有 $|f_n(x) - f(x)| < \varepsilon$,则称 $\{f_n(x)\}_{n\in\mathbf{N}}$ 在 I 上一致收敛于 $f(x)$. 记作 $f_n(x) \xrightarrow{一致} f(x)$ $(n\to\infty)$, $x \in I$. 用 ε - N 语言描述为:**

当 $\forall \varepsilon > 0$, $\exists N = N(\varepsilon) \in \mathbf{N}$,当 $n > N$ 时,$\forall x \in I$,总有 $|f_n(x) - f(x)| < \varepsilon$.

一致收敛的几何意义是:对任意 $\varepsilon > 0$,存在 $N = N(\varepsilon)$(与 x 无关),使对任意 $n > N$,每条曲线 $y = f_n(x)$ 都整个地落在以曲线 $y = f(x) - \varepsilon$, $y = f(x) + \varepsilon$ 为边缘的带形区域内.[①]

2. 函数项级数的一致收敛性

函数项级数 $\sum\limits_{n=1}^{\infty} u_n(x)$ 的前 n 项和 $s_n(x) = \sum\limits_{k=1}^{n} u_k(x)$, $x \in I$, $n \in \mathbf{N}$ 一致收敛于和函数 $s(x)$,就称 $\sum\limits_{n=1}^{\infty} u_n(x)$ 在 I 上一致收敛于 $s(x)$.

可以证明**魏尔斯脱拉斯判别定理**:如果存在收敛的正项级数 $\sum\limits_{n=1}^{\infty} M_n$,使得 $|u_n(x)| \leqslant M_n$, $n = 1, 2, \cdots$, $\forall x \in I$,则级数 $\sum\limits_{n=0}^{\infty} u_n(x)$ 在 I 上一致收敛. 由此立即得知:级数 $\sum\limits_{n=0}^{\infty} \dfrac{\sin nx}{n^2}$ 在 $(-\infty, +\infty)$ 上一致收敛.

3. 幂级数的三大分析定理

关于幂级数的逐项极限定理和逐项积分定理,只需知道更一般的结论(对一般函数项级数而言).

定理 1(逐项极限定理)　**设 Ⅰ) 级数 $\sum\limits_{n=0}^{\infty} u_n(x)$ 在区间 I 上一致收敛于 $s(x)$; Ⅱ) 对 $\forall n$, $u_n(x)$ 在 I 连续,则和函数 $s(x)$ 在 I 连续. 即 $\lim\limits_{x\to x_0}\lim\limits_{n\to\infty} s_n(x) = \lim\limits_{n\to\infty}\lim\limits_{x\to x_0} s_n(x)$,亦即**

$$\lim_{x\to x_0}\sum_{n=1}^{\infty} u_n(x) = \sum_{n=1}^{\infty}\lim_{x\to x_0} u_n(x).$$

---

① 华东师范大学数学系. 数学分析:下册[M]. 第 4 版. 北京:高等教育出版社,2010.

定理 2(逐项积分定理)　**设Ⅰ) $\sum_{n=0}^{\infty} u_n(x)$ 在区间$[a, b]$上一致收敛于 $s(x)$；Ⅱ) 对 $\forall n$，$u_n(x)$在$[a, b]$连续，则**

$$\int_a^b s(x)\mathrm{d}x = \int_a^b \sum_{n=1}^{\infty} u_n(x)\mathrm{d}x = \sum_{n=1}^{\infty} \left(\int_a^b u_n(x)\mathrm{d}x\right).$$

定理 3(逐项求导定理)　**设Ⅰ) 对任意 $n \in \mathbf{N}^*$，$u_n(x)$在$[a, b]$可导且导数连续；Ⅱ) $\exists x_0 \in [a, b]$，使 $\sum_{n=1}^{\infty} u_n(x_0)$ 收敛于某数 A；Ⅲ) $\sum_{n=1}^{\infty} u'_n(x)$ 在区间$[a, b]$上一致收敛于 $g(x)$，则有**

$$\left(\sum_{n=1}^{\infty} u_n(x)\right)' = \sum_{n=1}^{\infty} u'_n(x).$$

4. 幂级数的基本性质

对于幂级数而言，存在收敛区间上的**内闭一致收敛性**：

定理 4(幂级数的内闭一致收敛性)　**如果幂级数 $\sum_{n=0}^{\infty} a_n x^n$ 的收敛半径为 $R > 0$，则此级数在$(-R, R)$内任一闭区间$[a, b]$上一致收敛.**

由于收敛区间内的任意一点，都可以用一个包含于收敛区间内的闭区间覆盖住，因而，幂级数在收敛区间内总是可以逐项求极限、求积分和求导数的. 这就是幂级数的分析性质.

(四) 函数的幂级数不收敛于函数本身的反例

在幂级数展开理论中，需要特别注意的是，$f(x)$的泰勒级数未必收敛于 $f(x)$. 就是说，$f(x)$在 x_0 点"有泰勒级数"和"有泰勒展开式"是两个不同的概念. 一个经典的反例是[①]：

$$f(x) = \begin{cases} \mathrm{e}^{-\frac{1}{x^2}} & \text{当 } x \neq 0 \\ 0 & \text{当 } x = 0 \end{cases}.$$

这里，$f(x)$在 $x=0$ 点任意阶可导，且 $f^{(n)}(0)=0$，$(n=0, 1, 2, \cdots)$，所以 $f(x)$的麦克劳林级数为 $\sum_{n=0}^{\infty} 0 \cdot x^n$，这个级数在$(-\infty, +\infty)$的和函数 $s(x) \equiv 0$，可见除 $x=0$ 外 $f(x)$的麦克劳林级数不收敛于 $f(x)$.

(五) 欧拉常数及欧拉公式

1. 欧拉常数

与调和级数 $\sum_{n=1}^{\infty} \frac{1}{n}$ 相关的一个重要命题是：

命题 6　设 $a_n = \sum_{k=1}^{n} \frac{1}{k} - \ln n$，则极限 $\lim_{n\to\infty} a_n$ 存在. 这个极限称为欧拉常数，即

① 严亚强. 高等数学：下册[M]. 北京：高等教育出版社，2020.

$$1+\frac{1}{2}+\cdots+\frac{1}{n}=\ln n+C+\varepsilon_n(C=0.577\,2\cdots).$$

从数列极限的角度的证法是:由 $\frac{x}{1+x}<\ln(1+x)<x$ 得 $\frac{1}{n+1}<\ln\left(\frac{n+1}{n}\right)<\frac{1}{n}$. 故

$$a_n=\sum_{k=1}^{n}\frac{1}{k}-\sum_{k=1}^{n-1}\ln\frac{k+1}{k}=\sum_{k=1}^{n-1}\left(\frac{1}{k}-\ln\frac{k+1}{k}\right)+\frac{1}{n}>\frac{1}{n}>0,$$

即$\{a_n\}$有下界. 又因 $k\geqslant 2$ 时,$\frac{1}{k}-\ln\frac{k}{k-1}<0$(因为$\frac{1}{n+1}<\ln\left(\frac{n+1}{n}\right)$ 在$n=k-1$时成立),则

$$a_n=\sum_{k=1}^{n}\frac{1}{k}-\sum_{k=2}^{n}\ln\frac{k}{k-1}=1+\sum_{k=2}^{n}\left(\frac{1}{k}-\ln\frac{k}{k-1}\right)<1+\sum_{k=2}^{n-1}\left(\frac{1}{k}-\ln\frac{k}{k-1}\right)=a_{n-1},$$

即$\{a_n\}$单调递减. 所以$\{a_n\}$收敛,极限 $\lim\limits_{n\to\infty}a_n$ 存在.

从级数的角度的证法,即证明级数 $\sum\limits_{n=1}^{\infty}\left[\frac{1}{n}-\ln\left(1+\frac{1}{n}\right)\right]$ 收敛,方法很多,见复习卷12.1习题2(2),请读者练习.

“欧拉常数是否是无理数”这个问题至今没有解决.

下面的例子代表了欧拉常数的两个应用.

例 1　(1) 计算 $\lim\limits_{n\to\infty}\left(\frac{1}{n+1}+\frac{1}{n+2}+\cdots+\frac{1}{n+n}\right)$;

(2) 判别级数 $1+\frac{1}{2}-\frac{1}{3}+\frac{1}{4}+\frac{1}{5}-\frac{1}{6}+\cdots$ 的敛散性.

解　(1) 此题可以用定积分定义来求. 若用欧拉常数,原式等于

$$=\lim_{n\to\infty}[(\ln 2n+C+\varepsilon_{2n})-(\ln n+C+\varepsilon_n)]=\lim_{n\to\infty}(\ln 2+\varepsilon_n)=\ln 2.$$

(2) 利用欧拉常数. $1+\frac{1}{2}+\cdots+\frac{1}{n}=\ln n+C+\varepsilon_n(C=0.577\,2\cdots)$.

$$\begin{aligned}s_{3n}&=\left(1+\frac{1}{2}+\cdots+\frac{1}{3n}\right)-2\left(\frac{1}{3}+\frac{1}{6}+\cdots+\frac{1}{3n}\right)\\&=(\ln 3n+C+\varepsilon_{3n})-\frac{2}{3}(\ln n+C+\varepsilon_n)=\frac{1}{3}\ln n+\ln 3+\frac{C}{3}+\varepsilon_n\to\infty(n\to\infty).\end{aligned}$$

故此级数是发散的.

2. 作为幂级数应用的欧拉公式

定义复变量函数 e^z 为 $e^z=1+z+\frac{1}{2!}z^2+\cdots+\frac{1}{n!}z^n+\cdots(|z|<+\infty)$. 取 $z=ix$(i代表虚数单位,即 $i=\sqrt{-1}$),则

$$e^{ix}=1+ix+\frac{1}{2!}(ix)^2+\cdots+\frac{1}{n!}(ix)^n+\cdots$$

$$= \left[1-\frac{1}{2!}x^2+\cdots+(-1)^n\frac{x^{2n}}{(2n)!}+\cdots\right]+\mathrm{i}\left[x-\frac{1}{3!}x^3+\cdots+(-1)^{n-1}\frac{x^{2n-1}}{(2n-1)!}+\cdots\right],$$

比较后得到**欧拉公式**：

$$\mathrm{e}^{\mathrm{i}x}=\cos x+\mathrm{i}\sin x,$$

用$-x$代x后又得到$\mathrm{e}^{-\mathrm{i}x}=\cos x-\mathrm{i}\sin x$，因此有欧拉公式的另一形式：

$$\begin{cases}\cos x=\dfrac{\mathrm{e}^{\mathrm{i}x}+\mathrm{e}^{-\mathrm{i}x}}{2}\\ \sin x=\dfrac{\mathrm{e}^{\mathrm{i}x}-\mathrm{e}^{-\mathrm{i}x}}{2\mathrm{i}}\end{cases}.$$

欧拉公式与勾股定理一样，都被誉为十大最美数学公式之一. 它给出三角函数与指数函数相互转化的方法；在欧拉公式中令$x=\pi$，就得到等式

$$\mathrm{e}^{\mathrm{i}\pi}=-1,$$

此式鬼斧神工般地把e，π，i，−1这四个重要的数字简洁地联结在一起，并打破了e的任何数次方都为正数的认知. 也有人直接把这个等式说成欧拉公式.

(六) 傅里叶级数中的正交基

在线性代数中，我们知道有一种向量组叫作标准正交基，它们两两正交，且长度都为1. 三维空间中$\boldsymbol{i}$，$\boldsymbol{j}$，$\boldsymbol{k}$就是一组标准正交基.

基的作用就是把空间里的任何元素(称为向量)都用它们线性表示，用这样的眼光看问题时，如果函数$f(x)$展开成x的幂级数，即$f(x)=\sum\limits_{n=0}^{\infty}a_nx^n$，则$1$，$x$，$x^2$，…就表达了$f(x)$这个向量，它的坐标就是“无穷维”的$(a_0, a_1, a_2, \cdots)$. 但是，幂级数的这种表达还不足以让我们看清这种函数向量的“长度”和“夹角”.

对于周期为2π的函数$f(x)$，如果它有三角表示式

$$f(x)=\frac{a_0}{2}+\sum_{n=1}^{\infty}(a_n\cos nx+b_n\sin nx),$$

就会浮现出表达三角级数的**三角函数系**

$$1, \cos x, \sin x, \cos 2x, \sin 2x, \cdots, \cos nx, \sin nx, \cdots,$$

它与前面的$\boldsymbol{i}$，$\boldsymbol{j}$，$\boldsymbol{k}$及1，x，x^2，…一样，是一组基，而且，它是一组更为美妙的基. 因为经过简单的计算可知有以下结果：

(1) $\int_{-\pi}^{\pi}\sin^2 nx\,\mathrm{d}x=\pi$，$\int_{-\pi}^{\pi}\cos^2 nx\,\mathrm{d}x=\pi\ (n=1, 2, \cdots)$.

(2) $\int_{-\pi}^{\pi}1\cdot\cos nx\,\mathrm{d}x=0$，$\int_{-\pi}^{\pi}1\cdot\sin nx\,\mathrm{d}x=0\ (n=1, 2, \cdots)$；

$\int_{-\pi}^{\pi}\sin mx\sin nx\,\mathrm{d}x=0$，$\int_{-\pi}^{\pi}\cos mx\cos nx\,\mathrm{d}x=0\ (m\neq n)$，

$$\int_{-\pi}^{\pi}\sin mx\cos nx\,\mathrm{d}x=0\ (m,\ n\ \text{任意}).$$

这些等式表现出三角函数系的一些本质特性.因为由施瓦兹不等式

$$\left[\int_{-\pi}^{\pi}f(x)g(x)\mathrm{d}x\right]^2\leqslant\int_{-\pi}^{\pi}f^2(x)\mathrm{d}x\int_{-\pi}^{\pi}g^2(x)\mathrm{d}x.$$

如果把函数看作向量,定义函数向量的数量积为

$$f\cdot g=\frac{1}{\pi}\int_{-\pi}^{\pi}f(x)g(x)\mathrm{d}x,$$

则 $\|f\|=\sqrt{f\cdot f}$ 就为向量的“长度”(称为**模或范数**),那么上面那些积分计算就表明:函数系

$$\frac{1}{\sqrt{2}},\ \cos x,\ \sin x,\ \cos 2x,\ \sin 2x,\ \cdots,\ \cos nx,\ \sin nx,\ \cdots$$

中的向量中每一个的元素的“长度”都是 1,而且它们是相互正交的.这样好的性质是幂级数的基所不具备的,它称为标准正交基,就像三维空间里的坐标向量 $\boldsymbol{i}$, $\boldsymbol{j}$, $\boldsymbol{k}$ 一样.

如果一个函数被写成了三角级数,则称此级数为这个函数的傅里叶展开式,这是函数的一个“无穷维直角坐标系”下的向量表示.

二、阅读启示

(一) 对思想方法的启示

无穷级数是一种特殊的极限,讨论的是无穷多个“非常微小”的量的求和,它是极限思想、导数与微分思想、积分思想和方法相结合的成功的综合运用.

既然是极限,自然只有通过极限定义才能深入分析.对于非数学专业的微积分课程,极限定义的运用通常不做要求,就会出现大量不必掌握但需了解的内容;即使在数学专业的微积分(即数学分析)中,无穷级数理论方面也有很多难以掌握的“鸡肋”.在学习中,不必将“了解”升级为“掌握”,但应该学会去“点破”它们,去发现哪里有值得推敲的疑点.微积分课程的编者一定是有那些来自编撰技巧的考量,但仍要勇于责疑,站在教材的编写者的角度去看清所有内容的取舍和严谨性的把握程度,从那些“边角料”中学习一些新的证明思路和方法,从认知反差中提高发现问题和提出问题的意识.

(二) 对真善美的启示

数学上那些非常具有审美价值的数学思想和方法,往往隐藏在“不做要求”的内容之中,需要自觉挖掘和学习.

1. 克服应试行为,学会欣赏数学

无穷级数论是极限论的推广,是一个富有思想性和实践性的知识体系.我们应该摒弃那些只顾眼前刷考题的功利思想,而是到那些应该了解的知识点中找到使人完善的知识拓展和深化,培养优良的治学精神和审美情趣.科学的发展在某种意义上来源于一颗勇攀险峰的

探索之心,要向"了解"学本领. 通过对无穷级数一些"了解"性的知识点的拓展,我们应感悟"了解性知识"的精彩且不可或缺、学习完整知识的重要性和乐趣.

2. 培养求真精神,学会发现问题

从对审敛法中相同的 ρ、对级数展开和傅里叶级数展开的深入了解,应思索如何在学习中发现问题以及如何解决问题;培养追求真理的精神和探索未知的学习热情. 通过对条件收敛级数和绝对收敛级数性质的简单推导和反例,应学到挖掘事物的内在规律的简单明了的方法,以及科学的学习观和对待知识的严谨态度. 通过了解欧拉常数之用、欧拉公式之美,形成扎实的求学之风,破除不良习性,形成良好的学习品格.

三、问题解决

(一) 问题探究

无穷级数论是一种特殊的极限理论. 作为极限论的特殊化,它自身的概念性是非常强的. 我们应该自觉地设置大量思考题,从"边角料"中汲取营养. 特别是应从一些经典思考题中记取重要的反例.

思考题 1 设 $\sum\limits_{n=1}^{\infty}u_n$ 和 $\sum\limits_{n=1}^{\infty}v_n$ 均为正项级数,且 $\dfrac{u_{n+1}}{u_n}\leqslant\dfrac{v_{n+1}}{v_n}$,为证若 $\sum\limits_{n=1}^{\infty}v_n$ 收敛,则 $\sum\limits_{n=1}^{\infty}u_n$ 收敛. 以下证法是否正确:

由 $\sum\limits_{n=1}^{\infty}v_n$ 收敛,推出 $\lim\limits_{n\to\infty}\dfrac{v_{n+1}}{v_n}<1$,而 $\dfrac{u_{n+1}}{u_n}\leqslant\dfrac{v_{n+1}}{v_n}$,故 $\lim\limits_{n\to\infty}\dfrac{u_{n+1}}{u_n}<1$,从而 $\sum\limits_{n=1}^{\infty}u_n$ 收敛.

对于这个问题,我们应清晰了解比值判断法中 $\lim\limits_{n\to\infty}\dfrac{v_{n+1}}{v_n}<1$ 是 $\sum\limits_{n=1}^{\infty}v_n$ 收敛的充分不必要条件,例如 $\sum\limits_{n=1}^{\infty}\dfrac{2+(-1)^n}{2^n}$ 就是一个反例.

正确的证法是:由 $\dfrac{u_{n+1}}{u_n}\leqslant\dfrac{v_{n+1}}{v_n}$,$\dfrac{u_n}{v_n}\leqslant\dfrac{u_{n-1}}{v_{n-1}}\leqslant\dfrac{u_{n-2}}{v_{n-2}}\leqslant\cdots\leqslant\dfrac{u_1}{v_1}$,从而 $u_n\leqslant\dfrac{u_1}{v_1}\cdot v_n$,由比较审敛法得证.

思考题 2 设正项级数 $\sum\limits_{n=1}^{\infty}u_n$ 收敛. (1) 是否存在 $\rho\in[0,1)$,使得 $\lim\limits_{n\to\infty}\dfrac{u_{n+1}}{u_n}=\rho$? (2) 是否存在 $\varepsilon\in(0,1)$ 和 $0\leqslant c<\infty$,使得 $\lim\limits_{n\to\infty}\dfrac{u_n}{\dfrac{1}{n^{1+\varepsilon}}}=c$? 如果 $\{u_n\}$ 单调递减呢?

问题中(1)的部分,是思考题 1 中错解的本质思考,常用反例是:

① 设 $u_n=\dfrac{1}{n^2}$,则级数 $\sum\limits_{n=1}^{\infty}\dfrac{1}{n^2}$ 收敛,但 $\lim\limits_{n\to\infty}\dfrac{u_{n+1}}{u_n}=1$.

② $u_n=\dfrac{2+(-1)^n}{2^n}$ 时 $\sum\limits_{n=1}^{\infty}u_n$ 收敛,但 $\lim\limits_{n\to\infty}\dfrac{u_{n+1}}{u_n}=1$ 不存在.

(2) 常用反例:

① 级数 $\sum_{n=1}^{\infty} u_n=\frac{1}{1}+\frac{1}{2^2}+\frac{1}{3^2}+\frac{1}{4}+\frac{1}{5^2}+\frac{1}{6^2}+\frac{1}{7^2}+\frac{1}{8^2}+\frac{1}{9}+\cdots$,因为 $\sum_{n=1}^{\infty} u_n<2\sum_{n=1}^{\infty}\frac{1}{n^2}$,故收敛. 但当 n 是完全平方数时,$u_n=\frac{1}{n}$,从而存在子列 $u_k=u_{n^2}$ 使

$$\lim_{k\to\infty}\frac{u_k}{\frac{1}{k^{1+\varepsilon}}}=\lim_{k\to\infty}k^{\varepsilon}=+\infty.$$

② 即使 $\{u_n\}$ 单调递减,也未必存在这个 $\varepsilon>0$,如 $u_n=\frac{1}{n(\ln n)^p}$,$p>1$,则 $\sum_{n=1}^{\infty} u_n$ 收敛,但 $\lim_{n\to\infty}\frac{n^{1+\varepsilon}}{n(\ln n)^p}=+\infty$.

思考题 3　设有两个级数 $\sum_{n=1}^{\infty} u_n\sum_{n=1}^{\infty} v_n$,如果 $\lim_{n\to\infty}\frac{u_n}{v_n}=l\neq 0$,那么它们是否具有相同的敛散性?

回答是:当 $\sum_{n=1}^{\infty} u_n\sum_{n=1}^{\infty} v_n$ 不是正项级数时,不能判定两级数有相同的敛散性,例如级数 $\sum_{n=1}^{\infty}\left[\frac{(-1)^n}{\sqrt{n}}+\frac{1}{n}\right]$ 与 $\sum_{n=1}^{\infty}\frac{(-1)^n}{\sqrt{n}}$,显然 $\lim_{n\to\infty}\frac{\frac{(-1)^n}{\sqrt{n}}+\frac{1}{n}}{\frac{(-1)^n}{\sqrt{n}}}=1$,但 $\sum_{n=1}^{\infty}\left[\frac{(-1)^n}{\sqrt{n}}+\frac{1}{n}\right]$ 发散而 $\sum_{n=1}^{\infty}\frac{(-1)^n}{\sqrt{n}}$ 收敛.

思考题 4　如果 $\lim_{n\to\infty}\left|\frac{a_{n+1}}{a_n}\right|$ 不存在,那么幂级数 $\sum_{n=1}^{\infty} a_n x^n$ 的收敛半径就不存在吗?

未必! 用比值审敛法判别不了的级数往往还可以用根值审敛法或其他方法判别. 以 $\sum_{n=1}^{\infty}\frac{2+(-1)^n}{2^n}x^n$ 为例.

方法 1(根值审敛法)　$\lim_{n\to\infty}\sqrt[n]{\left|\frac{2+(-1)^n}{2^n}\right|}=\frac{1}{2}$,所以 $R=2$.

方法 2(夹逼准则法)　$\frac{1}{2^n}|x|^n\leqslant\frac{2+(-1)^n}{2^n}|x|^n\leqslant\frac{3}{2^n}|x|^n$,而 $\sum_{n=1}^{\infty}\frac{3}{2^n}x^n$ 和 $\sum_{n=1}^{\infty}\frac{1}{2^n}x^n$ 的收敛半径都是 2,故 $R=2$.

方法 3(裂项法)　$\sum_{n=1}^{\infty}\frac{2+(-1)^n}{2^n}x^n=\sum_{n=1}^{\infty}\frac{2}{2^n}x^n+\sum_{n=1}^{\infty}\frac{(-1)^n}{2^n}x^n$,右边两个级数的收敛半径都为 2,且在 $x=2$ 时一个收敛另一个发散,从而 $R=2$.

思考题5 用极限 $\lim\limits_{n\to\infty}\dfrac{|(n+1)a_{n+1}|}{|na_n|}=\rho=\lim\limits_{n\to\infty}\dfrac{|a_{n+1}|}{|a_n|}$ 证明幂级数 $\sum\limits_{n=0}^{\infty}a_nx^n$ 与 $\sum\limits_{n=0}^{\infty}(n+1)a_nx^n$ 的收敛半径相同，对吗？如果不对，如何更正？

对这个问题的误解实际上与思考题 4 是一致的，因为当收敛半径为 $\dfrac{1}{\rho}$ 时，未必能推出 $\lim\limits_{n\to\infty}\dfrac{|a_{n+1}|}{|a_n|}=\rho$，极限还可能是不存在的. 正确的证法是：

设幂级数 $\sum\limits_{n=0}^{\infty}a_nx^n$ 的收敛区间为$(-R, R)$，任取 $x\in(-R, R)(x\neq 0)$，再取 x_0，使得 $|x|<x_0<R$，由于级数 $\sum\limits_{n=0}^{\infty}a_nx_0^n$ 收敛，所以 $a_nx_0^n\to 0\ (n\to\infty)$，于是存在 $M>0$，使得对一切自然数 n 都有 $|a_nx_0^n|<M$，于是 $|na_nx^{n-1}|=\dfrac{n}{|x|}|a_nx_0^n|\left|\dfrac{x}{x_0}\right|^n<\dfrac{M}{|x|}nr^n$ （其中 $r=\left|\dfrac{x}{x_0}\right|<1$），因为 $\sum\limits_{n=0}^{\infty}nr^n$ 收敛，故 $\sum\limits_{n=1}^{\infty}na_nx^{n-1}$ 在 x 处收敛，由 x 在$(-R, R)$上的任意性，这就证明了 $\sum\limits_{n=1}^{\infty}na_nx^{n-1}$ 在区间$(-R, R)$内收敛. 下面证明 $\sum\limits_{n=0}^{\infty}na_nx^{n-1}$ 在一切 $|x|>R$ 的点都发散. 如若不然，$\sum\limits_{n=0}^{\infty}na_nx^{n-1}$ 在点 x_0($|x_0|>R$) 收敛，则有一数 $\bar{x}$，使得 $|x_0|>|\bar{x}|>R$，再由阿贝尔定理，$\sum\limits_{n=0}^{\infty}na_nx^{n-1}$ 在 $x=\bar{x}$ 处绝对收敛. 但是取 $n\geqslant|\bar{x}|$ 时就有 $|na_n\bar{x}^{n-1}|=\left|\dfrac{n}{x}\right||a_n\bar{x}^n|\geqslant|a_n\bar{x}^n|$，这说明原级数 $\sum\limits_{n=0}^{\infty}a_nx^n$ 在 $x=\bar{x}$ 也绝对收敛，这与它的收敛半径为 R 的假设矛盾. 综上，$\sum\limits_{n=0}^{\infty}na_nx^{n-1}$ 的收敛区间为$(-R, R)$.

思考题6 逐项求导(积)后的幂级数的收敛域一定是只能变小(大)吗？

这个问题的回答是肯定的. 虽然逐项积分与逐项求导后级数的收敛半径不变，但考虑端点的收敛性时可以发现，$\sum\limits_{n=0}^{\infty}a_nx^n$ 逐项求导后的幂级数 $\sum\limits_{n=1}^{\infty}na_nx^{n-1}$ 收敛域只会缩小，但逐项积分后的幂级数 $\sum\limits_{n=0}^{\infty}\dfrac{a_n}{n+1}x^{n+1}$ 收敛域只会扩大，读者可以从 $\sum\limits_{n=1}^{\infty}x^{n-1}$，$\sum\limits_{n=1}^{\infty}\dfrac{x^n}{n}$ 与 $\sum\limits_{n=1}^{\infty}\dfrac{x^{n+1}}{n(n+1)}$ 的关系中获得理解，它们依次是求导(求积)关系，而收敛域依次扩大，它们分别是$(-1, 1)$，$[-1, 1)$和$[-1, 1]$. 但这个一般性结论的证明也要仿照思考题 5.

思考题7 是否任何基本初等函数都可以展开为傅里叶级数？

这个问题的回答是否定的. 如 $f(x)=x^2(-\infty<x<+\infty)$ 就不能展开，因为它不是周期函数，无法计算傅里叶系数. 但 $f(x)=x^2(0<x<\pi)$ 是能展开的. 我们总可以将有限区间上定义的满足狄利克雷条件的函数展开为傅里叶级数. 因为只要 $f(x)$是定义在有限区间上，我们总可以经过线性变换化为$(0, \pi)$上的函数，再延拓为以 2π 为周期的周期函数，然后

将作它的傅里叶展开式,最终还原到指定的区间上来.

(二) 习题研究

无穷级数的习题,一类就是概念性研究,即研究收敛性或发散性、收敛域、级数求和函数以及函数展开成级数;另一类是应用,它包括数项级数求和、近似估计、解微分方程等. 按知识点分类大致有下列三类.

1. 判断敛散性,求收敛域

敛散问题是定性研究,有以下几层难度:

➢ 凭经验预估收敛还是发散,再在预估的结论上采取推理策略,例如用放大法或缩小法.

➢ 需要反复归化问题.

➢ 特殊的推理思路很多,需要丰富的想象力. 例如在证明发散时,有时证明一般项不趋于零,有时找一个发散的部分和数列的子列. 特殊方法层出不穷.

例 2　设 α 为常数,$\alpha>1$,判断级数 $\sum\limits_{n=1}^{\infty}\dfrac{n}{1^{\alpha}+2^{\alpha}+\cdots+n^{\alpha}}$ 的敛散性.

解(无穷小比较法)　考察极限

$$\lim_{n\to\infty}\frac{\dfrac{n}{1^{\alpha}+2^{\alpha}+\cdots+n^{\alpha}}}{\dfrac{1}{n^{\alpha}}}=\lim_{n\to\infty}\frac{1}{\left[\left(\dfrac{1}{n}\right)^{\alpha}+\left(\dfrac{2}{n}\right)^{\alpha}+\cdots+\left(\dfrac{n}{n}\right)^{\alpha}\right]\dfrac{1}{n}}=\frac{1}{\int_0^1 x^{\alpha}\,\mathrm{d}x}=\alpha+1,$$

由于 $\sum\limits_{n=1}^{\infty}\dfrac{1}{n^{\alpha}}$ 收敛,故由比较审敛法,原级数收敛.

本题对无穷小量寻求同阶无穷小. 由柯西命题 $\lim\limits_{n\to\infty}a_n=A\Rightarrow\lim\limits_{n\to\infty}\dfrac{a_1+a_2+\cdots+a_n}{n}=A$,故应由 $\lim\limits_{n\to\infty}n^{\alpha}$ 和 $\lim\limits_{n\to\infty}\dfrac{1^{\alpha}+2^{\alpha}+\cdots+n^{\alpha}}{n}$ 的关系想到 $\lim\limits_{n\to\infty}\dfrac{1}{n^{\alpha}}$ 与 $\lim\limits_{n\to\infty}\dfrac{n}{1^{\alpha}+2^{\alpha}+\cdots+n^{\alpha}}$ 的比较. 比较的方式是求 $\dfrac{0}{0}$ 型极限.

例 3　讨论级数 $1-\dfrac{1}{2^p}+\dfrac{1}{\sqrt{3}}-\dfrac{1}{4^p}+\dfrac{1}{\sqrt{5}}-\dfrac{1}{6^p}+\cdots$ 的敛散性(p 为常数).

解(子列法)　当 $p\leqslant 0$ 时,一般项不趋于零,级数发散,故只需考虑 $p>0$ 的情形.

当 $p=\dfrac{1}{2}$ 时,级数成为 $1-\dfrac{1}{\sqrt{2}}+\dfrac{1}{\sqrt{3}}-\dfrac{1}{\sqrt{4}}+\dfrac{1}{\sqrt{5}}-\dfrac{1}{\sqrt{6}}+\cdots$,由莱布尼茨判别法,级数收敛.

当 $p>\dfrac{1}{2}$ 时,考虑加括号后的级数 $\sum\limits_{n=1}^{\infty}\left[\dfrac{1}{\sqrt{2n-1}}-\dfrac{1}{(2n)^p}\right]$,记 $u_n=\dfrac{1}{\sqrt{2n-1}}-\dfrac{1}{(2n)^p}$. 因为 $\lim\limits_{n\to\infty}\dfrac{\dfrac{1}{(2n)^p}}{\dfrac{1}{\sqrt{2n-1}}}=\lim\limits_{n\to\infty}\dfrac{\sqrt{2n-1}}{(2n)^p}=0$,所以 n 充分大时 $u_n>0$,即 $\sum\limits_{n=1}^{\infty}u_n$ 是正项级

数. 而 $\lim\limits_{n\to\infty}\dfrac{u_n}{\dfrac{1}{\sqrt{2n-1}}}=1$，$\sum\limits_{n=1}^{\infty}\dfrac{1}{\sqrt{2n-1}}$ 发散，故由比较审敛法，$\sum\limits_{n=1}^{\infty}u_n$ 发散，从而原级数发散.

当 $0<p<\dfrac{1}{2}$ 时，将原级数写为 $1-\sum\limits_{n=1}^{\infty}\left[\dfrac{1}{(2n)^p}-\dfrac{1}{\sqrt{2n+1}}\right]$，令 $v_n=\dfrac{1}{(2n)^p}-\dfrac{1}{\sqrt{2n+1}}$，易证 $\lim\limits_{n\to\infty}\dfrac{v_n}{\dfrac{1}{(2n)^p}}=1$，而 $\sum\limits_{n=1}^{\infty}\dfrac{1}{(2n)^p}$ 与 $\sum\limits_{n=1}^{\infty}\dfrac{1}{n^p}$ 同为发散级数，故 $\sum\limits_{n=1}^{\infty}v_n$ 发散，这导致原级数发散.

综上，原级数仅在 $p=\dfrac{1}{2}$ 时收敛.

对级数的审敛关键是预判，预估是收敛才能用判断收敛的方法，本题中明显是预估 $p>\dfrac{1}{2}$ 和 $0<p<\dfrac{1}{2}$ 两种情形都是发散的，故用加括号的方法构造部分和数列的发散子列.

例 4 设函数 $f(x)$ 在点 $x=0$ 的某一领域内具有二阶连续导数，且 $\lim\limits_{x\to 0}\dfrac{f(x)}{x}=0$，证明 $\sum\limits_{n=1}^{\infty}f\left(\dfrac{1}{n}\right)$ 绝对收敛.

证法 1(泰勒展开) 由题意，$\lim\limits_{x\to 0}\dfrac{f(x)}{x}=0$ 知 $f(0)=f'(0)=0$，由泰勒公式：

$$f(x)=f(0)+f'(0)x+\frac{f''(\xi)}{2!}x^2,\text{其中 }\xi\text{ 介于 }0\text{ 与 }x\text{ 之间.}$$

因为 $f''(x)$ 在某个闭区间 $[-\delta,\delta]$ 上连续，就必然有界，即存在 $M>0$，使得 $|f''(x)|\leqslant M$，于是上述泰勒公式成为 $|f(x)|\leqslant\dfrac{M}{2}\delta^2$，取 n 充分大使 $\dfrac{1}{n}<\delta$，就有 $\left|f\left(\dfrac{1}{n}\right)\right|\leqslant\dfrac{M}{2n^2}$，故 $\sum\limits_{n=1}^{\infty}f\left(\dfrac{1}{n}\right)$ 绝对收敛.

证法 2(洛必达法则) 由已知，$f(0)=f'(0)=0$. 由洛必达法则和导数定义，

$$\lim_{x\to 0}\frac{f(x)}{x^2}=\lim_{x\to 0}\frac{f'(x)}{2x}=\frac{1}{2}\lim_{x\to 0}\frac{f'(x)-f'(0)}{x}=\frac{1}{2}f''(0),$$

于是 $\lim\limits_{x\to 0}\dfrac{|f(x)|}{x^2}=\dfrac{1}{2}|f''(0)|$，由保号性，存在闭区间 $[-\delta,\delta]$，使 $x\in[-\delta,\delta]$ 时，$|f(x)|<\dfrac{1}{2}[|f''(0)|+1]x^2$，取 n 充分大使 $\dfrac{1}{n}<\delta$，就有 $\left|f\left(\dfrac{1}{n}\right)\right|\leqslant\dfrac{[|f''(0)|+1]}{2n^2}$，从而 $\sum\limits_{n=1}^{\infty}f\left(\dfrac{1}{n}\right)$ 绝对收敛.

证法 3(同阶或高阶无穷小) 由证法 2,$\lim\limits_{x\to 0}\dfrac{f(x)}{x^2}=\dfrac{1}{2}f''(0)$,所以 $\lim\limits_{x\to 0}\dfrac{f\left(\frac{1}{n}\right)}{\frac{1}{n^2}}=\dfrac{1}{2}f''(0)$,而 $\sum\limits_{n=1}^{\infty}\dfrac{1}{n^2}$ 收敛,由比较判别法,$\sum\limits_{n=1}^{\infty}f\left(\dfrac{1}{n}\right)$ 绝对收敛. 证毕.

利用比较判别法及其极限形式,结合泰勒展开或极限的保号性,是证明这类问题的常用方法. 这里特别注意,证法 1 是要二阶导数的连续性的,而证法 2 及证法 3 只需要 $f''(0)$ 存在即可. 一般地,如果“二阶导数的存在性”要求改变一下,我们有:

设函数 $f(x)$在点 $x=0$ 的某一领域内连续可导,且 $\lim\limits_{x\to 0}\dfrac{f(x)}{x}=A>0$,则级数

$\sum\limits_{n=1}^{\infty}f\left(\dfrac{1}{n}\right)$ 发散,$\sum\limits_{n=1}^{\infty}\left|f\left(\dfrac{1}{n}\right)\right|$ 发散,

而 $\sum\limits_{n=1}^{\infty}(-1)^n f\left(\dfrac{1}{n}\right)$ 条件收敛.

像这样的习题,似乎又给我们在记忆中增添了“展开式法”或“导数法”这样的负担,但我们自然更在意它们的思维之美,“技高不压身”.

2. 幂级数求和、数项级数求和

例 5 试求幂级数 $\sum\limits_{n=1}^{\infty}\dfrac{(-1)^n}{n+1}\left(1+\dfrac{1}{2}+\cdots+\dfrac{1}{n}\right)x^{n+1}$ 在区间$(-1,1)$上的和函数.

解 由于当 $x\in(-1,1)$ 时,有 $\ln(1+x)=\sum\limits_{n=1}^{\infty}(-1)^{n-1}\dfrac{x^n}{n}$,所以,当 $x\in(-1,1)$ 时,有

$$\begin{aligned}\ln^2(1+x)&=\int_0^x[\ln^2(1+x)]'\mathrm{d}x=2\int_0^x\frac{1}{1+x}\ln(1+x)\mathrm{d}x\\&=2\int_0^x\left[\sum_{n=0}^{\infty}(-1)^n x^n\cdot\sum_{n=1}^{\infty}(-1)^{n-1}\frac{x^n}{n}\right]\mathrm{d}x\\&=2\int_0^x\sum_{n=1}^{\infty}(-1)^{n-1}\left(1+\frac{1}{2}+\cdots+\frac{1}{n}\right)x^n\mathrm{d}x\\&=2\sum_{n=1}^{\infty}\frac{(-1)^{n-1}}{n+1}\left(\sum_{k=1}^{n}\frac{1}{k}\right)x^{n+1},\end{aligned}$$

故 $\sum\limits_{n=1}^{\infty}\dfrac{(-1)^n}{n+1}\left(1+\dfrac{1}{2}+\cdots+\dfrac{1}{n}\right)x^{n+1}=\dfrac{1}{2}\ln^2(1+x)$.

仔细想想,从 $\sum\limits_{n=1}^{\infty}\dfrac{(-1)^n}{n+1}\left(1+\dfrac{1}{2}+\cdots+\dfrac{1}{n}\right)x^{n+1}$ 与 $\ln(1+x)=\sum\limits_{n=1}^{\infty}(-1)^{n-1}\dfrac{x^n}{n}$ 的对比中即可发现(猜测)本题应是怎样的幂级数乘积.

例 6 求幂级数 $\sum\limits_{n=1}^{\infty}\dfrac{(-1)^n n x^{2n}}{(2n+1)!}$ 的和函数.

解 易知其收敛域为 **R**. 由所给级数的形式，想到先考虑级数 $\sum_{n=1}^{\infty}\frac{(-1)^n 2nx^{2n+1}}{(2n+1)!}$，记其和函数为 $A(x)$. 因为

$$A'(x)=\sum_{n=1}^{\infty}\frac{(-1)^n 2nx^{2n+1}}{(2n)!}=\sum_{n=1}^{\infty}\frac{(-1)^n x^{2n}}{(2n-1)!}=-x\sin x,$$

且 $A(0)=0$, 所以

$$A(x)=A(0)+\int_0^x -t\sin t\,\mathrm{d}t=x\cos x-\sin x.$$

而 $A(x)=2xS(x)$, 所以

$$S(x)=\begin{cases}\frac{1}{2x}(x\cos x-\sin x) & 当\ x\in \mathbf{R}\backslash\{0\}\\ 0 & 当\ x=0\end{cases}.$$

在确定特殊点取值 $S(0)=0$ 时,应将原级数上观察的值与极限 $\lim\limits_{x\to 0}S(x)$ 对比一下是否相等,如果不等,那么 $S(x)$ 一定是写错了. 阿贝尔定理告诉我们,幂级数的和函数在收敛区域上一定连续.

3. 函数的级数展开,展开式的应用

例 7 将函数 $f(x)=\frac{x^2}{(1+x^2)^2}$ 展开为 x 的幂级数.

解法 1(辅助公式代入法) 由于 $\frac{1}{(1-t)^2}=\left(\frac{1}{1-t}\right)'=\left(\sum_{n=0}^{\infty}t^n\right)'=\sum_{n=1}^{\infty}nt^{n-1}=\sum_{n=0}^{\infty}(n+1)t^n$, 令 $t=-x^2$, 就有

$$\frac{1}{(1+x^2)^2}=\sum_{n=0}^{\infty}(n+1)(-x^2)^n=\sum_{n=0}^{\infty}(n+1)(-1)^n x^{2n},\ |x|<1.$$

所以 $f(x)=\frac{x^2}{(1+x^2)^2}=\sum_{n=0}^{\infty}(n+1)(-1)^n x^{2n+2}=\sum_{n=1}^{\infty}n(-1)^{n-1}x^{2n}$.

解法 2(凑导数法) 因为

$$\frac{x}{(1+x^2)^2}=-\frac{1}{2}\left(\frac{1}{1+x^2}\right)'=-\frac{1}{2}\left[\sum_{n=0}^{\infty}(-1)^n x^{2n}\right]'=\sum_{n=1}^{\infty}n(-1)^{n-1}x^{2n-1},$$

故 $f(x)=\frac{x^2}{(1+x^2)^2}=\sum_{n=1}^{\infty}n(-1)^{n-1}x^{2n}$.

解法 3(幂级数相乘法) 因为 $\frac{1}{(1+x^2)}=\sum_{n=0}^{\infty}(-1)^n x^{2n}$, 所以

$$f(x)=x^2\cdot\frac{1}{1+x^2}\cdot\frac{1}{1+x^2}=x^2\left[\sum_{n=0}^{\infty}(-1)^n x^{2n}\right]\left[\sum_{n=0}^{\infty}(-1)^n x^{2n}\right]=\sum_{n=1}^{\infty}n(-1)^{n-1}x^{2n}.$$

要熟悉基本初等函数 $\frac{1}{1\pm x}$, $(1+x)^\alpha$, e^x, $\sin x$, $\cos x$, $\ln(1+x)$ 等的展开式,要熟

悉凑导数的方法. 会结合幂级数的四则运算与分析性质进行计算.

我们需要扩大“思维的盒子”，把无穷级数的特殊解法正常化，当作培养思维能力的一种方法. 例如，“求数项级数 $\sum_{n=1}^{\infty}\int_{-\pi}^{\pi} e^x\cos nx\,dx$ 的和”这个问题能否通过仔细观察，确认可用函数 $f(x)=e^x$ 在 $(-\pi, \pi)$ 内的傅里叶级数展开式来解呢?

(三) 解题策略

由于无穷级数论涉及广泛的极限论方法，习题也就非常灵活，思想十分深刻. 一般的通识通法不能轻易发挥作用，还需用化归思想进行转化，这里介绍几个主要策略.

1. 化和为差(差项相消法)

当年莱布尼茨发明微积分基本定理时就是用了差项相消法.

例 8　设 $a_1=2$, $a_{n+1}=\dfrac{1}{2}\left(a_n+\dfrac{1}{a_n}\right)$, $n=1, 2, \cdots$, 求证级数 $\sum_{n=1}^{\infty}\left(\dfrac{a_n}{a_{n+1}}-1\right)$ 收敛.

证明　先考虑数列 $\{a_n\}$. 易得 $a_n\geqslant 1$, 从而 $\dfrac{a_{n+1}}{a_n}\leqslant 1$, 即数列 $\{a_n\}$ 单调减少有下界，故 $\{a_n\}$ 收敛，求得 $\lim\limits_{n\to\infty}a_n=1$. 再考虑 $u_n=\dfrac{a_n}{a_{n+1}}-1$. 因为

$$0\leqslant u_n=\frac{a_n-a_{n+1}}{a_{n+1}}\leqslant a_n-a_{n+1}, \text{且} \sum_{n=1}^{\infty}(a_n-a_{n+1}) \text{收敛},$$

故由比较审敛法可得级数 $\sum_{n=1}^{\infty}\left(\dfrac{a_n}{a_{n+1}}-1\right)$ 收敛. 得证.

极限 $\lim\limits_{n\to\infty}a_n$ 收敛当且仅当级数 $\sum_{n=1}^{\infty}(a_n-a_{n+1})$ 收敛，这是一个重要的命题，用差项相消法容易给出证明.

例 9　设 $u_n>0$, 且 $S_n=u_1+u_2+\cdots+u_n$, 证明:

(1) 当 $\alpha>1$ 时，级数 $\sum_{n=1}^{\infty}\dfrac{u_n}{S_n^{\alpha}}$ 收敛;

(2) 当 $\alpha\leqslant 1$, 且 $S_n\to\infty\ (n\to\infty)$ 时，级数 $\sum_{n=1}^{\infty}\dfrac{u_n}{S_n^{\alpha}}$ 发散.

证法 1　(1) 用拉格朗日中值定理. 因 $u_n>0$, 故 $\{S_n\}$ 单调递增. 对函数 $f(x)=x^{1-\alpha}$ 在区间 $[S_{n-1}, S_n]$ 上用拉格朗日中值定理，有

$$S_n^{1-\alpha}-S_{n-1}^{1-\alpha}=(1-\alpha)\xi^{-\alpha}(S_n-S_{n-1})\quad (S_{n-1}<\xi<S_n),$$

即

$$\frac{1}{S_{n-1}^{\alpha-1}}-\frac{1}{S_n^{\alpha-1}}=(\alpha-1)\frac{u_n}{\xi^{\alpha}}>(\alpha-1)\frac{u_n}{S_n^{\alpha}}.$$

而级数 $\sum_{n=2}^{\infty}\left(\dfrac{1}{S_{n-1}^{\alpha-1}}-\dfrac{1}{S_n^{\alpha-1}}\right)=\lim\limits_{n\to\infty}\left(\dfrac{1}{S_1^{\alpha-1}}-\dfrac{1}{S_n^{\alpha-1}}\right)$ 收敛，由比较审敛法知级数 $\sum_{n=1}^{\infty}\dfrac{u_n}{S_n^{\alpha}}$ 收敛.

(2) 当 $\alpha=1$ 时,因为有条件 $S_n\to\infty\ (n\to\infty)$,对任意 n 和充分大的 p,有 $\dfrac{S_n}{S_{n+p}}<\dfrac{1}{2}$,从而

$$\sum_{k=n+1}^{n+p}\frac{u_k}{S_k}\geqslant\frac{1}{S_{n+p}}\sum_{k=n+1}^{n+p}u_k=\frac{S_{n+p}-S_n}{S_{n+p}}=1-\frac{S_n}{S_{n+p}}>1-\frac{1}{2}=\frac{1}{2},$$

这样,可将自然数集依次取成"无数段",$[n_1+1,\ n_2]$,$[n_2+1,\ n_3]$,…,对任意 i,$\displaystyle\sum_{k=n_i+1}^{n_{i+1}}\frac{u_k}{S_k}>\frac{1}{2}$,从而 $\displaystyle\sum_{n=1}^{\infty}\frac{u_n}{S_n}=+\infty$.

当 $\alpha<1$ 时,$\dfrac{u_n}{S_n^\alpha}\geqslant\dfrac{u_n}{S_n}$,故 $\displaystyle\sum_{n=1}^{\infty}\frac{u_n}{S_n^\alpha}$ 是发散的.

证法 2 用积分判别法. 对任意 $x\in[S_{n-1},\ S_n]$,$\dfrac{1}{S_n^\alpha}\leqslant\dfrac{1}{x^\alpha}\leqslant\dfrac{1}{S_{n-1}^\alpha}$.

(1) 当 $\alpha>1$ 时,由 $\dfrac{1}{S_n^\alpha}\leqslant\dfrac{1}{x^\alpha}$,得

$$\frac{u_n}{S_n^\alpha}=\frac{S_n-S_{n-1}}{S_n^\alpha}\leqslant\int_{S_{n-1}}^{S_n}\frac{1}{x^\alpha}\mathrm{d}x\text{,得}\sum_{n=1}^{\infty}\frac{u_n}{S_n^\alpha}\leqslant\int_{u_1}^{+\infty}\frac{1}{x^\alpha}\mathrm{d}x.$$

由于右边的反常积分收敛,所以 $\displaystyle\sum_{n=1}^{\infty}\frac{u_n}{S_n^\alpha}$ 收敛.

(2) 当 $\alpha\leqslant1$ 时,由 $\dfrac{1}{x^\alpha}\leqslant\dfrac{1}{S_{n-1}^\alpha}$ 及 $S_n\to\infty\ (n\to\infty)$,得

$$\frac{u_n}{S_{n-1}^\alpha}=\frac{S_n-S_{n-1}}{S_{n-1}^\alpha}\geqslant\int_{S_{n-1}}^{S_n}\frac{1}{S_{n-1}^\alpha}\mathrm{d}x\geqslant\int_{S_{n-1}}^{S_n}\frac{1}{x^\alpha}\mathrm{d}x\text{,故}\sum_{n=2}^{\infty}\frac{u_n}{S_{n-1}^\alpha}\geqslant\int_{u_1}^{+\infty}\frac{1}{x^\alpha}\mathrm{d}x.$$

上式最右端的积分发散到 $+\infty$,所以级数 $\displaystyle\sum_{n=2}^{\infty}\frac{u_n}{S_{n-1}^\alpha}$ 发散.

若 $\displaystyle\lim_{n\to\infty}\frac{S_{n-1}}{S_n}=1$,则 $\displaystyle\sum_{n=2}^{\infty}\frac{u_n}{S_{n-1}^\alpha}$ 与 $\displaystyle\sum_{n=1}^{\infty}\frac{u_n}{S_n^\alpha}$ 有相同的敛散性,因而 $\displaystyle\sum_{n=1}^{\infty}\frac{u_n}{S_n^\alpha}$ 发散;

若 $\displaystyle\lim_{n\to\infty}\frac{S_{n-1}}{S_n}\neq1$,则 $\displaystyle\lim_{n\to\infty}\frac{u_n}{S_n}=\lim_{n\to\infty}\frac{S_n-S_{n-1}}{S_n}=\lim_{n\to\infty}\left(1-\frac{S_{n-1}}{S_n}\right)\neq0$,故 $\displaystyle\lim_{n\to\infty}\frac{u_n}{S_n^\alpha}\neq0$,从而级数 $\displaystyle\sum_{n=1}^{\infty}\frac{u_n}{S_n^\alpha}$ 也发散.

这是一个经典的命题. 这里的差项在有些地方相互抵消,而在有些地方化作积分值,非常巧妙. 当一个级数的通项中同时出现 u_n 与 $S_n=u_1+u_2+\cdots+u_n$ 时,常利用关系式 $u_n=S_n-S_{n-1}$ 来统一变量,以利于进一步简化.

2. 化常量为变量

这是指用函数来研究问题的方法.

例 10　设 $\{a_n\}$，$\{b_n\}$ 为满足 $e^{a_n}=a_n+e^{b_n}\ (n\geqslant 1)$ 的两个数列，$a_n>0\ (n\geqslant 1)$，且 $\sum_{n=1}^{\infty}a_n$ 收敛,证明：$\sum_{n=1}^{\infty}\frac{b_n}{a_n}$ 也收敛.

证法 1(用泰勒公式)　由于 $\sum_{n=1}^{\infty}a_n$ 收敛,所以 $\lim_{n\to\infty}a_n=0$. 因 $a_n>0\ (n\geqslant 1)$，故

$$b_n=\ln(e^{a_n}-a_n)=\ln\left[1+a_n+\frac{a_n^2}{2}+o(a_n^2)-a_n\right]$$

$$=\ln\left[1+\frac{a_n^2}{2}+o(a_n^2)\right]\sim\frac{a_n^2}{2}+o(a_n^2)\sim\frac{a_n^2}{2}\ (n\to\infty).$$

故 $b_n>0\ (n\geqslant 1)$，且 $\frac{b_n}{a_n}\sim\frac{a_n}{2}$，于是 $\sum_{n=1}^{\infty}\frac{b_n}{a_n}$ 收敛.

证法 2(洛必达法则)　根据比较审敛法,只要证明极限 $\lim_{n\to\infty}\frac{\frac{b_n}{a_n}}{a_n}=\lim_{n\to\infty}\frac{b_n}{a_n^2}$ 存在. 因为 $\lim_{n\to\infty}a_n=0$，所以 $\lim_{n\to\infty}b_n=0$，就有

$$\lim_{n\to\infty}\frac{b_n}{a_n^2}=\lim_{n\to\infty}\frac{\ln(e^{a_n}-a_n)}{a_n^2}=\lim_{x\to 0}\frac{\ln(e^x-x)}{x^2}=\lim_{x\to 0}\frac{e^x-1}{2x(e^x-x)}=\frac{1}{2}.$$

证法 3(建立不等式)　先证不等式 $e^{x^2}\geqslant e^x-x,\ x\geqslant 0$，事实上,令

$$f(x)=e^{x^2}-e^x+x,\ x\geqslant 0,$$

则 $f'(x)=2xe^{x^2}-e^x+1$，$f''(x)=4x^2e^{x^2}+e^x>0$，所以 $f'(x)>f'(0)=0$，进而 $f(x)>f(0)=0$. 这导致 $e^{a_n^2}\geqslant e^{a_n}-a_n=e^{b_n}$，即 $a_n^2\geqslant b_n$，所以 $\frac{b_n}{a_n}\leqslant a_n$，由比较审敛法，$\sum_{n=1}^{\infty}\frac{b_n}{a_n}$ 收敛.

本题的三种解法呈现了微积分中除了积分以外的三大思想:逼近思想、极限思想、构造不等式的思想.建议反复练习此三种思想方法.

3. 化级数为积分问题

无穷积分与无穷级数有密切的联系,最为直接的命题就是“积分审敛法”,但我们更应把这种审敛的思想带到求和问题的研究中去.

例 11　设 k 为常数,试判别级数 $\sum_{n=1}^{\infty}(-1)^n\frac{1}{n^k(\ln n)^2}$ 的敛散性. 何时绝对收敛? 何时条件收敛? 何时发散?

解　记 $a_n=\frac{1}{n^k(\ln n)^2}$.

当 $k>1$ 时，$\lim_{n\to\infty}\frac{a_n}{\frac{1}{n^k}}=\lim_{n\to\infty}\frac{1}{(\ln n)^2}=0$，而级数 $\sum_{n=1}^{\infty}\frac{1}{n^k}$ 收敛,故原级数绝对收敛.

当 $k=1$ 时，$\sum\limits_{n=1}^{\infty}\dfrac{1}{n(\ln n)^2}$ 与反常积分 $\int_2^{\infty}\dfrac{1}{x(\ln x)^2}\mathrm{d}x=\int_{\ln 2}^{\infty}\dfrac{1}{t^2}\mathrm{d}t$ 同敛散，故原级数也绝对收敛.

当 $k<1$ 时，$\lim\limits_{n\to\infty}\dfrac{a_n}{\dfrac{1}{n}}=\lim\limits_{n\to\infty}\dfrac{n^{1-k}}{(\ln n)^2}=+\infty$，而 $\sum\limits_{n=1}^{\infty}\dfrac{1}{n}$ 发散，故原级数非绝对收敛.

其中，当 $0\leqslant k<1$ 时，$a_n=\dfrac{1}{n^k(\ln n)^2}$ 单调递减趋于零，由莱布尼茨判别法，级数条件收敛.

当 $k<0$ 时，$a_n\to\infty\ (n\to\infty)$，故原级数发散.

综上得：$k\geqslant 1$ 时绝对收敛，$0\leqslant k<1$ 时条件收敛，$k<0$ 时发散.

记住积分审敛法：**若 $f(x)>0$ 且 $f(x)$ 在 $[1,+\infty)$ 上单调递减，则级数 $\sum\limits_{n=1}^{\infty}f(n)$ 与反常积分 $\int_1^{\infty}f(x)\mathrm{d}x$ 同敛散.** $n\to\infty$ 时数列 $\dfrac{1}{n(\ln n)^k}$ 应与函数 $\dfrac{1}{t^k}$ 联系起来.

例 12 $\sum\limits_{n=1}^{100}n^{-\frac{1}{2}}$ 的整数部分为________.

解 对求和进行放大处理，得

$$\sum_{n=1}^{100}n^{-\frac{1}{2}}=1+\sum_{n=2}^{100}n^{-\frac{1}{2}}=1+\sum_{n=2}^{100}\int_{n-1}^{n}n^{-\frac{1}{2}}\mathrm{d}x<1+\sum_{n=2}^{100}\int_{n-1}^{n}x^{-\frac{1}{2}}\mathrm{d}x=1+\int_1^{100}x^{-\frac{1}{2}}\mathrm{d}x=19.$$

又对其缩小处理，可得

$$\sum_{n=1}^{100}n^{-\frac{1}{2}}=\sum_{n=1}^{100}\int_n^{n+1}n^{-\frac{1}{2}}\mathrm{d}x>\sum_{n=1}^{100}\int_n^{n+1}x^{-\frac{1}{2}}\mathrm{d}x=\int_1^{101}x^{-\frac{1}{2}}\mathrm{d}x=2(\sqrt{101}-1)\approx 18.1.$$

所以 $\sum\limits_{n=1}^{100}n^{-\frac{1}{2}}$ 的整数部分为 18.

本题首先应看到 $x^{-\frac{1}{2}}$ 是一个凹函数，当 x 很大时，其图形十分平缓，故用积分来分析就比较合适.

练习题

1. 求幂级数 $\sum\limits_{n=1}^{\infty}\left[1-n\ln\left(1+\dfrac{1}{n}\right)\right]x^n$ 的收敛域.

2. $\sum\limits_{n=1}^{\infty}\arctan\dfrac{2}{4n^2+4n+1}=$________.

3. 求 $\sum\limits_{n=1}^{\infty}\dfrac{2n-1}{2^n}x^{2n-2}$ 的和函数，并求 $\sum\limits_{n=1}^{\infty}\dfrac{2n-1}{2^{2n-1}}$ 的和.

4. 求函数 $f(x)=\dfrac{x}{(1+x^2)^2}+\arctan\dfrac{1+x}{1-x}$ 关于 x 的幂级数展开式.

5. 判别级数 $\sum\limits_{n=1}^{\infty}\left(a^{\frac{1}{n}}-\dfrac{b^{\frac{1}{n}}+c^{\frac{1}{n}}}{2}\right)$ 的敛散性，这里 $a,b,c>0$.

一题一法复习卷(复习卷 12.1)

习题 1　证明级数 $1+\frac{1}{2}-\frac{1}{3}+\frac{1}{4}+\frac{1}{5}-\frac{1}{6}+\cdots+\frac{1}{3n-2}+\frac{1}{3n-1}-\frac{1}{3n}+\cdots$ 发散.

习题 2　判别级数的敛散性：

(1) $\sum\limits_{n=1}^{\infty}(\sqrt{n+2}-2\sqrt{n+1}+\sqrt{n})$；　　(2) $\sum\limits_{n=1}^{\infty}\left[\frac{1}{n}-\ln\left(1+\frac{1}{n}\right)\right]$；

(3) $\sum\limits_{n=1}^{\infty}\int_{0}^{\frac{1}{n}}\frac{\sqrt{x}}{1+x^{2}}\mathrm{d}x$；　　(4) $\sum\limits_{n=1}^{\infty}\left(n^{\frac{1}{n^{2}+1}}-1\right)$.

习题 3　计算：

(1) 设 a 为正实数，若级数 $\sum\limits_{n=1}^{\infty}\frac{a^{n}n!}{n^{n}}$ 发散，而 $\sum\limits_{n=2}^{\infty}\frac{\sqrt{n+2}-\sqrt{n-2}}{n^{a}}$ 收敛，求 a 的范围.

(2) 设 a 为正实数，若级数 $\sum\limits_{n=1}^{\infty}\left(\ln\frac{1}{n^{a}}-\ln\sin\frac{1}{n^{a}}\right)$ 与 $\sum\limits_{n=1}^{\infty}\left(1-\sqrt[4]{\frac{n-1}{n+1}}\right)^{a}$ 都收敛，求 a 的范围.

习题 4　若级数 $\sum\limits_{n=1}^{\infty}u_{n}$ 的通项 u_{n} 与前 n 项部分和 s_{n} 有如下关系：$2s_{n}^{2}=2u_{n}s_{n}-u_{n}$，$n=2,3,\cdots$，且 $u_{1}=2$，试证：级数 $\sum\limits_{n=1}^{\infty}u_{n}$ 收敛.

习题 5　讨论级数 $\sum\limits_{n=1}^{\infty}\frac{\sin^{n}x}{n}$ 的敛散性，对收敛情况说明是绝对收敛还是条件收敛.

习题 6　试求幂级数 $\sum\limits_{n=1}^{\infty}\frac{(-1)^{n}n^{3}}{(n+1)!}x^{n}$ 的收敛域与和函数.

习题 7　设 $f(x)=\begin{cases}\dfrac{1-\cos x}{x^{2}} & \text{当 } x\neq 0\\ \dfrac{1}{2} & \text{当 } x=0\end{cases}$，$g(x)=\int_{0}^{x}f(x)\mathrm{d}x$，试求函数 $g(x)$ 的麦克劳林级数.

习题 8　设 $a_{0}=1$，$a_{1}=0$，$a_{2}=-1$，$a_{2(n+1)}=0$，$a_{2n+1}=\frac{2n-3}{2n+1}a_{2n-1}$，$n=1,2,\cdots$，当 $|x|<1$ 时，设 $y=\sum\limits_{n=0}^{\infty}a_{n}x^{n}$，试化简 $(1-x^{2})y''$.

习题 9　如图 2，均匀带电圆盘的半径 R 和表面电荷密度 σ 如图所示. 沿着圆盘的垂直中心轴，在距离 d 的点 P 处的电势 V 是 $V=2\pi k_{e}\sigma(\sqrt{d^{2}+R^{2}}-d)$，其中 k_{e} 是库仑常数. 试证当 d 充分大时 $V\approx\frac{\pi k_{e}\sigma R^{2}(4d^{2}-R^{2})}{4d^{3}}$.

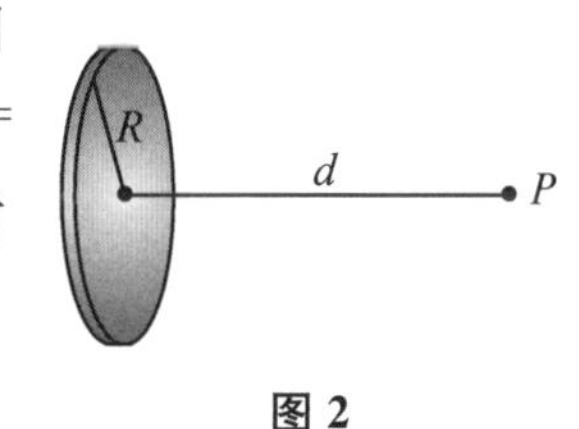

图 2

习题 10 试求数项级数 $\sum_{n=1}^{\infty}\int_{-\pi}^{\pi}x^{10}\cos nx\,dx$ 的和.

一题一型复习卷(复习卷 12.2)

1. (判断) 由于 $\ln\left[1+\frac{(-1)^n}{\sqrt{n}}\right]\sim\frac{(-1)^n}{\sqrt{n}}\ (n\to\infty)$，而 $\sum_{n=1}^{\infty}\frac{(-1)^n}{\sqrt{n}}$ 条件收敛，故级数 $\sum_{n=1}^{\infty}\ln\left[1+\frac{(-1)^n}{\sqrt{n}}\right]$ 也条件收敛.(　　)

2. (单选)幂级数 $1+\frac{1}{2}x-\frac{1}{2\cdot4}x^2+\frac{1\cdot3}{2\cdot4\cdot6}x^3-\frac{1\cdot3\cdot5}{2\cdot4\cdot6\cdot8}x^4+\cdots$ 的和函数最可能是(　　).

A. $\sqrt{1-x}$　　B. $\sqrt{1+x}$　　C. $\sqrt{1+x^2}$　　D. $\sqrt{1-x^2}$

3. (多选) 已知级数 $\sum_{n=1}^{\infty}u_n$ 条件收敛，则下列说法正确的是(　　).

A. 级数 $\sum_{n=1}^{\infty}|u_n|$ 不收敛　　B. $\sum_{n=1}^{\infty}u_n$ 所有正项组成的级数发散

C. $\sum_{n=1}^{\infty}u_n$ 所有负项组成的级数发散　　D. 级数 $\sum_{n=1}^{\infty}u_{2n}$ 条件收敛

4. (填空)设级数 $\sum_{n=1}^{\infty}\alpha_n$ 收敛于和 S，则级数 $\sum_{n=1}^{\infty}(\alpha_n+\alpha_{n+1}-\alpha_{n+2})$ 收敛于________.

5. (改错)**原题:** 若幂级数 $\sum_{n=0}^{\infty}a_nx^n$ 的收敛半径为 $R\ (R>0)$，则逐项求导后的幂级数收敛半径仍为 R. **证法如下:**

由于 $\sum_{n=0}^{\infty}a_nx^n$ 的收敛半径为 $R\ (R>0)$，① 所以 $\lim_{n\to\infty}\sqrt[n]{|a_n|}=\frac{1}{R}$；

② 而逐项求导后的幂级数为 $\sum_{n=1}^{\infty}na_nx^{n-1}$；

③ 所以 $\lim_{n\to\infty}\sqrt[n]{(n+1)a_{n+1}}=\lim_{n\to\infty}\sqrt[n]{n+1}\cdot\sqrt[n]{|a_{n+1}|}=\frac{1}{R}$；

④ 从而可知级数 $\sum_{n=1}^{\infty}na_nx^{n-1}$ 的收敛半径为 R.

错点、错因:________________________________.

6. (简答)设 $\sum_{n=0}^{\infty}a_nx^n$，$\sum_{n=0}^{\infty}b_nx^n$，$\sum_{n=0}^{\infty}(a_n+b_n)x^n$ 的收敛域分别是 I_1，I_2，I_3，试举反例说明，未必有 $I_3=I_1\cap I_2$.

7. (简算)求数项级数 $\sum_{n=0}^{\infty}\frac{(-1)^n}{(2n)!}\left(\frac{\pi}{3}\right)^{2n+1}$ 的和.

8. (综算)已知 $f(x)=x\arctan x-\ln\sqrt{1+x^2}$. 将 $f(x)$ 展开为 x 的幂级数，并求级数 $\sum_{n=1}^{\infty}\frac{(-1)^n}{n(2n-1)\cdot3^n}$ 的和.

9. (证明)已知级数 $\sum_{n=1}^{\infty}(u_n-u_{n+1})$ 收敛,且正项级数 $\sum_{n=1}^{\infty}v_n$ 收敛,证明级数 $\sum_{n=1}^{\infty}u_nv_n$ 收敛.

10. (应用)医生开出每 8 小时服用 100 毫克抗生素片的处方.众所周知,人体在 8 小时内会消除 75% 的药物.

① 服用第二片药后,体内有多少药物?在服第三片药后呢?

② 如果 Q_n 是恰在服用第 n 片药后体内抗生素的数量,找到一个用 Q_n 表示 Q_{n+1} 的方程.

③ 长远来说,体内还残留多少抗生素?

11. (阅读)图 3 显示的球形组合体是由 Eric Haines 创建的计算机生成的分形.这个大球的半径是 1.在这个大球体上,有 9 个半径为 1/3 的球体.每一个小球上又都有 9 个半径为 1/9 的更小的球体.这个过程是无限延续的.试证明分形的表面积是无穷的但体积是有限的(这似乎能说明,把装满这个几何体的油漆倒出来却不能刷遍这个几何体的表面).

图 3

12. (半开放)试写出不是交错级数的条件收敛级数、绝对收敛级数、发散级数各一个.

13. (全开放)试用尽量多的(至少两种)方法求幂级数 $\sum_{n=1}^{\infty}\frac{n+1}{n}x^n$ 的和函数.

扫码可见本讲参考答案

扫码可见本讲微课

第 13 讲
常微分方程:别丢应用题

常微分方程,是函数和方程思想与导数和积分思想的有机结合,它起源于实际问题的应用,而又在微积分的发展中形成独立的体系.解方程技术是我们知识体系的枝叶,而应用问题则是它的根本,我们要从常微分方程的应用题中领会它研究数学问题的方法.

一、精粹导读:常微分方程的历史文化及两类应用

常微分方程的历史文化和应用的方式方法,也是整个微积分的一种"归属".

(一) 常微分方程的发展

1. 常微分方程的初级阶段

就像微积分在17世纪后期与18世纪前期的著作一样,常微分方程最早的工作就这样出现在数学家们的通信中.1676年,莱布尼茨在给牛顿的信中第一次提出"微分方程"这个数学名词.①

用分离变量法求解微分方程的最早努力也是由莱布尼茨做出的.用这种方法,莱布尼茨解决了形如 $y\dfrac{\mathrm{d}x}{\mathrm{d}y}=f(x)g(y)$ 的方程,因为只要把它写成 $\dfrac{\mathrm{d}x}{f(x)}=\dfrac{g(y)\mathrm{d}y}{y}$,就能在两边进行积分,但莱布尼茨并没有建立一般的方法.1691年,莱布尼茨把自己在这方面的工作写信告诉了荷兰科学家惠更斯.同年他又解出了一阶齐次方程 $y'=f\left(\dfrac{y}{x}\right)$:他将 $y=vx$ 代入方程就使变量可以分离.

图1　莱布尼茨

雅各布·伯努利(1654—1705)是用微积分求解微分方程分析解的先驱者之一.他在1690年的一篇文章中提出了一个问题:

固定项链的两端,使其在重力的作用下自然下垂,那么项链所形成的曲线是什么?

这个问题早在15世纪达·芬奇(1452—1519)就考虑过,因为他要画"抱银鼠的女人"时,就需要考虑她颈上的项链应是什么形状.伽利略猜想这条曲

图2　雅各布·伯努利,约翰·伯努利

① 史蒂夫·斯托加茨著.微积分的力量[M].任烨译.北京:中信出版社,2021.

线是抛物线. 而惠更斯证实这是不对的.

雅各布觉得，应用奇妙的微积分新方法也许可以解决这一问题. 但遗憾的是，面对这个苦恼的难题，他没有丝毫进展. 一年后，雅各布的努力还是没有结果，而他的弟弟约翰·伯努利只用一个晚上就解决了这个问题.

在 1691 年 6 月的《学报》中，莱布尼茨、惠更斯和约翰·伯努利都发表了各自的解答. 结果就是我们今天见到的悬链线（见图 4）表达式：

图 3　达·芬奇和他的“抱银鼠的女人”

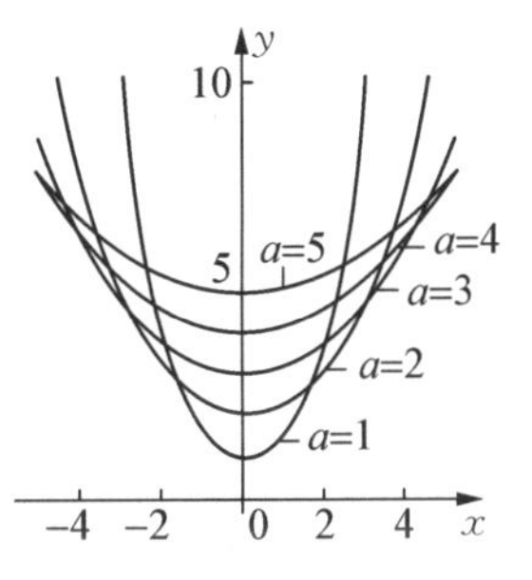

图 4　悬链线

$$y=a\operatorname{ch}\frac{x}{a}=a\cdot\frac{e^{\frac{x}{a}}+e^{-\frac{x}{a}}}{2}.$$

1693 年，莱布尼茨还给出了线性方程

$$\frac{dy}{dx}=p(x)y+q(x)$$

的通解表达式：

$$y(x)=e^{\int p(x)dx}\left[\int q(x)e^{-\int p(x)dx}dx+C\right],\ C\text{ 是任意常数.}$$

微分方程的解有时也叫该方程的积分，因为求微分方程解的问题在某种意义上正是普通积分问题的一种推广. 1694 年，约翰·伯努利在《教师学报》上对分离变量法与齐次方程的求解做了更加完整的说明.

我们在教材中见到的伯努利方程，最初是雅各布·伯努利于 1695 年提出的. 1696 年莱布尼茨证明：利用变量替换 $z=y^{1-n}$，可以将方程化为线性方程.

2. 常微分方程体系的形成

在 18 世纪，由于声学和音乐中提出的问题，使得不少数学家致力于常微分方程和偏微分方程等新兴学科的研究，泰勒在确定振动弦的形状问题时研究了二阶常微分方程.

图 5　欧拉

1740 年，欧拉用自变量代换 $x=e^t$ 把欧拉方程线性化而求得

$$a_0x^n\frac{d^ny}{dx^n}+a_1x^{n-1}\frac{d^{n-1}y}{dx^{n-1}}+\cdots+a_ny=0$$

的通解.

17—18 世纪是常微分方程发展的经典理论阶段,以求通解为主要内容.到 18 世纪末,微分方程已发展成一个极为重要的数学分支,并且成为研究自然科学的有效工具:可以用初等积分法求解的常微分方程的基本类型已经研究清楚;建立了几种系统的近似解法;引入了一系列基本概念,如微分方程的通解、特解、奇解、积分因子、全微分、通积分等.

3. 常微分方程的定性研究阶段

19 世纪以前,数学家们对微分方程总是力图求出显式的解,即以初等函数表示的封闭形式的解(但这种可能性极小)或是幂级数形式的解.早在 1685 年,莱布尼茨向当时的数学界推出求解方程(黎卡提方程的特例)的通解的挑战性问题,且直言自己研究多年未果.方程

$$\frac{dy}{dx}=x^2+y^2$$

状似朴素简单,但经过 150 年几代数学家们的努力仍不得其解.

19 世纪初,人们开始研究定解问题,即不是把精力放在求方程的通解上,而是直接研究带有某种定解条件的解.首先是法国数学家柯西在 1825 年左右开始了对微分方程论的一个基本问题——初值问题解的存在及唯一性定理的研究.1841 年,法国数学家刘维尔(1809—1882 年)证明意大利数学家黎卡提 1724 年提出的黎卡提方程的解不能通过初等函数的积分来表示,从而让大家明白了不是任何方程的通解都可以用积分的手段求出的.

图 6 柯西,刘维尔

后来这方面的理论有了很大发展,包括解的存在及唯一性、奇解等.它们构成了微分方程的一般基础理论.

(二) 海王星的发现——常微分方程应用的一个案例

海王星的发现可以说是微分方程巨大作用的体现,是人类智慧的结晶.

1781 年发现天王星后,人们注意到它的位置总是和万有引力定律计算出来的不符.于是有人怀疑万有引力定律的正确性,但也有人认为,这可能是受另外一颗尚未发现的行星吸引所致.当时虽有不少人相信后一种假设,但都缺乏去寻找这颗未知行星的办法和勇气.年方 23 岁的英国剑桥大学的学生亚当斯(1819—1892)承担了这项任务.他利用引力定律和对天王星的观测资料建立起微分方程,来求解和推算这颗未知行星的轨道. 1846 年 9 月 23 日晚,柏林天文台助理员卡勒果然在预言的位置上发现了海王星.

图 7 亚当斯和他"算出"的海王星

对于数学,特别是数学的应用,微分方程所具有的重大意义主要在于:很多物理与技术

问题的研究可以化归为这类方程的求解问题. 微分方程正是这些规律的准确的量的（数值的）表示工具.

（三）在微分方程的帮助下对抗艾滋病

艾滋病，获得性免疫缺陷综合征（AIDS），是一种由人类免疫缺乏病毒（简称 HIV）的反转录病毒感染后，因免疫系统受到破坏而形成的一种临床综合症. 从 20 世纪 80 年代起，艾滋病让患者和医生都倍感绝望，因为根本看不到治愈的希望. ①

蛋白酶抑制剂问世后不久，由何大一博士领导的研究团队和数学免疫学家艾伦・佩雷尔森在 1995 年的一项研究中，他们发现，在服用蛋白酶抑制剂后，所有患者血流中的病毒颗粒数量都呈指数下降. 血流中的病毒颗粒每两天就会被免疫系统清除掉一半. 他们**利用微分方程为这种指数式衰减建模**，并从中提取出其惊人的效果. 他们用未知函数 $V(t)$ 表示血液中不断变化的病毒载量，其中 t 表示施用蛋白酶抑制剂后经过的时间. 然后，他们假设在无穷小的时间间隔（$\mathrm{d}t$）内，病毒载量会发生多大的改变（$\mathrm{d}V$）. 他们的数据表明，每天血液中都有恒定比例的病毒被清除，当据此外推无穷小的时间间隔（$\mathrm{d}t$）内的情况时，这个比例也许会保持不变. 由于 $\frac{\mathrm{d}V}{V}$ 是病毒载量的比例变化，所以他们的模型可以表示成下面的方程：

图 8　何大一

$$\frac{\mathrm{d}V}{V}=-c\,\mathrm{d}t,$$

其中，比例常数 c 是清除率，它衡量的是身体清除病毒的速度有多快.

上面的方程是一个典型的微分方程，设 V_0 是初始病毒载量，则不难得出

$$V(t)=V_0\mathrm{e}^{-ct}.$$

这证明了模型中的病毒载量的确呈指数式衰减. 最终，通过用指数式衰减曲线去拟合他们的实验数据，何大一和佩雷尔森估算出之前未知的清除率 c 的值.

而对那些喜欢导数胜过微分的人来说，该模型的方程可以改写为：

$$\frac{\mathrm{d}V}{\mathrm{d}t}=-cV.$$

直观地说，V 缓慢下降的情况就好比你先往水槽里灌满水再向外排水，水槽里剩下的水越少，水的排出速度就越慢，因为将水向下推的压力越来越小. 在这个类比中，病毒数量就像水一样，而免疫系统清除病毒的过程则像水槽向外排水一样.

在为蛋白酶抑制剂的效果建模后，何大一和佩雷尔森对他们的方程进行了修正，以便描述在施用药物前病毒载量的情况. 他们认为方程会变成：

$$\frac{\mathrm{d}V}{\mathrm{d}t}=P-cV.$$

---

① 李晓奇，任嵘嵘. 先驱者的足迹——高等数学的形成[M]. 北京：科学普及出版社，2017.

在这个方程中，P 指在未受抑制的情况下新病毒颗粒的产生速度，它是当时的另一个重要的未知量. 在调定点，病毒浓度不变，所以它的导数必定为 0，即 $\frac{\mathrm{d}V}{\mathrm{d}t}=0$. 于是，稳态病毒载量 V_0 满足：$P=cV_0$. 何大一和佩雷尔森利用上面这个简单的方程，估算出一个极其重要的数字，那就是免疫系统每天清除的病毒颗粒数量为 $c=10$ 亿个，而在此之前人们没有办法测量它. 它表明，在看似平静的 10 年无症状期内，患者体内持续发生着一场大规模的战争. 每一天，免疫系统都会清除 10 亿个病毒颗粒，而被感染的细胞则会释放出 10 亿个新的病毒颗粒. 免疫系统全力以赴地和病毒展开了激烈的较量，战争更像是进入了胶着状态，而不是病毒处于某种潜伏状态.

现在我们很清楚为什么没有一种药物能长期起效，因为病毒的复制和突变都十分迅速. 因此，从关键的感染初期起，免疫系统就需要尽快得到它能获得的一切帮助. 何大一及其同事在临床研究中对 HIV 感染者进行了三联鸡尾酒疗法测试，并取得了相当显著的效果. 在两周内，患者血液中的病毒水平下降为原来的 1%左右；一个月后，则检测不到病毒了！

1996 年，何大一博士被评选为《时代周刊》的年度风云人物.

(四) 微分方程的两类应用

1. 用微分方程建立数学模型

以何大一团队对抗艾滋病的问题为例，他们提出的问题就是服用蛋白酶抑制剂 t 天以后病毒载量 $V(t)$ 是多少，在反复实验后发现载量变化率与时间的变化成正比的模型，用微分方程解出此模型，然后再检验结果，发现还可以用一个病毒产生的初速度 P 进行修正，这就是一个非常好的数学建模的实例.

(1) 用微分方程建模的两类策略

用微分方程建立数学模型主要有两类策略，即微元法和点态法.

从变量在一个微小区间上的变化量入手，利用专业知识，建立变量在区间上的变化量与区间长度之间的关系，再通过求极限并利用导数定义得到微分方程的方法，称为**微元法**，或称**区间法**. 例如，何大一刚开始建的方程

$$\frac{\mathrm{d}V}{V}=-c\,\mathrm{d}t$$

就是微元法，因为方程中 $\mathrm{d}V$ 和 $\mathrm{d}t$ 就是微元素，或即小区间.

从变量的瞬时变化率入手，分析变量的变化率与各已知量之间的相互关系建立微分方程的方法称为**点态法**. 何大一修改了的方程

$$\frac{\mathrm{d}V}{\mathrm{d}t}=-cV \text{ 及 } \frac{\mathrm{d}V}{\mathrm{d}t}=P-cV$$

就是用的点态法，因为这些方程是用瞬时速度来表示数量关系的.

看来，这位医家专家对数学的领会是十分透彻的！

(2) 逻辑斯谛模型简介

这里再举一个常用的微分方程模型的例子.

古典的马尔萨斯模型是指种群在某一状态下的增长速率与这一状态下种群的大小成正比，也就是说，种群越大，增速也就越快. 其标准模型为：

$$\begin{cases}\dfrac{\mathrm{d}x}{\mathrm{d}t}=kx\\ x(t_0)=x_0\end{cases}\Rightarrow x=x_0\mathrm{e}^{k(t-t_0)}.$$

一些数学家和生物学家很早就考虑了反映增长率受“密度制约”的改进模型. 考虑到随着种群的增长并接近最大值 M（称为种群最大容量），比率逐渐减小，增长模型就成为：

$$\begin{cases}\dfrac{\mathrm{d}x}{\mathrm{d}t}=kx(M-x)\\ x(t_0)=x_0\end{cases}$$

$$\Rightarrow x(t)=\frac{x_0M\mathrm{e}^{kM(t-t_0)}}{M-x_0+x_0\mathrm{e}^{kM(t-t_0)}},$$

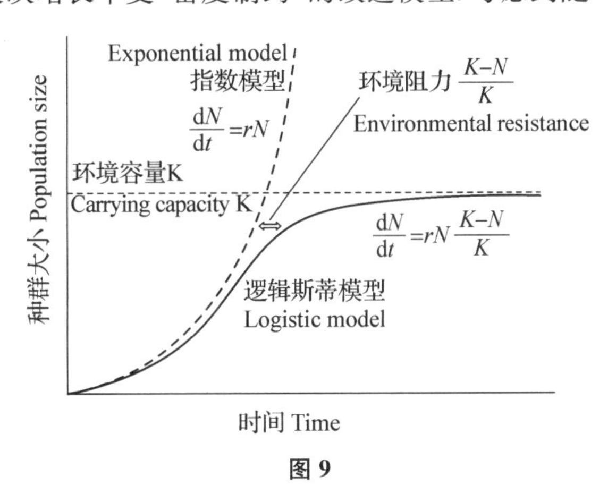

图 9

其中 k 是一个常数，称为生命系数，这个模型体现了环境、资源等因素对种群数量持续增长的阻滞作用，故又称为**密度制约模型**，也称为**逻辑斯谛模型**. 两种模型的比较如图 9. 马尔萨斯模型的函数是一个指数函数，而逻辑斯谛模型是一个有拐点、有水平渐近线的曲线. 两者的区别在于是否考虑了环境的阻力.

将逻辑斯谛模型的函数简记为

$$x(t)=\frac{c}{1+b\mathrm{e}^{-at}}.$$

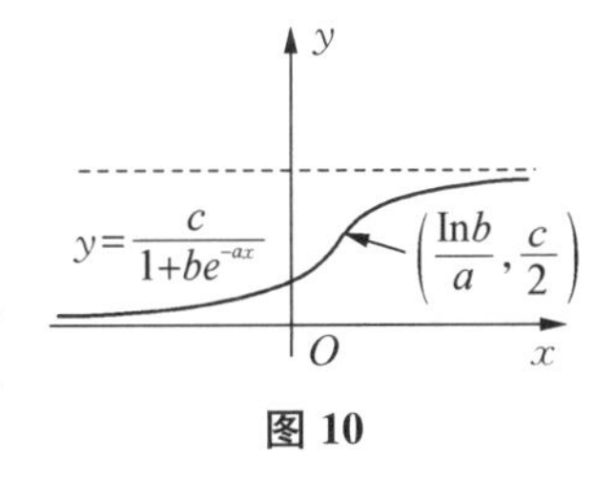

图 10

其曲线(Logistic curve)如图 10，由 1838 年比利时数学家弗赫斯特(Verhulst P F)命名. 该模型被被认为是十分符合具有相当简单生命史的生物体种群模型（见复习卷 7.2.11）.

比如，在有限空间的培养物中生长的酵母菌，函数关系与原始数据之间非常一致.

又比如，一棵小树刚栽下去的时候长的比较慢，渐渐地，小树长高了而且长得越来越快，几年不见，绿荫底下已经可以乘凉了，但长到某一高度后，它的生长速度趋于稳定，然后再慢慢降下来，因而也应考虑逻辑斯谛模型.

再比如，一种产品的推广，开始时由于产品性能良好，每个产品都是一个宣传品，在市场上销量很好，但由于市场容量的限制，销售就会放慢速度，因而也应考虑逻辑斯谛模型.

20 世纪 80 年代，人们开始把逻辑斯谛模型用于心理测量上，成为一种先进的测评方法，称为项目反应理论. 例如，用逻辑斯谛曲线来看某个考试题（能力测验的项目）的质量. 研究发现，当被试成绩服从正态分布时，概率函数就形成一条逻辑斯谛曲线（如图 11），自变量是能力值，应变量是达到这个能力的概率. 于是，曲线拐点处的曲线的切线斜率是函数增长率的最大值，因此，这点的函数值（概率）被称为该项目的区分度；而当概率为 0.5 时对应的能力值，称为该项目的难度.

2. 用微分方程研究数学问题

微分方程的第二方面的应用就是在研究数学问题中，可以说微分方程在各种层次的数学问题中都有它的应用.

(1) 用微分方程求幂级数的和函数

幂级数和函数的求法通常很多，用微分方程求幂级数的和函数是一类优美的解法. 这里举一个例子.

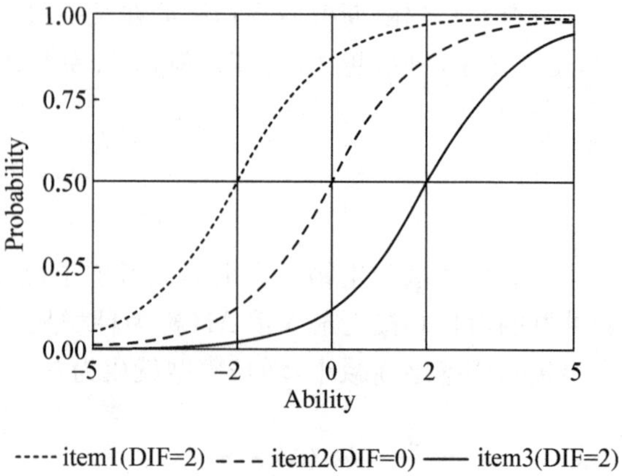

图 11

例 1 求幂级数 $\sum_{n=0}^{\infty}\frac{1}{(2n+1)!}x^{2n+1}$ 的和函数.

解 令 $S(x)=\sum_{n=0}^{\infty}\frac{1}{(2n+1)!}x^{2n+1}$，

得到一阶微分方程

$$S'(x)+S(x)=\mathrm{e}^{x},$$

也可以从

$$S''(x)=\sum_{n=1}^{\infty}\frac{1}{(2n-1)!}x^{2n-1}=S(x)$$

解一个二阶常系数齐次线性方程. 最终得到 $S(x)=\frac{1}{2}\mathrm{e}^{x}-\frac{1}{2}\mathrm{e}^{-x}$.

对收敛域内的和函数逐项求导后发现一个一阶线性的微分方程，或对和函数求二阶导数后解一个二阶常系数齐次线性微分方程. 这是求幂级数的和函数的主要思想.

(2) 用微分方程构造辅助函数

这是一类方法，可以用于解含有中值问题的习题，但不限于此.

例 2 设 $f(x)$在$[0,1]$上连续，在$(0,1)$内二阶可导，且满足 $f(0)=f(1)$，试证至少存在一点 $\xi\in(0,1)$，使得 $f''(\xi)=\frac{2f'(\xi)}{1-\xi}$.

解 由结果 $f''(\xi)=\frac{2f'(\xi)}{1-\xi}$，建立微分方程 $f''(x)=\frac{2f'(x)}{1-x}$，将此方程变形，成为一边仅含一个任意常数的方程

$$(1-x)^2f'(x)=C,$$

这个变形是等价变形，因此，只需构造辅助函数

$$F(x)=(1-x)^2f'(x),$$

就可知，问题转化成了 $F'(x)=0$ 的根，对 $F(x)$使用罗尔定理即可. 证毕.

利用这个思路，在证明拉格朗日中值定理时，也只要令

$$F(x)=f(x)-\frac{f(b)-f(a)}{b-a}x,$$

因为它可以推出，存在一点 $\xi \in (a, b)$，使

$$f'(\xi)=\frac{f(b)-f(a)}{b-a}.$$

又比如，由 $nf(\xi)+f'(\xi)=0$ 可以构造辅助函数 $F(x)=\mathrm{e}^{nx}f(x)$；由 $nf(\xi)+\xi f'(\xi)=0$ 可以构造辅助函数 $F(x)=x^n f(x)$，等等.

3. 用微分方程研究函数特征

函数的性质，有些可以转化为常微分方程，进而得到进一步提示.

例 3　求 $f(x)$，其中可微函数 $f(x)$ 对任何实数 x，y 满足关系：

$$f(x+y)=\frac{f(x)+f(y)}{1-f(x)f(y)}.$$

这是对正切函数（和角公式）性质的反问：**是否具有这个性质的可微函数一定是正切函数呢？**这就是一个比较高级的思考了. 以下看详细过程.

解　由于 $y=0$ 时

$$f(x)=\frac{f(x)+f(0)}{1-f(x)f(0)}, \text{即 } f(0)[1+f^2(x)]=0,$$

所以 $f(0)=0$. 又因为

$$\frac{f(x+y)-f(x)}{y}=\frac{\dfrac{f(x)+f(y)}{1-f(x)f(y)}-f(x)}{y}=\frac{f(y)-f(0)}{y}\cdot\frac{1+f^2(x)}{1-f(x)f(y)},$$

两边令 $y\to 0$ 得

$$f'(x)=f'(0)[1+f^2(x)],$$

分离变量得

$$\frac{\mathrm{d}f(x)}{1+f^2(x)}=f'(0)\mathrm{d}x,$$

积分得

$$\arctan f(x)=f'(0)x+C_1.$$

令 $x=0$ 代入得 $C_1=0$，于是所求函数为 $f(x)=\tan(f'(0)x)$，记 $f'(0)=\omega$，则

$$f(x)=\tan\omega x.$$

我们知道，线性函数满足关系 $f(x+y)=f(x)+f(y)$，指数函数满足关系 $f(x+y)=f(x)\cdot f(y)$，对数函数满足关系 $f(x\cdot y)=f(x)+f(y)$. 不妨也这样逆向地探究一下：它们是不是这些函数的本质？

二、阅读启示

(一) 对思想方法的启示

从历史上看,常微分方程是牛顿提出的微积分基本问题之一,莱布尼茨研究了部分解微分方程的方法并起名"微分方程".因此,微分方程从一开始就是源于实践的需要,微分方程的理论研究促进了包括微积分在内的很多领域的发展,然后反过来推动微分方程在实践中更好地被应用.这个过程虽然漫长,但也是理论与实践反复作用、使认识得到螺旋式上升的过程.

数学上存在一种"为解题而编题的习题",例如,"设函数 $f(x)$ 在区间 $(-\infty, +\infty)$ 上连续,且满足

$$f(t)=2\iint\limits_{x^2+y^2\leqslant t^2}(x^2+y^2)f(\sqrt{x^2+y^2})\mathrm{d}x\mathrm{d}y+t^4,$$

求 $f(x)$".题中的条件必须转化成等式

$$\begin{cases}f'(t)=4\pi t^3f(t)+4t^3\\f(0)=0\end{cases}.$$

这是一种人为制造的、应用微分方程解题的练习题.真正算得上微分方程在数学上应用的问题是那种会启发思想火花的问题.

如果说"数学是一门理性思维的科学,是研究、了解和知晓现实世界的工具",那么微分方程就是显示数学的这种威力和价值的一种体现,现实世界中的许多实际问题都可以抽象为微分方程的问题,例如物体的冷却、人口的增长、琴弦的震动、电磁波的传播、人才的分配、价格的调整等.

(二) 对真善美的启示

常微分方程的历史文化及两类应用,对于了解常微分方程的发展历程、应用背景以及研究方法是十分重要的.介绍常微分方程的以上内容可以达到下列目标.

1. 理论联系实际

通过对常微分方程历史发展的介绍,了解数学是发展的,一门学科的发展往往是通过提出问题和解决问题的方式实现的,问题是数学的心脏,我们应在日常的学习生活中多发现问题,在问题解决的过程中学习数学.通过了解数学在天文学以及医学发展中所起到的重要作用,理解数学来源于生活并为生活服务,感悟用理论联系实际思想指导学习的意义,从而认识到只有将自己的贡献建立在为社会服务的基础上,人生的价值才能得到充分体现.

2. 夯实问题解决的基础

通过介绍微分方程建模的两种策略和用微分方法研究数学问题的方法,感受数学学习是有章可循的.我们既应对数学应用提高认识,又应从技术上进一步学习应用的方法,树立对微积分的情感态度和价值观.我们的科学体系都有一个实践—认识—再实践—再认识的过程,高水平的学习应该是不脱离实际的,但同时也要储备发现和提出问题的能力和大量解决问题的技巧.

三、问题解决

(一) 问题探究

在常微分方程应用的准备中,有两类基本问题需要加强探讨:

问题 1　曲线族方程与微分方程如何转化?

问题 2　如何研究带参变量的微分方程?

为此,一起讨论下列问题:

思考题 1　曲线族 $x^2+y^2=2ax$ 的正交轨线(即与 $x^2+y^2=2ax$ 互成正交的曲线族)是怎样的?

为了回答这个问题,对曲线族方程求导数得 $x+yy'=a$,代回曲线方程消去 a,得曲线族的微分方程 $y^2-x^2=2xyy'$,其正交轨线的微分方程就是 $y^2-x^2=2xy\left(-\frac{1}{y'}\right)$,即 $y'=\frac{2xy}{y^2-x^2}$. 解此齐次方程得到 $Cy=x^2+y^2$.

这是个圆族的方程. 对于一般的正交轨线方程的求法,方法是完全相同的,例如,为求曲线族 $y^2=x^3-Cx$ 的正交轨线族,两边微分后得到 $2yy'=3x^2-C$,代回原方程消去 c 就得微分方程 $2xyy'-y^2=2x^3$. 于是所求正交轨线的微分方程就为 $2xy\left(-\frac{1}{y'}\right)-y^2=2x^3$,即 $(y^2+2x^3)y'+2xy=0$.

思考题 2　对于什么样的 p 和 q,方程 $x''(t)+px'(t)+qx(t)=0$ 的一切解是 t 的周期函数.

这是一个二阶常系数线性微分方程. 当特征方程 r^2+pr+q 有二重根 $r_0=-\frac{p}{2}$ 时,$x(t)=C_1\mathrm{e}^{-\frac{p}{2}t}+C_2t\mathrm{e}^{-\frac{p}{2}t}$ 显然不是周期函数. 当特征方程有二相异根 $r_1\neq r_2$ 时 $x(t)=C_1\mathrm{e}^{r_1t}+C_2\mathrm{e}^{r_2t}$ 也显然不是周期函数. 只有出现虚根 $r=\alpha\pm\beta\mathrm{i}$ 时 $x(t)=\mathrm{e}^{\alpha t}(C_1\cos\beta t+C_2\sin\beta t)$. 设它的周期为 T,则 $x(0)=x(T)=x(-T)$,从中推出 $\alpha=0$,从而 $p=0$, $q>0$.

思考题 3　如何确定函数 $u(x)$,使 $u(x)\frac{\mathrm{d}y}{\mathrm{d}x}+u(x)p(x)y=q(x)u(x)$ 是全微分方程.

这实际上是解线性微分方程的一种方法.

方程变形为:$u(x)[p(x)y-q(x)]\mathrm{d}x+u(x)\mathrm{d}y=0$,由曲线积分与路径无关的条件知,$\frac{\partial}{\partial y}u(x)[p(x)y-q(x)]=u'(x)$ 得 $u(x)p(x)=u'(x)$,解得:$u(x)=\mathrm{e}^{\int p(x)\mathrm{d}x}$.

从而,由全微分方程 $\mathrm{e}^{\int p(x)\mathrm{d}x}\{[p(x)y-q(x)]\mathrm{d}x+\mathrm{d}y\}=0$,即得

$$\mathrm{d}(y\mathrm{e}^{\int p(x)\mathrm{d}x})=q(x)\mathrm{e}^{\int p(x)\mathrm{d}x}\mathrm{d}x,$$

故得 $y=\mathrm{e}^{-\int p(x)\mathrm{d}x}\left[\int q(x)\mathrm{e}^{\int p(x)\mathrm{d}x}\mathrm{d}x+C\right]$，这就是微分方程 $\frac{\mathrm{d}y}{\mathrm{d}x}+p(x)y=q(x)$ 的解.

（二）习题研究

常微分方程的习题大致可以分为两大类：一类是解微分方程，包括三种一阶方程（含可降阶的高阶方程）和高阶常系数线性方程；另一类是微分方程的应用，包括数学领域的应用和其他领域的应用.

1. 解微分方程问题

例 4 满足 $\frac{\mathrm{d}u(t)}{\mathrm{d}t}=u(t)+\int_0^1 u(t)\mathrm{d}t$ 及 $u(0)=1$ 的可微函数 $u(t)=$________.

解 因为 $u(0)=1$，假若 $\int_0^1 u(t)\mathrm{d}t=0$，则导致 $\frac{\mathrm{d}u(t)}{\mathrm{d}t}=u(t)$，即 $u(t)=C\mathrm{e}^t$，且 $C=0$，从而 $u(t)=0$，但这与 $u(0)=1$ 矛盾.

因此 $\int_0^1 u(t)\mathrm{d}t\neq 0$，解此一阶线性方程得

$$u(t)=\mathrm{e}^t\left[\int \mathrm{e}^{-t}\mathrm{d}t\int_0^1 u(t)\mathrm{d}t+C_1\right]=\mathrm{e}^t(-\mathrm{e}^{-t}+C)\int_0^1 u(t)\mathrm{d}t=(C\mathrm{e}^t-1)\int_0^1 u(t)\mathrm{d}t.$$

即

$$u(t)=(C\mathrm{e}^t-1)\int_0^1 u(t)\mathrm{d}t,$$

两边在[0, 1]上积分，得

$$\int_0^1 u(t)\mathrm{d}t=\int_0^1 (C\mathrm{e}^t-1)\mathrm{d}t\int_0^1 u(t)\mathrm{d}t,$$

从而 $1=C(\mathrm{e}-1)-1$，故 $C=\frac{2}{\mathrm{e}-1}$.

在 $u(t)=\left(\frac{2\mathrm{e}^t}{\mathrm{e}-1}-1\right)\int_0^1 u(t)\mathrm{d}t$ 两边令 $t=0$ 得 $1=\left(\frac{2}{\mathrm{e}-1}-1\right)\int_0^1 u(t)\mathrm{d}t$，即 $\int_0^1 u(t)\mathrm{d}t=\frac{\mathrm{e}-1}{3-\mathrm{e}}$，从而 $u(t)=\left(\frac{2\mathrm{e}^t}{\mathrm{e}-1}-1\right)\frac{\mathrm{e}-1}{3-\mathrm{e}}$，即 $u(t)=\frac{2\mathrm{e}^t-\mathrm{e}+1}{3-\mathrm{e}}$.

综上，$u(t)=\frac{2\mathrm{e}^t-\mathrm{e}+1}{3-\mathrm{e}}$.

本题的主要特点是首先明确这是一个一阶线性微分方程，因为 $\int_0^1 u(t)\mathrm{d}t$ 只是一个数. 这个数与通解中的任意常数 C 哪个先求出？这是困难的关键，解决这个问题的办法是两边积分法，因为这样一来就可以把含有变量的等式变成只有常数的等式 $\int_0^1 u(t)\mathrm{d}t=\int_0^1 (C\mathrm{e}^t-1)\mathrm{d}t\int_0^1 u(t)\mathrm{d}t$，从而只需对 $\int_0^1 u(t)\mathrm{d}t=0$ 和 $\int_0^1 u(t)\mathrm{d}t\neq 0$ 进行讨论.

例 5 设 $f(x)$在$[0, +\infty)$上是有界连续函数，证明：方程 $y''+14y'+13y=f(x)$ 的每

一个解在$[0,+\infty)$上都是有界函数.

证明　对应齐次线性方程 $y''+14y'+13y=0$，通解为 $y=C_1e^{-x}+C_2e^{-13x}$.

又由 $y''+14y'+13y=f(x)$ 得 $(y''+y')+13(y'+y)=f(x)$，解得 $y'+y=e^{-13x}\left[\int_0^x f(t)e^{13t}dt+C_3\right]$，同理，$y'+13y=e^{-x}\left[\int_0^x f(t)e^{t}dt+C_4\right]$. 取 $C_3=C_4=0$ 得原方程的一个特解 $y^*=\frac{1}{12}e^{-x}\int_0^x f(t)e^t dt-\frac{1}{12}e^{-13x}\int_0^x f(t)e^{13t}dt$. 因此，原方程的通解为

$$y=C_1e^{-x}+C_2e^{-13x}+\frac{1}{12}e^{-x}\int_0^x f(t)e^t dt-\frac{1}{12}e^{-13x}\int_0^x f(t)e^{13t}dt.$$

设 $|f(x)|\leqslant M$，$\forall x\in[0,+\infty)$，则

$$|y|\leqslant|C_1|+|C_2|+\frac{1}{12}M(1-e^{-x})+\frac{1}{12}e^{-13x}M\cdot\frac{1}{13}(1-e^{-13x})$$

$$\leqslant|C_1|+|C_2|+\frac{M}{12}\cdot\left(1+\frac{1}{13}\right)<|C_1|+|C_2|+\frac{7M}{78}.$$

证毕.

本题也可以直接由

$$y'+y=e^{-13x}\left[\int_0^x f(t)e^{13t}dt+C_3\right],\ y'+13y=e^{-x}\left[\int_0^x f(t)e^{t}dt+C_4\right]$$

相减得到原方程的通解和其中的特解. 这种解法的程序与通常的解微分方程的方法有所不同，读者应该理解其深意：这个 $f(x)$具有抽象性、任意性，而不限于以往教材中的多项式与指数函数的乘积.

2. 微分方程的应用

微分方程在数学邻域的应用的例题已在前面举了数例. 在实际问题中的应用也进行了详细描述，这里举一个作为习题的实例①.

例 6　某矿山要设计一高度为 h，由比重为 μ 的均质材料做成的支柱，顶部荷重为 P，要求支柱的任一水平截面上所受的压强相同，若做成旋转体形状，则是什么样的旋转体?

解　如图 12，设高为 x 处的圆截面半径为 y，确定旋转面形状，即要求出函数 $y=f(x)$.

设支柱顶部半径为 r，即 $r=f(h)$，由题设，任一截面所受压强与顶部压强与相同，考虑位于 x 处和 $x+\Delta x$ 处的两个截面，有：

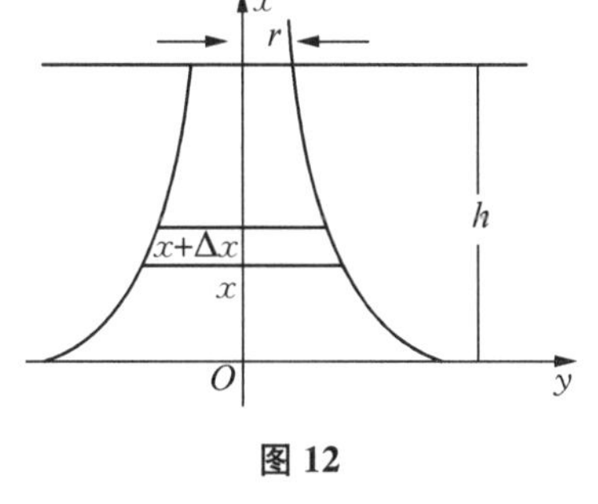

图 12

x 处截面上的压力－$(x+\Delta x)$处截面上的压力＝两截面间立体的重量，

所以

$$\pi f^2(x)\frac{P}{\pi r^2}-\pi f^2(x+\Delta x)\frac{P}{\pi r^2}\approx\pi f^2(x)\Delta x\cdot\mu,$$

① 钱季伟. 大千世界中的微积分[M]. 北京：中国铁道出版社，2002.

即 $\dfrac{P}{r^2}[f^2(x+\Delta x)-f^2(x)]\approx-\pi\mu f^2(x)\Delta x$，即 $\dfrac{P}{r^2}[F(x+\Delta x)-F(x)]\approx-\pi\mu F(x)\Delta x$，其中记 $F(x)=f^2(x)$，所以

$$\mathrm{d}F(x)=\frac{-\pi\mu r^2}{P}F(x)\mathrm{d}x.$$

这是变量可分离方程,可解得 $F(x)=f^2(x)=C\mathrm{e}^{-\frac{\pi\mu r^2}{P}x}$，由 $r=f(h)$ 知

$$f(x)=r\mathrm{e}^{-\frac{\pi\mu r^2}{P}(h-x)}.$$

本题是一个用微元法建立微分方程的习题,拷问的不是解方程,而是如何根据条件确定模型,这里的困难有可能由于对物理知识的不熟悉,更有可能是对微元法缺乏实践演练.

(三) 解题策略

解题中的常规方法在教科书中都有详细介绍,这里的所谓“策略”是指一些常备的意识.

1. 换元变形

例7 求方程 $(2x+y-4)\mathrm{d}x+(x+y-1)\mathrm{d}y=0$ 的通解.

解 解 $\begin{cases}2x+y-4=0\\x+y-1=0\end{cases}$，得 $x_0=3$，$y_0=-2$，做变换 $\begin{cases}x=t+3\\y=u-2\end{cases}$ 代入方程得 $\dfrac{\mathrm{d}u}{\mathrm{d}t}=-\dfrac{2t+u}{t+u}=-\dfrac{2+\frac{u}{t}}{1+\frac{u}{t}}$，令 $v=\dfrac{u}{t}$，得 $\dfrac{\mathrm{d}u}{\mathrm{d}t}=v+t\dfrac{\mathrm{d}v}{\mathrm{d}t}$. 代入上面的方程并分离变量可得

$$\frac{v+1}{v^2+2v+2}\mathrm{d}v=-\frac{\mathrm{d}t}{t},$$

依次解出方程并代回变量后得到

$$v^2+2v+2=\frac{C}{t^2},\text{ 即 } u^2+2ut+2t^2=C,$$

或即

$$2x^2+2xy+y^2-8x-2y=C.$$

事实上,齐次方程、可化为齐次方程的方程、伯努利方程等的解都要运用换元法,我们应对这个方法非常熟悉.

2. 凑导数

例8 设当 $x>-1$ 时,可微函数 $f(x)$满足条件 $f'(x)+f(x)-\dfrac{1}{1+x}\displaystyle\int_0^x f(t)\mathrm{d}t=0$ 且 $f(0)=1$. 试证:当 $x\geqslant 0$ 时,有 $\mathrm{e}^{-x}\leqslant f(x)\leqslant 1$ 成立.

证明　由题设知 $f'(0)=-1$，设 $y=f(x)$，则所给方程可变形为 $(1+x)y''+(2+x)y'=0$，即 $[(1+x)y''+y']+(1+x)y'=0$，或即 $[(1+x)y']'+(1+x)y'=0$，$[\mathrm{e}^x(1+x)y']'=0$，得 $y'=-\dfrac{\mathrm{e}^{-x}}{1+x}$. 由此可知 $f(x)$单调递减，所以 $f(x)\leqslant f(0)=1$. 对 $f(t)=-\dfrac{\mathrm{e}^{-t}}{1+t}$ 在 $[0,x]$ 上积分，得

$$f(x)=f(0)-\int_0^x \frac{\mathrm{e}^{-t}}{1+t}\mathrm{d}t\geqslant 1-\int_0^x \mathrm{e}^{-t}\mathrm{d}t=\mathrm{e}^{-x}.$$

本题可以用可降阶的二阶线性方程做，但通过凑导数使变量在一个整体里，就可以更有效地节省思考的步骤. 读者可以思考下列微分方程可以怎样凑：

① $\sin x\dfrac{\mathrm{d}y}{\mathrm{d}x}+y\cos x=x^2$；　② $2xy\dfrac{\mathrm{d}y}{\mathrm{d}x}+y^2=x^2$；　③ $x\dfrac{\mathrm{d}y}{\mathrm{d}x}-y=x^2$；

④ $\dfrac{\mathrm{d}y}{\mathrm{d}x}-2y=x$；　⑤ $yy''+(y')^2=x^2$；　⑥ $f(t)+3tf'(t)+t^2f''(t)=0$.

答案分别是：

① $(y\sin x)'=x^2$；② $(xy^2)'=x^2$；③ $\left(\dfrac{y}{x}\right)'=1$；④ $(\mathrm{e}^{-2x}y)'=x\mathrm{e}^{-2x}$；⑤ $(yy')'=x^2$；⑥ $[tf(t)]'+[t^2f'(t)]'=0$.

3. 作图助力

图像是数学的三大语言之一，应学会从图中解释运算结果.

例 9　某湖泊中一种数量稀缺的鱼的数量的模型为 $\dfrac{\mathrm{d}P}{\mathrm{d}t}=2P-\dfrac{P^2}{50}$. 如果决定捕鱼被允许，但不知道应该发放多少张捕鱼许可证. 假设已知一年中每张捕鱼证只能捕 3 条鱼.

(1) 为使这种鱼在这个湖里可以持续生存，最多可以发放多少张捕鱼证?

(2) 如果捕鱼证按(1)的数量发放了，试针对这种鱼的初始数量讨论捕鱼后的长远效应.

解　设 n 是捕鱼证的张数，那么微分方程成为 $\dfrac{\mathrm{d}P}{\mathrm{d}t}=2P-\dfrac{P^2}{50}-3n$. 如下计算稳定点(即驻点、平衡点)：令 $\dfrac{\mathrm{d}P}{\mathrm{d}t}=0$，即 $P^2-100P+150n=0$，解得 $P=50\pm\sqrt{2\,500-150n}$.

图 13 为对各种不同的 n，函数 $f_n(P)=2P-\dfrac{P^2}{50}-3n$ 的示意图. 可以看出：

① 当 $2\,500-150n<0$，即 $n>\dfrac{50}{3}$ 时，不存在平衡点，且 $\dfrac{\mathrm{d}P}{\mathrm{d}t}<0$. 换句话说，如果发放的捕鱼证超过$\dfrac{50}{3}$，无论初始值有多少，这种鱼都会在有限时间段里被捉光.

② 当 $2\,500-150n>0$，即 $n<\dfrac{50}{3}$ 时，就有两个平衡点. 换句话说，在捕鱼证发放数小于

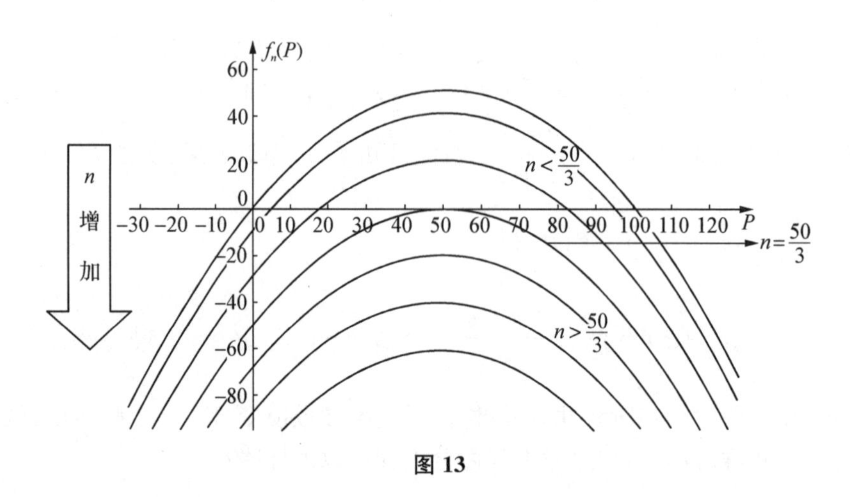

图 13

$\frac{50}{3}$张时，鱼的数量 P 最终会在两个数(一个小于 50，另一个大于 50)的其中之一上取得稳定. 当 n 增加时，这两个稳定值就逼近于一个值 50.

因此，最大可以发放的捕鱼证的张数是 16.

(2) 当捕鱼证按 16 张发放时，鱼群的数量的稳定值为 $P=50\pm\sqrt{2\,500-150\times 16}$，即 40 和 60.

① 如果鱼群里的鱼的初始值 $P(0)>60$，则 $\frac{\mathrm{d}P}{\mathrm{d}t}<0$，因此，鱼的数量 P 为单调递减，直至逼近于稳定点 60；

② 如果 $40<P(0)<60$，则 $\frac{\mathrm{d}P}{\mathrm{d}t}>0$，鱼的数量 P 为单调递增地逼近于稳定点 60；

③ 如果 $0<P(0)<40$，则 $\frac{\mathrm{d}P}{\mathrm{d}t}<0$，鱼的数量 P 单调递减直至趋近于 0；

④ 如果 $P(0)=40$ 或 60，则 $\frac{\mathrm{d}P}{\mathrm{d}t}=0$，鱼的数量 P 为常数，一直为 40 或 60.

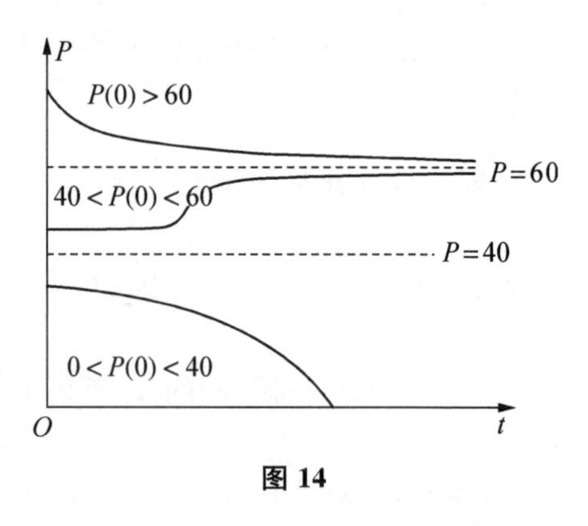

图 14

上述讨论的结果如图 14 所示.

解微分方程 $\frac{\mathrm{d}P}{\mathrm{d}t}=2P-\frac{P^2}{50}-3\times 16$，即 $\frac{\mathrm{d}P}{(P-60)(P-40)}=-\frac{\mathrm{d}t}{50}$，可得 $\frac{P-60}{P-40}=Ce^{-\frac{2}{5}t}$，其中 $C=\frac{P(0)-60}{P(0)-40}$. 从而方程的解可以进一步表示为

$$P=60-\frac{20}{1-Ce^{\frac{2}{5}t}}，其中 C=\frac{P(0)-60}{P(0)-40}.$$

图 14 正好是这个函数的图像. 从中可以对实际问题做更细致的分析.

练习题

1. 微分方程$\begin{cases}(x+1)\dfrac{\mathrm{d}y}{\mathrm{d}x}+1=2\mathrm{e}^{-y}\\ y(0)=0\end{cases}$的解是________.

2. 已知可导函数 $f(x)$满足 $f(x)\cos x+2\int_0^x f(t)\sin t\,\mathrm{d}t=x+1$，则 $f(x)=$________.

3. 已知 $y_1=x\mathrm{e}^x+\mathrm{e}^{2x}$，$y_2=x\mathrm{e}^x+\mathrm{e}^{-x}$，$y_3=x\mathrm{e}^x+\mathrm{e}^{2x}-\mathrm{e}^{-x}$ 是某二阶常系数线性非齐次微分方程的三个解，试求此微分方程.

4. 求在$[0,+\infty)$上的可微函数 $f(x)$，使 $f(x)=\mathrm{e}^{-u(x)}$，其中 $u=\int_0^x f(t)\mathrm{d}t$.

一题一法复习卷(复习卷 13.1)

习题 1　设 $y=\lim\limits_{n\to\infty}\left\{-(1+x)+\left[1+x+\dfrac{x^2}{2!}+\dfrac{x^3}{3!}+\cdots+\dfrac{x^{n+1}}{(n+1)!}\right]\right\}$，试证明 y 是初始值问题$\begin{cases}\dfrac{\mathrm{d}y}{\mathrm{d}x}=x+y\\ y\mid_{x=0}=0\end{cases}$的解.

习题 2　解下列一阶微分方程：

(1) $(x^2\cos x-y)\mathrm{d}x+x\mathrm{d}y=0$；　(2) $y'=\dfrac{y^3}{2(xy^2-x^2)}$；

(3) $(x-2\sin y+3)\mathrm{d}x+(2x-4\sin y-3)\cos y\mathrm{d}y=0$；

(4) $y+\dfrac{2}{y^2}+\left(x+2y-\dfrac{4x}{y^3}\right)y'=0$.

习题 3　解下列二阶微分方程：

(1) $y''+y'^2=y$，$y(0)=\dfrac{1}{2}$，$y'(0)=0$；　　(2) $y''-6y'+9y=\mathrm{e}^{3x}\ln x$.

习题 4　设 R 是已知正常数，a，b 是任意常数，试建立圆 $(x-a)^2+(y-b)^2=R^2$ 所满足的二阶微分方程.

习题 5　设 $y_1(x)$，$y_2(x)$ 是方程 $y'+p(x)y=q(x)$ 的两个互异的解，求证：对于该方程中的任何一个解 $y(x)$，恒等式 $\dfrac{y(x)-y_1(x)}{y_2(x)-y_1(x)}=C$ 永远成立，其中 C 为常数.

习题 6　设可微函数 $f(x)$对任何 x，y 恒有 $f(x+y)=\mathrm{e}^y f(x)+\mathrm{e}^x f(y)$，且 $f'(0)=2$，求 $f(x)$.

习题 7　对曲线族求曲线族 $\dfrac{x^2}{C^2}+\dfrac{y^2}{C^2-1}=1$ 所满足的微分方程，并证明它为自正交曲线，即当用$-\dfrac{1}{y'}$代换 y'后，方程不变.

习题 8　求微分方程 $xy''+2y'=-\dfrac{1}{x^2}$ 的一条积分曲线，使其过点(1，0)，并与直线

$y=x-1$ 相切.

习题 9 设 $u=F(x,y)=f(x)g(y)$ 具有二阶连续导数,满足方程 $\dfrac{\partial^2 u}{\partial x^2}=4\dfrac{\partial^2 u}{\partial y^2}$ 且对任意 y 成立 $g(y)=g(y+2\pi)$, $g(0)=0$, $g'(0)=1$, 求 u.

习题 10 一只狗看见一只兔子沿着一条直线跑过一片空地,就追了上去. 在直角坐标系中(如图 15 所示),假设:

① 在狗第一次看到兔子的瞬间,兔子在原点,狗在 $(L,0)$ 点;

② 兔子沿着 y 轴跑,狗总是径直向兔子跑;

③ 狗和兔子跑得一样快.

(1) 证明狗的路径是图中的函数 $y=f(x)$, 其中 y 满足微分方程

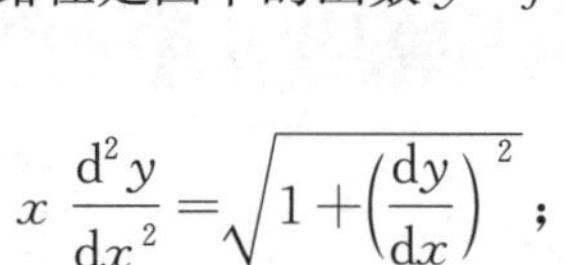

$$x\frac{\mathrm{d}^2 y}{\mathrm{d}x^2}=\sqrt{1+\left(\frac{\mathrm{d}y}{\mathrm{d}x}\right)^2};$$

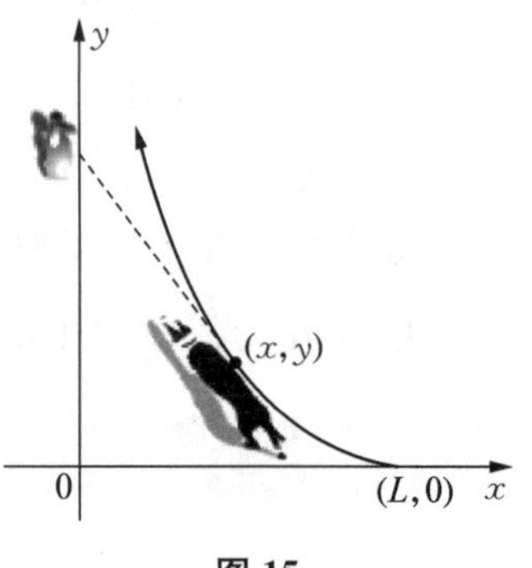

图 15

(2) 确定满足初始条件 $y(L)=y'(L)=0$ 的解,狗抓到兔子了吗?

一题一型复习卷(复习卷 13.2)

1. (判断) 可以将一阶线性微分方程 $y'+p(x)y=q(x)$ 的通解写成下列形式: $y=e^{-\int_a^x p(x)\mathrm{d}x}\left[\int_a^x e^{\int_a^x p(x)\mathrm{d}x} q(x)\mathrm{d}x+C\right]$. ( )

2. (单选)微分方程 $(x^2\cos x-y)\mathrm{d}x+x\mathrm{d}y=0$ 的通解为( ).

A. $\sin x+\dfrac{y}{x}=C$ B. $\cos x+\dfrac{y}{x}=C$ C. $\cos x-\dfrac{y}{x}=C$ D. $\sin x-\dfrac{y}{x}=C$

3. (多选) $F(x)$是 $f(x)$的一个原函数, $G(x)$是 $\dfrac{1}{f(x)}$ 的一个原函数,又 $f(0)=1$ 且 $F(x)\cdot G(x)=-1$, 则 $f(x)$可能为( ).

A. $f(x)=x+1$ B. $f(x)=e^x$ C. $f(x)=e^{-x}$ D. $f(x)=e^{-x}+e^x+1$

4. (填空)镭的衰变速度与它的现存量 m 成正比(比例系数为 k),已知在某时刻镭的存量为 m_0,则经过时间 t 后镭的存量 m 与时间 t 应满足的微分方程初值问题是__________.

5. (改错)**原题:**解微分方程 $(y^2-2xy)\mathrm{d}x+x^2\mathrm{d}y=0$. **解法如下:**

将方程变形为 $\dfrac{\mathrm{d}y}{\mathrm{d}x}=2\dfrac{y}{x}-\left(\dfrac{y}{x}\right)^2$, 令 $u=\dfrac{y}{x}$, 则 $y=xu$.

① 两边对 x 求导得 $y'=u+xu'$. 所以 $u+xu'=2u-u^2$.

② 分离变量得 $\dfrac{\mathrm{d}u}{u^2-u}=-\dfrac{\mathrm{d}x}{x}$, 即 $\left(\dfrac{1}{u-1}-\dfrac{1}{u}\right)\mathrm{d}u=-\dfrac{\mathrm{d}x}{x}$.

③ 积分得 $\ln\left|\dfrac{u-1}{u}\right|=-\ln|x|+\ln|C|$, 即 $\dfrac{x(u-1)}{u}=C$.

④ 将 $u=\dfrac{y}{x}$ 代回得通解 $x(y-x)=Cy$.

错点、错因:________________________________.

6. (简答)指数函数 $y=e^{ax}$ 满足方程 $f(x+y)=f(x)f(y)$,那么,满足这个方程的可导函数(除了恒为零的函数外)是否一定是指数函数?

7. (简算)求微分方程 $\dfrac{x\,dy}{x^2+y^2}=\left(\dfrac{y}{x^2+y^2}-1\right)dx$ 的通解.

8. (综算)设函数 $f(x)$在 $[1,+\infty)$ 上连续,若由曲线 $y=f(x)$,直线 $x=1$,$x=t$ $(t>1)$ 与 x 轴所围成的平面图形绕 x 轴旋转一周所成的旋转体体积为 $V(t)=\dfrac{\pi}{3}[t^2f(t)-f(1)]$. 试求 $y=f(x)$ 所满足的微分方程,并求该微分方程满足条件 $y\big|_{x=2}=\dfrac{2}{9}$ 的解.

9. (证明)设 $y_1(x)$,$y_2(x)$ 是二阶齐次线性方程 $y''+p(x)y'+q(x)y=0$ 的两个解,令

$$W(x)=\begin{vmatrix} y_1(x) & y_2(x) \\ y_1'(x) & y_2'(x) \end{vmatrix}=y_1(x)y_2'(x)-y_2(x)y_1'(x).$$

(1) 证明 $W(x)$满足方程 $W'+p(x)W=0$,且 $W(x)=W(x_0)e^{-\int_{x_0}^{x}p(t)dt}$;

(2) 根据(1)所证的结论,能否由已知的 $y_1(x)$ 算出 $y_2(x)$?

10. (应用)微分方程已被广泛用于口服药物患者的药物溶解度研究. 药物浓度 $c(t)$的 Weibull 方程是这样一个方程:

$$\frac{dc}{dt}=\frac{k}{t^b}(c_s-c),$$

其中 k 和 c_s 是正常数,$0<b<1$. 证明 $c(t)=c_s(1-e^{-\alpha t^{1-b}})$ 是 Weibull 方程在 $t>0$ 时的一个解,其中 $\alpha=\dfrac{k}{1-b}$. 根据这个微分方程可知,药物是怎样溶解的?

11. (阅读)有些微分方程虽然无法写出它的解,但可以勾画出它的曲线族的图像,从而探求出满足这个方程的函数的性质. 以 $y'=x^2+y^2-1$ 为例.

(1) 首先计算各点处的斜率,列表如下:

x	-2	-1	0	1	2	-2	-1	0	1	2	…
y	0	0	0	0	0	1	1	1	1	1	…
$y'=x^2+y^2-1$	3	0	-1	0	3	4	1	0	1	4	…

(2) 在各点处根据斜率画上一些小线段,形成一个方向场(如图 16);

(3) 从原点开始(斜率为-1),沿着小线段的方向向右移动,绘制积分曲线,使它平行于附近的线段,再依此方法从原点向左画积分曲线(如图 17);

(4) 再以相同的方法画其他一些积分曲线(如图 18),方向场上的小线段越多,积分曲线就可以画得越准.

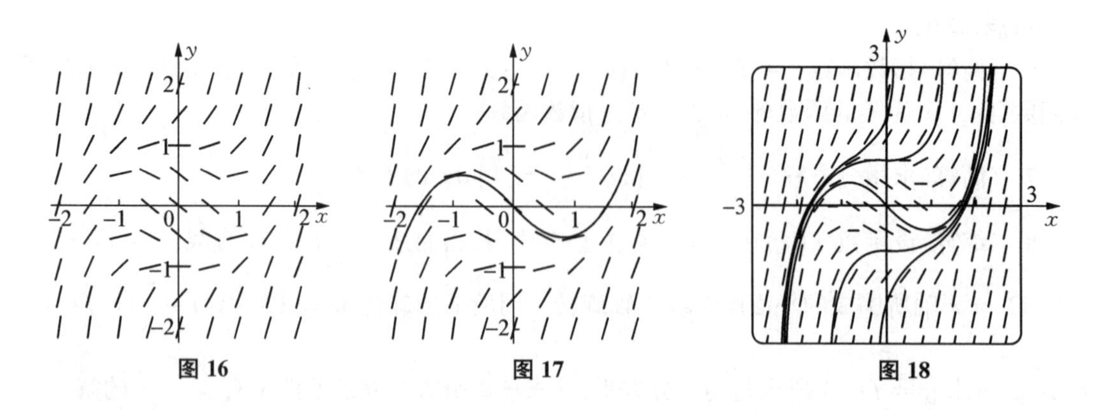

图 16　　图 17　　图 18

根据上述原理,请给下面的四个微分方程与四个方向场的图形(图 19)配对.

A. $y'=2-y$　　B. $y'=x(2-y)$　　C. $y'=x+y-1$　　D. $y'=\sin x\sin y$

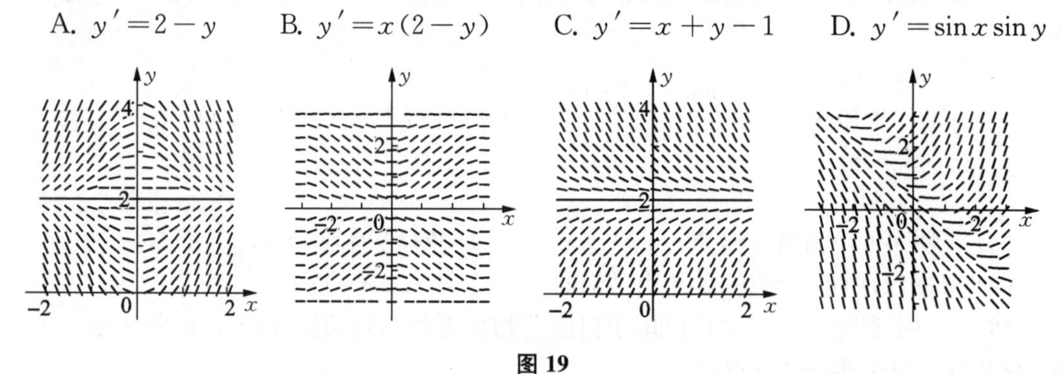

图 19

12. (半开放)一个学生忘记了求导数的乘法法则了,他误把两个函数乘积写成了$(f\cdot g)'=f'\cdot g'$. 然而,他很幸运地得到了正确的答案,因为对于某些非零函数,$f'\cdot g'=f'\cdot g+f\cdot g'$是可能成立的,请你猜一猜这个学生做的乘法的导数中的两个函数f,g可能是什么?

13. (全开放)请写三个微分方程,它们(不直接是,但)通过换元后分别可以转化为可分离变量的方程、齐次方程和一阶线性方程.

扫码可见本讲参考答案

第 14 讲

多元微积分的回顾：编题法学习

在多元函数微积分回顾阶段，如何高质量提高知识掌握的程度是一个共同关心的问题.笔者推荐实施一些表现性任务，比如择题（到各种资源中挑选优质例题和习题）、组卷（编制模拟卷）、讲题（在某些集体场合讲解自己喜爱的题目等），但归根结底，还是要研究题目是如何编制的，在当今人工智能的时代，多数传统的习题可以由机器聊天软件（如 chat-GPT 等）作答了，这就需要我们把编制具有创造性的新题当作一种学习方法来实施.

一、精粹导读：基于一段数学文化阅读材料的编题

以下一段阅读材料选自《先驱者的足迹——高等数学的形成》一书[①]，该书是对微积分中的思想史的科普. 在讲到无穷级数论时，它谈了无穷级数的早期发展、微积分初创时期的无穷级数、三角级数、无穷级数理论的严格化这四个板块. 这里是其第二板块.

（一）阅读材料：微积分初创时期的无穷级数

1664—1665 年，牛顿得到了正负有理指数幂的二项式定理，为无穷级数的研究开辟了广阔的前景. 寻找一些熟知的函数的无穷级数表示是牛顿同时代数学家们的热门课题，牛顿凭借自己发现的二项式定理而能得到一系列函数的无穷级数. 牛顿的微积分工作与无穷级数有着十分密切的关系，因为对于较为复杂的函数，只有将其展成无穷级数并进行逐项微分或积分，他才能加以处理. 1669 年，他在《运用无穷多项方程的分析学》中导出了指数函数、正弦函数和余弦函数级数展开式，又于 1671 年在《流数法与无穷级数》中给出了求解代数方程和微分方程的无穷级数法（待定系数法）. 值得一提的是，牛顿所说的“无穷多项方程”就是无穷级数，而分析学在当时的含义是代数学. 实际上，微积分在诞生之初的相当长一个时期被认为是一种代数，无穷级数则被视为多项式的推广，并且就当作多项式来处理.

苏格兰数学家格雷戈里（Gregory，1638—1675）是对微积分的创立做出了重要贡献的数学家之一. 1670 年 11 月，他独立地发现了一般函数的二项展开式，1671 年 2 月，又不加证明地给出了若干三角函数和反三角函数的无穷级数展开式，其中的

$$\arctan x = x - \frac{x^3}{3} + \frac{x^5}{5} - \frac{x^7}{7} + \cdots$$

被称为“格雷戈里展开式”.

---

① 李晓奇，任嵘嵘. 先驱者的足迹——高等数学的形成[M]. 北京：科学普及出版社，2017.

莱布尼茨在他1684—1686年发表的一些文章中将无穷级数称为“一般的或不定的方程”并加以强调. 1713年,他在致约翰·伯努利的信中提出了交错级数收敛的判别法,后人称之为“莱布尼茨判别法”.

在17—18世纪,微积分的许多重要结果都依赖无穷级数的使用,但关于其收敛与发散的问题却没有受到认真的对待,由于许多数学家随意地将多项式的运算法则应用于无穷级数,不仅对无穷级数的论证缺乏严格性,还导致了许多荒谬的结果.

意大利数学家格兰迪(Grandi, 1671—1742)在他1703年的小册子《圆和双曲线的求积》中,由 $\frac{1}{1+x}=1-x+x^2-x^3+\cdots$ 中令 $x=1$ 得出

$$\frac{1}{2}=1-1+1-1+\cdots.$$

泰勒级数是泰勒在1712年提出的,不过他也没有提出收敛域. 收敛性的证明直到19世纪才由柯西解决.

欧拉从1730年开始对无穷级数产生了极大的兴趣,得到许多重要结果,并开始意识到收敛问题的重要性,但他的一些工作中仍表现出认识上的混乱. 他将 $x=1$ 代入

$$\frac{1}{(1+x)^2}=1-2x+3x^2-4x^3+\cdots$$

得到 $\frac{1}{4}=1-2+3-4+\cdots$ 这样的结果.

18世纪,法国数学家达朗贝尔是少数明确提出应该区分收敛级数与发散级数的数学家之一,他给出定义:“当级数的项数增加而级数值越来越趋向某有限量,则称此级数为收敛级数,”并在1768年出版的《数学手册》第5卷中说:“所有基于不收敛级数的推理,在我看来都是十分可疑的.”

(二) 读后编题

看了这段文字,我们能做些什么呢?

首先,我们可以试着像英语考卷中那样编两个阅读理解题.

习题1 下列断言哪个不正确( ).

A. 函数的幂级数展开法是牛顿发明的　　B. 牛顿发现了二项式展开定理

C. 牛顿认为幂级数是一种多项式　　D. 牛顿会用幂级数解一些微分方程

习题2 欧拉将 $x=1$ 代入 $\frac{1}{(1+x)^2}=1-2x+3x^2-4x^3+\cdots$ 得到 $\frac{1}{4}=1-2+3-4+\cdots$ 这样的结果,说明( ).

A. 与有限个数相加不同,无穷个整数相加减可以得到分数值

B. 欧拉没有研究这个幂级数的收敛域

C. 准确地说, $1-2+3-4+\cdots=-\infty$

D. 要研究幂级数必须先定义级数的收敛性

其次,可以编制一些与阅读材料相关的习题,这里列举几个开放性应用题的编写.

习题 3　试从一个简单的幂级数推出 $\arctan x = x - \frac{x^3}{3} + \frac{x^5}{5} - \frac{x^7}{7} + \cdots$. 这个等式成立的范围是什么？你还能从其他简单的幂级数推出什么类似的展开式？

习题 4　已知 $\arctan x = x - \frac{x^3}{3} + \frac{x^5}{5} - \frac{x^7}{7} + \cdots$，试用这个展开式计算 π 的近似值，使其精确到两位小数. 你还能用什么展开式计算 π 的近似值？

习题 5　关于幂级数 $\frac{1}{1+x} = 1 - x + x^2 - x^3 + \cdots$.

(1) 令 $x=1$ 得出 $\frac{1}{2} = 1 - 1 + 1 - 1 + \cdots$ 的谬论，这说明了什么？

(2) 如何由它推出级数 $\frac{1}{(1+x)^2} = 1 - 2x + 3x^2 - 4x^3 + \cdots$？

习题 6　如何从已知幂级数 $\frac{1}{(1+x)^2} = 1 - 2x + 3x^2 - 4x^3 + \cdots$ 导出一个新的幂级数，使它可以计算 $\ln 10$ 的近似值？

这样的编题，本身就可以作为一种学习汇报的形式. 机器人就未必能赶得上我们人类了.

二、阅读启示

(一) 对思想方法的启示

1. 阅读材料的中心思想

从本文材料可以发现幂级数首先是在牛顿发明流数术时起到了关键的作用. 因为牛顿要确立计算导数的“流程”，就会首先拿当时最简单的函数幂函数来试验，类似于对 $\frac{(x+\Delta x)^3 - x^3}{\Delta x}$ 的极限的研究，再发展到对 $\frac{(x+\Delta x)^n - x^n}{\Delta x}$ 和 $\frac{(x+\Delta x)^\alpha - x^\alpha}{\Delta x}$ 的研究，这里 n 是正整数，α 是正负有理数. 有资料表明，牛顿解决了 $(x+\Delta x)^\alpha$ 的展开式的难题，这成为他在 1665 年 5 月宣布成功地发明了“流数术”的关键.

本文材料指出，1669 年牛顿写出了指数函数、正弦函数和余弦函数级数展开式，随后，格雷戈里、莱布尼茨、格兰迪、泰勒和欧拉等数学家都研究了幂级数，说明数学家对函数研究的早期的方法是幂级数展开法. 然而，从所举的两个函数 $\frac{1}{1+x}$ 和 $\frac{1}{(1+x)^2}$ 的展开式中用 $x=1$ 代入的荒唐结果可以看出，当时对收敛域的研究没有足够重视，因为“收敛”是极限存在的意思，而极限的定义要过两百年后才搞明白.

2. 数学文化阅读与编题的本质

数学的性质有三种维度：数学模式论、数学文化论和数学活动论. “数学模式论”即按照“数学是模式的科学”的定义，讨论数学的抽象性及其意义；“数学文化论”是指把数学看成一种文化现象，看成整体性人类文化的一个重要组成成分；所谓“数学活动论”，是指数学并不等同于数学活动的最终产物，特别是各个具体的结论与公式等，而应更加关注相应的创造性活动. 数学活动有两大要素：数学的知识成分和观念成分. 数学的“问题”“语言”和“方法”是数学活动的一个复合体，与“理论体系”一起称为数学的知识成分；观念成分是指每个数学工作者处在一定的“数学传统”（观念和信念）之中的具有相对稳定性的内容①. 如此看来，阅读数学文化内容并根据其相关数学知识编拟习题，是纯粹的数学知识和技能学习的必要补充.

（二）对真善美的启示

数学“编题”是一种表现性任务，考查活动过程所反映的运用知识的操作技能、策略、态度和信心，以及广泛利用各种知识解决问题的能力. 如果有条件，在老师的带领下，在一个学习共同体（如班级或小组）里进行活动就更好了. 因为那样，可以检验编题的表达是否准确、目标是否合理、评价是否可行. 同时编题的内容也有助于思考相关的数学问题，可谓一举多得、事半功倍. 编题的深意远远不止于对付考试，而是深刻理解数学知识点中的思想方法，从“活动”的更深意义上说，是在培养“创新”“合作”的思想，让学习者感悟数学共同体中的“$1+1>2$”. 实践证明，对于学好数学，学会编题，远远胜过学会解题.

三、问题解决

（一）问题探究

当前，对微积分与生活情境、职业情境或其他科学领域相关联的问题亟待大力开发，这样的问题可以很好地为我们培养数学应用能力服务，这里举一些来自国外资料中的例子.

1. 哪个电阻影响最大

全微分的应用主要表现在误差估计和近似值计算. 现在问：

思考题 1 一个电阻 R 由三个电阻 R_1, R_2, R_3 并联而成，其值 $R_1>R_2>R_3$，问这三个电阻中，哪个电阻的变化对 R 的影响最大？②

此问题可以如下解答：由于 $\frac{1}{R}=\frac{1}{R_1}+\frac{1}{R_2}+\frac{1}{R_3}$，两端求微分得

$$-\frac{1}{R^2}\mathrm{d}R=-\frac{1}{R_1^2}\mathrm{d}R_1-\frac{1}{R_2^2}\mathrm{d}R_2-\frac{1}{R_3^2}\mathrm{d}R_3,$$

即

$$\mathrm{d}R=\frac{R^2}{R_1^2}\mathrm{d}R_1+\frac{R^2}{R_2^2}\mathrm{d}R_2+\frac{R^2}{R_3^2}\mathrm{d}R_3,$$

在此等式右端的三项中，前面的系数最大，这表明最小的电阻 R_3 的变化对 R 的影响最大.

2. 诺贝尔奖为何发不完

这种问题称为永久年金问题. 典型的数学化的提法是：

设立一个永久奖学金，每半年付出 1 000 美元，若年名义利率为 10%，半年计一次复利，第一次付款为从现在起半年后，问现在需要存入多少钱？

① 郑毓信. 新数学教育哲学[M]. 上海：华东师范大学出版社，2015.

② 郭镜明，韩云瑞，章栋恩. 美国微积分教材精粹选编[M]. 北京：高等教育出版社，2012.

考虑到物价上涨因素，下面的问题具有更一般化的意义.

思考题 2　某人得到了一笔专利转让费，他计划将这笔钱的大部分用母校奖学金. 他要将本金存入银行(年利率为 4%)，希望以后各年末的奖金额度分别是 100 元，400 元，900 元，……要想永远实施这个计划，需要存入多少本金？①

解答如下：由于银行年利率 $r=0.04$，如果第一年末提取 100 元，则需要存入本金 $100(1+r)^{-1}$；为使第二年末再提取 400 元，则需再追加本金 $400(1+r)^{-2}$，……，如此继续下去，所需本金总额为 $S=\sum\limits_{n=1}^{\infty}100n^2(1+r)^{-n}$.

下面计算该级数的和.

由 $\sum\limits_{n=0}^{\infty}x^n=\dfrac{1}{1-x}(|x|<1)$，有

$$\sum_{n=1}^{\infty}nx^n=x\sum_{n=1}^{\infty}nx^{n-1}=x\left(\sum_{n=0}^{\infty}x^n\right)'=x\left(\frac{1}{1-x}\right)'=\frac{x}{(1-x)^2}\quad(|x|<1),$$

$$\sum_{n=1}^{\infty}n^2x^n=x\sum_{n=1}^{\infty}(nx^n)'=x\left(\sum_{n=0}^{\infty}nx^n\right)'=x\left[\frac{x}{(1-x)^2}\right]'=\frac{x(1+x)}{(1-x)^3}\quad(|x|<1),$$

令 $x=(1+r)^{-1}$ 得 $S=100\dfrac{(1+r)(2+r)}{r^3}=3\,315\,000$(元)，即需存入 331.5 万元，可以建立这个奖学金项目.

3. 什么模型可以解释这些二阶线性微分方程的解

本题源于新加坡的中学数学教材.

思考题 3　二阶线性微分方程 $x''+bx'+10x=0$ 带有初始条件 $x(0)=1$，$x'(0)=1$. 取 $b=7$，$2\sqrt{10}$，2 三个数，分别得到三个解 $l_1:x=2e^{-2t}-e^{-5t}$，$l_2:x=[1+(1+\sqrt{10})t]e^{-\sqrt{10}t}$ 和 $l_3:x=e^{-t}\left(\cos 3t+\dfrac{2}{3}\sin 3t\right)$. 用什么模型可以表达这些不同解的含义？

下面用弹簧-物体-阻尼器系统模型(spring-mass-dashpot system，简称 SMD)来进行描述.

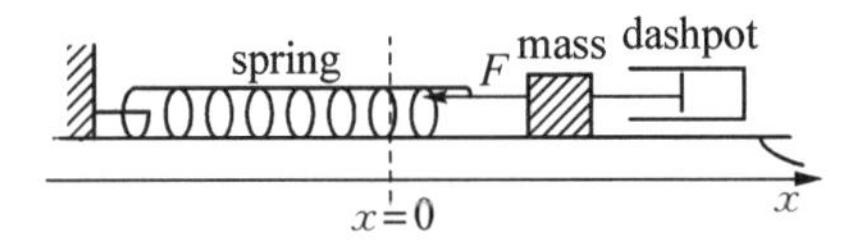

图 1　弹簧-物体-减振器系统

设有一个弹簧，放置于没有摩擦力的水平桌面上，平衡状态是 $x=0$(如图 1). 如果将质量为 m 的物体拉到 x 的位置，然后放手，则根据虎克定理，弹簧作用于物体的恢复力大小为 $F=-kx$，其中 $k>0$ 为弹性系数. 根据牛顿第二定运动定律 $F=mx''$，因此，弹簧在无阻尼状态下的运动方程为

$$mx''+kx=0,$$

它的解的形式为 $x=C_1\cos\sqrt{\dfrac{k}{m}}t+C_2\sin\sqrt{\dfrac{k}{m}}t$，是一个标准的周期运动，称为**自由无阻尼运动**，也称**简谐运动**.

① 陈晓龙，邵建峰，施庆生，吴春青，等. 大学数学应用[M]. 北京：化学工业出版社，2017.

如果物体的另一端加了一个阻抗装置，例如闭门器或减震器，那么它对物体产生了一个与运动速度成正比的拉力. 物体的运动方程就成为 $mx''=-kx+(-cx')$，其中 $c>0$ 称为阻尼器的阻尼系数. c 越大则物体做恢复运动的阻力就越大. 运动方程可以改写为

$$\frac{\mathrm{d}^2x}{\mathrm{d}t^2}+\frac{c}{m}\frac{\mathrm{d}x}{\mathrm{d}t}+\frac{k}{m}x=0,$$

这是一个二阶齐次常系数线性微分方程，称为自由阻尼运动. 如果(比如在弹簧的另一端)施以外力 $f(t)$，就要导致方程的右端不为零，这种运动称为**受迫阻尼运动**.

本问题中的三个解的时间-距离图分别从图 2 可见：

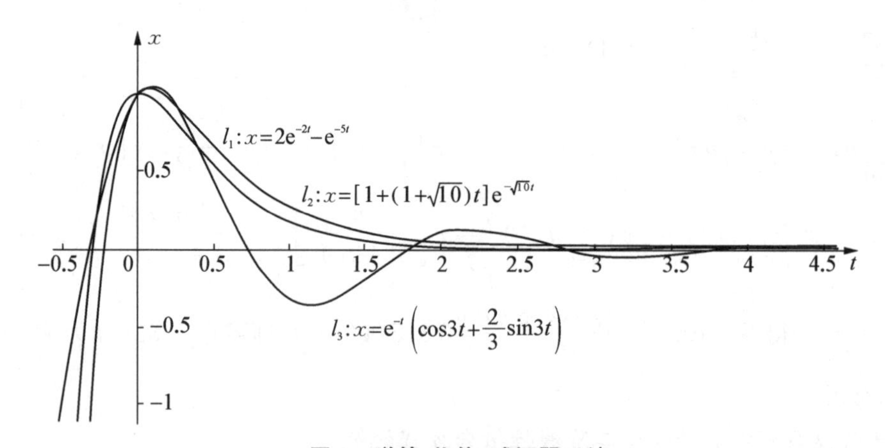

图 2　弹簧-物体-减振器系统

当 $t\to+\infty$ 时这三个函数的值都趋于零，这表明在阻尼器作用下，弹簧最终都会回到平衡位置. l_1 是对应于最大的 b 值($b=7$)得到的解，表示阻尼器给出阻力相对于弹簧的拉力相当大，以至于弹簧没有发生任何振荡，这称为**过度阻尼**(over damping)；l_2 对应的是稍小一点的 b 值($b=2\sqrt{10}$)，它来源于特征方程的重解，相对于 l_1，它的振幅更小但又恰好避免往复振荡，称为**临界阻尼**(critical damping)；l_3 是阻尼器给出的力不够大所造成的，它会让物体往复振荡若干次再趋于平衡，这种状态称为**欠阻尼**(under damping).

(二) 习题研究

由学习者自创问题的提法，可以在学习概念时提高创造性思维能力. 变着法子地问概念，有助于消除学习中的疲倦感，完成“查漏补缺”.

在此专门讨论编题的方式方法以及编题实例中一些值得探究的问题.

1. 四种客观题

客观题是指评价时不受主观倾向影响的题型，在数学中有判断题、选择题、填空题，改错题也是(选择项可以非常多). 客观题可以在读书体会中生成，也可以从一些单选题中修改.

以下是整理的部分客观题.

(1) 判断题和单选题

单选题的特征和功能是众所周知的，这里不再赘述. 判断题只需给出“对”或“错”的结论，相当于两个选择项的单选题，判断题对一个问题的判断往往更直接，具有单选题不具备

的一些优点. 判断题的失真度可以达到 50%，所以分值不能大，一般编制纯概念性的，或那些无法依赖于哪个定理，只能靠反例的积累来回答的问题，要避免复杂的计算. 例如：

➤ 任意平面都可以表示为截距式方程.（　　）

➤ 形如 $Ax^2+Ay^2+Cz^2+D=0$ 的方程一定是旋转曲面.（　　）

因为它们一看就知道问题的用意，并且很快可以给出答案，而

➤ 直线 $l:\dfrac{x-1}{2}=\dfrac{y+3}{-1}=\dfrac{z+2}{5}$ 在平面 $\Pi:4x+3y-z+3=0$ 上.

➤ 两直线 $l_1:\begin{cases}x+y+z=0\\x+z-1=0\end{cases}$ 和 $l_2:\begin{cases}x+y-z+2=0\\x-2y+3z+1=0\end{cases}$ 是异面直线.

就不适合作判断题，而更适合改作单选题，因为它们需要不止一个计算步骤.

（2）多选题和填空题

多选题是近年来数学试卷中逐渐变得常见的一种题型，其备选答案不唯一，存在多个正确选项. 试题可以多角度审视某一核心数学概念的全貌，考查更多知识点或能力点. 多项选择题的干扰项类型有：条件疏漏、背景忽视、概念混淆、题意误解、推理错乱等. 例如：

已知三个向量 $\boldsymbol{a}$，$\boldsymbol{b}$，$\boldsymbol{c}$，其中 $\boldsymbol{c}\perp\boldsymbol{a}$，$\boldsymbol{c}\perp\boldsymbol{b}$，$\boldsymbol{a}$ 与 $\boldsymbol{b}$ 的夹角为 $\dfrac{\pi}{6}$，$|\boldsymbol{a}|=6$，$|\boldsymbol{b}|=|\boldsymbol{c}|=3$，则 $(\boldsymbol{a}\times\boldsymbol{b})\cdot\boldsymbol{c}$ 可能为（　　）.

A. 27　　B. -27　　C. $27\sqrt{3}$　　D. $-27\sqrt{3}$

这题的目的是拷问 $\boldsymbol{a}\times\boldsymbol{b}$ 可能会有两个不同的方向，以及 $(\boldsymbol{a}\times\boldsymbol{b})\cdot\boldsymbol{c}$ 的几何意义. 只可能在 AB 或 CD 两种答案里选，正确率不会很低. 又如

设函数 $f(x,y)$ 在点 $(0,0)$ 附近有定义，且 $f_x(0,0)=3$，$f_y(0,0)=1$，则以下结论**错误**的是（　　）.

A. $\mathrm{d}z\,|_{(0,0)}=3\mathrm{d}x+\mathrm{d}y$

B. 曲面 $z=f(x,y)$ 在点 $(0,0,f(0,0))$ 的法向量为 $(3,1,1)$

C. 曲线 $\begin{cases}z=f(x,y)\\y=0\end{cases}$ 在点 $(0,0,f(0,0))$ 的切向量为 $(1,0,3)$

D. 曲线 $\begin{cases}z=f(x,y)\\x=0\end{cases}$ 在点 $(0,0,f(0,0))$ 的切向量为 $(3,0,1)$

这个题把可微的条件和偏导数的几何意义一起拷问了，很容易把 A 当作正确选项，应熟悉“偏导数存在未必可微”的命题. 另外，曲面 $z=f(x,y)$ 在点 $(0,0,f(0,0))$ 的法向量应为 $(3,1,-1)$；曲线 $\begin{cases}z=f(x,y)\\x=0\end{cases}$ 在点 $(0,0,f(0,0))$ 的切向量应为 $(0,1,1)$，因为曲线

方程可以改写为$\begin{cases}x=0\\y=y\\z=f(0,\ y)\end{cases}$.

填空题是我们熟悉的一种题型,但近年出现了“双空题”的练习,两个备填答案成并列或递进关系. 这里不做赘述.

2. 简答题和简算题

简答和简算的重点在“简”字上. 主要拷问那些不太平凡的,但又可以很少几句回答的问题或很少几步算出的问题,用于考察对概念的掌握. 简答题可以考察表达能力.

简答题通常来源于课本的反思,或对简单的计算中出现的错误的反思,也常常从选择题中改编而来. 简答题对于巩固概念是十分有益的. 例如:

➢ 已知线段的两端点的坐标,如何求两个三等分点的坐标?
➢ 试找出方程 $xy''+y'=1$ 的一个特解.

第一个问题只要写出定比分点公式,也可以举例说明;第二个问题是一个开放题,可以用观察的方法试出一个或两个特解来,例如 $y=x$ 就是其中一个,也可以把 $xy''+y'=1$ 改写成 $(xy')'=1$ 后简单地解方程,但如果不知提问的本意,就可能会做成一个很冗长的解方程问题.

简答题是通过步骤来判断能力的题型,作出测评时应最关心其中的关键步骤. 问题看似一目了然,回答时却未必顺畅,这正是学习中需要强化的地方.

简算题即为“简单的计算题”,知识点和能力点都很少、很单纯. 它与填空题十分相似,但简算题的关键是看计算过程,因而属于主观题. 好的简算题,只需记住某一个公式就可以解决. 学会编拟简算题,也就自然地学会了判断哪些题目是多种知识点的组合.

3. 综算题、证明题和应用题

这三种题都是数学测评中的大型题,一般认为微积分的学习者不宜从事这些类型的原创性编题活动. 但是,对于综合计算题或证明题,尝试将某个原题进行修改,成为其变式,还是会收到很好的学习效果的. 对于应用题,一般资料上的资源很少,需要到实际生活中去观察,也是可以编出好题的. 以下各举一例.

(1) 综合计算题

例 1(2022 全国硕士研究生入学考试(数学一)第 17 题) 设函数 $y(x)$是微分方程 $y'+\dfrac{1}{2\sqrt{x}}y=2+\sqrt{x}$ 的满足 $y(1)=3$ 的解,求曲线 $y=y(x)$ 的渐近线.

此题的解法是,先按一阶线性微分方程(用分部积分法计算原函数)得所求函数为 $y=2x-\mathrm{e}^{1-\sqrt{x}}$,再由 $\lim\limits_{x\to+\infty}\dfrac{2x-\mathrm{e}^{1-\sqrt{x}}}{x}=2$ 和 $\lim\limits_{x\to+\infty}(2x-\mathrm{e}^{1-\sqrt{x}}-2x)=0$ 得到唯一渐近线 $y=2x$.

这是一个信息量很大的问题. 如何编拟相似的题目呢? 或者说,“出卷专家”是如何将这道题目编拟“出炉”的呢? 估计有两种可能:一是先设定一个合适的函数,再将它化作一个结构良好的微分方程;二是在一大堆解微分方程的习题里找一个答案比较合适的函数. 这并不难,一些教材的例题里就可以找到,改编后的题可以为:

> 设函数 $y(x)$ 是微分方程 $(y^2-2xy)\mathrm{d}x+x^2\mathrm{d}y=0$ 的满足 $y(1)-2$ 的解,求曲线 $y=y(x)$ 的渐近线.

此题通过齐次微分方程的方法可解得 $2x(y-x)=y$,即 $y=\dfrac{2x^2}{2x-1}$,可以求得渐近线为 $x=\dfrac{1}{2}$ 和 $y=x+\dfrac{1}{2}$. 如果需要,还可以讨论曲线的极大极小值、凹凸性等.

上面这个研究生入学试题,应去思考出题人为了一个存在渐近线的函数,去找一个微分方程,这也是微分方程表示函数的一个重要应用啊!

(2) 证明题

将题目编成证明题,大致出于三种目的:一是证明一个完整的命题,二是将一个综合计算的问题降低难度,三是给一个综合信息量大的问题提供阶梯.

例 2(2020 全国硕士研究生入学考试(数学一)第 17 题)　设数列$\{a_n\}$满足

$$a_1=1,\ (n+1)a_{n+1}=\left(n+\frac{1}{2}\right)a_n,$$

证明:当 $|x|<1$ 时,幂级数 $\sum\limits_{n=1}^{\infty}a_nx^n$ 收敛,并求其和函数.

证明　$\rho=\lim\limits_{n\to\infty}\left|\dfrac{a_{n+1}}{a_n}\right|=\lim\limits_{n\to\infty}\dfrac{n+\frac{1}{2}}{n+1}=1$,所以收敛半径 $R=1$,即当 $|x|<1$ 时,幂级数 $\sum\limits_{n=1}^{\infty}a_nx^n$ 收敛(这个结论暗示: $\sum\limits_{n=1}^{\infty}a_nx^n$ 不可能是指数函数、正弦余弦等定义域很大的函数).

令 $s(x)=\sum\limits_{n=1}^{\infty}a_nx^n$,则

$$\begin{aligned}s'(x)&=\sum_{n=1}^{\infty}na_nx^{n-1}=\sum_{n=0}^{\infty}(n+1)a_{n+1}x^n=\sum_{n=1}^{\infty}(n+1)a_{n+1}x^n+a_1\\&=\sum_{n=1}^{\infty}\left(n+\frac{1}{2}\right)a_nx^n+1=\sum_{n=1}^{\infty}na_nx^n+\frac{1}{2}\sum_{n=1}^{\infty}a_nx^n+1=xs'(x)+\frac{1}{2}s(x)+1.\end{aligned}$$

即 $(1-x)s'(x)=\dfrac{1}{2}[2+s(x)]$,此为可分离变量的微分方程,分离变量并积分,得

$$\int\frac{\mathrm{d}s(x)}{2+s(x)}=\int\frac{\mathrm{d}x}{2(1-x)},\ \ln|2+s(x)|=-\frac{1}{2}|1-x|+\ln C_1,$$

故 $s(x)=\dfrac{C}{\sqrt{1-x}}-2$,代入 $s(0)=0$ 得 $s(x)=\dfrac{2}{\sqrt{1-x}}-2\ (-1<x<1)$. 证毕.

本题最大的亮点在于 $a_1=1,\ (n+1)a_{n+1}=\left(n+\dfrac{1}{2}\right)a_n$ 这个条件将幂级数转化到微分

方程(通过解微分方程求和函数).这类问题的编拟方法是值得学习的(其他方面可以忽略).可以这样成功转换的关键点在于条件中出现 $(n+1)a_{n+1}$，na_n 这种结构,只有对幂级数逐项求导时可以出现.试想如果条件改为

$$a_1=1,\ (n+1)a_{n+1}=\frac{1}{2}a_n.$$

幂级数的运算和微分方程的解就会变成：

$$s'(x)=\sum_{n=1}^{\infty}(n+1)a_{n+1}x^n+a_1=\sum_{n=1}^{\infty}\frac{1}{2}a_nx^n+1=\frac{1}{2}s(x)+1,\ s(x)=2-2e^{\frac{x}{2}}.$$

因此,可以如下编题：

> 设数列 $\{a_n\}$ 满足 $a_1=1$，$(n+1)a_{n+1}=\frac{1}{2}a_n$，证明:幂级数 $\sum\limits_{n=1}^{\infty}a_nx^n$ 在$(-\infty,+\infty)$上收敛,并求其和函数.

如何将解题过程中幂级数求导改为积分呢？我们知道,幂级数 $\sum\limits_{n=1}^{\infty}a_nx^{n-1}$ 逐项积分后成为 $\sum\limits_{n=1}^{\infty}\frac{a_n}{n}x^n$，因此,可以将原题的条件尝试改为

$$a_1=1,\ \frac{a_n}{n}=\frac{1}{2}a_{n+1},$$

当 $x\neq 0$ 时,幂级数和的运算：

$$\int_0^x\frac{s(x)}{x}dx=\int_0^x\Big(\sum_{n=1}^{\infty}a_nx^{n-1}\Big)dx=\sum_{n=1}^{\infty}\frac{a_n}{n}x^n=\frac{1}{2}\sum_{n=1}^{\infty}a_{n+1}x^n=\frac{s(x)}{2x}-\frac{1}{2}.$$

解此一阶线性方程后可得 $s(x)=xe^{\frac{x}{2}}$.

因此,可以如下编题：

> 设数列 $\{a_n\}$ 满足 $a_1=1$，$\frac{a_n}{n}=\frac{1}{2}a_{n+1}$，证明:幂级数 $\sum\limits_{n=1}^{\infty}a_nx^n$ 的和函数在$(-\infty,+\infty)$上可以取到最小值 $-\frac{2}{e}$.

当然,如果条件中变量 n 没有单独出现,就不需要解微分方程了,例如,如果已知 $a_1=1$，$a_{n+1}=\frac{1}{2}a_n$，就会得到

$$s(x)=\sum_{n=0}^{\infty}a_{n+1}x^{n+1}=x+\frac{1}{2}x\sum_{n=1}^{\infty}a_nx^n=x+\frac{1}{2}xs(x),\text{从而 } s(x)=\frac{2x}{2-x}.$$

像这样,在幂级数的系数的关系式的变化中寻求不同的和函数的思考,比起解题要有益

得多，前提是要不断尝试.

3. 应用题

相对于其他题型，应用题的文本资源比较少，故需要到实际生活中留意并开发. 这里举个直纹面的例子.

图 3

我们看到广州电视塔，被做成单叶双曲面（号称“小蛮腰”，如图 3），原因不是为了它的美观，而是它的直纹性，直线型材料取材容易、抗压性强、结构稳定，故直纹面是建筑设计上的重要研究对象.

广州塔的数据信息不易全面获得，可以改为花篮的设计，毕竟用直线棒搭制花篮既简单又牢固，可以编拟以下题目（对数据的设计应该有较好的预估，必要时应该调整）：

图 4

例 3　为祝贺某单位乔迁之喜，需要为他们订制一批大型花篮（如图 4），要求做成上下对称的单叶旋转双曲面，花篮高 $0.4\sqrt{3}$ 米，最大直径 0.4 米，最小直径 0.2 米；花篮由两批直竹棒相向围成. 问每根竹棒的长度应是多少？如果两棒之间的距离不可少于 0.1 米，那么制作一个花篮需要多少根竹棒？

解　在“最细处”的圆心处设立空间直角坐标系的原点，则花篮的方程为

$$\frac{x^2}{a^2}+\frac{y^2}{a^2}-\frac{z^2}{c^2}=1，其中\ a=0.1,\ c=0.2.$$

任意取直纹面上的一条曲线，例如 $\begin{cases}\dfrac{x}{a}+\dfrac{z}{c}=1+\dfrac{y}{a}\\[2mm] \dfrac{x}{a}-\dfrac{z}{c}=1-\dfrac{y}{a}\end{cases}$，得到 $x=a$. 在 $a=0.1$，$c=0.2$ 和 $z=\pm 0.4\sqrt{3}$ 时，得到一条线段的两个端点 $(0.1, \pm 0.2\sqrt{3}, \pm 0.4\sqrt{3})$，竹棒的长就是这两点的距离 $l=0.2\sqrt{15}$（米）.

由于花篮的最大直径是 0.4 米，周长应为 $0.4\pi\approx 1.256$（米），尽管从计算的角度算得围成 0.1 米间隔的竹棒需要 13 根，但是圆弧并不是两点之间的最短距离，竹棒的端点真正所围的是一个圆内接多边形，用余弦定理不难算出半径 R 的圆内接 n 边形的边长是 $R\sqrt{2-2\cos\dfrac{\pi}{2n}}$，计算得，$R=0.2$ 时使这个值超过 0.1 的最小 n 是 12，因此，方向相反的两组竹棒共需 24 根.

对于这样的问题，需要建立坐标系及单叶双曲面的标准方程，再从直纹面中找到一条线段，整个解决问题的过程非常直观、现实，十分有趣. 无论是编拟还是解答，都是数学素养的巨大跃迁.

4. 阅读理解题

阅读理解题有三大类型，一是以（较长）推理过程检查的方式考查阅读理解，即改错题；二是考察方法迁移，即做增扩、变式、类比等题；三是以新运算、新概念或特殊情境编制问题.

(1) 改错题

改错题在练习中见得很少，主要是尚未构成固定格式. 但改错题的题源十分丰富，例如，

根据选择题“设 $u=\arcsin\dfrac{x}{\sqrt{x^2+y^2}}$，则 $\dfrac{\partial u}{\partial x}=(\quad)$”的正确选择项 $\dfrac{|y|}{x^2+y^2}$，可以将原题改为简答题，再从错误答案 $\dfrac{y}{x^2+y^2}$ 的解答过程中提取步骤. 可以尝试“原题—解法四步—错点错因”的改错题横式结构.

例如，对于练习题原题：“求极限 $\lim\limits_{t\to0^+}\dfrac{\iint\limits_{x^2+y^2\leqslant t^2}f(\sqrt{x^2+y^2})\mathrm{d}\sigma}{\pi t^3}$，其中 $f(u)$ 为可微函数，且 $f(0)=0$. ”从一种逻辑混乱的解法中提取 4 步：

① 原式 $=\lim\limits_{t\to0^+}\dfrac{\int_0^{2\pi}\mathrm{d}\theta\int_0^t f(\rho)\rho\,\mathrm{d}\rho}{\pi t^3}=\lim\limits_{t\to0^+}\dfrac{2\pi\int_0^t f(\rho)\rho\,\mathrm{d}\rho}{\pi t^3}$

② $=\lim\limits_{t\to0^+}\dfrac{2\pi f(t)t}{3\pi t^2}=\lim\limits_{t\to0^+}\dfrac{2f(t)}{3t}$　③ $=\lim\limits_{t\to0^+}\dfrac{2}{3}f'(0)$　④ $=0$.

“错点、错因”的填空里填入：“④，$f'(0)$未必为零”.

下面一题也可作为改错题的样例.

例 4　原题：求函数 $u=x^2+y^2+z^2$ 在条件 $z^2=xy-9$ 下的极值. **解法如下：**

① 将 $z^2=xy-9$ 代入 $u=x^2+y^2+z^2$ 得 $u=x^2+y^2+xy-9$；

② 由 $\begin{cases}u_x=2x+y=0\\u_y=2y+x=0\end{cases}$ 得驻点 $(0, 0)$；

③ 而在点 $(0, 0)$ 处，$AC-B^2=3>0$，$A=2>0$；

④ 故有极小值（负值）$u(0, 0)=-9$.

错点、错因：________________________________.

解此题时会问：怎么是错的呢？怎么会错呢？这种认知冲突会收到独特的学习效果.

(2) 其他阅读题

本讲“精粹导读”里那个基于数学文化材料阅读的答题是一个综合性的阅读理解题，除此以外，具有数学特色的简短阅读题的形式还有很多.

A. 补全

补全型，就是给出一些步骤，让答题者读懂后补全解答过程.

例 5　原题　判别级数 $\sum\limits_{n=1}^{\infty}\sin(\pi\sqrt{n^2+a^2})\ (a>0)$ 的敛散性. **请完成下列解题过程.** 因为

$$\sin(\pi\sqrt{n^2+a^2})=\sin(\pi\sqrt{n^2+a^2}-n\pi+n\pi)=(-1)^n\sin(\pi\sqrt{n^2+a^2}-n\pi),$$

所以…….

后面是答题者应想到的分子有理化等过程.

B. 变式

变式题的子类也很多，可以是先读懂一个题的思想方法，再要求答题者去解一个与之相似的问题.

例 6　原题　设函数 $f(x)=\begin{cases}\dfrac{\sin x}{x} & 当 x\neq 0\\ 1 & 当 x=0\end{cases}$，级数 $f(0)+f'(0)+f''(0)+\cdots+f^{(n)}(0)+\cdots$ 是收敛还是发散的？**解答：**

$f(x)=\sum\limits_{n=0}^{\infty}(-1)^n\dfrac{x^{2n}}{(2n+1)!}=1-\dfrac{1}{3!}x^2+\dfrac{1}{5!}x^4-\dfrac{1}{7!}x^6+\dfrac{1}{9!}x^8+\cdots+(-1)^n\dfrac{x^{2n}}{(2n+1)!}+\cdots$，$a_{2n-1}=0$，故 $f^{(2n-1)}(0)=0$；

$a_{2n}=\dfrac{f^{(2n)}(0)}{(2n)!}$，故 $f^{(2n)}(0)=(2n)!\ a_{2n}=(2n)!\ \cdot(-1)^n\dfrac{1}{(2n+1)!}=\dfrac{(-1)^n}{2n+1}$.

从而 $f(0)+f'(0)+f''(0)+\cdots+f^{(n)}(0)+\cdots=1-\dfrac{1}{3}+\dfrac{1}{5}-\dfrac{1}{7}+\cdots+\dfrac{(-1)^n}{2n+1}+\cdots$ 条件收敛.

仿照原题的解答，对函数 $f(x)=\begin{cases}\dfrac{e^x-1}{x} & 当 x\neq 0\\ 1 & 当 x=0\end{cases}$，讨论级数 $f(0)+f'(0)+f''(0)+\cdots+f^{(n)}(0)+\cdots$ 的敛散性.

C. 命题应用

已知一个命题，要求答题者理解此命题并把这个命题用于一个具体问题，下例就是这样一个问题.

例 7　已知命题：设 $L:\begin{cases}F(x,y)=0\\ z=0\end{cases}$ 为 xOy 坐标面上的一个曲线段，则以 L 为准线、母线平行于 z 轴、高度为非负连续函数 $z=z(x,y)$ $((x,y)\in L)$ 的曲边柱面 Σ：$F(x,y)=0$ 的面积为 $S=\int_L z(x,y)\mathrm{d}s$. 试根据这个命题计算星形柱面 $x^{\frac{2}{3}}+y^{\frac{2}{3}}=1$ 在球面 $x^2+y^2+z^2=1$ 内的侧面积 S.

D. 概括

下面的这个例题与上例是“互逆”的关系. 要求从具体问题的解法中得到一个命题. 这是一种比较高级的要求.

例 8　原题　计算星形柱面 $x^{\frac{2}{3}}+y^{\frac{2}{3}}=1$ 在球面 $x^2+y^2+z^2=1$ 内的侧面积 S.

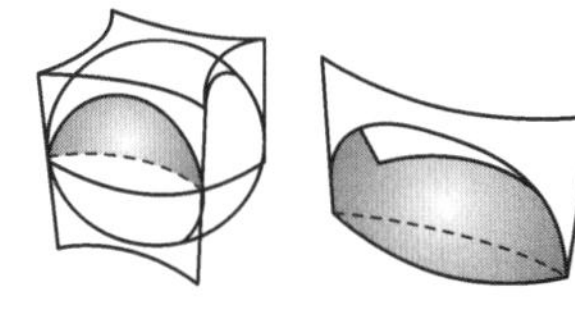

图 5

解　如图 5，在本题中，设 L 是柱面 $x^{\frac{2}{3}}+y^{\frac{2}{3}}=1$ 的第一卦限部分在 xOy 平面上的投影. 由对称性

$$S=8\int_L z\mathrm{d}s=8\int_L\sqrt{1-x^2-y^2}\,\mathrm{d}s.$$

柱面方程可改写为：$\begin{cases}x=\cos^3 t\\ y=\sin^3 t\end{cases}$ $\left(0\leqslant t\leqslant\dfrac{\pi}{2}\right)$，故在 L 上

$$ds=\sqrt{x_t'^2+y_t'^2}\,dt=3\sin t\cos t\,dt,$$

所以

$$S=8\int_0^{\frac{\pi}{2}}\sqrt{1-\cos^6 t-\sin^6 t}\,3\sin t\cos t\,dt=24\int_0^{\frac{\pi}{2}}\sqrt{3\sin^2 t\cos^2 t}\,\sin t\cos t\,dt$$

$$=24\sqrt{3}\int_0^{\frac{\pi}{2}}\sin^2 t\cos^2 t\,dt=\frac{3\sqrt{3}}{2}\pi.$$

读懂上述解答过程，试写出母线平行于 z 轴的曲边柱面面积的一般计算公式.

5. 开放题

开放题，属于“结构不良问题”，因为问题没有完整呈现，条件或结论没有充分限定，解题者答题时需要在条件与结果之间反复探究. 开放题的解答主要靠发散性思维，是锻炼创新能力的一种好题型. 因为问题的条件与结论不完备，解题的方向不明确，自由度大，需要结合已知的条件(包括问题的结论)进行分析、比较和概括. 开放性问题大致可分为半开放型和全开放型两类.

(1) 半开放型

半开放型就是条件开放型或结论开放型. 即结论明确而条件不明确，或条件明确而结论是开放的.

例 9(条件开放型)　设平面区域 $D_k\,(k=1,\,2,\,3,\,4)$ 的相互对称性如图 6 所示，$D=\bigcup\limits_{k=1}^{4}D_k$，$I=\iint\limits_D f(x,\,y)\,dx\,dy$，写出三个非零连续函数 $f(x,\,y)$，分别使它们得到结果 $I=0$，$I>0$，$I<0$?

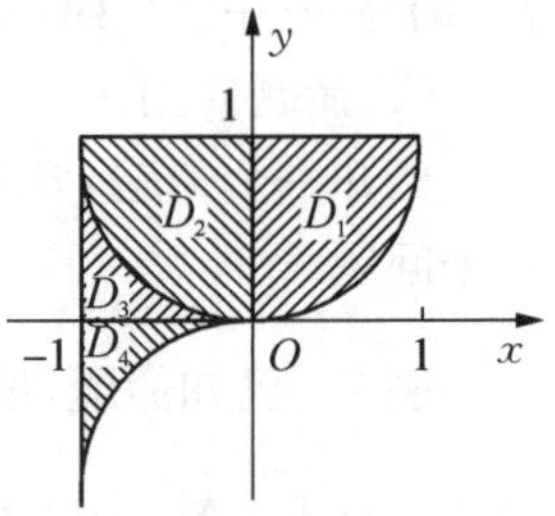

例 10(结论开放型)　关于幂级数 $\sum\limits_{n=1}^{\infty}n(n+1)x^n$，请写出与它相关的一些结论.

图 6

对于例 9，二重积分的被积函数 $f(x,\,y)$ 可以分别取为 xy，1，-1，也可以有更优美的回答. 对于例 10，应自觉地知道幂级数研究的首要目标是确定收敛区域，其次是和函数；如果还能从中再推出一些数项级数的和就更好了. 因此，它们就是半开放的问题.

(2) 全开放型

全开放型是条件和结论都不唯一的问题，或者虽然条件和结论都唯一存在，但思维方法是没有限制的. 规律探究型、反例型、策略归纳型是典型的全开放问题.

例 11(规律探究型)　设 a，b 是两个非零向径，α，$\beta>0$ 且 $\alpha+\beta=1$ 时，线性组合 $m=\alpha a+\beta b$ 表示终点落于 a，b 的两个终点之间的线段上的向径，试讨论 α，β 在各种情形下 $m=\alpha a+\beta b$ 的位置.

例 12(反例型)　试写出初等函数 $f(x,\,y)$，$g(x,\,y)$ 使它满足

$$\lim_{\substack{x\to x_0\\ y\to y_0}}[f(x,\,y)+g(x,\,y)]\neq\lim_{\substack{x\to x_0\\ y\to y_0}}f(x,\,y)+\lim_{\substack{x\to x_0\\ y\to y_0}}g(x,\,y).$$

例 13(策略归纳型)　计算由曲线 $x^2+y^2=2a^2(x^2-y^2)$ 所围图形的面积有哪些方法?

试至少举出两例.

所谓规律，就是一个抽象的结论. 探究规律时，应自觉进行分类讨论，阐述一般性结论；寻求反例是用一种逆向思维探究规律. 例 12 中的 $f(x, y)$，$g(x, y)$ 可以有很多，两个极限的关系也可以有很多，所以开放度很大.

有的同学在开放题编题活动中，取一段数学英文教材，要求别人读懂并解答有关问题，称为“阅读理解题”，这种别出心裁的思想也非常值得肯定！

开放题还有“开放度”之别，例如：“试编拟或改编一个有关极限的习题，使它信息量大但不繁复、思考量大但不太难”这本身就是一个很好的开放题，开放度很大.

将开放程度再往“高处”的编题研究，就是一些“长作业”性质的表现性任务了，例如思维导图、数学作文、文献综述、编制试卷等.

开放题在回答时往往弹性很大，需要审阅者结合满意程度给出评价，对于数学开放题的评价标准目前还缺乏统一认识和实践检验，这应该是开放题难以登上“问题提出”舞台的主要原因，但应该相信，不远的将来，数学开放题会像语文作文题一样受到关注的.

在学习微积分时，若能够编拟和解答开放题，就几近“功德圆满”了，因为社会所需要的正是这样具有综合能力的善于发现问题和提出问题的创新人才.

（三）解题策略

我们接触了新题型，就可以来尝试对它们的解答了. 下面以本讲“精粹导读”中所编习题的解答为例来谈谈如何解答这些新型习题的策略.

1. 清澈见底

“清澈见底”，就是要看透提问者的用意，看清材料所表达的“一缸水”的底部. 对于以选择题为主要题型的阅读理解题，要注意“咬文嚼字”，不要过度发挥从材料获得的信息，不要带着猜测来判断.

习题 1 之解：阅读材料中尽管说了牛顿发现了二项式定理，但并没有指出这是历史上第一个幂级数展开式，所以 A 是错的. 材料中指出了“牛顿认为幂级数是一种多项式”以及“牛顿会用幂级数解一些微分方程”的事实.

习题 2 之解：欧拉将 $x=1$ 代入 $\dfrac{1}{(1+x)^2}=1-2x+3x^2-4x^3+\cdots$，说明当时没有考虑幂级数的收敛域，故应选 B. 确定了这个错误，A 就一定错误了；对于答案 C，更准确地说，$1-2+3-4+\cdots=\infty$，因为部分和数列：

$$s_{2n}=(1-2)+(3-4)+\cdots(2n-1-2n)=-n\to-\infty,\ s_{2n+1}=-n+(2n+1)=n+1\to+\infty,$$

所以由拉链定理，$\{s_n\}$ 趋于 ∞；对于答案 D，“要研究幂级数必须先定义级数的收敛性”这句话是违反了历史逻辑的，因为牛顿等数学家在研究幂级数时还没有办法解决收敛的概念. 本题如果编成多选题，估计正确率会很低，因为这四个命题都很像是正确的.

2. 泥沙俱下

古人有云：“人称才大者，如万里黄河，与泥沙俱下.”泥沙俱下有开拓思维、不拘小节之意. 在做开放题时，条件或结果没有唯一答案或没有标准答案，故应抓住有用的信息，大胆发挥.

习题 3 之解：　这个等式的收敛范围是$[-1,1]$. 推出 $\arctan x=x-\dfrac{x^3}{3}+\dfrac{x^5}{5}-\dfrac{x^7}{7}+\cdots$

的可以说是简单幂级数 $\frac{1}{1+x^2}=1-x^2+x^4-x^6+\cdots$，也可以说是 $\frac{1}{1+x}=1-x+x^2-x^3+\cdots$.

类似地，还能从 $\frac{1}{1+x}=1-x+x^2-x^3+\cdots$ 推出 $\ln(1+x)=x-\frac{x^2}{2}+\frac{x^3}{3}-\frac{x^4}{4}+\cdots$，能从 $\frac{1}{1-x}=1+x+x^2+x^3+\cdots$ 推出 $-\ln(1-x)=x+\frac{x^2}{2}+\frac{x^3}{3}+\frac{x^4}{4}+\cdots$，这两个对数展开式相加可以得到 $\ln\frac{1+x}{1-x}=2x+\frac{2x^3}{3}+\frac{2x^5}{5}+\cdots$，等.

习题 4 之解： 在 $\arctan x=x-\frac{x^3}{3}+\frac{x^5}{5}-\frac{x^7}{7}+\cdots$ 中令 $x=1$ 就得到 $\pi=4\left(1-\frac{1}{3}+\frac{1}{5}-\frac{1}{7}+\cdots\right)$，为使其精确到两位小数，因为这个交错级数的误差估计 $|\pi-s_n|=r_n\leqslant\frac{4}{2n+1}$，故可以从 $\frac{4}{2n+1}\leqslant\frac{1}{100}$ 推出 $n\geqslant 199.5$，即级数至少要取 200 项.

如果用 $\arcsin x=\int_0^x\frac{1}{\sqrt{1-t^2}}\mathrm{d}t=x+\frac{1}{2}\cdot\frac{x^3}{3}+\frac{1\cdot 3}{2\cdot 4}\cdot\frac{x^5}{5}+\frac{1\cdot 3\cdot 5}{2\cdot 4\cdot 6}\cdot\frac{x^7}{7}+\cdots$，令 $x=\frac{1}{\sqrt{3}}$，也可获得 π 的数项级数表达式：

$$\pi=2\sqrt{3}\left(1-\frac{1}{3}\cdot\frac{1}{3}+\frac{1}{5}\cdot\frac{1}{3^2}-\frac{1}{7}\cdot\frac{1}{3^3}+\cdots+(-1)^n\frac{1}{2n+1}\cdot\frac{1}{3^n}+\cdots\right),$$

其误差估计式是 $\frac{2\sqrt{3}}{(2n+1)3^n}\leqslant\frac{1}{100}$，故为使近似计算精确到两位小数，只需取级数的前 4 项.

习题 5 之解： 关于幂级数 $\frac{1}{1+x}=1-x+x^2-x^3+\cdots$.

(1) 令 $x=1$ 得出 $\frac{1}{2}=1-1+1-1+\cdots$ 的谬论，这说明了在幂级数的展开式的收敛域外代入自变量的值，就会得出荒谬的结果.

(2) $\frac{1}{(1+x)^2}=1-2x+3x^2-4x^3+\cdots$ 可以从两个 $\frac{1}{1+x}=1-x+x^2-x^3+\cdots$ 自乘得到，也可以由 $\frac{1}{1+x}=1-x+x^2-x^3+\cdots$ 两边求导得到；不排除其他方法导出的可能性.

习题 6 之解： 从已知幂级数 $\frac{1}{(1+x)^2}=1-2x+3x^2-4x^3+\cdots$ 两边积分就可以得到级数 $\frac{1}{1+x}=1-x+x^2-x^3+\cdots$，进一步可得 $\frac{1}{1-x}=1+x+x^2+x^3+\cdots$，对这两个级数再求积分然后相加可得 $\ln\frac{1+x}{1-x}=2x+\frac{2x^3}{3}+\frac{2x^5}{5}+\cdots$，此幂级数的收敛半径为 $R=1$，

令 $\dfrac{1+x}{1-x}=10$ 可得 $x=\dfrac{9}{11}$，在收敛区间内，由此可以计算 $\ln 10$ 的近似值.

所编的习题让阅读材料中的三个幂级数(的先导和后续)都发挥了作用.

在解题中，只要想象力丰富、表达能力强，就可以把知识储备挖掘出来、开发利用.

练习题

1. 解下列判断题:

(1) 函数 $z=f(x, y)$ 在点 (x_0, y_0) 处连续是它在该点偏导数存在的必要条件.

(2) 已知连续函数 $f(x, y)$在一个有界闭区域内有唯一驻点，这个驻点必是 $f(x, y)$ 的最值点.

(3) 设平面薄片占有平面区域 D，其上点(x, y)处的面密度为 $\mu(x, y)$，如果 $\mu(x, y)$ 在 D 上连续，则薄片的质量是 $m=\iint\limits_D \mu(x, y)\mathrm{d}\sigma$.

(4) $f(x, y, z)$ 可写为 $g(z)$形式的函数是可以用截面法计算三重积分 $\iiint\limits_\Omega f(x, y, z)\mathrm{d}x\mathrm{d}y\mathrm{d}z$ 的必要条件.

(5) 设 $\Omega_1: x^2+y^2+z^2\leqslant R^2, z\geqslant 0$, $\Omega_2: x^2+y^2+z^2\leqslant R^2, x\geqslant 0, y\geqslant 0, z\geqslant 0$. 则 $\iiint\limits_{\Omega_1} y^{99}\mathrm{d}V=4\iiint\limits_{\Omega_2} y^{99}\mathrm{d}V$.

(6) 设 C 为分段光滑的任意闭曲线，$\varphi(x)$ 及 $\psi(y)$ 为连续函数，则 $\oint_C \varphi(x)\mathrm{d}x+\psi(y)\mathrm{d}y$ 的值等于 0.

(7) 设有级数 $\sum\limits_{n=1}^{\infty} u_n$ 和 $\sum\limits_{n=1}^{\infty} v_n$，其中 $\sum\limits_{n=1}^{\infty} u_n$ 收敛且 $\lim\limits_{n\to\infty}\dfrac{u_n}{v_n}=1$，则级数 $\sum\limits_{n=1}^{\infty} v_n$ 收敛.

(8) 函数项级数的收敛域一定是一个区间或一个点.

(9) 微分方程的通解包含了方程的所有解.

(10) 微分方程 $y''-1=x$ 的特解形式是 $ax+b$.

2. 解下列多选题:

(1) 下面关于椭球面 $\dfrac{x^2}{3}+y^2+\dfrac{z^2}{3}=1$ 说法正确的是(　　).

A. 椭球面围成立体体积为 4π

B. 椭球面的半轴长为$\dfrac{\sqrt{3}}{2}, \dfrac{1}{2}, \dfrac{\sqrt{3}}{2}$

C. 椭球面与 xOy 平面交线为 $\begin{cases} x^2+3y^2=3 \\ z=0 \end{cases}$

D. 椭球面的顶点为$(\pm\sqrt{3}, 0, 0)$, $(0, \pm 1, 0)$, $(0, 0, \pm\sqrt{3})$

(2) 下列函数中，不存在极值的是(　　).

A. $z=x\mathrm{e}^x\sin y$　　　　B. $z=x\sin(x+y)$

C. $z=x^3-y^3+2x^2y+3x^2+48y-4$　　　　D. $z=\mathrm{e}^{xy}(x-2y+3)$

(3) 设 Ω 是由 $x^2+y^2+(z-2)^2\leqslant 4$ 所确定的立体，将 $\iiint\limits_{\Omega} f(x^2+y^2+z^2)\mathrm{d}V$ 化成不同坐标系下的积分正确的是(　　).

A. $\int_{-2}^{2}\mathrm{d}x\int_{-\sqrt{4-x^2}}^{\sqrt{4-x^2}}\mathrm{d}y\int_{2-\sqrt{4-(x^2+y^2)}}^{2+\sqrt{4-(x^2+y^2)}} f(x^2+y^2+z^2)\mathrm{d}z$ (直角坐标)

B. $\int_{0}^{2\pi}\mathrm{d}\theta\int_{0}^{2} r\,\mathrm{d}r\int_{2-\sqrt{4-r^2}}^{2+\sqrt{4-r^2}} f(r^2+z^2)\mathrm{d}z$ (柱面坐标)

C. $\int_{0}^{2\pi}\mathrm{d}\theta\int_{0}^{\frac{\pi}{2}}\mathrm{d}\varphi\int_{0}^{4\cos\varphi} f(r^2)r^2\sin\varphi\,\mathrm{d}r$ (球面坐标)

D. $\int_{0}^{2\pi}\mathrm{d}\theta\int_{0}^{\frac{\pi}{4}}\mathrm{d}\varphi\int_{0}^{2\cos\varphi} f(r^2)r^2\sin\varphi\,\mathrm{d}r$ (球面坐标)

(4) 设 $u=f(t)$ 是 $(-\infty,+\infty)$ 上严格单调减少的奇函数，Ω 是球体 $x^2+y^2+z^2\leqslant 1$，则下列积分值为零的是(　　).

A. $\iiint\limits_{\Omega}(x^2+y^2z^2)f(x^2yz)\mathrm{d}V$　　B. $\iiint\limits_{\Omega}(y+z)f(x^2+y^2+z^2)\mathrm{d}V$

C. $\iiint\limits_{\Omega}x^3zf(xy^2z^3)\mathrm{d}V$　　D. $\iiint\limits_{\Omega}f(x+y+z)\mathrm{d}V$

(5) 设 L 为圆周 $x^2+y^2=a^2(a>0)$，则下列结果正确的是(　　).

A. $\int_L(x^2+y^2)\mathrm{d}s=2\pi a^3$　　B. $\int_L x^2\mathrm{d}s=\pi a^3$

C. $\int_L x\,\mathrm{d}s=\pi a$　　D. $\int_L(2x^2+3y^2)\mathrm{d}s=5\pi a^3$

(6) 设 Σ 为平面 $z=3$ 上满足 $x^2+y^2\leqslant 1$ 的区域，方向向下，则下列结果正确的是(　　).

A. $\iint\limits_{\Sigma}(z+1)\mathrm{d}x\mathrm{d}y=-4\pi$　　B. $\iint\limits_{\Sigma}(z+1)\mathrm{d}y\mathrm{d}z=-4\pi$

C. $\iint\limits_{\Sigma}(z+1)\mathrm{d}z\mathrm{d}x=0$　　D. $\iint\limits_{\Sigma}z\,\mathrm{d}x\mathrm{d}y=0$

(7) 下列级数中，条件收敛的有(　　).

A. $\sum\limits_{n=1}^{\infty}(-1)^n\frac{n}{n^2+1}$　　B. $\sum\limits_{n=2}^{\infty}(-1)^n\frac{\sqrt{n}}{n-1}$

C. $\sum\limits_{n=2}^{\infty}(-1)^n\frac{1}{n2^n}$　　D. $\sum\limits_{n=2}^{\infty}(-1)^n\frac{1}{\pi^n}\sin\frac{\pi}{n}$

(8) 设有级数 $1+\sqrt{x}+x+x^{\frac{3}{2}}+x^2+x^{\frac{5}{2}}+\cdots$，则(　　).

A. 此级数是一个幂级数　　B. 此级数的收敛域是 $[0,1)$

C. 此级数的和函数是 $\frac{1}{1-\sqrt{x}}$　　D. 此级数的和函数在它的收敛域上连续

(9) 已知曲线连续，与 x 轴无交点，且曲线上任一点 $M(x_0, y_0)$ 处纵坐标的平方在数值上比该曲线与 x 轴，y 轴，直线 $x=x_0$ 所围面积的平方还多1，则该曲线方程为(　　).

A. $y=\frac{1}{2}(e^x+e^{-x})$　　　　B. $y=-\frac{1}{2}(e^x+e^{-x})$

C. $y=\frac{1}{2}(e^x-e^{-x})$　　　　D. $y=-\frac{1}{2}(e^x-e^{-x})$

(10) 已知二阶常系数线性方程 $y''+ay'+by=ce^x$ 有特解 $y=e^{-x}(1+xe^{2x})$，该方程的通解为(　　).

A. $C_1e^x+C_2e^{-x}+xe^x$　　　　B. $C_1e^{2x}+C_2e^{-x}+e^{-x}(1+xe^{2x})$

C. $C_1e^{2x}+C_2e^{-x}+xe^{-x}$　　　　D. $C_1e^x+C_2e^{-x}+e^{-x}(1+xe^{2x})$

3. 解以下简答题:

(1) 对于非零向量 $\boldsymbol{a}$，$\boldsymbol{b}$，$\boldsymbol{c}$，试问 $\boldsymbol{a}\times\boldsymbol{b}\times\boldsymbol{c}$ 有没有意义？为什么？

(2) 函数 $f(x,y)=|x|+|y|$ 的图形是怎样的？它在原点 $O(0,0)$处可偏导吗？

(3) 函数 $z=f(\varphi(t),\psi(t),t)$ 是一元函数还是二元函数或三元函数？它的导数怎样求？

(4) 如何从隐函数存在定理建立“函数 $y=f(x)$ 的存在反函数”的条件？

(5) 当雨水从(不妨设为上半椭球面)山坡上某一点开始向下流淌时，如何用梯度概念描绘它流淌的路线？

(6) 用直线 $x=1+\frac{i}{n}$，$y=1+\frac{2j}{n}$ $(i,j=0,1,2,\cdots,n)$ 把矩形域 D: $1\leqslant x\leqslant 2$，$1\leqslant y\leqslant 3$ 分割成一系列小长方形，则二重积分 $\iint\limits_D(x^2+y^2)\mathrm{d}\sigma$ 可如何描述为积分和的极限.

(7) 格林公式建立了曲线积分与二重积分的联系，如何理解它是牛顿-莱布尼茨公式的推广？

(8) 设 Σ 是球面 $x^2+y^2+z^2=a^2$，方向向外，$\boldsymbol{v}=(P,Q,R)$ 是流体的流动速度，则 $\iint\limits_\Sigma P\mathrm{d}y\mathrm{d}z+Q\mathrm{d}z\mathrm{d}x+R\mathrm{d}x\mathrm{d}y>0$ 代表什么物理意义？如果 P，Q，R 都是常数，则按照高斯公式，$\iint\limits_\Sigma P\mathrm{d}y\mathrm{d}z+Q\mathrm{d}z\mathrm{d}x+R\mathrm{d}x\mathrm{d}y=0$，这个结果代表什么物理意义？

(9) 若 $\sum\limits_{n=1}^{\infty}u_n$ 收敛，则下列级数中必收敛的是哪些？试说明之.

A. $\sum\limits_{n=1}^{\infty}(-1)^{n-1}u_n$　　B. $\sum\limits_{n=1}^{\infty}u_n^2$　　C. $\sum\limits_{n=1}^{\infty}(u_n-u_{n+1})$　　D. $\sum\limits_{n=1}^{\infty}|u_n|$

(10) 如何快速解出方程 $x^2y''+3xy'+y=0$？

4. 解下列简算题:

(1) 设两平行平面 Π_1: $Ax+By+Cz+D_1=0$ 和 Π_2: $Ax+By+Cz+D_2=0$，求到这两个平面距离相等的与它们平行的平面的方程.

(2) 求直线 $\begin{cases}x+y+z=0\\x-y+z=0\end{cases}$ 的以 x 为参数的参数方程.

(3) 设 $z=x+(y-2)\arcsin\sqrt{\frac{x}{y}}$，求 $\left.\frac{\partial z}{\partial x}\right|_{(1,2)}$.

(4) 若 $f(x, 2x)=x^2+3x$，$f_x(x, 2x)=6x+1$，求 $f_y(x, 2x)$.

(5) 求由曲面 $z=xy$，$(x-1)^2+(y-1)^2=1$ 及 $z=0$ 围成的曲顶柱体的体积.

(6) 求抛物面 $x=1-y^2-z^2$ 被柱面 $y^2+z^2=1$ 截下有限部分曲面的面积.

(7) 已知 $\oiint\limits_{\Sigma}(mx+z)^2\mathrm{d}S=12\pi R^4$，其中 Σ 是球面 $x^2+y^2+z^2=R^2$，R 为正数，求 m 的值.

(8) 利用曲线积分计算星形线 $\begin{cases}x=a\cos^3\theta\\ y=a\sin^3\theta\end{cases}$ 所围图形面积.

(9) 设函数 $y=\int_0^x \mathrm{e}^{-t}\mathrm{d}t$，求其幂级数展开式，并求 $y^{(n)}(0)$.

(10) 求函数 $y^2=4Cx$ 所满足的一个一阶微分方程.

一题一法复习卷(复习卷 14.1)

习题 1 请各写一个方程组，表示图 7 的 4 个图中平面的位置关系.

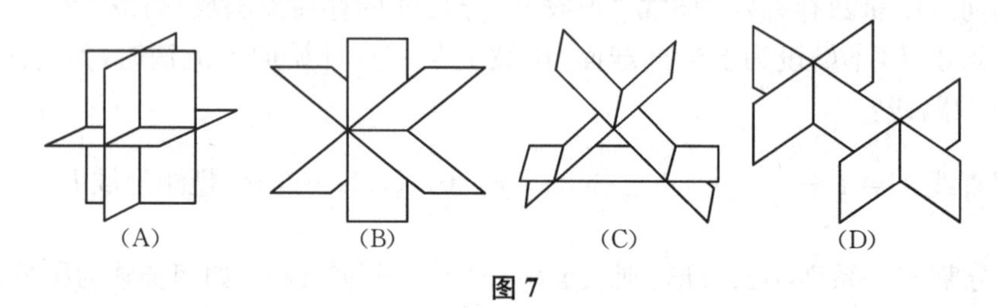

图 7

习题 2 请各举一个反例分别表示存在这样的函数 $f(x, y)$：

(1) $\lim\limits_{\substack{x\to 0\\ y\to 0}}f(x, y)$ 存在，但 $\lim\limits_{x\to 0}\lim\limits_{y\to 0}f(x, y)$ 不存在；

(2) $f_x(0, 0)$ 和 $f_y(0, 0)$ 都存在，但 $\lim\limits_{\substack{x\to 0\\ y\to 0}}f(x, y)$ 不存在；

(3) $f_x(0, 0)$ 和 $f_y(0, 0)$ 都存在，但在点$(0, 0)$处 $z=f(x, y)$ 没有切平面；

(4) 在点$(0, 0)$可微，但 $f_x(x, y)$ 和 $f_y(x, y)$ 不连续.

习题 3 请写出符合条件的曲线和曲面：

(1) 一条光滑曲线，它在原点处与直线 $x=y=z$ 相切，同时经过点 $M(1, 2, 3)$；

(2) 一张光滑曲面，它在原点与平面 $x+y+z=0$ 相切，同时经过点 $M(1, 2, 3)$.

习题 4 请写三元方程 $xy-z\ln y+\mathrm{e}^{xz}=1$ 表示的曲面上的一个点，并用隐函数存在定理验证此点处的某邻域上存在 $z=z(x, y)$，$y=y(z, x)$，$x=x(y, z)$ 中至少一种隐函数，再写出此隐函数的两个偏导数.

习题 5 设 $z=f(xy, yg(x))$，其中函数 f 具有二阶连续偏导数，在点$(1, 1)$处有切平面 $x-2y+z-3=0$；函数 $g(x)$可导，且在 $x=1$ 处取得极值 $g(1)=1$. 求 $\left.\dfrac{\partial^2 z}{\partial x\partial y}\right|_{x=1,\ y=1}$.

习题 6 计算二重积分 $I_1=\iint\limits_{x^2+y^2\leqslant R^2}\left(\dfrac{x^2}{a^2}+\dfrac{y^2}{b^2}\right)\mathrm{d}x\mathrm{d}y$ 和 $I_2=\iint\limits_{\frac{x^2}{a^2}+\frac{y^2}{b^2}\leqslant 1}\left(\dfrac{x^2}{R^2}+\dfrac{y^2}{R^2}\right)\mathrm{d}x\mathrm{d}y$，

何时它们相等？

习题 7　已知函数 $f(x, y)$ 具有二阶连续偏导数，且 $f(1, y)=f(x, 1)=0$，$D=[0, 1]\times[0, 1]$，证明 $\iint\limits_D xyf_{xy}(x, y)\mathrm{d}x\mathrm{d}y=\iint\limits_D f(x, y)\mathrm{d}x\mathrm{d}y$.

习题 8　对于 $x>0$ 的空间内任意的光滑有向封闭曲面 Σ，都有

$$\iint\limits_{\Sigma}(x+1)f(x)\mathrm{d}y\mathrm{d}z+xyf(x)\mathrm{d}z\mathrm{d}x-\mathrm{e}^{-x}\ln(x+1)z\mathrm{d}x\mathrm{d}y=0,$$

其中函数 $f(x)$ 在 $(0, +\infty)$ 具有一阶连续导数，且 $f(0)=1$，求 $f(x)$.

习题 9　设幂级数 $\sum\limits_{n=0}^{\infty}a_nx^n$ 在 $(-\infty, +\infty)$ 内收敛，其和函数 $y(x)$ 满足

$$y''-2xy'-4y=0,\ y(0)=0,\ y'(0)=1.$$

(1) 证明 $a_{n+2}=\dfrac{2}{n+1}a_n$，$n=0, 1, 2, \cdots$；

(2) 求 $y(x)$ 的表达式；

(3) 将 $y(x)$ 写到 $(x-1)$ 的泰勒级数的前三项.

习题 10　一枚装满燃料，质量为 M_0 的火箭从地面发射，设其排气速率为 a 克/秒，排出的气体的速度相对于火箭为 b 厘米/秒. 假设没有其他外加力作用，试建立火箭正常飞行速度的规律（提示：作用于物体上的外力等于动量对时间的变化律；动量为质量与速度之积）.

一题一型复习卷(复习卷 14.2)

1. （判断）函数 $f(x, y)$ 在有界闭域 D 上有界是二重积分 $\iint\limits_D f(x, y)\mathrm{d}\sigma$ 存在的必要条件.（　　）

2. （单选）设 $\mathrm{d}u=(y+\ln(x+1))\mathrm{d}x+(x+1-\mathrm{e}^y)\mathrm{d}y$，则 $u(x, y)=$（　　）.

A. $\int_0^x\ln(x+1)\mathrm{d}x-\int_0^y(x+1-\mathrm{e}^y)\mathrm{d}y$　　B. $\int_0^y(x+1-\mathrm{e}^y)\mathrm{d}y$

C. $\int_0^x\ln(x+1)\mathrm{d}x$　　D. $\int_0^x\ln(x+1)\mathrm{d}x+\int_0^y(x+1-\mathrm{e}^y)\mathrm{d}y$

3. （多选）下列函数 $f(x, y)$ 在点 $(0, 0)$ 处连续的是（　　）.

A. $f(x, y)=\begin{cases}\dfrac{2xy}{x^2+y^2} & 当(x, y)\neq(0, 0)\\ 0 & 当(x, y)=(0, 0)\end{cases}$

B. $f(x, y)=\begin{cases}x\sin\dfrac{1}{y} & 当 y\neq 0\\ 0 & 当 y=0\end{cases}$

C. $f(x, y)=\dfrac{x^2-y^2}{x^2+y^2}$

D. $f(x, y)=\begin{cases}\dfrac{xy(x+y)}{x^2+y^2} & 当(x, y)\neq(0, 0)\\ 0 & 当(x, y)=(0, 0)\end{cases}$

4. (填空)设$F(u, v, w)$具有连续一阶偏导数,方程$F(x+z, xy, z)=0$确定了隐函数$z=z(x, y)$,则$\dfrac{\partial z}{\partial y}=$____________.

5. (改错)**原题:**求幂级数$\sum\limits_{n=2}^{\infty}(-1)^{n-1}\dfrac{x^{n+1}}{n^2-1}$的和函数. **解法如下:**设$S(x)=\sum\limits_{n=2}^{\infty}(-1)^{n-1}\dfrac{x^{n+1}}{n^2-1}$,则

① 在$x\in(-1, 1)$时,$S'(x)=\sum\limits_{n=2}^{\infty}(-1)^{n-1}\dfrac{x^n}{n-1}=x\sum\limits_{n=2}^{\infty}(-1)^{n-1}\dfrac{x^{n-1}}{n-1}=xT(x)$

② 又由$T'(x)=\left[\sum\limits_{n=2}^{\infty}(-1)^{n-1}\dfrac{x^{n-1}}{n-1}\right]'=\sum\limits_{n=0}^{\infty}(-1)^{n-1}x^n=-\dfrac{1}{1+x}$

③ 求积分得$T(x)=\int_0^x-\dfrac{\mathrm{d}t}{1+t}+T(0)=-\ln(1+x)$,故$S'(x)=-x\ln(1+x)$ ④ 从而$S(x)=-\int_0^x t\ln(1+t)\mathrm{d}t+S(0)=\dfrac{1}{2}(1-x^2)\ln(1+x)-\dfrac{x}{2}+\dfrac{x^2}{4}$, $x\in(-1, 1]$.

错点、错因:____________________.

6. (简答)对面积的曲面积分是否成立"积分中值定理"? 如果成立,如何描述? 如果不成立,试举出反例.

7. (简算)设a为任意正的实数,若级数$\sum\limits_{n=1}^{\infty}\dfrac{a^n n!}{n^n}$发散,级数$\sum\limits_{n=2}^{\infty}\dfrac{\sqrt{n+2}-\sqrt{n-2}}{n^a}$收敛,求$a$的取值范围.

8. (综算)计算曲面积分$\iint\limits_{\Sigma}2(1-x^2)\mathrm{d}y\mathrm{d}z+8xy\mathrm{d}z\mathrm{d}x-4zx\mathrm{d}x\mathrm{d}y$,其中$\Sigma$是由$xOy$平面上的曲线$x=\mathrm{e}^y(0\leqslant y\leqslant a)$绕$x$轴旋转而成的旋转面,它的法向量与$x$轴正向的夹角大于$\dfrac{\pi}{2}$.

9. (证明)设$u=f(x, y, z)$有连续偏导数,且$x=r\sin\theta\cos\varphi$, $y=r\sin\theta\sin\varphi$, $z=r\cos\theta$,证明:若$x\dfrac{\partial u}{\partial x}+y\dfrac{\partial u}{\partial y}+z\dfrac{\partial u}{\partial z}=0$,则$u$与$r$无关.

10. (应用)当研究山脉的形成时,地质学家要估算将一座山从海平面抬起所需做的功. 如图8,考虑一座基本上是圆锥形状的山,假设点P附近物质的重量密度为$g(P)$,高度为$h(P)$.

(1) 用一个积分来表示形成山脉的所做的总功.

(2) 假设苏州的缥缈峰恰是一个圆锥形,半径1 680 m,高336 m,密度为常数3 200 kg/m^3. 如果陆地最初是在海平面上,那么缥缈峰在形成过程中做了多少功?

图 8

11. (阅读)请读原题及其(1)的证明:设 $u_n > 0$,且 $S_n = u_1 + u_2 + \cdots + u_n$,证明:

(1) 当 $\alpha > 1$ 时,级数 $\sum\limits_{n=1}^{\infty} \dfrac{u_n}{S_n^{\alpha}}$ 收敛;

(2) 当 $\alpha \leqslant 1$,且 $S_n \to \infty\ (n \to \infty)$ 时,级数 $\sum\limits_{n=1}^{\infty} \dfrac{u_n}{S_n^{\alpha}}$ 发散.

证明　用积分判别法. 对任意 $x \in [S_{n-1}, S_n]$,$\dfrac{1}{S_n^{\alpha}} \leqslant \dfrac{1}{x^{\alpha}} \leqslant \dfrac{1}{S_{n-1}^{\alpha}}$.

(1) 当 $\alpha > 1$ 时,由 $\dfrac{1}{S_n^{\alpha}} \leqslant \dfrac{1}{x^{\alpha}}$,得

$$\frac{u_n}{S_n^{\alpha}} = \frac{S_n - S_{n-1}}{S_n^{\alpha}} \leqslant \int_{S_{n-1}}^{S_n} \frac{1}{x^{\alpha}} \mathrm{d}x\text{, 得 } \sum_{n=1}^{\infty} \frac{u_n}{S_n^{\alpha}} \leqslant \int_{u_1}^{+\infty} \frac{1}{x^{\alpha}} \mathrm{d}x.$$

由于右边的反常积分收敛,所以 $\sum\limits_{n=1}^{\infty} \dfrac{u_n}{S_n^{\alpha}}$ 收敛.

请仿照(1)的证法证明(2).

12. (半开放)已知微分方程 $y' + 2xy = 1$ 的解为 $y = \mathrm{e}^{-x^2} \int_0^x \mathrm{e}^{t^2} \mathrm{d}t + C\mathrm{e}^{-x^2}$,试任取一个 C,画出此函数的草图.

13. (全开放)试写出一个旋转抛物面的方程,它的旋转轴不平行于任何坐标轴.

扫码可见本讲参考答案

第 15 讲

微积分中的思想方法:组卷法学习

回顾微积分的学习过程,我们高举数学文化和精神的旗帜,建成了丰富的数学思想方法的认知结构.但是,反思在学习过程中的观念和方法,我们是否把思想方法放在学习目标的中心地位?未来我们如何发挥微积分学习中所学到的知识和本领?这一讲,我们从理论高度再次讨论微积分中的数学本质,并在更为高级的表现性学习任务——组卷——中检验效果.

一、精粹导读:微积分中的思想方法

(一) 微积分思想史的总结

微积分,应该从对象、方法和形式化过程三个维度描述其发展.

首先,微积分的萌芽起源于生产和生活中对体积、面积、弧长等问题的探索,那时的对象是可以用常量表示的问题,所用的方法先是几何的方法,随后是代数的方法,长期以来,都是"一题一议"地解决问题.

十六世纪开始,微积分进入准备阶段,开普勒等人重新研究阿基米德的很多体积问题,并提出酒桶体积的最值问题,人们开始考虑算法化的思路.这时坐标系被发明,代数和几何可以结合起来看同一个问题,变量进入数学研究的对象,从而函数与方程成为研究数学以及数学模型的主要途径.这导致十七世纪牛顿和莱布尼茨发明了导数、微分和积分的算法,从此大量应用问题可以被轻松地解决.

十八世纪开始,人们一边扩大微积分的应用范围,一边提高微积分的形式化水平,使微积分的基础完全建立在数学概念上,而不是在直观理解上,微积分真正成为一门数学,应从极限的严格定义算起.因为极限定义使得实数的地位被重新确立、导数和积分被重新定义,这才使微积分由一门计算的技术发展成为一门科学.

严格的微积分把无穷小量和无穷大量作为实数的扩充范围,好像实数的数轴变粗了且变成闭合的大圆一般,因为每个实数有无穷多个无穷小量"吸附"在近旁,实轴在"无穷远"处汇合.无穷小与无穷大是两种基本的变量,每个实数倒成为变量中的特例(常量),这就是"无穷的思想";将变量的变化规律都用一个趋势值(包括导数值与积分值)来表示的做法,就是"极限的思想".

在极限思想下产生的有关极限的方法,就是极限论;在极限思想下完善的导数与微分的概念,可以很好地表示(一元或多元)函数、连续函数、可导函数、高阶可导函数等,这就是微分学及其应用、无穷级数等分支;在极限思想下完善的积分概念,可以很好地解决那些几何上的基本的、古老的问题,这就是不定积分、定积分及其应用、重积分、曲线积分与曲面积分等分支;当回到为解决更多应用问题而建立各种变量之间的关系、需要用导数与积分联合起来解决这种关系时,就用上微分方程等分支了.

微积分体系的成功,实际上是符号化的成功,因为符号系统是形式化的标志.符号语言具有简单性、严密性、可操作性、思维的自由性、普遍性和彻底性的特点.以下选择一些微积分命题用符号语言来描述.

① **零点定理**. $f(x)\in C[a,b]$, $f(a)f(b)<0$,则 $\exists \xi\in(a,b)$,使得 $f(\xi)=0$.

② $f(x)$在 x_0 点处**可微**. $\exists A\in \mathbf{R}$,使得 $\Delta f=A\Delta x+o(\Delta x)$.

③ $f(x)$在$[a,b]$区间上**可积**. $\exists I\in\mathbf{R}$,使得 $\forall \varepsilon>0$, $\exists\delta>0$,对于任意分划 T 及其任意介点组 $\{\xi_i\}_{i=1}^{n}$,当 $\lambda \xlongequal{\triangle} \max\limits_{1\leqslant i\leqslant n}\Delta x_i<\delta$ 时, $\left|\sum\limits_{i=1}^{n} f(\xi_i)\Delta x_i-I\right|<\varepsilon$.

④ 若 $F'(x)=f(x)$, $\forall x\in[a,b]$,则称 $F(x)$是 $f(x)$在$[a,b]$上的**原函数**.

⑤ 若曲面 $F(x,y,z)=0$ 在点 $M_0(x_0,y_0,z_0)$ 处可微,则曲面在点 M_0 处的切平面方程为 $F_x(M_0)(x-x_0)+F_y(M_0)(y-y_0)+F_z(M_0)(z-z_0)=0$.

⑥ 若函数 $z=f(x,y)$ 在点 $P_0(x_0,y_0)$ 的某个邻域上存在二阶连续偏导数,且 $f_x(x_0,y_0)=0$, $f_y(x_0,y_0)=0$.记 $A=f_{xx}(x_0,y_0)$, $B=f_{xy}(x_0,y_0)$, $C=f_{yy}(x_0,y_0)$,则当 $AC-B^2>0$ 时 f 在 P_0 点处取极值,当 $AC-B^2<0$ 时 f 在 P_0 点处不取极值.

⑦ 若函数 $z=f(x,y)$ 在区域 $D=\{(x,y)\mid \varphi_1(x)\leqslant y\leqslant\varphi_2(x),\ a\leqslant x\leqslant b\}$ 上连续,其中 $\varphi_1(x)$, $\varphi_2(x)$ 在$[a,b]$上连续,则二重积分 $\iint\limits_D f(x,y)\mathrm{d}x\mathrm{d}y$ 存在,且等于

$$\int_a^b \mathrm{d}x\int_{\varphi_1(x)}^{\varphi_2(x)} f(x,y)\mathrm{d}y.$$

⑧ $\ln(1+x)=\sum\limits_{n=1}^{\infty}(-1)^{n-1}\dfrac{x^n}{n}$, $\forall x\in(-1,1]$.

(二) 重温"什么是数学"

微积分的学习已至尾声,我们应该重新考虑我们的学习有没有达到预期的目标.

什么是数学?德国数学家柯朗在他的名著《什么是数学》里,给出了一个经典回答:"**数学,作为人类思维的表达形式,反映了人们积极进取的意志、缜密周详的推理及对完美境界的追求.它的基本要素是:逻辑和直观、分析和推理、共性和个性.虽然不同的传统学派可以强调不同的侧面,然而正是这些互相对立的力量的相互作用,以及它们综合起来的努力,才构成了数学科学的生命力、可用性和它的崇高价值.**"①

图 1　柯朗和他的《什么是数学》

① R.柯朗,H.罗宾.什么是数学——对思想和方法的基本研究[M].左平,张饴慈,译.上海:复旦大学出版社,2012.

微积分反映的数学文化，代表了数学家积极进取的精神、人类思维完美追求的境界；微积分全面反映了数学中逻辑与直观、分析与推理、共性和个性对立统一，所以我们要学习的正是微积分中的数学文化、数学思维以及数学的“有用性”.

（三）微积分中的思想方法

数学思想(thought, big idea)是“关于数学内容和方法的本质认识”.

数学方法(way, method, means, approach)一般被公认为：“在科学地提出问题、研究问题和解决问题的过程中，所采用的各种手段或途径”. ①

数学思想和数学方法之间具有不同的属性和功能. 一般认为，数学方法是解决数学问题或数学地解决问题的规则和程序，具有明确性、具体性、操作性和可仿效性，是理论用于实践的中介，是数学思想的具体化反映. 数学思想是对数学知识、方法、规律的一种本质认识，具有概括性和普遍性的特点，多靠理解、感悟获得，是数学方法的灵魂.

1. 微积分中的全域性数学思想

全域性数学思想是贯穿多门数学分支之中，指导着多门分支学科甚至整个数学学科的发展的思想，它包括：公理化思想、算法化思想、符号化思想、形式化思想、集合论思想以及一些数学辩证思想.

(1) 公理化思想和算法化思想

微积分已经成为一门成熟的数学体系，这个体系将实数理论作为基本出发点，利用极限思想推向全面，这就是公理化思想的重要体现.

微积分通过漫长的探索之路，形成了极限、导数(含全导数与偏导数)、积分(含不定积分、定积分、重积分、线面积分等)基本要素的计算规则和方法，是算法化思想的典型代表.

(2) 符号化思想和形式化思想

微积分使用大量数学符号：

$$\arcsin\theta,\quad e^{i\theta},\quad \infty,\quad o(x),\quad \lim_{x\to 0},\quad dx,\quad \frac{dy}{dx},\quad \int_a^b,$$

$$\boldsymbol{i},\boldsymbol{j},\boldsymbol{k},\quad \frac{\Delta y}{\Delta x},\quad \frac{\partial z}{\partial y},\quad \iiint_{\Omega},\quad \oiint_{\Sigma},\quad \sum_{n=1}^{\infty}\quad dx,\quad x\in\mathbf{R},\cdots\cdots$$

节约思维成本、提高思维质量，是符号化思想的成就的主要体现. 微积分摆脱极限的直观状态，用 $\varepsilon-\delta$ 语言描述极限，是形式化思想的伟大胜利.

(3) 集合论思想和辩证思想

微积分把研究问题的基底归化到实数集，邻域、区间、收敛域等都是实数集中的概念，作为差商之极限的导数，作为分划、近似、求和、求极限的四大过程的一体化的积分，无不伴随着集合论思想.

微积分中到处充满着辩证思想，常与变、直与曲、局部与整体、差商与积和、一元与多元、曲线与曲面、已知与未知、连续与间断、连续与离散……，让我们看到，微积分其实是一部辩证唯物论的实践之书.

---

① 邵光华. 作为教育任务的数学思想与方法[M]. 上海：上海教育出版社，2009.

2. 微积分中的局域性数学思想

局域性数学思想是指某一学科或某一主题蕴涵的数学思想,它是数学内容直接的反映,与数学内容密切相关.典型的局域性思想有:数与运算思想、图形与几何思想、方程与函数思想、无穷与极限思想、微分与积分思想、概率与统计思想等.可以看到,数学中的大部分局域性思想在微积分中都有体现.因为

微积分的产生来自对导数和积分的算法化的驱动;

微积分的产生,起源于面积和体积的计算;

微积分的飞跃,借助于方程与函数的变量的分析;

无穷与极限、微分与积分是微积分的基本内容.

统计与概率的思想起因于人们将偶然现象作为数学的研究对象,就像微积分从一开始人们研究变量而不再是常量一样,但概率论只有发展成为一种测度上的微积分,才开始被人们接受为一门数学.

正因为如此,微积分,也就是今天以极限和连续为核心的那一部分数学,一直在数学中占有最突出的地位,完全改变了数学的整体面貌.

3. 微积分中的数学方法

我们常说,数学是一门工具性学科,其实,这是指数学能提供众多强大的方法于运用.数学方法多得可谓不计其数,有一般性的方法,有特殊性的方法.学习微积分,几乎可以把重要的数学方法全部经历一遍.

一般性数学方法大体上有以下几种:

推理证明方法——数学说理论证的一般方法;

合情推理方法——数学猜想发现的一般方法;

数学抽象方法——数学化活动的一般方法;

数学化归方法——数学解题的一般方法;

数学模型方法——数学应用的一般方法;

数形结合方法——数学转化的基本方法.

特殊性数学方法是非常普遍的,也有很多分类,比较大的方法如:分类讨论方法、逐次逼近法、反证法、数学归纳法、构造性方法、反例法等.

所有这些方法都在微积分体系中有所呈现,特别地,构造性方法从“中值定理与导数的应用”的很多定理中可以感悟得到.反例可以说清概念之间的蕴含关系,特别地,在“多元函数的微分法”及“无穷级数”论中,概念特别多,反例也就特别丰富.

(四) 微积分思想方法的延伸——其他数学分支的兴起

齐民友先生所著《重温微积分》一书提到了大量与微积分相关的数学分支或领域,这里将其目录提出来(其中加粗字是本文作者的加注),与大家共享.①

---

① 齐民友. 重温微积分[M]. 北京:高等教育出版社,2004.

第一章　变量的数学——从直观与思辨到成熟的数学科学
第二章　函数：§1　增长的函数模型：指数与对数；§2　周期运动和三角函数；§3　进入复域；§4　"函数"概念够用了吗？
第三章　微分学：§1　微分学的基本思想；§2　什么是微分?；§3　泰勒公式、莫尔斯引理、插值公式；§4　解析函数与 C^{∞} 函数；§5　反函数定理和隐函数定理；§6　变分法大意；§7　不可求导的函数.

➤ **解析函数，属于"复变函数论"，是定义在复域上的函数的微积分.**

第四章 积分学：§1　这样评论黎曼公正吗？§2　勒贝格积分的初步介绍；§3　勒贝格积分的初步介绍(续)；§4　平方可积函数；§5　高斯积分；§6　分部积分法、广义函数、索伯列夫(Sobolev)空间；§7　复积分.

➤ **这里的内容涉及"实变函数论"，将自变量定义在集合(而不是区间上)、将值域(而不是定义域)分划的积分；也涉及"泛函分析"，将"函数"推广到泛函，函数中的定义域可以是函数集或矩阵集等对象.**

第五章　傅里叶级数与傅里叶积分：§1　傅里叶级数——从什么是谱谈起；§2　傅里叶变换；§3　急减函数与缓增广义函数.

➤ **这是"调和分析学"，是基于傅里叶级数的一大领域.**

第六章　再论微积分的基础：§1　实数理论；§2　度量空间和赋范线性空间；§3　拓扑空间；附录 布劳威尔不动点定理的初等证明.

➤ **这些问题属于"拓扑线性空间"，在更一般的集合上(而不是具体的实数集、复数集、函数集等)分析变量和映射.**

第七章　微分流行上的微积分：§1　向量和张量；§2　微分流形；§3　多重线性代数介绍；§4　外微分形式；§5　微分形式在流行上的积分；§6　结束语——麦克斯韦方程组简介.

➤ **这部分属于"微分几何学"，是流形上的(而不是欧氏空间上的)多元微积分学.**
因此，微积分为现代数学的研究和应用打下了坚实的基础.

二、阅读启示

(一) 对思想方法的启示

对微积分中的思想方法更为深刻的理解：微积分可以分为理论与实践两部分，理论部分是指它的体系结构、思想路线、基本方法和工具;实践部分是指它在实践中发挥作用的方式方法,即实验和解题等活动.

数学考试是测试理论学习成就的一种形式.但由于测试题的局限性,测试目标与测试结果往往存在严重的偏差,这也是“熟能生巧”用于理论学习的误区.片面做题未必能提升自我效能感,也不能有效地提高学习成绩,反而丧失了对数学的信心和兴趣.孔子曰:“学而不思则罔,思而不学则殆”,就是这个道理.

在微积分的两位发明者中,莱布尼茨利用代数的、静态的方法,而牛顿利用几何的、运动的方法.同一种数学思想由不同的方式方法所表达出来,这是何等的神奇和美妙!这是他们把寻求解决问题的方法上升到对一般抽象函数都适用的理论高度的结果.这才是数学学习的根本方法.

(二) 对真善美的启示

1. 牢记使命——复习中追求数学的思想性和完整性

如果我们的学习最终必须经过一场终结性考试,那么就要善于给习题全面分类、综合地评价各种层次出题的可能性、不断地研究如何用尽量少的精力学到尽量多的解题方法.但即使是习题研究,也不要片面追求“解题研究”,而应将它作为数学问题的人文方面(问题的提法、信息量、抽象度、应用性、灵活性等)进行研究,才能事半功倍.而这正是学习数学与成才之道的关系.应“不忘初心、牢记使命”,要“理性复习”.对复习内容追求质量,追求数学的思想性、完整性.通过复习:

① 要进一步了解微积分学习的价值和意义,理解数学是一种文化、一种思维,解题只是其中的一部分,树立正确的数学观.

② 要理解数学的思想方法在数学中的重要性,进一步感悟掌握思想方法在处理生活事务过程中的巨大作用,了解微积分在数学中的地位与价值,树立进一步探索和创新的勇气和信心.

③ 要理解微积分中的思想方法对数学研究的指导作用,从而形成理论意识、创新意识和应用意识,将微积分的思想方法应用于生活之中,养成活学活用的习惯.

2. 不忘初心——不断回顾,走好人生的每一步路

学了微积分中的思想方法,可将其理论精髓融于心智,成为个人智慧和素养;那些浮躁于解题训练的、尚未触及数学本质的人,学了微积分后难免仍会说“没用”.而一个学好微积分的人,自然会爱数学,无论他过去爱没爱过数学,他不再惧怕做数学难题,但也不把会做难题当作最大的骄傲,他的自豪在于学到了探索自然规律的本领和科学精神,学到了数学家以兴趣去观察现实世界的情怀和人文素养,学到了以合作共享为时代特征的学习过程的审美和道德品质.

学习中不要盲目刷题、急功近利、有始无终.无论在学习,还是在生活、在工作中,也要坚持“不忘初心、牢记使命”的行事原则,只要认定了远大的理想和目标,就要持之以恒、不懈努力,不折不扣把每一步路走好,为人生、为社会交出一份份满意的答卷.

最后引用一段党的二十大报告与读者共勉:“广大青年要坚定不移听党话、跟党走,怀抱梦想又脚踏实地,敢想敢为又善作善成,立志做有理想敢担当、能吃苦、肯奋斗的新时代好青年,让青春在全面建设社会主义现代化国家的火热实践中绽放绚丽之花。”

三、问题解决

(一) 问题探究

用微积分中的思想方法指导问题探究，主要体现在下列三大意识上.

1. 理论意识

这就是指思想性，学会概括问题，将问题上升到理论高度. 我们在阅读和做题时，也要尽量多地关注那些含 $f(x)$ 的普遍性结论及其应用，例如思考：

思考题 1 (1) 什么样的函数 f 适用于等式 $\int_{-a}^{a} f(x)\mathrm{d}x = 2\int_{0}^{a}[f(x)+f(-x)]\mathrm{d}x$？

(2) 什么样的函数 a 适用于等式 $\int_{0}^{a} f(\sin x)\mathrm{d}x = \int_{0}^{a} f(\cos x)\mathrm{d}x$？

不要把这些等式当作一个普通的习题解答的问题，而要看作定理来反复研究和应用. 例如，“对于连续偶函数 $f(x)$，$\int_{-a}^{a} f(x)\mathrm{d}x = 2\int_{0}^{a} f(x)\mathrm{d}x$ ”这个命题，如果从图形上去认识，只能算是模式直观的解释，不能算证明，换元法可以是一种证明，但不能取代所有的证明，如果深入思考这个等式的意义！**——这是一个对于一切正数 a 都成立的等式**，这就是理论上产生了一般化认识，这样，只需转而证明变限积分的恒等式：

$$\int_{-x}^{x} f(t)\mathrm{d}t = 2\int_{0}^{x} f(t)\mathrm{d}t.$$

2. 创新意识

学会创新也是微积分课程的一个初心. 微积分虽然已经打开了成千上万的成果创新之门，但仍然留下无穷无尽的创造之窗，这是由数学的本质决定的，只要我们对数学感兴趣，就会自觉地寻找那些门窗，以此激发我们的灵感和智慧. 例如：

思考题 2 在极值、拐点的讨论中，我们常常要讨论连续函数 $f(x)$ 在零点 $x=x_0$ 的两侧改变符号的问题，当我们学到对于正项级数，既有不等式形式的比较审敛法，又有极限形式的审敛法时，我们是否可以对变号问题也来创造一个极限形式呢？

答案是肯定的，因为：

如果 $\lim\limits_{x\to x_0}\dfrac{f(x)}{x-x_0} = A \neq 0$，$f(x)$就在 $x=x_0$ 两侧变号；

如果 $\lim\limits_{x\to x_0}\dfrac{f(x)}{(x-x_0)^2} = A \neq 0$，$f(x)$就在 $x=x_0$ 两侧不变号.

如果 $f(x)$代以导数 $f'(x)$，就可以判别极值点和拐点了.

又如：

思考题 3 我们常常看到有很多命题，既有离散型，又有连续型，那么它们之间能否创建一种命题互证的方法？

可以用许瓦茨不等式肯定地回答这个问题. 许瓦茨不等式的积分形式是：

$$\left(\int_{a}^{b} f(x)g(x)\mathrm{d}x\right)^2 \leqslant \int_{a}^{b} f^2(x)\mathrm{d}x \cdot \int_{a}^{b} g^2(x)\mathrm{d}x.$$

与它相对应的离散型不等式就是：$\forall n \in \mathbf{N}$，$\forall a_i, b_i \in \mathbf{R}\ (i=1, 2, \cdots, n)$；

$$\left(\sum_{i=1}^{n} a_i b_i\right)^2 \leqslant \left(\sum_{i=1}^{n} a_i^2\right)\left(\sum_{i=1}^{n} b_i^2\right).$$

事实上，如果已知离散型，则对区间$[a, b]$的任何一个分割和界点组的任何取法，有

$$\left(\sum_{i=1}^{n} f(\xi_i) g(\xi_i) \Delta x_i\right)^2 = \left(\sum_{i=1}^{n} f(\xi_i)\sqrt{\Delta x_i} \cdot g(\xi_i)\sqrt{\Delta x_i}\right)^2$$

$$\leqslant \left(\sum_{i=1}^{n} f^2(\xi_i)\Delta x_i\right)\left(\sum_{i=1}^{n} g^2(\xi_i)\Delta x_i\right),$$

两边取极限即得到连续型了.

反之，如果连续型不等式成立，令$[a, b]=[0, 1]$，作阶梯函数

$$f(x)=a_i,\ x \in \left[\frac{i-1}{n}, \frac{i}{n}\right),\ (i=1, 2, \cdots, n),\ f(1)=a_n;$$

$$g(x)=b_i,\ x \in \left[\frac{i-1}{n}, \frac{i}{n}\right),\ (i=1, 2, \cdots, n),\ g(1)=b_n.$$

则 $f(x)$，$g(x)$均在区间$[0, 1]$上可积；所取积分和中的分割为 n 等分，所取介点组为每个小区间的左端点，则有

$$\left(\sum_{i=1}^{n} a_i b_i \frac{1}{n}\right)^2 = \left(\int_0^1 f(x)g(x)\mathrm{d}x\right)^2 \leqslant \int_0^1 f^2(x)\mathrm{d}x \cdot \int_0^1 g^2(x)\mathrm{d}x = \left(\sum_{i=1}^{n} a_i^2 \frac{1}{n}\right)\left(\sum_{i=1}^{n} b_i^2 \frac{1}{n}\right),$$

两边约去$\frac{1}{n^2}$，就得到离散形式.

因此，我们自创了一种很有意义的证明方法. 这样学来的数学，是不是很有意义！

3. 应用意识

数学不是为了应用于现实世界而生的，因为数学更多的内容在于对数学本身的体系的应用.

古希腊的阿波罗尼奥斯，写了一本书《圆锥曲线论》，它将圆锥曲线的性质网罗殆尽，如果不是解析几何的诞生，后人几乎没有插足的余地. 而他的成果不是为了用于圆锥曲线，而是为了给人类文明留下一种研究的基础. 结果，圆锥曲线还是被开普勒研究天体运动派上用场了.

我们的时代，已经越来越脱离原始，高精技术层出不穷. 如果可以从数学结论联想到现实世界上的应用，可以大幅度提高数学学习效果，也可以增进对社会的关心和责任.

例如，我们在生活中见到那些结构奇特的工艺或建筑（如图 2），或者那些可以在坐标平面上描绘的曲线，我们应该去思考，那些直纹面有些什么性质？莫比乌斯带在数学上有什么地位？悬链线是如何建模的？那些随机现象所描绘的曲线最适合应用微积分的哪些部分来研究？宇宙空间站是以怎样的轨道、怎样的周期运行的？如果我们因为关心了这些问题，去查阅资料，去解决了其中一部分疑问，就能够把很多数学相关的领域打通了！

图 2

（二）习题研究

1. 组卷法学习

在微积分学习考核之际，选择优质习题，尝试出一份模拟卷，大致有以下积极效果：

➢ 全面复习相应知识点，全面梳理手头的题源资料进行择题；

➢ 比较各题在考卷中的难度和合适程度；

➢ 科学地整体安排各知识点在考卷中的分布；

➢ 出卷时解决所出现的文字输入、公式输入、画图、格式等方面的问题，学会编辑；

➢ 出卷时修改习题，防止别人误读，锻炼文字表达的严谨性；

➢ 在组卷过程中体会教师的不易，增添对老师的感恩之心.

一份好的试卷在被他人赞同之时，也对他人有所帮助，并使自己的自信和能力得到升华. 无数实践证明：组卷是走出被动学习，走出机械刷题的良好学习方法.

在组卷活动中，拿原题去做考试题可能会遇到被试者正好见过此题的可能，而且组成试卷需要综合考虑认知水平、思考量、计算量、应用情境、覆盖面、挑战性等，还要考虑被试对象和测试情境. 学习者在组卷的活动中，自然会深度思考这些问题. 有时需要改编习题.

2. 习题的分类

组卷工作的一个基本问题是对习题的分类. 分类的方法有很多，需要根据（模拟）考试目标和范围将它们综合考虑.

(1) 按知识点分类

知识点是微积分学习要求中具体的基础知识和基本方法，微积分的知识点可以列为 7 大板块：函数与极限、一元函数的微分学、一元函数的积分学、空间解析几何与多元函数的微分学、多元函数的积分学、无穷级数论、常微分方程. 每一板块内都有一些二维指标，要把它们按了解、理解、掌握的要求列出来. 这是编拟考卷的基本原理. 可以编撰一个框架，把发现的优质习题分别投放在这些“坑”里. 但对于多个知识点综合编拟的习题，应考虑以难点为中心.

例 1 在变力 $\boldsymbol{F}=yz\boldsymbol{i}+zx\boldsymbol{j}+xy\boldsymbol{k}$ 的作用下，质点由原点沿直线运动到椭球面 $\dfrac{x^2}{a^2}+\dfrac{y^2}{b^2}+\dfrac{z^2}{c^2}=1$ 上第一卦限的点 $M(\xi,\eta,\zeta)$. 问 ξ,η,ζ 取何值时，力 $\boldsymbol{F}$ 所做的功 W 最大？并求 W 的最大值.

解 直线 OM 的参数方程为 $\begin{cases}x=\xi t\\ y=\eta t\\ z=\zeta t\end{cases}$，$t:0\to1$. 力 $\boldsymbol{F}$ 所做的功为曲线积分

$$W=\int_{\overline{OM}}\boldsymbol{F}\cdot\mathrm{d}\boldsymbol{r}=\int_{\overline{OM}}yz\,\mathrm{d}x+zx\,\mathrm{d}y+xy\,\mathrm{d}z=\int_0^1 3\xi\eta\zeta t^2\,\mathrm{d}t=\xi\eta\zeta.$$

下面求 $W=\xi\eta\zeta$ 在条件 $\dfrac{\xi^2}{a^2}+\dfrac{\eta^2}{b^2}+\dfrac{\zeta^2}{c^2}=1\ (\xi\geqslant0,\eta\geqslant0,\zeta\geqslant0)$ 下的最大值. 用条件

极值法,令 $L(\xi,\eta,\zeta)=\xi\eta\zeta+\lambda\left(\frac{\xi^2}{a^2}+\frac{\eta^2}{b^2}+\frac{\zeta^2}{c^2}-1\right)$,由 $\frac{\partial L}{\partial\xi}=\frac{\partial L}{\partial\eta}=\frac{\partial L}{\partial\zeta}=0$ 得 $\eta\zeta=-\frac{2\lambda\xi}{a^2}$,$\xi\zeta=-\frac{2\lambda\eta}{b^2}$,$\xi\eta=-\frac{2\lambda\zeta}{c^2}$,由此得到当 $\frac{\xi^2}{a^2}=\frac{\eta^2}{b^2}=\frac{\zeta^2}{c^2}=\frac{1}{3}$ 时得唯一可能的极值点 $(\xi,\eta,\zeta)=\left(\frac{a}{\sqrt{3}},\frac{b}{\sqrt{3}},\frac{c}{\sqrt{3}}\right)$,功的最大值为 $W_{\max}=\frac{\sqrt{3}abc}{9}$.

本题来自物理应用的背景,它的条件、解答过程和结论都充满对称美,避免了复杂的计算.这个题知道的点很多,算作哪个章节的问题呢?我们应考虑这个题可以被破解的关键是“作功”,它是“曲线积分”的应用问题;当然分值更高的部分也可能是“最值问题”,故两个章节都可以落脚.

此外,本题还存在以下几个要点:

① 曲线积分的向量表示法十分有用;

② 目标函数是由曲线积分形成的.如果需要对目标函数 $W=\xi\eta\zeta$ 有所改变,可以改变力 $\boldsymbol{F}=yz\boldsymbol{i}+zx\boldsymbol{j}+xy\boldsymbol{k}$ 或者路径,这两者确定了曲线积分的值;

③ 如果需要对极值条件有所改变,可以将椭球面改为其他曲面;

④ 基于②和③的考虑,对力 $\boldsymbol{F}=yz\boldsymbol{i}+zx\boldsymbol{j}+xy\boldsymbol{k}$ 进行适当修改,并将曲线积分改为一条封闭的曲线,所做的功应该是存在(绝对)最大值和最小值的.

(2) 按难度分类

下面结合实例介绍“难度”的有关知识.

例 2　设 $f(x)=x$,$g(x)=\begin{cases}\sin x & 当\ 0\leqslant x\leqslant\frac{\pi}{2}\\ 0 & 其他\end{cases}$,在 $x\geqslant 0$ 时求 $F(x)=\int_0^x f(t)g(x-t)\mathrm{d}t$.

解　令 $x-t=u$,则

$$F(x)=\int_0^x f(x-u)g(u)\mathrm{d}u=\int_0^x (x-u)g(u)\mathrm{d}u$$

$$=\begin{cases}\int_0^x (x-u)\sin u\mathrm{d}u & 当\ x\leqslant\frac{\pi}{2}\\ \int_0^{\frac{\pi}{2}}(x-u)\sin u\mathrm{d}u+\int_{\frac{\pi}{2}}^x (x-u)\cdot 0\mathrm{d}u & 当\ x>\frac{\pi}{2}\end{cases}$$

$$=\begin{cases}x\int_0^x \sin u\mathrm{d}u-\int_0^x u\sin u\mathrm{d}u & 当\ x\leqslant\frac{\pi}{2}\\ x\int_0^{\frac{\pi}{2}}\sin u\mathrm{d}u-\int_0^{\frac{\pi}{2}}u\sin u\mathrm{d}u & 当\ x>\frac{\pi}{2}\end{cases}=\begin{cases}x\int_0^x \sin u\mathrm{d}u-\int_0^x u\sin u\mathrm{d}u & 当\ x\leqslant\frac{\pi}{2}\\ x-1 & 当\ x>\frac{\pi}{2}\end{cases}.$$

“难度”一词,属于教育测量与评价理论.目前比较公认的评价难度的方法是我国华东师范大学的几位学者提出的综合难度五因素模型,将题目的背景、数学认知、运算水平、推理水平和知识综合画在一个雷达图上,以向量的视角看结果,或者用加权平均看得分,就得到一个题目的难度估计[①]. 不过,评分过程仍然基于主观经验.

对于本题,依次观察是否有个人生活、公共常识、科学情景方面的背景,这方面难度为0;因为本题中有两种变量的分段函数的变限积分,这是需要很好地设计的,依次对比"计算、概念、领会、分析"四个方面,本题应在"分析"的水平上,所以在数学认知维度上的难度达到4;运算水平分"数值计算、简单符号运算、复杂符号运算"三种,本题要在含参变量的情况下用换元法和分部积分法,故属于复杂符号运算;相对于"简单推理"而言,本题更倾向于"复杂推理"的推理水平;本题综合运用了3个以上的知识点,属于最高级的知识综合水平. 综上所述,本题难度为(0,4,3,2,3),属于高难度的(建议重新演练并体味一下其思考过程).

对难度指标进行加权,就可以大体进行难度排序了.

(3) 按提问方式分类

数学问题的提问,从本质上可以分为Q型问题和P型问题两类. Q型(question)是那些没有背景的,只对概念、简单的数值运算和简单推理的、单个知识点的问题. P型(problem)就是那些有科学(包括数学)生活背景的、对分析和说明能力进行拷问的、符号运算和复杂推理为主的、包含多个知识点的问题.

在多数情况下,判断题、单选题、填空题、简答题和简算题只用于提出Q型问题;多选题、改错题、阅读与综合应用题、开放题用于提出P型问题.

以本书在每一讲后面的两组模拟卷为例,第一组将上述三种分类都做了综合平衡,第二组编进了各种题型. 相对于传统的试卷,在形态上并不完美,但力图弥补中国教材中新题不多的缺陷. 特别地,对应用题和开放题做了收集和编拟,以适用于实践和创新能力的培养.

3. 优质应用题与开放题资源

我国的微积分习题,究其来源,多半与吉米多维其编写的《数学分析习题集》有关. 随着信息化时代的发展,习题研究在最近几年有所进步. 一些培训机构研发新题也有一定贡献,但由于考试目标所限,像一些发达国家教材中那样的应用性习题和开放题很少获得重视.

这里介绍全球知名的参考文献出版商圣智学习出版的第9版《微积分》(封面如图3)[②]中的两个习题(作为例题).

图3

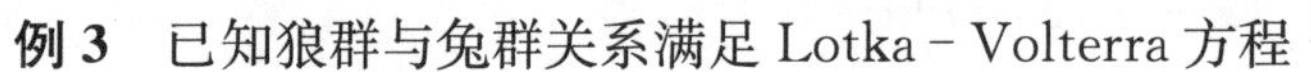

例3 已知狼群与兔群关系满足Lotka-Volterra方程

$$\begin{cases} \dfrac{dR}{dt}=0.08R-0.001RW \\ \dfrac{dW}{dt}=-0.02W+0.000\,0\,2RW \end{cases}.$$

(1) 利用微分方程组求解 $\dfrac{dR}{dW}$ 的表达式;

(2) 在 RW 平面中为所得到的微分方程绘制一个方向场,然后用那个方向场画出一些解的曲线;

① 王建磐,鲍建生. 高中数学教材中例题的综合难度的国际比较[J]. 全球教育展望,2014,43(8):5-9.

② Stewart J, Clegg D & Watson S. Calculus Early Transcendentals (9Th edition) [M]. Cengage Learning, Inc., 2019.

(3) 假设在某一时刻,有 1 000 只兔子和 40 只狼,绘制相应的解的曲线,并用它来描述两个种群水平的变化;

(4) 使用(3)部分绘制 R 和 W 作为 t 的函数的示意图.

图 4

题目旁边先放一张狼吃兔子的图片(见图 4). 此解答不需要解微分方程组,事实上整个书本没有介绍过微分方程组的解,他们只是将微分方程组看作相关变化率问题.

分析 (1) 如图 5,当两个种群都趋于常数时,达到生态平衡,此时两个导数均为零时,即 $\frac{\mathrm{d}R}{\mathrm{d}t}=0$, $\frac{\mathrm{d}W}{\mathrm{d}t}=0$, 由此方程组解出 $R=0$, $W=0$ 和 $R=1\,000$, $W=80$, 即当狼把兔子吃光时,自己也就灭绝了;(2) 当兔子保持在 1 000 只而狼有 80 只时,达到一种平衡状态,即图 5 的中心点. (3) 方程组的解确定了无数积分曲线,每条积分曲线由一种初始状态唯一确定,只要给出一条曲线,就可以断定两个物种周期性变化的函数关系式,例如图 6 中,兔子从 1 000 只开始,增加到 2 800 只,然后减少到约 210 只. 狼群的数量从 40 只开始,增加到 80 只,再增到约 140 只,再减少到 80 只和 40 只,然后周期再次开始. (4) 由(3)的讨论得到函数关系如图 7.

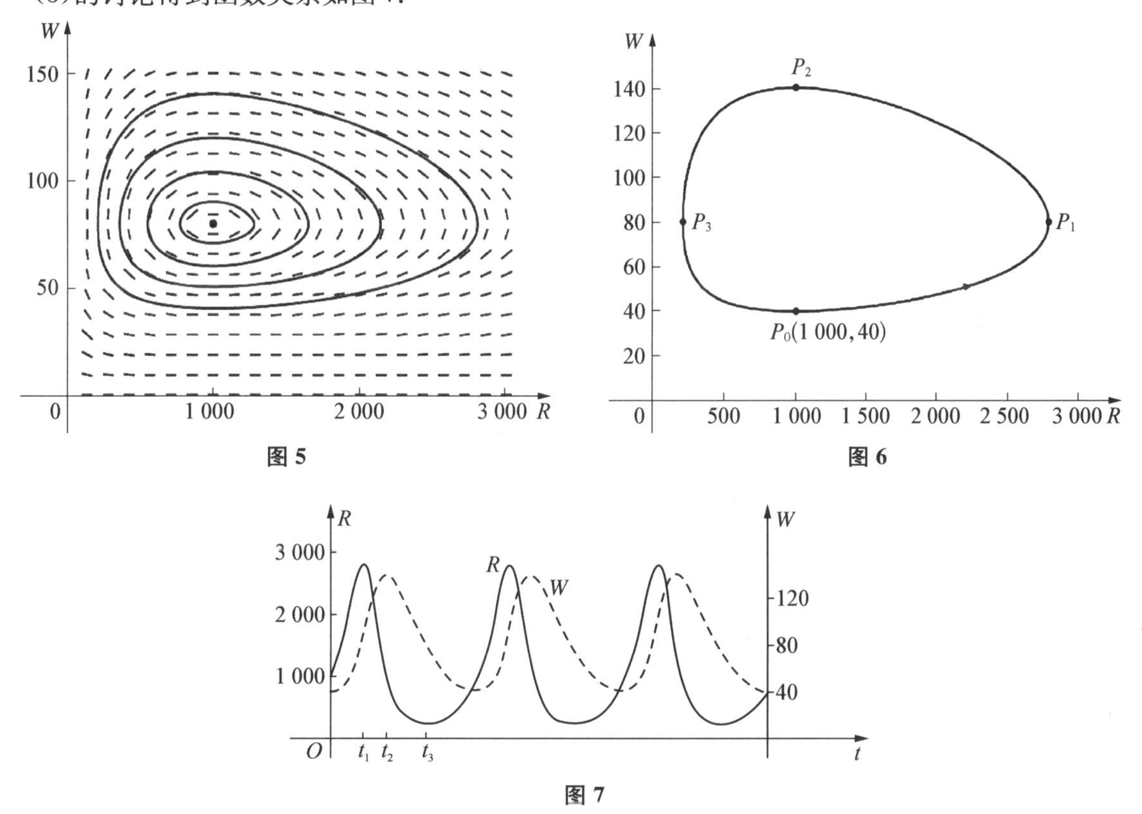

图 5 图 6

图 7

书中还有大量的看图说话的习题,例如,给出类似于图 6 的种群关系图,要求描述他们随着时间变化的类似于图 7 的两个函数,也有已知两个函数曲线画出两个种群的关系的草图. 这种习题激发学生开放性地回答问题,这在我国的教材中是十分罕见的.

再看下题:

例 4 证明 $\int_0^1\int_0^1\int_0^1 \frac{1}{1-xyz}\mathrm{d}x\,\mathrm{d}y\,\mathrm{d}z=\sum_{n=1}^{\infty}\frac{1}{n^3}$. 右端级数的和至今无人求出.

此题需要做的不是对积分技巧的补课，而是将被积函数写成幂级数，即 $\frac{1}{1-xyz}=\sum_{n=0}^{\infty}(xyz)^n$，再对照幂级数的积分及其极限的有关条件进行逐次积分. 后面的一句"……右端级数的和至今无人求出"，令人浮想联翩，欲罢不能.

好题目就该这样：简单直接，题型新颖，有趣有用，魅力无穷，令人难以忘怀.

我们要求数学学习中的高阶性、创新性、挑战度，就应该研究学习数学的思维需求，对数学题进行自主创新，在理论意识、思维培养、应用能力上大力开发新资源.

4. 优质综合题资源

微信公众号"考研竞赛数学"就是一个集各高校共享的模拟卷和测验卷、各年考研卷、各地各年竞赛卷于一身的资源库，具有很好的参考价值. 历届全国大学生数学竞赛（简称国赛）试卷就可以在这个公众号里找到. 这里挑选一组相对简易的、知识点互补的竞赛题，以飨读者.

例 5 设 $f(u,v)$ 具有连续偏导数，且满足 $f_u(u,v)+f_v(u,v)=uv$，求 $y(x)=\mathrm{e}^{-2x}f(x,x)$ 所满足的一阶微分方程，并求其通解.

例 6 已知 u_n 满足 $u_n{}'(x)=u_n(x)+x^{n-1}\mathrm{e}^x$（$n$ 是正整数），且 $u_n(1)=\frac{\mathrm{e}}{n}$，求函数项级数 $\sum_{n=1}^{\infty}u_n(x)$ 的和.

例 7 设可微函数 $f(x,y)$ 满足 $\frac{\partial f}{\partial x}=-f(x,y)$，$f\left(0,\frac{\pi}{2}\right)=1$，且 $\lim_{n\to\infty}\left(\frac{f\left(0,y+\frac{1}{n}\right)}{f(0,y)}\right)^n=\mathrm{e}^{\cot y}$，则 $f(x,y)=$________.

例 8 已知平面区域 $D=\{(x,y)\mid 0\leqslant x\leqslant\pi,\ 0\leqslant x\leqslant\pi\}$，$L$ 为 D 的正向边界，试证：

(1) $\oint_L x\mathrm{e}^{\sin y}\mathrm{d}y-y\mathrm{e}^{-\sin x}\mathrm{d}x=\oint_L x\mathrm{e}^{-\sin y}\mathrm{d}y-y\mathrm{e}^{\sin x}\mathrm{d}x$；

(2) $\oint_L x\mathrm{e}^{\sin y}\mathrm{d}y-y\mathrm{e}^{-\sin x}\mathrm{d}x\geqslant\frac{5}{2}\pi^2$.

例 9 设 $f(x)$ 是在 $(-\infty,+\infty)$ 内的可微函数，且满足 (1) $f(x)>0$；(2) $|f'(x)|\leqslant mf(x)$，其中 $0<m<1$. 任取 a_0，定义 $a_n=\ln f(a_{n-1})$，$n=1,2,\cdots$. 证明级数 $\sum_{n=1}^{\infty}(a_n-a_{n-1})$ 绝对收敛.

这些优质题目，都是国内知名的命题专家"闭门研发"的，自然会有很多智慧可学.

例 5 之解： $y'(x)=-2\mathrm{e}^{-2x}f(x,x)+\mathrm{e}^{-2x}f_u(x,x)+\mathrm{e}^{-2x}f_v(x,x)=-2y+x^2\mathrm{e}^{-2x}$. 因此，所求一阶微分方程为 $y'+2y=x^2\mathrm{e}^{-2x}$，解此一阶线性微分方程得通解 $y=\left(\frac{x^3}{3}+C\right)\mathrm{e}^{-2x}$.

本题通过偏导数求出一个常微分方程,并求其通解,简单但要求概念非常清晰.

例 6 之解:先解一阶常系数线性微分方程 $u_n{}'(x)-u_n(x)+x^{n-1}\mathrm{e}^x$,通解为 $u_n(x)=\mathrm{e}^{\int \mathrm{d}x}\left(\int x^{n-1}\mathrm{e}^x\cdot\mathrm{e}^{-\int\mathrm{d}x}\mathrm{d}x+C\right)=\mathrm{e}^x\left(\dfrac{x^n}{n}+C\right)$.

由条件 $u_n(1)=\dfrac{\mathrm{e}}{n}$ 得 $C=0$,故 $u_n(x)=\dfrac{\mathrm{e}^x x^n}{n}$.

从而 $\sum\limits_{n=1}^{\infty}u_n(x)=\sum\limits_{n=1}^{\infty}\dfrac{\mathrm{e}^x x^n}{n}=\mathrm{e}^x\sum\limits_{n=1}^{\infty}\dfrac{x^n}{n}=-\mathrm{e}^x\ln(1-x)$,$-1\leqslant x<1$.

本题通过解常微分方程写出幂级数,再求幂级数的和函数,思路十分新颖独特.

例 7 之解法 1(偏积分法):因为 $\dfrac{\partial f}{\partial x}=-f(x,y)$,所以两边积分时,把 y 看作常数,得到解的结构为 $f(x,y)=C(y)\mathrm{e}^{-x}$. 从第二个条件知

$$\mathrm{e}^{\cot y}=\lim_{n\to\infty}\left[\frac{f\left(0,y+\frac{1}{n}\right)}{f(0,y)}\right]^n=\lim_{n\to\infty}\left[\frac{C\left(y+\frac{1}{n}\right)}{C(y)}\right]^n=\lim_{n\to\infty}\left[1+\frac{C\left(y+\frac{1}{n}\right)-C(y)}{C(y)}\right]^n$$

$$=\mathrm{e}^{\lim\limits_{n\to\infty}n\cdot\frac{C\left(y+\frac{1}{n}\right)-C(y)}{C(y)}}=\mathrm{e}^{\frac{1}{C(y)}\lim\limits_{n\to\infty}\frac{C\left(y+\frac{1}{n}\right)-C(y)}{\frac{1}{n}}}=\mathrm{e}^{\frac{1}{C(y)}\cdot C'(y)},$$

即 $\dfrac{C'(y)}{C(y)}=\dfrac{\cos y}{\sin y}$,所以 $C(y)=C_1\sin y$. 所以有 $f(x,y)=C_1\sin y\mathrm{e}^{-x}$,再从 $f\left(0,\dfrac{\pi}{2}\right)=1$ 知 $C_1=1$,故函数 $f(x,y)=\sin y\mathrm{e}^{-x}$ 为满足条件的函数.

例 7 之解法 2(一元函数积分法):

$$\mathrm{e}^{\cot y}=\lim_{n\to\infty}\left[\frac{f\left(0,y+\frac{1}{n}\right)}{f(0,y)}\right]^n=\lim_{n\to\infty}\left[1+\frac{f\left(0,y+\frac{1}{n}\right)-f(0,y)}{f(0,y)}\right]^n$$

$$=\mathrm{e}^{\lim\limits_{n\to\infty}n\cdot\frac{f\left(0,y+\frac{1}{n}\right)-f(0,y)}{f(0,y)}}=\mathrm{e}^{\frac{1}{f(0,y)}\lim\limits_{n\to\infty}\frac{f\left(0,y+\frac{1}{n}\right)-f(0,y)}{\frac{1}{n}}}=\mathrm{e}^{\frac{1}{f(0,y)}\cdot f'(0,y)},$$

可知 $\dfrac{f'(0,y)}{f(0,y)}=\dfrac{\cos y}{\sin y}$,所以 $f(0,y)=C\sin y$. 又 $\dfrac{\partial f}{\partial x}=-f(x,y)$,知 $f(x,y)=C(y)\mathrm{e}^{-x}$,故 $C(y)=f(0,y)=C\sin y$,即 $f(x,y)=C\sin y\mathrm{e}^{-x}$,而 $f\left(0,\dfrac{\pi}{2}\right)=1$,故 $C=1$,从而

$$f(x,y)=\sin y\mathrm{e}^{-x}.$$

这两种解题方法都将极限、导数和偏导数、积分和微分方程等知识点都有机结合到了,可见本题的设计十分奇巧.

例 8 之证:(1) 根据格林公式,

$$\oint_L x\mathrm{e}^{\sin y}\mathrm{d}y-y\mathrm{e}^{-\sin x}\mathrm{d}x=\iint_D(\mathrm{e}^{\sin y}+\mathrm{e}^{-\sin x})\mathrm{d}x\mathrm{d}y,$$

同理，$$\oint_L x\mathrm{e}^{-\sin y}\mathrm{d}y - y\mathrm{e}^{\sin x}\mathrm{d}x = \iint_D (\mathrm{e}^{-\sin y} + \mathrm{e}^{\sin x})\mathrm{d}x\mathrm{d}y,$$

因为 D 关于 $y=x$ 对称，所以 $\iint_D (\mathrm{e}^{\sin y} + \mathrm{e}^{-\sin x})\mathrm{d}x\mathrm{d}y = \iint_D (\mathrm{e}^{\sin x} + \mathrm{e}^{-\sin y})\mathrm{d}x\mathrm{d}y$，故(1)得证.

(2) 由于 $\mathrm{e}^t + \mathrm{e}^{-t} = 2\sum_{n=0}^{\infty}\frac{t^{2n}}{(2n)!} \geqslant 2 + t^2$，故

$$\oint_L x\mathrm{e}^{\sin y}\mathrm{d}y - y\mathrm{e}^{-\sin x}\mathrm{d}x = \frac{1}{2}\iint_D (\mathrm{e}^{\sin y} + \mathrm{e}^{-\sin y} + \mathrm{e}^{\sin x} + \mathrm{e}^{-\sin x})\mathrm{d}x\mathrm{d}y = \iint_D (\mathrm{e}^{\sin x} + \mathrm{e}^{-\sin x})\mathrm{d}x\mathrm{d}y$$

$$\geqslant \iint_D (2 + \sin^2 x)\mathrm{d}x\mathrm{d}y = 2\pi^2 + \frac{\pi^2}{2} = \frac{5}{2}\pi^2.$$

本题要求从(1)的不对称的等式中找到一个与之构成“轴对称的等式”，再利用“D 关于 $y=x$ 对称”把两个等式相加，在证明不等式时不是简单地用到 $a + a^{-1} \geqslant 2$，而是用幂级数制造不等式 $\mathrm{e}^t + \mathrm{e}^{-t} \geqslant 2 + t^2$. 这样的好题，不能不收藏.

例 9 之证：由微分中值定理，

$$a_n - a_{n-1} = \ln f(a_{n-1}) - \ln f(a_{n-2}) = \frac{f'(\xi)}{f(\xi)}(a_{n-1} - a_{n-2}),$$

其中 ξ 在 a_n，a_{n-1} 之间. 于是 $|a_n - a_{n-1}| \leqslant \left|\frac{f'(\xi)}{f(\xi)}\right| |a_{n-1} - a_{n-2}| \leqslant m|a_{n-1} - a_{n-2}|$，由归纳法知，$|a_n - a_{n-1}| \leqslant m^n |a_1 - a_0|$，所以

$$s_n = \sum_{i=1}^{n} |a_i - a_{i-1}| \leqslant (1 + m + m^2 + \cdots + m^n)|a_1 - a_0| < \frac{1}{1-m}|a_1 - a_0|.$$

即正项级数的前 n 项和的序列有上界，从而 $\sum_{n=1}^{\infty}(a_n - a_{n-1})$ 绝对收敛. 证毕.

此题的过程几乎就是必由之路，因为要研究 $|a_n - a_{n-1}|$，就要研究 $|\ln f(a_{n-1}) - \ln f(a_{n-2})|$，从而转化为 $\left|\frac{f'(\xi)}{f(\xi)}\right| |a_{n-1} - a_{n-2}|$，就成为一个与等比级数做比较的问题，方法十分经典，所用的知识点和通用技巧也十分丰富.

(三) 解题策略

我们的数学解题，有时很像是一种博弈，没有一定的人文素养是做不好的.

1. 与编题者对话

例 10 用代换 $x = \cos\theta$ 证明，微分方程 $(1-x^2)\frac{\mathrm{d}^2 y}{\mathrm{d}x^2} - x\frac{\mathrm{d}y}{\mathrm{d}x} + n^2 y = 2(1-x^2)$（$n$ 为正整数）可以变形为 $\frac{\mathrm{d}^2 y}{\mathrm{d}\theta^2} + n^2 y = 2\sin^2\theta$. 从而当 $n \neq 2$ 时它的解的形式为

$$A\cos(n\arccos x) + B\sin(n\arccos x) + f(x),$$

这里 A，B 为任意常数，而 $f(x)$ 是一个待定的 x 的函数.

分析　这是新加坡的一道中学数学题. 本题有两个考点，一是灵活运用链式法则来转化变量，这是关键的一步，它可以实现将原来的常微分方程转化为没有一阶导数项的常系数线性方程. 接下来的问题是做 $\frac{dy}{dx}=\frac{dy}{d\theta}\cdot\frac{d\theta}{dx}$，还是 $\frac{dy}{d\theta}=\frac{dy}{dx}\cdot\frac{dx}{d\theta}$？ 其实两者是一样的，但从二阶导数的需要来说，用前面的那个等式再求导估计是编题者更想要看到的过程.

解　$\frac{dy}{dx}=\frac{dy}{d\theta}\cdot\frac{d\theta}{dx}=\frac{dy}{d\theta}\cdot\frac{1}{\frac{dx}{d\theta}}=-\frac{1}{\sin\theta}\frac{dy}{d\theta}$，

$$\frac{d^2y}{dx^2}=\left(\frac{\cos\theta}{\sin^2\theta}\frac{d\theta}{dx}\right)\frac{dy}{d\theta}-\frac{1}{\sin\theta}\left(\frac{d^2y}{d\theta^2}\frac{d\theta}{dx}\right)=-\frac{\cos\theta}{\sin^3\theta}\frac{dy}{d\theta}+\frac{1}{\sin^2\theta}\frac{d^2y}{d\theta^2},$$

于是 $(1-x^2)\frac{d^2y}{dx^2}-x\frac{dy}{dx}+n^2y=\sin^2\theta\left(-\frac{\cos\theta}{\sin^3\theta}\frac{dy}{d\theta}+\frac{1}{\sin^2\theta}\frac{d^2y}{d\theta^2}\right)-\cos\theta\left(-\frac{1}{\sin\theta}\frac{dy}{d\theta}\right)+n^2y=\frac{d^2y}{d\theta^2}+n^2y$；而右边 $2(1-x^2)=2\sin^2\theta$. 故等式成立.

当 $n\neq 2$ 时方程 $\frac{d^2y}{d\theta^2}+n^2y=2\sin^2\theta$ 的解为 $y=A_1\cos n\theta+B_2\sin n\theta+f_1(\theta)$，由于 $\theta=\pm\arccos x+2k\pi$，就有 $y=A\cos(n\arccos x)+B\sin(n\arccos x)+f(x)$. 证毕.

我们就应该联想经典习题：

例 11　设变换 $\begin{cases}u=x-2y\\v=x+ay\end{cases}$，可把方程 $6\frac{\partial^2z}{\partial x^2}+\frac{\partial^2z}{\partial x\partial y}-\frac{\partial^2z}{\partial y^2}=0$ 化简为 $\frac{\partial^2z}{\partial u\partial v}=0$(其中 z 有二阶连续偏导数)，求常数 a.

这个习题的目标是十分相似的，就是简化一个偏微分方程. 简化以后还能得出 $z=Ax+By+C$ 这样的一般解. 然而与上题有所不同的是，本题的变量代换过程为：

函数 $z=f(x,y)$ 要看作某函数 $z=F(u,v)$ 与 $\begin{cases}u=x-2y\\v=x+ay\end{cases}$ 复合运算而得到，现在要从关于 $z=f(x,y)$ 的方程推出关于 $z=F(u,v)$ 的方程. 注意，这里要假设有两个函数 $z=f(x,y)$ 和 $z=F(u,v)$，且它们都是以 z 为因变量.

解　由变换得 $\begin{cases}\frac{\partial z}{\partial x}=\frac{\partial z}{\partial u}\cdot 1+\frac{\partial z}{\partial v}\cdot 1\\\frac{\partial z}{\partial y}=\frac{\partial z}{\partial u}\cdot(-2)+\frac{\partial z}{\partial v}\cdot a\end{cases}$，再偏导，得到：

$$\begin{cases}\frac{\partial^2z}{\partial x^2}=\frac{\partial^2z}{\partial u^2}+\frac{\partial^2z}{\partial v\partial u}+\frac{\partial^2z}{\partial u\partial v}+\frac{\partial^2z}{\partial v^2}\\\frac{\partial^2z}{\partial x\partial y}=\frac{\partial^2z}{\partial u^2}\cdot(-2)+\frac{\partial^2z}{\partial u\partial v}\cdot a+\frac{\partial^2z}{\partial v\partial u}\cdot(-2)+\frac{\partial^2z}{\partial v^2}\cdot a.\\\frac{\partial^2z}{\partial y^2}=4\frac{\partial^2z}{\partial u^2}-2a\frac{\partial^2z}{\partial v\partial u}-2a\frac{\partial^2z}{\partial u\partial v}+a^2\frac{\partial^2z}{\partial v^2}\end{cases}$$

代入 $6\frac{\partial^2 z}{\partial x^2}+\frac{\partial^2 z}{\partial x\partial y}-\frac{\partial^2 z}{\partial y^2}=0$，并化简得

$$(10+5a)\frac{\partial^2 z}{\partial u\partial v}+(6-a-a^2)\frac{\partial^2 z}{\partial v^2}=0,$$

上式化简为 $\frac{\partial^2 z}{\partial u\partial v}=0$，当且仅当 $10+5a\neq 0$，$6+a-a^2=0$，从而 $a=3$.

此题的编题者一定明白这是两个偏微分方程的变换，他要预估这种变换的可能性，要把参数调至较低的计算量是不容易的. 我们如果从编题者的角度去思考，也可以这样考虑：能否将题目中的变换多一个参数，使它成为 $\begin{cases}u=x-2y\\v=bx+ay\end{cases}$，并要求最终化简的目标由 $\frac{\partial^2 z}{\partial u\partial v}=0$ 改为 $\frac{\partial^2 z}{\partial u^2}=0$？

2. 与现实世界对话

在解题时，常常需要一些直观的表征来帮助理解. 要利用空间几何观念、物理知识等现实世界中的常识参考思考.

例 12 设一礼堂的顶部是一个半椭球面，求下雨时过房顶的任一点处的雨水沿外表面向下流淌的轨迹(不计摩擦).

解 设半椭球面的方程为 $\Sigma: z=c\sqrt{1-\frac{x^2}{a^2}-\frac{y^2}{b^2}}$，雨水将沿 z 值下降最快的方向向下流淌，故路线在 xOy 平面上的投影曲线 L 在任一点处与曲面 Σ 的等高线正交，且与 $\mathbf{grad}\,z$ 的方向相反. 或者说，在 L 上任一点处的切向量为 $(\mathrm{d}x, \mathrm{d}y)$，它应与 $\mathbf{grad}\,z$ 平行，所以有

$$\frac{\mathrm{d}x}{-\frac{cx}{a^2\sqrt{1-\frac{x^2}{a^2}-\frac{y^2}{b^2}}}}=\frac{\mathrm{d}y}{-\frac{cy}{b^2\sqrt{1-\frac{x^2}{a^2}-\frac{y^2}{b^2}}}},$$

即 $\frac{\mathrm{d}y}{\mathrm{d}x}=\frac{a^2y}{b^2x}$，$x\neq 0$，这就是投影曲线的微分方程，解之得 $y=kx^{\frac{a^2}{b^2}}$，其中 k 是雨水的初始状态. 以 L 为准线，母线平行于 z 轴的柱面方程与半椭球面的交线即为雨水向下流淌的轨迹方程，即为

$$\begin{cases}z=c\sqrt{1-\frac{x^2}{a^2}-\frac{y^2}{b^2}}\\y=kx^{\frac{a^2}{b^2}}\end{cases}.$$

试想山顶上倾泻而下的洪水是不是也会在流速最快的路径上.

例 13 将一根长为 k 的铁丝分成至多三段，将这三段依次围成一个圆和两个正方形. 问：应怎样分割铁丝，可使这三个图形的面积之和达到最小和最大？

解　设分成的三段长分别为 $2\sqrt{\pi}x$，$4y$，$4z$，则本问题可归结为在约束条件 $2\sqrt{\pi}x + 4y + 4z = k$ $(x, y, z \geqslant 0)$ 下求函数 $w = x^2 + y^2 + z^2$ 的最小值和最大值问题.

如图 8 所示，从几何上看，就是求原点 O 到平面 P：$2\sqrt{\pi}x + 4y + 4z = k$ 位于第一卦限部分上各点距离平方和的最大值和最小值. 记原点 O 到平面 P 的距离为 d，则

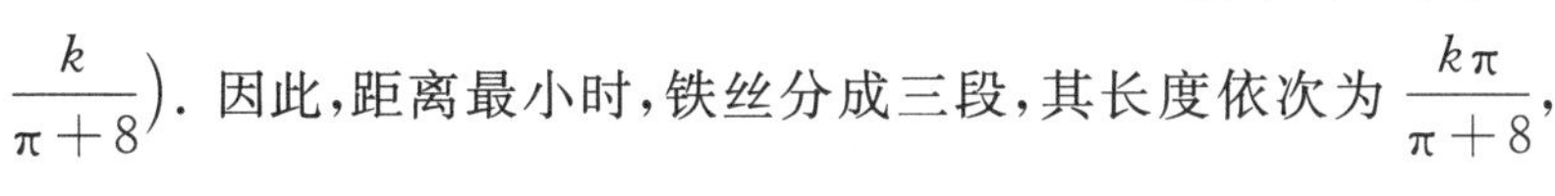

$$w_{\min} = d^2 = \left(\frac{k}{\sqrt{4\pi + 32}}\right)^2 = \frac{k^2}{4(\pi + 8)},$$

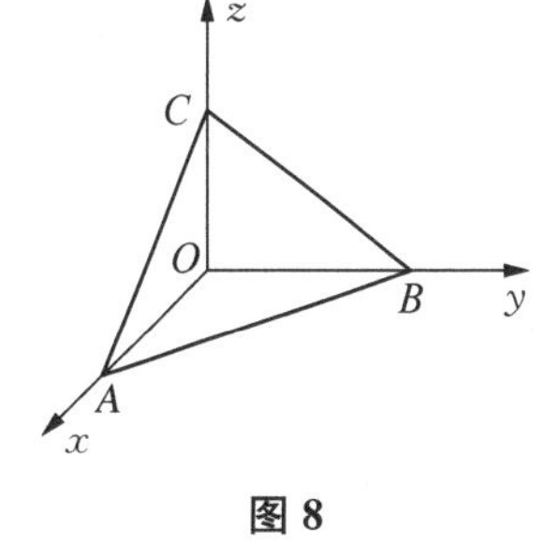

图 8

容易算出 O 到平面 P 的投影点的坐标为 $\left(\frac{k\sqrt{\pi}}{2(\pi + 8)}, \frac{k}{\pi + 8}, \frac{k}{\pi + 8}\right)$. 因此，距离最小时，铁丝分成三段，其长度依次为 $\frac{k\pi}{\pi + 8}$，$\frac{4k}{\pi + 8}$，$\frac{4k}{\pi + 8}$.

由于原点 O 到平面 P 的位于第一卦限部分上各点距离的最大值必在四面体 $OABC$ 的顶点处取得，因此

$$w_{\max} = \max\{|OA|^2, |OB|^2, |OC|^2\} = |OA|^2 = \frac{k^2}{4\pi}.$$

此时铁丝不做分割，整段铁丝围成一个圆.

另一种角度是如果利用目标函数 $w = x^2 + y^2 + z^2$ 的等值面 $x^2 + y^2 + z^2 = M$（一系列球面）来解决这个问题，则显然，当球面与平面 P 相切时，M 取得最小值，而当球面的半径等于 $|OA|$ 时，M 取得最大值. 这样同样很方便地得出结果.

本题是带线性不等式和等式约束的条件极值问题，直接用拉格朗日乘数法求解有一定困难. 上面的求解过程借助了几何分析，使运算变得直观和简单. 注意求解时对约束条件和目标函数的设定方法，它为正确的几何分析创造了条件.

练习题

1. 将下列函数与它们的梯度向量场（见图 9）进行匹配.

(1) $f(x, y) = x^2 + y^2$；　　(2) $f(x, y) = x(x + y)$；

(3) $f(x, y) = (x + y)^2$；　　(4) $f(x, y) = \sin\sqrt{x^2 + y^2}$.

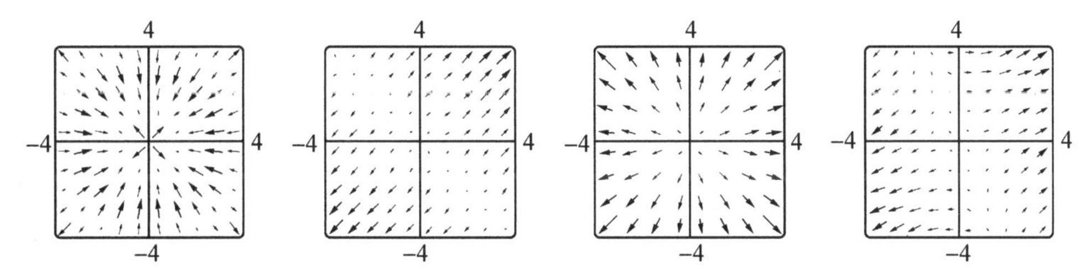

图 9

2. 设 $f(x)$有连续导数，且 $f(1)=2$. 记 $z=f(\mathrm{e}^x y^2)$，若 $\dfrac{\partial z}{\partial x}=z$，则 $f(x)$在 $x>0$ 的表达式是________.

3. 设函数 $f(t)$在 $t\neq 0$ 时一阶连续可导，且 $f(1)=0$，求函数 $f(x^2-y^2)$，使得曲线积分$\int_L y[2-f(x^2-y^2)]\mathrm{d}x+xf(x^2-y^2)\mathrm{d}y$ 与路径无关，其中 L 为任一不与直线 $y=\pm x$ 相交的分段光滑曲线.

4. 若对于 $\mathbf{R}^3$ 中的半空间 $\{(x,y,z)\in\mathbf{R}\mid x>0\}$ 内任意有向光滑封闭曲面 S，都有$\iint\limits_S xf'(x)\mathrm{d}y\mathrm{d}z+y(xf(x)-f'(x))\mathrm{d}z\mathrm{d}x-xz(\sin x+f'(x))\mathrm{d}x\mathrm{d}y=0$，其中 f 在$(0,+\infty)$上二阶导数连续且 $\lim\limits_{x\to 0^+}f(x)=\lim\limits_{x\to 0^+}f'(x)=0$，求 $f(x)$.

5. 求级数 $\sum\limits_{n=0}^{\infty}\dfrac{n^3+2}{(n+1)!}(x-1)^n$ 的收敛域与和函数.

一题一法复习卷(复习卷 15.1)

习题 1 试证明 $1+x+\dfrac{x^2}{2}+\dfrac{x^3}{1\times 3}+\dfrac{x^4}{2\times 4}+\cdots+\dfrac{x^n}{n!!}+\cdots=\mathrm{e}^{\frac{x^2}{2}}\left(\int_0^x \mathrm{e}^{-\frac{t^2}{2}}\mathrm{d}t+1\right)$.

习题 2 判别级数的敛散性

(1) 设 $a_1=1$，$a_{n+1}=\cos a_n$，判别级数 $\sum\limits_{n=1}^{\infty}a_n$ 的敛散性；

(2) 设正项级数$\{a_n\}$单调减少，且 $\sum\limits_{n=1}^{\infty}(-1)^n a_n$ 发散，判别 $\sum\limits_{n=1}^{\infty}\left(\dfrac{1}{a_n+1}\right)^n$ 的敛散性；

(3) 设 $u_{2n-1}=\dfrac{1}{n}$，$u_{2n}=\int_n^{n+1}\dfrac{\mathrm{d}x}{x}$，讨论数列 $s_{2n-1}=\sum\limits_{k=1}^{2n-1}(-1)^k u_k$ 的敛散性；

(4) 判别级数 $\sum\limits_{n=1}^{\infty}\dfrac{n}{(n+1)!}$ 的敛散性，若收敛求其和.

习题 3 计算二重积分

(1) $I=\iint\limits_D y\mathrm{d}x\mathrm{d}y$，其中 D 是由直线 $x=-2$，$y=0$，$y=2$ 及曲线 $x=-\sqrt{2y-y^2}$ 所围区域.

(2) $I=\iint\limits_D \dfrac{\sqrt{x^2+y^2}}{\sqrt{4a^2-x^2-y^2}}\mathrm{d}x\mathrm{d}y$，其中 D 是由直线 $x=-a+\sqrt{a^2-x^2}$ $(a>0)$ 和直线 $y=-x$ 所围区域.

习题 4 函数 $f(x)$的图形如图 10 所示. 试对以下结论进行说明.

(1) $1.1+0.7x^2+2.2x^3+\cdots$ 不可能是 $f(x)$的麦克劳林级数；

(2) $1.6-0.8(x-1)+0.4(x-1)^2-0.1(x-1)^3+\cdots$ 不可能是 $f(x)$在 $x=1$ 处的泰勒级数；

(3) $2.8+0.5(x-2)+1.5(x-2)^2-0.1(x-2)^3+\cdots$ 不可能是 $f(x)$在 $x=2$ 处的泰勒级数.

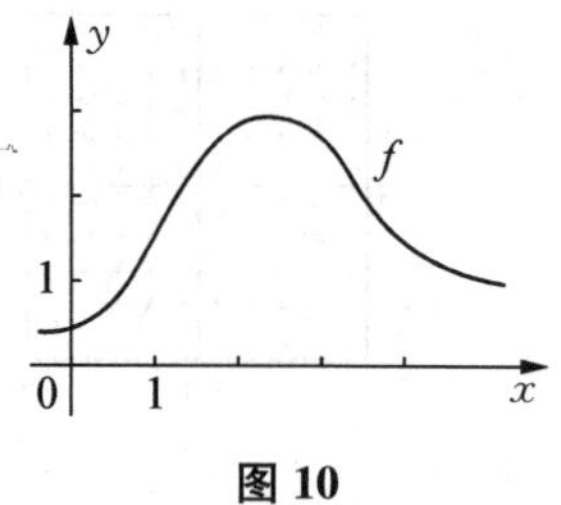

图 10

习题 5　设直线 $l:\begin{cases}x+y+b=0\\x+ay-z-3=0\end{cases}$ 在平面 Π 上,而 Π 与曲面 $z=x^2+y^2$ 相切于点 $(1,-2,5)$,求 a, b 的值.

习题 6　求曲线积分 $I=\int_L[\mathrm{e}^x\sin y-b(x+y)]\mathrm{d}x+(\mathrm{e}^x\cos y-ax)\mathrm{d}y$,其中 a, b 为正常数,L 为从点 $A(2a,0)$ 沿曲线 $y=\sqrt{2ax-x^2}$ 到点 $O(0,0)$的弧.

习题 7　设 P 为椭球面 $S:x^2+y^2+z^2-yz=1$ 上的动点,若 S 在点 P 出的切平面与 xOy 面垂直,求点 P 的轨迹 C, 并计算曲面积分 $I=\iint\limits_{\Sigma}\dfrac{(x+\sqrt{3})\,|\,y-2z\,|}{\sqrt{4+y^2+z^2-4yz}}\mathrm{d}S$,其中 Σ 是椭球面位于曲线 C 上方的部分.

习题 8　设 $f(u)$是连续函数,Σ 是平面 $2x-2y+z=4$ 上第四卦限部分的上侧,计算曲面积分

$$I=\iint\limits_{\Sigma}(x+(y-z)f(xyz))\mathrm{d}y\mathrm{d}z+(y+(x-z)f(xyz))\mathrm{d}z\mathrm{d}x+(z+2(x-y)f(xyz))\mathrm{d}x\mathrm{d}y.$$

习题 8　证明函数 $y=\dfrac{\ln(x+\sqrt{1+x^2})}{\sqrt{1+x^2}}$ 满足微分方程 $(1+x^2)y'=1-xy$,写出函数 y 关于 x 的幂级数, 并计算 $y^{(n)}(0)$ $(n=0,1,2,\cdots)$ 的值.

习题 9　已知函数 $F(x,y)$ 满足 $F(x,y)=f(x)+g(y)$, 且 $F(\rho\cos\theta,\rho\sin\theta)=s(\rho)$ 与 θ 无关, 其中函数 $f(u)$, $g(y)$, $s(\rho)$ 均二阶连续可导, 试求函数 $F(x,y)$.

习题 10　这是一个昆虫与鸟类的生态平衡问题. 假设昆虫数量 x 与鸟的数量 y 与时间 t 的关系由下列方程给出

$$\begin{cases}\dfrac{\mathrm{d}x}{\mathrm{d}t}=0.4x(1-0.000\,005x)-0.002xy\\[2mm]\dfrac{\mathrm{d}y}{\mathrm{d}t}=-0.2y+0.000\,008xy\end{cases}.$$

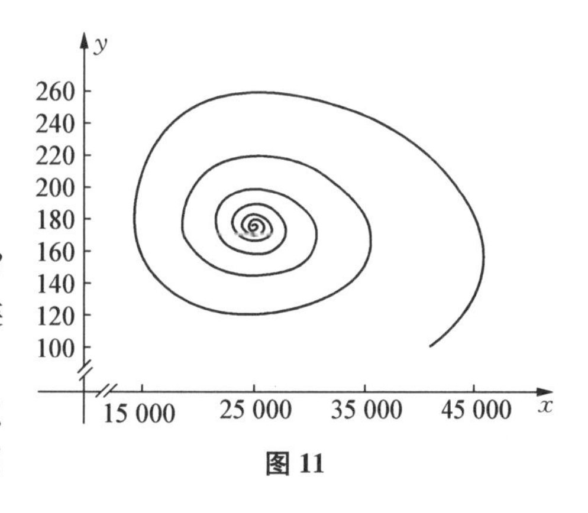

图 11

(1) 如果没有鸟类,昆虫种群会发生什么变化? 如果没有昆虫,鸟类种群会发生什么变化? 如果鸟类和昆虫都无法消亡,最终会在什么状态下趋于平衡?

(2) 图 11 显示了从 100 只鸟和 40 000 只昆虫开始的轨迹. 根据此图描绘鸟类和昆虫种群随时间变化的示意图.

一题一型复习卷(复习卷 15.2)

1. (判断) 直线与平面的夹角由公式 $\sin\varphi=\dfrac{|Am+Bn+Cp|}{\sqrt{m^2+n^2+p^2}\sqrt{A^2+B^2+C^2}}$ 计算,是

因为 φ 与平面法向量与直线方向量的夹角 $(\widehat{\boldsymbol{s},\boldsymbol{n}})$ 互余.（　　）

2.（单选）设 $p>0$，级数 $\sum\limits_{n=1}^{\infty}\left(1-\dfrac{1}{2^p}+\cdots+(-1)^{n-1}\dfrac{1}{n^p}\right)$（　　）.

A. 绝对收敛　　B. 条件收敛

C. 发散　　D. 敛散性与 p 有关

3.（多选）已知函数 $u=\dfrac{x}{\sqrt{x^2+y^2}}$，则（　　）.

A. $u_x=\dfrac{\sqrt{x^2+y^2}-1}{(x^2+y^2)^{\frac{3}{2}}}$　　B. $u_x^2+u_y{}^2=\dfrac{y^2}{(x^2+y^2)^2}$

C. 在极坐标系下，$\dfrac{\partial u}{\partial r}=0$　　D. 在极坐标系下，$\dfrac{\partial u}{\partial \theta}=-\sin\theta$

4.（填空）设 $I_1=\iint\limits_D \ln(x+y)\mathrm{d}\sigma$，$I_2=\iint\limits_D (x+y)^2\mathrm{d}\sigma$ 及 $I_3=\iint\limits_D \sqrt{x+y}\,\mathrm{d}\sigma$，其中 D 是由直线 $x=0$，$y=0$，$x+y=\dfrac{1}{2}$ 及 $x+y=1$ 所围的区域，则 I_1，I_2，I_3 的大小顺序为________.

5.（改错）**原题：**设 $F(\xi,\eta)$ 具有连续偏导数，由 $F(x+z,y+z)=0$ 确定隐函数 $z=z(x,y)$，求 $\dfrac{\partial z}{\partial x}$. **解法如下：**

① 记 $\Phi(x,y,z)=F(x+z,y+z)=0$

② 则由公式得 $\dfrac{\partial z}{\partial x}=-\dfrac{\Phi_x}{\Phi_z}=-\dfrac{F'_1\cdot\left(1+\dfrac{\partial z}{\partial x}\right)}{F'_1\cdot\left(1+\dfrac{\partial z}{\partial x}\right)+F'_2\cdot\dfrac{\partial z}{\partial x}}$

③ 解得 $(F'_1+F'_2)\left(\dfrac{\partial z}{\partial x}\right)^2+2F'_1\dfrac{\partial z}{\partial x}+F'_1=0$

④ 从而 $\dfrac{\partial z}{\partial x}=\dfrac{-F'_1\pm\sqrt{-F'_1F'_2}}{F'_1+F'}$　$(F'_1+F'\neq 0)$

错点、错因：________________________________.

6.（简答）讨论级数 $\sum\limits_{n=1}^{\infty}\dfrac{a^{4n}}{1+a^{8n}}$ 的敛散性.

7.（简算）求微分方程 $\dfrac{\mathrm{d}y}{\mathrm{d}x}=\dfrac{y}{2x}+\dfrac{1}{2y}\tan\left(\dfrac{y^2}{x}\right)$ 的通解.

8.（综算）已知 $y(x)$ 满足微分方程 $y'-xy=\dfrac{1}{2\sqrt{x}}\mathrm{e}^{\frac{x^2}{2}}$，且有 $y(1)=\sqrt{\mathrm{e}}$.

(1) 求 $y(x)$；

(2) 设 $D=\{(x,y)\mid 1\leqslant x\leqslant 2,0\leqslant y\leqslant y(x)\}$，求平面区域 D 绕 x 轴旋转所成旋转体的体积.

9. (证明)设 $\{a_n\}$，$\{b_n\}$ 为满足 $e^{a_n}=a_n+e^{b_n}$ $(n\geqslant 1)$ 的两个数列，$a_n>0$ $(n\geqslant 1)$，且 $\sum\limits_{n=1}^{\infty}a_n$ 收敛，证明：$\sum\limits_{n=1}^{\infty}\dfrac{b_n}{a_n}$ 也收敛.

10. (应用)风寒指数采用函数 $W=13.12+0.6215T-11.37v^{0.16}+0.3965Tv^{0.16}$ 建模，其中 T 为温度(℃)，v 为风速(km/h). 当 $T=-15$℃ 和 $v=30$ km/h 时，如果实际温度下降 1℃，你认为表观温度会下降多少？如果风速增加 1 km/h 呢？

11. (阅读)设 $f(x, y)$是矩形区域 $D=[a, b]\times[c, d]$ 上的连续函数，对于任意 $x\in[a, b]$，$f(x, y)$ 就是变量 y 在$[c, d]$上的一个一元连续函数，从而函数 $I(x)\xlongequal{\triangle}\int_c^d f(x, y)\mathrm{d}y$ $(a\leqslant x\leqslant b)$ 称为含参变量 x 的积分. 我们有以下相关结论：

定理 1　设 $f(x, y)$ 在 $D=[a, b]\times[c, d]$ 上连续，则 $I(x)=\int_c^d f(x, y)\mathrm{d}y$ 也在 $x\in[a, b]$ 上连续，且 $f(x, y)$ 的两个累次积分存在且相等，即

$$\lim_{x\to x_0}\int_c^d f(x, y)\mathrm{d}y=\int_c^d f(x_0, y)\mathrm{d}y=\int_c^d \lim_{x\to x_0}f(x, y)\mathrm{d}y,\ \forall x_0\in[a, b];$$

$$\int_c^d\mathrm{d}y\int_a^b f(x, y)\mathrm{d}x=\int_a^b\mathrm{d}x\int_c^d f(x, y)\mathrm{d}y.$$

定理 2　设 $f(x, y)$，$\dfrac{\partial f(x, y)}{\partial x}$ 在 $D=[a, b]\times[c, d]$ 上连续，且在 $x\in[a, b]$ 上可导的 $c(x)$，$d(x)\in[c, d]$，则函数 $F(x)=\int_{c(x)}^{d(x)}f(x, y)\mathrm{d}y$ 在 $x\in[a, b]$ 上可导，且有 Leibniz 求导公式：

$$F'(x)=\int_{c(x)}^{d(x)}\frac{\partial f(x, y)}{\partial x}\mathrm{d}y+f(x, d(x))d'(x)-f(x, c(x))c'(x).$$

请用以上定理，完成下列填空：

(1) $\lim\limits_{x\to 0}\int_0^1 e^{-\frac{xy^2}{2}}\mathrm{d}y=$________. (2) $J=\int_0^1\dfrac{x^b-x^a}{\ln x}\mathrm{d}x$________ $(b>a>0)$.

(3) 设 $F(y)=\int_y^{y^2}\dfrac{\sin(xy)}{x}\mathrm{d}x$，$(y>0)$，则 $F'(y)=$________________.

12. (半开放)牟盒方盖(如图 12)是中国古代数学家刘徽在研究球的体积与球的直径之间关系时的重要工具. 在空间解析几何中，牟盒方盖可以理解为两个柱面 $y^2+z^2=1$ 与 $x^2+z^2=1$ 相交而成的曲面. 请写出这个牟盒方盖的主要几何特征和几何参数. 对于流速场 $\boldsymbol{v}(x, y, z)=x^{\lambda}\boldsymbol{i}+y^{\lambda}\boldsymbol{j}+z^{\lambda}\boldsymbol{k}$，$\Sigma$ 是牟盒方盖，方向向外，请选择两个正的参数 λ，计算 $I(\lambda)=\oiint_{\Sigma}\boldsymbol{v}\cdot\boldsymbol{n}\mathrm{d}S$.

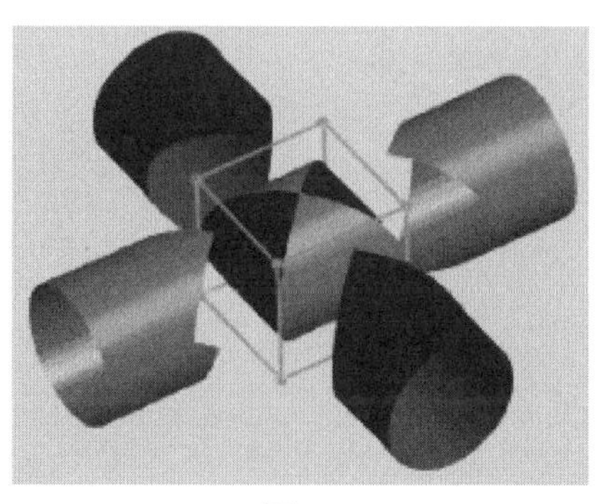

图 12

13. (全开放)函数 A 被定义为

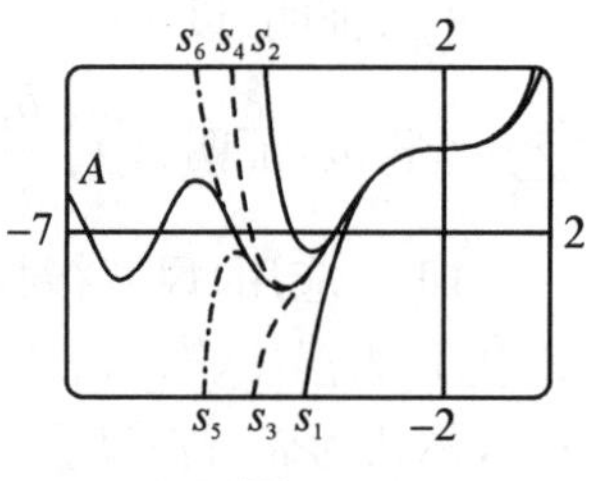

图 13

$$A(x)=1+\frac{x^3}{2\cdot3}+\frac{x^6}{2\cdot3\cdot5\cdot6}+\frac{x^9}{2\cdot3\cdot5\cdot6\cdot8\cdot9}+\cdots,$$

称为艾里函数，是以英国数学家和天文学家乔治・艾里爵士(George Airy，1801—1892)的名字命名的函数.

(a) 求艾里函数的收敛域.

(b) 试用微分方程表示这个函数.

(c) 尽可能多地讨论这个函数的各种特性(渐近线、拐点等)，图 13 供参考.

扫码可见本讲参考答案